中国新文学作品选

（第二版）

上　册

教育部中文学科教学指导委员会　组编
丁　帆　主编
施　龙　傅元峰　赵普光　刘阳扬　编

高等教育出版社·北京

内 容 提 要

《中国新文学作品选》(第二版)是《中国新文学史》(第二版)的配套用书，分上下两册：上册主要遴选 1949 年前的大陆文学作品和 1912 年至今的台港文学与海外华文文学作品，下册主要遴选新中国成立以来的文学作品。全书紧扣主教材，选取中国新文学史上具有经典品质的作品，以点带面，基本体现了中国新文学百年发展的历史轨迹和文学创作菁华。选文按照小说、诗歌、散文、戏剧四种文体分类，同一文体则按作品发表的先后顺序编目，以方便读者阅读和整体把握中国新文学发展流脉。限于篇幅，本书对同一时期同一流派和风格的作品，尽量选取教学中须精讲的短篇作品，部分重要的长篇小说提供了内容概要并节选有代表性的章节。重要的长篇作品还以存目的形式列出，供学生课外阅读。

编委会名单

第一版前言

中国高等教育经过多年改革与发展，已经进入了一个新的非常重要的历史发展阶段。2002年，我国高等教育毛入学率突破15%，迈入大众化教育的门槛，至2020年，这一比例将上升到近50%。与此同时，高等教育由以规模扩大为主要特征的发展模式，逐步转向以提高质量，注重内涵为主要特征的发展模式。本科阶段，素质养成、人的全面发展方面的教育，所占分量越来越大，传统意义上的专业教育则很大程度向研究生阶段转移。这一发展趋势，对高等教育教学无论在理念、目标层面，抑或在内容、教法层面，都提出了新的要求。加之学术发展、学生阅读和学习习惯改变，信息和网络技术加速融入、影响甚至改变社会生活各方面等因素，更彰显出高等教育本科教材与新的教学需求不相适应的矛盾。

本世纪初，为了更好应对高等教育将要发生的诸多变化，教育部中文学科教学指导委员会与高等教育出版社共同确定了新的教材编写设想，并通过专题会议等形式进行多次研讨。经过研讨，专家们认为，在高等教育进入大众化、信息化时代，高校本科阶段的办学规格、教学内容、教学模式较以往有较大转变的背景下，由教育部中文学科教学指导委员会牵头，组织编写立足于新时期学生特点、纸质内容与数字资源高度集成的中文学科教材，非常必要；应该在密切跟踪、深入调查研究高校中文学科教育教学变化实际情况的基础上，形成每门课程教材的编写理念和方案。现在，经过大家共同努力，这些教材编写设想陆续有了成果，并在以下几方面体现出一定的特色：

1. **简明扼要**。在新的形势下，中文学科本科基础课大都缩减了课时，尤其是地方院校，基础课的课时量往往缩减到原来的一半甚至更少。为适应这一教学情况的变化，新编教材首先在容量上进行了精简。例如《中国古代文学史》，以往的教材通常由三到四册组成，而我们将其精简至两册;《古代汉语》通常由两册或更多组成，我们精简至一册。容量的压缩不是简单地做减法，而是尽量浓缩精华，将学习的重点、难点简明扼要地展现在教材中，使学生一目了然；在不必要做过多阐释的地方，仅用一两句话加以说明，从而把更多的空间留给学生思考，也便于授课教师的个性发挥。

2. **注重实用**。新编教材在内容上努力降低理论重心，以实用的知识点传授为主。如《古代汉语》教材打破过去“通论—文选”二分的教学模式，围绕学生阅读能力的提高来进行设置，强调回归古书原典的阅读情境，将传统的通论“化整为零”放在随文注释之中，让学生在阅读中自然而然地习得。同时，为了实现“学生好学，老师易教”的总体追求，我们精心设计了功能栏目与书稿正文内容相配合的体例框架。教材中各栏目的插入并非徒有其表，而是服务于特定的教学目的。比如《中国古代文学史》在特定历史时期某一种文体出现时，设一专栏将该种文体之来龙去脉加以简要介绍，这样既可强化学生的文体意识，使学生对前后交叠出现的文体有一条清晰的线索可以把握，又便于正文专力进行作家作品的评析，保持清通流畅的文气。

3. **增强趣味**。在纸质教材的编写中，我们十分注重行文的简洁明快，避免使用较为艰涩和学术化的表达；一些篇章不乏灵动有文采之处，切实增强了可读性。同时，精心选择与教材内容关联密切的各类图片插入书稿相应位置，既对学生理解掌握相关内容有所裨益，又增强了整套教材的书香氛围和艺术气息。在数字化资源的建设中，智能备课系统有意收入了许多逸闻趣事类的拓展资源，而多媒体手段的合理穿插，对课程的趣味性也起到一定的积极作用。

4. **体现创新**。新编教材的创新主要体现在教学理念与教学模式方面。与以往教材主要为“教”服务不同，我们努力将着眼点转向“学”，从开启学生心智、引导学生的创新思维出发，增强教学互动性，将学生参与的可能性体现在教材中。比如《现代汉语》设计了两条线索，语音、语法、语义等传统内容是主线，整书主体由此有序展开；另一条线索是成体系、起辅助作用的教学提示板块，它使得学习难点与重点突出。两条线索相辅相成，更适合课堂教与学需要。而对于内容方面的创新则是较为谨慎。在传授稳妥可靠的专业知识基础上，结合近年来教学与科研的发展，适当增加具有前沿性和拓展性的内容，以期有助于提高学生的学术素养。比如《中国古代文学史》充分利用近年来考古获得的可靠的新成果，以出土文献及文物资料来丰富文学史的书写，为使学生更为全面地了解文学史尤其是汉以前的文学史做出了新的努力。

5. **立体组合**。数字化手段与传统教学相结合，是教学改革的发展趋势。面对新时代具有新的学习和阅读习惯的大学生，在教育主管部门强力推动下，高校数字化教学改革的全面铺开将是未来若干年必然出现的景象。近年来，许多学校已先行一步，进行数字化教改的探索，并取得了一定的成效。为顺应这一发展趋势，教材出版也正在经历一场数字化的洗礼。在这方面，高等教育出版社早在20世纪末就开始了积极的探索，他们的数字出版经验与教材编写者多年来积累的丰富教学经验相结合，形成教材立体化建设的深厚基础。注重纸质教材、数字化资源和教学服务的整体设计，是新编教材从一开始就明确下来的途径。也即是说，并不是先建设纸质教材，而后再配套进行数字化资源的建设，而是在编写纸质教材的过程中，编写者就已同期开始对数字化资源的构思。例如几种文学史类教材在编写时，受篇幅和主要读者对象的限制，许多知识点不宜在文学史中表现出来，就考虑放入智能备课系统中；同时，一些经典篇目如果在作品选中已收录，其赏析文字就可以侧重体现于作品选而不是文学史中。通过这样的合理分工，相互配合，使教学的延伸性、拓展性得到有效的实现。可以说，新编教材在立体化、整体化程度以及各部分之间的勾连呼应方面，实现了质的突破。

新编教材涵盖了中文学科8门专业基础课程（语言学概论、古代汉语、现代汉语、文学概论、中国古代文学、中国现当代文学、外国文学和写作）。此外，一些比较重要的专业选修课程教材也在编写出版过程中。教材的主编人员均为国内知名高校的专家学者，不仅在学术上成就卓著，同时也非常重视教学模式改革的探索。尽管日常教学、科研等工作极为繁忙，但基于对教材改革重要意义的共识以及教书育人的强烈责任感，所有参编者对教材编写均给予了高度重视，倾注了大量心血。在编写过程中，除了按照统一分工负责各自主持的教材编写工作外，各位主编还以多种方式进行沟通交流，相互启发。在此，谨向所有编写人员以及为教材顺利出版付出努力的同志表示衷心感谢。高等教育教学改革的道路还很长，我们希望通过新编教材的出版，为推动中文学科教学改革助一臂之力。对于教材当中存在的不尽完善之处，恳请读者在阅读使用过程中提出宝贵意见。

教育部中文学科教学指导委员会

2013 年元月

目　　录

小　说　1	狂人日记	鲁　迅	2
	伤　逝	鲁　迅	10
	沉　沦	郁达夫	21
	缀网劳蛛	许地山	41
	莎菲女士的日记	丁　玲	52
	绣　枕	凌叔华	75
	活　鬼	彭家煌	78
	菉竹山房	吴组缃	83
	山峡中	艾　芜	88
	竹林的故事	废　名	99
	丈　夫	沈从文	103
	月牙儿	老　舍	114
	果园城	师　陀	131
	流	刘呐鸥	138
	上海的狐步舞	穆时英	147
	金锁记	张爱玲	154
	寒　夜（节选）	巴　金	178
	泥　泞	茅　盾	184
	鱼	叶　紫	188
	呼兰河传（节选）	萧　红	192
	财主底儿女们（节选）	路　翎	202
	城南旧事（节选）	林海音	209
	将军族	陈映真	214
	游园惊梦	白先勇	223
	世纪末的华丽	朱天文	236
	酒　徒（节选）	刘以鬯	245
	笑傲江湖（节选）	金　庸	248
诗　歌　251	蛇	冯　至	252
	十四行集之一	冯　至	253

类别	篇目	作者	页码
	律	李金发	254
	翡冷翠的一夜	徐志摩	255
	太阳吟	闻一多	258
	雁子	陈梦家	260
	葬我	朱湘	261
	在天晴了的时候	戴望舒	262
	寄之琳	废名	263
	古镇的梦	卞之琳	264
	无题五	卞之琳	266
	雪落在中国的土地上	艾青	267
	乞丐	艾青	271
	诗八首	穆旦	273
	金黄的稻束	郑敏	277
	白玉苦瓜	余光中	278
	譬如朝露	洛夫	280
散文 281	影的告别	鲁迅	282
	灯下漫笔	鲁迅	284
	吃茶	周作人	290
	钓台的春昼	郁达夫	292
	蛇与塔	聂绀弩	296
	背影	朱自清	297
	忆儿时	丰子恺	299
	雨前	何其芳	303
	我的戒烟	林语堂	304
	常德的船	沈从文	307
	更衣记	张爱玲	312
	下棋	梁实秋	317
	听听那冷雨	余光中	319
	中年是下午茶	董桥	323
	看蒙娜丽莎看	熊秉明	325
戏剧 333	雷雨（节选）	曹禺	334
重要作品存目 369			

小　说

狂人日记……鲁　迅
伤　逝……鲁　迅
沉　沦……郁达夫
缀网劳蛛……许地山
莎菲女士的日记……丁　玲
绣　枕……凌叔华
活　鬼……彭家煌
菉竹山房……吴组缃
山峡中……艾　芜
竹林的故事……废　名
丈　夫……沈从文
月牙儿……老　舍
果园城……师　陀
流……刘呐鸥
上海的狐步舞……穆时英
金锁记……张爱玲
寒　夜（节选）……巴　金
泥　泞……茅　盾
鱼……叶　紫
呼兰河传（节选）……萧　红
财主底儿女们（节选）……路　翎
城南旧事（节选）……林海音
将军族……陈映真
游园惊梦……白先勇
世纪末的华丽……朱天文
酒　徒（节选）……刘以鬯
笑傲江湖（节选）……金　庸

狂人日记*[1]

鲁 迅

某君昆仲，今隐其名，皆余昔日在中学校时良友；分隔多年，消息渐阙。日前偶闻其一大病；适归故乡，迂道往访，则仅晤一人，言病者其弟也。劳君远道来视，然已早愈，赴某地候补[2]矣。因大笑，出示日记二册，谓可见当日病状，不妨献诸旧友。持归阅一过，知所患盖"迫害狂"之类。语颇错杂无伦次，又多荒唐之言；亦不著月日，惟墨色字体不一，知非一时所书。间亦有略具联络者，今撮录一篇，以供医家研究。记中语误，一字不易；惟人名虽皆村人，不为世间所知，无关大体，然亦悉易去。至于书名，则本人愈后所题，不复改也。七年四月二日识。

一

今天晚上，很好的月光。

我不见他，已是三十多年；今天见了，精神分外爽快。才知道以前的三十多年，全是发昏；然而须十分小心。不然，那赵家的狗，何以看我两眼呢?

我怕得有理。

二

今天全没月光，我知道不妙。早上小心出门，赵贵翁的眼色便怪：似乎怕我，似乎想害我。还有七八个人，交头接耳的议论我，又怕我看见。一路上的人，都是如此。其中最凶的一个人，张着嘴，对我笑了一笑；我便从头直冷到脚跟，晓得他们布置，都已妥当了。

我可不怕，仍旧走我的路。前面一伙小孩子，也在那里议论我；眼色也同赵贵翁一样，脸色也都铁青。我想我同小孩子有什么仇，他也这样。忍不住大声说，"你告诉我！"他们可就跑了。

---

* 摘自《呐喊》,《鲁迅全集》第一卷，人民文学出版社 2005 年版。

我想：我同赵贵翁有什么仇，同路上的人又有什么仇；只有廿年以前，把古久先生的陈年流水簿子[3]，踹了一脚，古久先生很不高兴。赵贵翁虽然不认识他，一定也听到风声，代抱不平；约定路上的人，同我作冤对。但是小孩子呢？那时候，他们还没有出世，何以今天也睁着怪眼睛，似乎怕我，似乎想害我。这真教我怕，教我纳罕而且伤心。

我明白了。这是他们娘老子教的！

三

晚上总是睡不着。凡事须得研究，才会明白。

他们——也有给知县打枷过的，也有给绅士掌过嘴的，也有衙役占了他妻子的，也有老子娘被债主逼死的；他们那时候的脸色，全没有昨天这么怕，也没有这么凶。

最奇怪的是昨天街上的那个女人，打他儿子，嘴里说道，“老子呀！我要咬你几口才出气！”他眼睛却看着我。我出了一惊，遮掩不住；那青面獠牙的一伙人，便都哄笑起来。陈老五赶上前，硬把我拖回家中了。

拖我回家，家里的人都装作不认识我；他们的眼色，也全同别人一样。进了书房，便反扣上门，宛然是关了一只鸡鸭。这一件事，越教我猜不出底细。

前几天，狼子村的佃户来告荒，对我大哥说，他们村里的一个大恶人，给大家打死了；几个人便挖出他的心肝来，用油煎炒了吃，可以壮壮胆子。我插了一句嘴，佃户和大哥便都看我几眼。今天才晓得他们的眼光，全同外面的那伙人一模一样。

想起来，我从顶上直冷到脚跟。

他们会吃人，就未必不会吃我。

你看那女人“咬你几口”的话，和一伙青面獠牙人的笑，和前天佃户的话，明明是暗号。我看出他话中全是毒，笑中全是刀。他们的牙齿，全是白厉厉的排着，这就是吃人的家伙。

照我自己想，虽然不是恶人，自从踹了古家的簿子，可就难说了。他们似乎别有心思，我全猜不出。况且他们一翻脸，便说人是恶人。我还记得大哥教我做论，无论怎样好人，翻他几句，他便打上几个圈；原谅坏人几句，他便说“翻天妙手，与众不同”。我那里猜得到他们的心思，究竟怎样；况且是要吃的时候。

凡事总须研究，才会明白。古来时常吃人，我也还记得，可是不甚清楚。我翻开历史一查，这历史没有年代，歪歪斜斜的每叶上都写着“仁义道德”几个字。我横竖睡不着，仔细看了半夜，才从字缝里看出字来，满本都写着两个字是“吃人”！

书上写着这许多字，佃户说了这许多话，却都笑吟吟的睁着怪眼睛看我。

我也是人，他们想要吃我了！

四

早上，我静坐了一会。陈老五送进饭来，一碗菜，一碗蒸鱼；这鱼的眼睛，白而且硬，张着嘴，同那一伙想吃人的人一样。吃了几筷，滑溜溜的不知是鱼是人，便把他兜肚连肠的吐出。

我说“老五，对大哥说，我闷得慌，想到园里走走。”老五不答应，走了；停一会，可就来开了门。

我也不动，研究他们如何摆布我；知道他们一定不肯放松。果然！我大哥引了一个老头子，慢慢走来；他满眼凶光，怕我看出，只是低头向着地，从眼镜横边暗暗看我。大哥说，“今天你仿佛很好。”我说“是的。”大哥说，“今天请何先生来，给你诊一诊。”我说“可以！”其实我岂不知道这老头子是刽子手扮的！无非借了看脉这名目，揣一揣肥瘠：因这功劳，也分一片肉吃。我也不怕；虽然不吃人，胆子却比他们还壮。伸出两个拳头，看他如何下手。老头子坐着，闭了眼睛，摸了好一会，呆了好一会；便张开他鬼眼睛说，“不要乱想。静静的养几天，就好了。”

不要乱想，静静的养！养肥了，他们是自然可以多吃；我有什么好处，怎么会“好了”？他们这群人，又想吃人，又是鬼鬼祟祟，想法子遮掩，不敢直捷下手，真要令我笑死。我忍不住，便放声大笑起来，十分快活。自己晓得这笑声里面，有的是义勇和正气。老头子和大哥，都失了色，被我这勇气正气镇压住了。

但是我有勇气，他们便越想吃我，沾光一点这勇气。老头子跨出门，走不多远，便低声对大哥说道，“赶紧吃罢！”大哥点点头。原来也有你！这一件大发见，虽似意外，也在意中：合伙吃我的人，便是我的哥哥！

吃人的是我哥哥！

我是吃人的人的兄弟！

我自己被人吃了，可仍然是吃人的人的兄弟！

五

这几天是退一步想：假使那老头子不是刽子手扮的，真是医生，也仍然是吃人的人。他们的祖师李时珍做的“本草什么”[4]上，明明写着人肉可以煎吃；他还能说自己不吃人么？

至于我家大哥，也毫不冤枉他。他对我讲书的时候，亲口说过可以“易子而食”[5]；又一回偶然议论起一个不好的人，他便说不但该杀，还当“食肉寝皮”[6]。我那时年纪还小，心跳了好半天。前天狼子村佃户来说吃心肝的事，他也毫不奇怪，不住的点头。可见心思是同从前一样狠。既然可以“易子而食”，便什么都易得，什么人都吃得。我从前单听他讲道理，也胡涂过去；现在晓得他讲道理的时候，不但唇边还抹着人油，而且心里满装着吃人的意思。

六

黑漆漆的，不知是日是夜。赵家的狗又叫起来了。

狮子似的凶心，兔子的怯弱，狐狸的狡猾，……

七

我晓得他们的方法，直捷杀了，是不肯的，而且也不敢，怕有祸祟。所以他们大家连络，布满了罗网，逼我自戕。试看前几天街上男女的样子，和这几天我大哥的作为，便足可悟出八九分了。最好是解下腰带，挂在梁上，自己紧紧勒死；他们没有杀人的罪名，又偿了心愿，自然都欢天喜地的发出一种呜呜咽咽的笑声。否则惊吓忧愁死了，虽则略瘦，也还可以首肯几下。

他们是只会吃死肉的！——记得什么书上说，有一种东西，叫“海乙那”[7]的，眼光和样子都很难看；时常吃死肉，连极大的骨头，都细细嚼烂，咽下肚子去，想起来也教人害怕。“海乙那”是狼的亲眷，狼是狗的本家。前天赵家的狗，看我几眼，可见他也同谋，早已接洽。老头子眼看着地，岂能瞒得我过。

最可怜的是我的大哥，他也是人，何以毫不害怕；而且合伙吃我呢？还是历来惯了，不以为非呢？还是丧了良心，明知故犯呢？

我诅咒吃人的人，先从他起头；要劝转吃人的人，也先从他下手。

八

其实这种道理，到了现在，他们也该早已懂得，……

忽然来了一个人；年纪不过二十左右，相貌是不很看得清楚，满面笑容，对了我点头，他的笑也不像真笑。我便问他，“吃人的事，对么？”他仍然笑着说，“不是荒年，怎么会吃人。”我立刻就晓得，他也是一伙，喜欢吃人的；便自勇气百倍，偏要问他。

“对么？”

“这等事问他什么。你真会……说笑话。……今天天气很好。”

天气是好，月色也很亮了。可是我要问你，“对么？”

他不以为然了。含含胡胡的答道，“不……”

“不对？他们何以竟吃？！”

“没有的事……”

“没有的事？狼子村现吃；还有书上都写着，通红斩新！”

他便变了脸，铁一般青。睁着眼说，“有许有的，这是从来如此…… ”

“从来如此，便对么？”

“我不同你讲这些道理；总之你不该说，你说便是你错！”

我直跳起来，张开眼，这人便不见了。全身出了一大片汗。他的年纪，比我大哥小得远，居然也是一伙；这一定是他娘老子先教的。还怕已经教给他儿子了；所以连小孩子，也都恶狠狠的看我。

九

自己想吃人，又怕被别人吃了，都用着疑心极深的眼光，面面相觑。……

去了这心思，放心做事走路吃饭睡觉，何等舒服。这只是一条门槛，一个关头。他们可是父子兄弟夫妇朋友师生仇敌和各不相识的人，都结成一伙，互相劝勉，互相牵掣，死也不肯跨过这一步。

十

大清早，去寻我大哥；他立在堂门外看天，我便走到他背后，拦住门，格外沉静，格外和气的对他说，

“大哥，我有话告诉你。”

“你说就是，”他赶紧回过脸来，点点头。

“我只有几句话，可是说不出来。大哥，大约当初野蛮的人，都吃过一点人。后来因为心思不同，有的不吃人了，一味要好，便变了人，变了真的人。有的却还吃，——也同虫子一样，有的变了鱼鸟猴子，一直变到人。有的不要好，至今还是虫子。这吃人的人比不吃人的人，何等惭愧。怕比虫子的惭愧猴子，还差得很远很远。

“易牙〔8〕蒸了他儿子，给桀纣吃，还是一直从前的事。谁晓得从盘古开辟天地以后，一直吃到易牙的儿子；从易牙的儿子，一直吃到徐锡林〔9〕；从徐锡林，又一直吃到狼子村捉住的人。去年城里杀了犯人，还有一个生痨病的人，用馒头蘸血舐。

“他们要吃我，你一个人，原也无法可想；然而又何必去入伙。吃人的人，什么事做不出；他们会吃我，也会吃你，一伙里面，也会自吃。但只要转一步，只要立刻改了，也就人人太平。虽然从来如此，我们今天也可以格外要好，说是不能！大哥，我相信你能说，前天佃户要减租，你说过不能。”

当初，他还只是冷笑，随后眼光便凶狠起来，一到说破他们的隐情，那就满脸都变成青色了。大门外立着一伙人，赵贵翁和他的狗，也在里面，都探头探脑的挨进来。有的是看不出面

貌，似乎用布蒙着；有的是仍旧青面獠牙，抿着嘴笑。我认识他们是一伙，都是吃人的人。可是也晓得他们心思很不一样，一种是以为从来如此，应该吃的；一种是知道不该吃，可是仍然要吃，又怕别人说破他，所以听了我的话，越发气愤不过，可是抿着嘴冷笑。

这时候，大哥也忽然显出凶相，高声喝道，

“都出去！疯子有什么好看！”

这时候，我又懂得一件他们的巧妙了。他们岂但不肯改，而且早已布置；预备下一个疯子的名目罩上我。将来吃了，不但太平无事，怕还会有人见情。佃户说的大家吃了一个恶人，正是这方法。这是他们的老谱！

陈老五也气愤愤的直走进来。如何按得住我的口，我偏要对这伙人说，

“你们可以改了，从真心改起！要晓得将来容不得吃人的人，活在世上。

“你们要不改，自己也会吃尽。即使生得多，也会给真的人除灭了，同猎人打完狼子一样！——同虫子一样！”

那一伙人，都被陈老五赶走了。大哥也不知那里去了。陈老五劝我回屋子里去。屋里面全是黑沉沉的。横梁和椽子都在头上发抖；抖了一会，就大起来，堆在我身上。

万分沉重，动弹不得；他的意思是要我死。我晓得他的沉重是假的，便挣扎出来，出了一身汗。可是偏要说，

“你们立刻改了，从真心改起！你们要晓得将来是容不得吃人的人，……”

十　一

太阳也不出，门也不开，日日是两顿饭。

我捏起筷子，便想起我大哥；晓得妹子死掉的缘故，也全在他。那时我妹子才五岁，可爱可怜的样子，还在眼前。母亲哭个不住，他却劝母亲不要哭；大约因为自己吃了，哭起来不免有点过意不去。如果还能过意不去，……

妹子是被大哥吃了，母亲知道没有，我可不得而知。

母亲想也知道；不过哭的时候，却并没有说明，大约也以为应当的了。记得我四五岁时，坐在堂前乘凉，大哥说爷娘生病，做儿子的须割下一片肉来，煮熟了请他吃，[10]才算好人；母亲也没有说不行。一片吃得，整个的自然也吃得。但是那天的哭法，现在想起来，实在还教人伤心，这真是奇极的事！

十　二

不能想了。

四千年来时时吃人的地方，今天才明白，我也在其中混了多年；大哥正管着家务，妹子恰恰死了，他未必不和在饭菜里，暗暗给我们吃。

我未必无意之中，不吃了我妹子的几片肉，现在也轮到我自己，……

有了四千年吃人履历的我，当初虽然不知道，现在明白，难见真的人！

十　三

没有吃过人的孩子，或者还有？

救救孩子……

一九一八年四月。

* * *

〔1〕本篇最初发表于1918年5月《新青年》第四卷第五号。首次采用“鲁迅”这一笔名。作者在《〈中国新文学大系〉小说二集序》（《且介亭杂文二集》）中说本篇“意在暴露家族制度和礼教的弊害”。

〔2〕候补：清代官制，只有官衔而没有实际职务的中下级官员，由吏部抽签分发到某部或某省，听候委用，称为候补。

〔3〕古久先生的陈年流水簿子：这里比喻中国封建统治的长久历史。

〔4〕“本草什么”：指明代李时珍的药物学著作《本草纲目》。该书曾经提到唐代陈藏器《本草拾遗》中以人肉医治痨病的记载，并表示了异议。这里说李时珍的书“明明写着人肉可以煎吃”，当是“狂人”的“记中语误”。

〔5〕“易子而食”：语出《左传》宣公十五年，是宋将华元对楚将子反叙说宋国都城被楚军围困时的惨状：“敝邑易子而食，析骸而爨。”

〔6〕“食肉寝皮”：语出《左传》襄公二十一年，晋国州绰对齐庄公说：“然二子者，譬于禽兽，臣食其肉而寝处其皮矣。”按“二子”指齐国的殖绰和郭最，他们曾被州绰俘虏过。

〔7〕“海乙那”：英语Hyena的音译，即鬣狗，产于非洲、小亚细亚及亚洲西南部，一种食肉兽，常跟在狮虎等猛兽之后，以它们吃剩的兽类的残尸为食。

〔8〕易牙：春秋时齐国人，齐桓公宠臣，善于调味。据《管子·小称》：“夫易牙以调和事公（按指齐桓公），公曰‘惟蒸婴儿之未尝’，于是蒸其首子而献之公。”桀、纣各为我国夏朝和商朝的最后一代君主，易牙和他们不是同时代人。这里说的“易牙蒸了他

儿子，给桀纣吃”，也是“狂人”“语颇错杂无伦次”的表现。

〔9〕徐锡林：隐指徐锡麟（1873—1907），字伯荪，浙江绍兴人，清末革命团体光复会的重要成员。1907年与秋瑾准备在浙、皖两省同时起义，7月6日，他以安徽巡警处会办兼巡警学堂监督身份为掩护，乘学堂举行毕业典礼之机刺死安徽巡抚恩铭，率领学生攻占军械局，弹尽被捕，当日惨遭杀害，心肝被恩铭的卫队挖出炒食。

〔10〕指“割股疗亲”。古代统治者提倡的一种忠孝德行。《庄子·盗跖》篇载有：“介子推至忠也，自割其股以食（晋）文公。”行孝中的“割股疗亲”，是割取自己的股肉为药引煎药，以医治父母的重病。《新五代史·何泽传》：“五代之际，民苦于兵，往往因亲疾以割股，或既丧而割乳庐墓，以规免州县赋役。”此行得到朝廷褒扬，以孝取士，流弊更多。宋苏轼在给宋神宗奏议《议学校贡举状》中批评说：“上以孝取人，则勇者割股，怯者庐墓。……凡可以中上意，无所不至矣，德行之弊，一至于此。”

▶扫一扫

《狂人日记》拓展阅读

伤　　逝*

——涓生的手记[1]

鲁　迅

如果我能够，我要写下我的悔恨和悲哀，为子君，为自己。

会馆[2]里的被遗忘在偏僻里的破屋是这样地寂静和空虚。时光过得真快，我爱子君，仗着她逃出这寂静和空虚，已经满一年了。事情又这么不凑巧，我重来时，偏偏空着的又只有这一间屋。依然是这样的破窗，这样的窗外的半枯的槐树和老紫藤，这样的窗前的方桌，这样的败壁，这样的靠壁的板床。深夜中独自躺在床上，就如我未曾和子君同居以前一般，过去一年中的时光全被消灭，全未有过，我并没有曾经从这破屋子搬出，在吉兆胡同创立了满怀希望的小小的家庭。

不但如此。在一年之前，这寂静和空虚是并不这样的，常常含着期待；期待子君的到来。在久待的焦躁中，一听到皮鞋的高底尖触着砖路的清响，是怎样地使我骤然生动起来呵！于是就看见带着笑涡的苍白的圆脸，苍白的瘦的臂膊，布的有条纹的衫子，玄色的裙。她又带了窗外的半枯的槐树的新叶来，使我看见，还有挂在铁似的老干上的一房一房的紫白的藤花。

然而现在呢，只有寂静和空虚依旧，子君却决不再来了，而且永远，永远地！……

子君不在我这破屋里时，我什么也看不见。在百无聊赖中，随手抓过一本书来，科学也好，文学也好，横竖什么都一样；看下去，看下去，忽而自己觉得，已经翻了十多页了，但是毫不记得书上所说的事。只是耳朵却分外地灵，仿佛听到大门外一切往来的履声，从中便有子君的，而且橐橐地逐渐临近，——但是，往往又逐渐渺茫，终于消失在别的步声的杂沓中了。我憎恶那不像子君鞋声的穿布底鞋的长班[3]的儿子，我憎恶那太像子君鞋声的常常穿着新皮鞋的邻院的搽雪花膏的小东西！

莫非她翻了车么？莫非她被电车撞伤了么？……

我便要取了帽子去看她，然而她的胞叔就曾经当面骂过我。

蓦然，她的鞋声近来了，一步响于一步，迎出去时，却已经走过紫藤棚下，脸上带着微笑的酒窝。她在她叔子的家里大约并未受气；我的心宁帖了，默默地相视片时之后，破屋里便渐渐充满了我的语声，谈家庭专制，谈打破旧习惯，谈男女平等，谈伊孛生，谈泰戈尔，谈雪莱[4]……。

* 摘自《彷徨》,《鲁迅全集》第二卷，人民文学出版社 2005 年版。

她总是微笑点头，两眼里弥漫着稚气的好奇的光泽。壁上就钉着一张铜板的雪莱半身像，是从杂志上裁下来的，是他的最美的一张像。当我指给她看时，她却只草草一看，便低了头，似乎不好意思了。这些地方，子君就大概还未脱尽旧思想的束缚，——我后来也想，倒不如换一张雪莱淹死在海里的记念像或是伊孛生的罢；但也终于没有换，现在是连这一张也不知那里去了。

“我是我自己的，他们谁也没有干涉我的权利！”

这是我们交际了半年，又谈起她在这里的胞叔和在家的父亲时，她默想了一会之后，分明地，坚决地，沉静地说了出来的话。其时是我已经说尽了我的意见，我的身世，我的缺点，很少隐瞒；她也完全了解的了。这几句话很震动了我的灵魂，此后许多天还在耳中发响，而且说不出的狂喜，知道中国女性，并不如厌世家所说那样的无法可施，在不远的将来，便要看见辉煌的曙色的。

送她出门，照例是相离十多步远；照例是那鲇鱼须的老东西的脸又紧帖在脏的窗玻璃上了，连鼻尖都挤成一个小平面；到外院，照例又是明晃晃的玻璃窗里的那小东西的脸，加厚的雪花膏。她目不邪视地骄傲地走了，没有看见；我骄傲地回来。

“我是我自己的，他们谁也没有干涉我的权利！”这彻底的思想就在她的脑里，比我还透澈，坚强得多。半瓶雪花膏和鼻尖的小平面，于她能算什么东西呢？

我已经记不清那时怎样地将我的纯真热烈的爱表示给她。岂但现在，那时的事后便已模胡，夜间回想，早只剩了一些断片了；同居以后一两月，便连这些断片也化作无可追踪的梦影。我只记得那时以前的十几天，曾经很仔细地研究过表示的态度，排列过措辞的先后，以及倘或遭了拒绝以后的情形。可是临时似乎都无用，在慌张中，身不由己地竟用了在电影上见过的方法了。后来一想到，就使我很愧恧，但在记忆上却偏只有这一点永远留遗，至今还如暗室的孤灯一般，照见我含泪握着她的手，一条腿跪了下去……。

不但我自己的，便是子君的言语举动，我那时就没有看得分明；仅知道她已经允许我了。但也还仿佛记得她脸色变成青白，后来又渐渐转作绯红，——没有见过，也没有再见的绯红；孩子似的眼里射出悲喜，但是夹着惊疑的光，虽然力避我的视线，张皇地似乎要破窗飞去。然而我知道她已经允许我了，没有知道她怎样说或是没有说。

她却是什么都记得：我的言辞，竟至于读熟了的一般，能够滔滔背诵；我的举动，就如有一张我所看不见的影片挂在眼下，叙述得如生，很细微，自然连那使我不愿再想的浅薄的电影的一闪。夜阑人静，是相对温习的时候了，我常是被质问，被考验，并且被命复述当时的言语，然而常须由她补足，由她纠正，像一个丁等的学生。

这温习后来也渐渐稀疏起来。但我只要看见她两眼注视空中，出神似的凝想着，于是神色越加柔和，笑窝也深下去，便知道她又在自修旧课了，只是我很怕她看到我那可笑的电影的一闪。但我又知道，她一定要看见，而且也非看不可的。

然而她并不觉得可笑。即使我自己以为可笑，甚而至于可鄙的，她也毫不以为可笑。这事我知道得很清楚，因为她爱我，是这样地热烈，这样地纯真。

去年的暮春是最为幸福，也是最为忙碌的时光。我的心平静下去了，但又有别一部分和身体一同忙碌起来。我们这时才在路上同行，也到过几回公园，最多的是寻住所。我觉得在路上时时遇到探索，讥笑，猥亵和轻蔑的眼光，一不小心，便使我的全身有些瑟缩，只得即刻提起我的骄傲和反抗来支持。她却是大无畏的，对于这些全不关心，只是镇静地缓缓前行，坦然如入无人之境。

寻住所实在不是容易事，大半是被托辞拒绝，小半是我们以为不相宜。起先我们选择得很苛酷，——也非苛酷，因为看去大抵不像是我们的安身之所；后来，便只要他们能相容了。看了二十多处，这才得到可以暂且敷衍的处所，是吉兆胡同一所小屋里的两间南屋；主人是一个小官，然而倒是明白人，自住着正屋和厢房。他只有夫人和一个不到周岁的女孩子，雇一个乡下的女工，只要孩子不啼哭，是极其安闲幽静的。

我们的家具很简单，但已经用去了我的筹来的款子的大半；子君还卖掉了她唯一的金戒指和耳环。我拦阻她，还是定要卖，我也就不再坚持下去了；我知道不给她加入一点股分去，她是住不舒服的。

和她的叔子，她早经闹开，至于使他气愤到不再认她做侄女；我也陆续和几个自以为忠告，其实是替我胆怯，或者竟是嫉妒的朋友绝了交。然而这倒很清静。每日办公散后，虽然已近黄昏，车夫又一定走得这样慢，但究竟还有二人相对的时候。我们先是沉默的相视，接着是放怀而亲密的交谈，后来又是沉默。大家低头沉思着，却并未想着什么事。我也渐渐清醒地读遍了她的身体，她的灵魂，不过三星期，我似乎于她已经更加了解，揭去许多先前以为了解而现在看来却是隔膜，即所谓真的隔膜了。

子君也逐日活泼起来。但她并不爱花，我在庙会[5]时买来的两盆小草花，四天不浇，枯死在壁角了，我又没有照顾一切的闲暇。然而她爱动物，也许是从官太太那里传染的罢，不一月，我们的眷属便骤然加得很多，四只小油鸡，在小院子里和房主人的十多只在一同走。但她们却认识鸡的相貌，各知道那一只是自家的。还有一只花白的叭儿狗，从庙会买来，记得似乎原有名字，子君却给它另起了一个，叫作阿随。我就叫它阿随，但我不喜欢这名字。

这是真的，爱情必须时时更新，生长，创造。我和子君说起这，她也领会地点点头。

唉唉，那是怎样的宁静而幸福的夜呵！

安宁和幸福是要凝固的，永久是这样的安宁和幸福。我们在会馆里时，还偶有议论的冲突和意思的误会，自从到吉兆胡同以来，连这一点也没有了；我们只在灯下对坐的怀旧谭中，回味那时冲突以后的和解的重生一般的乐趣。

子君竟胖了起来，脸色也红活了；可惜的是忙。管了家务便连谈天的工夫也没有，何况读书和散步。我们常说，我们总还得雇一个女工。

这就使我也一样地不快活，傍晚回来，常见她包藏着不快活的颜色，尤其使我不乐的是她要装作勉强的笑容。幸而探听出来了，也还是和那小官太太的暗斗，导火线便是两家的小油鸡。但又何必硬不告诉我呢？人总该有一个独立的家庭。这样的处所，是不能居住的。

我的路也铸定了，每星期中的六天，是由家到局，又由局到家。在局里便坐在办公桌前钞，钞，钞些公文和信件；在家里是和她相对或帮她生白炉子，煮饭，蒸馒头。我的学会了煮饭，就在这时候。

但我的食品却比在会馆里时好得多了。做菜虽不是子君的特长，然而她于此却倾注着全力；对于她的日夜的操心，使我也不能不一同操心，来算作分甘共苦。况且她又这样地终日汗流满面，短发都粘在脑额上；两只手又只是这样地粗糙起来。

况且还要饲阿随，饲油鸡，……都是非她不可的工作。

我曾经忠告她：我不吃，倒也罢了；却万不可这样地操劳。她只看了我一眼，不开口，神色却似乎有点凄然；我也只好不开口。然而她还是这样地操劳。

我所豫期的打击果然到来。双十节的前一晚，我呆坐着，她在洗碗。听到打门声，我去开门时，是局里的信差，交给我一张油印的纸条。我就有些料到了，到灯下去一看，果然，印着的就是：

奉

局长谕史涓生着毋庸到局办事

秘书处启　十月九号

这在会馆里时，我就早已料到了；那雪花膏便是局长的儿子的赌友，一定要去添些谣言，设法报告的。到现在才发生效验，已经要算是很晚的了。其实这在我不能算是一个打击，因为我早就决定，可以给别人去钞写，或者教读，或者虽然费力，也还可以译点书，况且《自由之友》的总编辑便是见过几次的熟人，两月前还通过信。但我的心却跳跃着。那么一个无畏的子君也变了色，尤其使我痛心；她近来似乎也较为怯弱了。

“那算什么。哼，我们干新的。我们……。”她说。

她的话没有说完；不知怎地，那声音在我听去却只是浮浮的；灯光也觉得格外黯淡。人们真是可笑的动物，一点极微末的小事情，便会受着很深的影响。我们先是默默地相视，逐渐商量起来，终于决定将现有的钱竭力节省，一面登“小广告”去寻求钞写和教读，一面写信给《自由之友》的总编辑，说明我目下的遭遇，请他收用我的译本，给我帮一点艰辛时候的忙。

“说做，就做罢！来开一条新的路！”

我立刻转身向了书案，推开盛香油的瓶子和醋碟，子君便送过那黯淡的灯来。我先拟广告；其次是选定可译的书，迁移以来未曾翻阅过，每本的头上都满漫着灰尘了；最后才写信。

我很费踌蹰，不知道怎样措辞好，当停笔凝思的时候，转眼去一瞥她的脸，在昏暗的灯光下，又很见得凄然。我真不料这样微细的小事情，竟会给坚决的，无畏的子君以这么显著的变化。她近来实在变得很怯弱了，但也并不是今夜才开始的。我的心因此更缭乱，忽然有安宁的生活的影像——会馆里的破屋的寂静，在眼前一闪，刚刚想定睛凝视，却又看见了昏暗的灯光。

许久之后，信也写成了，是一封颇长的信；很觉得疲劳，仿佛近来自己也较为怯弱了。于是我们决定，广告和发信，就在明日一同实行。大家不约而同地伸直了腰肢，在无言中，似乎又都感到彼此的坚忍崛强的精神，还看见从新萌芽起来的将来的希望。

外来的打击其实倒是振作了我们的新精神。局里的生活，原如鸟贩子手里的禽鸟一般，仅有一点小米维系残生，决不会肥胖；日子一久，只落得麻痹了翅子，即使放出笼外，早已不能奋飞。现在总算脱出这牢笼了，我从此要在新的开阔的天空中翱翔，趁我还未忘却了我的翅子的扇动。

小广告是一时自然不会发生效力的；但译书也不是容易事，先前看过，以为已经懂得的，一动手，却疑难百出了，进行得很慢。然而我决计努力地做，一本半新的字典，不到半月，边上便有了一大片乌黑的指痕，这就证明着我的工作的切实。《自由之友》的总编辑曾经说过，他的刊物是决不会埋没好稿子的。

可惜的是我没有一间静室，子君又没有先前那么幽静，善于体帖了，屋子里总是散乱着碗碟，弥漫着煤烟，使人不能安心做事，但是这自然还只能怨我自己无力置一间书斋。然而又加以阿随，加以油鸡们。加以油鸡们又大起来了，更容易成为两家争吵的引线。

加以每日的“川流不息”的吃饭；子君的功业，仿佛就完全建立在这吃饭中。吃了筹钱，筹来吃饭，还要喂阿随，饲油鸡；她似乎将先前所知道的全都忘掉了，也不想到我的构思就常常为了这催促吃饭而打断。即使在坐中给看一点怒色，她总是不改变，仍然毫无感触似的大嚼起来。

使她明白了我的作工不能受规定的吃饭的束缚，就费去五星期。她明白之后，大约很不高兴罢，可是没有说。我的工作果然从此较为迅速地进行，不久就共译了五万言，只要润色一回，便可以和做好的两篇小品，一同寄给《自由之友》去。只是吃饭却依然给我苦恼。菜冷，是无妨的，然而竟不够；有时连饭也不够，虽然我因为终日坐在家里用脑，饭量已经比先前要减少得多。这是先去喂了阿随了，有时还并那近来连自己也轻易不吃的羊肉。她说，阿随实在瘦得太可怜，房东太太还因此嗤笑我们了，她受不住这样的奚落。

于是吃我残饭的便只有油鸡们。这是我积久才看出来的，但同时也如赫胥黎[6]的论定“人类在宇宙间的位置”一般，自觉了我在这里的位置：不过是叭儿狗和油鸡之间。

后来，经多次的抗争和催逼，油鸡们也逐渐成为肴馔，我们和阿随都享用了十多日的鲜肥；可是其实都很瘦，因为它们早已每日只能得到几粒高粱了。从此便清静得多。只有子君很颓唐，似乎常觉得凄苦和无聊，至于不大愿意开口。我想，人是多么容易改变呵！

但是阿随也将留不住了。我们已经不能再希望从什么地方会有来信，子君也早没有一点食物可以引它打拱或直立起来。冬季又逼近得这么快，火炉就要成为很大的问题；它的食量，在我们其实早是一个极易觉得的很重的负担。于是连它也留不住了。

倘使插了草标[7]到庙市去出卖，也许能得几文钱罢，然而我们都不能，也不愿这样做。终于是用包袱蒙着头，由我带到西郊去放掉了，还要追上来，便推在一个并不很深的土坑里。

我一回寓，觉得又清静得多多了；但子君的凄惨的神色，却使我很吃惊。那是没有见过的神色，自然是为阿随。但又何至于此呢？我还没有说起推在土坑里的事。

到夜间，在她的凄惨的神色中，加上冰冷的分子了。

“奇怪。——子君，你怎么今天这样儿了？”我忍不住问。

“什么？”她连看也不看我。

“你的脸色……。”

“没有什么，——什么也没有。”

我终于从她言动上看出，她大概已经认定我是一个忍心的人。其实，我一个人，是容易生活的，虽然因为骄傲，向来不与世交来往，迁居以后，也疏远了所有旧识的人，然而只要能远走高飞，生路还宽广得很。现在忍受着这生活压迫的苦痛，大半倒是为她，便是放掉阿随，也何尝不如此。但子君的识见却似乎只是浅薄起来，竟至于连这一点也想不到了。

我拣了一个机会，将这些道理暗示她；她领会似的点头。然而看她后来的情形，她是没有懂，或者是并不相信的。

天气的冷和神情的冷，逼迫我不能在家庭中安身。但是，往那里去呢？大道上，公园里，虽然没有冰冷的神情，冷风究竟也刺得人皮肤欲裂。我终于在通俗图书馆里觅得了我的天堂。

那里无须买票；阅书室里又装着两个铁火炉。纵使不过是烧着不死不活的煤的火炉，但单是看见装着它，精神上也就总觉得有些温暖。书却无可看：旧的陈腐，新的是几乎没有的。

好在我到那里去也并非为看书。另外时常还有几个人，多则十余人，都是单薄衣裳，正如我，各人看各人的书，作为取暖的口实。这于我尤为合式。道路上容易遇见熟人，得到轻蔑的一瞥，但此地却决无那样的横祸，因为他们是永远围在别的铁炉旁，或者靠在自家的白炉边的。

那里虽然没有书给我看，却还有安闲容得我想。待到孤身枯坐，回忆从前，这才觉得大半年来，只为了爱，——盲目的爱，——而将别的人生的要义全盘疏忽了。第一，便是生活。人必生活着，爱才有所附丽。世界上并非没有为了奋斗者而开的活路；我也还未忘却翅子的扇动，虽然比先前已经颓唐得多……。

屋子和读者渐渐消失了，我看见怒涛中的渔夫，战壕中的兵士，摩托车[8]中的贵人，洋场上的投机家，深山密林中的豪杰，讲台上的教授，昏夜的运动者和深夜的偷儿……。子君，——不在近旁。她的勇气都失掉了，只为着阿随悲愤，为着做饭出神；然而奇怪的是倒也并不怎样瘦损……。

冷了起来，火炉里的不死不活的几片硬煤，也终于烧尽了，已是闭馆的时候。又须回到吉兆胡同，领略冰冷的颜色去了。近来也间或遇到温暖的神情，但这却反而增加我的苦痛。记得有一夜，子君的眼里忽而又发出久已不见的稚气的光来，笑着和我谈到还在会馆时候的情形，时时又很带些恐怖的神色。我知道我近来的超过她的冷漠，已经引起她的忧疑来，只得也勉力谈笑，想给她一点慰藉。然而我的笑貌一上脸，我的话一出口，却即刻变为空虚，这空虚又即刻发生反响，回向我的耳目里，给我一个难堪的恶毒的冷嘲。

子君似乎也觉得的，从此便失掉了她往常的麻木似的镇静，虽然竭力掩饰，总还是时时露出忧疑的神色来，但对我却温和得多了。

我要明告她，但我还没有敢，当决心要说的时候，看见她孩子一般的眼色，就使我只得暂且改作勉强的欢容。但是这又即刻来冷嘲我，并使我失却那冷漠的镇静。

她从此又开始了往事的温习和新的考验，逼我做出许多虚伪的温存的答案来，将温存示给她，虚伪的草稿便写在自己的心上。我的心渐被这些草稿填满了，常觉得难于呼吸。我在苦恼中常常想，说真实自然须有极大的勇气的；假如没有这勇气，而苟安于虚伪，那也便是不能开辟新的生路的人。不独不是这个，连这人也未尝有！

子君有怨色，在早晨，极冷的早晨，这是从未见过的，但也许是从我看来的怨色。我那时冷冷地气愤和暗笑了；她所磨练的思想和豁达无畏的言论，到底也还是一个空虚，而对于这空虚却并未自觉。她早已什么书也不看，已不知道人的生活的第一着是求生，向着这求生的道路，是必须携手同行，或奋身孤往的了，倘使只知道搥[9]着一个人的衣角，那便是虽战士也难于战斗，只得一同灭亡。

我觉得新的希望就只在我们的分离；她应该决然舍去，——我也突然想到她的死，然而立刻自责，忏悔了。幸而是早晨，时间正多，我可以说我的真实。我们的新的道路的开辟，便在这一遭。

我和她闲谈，故意地引起我们的往事，提到文艺，于是涉及外国的文人，文人的作品：《诺拉》，《海的女人》[10]。称扬诺拉的果决……。也还是去年在会馆的破屋里讲过的那些话，但现在已经变成空虚，从我的嘴传入自己的耳中，时时疑心有一个隐形的坏孩子，在背后恶意地刻毒地学舌。

她还是点头答应着倾听，后来沉默了。我也就断续地说完了我的话，连余音都消失在虚空中了。

“是的。”她又沉默了一会，说，“但是……涓生，我觉得你近来很两样了。可是的？你，——你老实告诉我。”

我觉得这似乎给了我当头一击，但也立即定了神，说出我的意见和主张来：新的路的开辟，新的生活的再造，为的是免得一同灭亡。

临末，我用了十分的决心，加上这几句话：

“……况且你已经可以无须顾虑，勇往直前了。你要我老实说；是的，人是不该虚伪的。我老实说罢：因为，因为我已经不爱你了！但这于你倒好得多，因为你更可以毫无挂念地做事……。”

我同时豫期着大的变故的到来，然而只有沉默。她脸色陡然变成灰黄，死了似的；瞬间便又苏生，眼里也发了稚气的闪闪的光泽。这眼光射向四处，正如孩子在饥渴中寻求着慈爱的母亲，但只在空中寻求，恐怖地回避着我的眼。

我不能看下去了，幸而是早晨，我冒着寒风径奔通俗图书馆。

在那里看见《自由之友》，我的小品文都登出了。这使我一惊，仿佛得了一点生气。我想，生活的路还很多，——但是，现在这样也还是不行的。

我开始去访问久已不相闻问的熟人，但这也不过一两次；他们的屋子自然是暖和的，我在骨髓中却觉得寒冽。夜间，便蜷伏在比冰还冷的冷屋中。

冰的针刺着我的灵魂，使我永远苦于麻木的疼痛。生活的路还很多，我也还没有忘却翅子的扇动，我想。——我突然想到她的死，然而立刻自责，忏悔了。

在通俗图书馆里往往瞥见一闪的光明，新的生路横在前面。她勇猛地觉悟了，毅然走出这冰冷的家，而且，——毫无怨恨的神色。我便轻如行云，漂浮空际，上有蔚蓝的天，下是深山大海，广厦高楼，战场，摩托车，洋场，公馆，晴明的闹市，黑暗的夜……。

而且，真的，我豫感得这新生面便要来到了。

我们总算度过了极难忍受的冬天，这北京的冬天；就如蜻蜓落在恶作剧的坏孩子的手里一般，被系着细线，尽情玩弄，虐待，虽然幸而没有送掉性命，结果也还是躺在地上，只争着一个迟早之间。

写给《自由之友》的总编辑已经有三封信，这才得到回信，信封里只有两张书券[11]：两角的和三角的。我却单是催，就用了九分的邮票，一天的饥饿，又都白挨给于己一无所得的空虚了。

然而觉得要来的事，却终于来到了。

这是冬春之交的事，风已没有这么冷，我也更久地在外面徘徊；待到回家，大概已经昏黑。就在这样一个昏黑的晚上，我照常没精打采地回来，一看见寓所的门，也照常更加丧气，使脚步放得更缓。但终于走进自己的屋子里了，没有灯火；摸火柴点起来时，是异样的寂寞和空虚！

正在错愕中，官太太便到窗外来叫我出去。

“今天子君的父亲来到这里，将她接回去了。”她很简单地说。

这似乎又不是意料中的事，我便如脑后受了一击，无言地站着。

“她去了么？”过了些时，我只问出这样一句话。

“她去了。”

“她，——她可说什么？”

“没说什么。单是托我见你回来时告诉你，说她去了。”

我不信；但是屋子里是异样的寂寞和空虚。我遍看各处，寻觅子君；只见几件破旧而黯淡的家具，都显得极其清疏，在证明着它们毫无隐匿一人一物的能力。我转念寻信或她留下的字迹，也没有；只有盐和干辣椒，面粉，半株白菜，却聚集在一处了，旁边还有几十枚铜元。这是我们两人生活材料的全副，现在她就郑重地将这留给我一个人，在不言中，教我借此去维持较久的生活。

我似乎被周围所排挤，奔到院子中间，有昏黑在我的周围；正屋的纸窗上映出明亮的灯光，他们正在逗着孩子玩笑。我的心也沉静下来，觉得在沉重的迫压中，渐渐隐约地现出脱走的路径：深山大泽，洋场，电灯下的盛筵，壕沟，最黑最黑的深夜，利刃的一击，毫无声响的脚步……。

心地有些轻松，舒展了，想到旅费，并且嘘一口气。

躺着，在合着的眼前经过的豫想的前途，不到半夜已经现尽；暗中忽然仿佛看见一堆食物，这之后，便浮出一个子君的灰黄的脸来，睁了孩子气的眼睛，恳托似的看着我。我一定神，什么也没有了。

但我的心却又觉得沉重。我为什么偏不忍耐几天，要这样急急地告诉她真话的呢？ 现在她知道，她以后所有的只是她父亲——儿女的债主——的烈日一般的严威和旁人的赛过冰霜的冷眼。此外便是虚空。负着虚空的重担，在严威和冷眼中走着所谓人生的路，这是怎么可怕的事呵！ 而况这路的尽头，又不过是——连墓碑也没有的坟墓。

我不应该将真实说给子君，我们相爱过，我应该永久奉献她我的说谎。如果真实可以宝贵，这在子君就不该是一个沉重的空虚。谎语当然也是一个空虚，然而临末，至多也不过这样地沉重。

我以为将真实说给子君，她便可以毫无顾虑，坚决地毅然前行，一如我们将要同居时那样。但这恐怕是我错误了。她当时的勇敢和无畏是因为爱。

我没有负着虚伪的重担的勇气，却将真实的重担卸给她了。她爱我之后，就要负了这重担，在严威和冷眼中走着所谓人生的路。

我想到她的死……。我看见我是一个卑怯者，应该被摈于强有力的人们，无论是真实者，虚伪者。然而她却自始至终，还希望我维持较久的生活……。

我要离开吉兆胡同，在这里是异样的空虚和寂寞。我想，只要离开这里，子君便如还在我的身边；至少，也如还在城中，有一天，将要出乎意表地访我，像住在会馆时候似的。

然而一切请托和书信，都是一无反响；我不得已，只好访问一个久不问候的世交去了。他是我伯父的幼年的同窗，以正经出名的拔贡[12]，寓京很久，交游也广阔的。

大概因为衣服的破旧罢，一登门便很遭门房的白眼。好容易才相见，也还相识，但是很冷落。我们的往事，他全都知道了。

“自然，你也不能在这里了，”他听了我托他在别处觅事之后，冷冷地说，“但那里去呢？很难。——你那，什么呢，你的朋友罢，子君，你可知道，她死了。”

我惊得没有话。

“真的？”我终于不自觉地问。

“哈哈。自然真的。我家的王升的家，就和她家同村。”

“但是，——不知道是怎么死的？”

“谁知道呢。总之是死了就是了。”

我已经忘却了怎样辞别他，回到自己的寓所。我知道他是不说谎话的；子君总不会再来的了，像去年那样。她虽是想在严威和冷眼中负着虚空的重担来走所谓人生的路，也已经不能。她的命运，已经决定她在我所给与的真实——无爱的人间死灭了！

自然，我不能在这里了；但是，“那里去呢？”

四围是广大的空虚，还有死的寂静。死于无爱的人们的眼前的黑暗，我仿佛一一看见，还听得一切苦闷和绝望的挣扎的声音。

我还期待着新的东西到来，无名的，意外的。但一天一天，无非是死的寂静。

我比先前已经不大出门，只坐卧在广大的空虚里，一任这死的寂静侵蚀着我的灵魂。死的寂静有时也自己战栗，自己退藏，于是在这绝续之交，便闪出无名的，意外的，新的期待。

一天是阴沉的上午，太阳还不能从云里面挣扎出来，连空气都疲乏着。耳中听到细碎的步声和咻咻的鼻息，使我睁开眼。大致一看，屋子里还是空虚；但偶然看到地面，却盘旋着一匹小小的动物，瘦弱的，半死的，满身灰土的……。

我一细看，我的心就一停，接着便直跳起来。

那是阿随。它回来了。

我的离开吉兆胡同，也不单是为了房主人们和他家女工的冷眼，大半就为着这阿随。但是，“那里去呢？”新的生路自然还很多，我约略知道，也间或依稀看见，觉得就在我面前，然而我还没有知道跨进那里去的第一步的方法。

经过许多回的思量和比较，也还只有会馆是还能相容的地方。依然是这样的破屋，这样的板床，这样的半枯的槐树和紫藤，但那时使我希望，欢欣，爱，生活的，却全都逝去了，只有一个虚空，我用真实去换来的虚空存在。

新的生路还很多，我必须跨进去，因为我还活着。但我还不知道怎样跨出那第一步。有时，仿佛看见那生路就像一条灰白的长蛇，自己蜿蜒地向我奔来，我等着，等着，看看临近，但忽然便消失在黑暗里了。

初春的夜，还是那么长。长久的枯坐中记起上午在街头所见的葬式，前面是纸人纸马，后面是唱歌一般的哭声。我现在已经知道他们的聪明了，这是多么轻松简截的事。

然而子君的葬式却又在我的眼前，是独自负着虚空的重担，在灰白的长路上前行，而又即刻消失在周围的严威和冷眼里了。

我愿意真有所谓鬼魂，真有所谓地狱，那么，即使在孽风怒吼之中，我也将寻觅子君，当面说出我的悔恨和悲哀，祈求她的饶恕；否则，地狱的毒焰将围绕我，猛烈地烧尽我的悔恨和悲哀。

我将在孽风和毒焰中拥抱子君，乞她宽容，或者使她快意……。

但是，这却更虚空于新的生路；现在所有的只是初春的夜，竟还是那么长。我活着，我总得向着新的生路跨出去，那第一步，——却不过是写下我的悔恨和悲哀，为子君，为自己。

我仍然只有唱歌一般的哭声，给子君送葬，葬在遗忘中。

我要遗忘；我为自己，并且要不再想到这用了遗忘给子君送葬。

我要向着新的生路跨进第一步去，我要将真实深深地藏在心的创伤中，默默地前行，用遗忘和说谎做我的前导……。

一九二五年十月二十一日毕。

* * *

〔1〕本篇在收入本书前未在报刊上发表过。

〔2〕会馆：旧时都市中同乡会或同业公会设立的馆舍，供同乡或同业旅居、聚会之用。

〔3〕长班：旧时官员的随身仆人，也用来称呼一般的“听差”。

〔4〕伊孛生（H. Ibsen，1828—1906）：通译易卜生，挪威剧作家。泰戈尔（R. Tagore，1861—1941），印度诗人。1924年曾来过我国。当时他的诗作译成中文的有《新月集》《飞鸟集》等。雪莱（P. B. Shelley，1792—1822），英国诗人。曾参加爱尔兰民族独立运动，因传播革命思想和争取婚姻自由屡遭迫害。后在海里覆舟淹死。他的《西风颂》《云雀颂》等著名短诗，“五四”后被介绍到我国。

〔5〕庙会：又称“庙市”，旧时在节日或规定的日子，设在寺庙或其附近的集市。

〔6〕赫胥黎（T. Huxley，1825—1895）：英国生物学家。他的《人类在宇宙间的位置》（今译《人类在自然界的位置》），是宣传达尔文的进化论的重要著作。

〔7〕草标：旧时在被卖的人身或物品上插置的草杆，作为出卖的标志。

〔8〕摩托车：当时对小汽车的称呼。

〔9〕搥：通“捶”，亦作“垂”解，意为“墜”。《墨子·经说下》：“衡加重于其一旁，必捶。”据谭戒甫《墨经分类译注》释：“捶，垂的繁文，下墜之义。”

〔10〕《诺拉》：通译《娜拉》（又译作《玩偶之家》）；《海的女人》，通译《海的夫人》。都是易卜生的著名剧作。

〔11〕书券：购书用的代价券，可按券面金额到指定书店选购。旧时有的报刊用它代替现金支付稿酬。

〔12〕拔贡：清代科举考试制度：在规定的年限（原定六年，后改为十二年）选拔“文行兼优”的秀才，保送到京师，贡入国子监，称为“拔贡”。是贡生的一种。

沉　沦*

郁 达 夫

（一）

他近来觉得孤冷得可怜。

他的早熟的性情，竟把他挤到与世人绝不相容的境地去，世人与他的中间介在的那一道屏障，愈筑愈高了。

天气一天一天的清凉起来，他的学校开学之后，已经快半个月了。那一天正是九月的二十二日。

晴天一碧，万里无云，终古常新的皎日，依旧在她的轨道上，一程一程的在那里行走。从南方吹来的微风，同醒酒的琼浆一般，带着一种香气，一阵阵的拂上面来。在黄苍未熟的稻田中间，在弯曲同白线似的乡间的官道上面，他一个人手里捧了一本六寸长的 Wordsworth 的诗集，尽在那里缓缓的独步。在这大平原内，四面并无人影；不知从何处飞来的一声两声的远吠声，悠悠扬扬的传到他耳膜上来。他眼睛离开了书，同做梦似的向有犬吠声的地方看去，但看见了一丛杂树，几处人家，同鱼鳞似的屋瓦上，有一层薄薄的蜃气楼，同轻纱似的，在那里飘荡。

“Oh，you serene gossamer！ You beautiful gossamer！”

这样的叫了一声，他的眼睛里就涌出了两行清泪来，他自己也不知道是什么缘故。

呆呆的看了好久，他忽然觉得背上有一阵紫色的气息吹来，息索的一响，道旁的一枝小草，竟把他的梦境打破了。他回转头来一看，那枝小草还是颠摇不已，一阵带着紫罗兰气息的和风，温微微的喷到他那苍白的脸上来。在这清和的早秋的世界里，在这澄清透明的以太中，他的身体觉得同陶醉似的酥软起来。他好像是睡在慈母怀里的样了。他好像是梦到了桃花源里的样子。他好像是在南欧的海岸，躺在情人膝上，在那里贪午睡的样子。

他看看四边，觉得周围的草木，都在那里对他微笑。看看苍空，觉得悠久无穷的大自然，微微的在那里点头。一动也不动的向天看了一会，他觉得天空中，有一群小天神，背上插着了翅膀，肩上挂着了弓箭，在那里跳舞。他觉得乐极了。便不知不觉开了口，自言自语的说：

“这里就是你的避难所。世间的一般庸人都在那里妒忌你，轻笑你，愚弄你；只有这大自然，这终古常新的苍空皎日，这晚夏的微风，这初秋的清气，还是你的朋友，还是你的慈母，还

* 摘自《郁达夫全集》第一卷，浙江大学出版社 2007 年版。

是你的情人，你也不必再到世上去与那些轻薄的男女共处去，你就在这大自然的怀里，这纯朴的乡间终老了罢。”

这样的说了一遍，他觉得自家可怜起来，好像有万千哀怨，横亘在胸中，一口说不出来的样子。含了一双清泪，他的眼睛又看到他手里的书上去。

Behold her，single in the field，
You solitary Highland Lass！
Reaping and singing by herself；
Stop here，or gently pass！
Alone she cuts，and binds the grain，
And sings a melancholy strain；
Oh，listen！ for the vale profound
Is overflowing with the sound.

看了这一节之后，他又忽然翻过一张来，脱头脱脑的看到那第三节去。

Will no one tell me what she sings
Perhaps the plaintive numbers flow
For old，unhappy far-off things，
And battle long ago：
Or is it some more humble lay，
Familiar matter of today？
Some natural sorrow，loss，or pain，
That has been and may be again！

这也是他近来的一种习惯，看书的时候，并没有次序的。几百页的大书，更可不必说了，就是几十页的小册子，如爱美生的《自然论》(Emerson's *On Nature*)，沙罗的《逍遥游》(Thoreau's *Excursion*) 之类，也没有完完全全从头至尾的读完一篇过。当他起初翻开一册书来看的时候，读了四行五行或一页二页，他每被那一本书感动，恨不得要一口气把那一本书吞下肚子里去的样子，到读了三页四页之后，他又生起一种怜惜的心来。他心里似乎说：

“像这样的奇书，不应该一口气就把它念完，要留着细细儿的咀嚼才好。一下子就念完了之后，我的热望也就不得不消灭，那时候我就没有好望，没有梦想了，怎么使得呢？”

他的脑里虽然有这样的想头，其实他的心里早有一些儿厌倦起来，到了这时候，他总把那本书收过一边，不再看下去。过几天或者过几个钟头之后，他又用了满腔的热忱，同初读那一本书的时候一样的，去读另外的书去；几日前或者几点钟前那样的感动他的那一本书，就不得

不被他遗忘了。

放大了声音把渭迟渥斯的那两节诗读了一遍之后，他忽然想把这一首诗用中国文翻译出来。

《孤寂的高原刈稻者》

他想想看，*The Solitary Highland Reaper* 诗题只有如此的译法。

你看那个女孩儿，她只一个人在田里，
你看那边的那个高原的女孩儿，她只一个人冷清清地！
她一边刈稻，一边在那儿唱着不已；
她忽儿停了，忽而又过去了，轻盈体态，风光细腻！
她一个人，刈了，又重把稻儿捆起，
她唱的山歌，颇有些儿悲凉的情味；
听呀听呀！这幽谷深深，
全充满了她的歌唱的清音。
有人能说否，她唱的究竟是什么？
或者她那万千的痴话，
是唱着前代的哀歌，
或者是前朝的战事，千兵万马；
或者是些坊间的俗曲，
便是目前的家常闲说？
或者是些天然的哀怨，必然的丧苦，自然的悲楚，
这些事虽是过去的回思，将来想亦必有人指诉。

他一口气译了出来之后，忽又觉得无聊起来，便自嘲自骂的说：

“这算是什么东西呀，岂不同教会里的赞美歌一样的乏味么？ 英国诗是英国诗，中国诗是中国诗，又何必译来对去呢！”

这样的说了一句，他不知不觉便微微儿的笑起来。向四边一看，太阳已经打斜了；大平原的彼岸，西边的地平线上，有一座高山，浮在那里，饱受了一天残照，山的周围酝酿成一层朦朦胧胧的岚气，反射出一种紫不紫红不红的颜色来。

他正在那里出神呆看的时候，哼的咯嗽了一声，他的背后忽然来了一个农夫。回头一看，他就把他脸上的笑容改装了一副忧郁的面色，好像他的笑容是怕被人看见的样子。

（二）

他的忧郁症愈闹愈甚了。

他觉得学校里的教科书，味同嚼蜡，毫无半点生趣。天气清朗的时候，他每捧了一本爱读的文学书，跑到人迹罕至的山腰水畔，去贪那孤寂的深味去。在万籁俱寂的瞬间，在天水相映的地方，他看看草木虫鱼，看看白云碧落，便觉得自家是一个孤高傲世的贤人，一个超然独立的隐者。有时在山中遇着一个农夫，他便把自己当作了 Zaratustra，把 Zaratustra 所说的话，也在心里对那农夫讲了。他的 Megalomania 也同他的 Hypochondria 成了正比例，一天一天的增加起来。他竟有连接四五天不上学校去听讲的时候。

有时候到学校里去，他每觉得众人都在那里凝视他的样子。他避来避去想避他的同学，然而无论到了什么地方，他的同学的眼光，总好像怀了恶意，射在他的背脊上面。

上课的时候，他虽然坐在全班学生的中间，然而总觉得孤独得很：在稠人广众之中，感得的这种孤独，倒比一个人在冷清的地方，感得的那种孤独，还更难受。看看他的同学看，一个个都是兴高彩烈的在那里听先生的讲义，只有他一个人身体虽然坐在讲堂里头，心想却同飞云逝电一般，在那里作无边无际的空想。

好容易下课的钟声响了！先生退去之后，他的同学说笑的说笑，谈天的谈天，个个都同春来的燕雀似的，在那里作乐；只有他一个人锁了愁眉，舌根好像被千钧的巨石锤住的样子，兀的不作一声。他也很希望他的同学来对他讲些闲话，然而他的同学却都自家管自家的去寻欢乐去，一见了他那一副愁容，没有一个不抱头奔散的，因此他愈加怨他的同学了。

“他们都是日本人，他们都是我的仇敌，我总有一天来复仇，我总要复他们的仇。”

一到了悲愤的时候，他总这样的想的，然而到了安静之后，他又不得不嘲骂自家说：

“他们都是日本人，他们对你当然是没有同情的，因为你想得他们的同情，所以你怨他们，这岂不是你自家的错误么？”

他的同学中的好事者，有时候也有人来向他说笑的，他心里虽然非常感激，想同那一个人谈几句至心的话，然而口中总说不出什么话来；所以有几个解他的意的人，也不得不同他疏远了。

他的同学日本人在那里欢笑的时候，他总疑他们是在那里笑他，他就一霎时的红起脸来。他们在那里谈天的时候，若有偶然看他一眼的人，他又忽然红起脸来，以为他们是在那里讲他。他同他同学中间的距离，一天一天的远背起来，他的同学都以为他是爱孤独的人，所以谁也不敢来近他的身。

有一天放课之后，他挟了书包，回到他的旅馆里来，有三个日本学生系同他同路的。将要到他寄寓的旅馆的时候，前面忽然来了两个穿红裙的女学生。在这一区市外的地方，从没有女学生看见的，所以他一见了这两个女子，呼吸就紧缩起来。他们四个人同那两个女子擦过的时候，他的三个日本人的同学都问她们说：

“你们上哪儿去？”

那两个女学生就作起娇声来回答说：

“不知道！”

“不知道！”

那三个日本学生都高笑起来，好像是很得意的样子：只有他一个人似乎是他自家同她们讲了话似的，害了羞，匆匆跑回旅馆里来。进了他自家的房，把书包用力的向席上一丢，他就在席上躺下了。他的胸前还在那里乱跳，用了一只手枕着头，一只手按着胸口，他便自嘲自骂的说：

“你这卑怯者！

“你既然怕羞，何以又要后悔？

“既要后悔，何以当时你又没有那样的胆量？不同她们去讲一句话。

“Oh，coward，coward！”

说到这里，他忽然想起刚才那两个女学生的眼波来了。

那两双活泼泼的眼睛！

那两双眼睛里，确有惊喜的意思含在里头。然而再仔细想了一想，他又忽然叫起来说：

“呆人呆人！她们虽有意思，与你有什么相干？她们所送的秋波，不是单送给那三个日本人的么？唉！唉！她们已经知道了，已经知道我是支那人了，否则她们何以不来看我一眼呢！复仇复仇，我总要复她们的仇。”

说到这里，他那火热的颊上忽然滚了几颗冰冷的眼泪下来。他是伤心到极点了。这一天晚上，他记的日记说：

> 我何苦要到日本来，我何苦要求学问。既然到了日本，那自然不得不被他们日本人轻侮的。中国呀中国！你怎么不富强起来，我不能再隐忍过去了。
>
> 故乡岂不有明媚的山河，故乡岂不有如花的美女？我何苦要到这东海的岛国里来！
>
> 到日本来倒也罢了，我何苦又要进这该死的高等学校。他们留了五个月学回去的人，岂不在那里享荣华安乐么？这五六年的岁月，叫我怎么能挨得过去。受尽了千辛万苦，积了十数年的学识，我回国去，难道定能比他们来胡闹的留学生更强么？
>
> 人生百岁，年少的时候，只有七八年的光景，这最纯最美的七八年，我就不得不在这无情的岛国里虚度过去，可怜我今年已经是二十一了。
>
> “槁木的二十一岁！
>
> “死灰的二十一岁！
>
> “我真还不如变了矿物质的好，我大约没有开花的日子了。
>
> “知识我也不要，名誉我也不要，我只要一个安慰我体谅我的‘心’。一副白热的心肠！从这一副心肠里生出来的同情！从同情而来的爱情！
>
> “我所要求的就是爱情！
>
> “若有一个美人，能理解我的苦楚，她要我死，我也肯的。
>
> “若有一个妇人，无论她是美是丑，能真心真意的爱我，我也愿意为她死的。
>
> “我所要求的就是异性的爱情！
>
> “苍天呀苍天，我并不要知识，我并不要名誉，我也不要那些无用的金钱，你若能赐我一个伊甸园内的‘伊扶’，使她的肉体与心灵，全归我有，我就心满意足了。”

（三）

他的故乡，是富春江上的一个小市，去杭州水程不过八九十里。这一条江水，发源安徽，贯流全浙，江形曲折，风景常新，唐朝有一个诗人赞这条江水说“一川如画”。他十四岁的时候，请了一位先生写了这四个字，贴在他的书斋里，因为他的书斋的小窗，是朝着江面的。虽则这书斋结构不大，然而风雨晦明，春秋朝夕的风景，也还抵得过滕王高阁。在这小小的书斋里过了十几个春秋，他才跟了他的哥哥到日本来留学。

他三岁的时候就丧了父亲，那时候他家里困苦得不堪。好容易他长兄在日本 W 大学卒了业，回到北京，考了一个进士，分发在法部当差，不上两年，武昌的革命起来了。那时候他已在县立小学堂卒了业，正在那里换来换去的换中学堂。他家里的人都怪他无恒性，说他的心思太活；然而依他自己讲来，他以为他一个人同别的学生不同，不能按部就班的同他们同在一处求学的。所以他进了 K 府中学之后，不上半年又忽然转到 H 府中学来；在 H 府中学住了三个月，革命就起来了。H 府中学停学之后，他依旧只能回到他那小小的书斋里来。第二年的春天，正是他十七岁的时候，他就进了大学的预科。这大学是在杭州城外，本来是美国长老会捐钱创办的，所以学校里浸润了一种专制的弊风，学生的自由，几乎被缩服得同针眼儿一般的小。礼拜三的晚上有什么祈祷会，礼拜日非但不准出去游玩，并且在家里看别的书也不准的，除了唱赞美诗祈祷之外，只许看新旧约书。每天早晨从九点钟到九点二十分，定要去做礼拜，不去做礼拜，就要扣分数记过。他虽然非常爱那学校近旁的山水景物，然而他的心里，总有些反抗的意思，因为他是一个爱自由的人，对那些迷信的管束，怎么也不甘心服从。住不上半年，那大学里的厨子，托了校长的势，竟打起学生来。学生中间有几个不服的，便去告诉校长，校长反说学生不是。他看看这些情形，实在是太无道理了，就立刻去告了退，仍复回家，到那小小的书斋里去。那时候已经是六月初了。

在家里住了三个多月，秋风吹到富春江上，两岸的绿树，就快凋落的时候，他又坐了帆船，下富春江，上杭州去。恰好那时候石牌楼的 W 中学正在那里招插班生，他进去见了校长 M 氏，把他的经历说给了 M 氏夫妻听，M 氏就许他插入最高的班里去。这 W 中学原来也是一个教会学校，校长 M 氏，也是一个糊涂的美国宣教师，他看看这学校的内容倒比 H 大学不如了。与一位很卑鄙的教务长——原来这一位先生就是 H 大学的卒业生——闹了一场，第二年的春天，他就出来了。出了 W 中学，他看看杭州的学校，都不能如他的意，所以他就打算不再进别的学校去。

正是这个时候，他的长兄也在北京被人排斥了。原来他的长兄为人正直得很，在部里办事，铁面无私，并且比一般部内的人物又多了一些学识，所以部内上下，都忌惮他：有一天某次长的私人，来问他要一个位置，他执意不肯，因此次长就同他闹起意见来，过了几天他就辞了部里的职，改到司法界去做司法官去了。他的二兄那时候正在绍兴军队里作军官，这一位二兄军人习气颇深，挥金如土，专喜结交侠少。他们弟兄三人，到这时候都不能如意之所为，所以那一小市镇里的闲人都说他们的风水破了。

他回家之后，便镇日镇夜的蛰居在他那小小的书斋里。他父祖及他长兄所藏的书籍，就作了他的良师益友。他的日记上面，一天一天的记起诗来。有时候他也用了华丽的文章做起小说来，小说里就把他自己当作了一个多情的勇士，把他邻近的一家寡妇的两个女儿，当作了贵族的苗裔，把他故乡的风物，全编作了田园的清景；有兴的时候，他还把他自家的小说，用单纯的外国文翻译起来；他的幻想，愈演愈大了，他的忧郁病的根苗，大约也就在这时候培养成功的。

在家里住了半年，到了七月中旬，他接到他长兄的来信说：

"院内近有派予赴日本考察司法事务之意，予已许院长以东行，大约此事不日可见命令。渡日之先，拟返里小住。三弟居家，断非上策，此次当偕伊赴日本也。"

他接到了这一封信之后，心中日日盼他长兄南来，到了九月下旬，他的兄嫂才自北京到家。住了一月，他就同他的长兄长嫂同到日本去了。

到了日本之后。他的 Dreams of the romantic age 尚未醒悟，模模糊糊的过了半载，他就考入了东京第一高等学校。这正是他十九岁的秋天。

第一高等学校将开学的时候，他的长兄接到了院长的命令，要他回去。他的长兄便把他寄托在一家日本人的家里，几天之后，他的长兄长嫂和他的新生的侄女儿就回国去了。

东京的第一高等学校里有一班豫备班，是为中国学生特设的。在这豫科里豫备一年，卒业之后，才能入各地高等学校的正科，与日本学生同学。他考入豫科的时候，本来填的是文科，后来将在豫科卒业的时候，他的长兄定要他改到医科去，他当时亦没有什么主见，就听了他长兄的话把文科改了。

豫科卒业之后，他听说 N 市的高等学校是最新的，并且 N 市是日本产美人的地方，所以他就要求到 N 市的高等学校去。

（四）

他的二十岁的八月二十九日的晚上，他一个人从东京的中央车站乘了夜行车到 N 市去。

那一天大约刚是旧历的初三四的样子，同天鹅绒似的又蓝又紫的天空里，洒满了一天星斗。半痕新月，斜挂在西天角上，却似仙女的峨眉，未加翠黛的样子。他一个人靠着了三等车的车窗，默默的在那里数窗外人家的灯火。火车在暗黑的夜气中间，一程一程的进去，那大都市的星星灯火，也一点一点的朦胧起来，他的胸中忽然生了万千哀感，他的眼睛里就忽然觉得热起来了。

"Sentimental，too sentimental！"

这样的叫了一声，把眼睛揩了一下，他反而自家笑着自家来。

"你也没有情人留在东京，你也没有弟兄知己住在东京，你的眼泪究竟是为谁洒的呀！或者是对于你过去的生活的伤感，或者是对你二年间的生活的余情，然而你平时不是说不爱东京的么？

“唉，一年人住岂无情。

“黄莺住久浑相识，欲别频啼四五声！”

胡思乱想的寻思了一会，他又忽然想到初次赴新大陆去的清教徒的身上去。

“那些十字架下的流人，离开他故乡海岸的时候，大约也是悲壮淋漓，同我一样的。”

火车过了横滨，他的感情方才渐渐儿的平静起来。呆呆的坐了一忽，他就取了一张明信片出来，垫在海涅（Heine）的诗集上，用铅笔写了一首诗寄他东京的朋友。

娥媚月上柳梢初，又向天涯别故居。
四壁旗亭争赌酒，六街灯火远随车。
乱离年少无多泪，行李家贫只旧书。
后夜芦根秋水长，凭君南浦觅双鱼。

在朦胧的电灯光里，静悄悄的坐了一会，他又把海涅的诗集翻开来看了。

Lebet wohl，ihr glatten Saele，
Glatte Herren，glatte Frauen！
Auf die Berge will ich steigen，
Lachend auf euch niederschauen！

Heine's *Harzreise*

浮薄的尘寰，无情的男女，
你看那隐隐的青山，我欲乘风飞去，
且住且住，
我将从那绝顶的高峰，笑看你终归何处。

单调的轮声，一声声连连续续的飞到他的耳膜上来，不上三十分钟他竟被这催眠的车轮声引诱到梦幻的仙境里去了。

早晨五点钟的时候，天空渐渐儿的明亮起来。在车窗里向外一望，他只见一线青天还被夜色包住在那里。探头出去一看，一层薄雾，笼罩着一幅天然的画图，他心里想了一想：

“原来今天又是清秋的好天气，我的福分真可算不薄了。”

过了一个钟头，火车就到了 N 市的停车场。

下了火车，在车站上遇见了一个日本学生；他看看那学生的制帽上也有两条白线，便知道他也是高等学校的学生。他走上前去，对那学生脱了一脱帽，问他说：

“第 X 高等学校是在什么地方的？”

那学生回答说：

“我们一路去罢。”

他就跟了那学生跑出火车站来，在火车站的前头，乘了电车。

早晨还早得很，N 市的店家都还未曾起来。他同那日本学生坐了电车，经过了几条冷清的街巷，就在鹤舞公园前面下了车。他问那日本学生说：

“学校还远得很么？”

“还有二里多路。”

穿过了公园，走到稻田中间的细路上的时候，他看看太阳已经起来了，稻上的露滴，还同明珠似的挂在那里。前面有一丛树林，树林阴里，疏疏落落的看得见几椽农舍。有两三条烟囱筒子，突出在农舍的上面，隐隐约约的浮在清晨的空气里。一缕两缕的青烟，同炉香似的在那里浮动，他知道农家已在那里炊早饭了。

到学校近边的一家旅馆去一问，他一礼拜前头寄出的几件行李，早已经到在那里。原来那一家人家是住过中国留学生的，所以主人待他也很殷勤。在那一家旅馆里住下了之后，他觉得前途好像有许多欢乐在那里等他的样子。

他的前途的希望，在第一天的晚上，就不得不被目前的实情嘲弄了。原来他的故里，也是一个小小的市镇。到了东京之后，在人山人海的中间，他虽然时常觉得孤独，然而东京的都市生活，同他幼时的习惯尚无十分龃龉的地方。如今到了这 N 市的乡下之后，他的旅馆，是一家孤立的人家，四面并无邻舍，左首门外便是一条如发的大道，前后都是稻田，西面是一方池水，并且因为学校还没有开课，别的学生还没有到来，这一间宽旷的旅馆里，只住了他一个客人。白天倒还可以支吾过去，一到了晚上，他开窗一望，四面都是沉沉的黑影，并且因 N 市的附近是一大平原，所以望眼连天，四面并无遮障之处，远远里有一点灯火，明灭无常，森然有些鬼气。天花板里，又有许多虫鼠，息栗索落的在那里争食。窗外有几株梧桐，微风动叶，咄咄的响得不已，因为他住在二层楼上，所以梧桐的叶战声，近在他的耳边。他觉得害怕起来，几乎要哭出来了。他对于都市的怀乡病（Nostalgia）从未有比那一晚更甚的。

学校开了课，他朋友也渐渐儿的多起来。感受性非常强烈的他的性情，也同天空大地丛林野水融和了。不上半年，他竟变成了一个大自然的宠儿，一刻也离不了那天然的野趣了。

他的学校是在 N 市外，刚才说过市的附近是一大平原，所以四边的地平线，界限广大得很。那时候日本的工业还没有十分发达，人口也还没有增加得同目下一样，所以他的学校的近边，还多是丛林空地，小阜低冈。除了几家与学生做买卖的文房具店及菜馆之外，附近并没有居民。荒野的人间，只有几家为学生设的旅馆，同晓天的星影似的，散缀在麦田瓜地的中央。晚饭毕后，披了黑呢的缦斗（斗篷），拿了爱读的书，在迟迟不落的夕照中间，散步逍遥，是非常快乐的。他的田园趣味，大约也是在这 Idyllic wanderings 的中间养成的。

在生活竞争不十分猛烈，逍遥自在，同中古时代一样的时候，在风气纯良，不与市井小人同处，清闲雅淡的地方，过日子正如做梦一样。他到了 N 市之后，转瞬之间，已经有半年多了。

熏风日夜的吹来，草色渐渐儿的绿起来。旅馆近旁麦田里的麦穗，也一寸一寸的长起来了。草木虫鱼都化育起来，他的从始祖传来的苦闷也一日一日的增长起来，他每天早晨，在被窝里犯的罪恶，也一次一次的加起来了。

他本来是一个非常爱高尚爱洁净的人，然而一到了这邪念发生的时候，他的智力也无用了，他的良心也麻痹了，他从小服膺的“身体发肤不敢毁伤”的圣训，也不能顾全了。他犯了罪之后，每深自痛悔，切齿的说，下次总不再犯了，然而到了第二天的那个时候，种种幻想，又活泼泼的到他的眼前来。他平时所看见的“伊扶”的遗类，都赤裸裸的来引诱他。中年以后的妇人的形体，在他的脑里，比处女更有挑拨他情动的地方。他苦闷一场，恶斗一场，终究不得不做她们的俘虏。这样的一次成了两次，两次之后，就成了习惯了。他犯罪之后，每到图书馆里去翻出医书来看，医书都千篇一律的说，于身体最有害的就是这一种犯罪。从此之后，他的恐惧心也一天一天的增加起来了。有一天他不知道从什么地方得来的消息，好像是一本书上说，俄国近代文学的创设者 Gogol 也犯这一宗病，他到死竟没有改过来，他想到了郭歌里，心里就宽了一宽，因为这《死了的灵魂》的著者，也是同他一样的。然而这不过自家对自家的宽慰而已，他的胸里，总有一种非常的忧虑存在那里。

因为他是非常爱洁净的，所以他每天总要去洗澡一次，因为他是非常爱惜身体的，所以他每天总要去吃几个生鸡子和牛乳；然而他去洗澡或吃牛乳鸡子的时候，他总觉得惭愧得很，因为这都是他的犯罪的证据。

他觉得身体一天一天的衰弱起来，记忆力也一天一天的减退了。他又渐渐儿的生了一种怕见人面的心思，见了妇人女子的时候，他觉得更加难受。学校的教科书，他渐渐的嫌恶起来，法国自然派的小说，和中国那几本有名的诲淫小说，他念了又念，几乎记熟了。

有时候他忽然做出一首好诗来，他自家便喜欢得非常，以为他的脑力还没有破坏。那时候他每对着自家起誓说：

“我的脑力还可以使得，还能做得出这样的诗，我以后决不再犯罪了。过去的事实是没法，我以后总不再犯罪了。若从此自新，我的脑力，还是很可以的。”

然而一到了紧迫的时候，他的誓言又忘了。

每礼拜四五，或每月的二十六七的时候，他索性尽意的贪起欢来。他的心里想，自下礼拜一或下月初一起，我总不犯罪了。有时候正合到礼拜六或月底的晚上，去剃头洗澡去，以为这就是改过自新的记号，然而过几天他又不得不吃鸡子和牛乳了。

他的自责心同恐惧心，竟一日也不使他安闲，他的忧郁症也从此厉害起来了。这样的状态继续了一二个月，他的学校里就放了暑假，暑假的两个月内，他受的苦闷，更甚于平时；到了学校开课的时候，他的两颊的颧骨更高起来，他的青灰色的眼窝更大起来，他的一双灵活的瞳人，变了同死鱼的眼睛一样了。

（五）

秋天又到了。浩浩的苍空，一天一天的高起来，他的旅馆傍边的稻田，都带起黄金色来。

朝夕的凉风，同刀也似的刺到人的心骨里去，大约秋冬的佳日，来也不远了。

一礼拜前的有一天午后，他拿了一本 Wordsworth 的诗集，在田塍路上逍遥漫步了半天。从那一天以后，他的循环性的忧郁症，尚未离他的身过。前几天在路上遇着的那两个女学生，常在他的脑里，不使他安静，想起那一天的事情，他还是一个人要红起脸来。

他近来无论上什么地方去，总觉得有坐立难安的样子。他上学校去的时候，觉得他的日本同学都似在那里排斥他。他的几个中国同学，也许久不去寻访了，因为去寻访了回来，他心里反觉得空虚。因为他的几个中国同学，怎么也不能理解他的心理。他去寻访的时候，总想得些同情回来的，然而到了那里，谈了几句之后，他又不得不自悔寻访错了。有时候和朋友讲得投机，他就任了一时的热意，把他的内外的生活都对朋友讲了出来，然而到了归途，他又自悔失言，心里的责备，倒反比不去访友的时候，更加厉害。他的几个中国朋友，因此都说他是染了神经病了。他听了这话之后，对了那几个中国同学，也同对日本学生一样，起了一种复仇的心。他同他的几个中国同学，一日一日的疏远起来。嗣后虽在路上，或在学校里遇见的时候，他同那几个中国同学，也不点头招呼。中国留学生开会的时候，他当然是不去出席的。因此他同他的几个同胞，竟宛然成了两家仇敌。

他的中国同学的里边，也有一个很奇怪的人，因为他自家的结婚有些道德上的罪恶，所以他专喜讲人家的丑事，以掩己之不善，说他是神经病，也是这一位同学说的。

他交游离绝之后，孤冷得几乎到将死的地步，幸而他住的旅馆里，还有一个主人的女儿，可以牵引他的心，否则他真只能自杀了。他旅馆的主人的女儿，今年正是十七岁，长方的脸儿，眼睛大得很，笑起来的时候，面上有两颗笑靥，嘴里有一颗金牙看得出来，因为她自家觉得她自家的笑容是非常可爱，所以她平时常在那里弄笑。

他心里虽然非常爱她，然而她送饭来或来替他铺被的时候，他总装出一种兀不可犯的样子来。他心里虽想对她讲几句话，然而一见了她，他总不能开口。她进他房里来的时候，他的呼吸竟急促到吐气不出的地步。他在她的面前实在是受苦不起了，所以近来她进他的房里来的时候，他每不得不跑出房外去。然而他思慕她的心情，却一天一天的浓厚起来。有一天礼拜六的晚上，旅馆里的学生，都上 N 市去行乐去了。他因为经济困难，所以吃了晚饭，上西面池上去走了一回，就回到旅舍里来枯坐。

回家来坐了一会，他觉得那空旷的二层楼上，只有他一个人在家。静悄悄的坐了半晌，坐得不耐烦起来的时候，他又想跑出外面去。然而要跑出外面去，不得不由主人的房门口经过，因为主人和他女儿的房，就在大门的边上。他记得刚才进来的时候，主人和他的女儿正在那里吃饭。他一想到经过她面前的时候的苦楚，就把跑出外面去的心思丢了。

拿出了一本 G. Gissing 的小说来读了三四页之后，静寂的空气里，忽然传了几声极极的泼水声音过来。他静静儿的听了一听，呼吸又一霎时的急了起来，面色也涨红了。迟疑了一会，他就轻轻的开了房门，拖鞋也不拖，幽脚幽手的走下扶梯去。轻轻的开了便所的门，他尽兀自的站在便所的玻璃窗口偷看。原来他旅馆里的浴室，就在便所的间壁，从便所的玻璃窗里看去，浴室里的动静了了可见。他起初以为看一看就可以走的，然而到了一看之后，他竟同被钉子钉住的一样，动也不能动了。

那一双雪样的乳峰！

那一双肥白的大腿！

这全身的曲线！

呼气也不呼，仔仔细细的看了一会，他面上的筋肉，都发起痉挛来了。愈看愈颤得厉害，他那发颤的前额部竟同玻璃窗冲击了一下。被蒸气包住的那赤裸裸的“伊扶”便发了娇声问说：

“是谁呀？……”

他一声也不响，急忙跳出了便所，就三脚两步的跑上楼上去了。

他跑到了房里，面上同火烧的一样，口也干渴了。一边他自家打自家的嘴巴，一边就把他的被窝拿出来睡了。他在被窝里翻来复去，总睡不着，便立起了两耳，听起楼下的动静来。他听听泼水的声音也息了，浴室的门开了之后，他听见她的脚步声好像是走上楼来的样子，用被包着了头，他心里的耳朵明明告诉他说：

“她已经立在门外了。”

他觉得全身的血液，都在往上奔注的样子。心里怕得非常，羞得非常，也喜欢得非常。然而若有人问他，他无论如何，总不肯承认说，这时候他是喜欢的。

他屏住了气息，尖着了两耳听了一会，觉得门外并无动静，又故意咳嗽了一声，门外亦无声响。他正在那里疑惑的时候，忽听见她的声音，在楼下同她的父亲在那里说话。他手里捏了一把冷汗，拼命想听出她的话来，然而无论如何总听不清楚。停了一会，她的父亲高声笑了起来，他把被蒙头的一罩，咬紧了牙齿说：

“她告诉了他了！她告诉了他了！”

这一天的晚上他一睡也不曾睡着。第二天的早晨，天亮的时候，他就惊心吊胆的走下楼来。洗了手面，刷了牙，趁主人和他的女儿还没有起来之先，他就同逃也似的出了那个旅馆，跑到外面来。

官道上的沙尘，染了朝露，还未曾干着。太阳已经起来了。他不问皂白，便一直的往东走去。远远有一个农夫，拖了一车野菜慢慢的走来。那农民同他擦过的时候，忽然对他说：

“你早啊！”

他倒惊了一跳，那清瘦的脸上，又起了一层红潮，胸前又乱跳起来，他心里想：

“难道这农夫也知道了么？”

无头无脑的跑了好久，他回转头来看看他的学校，已经远得很了，举头看看，太阳也升高了。他摸摸表看，那银饼大的表，也不在身边。从太阳的角度看起来，大约已经是九点钟前后的样子。他虽然觉得饥饿得很，然而无论如何，总不愿意再回到那旅馆里去，同主人和他的女儿相见。想去买些零食充一充饥，然而他摸摸自家的袋看，袋里只剩了一角二分钱在那里。他到一家乡下的杂货店内，尽那一角二分钱，买了些零碎的食物，想去寻一处无人看见的地方去吃。走到了一处两路交叉的十字路口，他朝南的一望，只见与他的去路横交的那一条自北趋南的路上，行人稀少得很。那一条路是向南的斜低下去的，两面更有高壁在那里，他知道这路是从一条小山中开辟出来的。他刚才走来的那条大道，便是这山的岭脊，十字路当作了中心，与岭脊上的那条大道相交的横路，是两边低斜下去的。在十字路口迟疑了一会，他就取了那一条向南斜下的路走去。走尽了两面的高壁，他的去路就穿入大平原去，直通到彼岸的市内。平原的彼岸有一簇深林，划在碧空的心里，他心里想，

“这大约就是 A 神宫了。”

他走尽了两面的高壁，向左手斜面上一望，见沿高壁的那山面上有一道女墙，围住着几间茅舍，茅舍的门上悬着了“香雪海”三字的一方匾额。他离开了正路，走上几步，到那女墙的门前，顺手的向门一推，那两扇柴门竟自开了。他就随随便便的踏了进去。门内有一条曲径，自门口通过了斜面，直达到山上去的。曲径的两旁，有许多苍老的梅树种在那里，他知道这就是梅林了。顺了那一条曲径，往北的从斜面上走到山顶的时候，一片同图画似的平地，展开在他的眼前。这园自从山脚上起，跨有朝南的半山斜面，同顶上的一块平地，布置得非常幽雅。

山顶平地的西面是千仞的绝壁，与隔岸的绝壁相对峙，两壁的中间，便是他刚走过的那一条自北趋南的通路。背临着了那绝壁，有一间楼屋，几间平屋造在那里。因为这几间屋，门窗都闭在那里，他所以知道这定是为梅花开日，卖酒食用的。楼屋的前面，有一块草地，草地中间，有几方白石，围成了一个花园，圈子里，卧着一枝老梅，那草地的南尽头，山顶的平地正要向南斜下去的地方，有一块石碑立在那里，系记这梅林的历史的。他在碑前的草地上坐下之后，就把买来的零食拿出来吃了。

吃了之后，他兀兀的在草地上坐了一会。四面并无人声，远远的树枝上，时有一声两声的鸟鸣声飞来。他仰起头来看看澄清的碧落，同那皎洁的日轮，觉得四面的树枝房屋，小草飞禽，都一样的在和平的太阳光里，受大自然的化育。他那昨天晚上的犯罪的记忆，正同远海的帆影一般，不知消失到那里去了。

这梅林的平地上和斜面上，叉来叉去的曲径很多。他站起来走来走去的走了一会，方晓得斜面上梅树的中间，更有一间平屋造在那里。从这一间房屋往东的走去几步，有眼古井，埋在松叶堆中，他摇摇井上的唧筒看，呷呷的响了几声，却抽不起水来。他心里想：

“这园大约只有梅花开的时候，开放一下，平时总没有人住的。”

想到这里他又自言自语的说：

“既然空在这里，我何妨去问园主人去借住借住。”

想定了主意，他就跑下山来，打算去寻园主人去。他将走到门口的时候，恰好遇见了一个五十来岁的农夫走进园来。他对那农夫道歉之后，就问他说：

“这园是谁的，你可知道？”

“这园是我经管的。”

“你住在什么地方的？”

“我住在路的那面。”

一边这样的说，一边那农民指着通路两边的一间小屋给他看。他向西一看，果然在两边的高壁尽头的地方，有一间小屋在那里。他点了点头，又问说：

“你可以把园内的那间楼屋租给我住住么？”

“可是可以的，你只一个人么？”

“我只一个人。”

“那你可不必搬来的。”

“这是什么缘故呢？”

“你们学校里的学生，已经有几次搬来过了，大约都因为冷静不过，住不上十天，就搬走的。”

“我可同别人不同，你但能租给我，我是不怕冷静的。”

“这样哪里有不租的道理，你想什么时候搬来？”

“就是今天午后吧。”

“可以的，可以的。”

“请你就替我扫一扫干净，免得搬来之后着忙。”

“可以可以。再会！”

“再会！”

（六）

搬进了山上梅园之后，他的忧郁症 Hypochondria 又变起形状来了。

他同他的北京的长兄，为了一些儿细事，竟生起龃龉来。他发了一封长长的信，寄到北京，同他的长兄绝了交。

那一封信发出之后，他呆呆的在楼前草地上想了许多时候。他自家想想看，他便是世界上最不幸的人了。其实这一次的决裂，是发始于他的。同室操戈，事更甚于他姓之相争，自此之后，他恨他的长兄竟同蛇蝎一样。他被他人欺侮的时候，每把他长兄拿出来作比：

“自家的弟兄，尚且如此，何况他人呢！”

他每达到这一个结论的时候，必尽把他长兄待他苛刻的事情，细细回想出来。把各种过去的事迹，列举出来之后，就把他长兄判决是一个恶人，他自家是一个善人。他又把自家的好处列举出来，把他所受的苦处，夸大的细数起来。他证明得自家是一个世界上最苦的人的时候，他的眼泪就同瀑布似的流下来。他在那里哭的时候，空中好像有一种柔和的声音在对他说：

“啊吓，哭的是你么？ 那真是冤屈了你了。像你这样的善人，受世人的那样的虐待，这可真是冤屈了你了。罢了罢了，这也是天命，你别再哭了，怕伤害了你的身体！”

他心里一听到这一种声音，就舒畅起来。他觉得悲苦的中间，也有无穷的甘味在那里。

他因为想复他长兄的仇，所以就把所学的医科丢弃了，改入文科里去。他的意思，以为医科是他长兄要他改的，仍旧改回文科，就是对他长兄宣战的一种明示。并且他由医科改入文科，在高等学校须迟卒业一年。他心里想，迟卒业一年，就是早死一岁，你若因此迟了一年，就到死可以对你长兄含一种敌意。因为他恐怕一二年之后，他们兄弟两人的感情，仍旧要和好起来；

所以这一次的转科，便是帮他永久敌视他长兄的一个手段。

气候渐渐儿的寒冷起来，他搬上山来之后，已经有一个月了。几日来天气阴郁，灰色的层云，天天挂在空中。寒冷的北风吹来的时候，梅林的树叶，每息索息索的飞掉下来。

初搬来的时候，他卖了些旧书，买了许多炊饭的器具，自家烧了一个月饭，因为天冷了，他也懒得烧了。他每天的伙食，就一切包给了山脚下的园丁家包办，所以他近来只同退院的闲僧一样，除了怨人骂己之外，更没有别的事情了。

有一天早晨，他侵早的起来，把朝东的窗门开了之后，他看见前面的地平线上有几缕红云，在那里浮荡。东天半角，反照出一种银红的灰色。因为昨天下了一天微雨，所以他看了这清新的旭日，比平日更添了几分欢喜。他走到山的斜面上，从那古井里汲了水，洗了手面之后，觉得满身的气力，一霎时都回复了转来的样子。他便跑上楼去，拿了一本黄仲则的诗集下来，一边高声朗读，一边尽在那梅林的曲径里，跑来跑去的跑圈子。不多一会，太阳起来了。

从他住的山顶向南方看去，眼下看得出一大平原。平原里的稻田，都尚未收割起。金黄的谷色，以绀碧的天空作了背景，反映着一天太阳的晨光，那风景正同看密来（Millet）的田园清画一般。他觉得自家好像已经变了几千年前的原始基督教徒的样子，对了这自然的默示，他不觉笑起自家的气量狭小起来。

“赦饶了！赦饶了！你们世人得罪于我的地方，我都饶赦了你们罢，来，你们来，都来同我讲和罢！”

手里拿着了那一本诗集，眼里浮着两泓清泪，正对了那平原的秋色，呆呆的立在那里想这些事情的时候，他忽听见他的近边，有两人在那里低声的说：

“今晚上你一定要来的哩！”

这分明是男子的声音。

“我是非常想来的，但是恐怕…… ”

他听了这娇滴滴的女子的声音之后，好像是被电气贯穿了的样子，觉得自家的血液循环都停止了。原来他的身边有一丛长大的苇草生在那里，他立在苇草的右面，那一男女，大约是在苇草的左面，所以他们两个还不晓得隔着苇草，有人站在那里。那男人又说：

“你心好好，请你今晚来罢，我们到如今还没在被窝里睡过觉。”

“……”

他忽然听见两人的嘴唇，灼灼的好像在那里吮吸的样子。他同偷了食的野狗一样。就惊心吊胆的把身子屈倒去听了。

“你去死罢，你去死罢，你怎么会下流到这样的地步！”

他心里虽然如此的在那里痛骂自己，然而他那一双尖着的耳朵，却一言半语也不愿意遗漏，用了全副精神在那里听着。

地上的落叶索息索息的响了一下。

解衣带的声音。

男人嘶嘶的吐了几口气。

舌尖吮吸的声音。

女人半轻半重，断断续续的说：

“你！……你！……你快……快 × × 罢。……别……别……别被人……被人看见了。”

他的面色，一霎时的变了灰色了。他的眼睛同火也似的红了起来。他的上颚骨同下颚骨呷呷的发起颤来。他再也站不住了。他想跑开去，但是他的两只脚，总不听他的话。他苦闷了一场，听听两人出去了之后，就同落水的猫狗一样，回到楼上房里去，拿出被窝来睡了。

（七）

他饭也不吃，一直在被窝里睡到午后四点钟的时候才起来。那时候夕阳洒满了远近。平原的彼岸的树林里，有一带苍烟，悠悠扬扬的笼罩在那里。他踉踉跄跄的走下了山，上了那一条自北趋南的大道，穿过了那平原，无头无绪的尽是向南的走去。走尽了平原，他已经到了神宫前的电车停留处了。那时候却好从南面有一乘电车到来，他不知不觉就跳了上去，既不知道他究竟为什么要乘电车，也不知道这电车是往什么地方去的。

走了十五六分钟，电车停了，开车的教他换车，他就换了一乘车。走了二三十分钟，电车又停了，他听见说是终点了，他就走了下来。他的面前就是筑港了。

前面一片汪洋的大海，横在午后的太阳光里，在那里微笑。超海而南有一发青山，隐隐的浮在透明的空气里。西边是一脉长堤，直驰到海湾的心里去。堤外有一处灯台，同巨人似的，立在那里。几艘空船和几只舢板，轻轻的在系着的地方浮荡。海中近岸的地方，有许多浮标，饱受了斜阳，红红的浮在那里。远处风来，带着几句单调的话声，既听不清楚是什么话，也不知道是从那里来的。

他在岸边上走来走去走了一会，忽听见那一边传过了一阵击磬的声来。他跑过去一看，原来是为唤渡船而发的。他立了一会，看有一只小火轮从对岸过来了。跟着了一个四五十岁的工人，他也进了那只小火轮去坐下了。

渡到东岸之后，上前走了几步，他看见靠岸有一家大庄子在那里。大门开得很大，庭内的假山花草，布置得楚楚可爱。他不问是非，就踱了进去。走不上几步，他忽听得前面家中有女人的娇声叫他说：

“请进来吓！”

他不觉惊了一下，就呆呆的站住了。他心里想：

“这大约就是卖酒食的人家，但是我听见说，这样的地方，总有妓女在那里的。”

一想到这里，他的精神就抖擞起来，好像是一桶冷水浇上身来的样子。他的面色立时变了。要想进去又不能进去，要想出来又不得出来；可怜他那同兔儿似的小胆，同猿猴似的淫心，竟把他陷到一个大大的难境里去了。

“进来吓！请进来吓！”里面又娇滴滴的叫了起来，带着笑声。

“可恶东西，你们竟敢欺我胆小么！”

这样的怒了一下，他的面色更同火也似的烧了起来，咬紧了牙齿，把脚在地上轻轻的蹬了一蹬，他就捏了两个拳头，向前进去，好像是对了那几个年轻的侍女宣战的样子，但是他那青一阵红一阵的面色，和他的面上的微微儿在那里震动的筋肉，总隐藏不过。他走到那几个侍女的面前的时候，几乎要同小孩似的哭出来了。

“请上来！”

“请上来！”

他硬了头皮，跟了一个十七八岁的侍女走上楼去，那时候他的精神已经有些镇静下来了。走了几步，经过一条暗暗的夹道的时候，一阵恼人的花粉香气，同日本女人特有的一种肉的香味，和头发上的香油气息合作了一处，哼的扑上他的鼻孔来。他立刻觉得头晕起来，眼睛里看见了几颗火星，向后边跌也似的退了一步。他再定睛一看，只见他的前面黑暗暗的中间，有一长圆形的女人的粉面，堆着了微笑，在那里问他说：

“你！你还是上靠海的地方去呢？还是怎样？”

他觉得女人口里吐出来的气息，也热和和的哼上他的面来。他不知不觉把这气息深深的吸了一口。他的意识，感觉到他这行为的时候，他的面色又立刻红了起来。他不得已只能含含糊糊的答应她说：

“上靠海的房间里去。”

进了一间靠海的小房间，那侍女便问他要什么菜。他就回答说：

“随便拿几样来罢。”

“酒要不要？”

“要的。”

那侍女出去之后，他就站起来推开了纸窗，从外边放了一阵空气进来。因为房里的空气，沉浊得很，他刚才在夹道中闻过的那一阵女人的香味，还剩在那里，他实在是被这一阵气味压迫不过了。

一湾大海，静静的浮在他的面前。外边好像是起了微风的样子，一片一片的海浪，受了阳光的返照，同金鱼的鱼鳞似的，在那里微动。他立在窗前看了一会，低声的吟了一句诗出来：

“夕阳红上海边楼。”

他向西的一望，见太阳离西南的地平线只有一丈多高了。呆呆的看了一会，他的心思怎么也离不开刚才的那个侍女。她的口里的头上的面上的和身体上的那一种香味，怎么也不容他的心思去想别的东西。他才知道他想吟诗的心是假的，想女人的肉体的心是真的了。

停了一会，那侍女把酒菜搬了进来，跪坐在他的面前，亲亲热热的替他上酒。他心里想仔仔细细的看她一看，把他的心里的苦闷都告诉了她，然而他的眼睛怎么也不敢平视她一眼，他的舌根怎么也不能摇动一摇动。他不过同哑子一样，偷看看她那搁在膝上一双纤嫩的白手，同衣缝里露出来的一条粉红的围裙角。

原来日本的妇人都不穿裤子，身上贴肉只围着一条短短的围裙。外边就是一件长袖的衣服，衣服上也没有钮扣，腰里只缚着一条一尺多宽的带子，后面结着一个方结。她们走路的时候，前面的衣服每一步一步的掀开来，所以红色的围裙，同肥白的腿肉，每能偷看。这是日本女子特别的美处；他在路上遇见女子的时候，注意的就是这些地方。他切齿的痛骂自己，畜生！狗贼！卑怯的人！也便是这个时候。

他看了那侍女的围裙角，心里便乱跳起来。愈想同她说话，但愈觉得讲不出来话来。大约那侍女是看得不耐烦起来了，便轻轻的问他说：

“你府上是什么地方？”

一听了这一句话，他那清瘦苍白的面上，又起了一层红色；含含糊糊的回答了一声，他呐呐的总说不出清晰的回话来。可怜他又站在断头台上了。

原来日本人轻视中国人，同我们轻视猪狗一样。日本人都叫中国人作“支那人”，这“支那人”三字，在日本，比我们骂人的“贱贼”还更难听，如今在一个如花的少女前头，他不得不自认说：“我是支那人”了。

“中国呀中国，你怎么不强大起来！”

他全身发起抖来，他的眼泪又快滚下来了。

那侍女看他发颤发得厉害，就想让他一个人在那里喝酒，好教他把精神安镇安镇，所以对他说：

“酒就快没有了，我再去拿一瓶来罢。”

停了一会他听得那侍女的脚步声又走上楼来。他以为她是上他这里来的，所以就把衣服整了一整，姿势改了一改。但是他被她欺骗了。她原来是领了两三个另外的客人，上间壁的那一间房间里去的。那两三个客人都在那里对那侍女取笑，那侍女也娇滴滴的说：

“别胡闹了，间壁还有客人在那里。”

他听了就立刻发起怒来。他心里骂他们说：

“狗才！俗物！你们都敢来欺侮我么？复仇复仇，我总要复你们的仇。世间哪里有真心的女子！那侍女的负心东西，你竟敢把我丢了么？罢了罢了，我再也不爱女人了，我再也不爱女人了。我就爱我的祖国，我就把我的祖国当作了情人罢。”

他马上就想跑回去发愤用功。但是他的心里，却很羡慕那间壁的几个俗物。他的心里，还有一处地方在那里盼望那个侍女再回到他这里来。

他按住了怒，默默的喝干了几杯酒，觉得身上热起来。打开了窗门，他看太阳就快要下山去了。又连饮了几杯，他觉得他面前的海景都朦胧起来。西面堤外的灯台的黑影，长大了许多。一层茫茫的薄雾，把海天融混作了一处。在这一层浑沌不明的薄纱影里，西方的将落不落的太阳，好像在那里惜别的样子。他看了一会，不知道是什么缘故，只觉得好笑。呵呵的笑了一回，他用手擦擦自家那火热的双颊，便自言自语的说：

“醉了醉了！”

那侍女果然进来了。见他红了脸，立在窗口在那里痴笑，便问他说：

“窗开了这样大，你不冷的么？”

“不冷不冷，这样好的落照，谁舍得不看呢？”

“你真是一个诗人呀！酒拿来了。”

“诗人！我本来是一个诗人。你去把纸笔拿了来，我马上写首诗给你看看。”

那侍女出去了之后，他自家觉得奇怪起来。他心里想：

“我怎么会变了这样大胆的？”

痛饮了几杯新拿来的热酒，他更觉得快活起来，又禁不得呵呵笑了一阵。他听见间壁房间里的那几个俗物，高声的唱起日本歌来，他也放大了嗓子唱着说：

醉拍阑干酒意寒，江湖寥落又冬残。
剧怜鹦鹉中州骨，未拜长沙太傅官。
一饭千金图报易，几人五噫出关难。
茫茫烟水回头望，也为神州泪暗弹。

高声的念了几遍，他就在席上醉倒了。

（八）

一醉醒来，他看看自家睡在一条红绸的被里，被上有一种奇怪的香气。这一间房间也不很大，但已不是白天的那一间房间了。房中挂着一张十烛光的电灯，枕头边上摆着了一壶茶，两只杯子。他倒了二三杯茶，喝了之后，就踉踉跄跄的走到房外去。他开了门，却好白天的那侍女也跑过来了。她问他说：

“你！你醒了么？”

他点了一点头，笑微微的回答说：

“醒了。便所是在什么地方的？”

“我领你去罢。”

他就跟了她去。他走过日间的那条夹道的时候，电灯点得明亮得很。远近有许多歌唱的声音，三弦的声音，大笑的声音传到他的耳朵里来。白天的情节，他都想出来了。一想到酒醉之后，他对那侍女说的那些话的时候，他觉得面上又发起烧来。

从厕所回到房里之后，他问那侍女说：

“这被是你的么？”

侍女笑着说：

“是的。”

“现在是什么时候了？”

“大约是八点四五十分的样子。”

“你去开了账来罢！”

“是。”

他付清了账，又拿了一张纸币给那侍女，他的手不觉微颤起来。那侍女说：

“我是不要的。”

他知道她是嫌少了。他的面色又涨红了，袋里摸来摸去，只有一张纸币了，他就拿了出来给她说：

“你别嫌少了，请你收了罢。”

他的手震动得更加厉害，他的话声也颤动起来了。那侍女对他看了一眼，就低声的说：

“谢谢！”

他一直的跑下了楼，套上了皮鞋，就走到外面来。

外面冷得非常，这一天大约是旧历的初八九的样子。半轮寒月，高挂在天空的左半边。淡青的圆形盖里，也有几点疏星，散在那里。

他在海边上走了一回，看看远岸的渔灯，同鬼火似的在那里招引他。细浪中间，映着了银色的月光，好像是山鬼的眼波，在那里开闭的样子。不知是什么道理，他忽想跳入海里去死了。

他摸摸身边看，乘电车的钱也没有了。想想白天的事情看，他又不得不痛骂自己。

“我怎么会走上那样的地方去的？我已经变了一个最下等的人了。悔也无及，悔也无及。我就在这里死了罢。我所求的爱情，大约是求不到的了。没有爱情的生涯，岂不同死灰一样么？唉，这干燥的生涯，这干燥的生涯，世上的人又都在那里仇视我，欺侮我，连我自家的亲弟兄，自家的手足，都在那里排挤我到这世界外去。我将何以为生，我又何必生存在这多苦的世界里呢！”

想到这里，他的眼泪就连连续续的滴了下来。他那灰白的面色，竟同死人没有分别了。他也不举起手来揩揩眼泪，月光射到他的面上，两条泪线，倒变了叶上的朝露一样放起光来。他回转头来，看看他自家的那又瘦又长的影子，就觉得心痛起来。

“可怜你这清影，跟了我二十一年，如今这大海就是你的葬身地了。我的身子，虽然被人家欺辱，我可不该累你也瘦弱到这步田地的。影子呀影子，你饶了我罢！”

他向西面一看，那灯台的光，一霎变了红一霎变了绿的在那里尽它的本职。那绿的光射到海面上的时候，海面就现出一条淡青的路来。再向西天一看，他只见西方青苍苍的天底下，有一颗明星，在那里摇动。

“那一颗摇摇不定的明星的底下，就是我的故国，也就是我的生地。我在那一颗星的底下，也曾送过十八个秋冬，我的乡土吓，我如今再也不能见你的面了。”

他一边走着，一边尽在那里自伤自悼的想这些伤心的哀话。走了一会，再向那西方的明星看了一眼，他的眼泪便同骤雨似的落下来了。他觉得四边的景物，都模糊起来。把眼泪揩了一下，立住了脚，长叹了一声，他便断断续续的说：

“祖国呀祖国！我的死是你害我的！

“你快富起来！强起来罢！

“你还有许多儿女在那里受苦呢！”

一九二一年五月九日改作

▶扫一扫

《沉沦》拓展阅读

缀网劳蛛*

许地山

“我像蜘蛛，
　　命运就是我的网。”
我把网结好，
　　还住在中央。

呀，我的网甚时节受了损伤！
　　这一坏，教我怎地生长？
生的巨灵说：“补缀补缀罢，”
　　世间没有一个不破的网。

我再结网时，
　　要结在玳瑁梁栋。
　　　珠玑帘栊；
或结在断井颓垣，
　　荒烟蔓草中呢？
生的巨灵按手在我头上说：
　　“自己选择去罢，
　　你所在的地方无不兴隆，亨通。”

虽然，我再结的网还是像从前那么脆弱，
　　敌不过外力冲撞；
我网的形式还要像从前那么整齐——
　　平行的丝连成八角，十二角的形状吗？
他把“生的万花筒”交给我，说：
“望里看罢，

* 摘自许地山：《缀网劳蛛》，商务印书馆 1925 年版。

你爱怎样，就结成怎样。”

呀，万花筒里等等的形状和颜色
仍与从前没有什么差别！
求你再把第二个给我，
我好谨慎地选择。

“咄咄：贪得而无智的小虫！
自而今回溯到濛鸿，
从没有人说过里面有个形式与前相同。
去罢，生的结构都由这几十颗‘彩琉璃屑’幻成种种，
不必再看第二个生的万花筒。”

那晚上底月色格外明朗，只是不时来些微风把满园的花影移动得不歇地作响。素光从椰叶下来，正射在尚洁和她的客人史夫人身上。她们二人的容貌，在这时候，自然不能认得十分清楚；但是二人对谈的声音却像幽谷的回响，没有一点模糊。

周围的东西都沉默着，像要让她们密谈一般：树上的鸟儿把喙插在翅膀底下；草里的虫儿也不敢做声；就是尚洁身边那只玉狸，也当主人所发的声音为催眠歌，只管鼾鼾地沉睡着。她用纤手抚着玉狸，目光注在她的客人身上，懒懒地说：“夺魁嫂子，外间的闲话是听不得的。这事我全不计较——我虽不信定命的说法，然而事情怎样来，我就怎样对付，毋庸在事前预先谋定什么方法。”

她的客人听了这场冷静的话，心里很是着急，说：“你对于自己的前程太不注意了！若是一个人没有长久的顾虑，就免不了遇着危险，外人的话虽不足信，可是你得把你的态度显示得明了一点，教人不疑惑你才是。”

尚洁索性把玉狸抱在怀里，低着头，只管摩弄。一会儿，她才冷笑了一声，说：“吓吓，夺魁嫂子，你的话差了！危险不是顾虑所能闪避的。后一小时的事情，我们也不敢说准知道，那里能顾到三四个月、三两年那么长久呢？你能保我待一会不遇着危险；能保我今夜里睡得平安么？纵使我准知道今晚上会遇着危险，现在的谋虑也未必来得及。我们都在云雾里走，离身二三尺以外，谁还能知道前途的光景呢？《经》里说：‘不要为明日自夸，因为一日要生何事，你尚且不能知道。’这句话，你忘了么？……唉，我们都是从渺茫中来在渺茫中住，望渺茫中去。若是怕在这条云封雾锁的生命路程里走动，莫如止住你的脚步；若是你有漫游的兴趣，纵然前途和四围的光景暧昧，不能使你赏心快意，你也是要走的。横竖是往前走，顾虑什么？

“我们从前的事，也许你和一般侨寓此地的人都不十分知道。我不愿意破坏自己的名誉，也不忍教他出丑。你既是要我把态度显示出来，我就得略把前事说一点给你听，可是要求你暂时守这个秘密。

“论理，我也不是他的……”

史夫人没等她说完，早把身子挺起来，作很惊讶的样子，回头用焦急的声音说：“什么？这又奇怪了！”

“这倒不是怪事，且听我说下去；你听这一点，就知道我的全意思了。我本是人家的童养媳，一向就不曾和人行过婚礼，——那就是说，夫妇的名分，在我身上用不着。当时，我并不是爱他，不过要仗着他的帮助，救我脱出残暴的婆家。走到这个地方，依着时势的境遇，使我不能不认他为夫。……”

“原来你们的家有这样特别的历史。……那里，你对于长孙先生可以说没有精神的关系，不过是不自然的结合罢了。”

尚洁庄重地回答说：“你的意思是说我们没有爱情么？诚然我从不曾在别人身上用过一点男女的爱情；别人给我的，我也不曾辨别过那是真的，这是假的。夫妇，不过是名义上的事：爱与不爱，只能稍微影响一点精神的生活，和家庭的组织是毫无关系的。

“他怎样想法子要奉承我，凡认识我的人都觉得出来。然而我却没有领他的情，因为他从没有把自己的行为检点一下。他的嗜好多，脾气坏，是你所知道的。我一到会堂去，每听到人家说我是长孙可望的妻子，就非常地惭愧。我常想着从不自爱的人所给底爱情都是假的。

“我虽然不爱他，然而家里的事，我认为应当替他做的，我也乐意去做。因为家庭是公的，爱情是私的。我们两人的关系，实在就是这样。外人说我和谭先生的事，全是不对的。我的家庭已经成为这样，我又怎能把他破坏呢？”

史夫人说：“我现在才看出你们的真相，我也回去告诉史先生，教他不要多信闲话。我知道你是好人，是一个纯良的女子，神必保佑你。”说着，用手轻轻地拍一拍尚洁底肩脖，就站立起来告辞。

尚洁陪她在花阴底下走着，一面说：“我很愿意你把这事的原委单说给史先生知道。至于外间传说我和谭先生有秘密的关系，说我是淫妇，我都不介意。连他也好几天不回来啦。我估量他是为这事生气，可是我并不辩白。世上没有一个人能够把真心拿出来给人家看；纵然能够拿出来，人家也看不明白；那么，我又何必多费唇舌呢？人对于一件事情一存了成见，就不容易把真相观察出来。凡是人都有成见，同一件事，必会生出歧异的评判，这也是难怪的。我不管人家怎样批评我，也不管他怎样疑惑我，我只求自己无愧，对得住天上底星辰和地下底蝼蚁便了。你放心罢，等到事情临到我身上，我自有方法对付。我的意思就是这样，若是有工夫，改天再谈罢。”

她送客人出门，就把玉狸抱到自己房里。那时已经不早，月光从窗户进来，歇在椅桌、枕席之上，把房里的东西染得和铅制的一般。她伸手向床边按了一按铃子，须臾，女佣妥娘就上来。她问：“佩荷姑娘睡了么？”妥娘在门边回答说：“早就睡了。消夜已预备好了，端上来不？”她说着，顺手把电灯拧着，一时满屋里都着上颜色了。

在灯光之下，才看见尚洁斜倚在床上。流动的眼睛，软润的颔颊，玉葱似的鼻，柳叶似的眉，桃绽似的唇，衬着蓬乱的头发，……凡形体上各样的美都凑合在她头上。她的身体，修短也很合度。从她口里发出来的声音，都合音节，就是不懂音乐的人，一听了她的话语，也能得着许多默感。她见妥娘把灯拧亮了，就说："把他拧灭了罢。光太强了，更不舒服。方才我也忘了留史夫人在这里消夜。我不觉得十分饥饿，不必端上来，你们可以自己方便去。把东西收拾清楚，随着给我点一枝洋烛上来。"

妥娘遵从她的命令，立刻把灯灭了，接着说："相公今晚上也许又不回来，可以把大门扣上吗？"

"是，我想他永远不回来了。你们吃完，就把门关好，各自歇息去罢，夜很深了。"

尚洁独坐在那间充满月亮的房里，桌上一枝洋烛已燃过三分之二，轻风频拂火焰，眼看那枝发光底小东西要泪尽了。她于是起来，把烛火移到屋角一个窗户前头的小几上。那里有一个软垫，几上搁几本《经》典和祈祷文。她每夜睡前的功课就是跪在那垫上默记三两节经句，或是诵几句祷词。别的事情，也许她会忘记，惟独这圣事是她所不敢忽略的。她跪在那里冥想了许久，挣眼一看，火光已不知道在什么时候从烛台上逃走了。

她立起来，把卧具整理妥当，就躺下睡觉。可是她怎能睡着呢？呀，月亮也循着宾客的礼，不敢相扰，慢慢地辞了她，走到园里和他的花草朋友、木石知交周旋去了！

月亮虽然辞去，她还不转眼地望着窗外的天空，像要诉她心中的秘密一般。她正在床上展来转去，忽听园里"嚁嗶"一声，响得很利害。她起来，走到窗边，往外一望，但见一重一重的树影和夜雾把园里盖得非常严密，教她看不见什么。于是她蹑步下楼，唤醒妥娘，命她到园里去察看那怪声的出处。妥娘自己一个人，那里敢出去；她走到门房把团哥叫醒，央他一同到围墙边察一察。团哥也就起来了。

妥娘去不多会，便进来回话。她笑着说："你猜是什么呢？原来是一个蹇运的窃贼摔倒在我们底墙根。他底腿已摔坏了，脑袋也撞伤了，流得满地都是血，动也动不得了。团哥拿着一枝荆条正在抽他哪。"

尚洁听了，一霎时前所有的恐怖情绪一时尽变为慈祥的心意。她等不得回答妥娘，便跑到墙根。团哥还在那里，"你这该死的东西。……不知利害底坏种。……"一句一鞭，打骂得很高兴。尚洁一到，就止住他，还命他和妥娘把受伤的贼扛到屋里来。她吩咐让他躺在贵妃床上，仆人们都显出不愿意的样子；因为他们想着一个贼人不应该受这么好的待遇。

尚洁看出他们的意思，便说："一个人走到做贼的地步是最可怜悯的，若是你们不得着好机会，也许……。"她说到这里，觉得有点失言，教她的佣人听了不舒服，就改过一句说话："若是你们明白他的境遇，也许会体贴他。我见了一个受伤的人，无论如何，总得救护的。你们常常听见'救苦救难'的话，遇着忧患的时候，有时也会脱口地说出来；为何不从'他是苦难人'那方面体贴他呢？你们不要怕他的血沾脏了那垫子，尽管扶他躺下罢。"团哥只得扶他躺下，口里沉吟地说："我们还得为他请医生去吗？"

"且慢，你把灯移近一点，待我来看一看。救伤的事，我还在行。妥娘，你上楼去把我们那个'常备药箱'捧下来。"又对团哥说："你去倒一盆清水来罢。"

仆人都遵命各自干事去了。那贼虽闭着眼，方才尚洁所说的话，却能听得分明。他心里的感激可使他自忘是个罪人，反觉他是世界里一个最能得人爱惜的青年。这样的待遇，也许就是他生平第一次得着的。他呻吟了一下。用低沉的声音说："慈悲的太太，菩萨保佑慈悲的太太！"

那人的太阳边受了一伤很重，腿部倒不十分利害。她用药棉蘸水轻轻地把伤处周围的血迹涤净，再用绷带裹好。等到事情做得清楚，天早已亮了。

她正转身要上楼去换衣服，蓦听得外面敲门底声很急，就止步问说："谁这么早就来敲门呢？"

"是警察罢。"

妥娘提起这四个字，教她很着急。她说："谁去告诉警察呢？"那贼躺在贵妃床上，一听见警察要来，恨不能立刻起来跪在地上求恩。但这样的行动已从他那双劳倦的眼睛表白出来了。尚洁跑到他跟前，安慰他说："我没有叫人去报警察，……"正说到这里，那从门外来底脚步已经踏进来。

来底并不是警察，却是这家底主人长孙可望。他见尚洁穿着一件睡衣站在那里和一个躺着的男子说话，心里底无明业火已从身上八万四千个毛孔里发射出来。他第一句就问："那人是谁？"

这个问实在教尚洁不容易回答，因为她从不曾问过那受伤者底名字；也不便说他是贼。

"他……他是受伤的人。……"

可望不等说完，便拉住她的手，说："你办的事，我早已知道。我这几天不回来，正要侦察你的动静，今天可给我撞见了。我何尝辜负你呢？……一同上去罢，我们可以慢慢地谈。"不由分说，拉着她就望上跑。

妥娘在旁边，看得情急，就大声嚷着，"他是贼！"

"我是贼，我是贼！"那可怜的人也嚷了两声。可望只对着他冷笑，说："我明知道你是贼。不必报名，你且歇一歇罢。"

一到卧房里，可望就说："我且问你，我有什么对你不起的地方？你要入学堂，我便立刻送你去；要到礼拜堂听道，我便特地为你预备车马。现在你有学问了，也入教了；我且问你，学堂教你这样做，教堂教你这样做么？"

他的话意是要诘问她为什么变心，因为他许久就听见人说尚洁嫌他鄙陋不文，要离弃他去嫁给一个姓谭的。夜间的事，他一概不知，他进门一看尚洁底神色，老以为她所做的是一段爱情把戏。在尚洁方面，以为他是不喜欢她这样待遇窃贼。她的慈悲性情是上天所赋的，她也觉得这样办，于自己的信仰和所受的教育没有冲突，就回答说："是的，学堂教我这样做，教会也教我这样做。你敢是……"

"是吗？"可望喝了一声，猛将怀中小刀取出来向尚洁的肩脖上一击。这不幸的妇人，立时倒在地上；那玉白的面庞已像渍在胭脂膏里一样。

她不说什么，但用一种沉静的和无抵抗的态度，就足以感动那愚顽的凶手。可望当此情景，心中恐怖的情绪已把凶猛的怒气克服了。他不再有什么动作，只站在一边出神。他看尚洁动也不动一下，估量她是死了；那时，他觉得自己底罪恶压住他，不许再逗留在那里，便溜烟似地望外跑。

妥娘见他跑了，知道楼上必有事故，就赶紧上来。她看尚洁那样子，不由得“啊，天公！”喊了一声，一面上去，要把她搀扶起来。尚洁这时，眼睛略略睁开，像要对她说什么，只是说不出。她指着肩脖示意，妥娘才看见一把小刀插在她肩上。妥娘底手便即酥软，周身发抖，待要扶她，也没有气力了。她含泪对着主妇说：“容我去请医生罢。”

“史……史……”妥娘知道她是要请史夫人来，便回答说：“好，我也去请史夫人来。”她教团哥看门，自己雇一辆车找救星去了。

医生把尚洁扶到床上，慢慢施行手术；赶到史夫人来时，所有的事情都弄清楚啦。医生对史夫人说：“长孙夫人的伤不甚要紧，保养一两个星期便可复元。幸而那刀从肩胛骨外面脱出来，没有伤到肺叶，——那两个创口是不要紧的。”

医生辞去以后，史夫人便坐在床沿用法子安慰她。这时，尚洁的精神稍微恢复，就对她的知交说：“我不能多说话，只求你把底下那个受伤的人先送到公医院去；其余的，待我好了再给你说。……唉，我的嫂子，我现在不能离开你，你这几天得和我同在一块儿住。”

史夫人一进门就不明白底下为什么躺着一个受伤的男子。妥娘去时，也没有对她详细地说。她看见尚洁这个样子，又不便往下问。但尚洁的颖悟性从不会被刀所伤，她早明白史夫人猜不透这个闷葫芦，就说：“我现在没有气力给你细说，你可以向妥娘打听去。就要速速去办，若是他回来，便要害了他的性命。”

史夫人照她所吩咐的去做，回来，就陪着她在房里，没有回家。那四岁的女孩佩荷更不知道这是怎么一回事，还是啼啼，笑笑，过她的平安日子。

一个星期，两个星期，在她病中嘿嘿地过去。她也渐次复元了。她想许久没有到园里去，就央求史夫人扶着她慢慢走出来。她们穿过那晚上谈话的柳阴，来到园边一个小亭下，就歇在那里。她们坐的地方满开了玫瑰，那清静温香的景色委实可以消灭一切忧闷和病害。

“我已忘了我们这里有这么些好花，待一会，可以折几枝带回屋里。”

“你且歇歇，我为你选择几枝罢。”史夫人说时，便起来折花。尚洁见她脚下有一朵很大的花，就指着说：“你看，你脚下有一朵很大、很好看的，为什么不把他摘下？”

史夫人低头一看，用手把花提起来，便叹了一口气。

“怎么啦？”

史夫人说：“这花不好。”因为那花只剩地上那一半，还有一边是被虫伤了。她怕说出伤字，要伤尚洁底心，所以这样回答。但尚洁看底，明明是一朵好花，直教递过来给她看。

“夺魁嫂，你说他不好么？我在此中找出道理咧！这花虽然被虫伤了一半，还开得这么好看，可见人的命运也是如此——若不把他的生命完全夺去，虽然不完全，也可以得着生活上一部分的美满，你以为如何呢？”

史夫人知道她连想到自己的事情上头，只回答说：“那是当然的，命运的偃蹇和亨通，于我们的生活没有多大关系。”

谈话之间，妥娘领着史夺魁先生进来。他向尚洁和他的妻子问过好，便坐在她们对面一张凳上。史夫人不管她丈夫要说什么，头一句就问："事情怎样解决呢？"

史先生说："我正是为这事情来给长孙夫人一个信。昨天在会堂里有一个很激烈的纷争，因为有些人说可望底举动是长孙夫人迫他做成的，应当剥夺她赴圣筵的权利。我和我奉真牧师在席间极力申辩，终归无效。"他望着尚洁说："圣筵赴与不赴也不要紧。因为我们的信仰决不能为仪式所束缚；我们的行为，只求对得起良心就算了。"

"因为我没有把那可怜的人交给警察，便责罚我么？"

史先生摇头说："不，不。现在的问题不在那事上头。前天可望寄一封长信到会里，说到你怎样对他不住，怎样想弃绝他去嫁给别人。他对于你和某人、某人往来的地点、时间都说出来。且说，他不愿意再见你的面；若不与你离婚，他永不回家。信他所说的人很多，我们怎样申辩也挽不过来。我们虽然知道事实不是如此，可是不能找出什么凭据来证明。我现在正要告诉你，若是要到法廷去的话，我可以帮你的忙。这里不像我们祖国，公庭上没有女人说话的地位。况且他的买卖起先都是你拿资本出来；要离异时，照法律，最少总得把财产分一半给你。……像这样的男子，不要他也罢了。"

尚洁说："那事实现在不必分辩，我早已对嫂子说明了。会里因为信条的缘故，说我的行为不合道理，便禁止我赴圣筵——这是他们所信的，我有什么可说的呢！"她说到末一句，声音便低下了。她的颜色很像为同会的人误解她，和误解道理惋惜。

"唉，同一样道理，为何信仰的人会不一样？"

她听了史先生这话，便兴奋起来，说："这何必问？你不常听见人说：'水是一样，牛喝了便成乳汁，蛇喝了便成毒液'吗？我管保我所得能化为乳汁，那能干涉人家所得的变成毒液呢？若是到法廷去的话，倒也不必。我本没有正式和他行过婚礼，自毋须乎在法廷上公布离婚。若说他不愿意再见我的面，我尽可以搬出去。财产是生活的赘瘤，不要也罢，和他争什么？……他赐给我底恩惠已是不少，留着给他……"

"可是你一把财产全部让给他，你立刻就不能生活。还有佩荷呢？"

尚洁沉吟半晌便说："不妨，我私下也曾积聚些少，只不能支持到一年罢了。但不论如何，我总得自己挣扎。至于佩荷……"她又沉思了一会，才续下去说："好罢，看他的意思怎样，若是他愿意把那孩子留住，我也不和他争。我自己一个人离开这里就是。"

他们夫妇二人深知道尚洁的性情，知道她很有主意，用不着别人指导。并且她在无论什么事情上头都用一种宗教的精神去安排。她的态度常显出十分冷静和沉毅；做出来的事，有时超乎常人意料之外。

史先生深信她能够解决自己将来的生活，一听了她的话，便不再说什么，只略略把眉头皱了一下而已。史夫人在这两三个星期间，也很为她费了些筹画。他们有一所别业在土华地方，早就想教尚洁到那里去养病；到现在她才开口说："尚洁妹子，我知道你一定有更好的主意，不过你的身体还不甚复原，不能立刻出去做什么事情，何不到我们的别庄里静养一下，过几个月再行打算？"史先生接着对他妻子说："这也好，只怕路途远一点，由海船去，最快也得两天才可以到。但我们都是惯于出门的人，海涛的颠播当然不能制服我。若是要去的话，你可以陪着去，省得寂寞了长孙夫人。”

尚洁也想找一个静养的地方，不意他们夫妇那么仗义，所以不待踌躇便应许了。她不愿意为自己的缘故教别人麻烦，因此不让史夫人跟着前去。她说：“寂寞的生活是我尝惯的。史嫂子在家里也有许多当办的事情，那里能够和我同行？还是我自己去好一点。我很感谢你们二位的高谊，要怎样表示我的谢忱，我却不懂得；就是懂，也不能表示得万分之一。我只说一声‘感激莫名’便了。史先生，烦你再去问他要怎样处置佩荷，等这事弄清楚，我便要动身。”她说着，就从方才摘下的玫瑰中间选出一朵好看的递给史先生，教他插在胸前底钮门上。不久，史先生也就起立告辞，替她办交涉去了。

土华在马来半岛底西岸，地方虽然不大，风景倒还幽致。那海里出的珠宝不少，所以住在那里的多半是搜宝之客。尚洁住的地方就在海边一丛棕林里。在她的门外，不时看见采珠的船往来于金的塔尖和银的浪头之间。这采珠的工夫赐给她许多教训。因为她这几个月来常想着人生就同入海采珠一样；整天冒险入海里去，要得着多少，得着什么，采珠者一点把握也没有。但是这个感想决不会妨害她的生命。她见那些人每天迷朦朦地搜求，不久就理会她在世间的历程也和采珠的工作一样。要得着多少，得着什么，虽然不在她的权能之下，可是她每天总得入海一遭，因为她的本分就是如此。

她对于前途不但没有一点灰心，且要更加奋勉。可望虽是剥夺她们母女的关系，不许佩荷跟着她，然而她仍不忍弃掉她的责任，每月要托人暗地里把吃的用的送到故家去给她女儿。

她现在已变主妇的地位为一个珠商底记室了。住在那里的人，都说她是人家的弃妇，就看轻她，所以她所交游的都是珠船里的工人。那班没有思想的男子在休息的时候，便因着她的姿色争来找她开心。但她的威仪常是调伏这班人的邪念，教他们转过心来承认她是他们的师保。

她一连三年，除干她的正事以外，就是教她那班朋友说几句英吉利语，念些少经文，知道些少常识。在她的团体里，使令，供养，无不如意。若说过快活日子，能像她这样，也就不劣了。

虽然如此，她还是有缺陷的。社会地位，没有她的分；家庭生活，也没有她的分；我们想想，她心里到底有什么感觉？前一项，于她是不甚重要的；后一项，可就缭乱她的衷肠了！史夫人虽常寄信给她，然而她不见信则已，一见了信，那种说不出来的伤感就加增千百倍。

她一想起她的家庭，每要在树林里徘徊，树上的蛁蟧常要幻成她女儿底声音对她说：“母思儿耶？母思儿耶？”这本不是奇迹，因为发声者无情，听音者有意；她不但对于那些小虫的声音是这样，即如一切的声音和颜色，偶一触着她的感官，便幻成她的家庭了。

她坐在林下，遥望着无埃的波浪，一度一度地掀到岸边，常觉得她的女儿踏着浪花踊跃而来，这也不止一次了。那天，她又坐在那里，手拿着一张佩荷的小照，那是史夫人最近给她寄来的。她翻来翻去地看，看得眼昏了。她猛一抬头，又得着常时所现的异象。她看见一个人携着她的女儿从海边上来，穿过林樾，一直走到跟前。那人说：“长孙夫人，许久不见，贵体康健啊！我领你的女儿来找你哪。”

尚洁此时，瞩一瞩眼睛，才理会果然是史先生携着佩荷找她来。她不等回答史先生的话，便上前用力搂住佩荷；她的哭声从她爱心的深密处殷雷似地震发出来。佩荷因为不认得她，害怕起来，也放声哭了一场。史先生不知道感触了什么，也在旁边只尽管擦眼泪。

这三种不同情绪的哭泣止了以后，尚洁就呜咽地问史先生说："我实在喜欢。想不到你会来探望我，更想不到佩荷也能来！……"她要问的话很多，一时摸不着头绪。只搂定佩荷，眼看着史先生出神。

史先生很庄重地说："夫人，我给你报好消息来了。"

"好消息？"

"你且镇定一下，等我细细地告诉你。我们一得着这消息，我的妻子就教我和佩荷一同来找你。这奇事，我们以前都不知道，到前十几天才听见我奉真牧师说的。我牧师自那年为你底事卸职后，他的生活，你已经知道了。"

"是。我知道。他不是白天做裁缝匠，晚间还做制饼师吗？我信得过，神必要帮助他，因为神的儿子说：'为义受逼迫的人是有福的。'他的事业还顺利吗？"

"倒没有什么过不去的地方。他不但日夜劳动，在合宜的时候，还到处去传福音哪。他现在不用这样地吃苦，因为他底老教会看他的行为，请他回国仍旧当牧师去，在前一个星期已经动身了。"

"是吗！谢谢神！他必不能长久地受苦。"

"就是因为我牧师回国的事，我才能到这里来。你知道长孙先生也受了他的感化么？这事详细地说起来，倒是一种神迹。我现在来，也是为告诉你这件事。"

"前几天，长孙先生忽然到我家里找我。他一向就和我们很生疏，好几年也不过访一次，所以这次的来，教我们很诧异。他第一句就问你的近况如何，且诉说他的懊悔。他说这反悔是忽然的，是我牧师警醒他的。现在我就将他的话，照样地说一遍给你听：——

"'在这两三年间，我牧师常来找我谈话，有时也请我到他的面包房里去听他讲道。我和他来往那么些次，就觉得他是我的好师傅。我每有难决的事情或疑虑的问题，都去请教他。我自前年生事，二人分离以后，每疑惑尚洁官的操守，又常听见家里佣人思念她的话，心里就十分懊悔。但我总想着，男人说话将军箭，事已做出，那里还有脸皮收回来？本是打算给他一个错到底的。然而日子越久，我就越觉得不对。到我牧师要走，最末次命我去领教训的时候，讲了一章经，教我很受感动。散会后，他对我说他盼望我做的是请尚洁官回来。他又念《马可福音》十章给我听，我自得着那教训以后，越觉得我很卑鄙、凶残、淫秽，很对不住她。现在要求你先把佩荷带去见她，盼望她为女儿的缘故赦免我。你们可以先走，我随后也要亲自前往。'"

"他说懊悔底话很多，我也不能细说了。等他来时，容他自己对你细说罢。我很奇怪我牧师对于这事，以前一点也没有对我说过，到要走时，才略提一提；反教他来到我那里去，这不是神迹吗？"

尚洁听了这一席话，却没有显出特别愉悦的神色，只说："我的行为本不求人知道，也不是为要得人家的怜恤和赞美；人家怎样待我，我就怎样受，从来是不计较的。别人伤害我，我还饶恕，何况是他呢？他知道自己的卤莽，是一件极可喜的事。——你愿意到我屋里去看一看吗？我们一同走走罢。”

他们一面走，一面谈。史先生问起她在这里的事业如何，她不愿意把所经历的种种苦处尽说出来，只说：“我来这里，几年的工夫也不算浪费，因为我已找着了许多失掉底珠子了！那些灵性的珠子，自然不如入海去探求那么容易，然而我竟能得着二三十颗！此外，没有什么可以告诉你。”

尚洁把她的事情结束停当，等可望不来，打算要和史先生一同回去。正要到珠船里和她的朋友们告辞，在路上就遇见可望跟着一个本地人从对面来。她认得是可望，就堆着笑容，抢前几步去迎他，说：“可望舍，平安哪！”可望一见她，也就深深地行了一个敬礼，说：“可敬的妇人，我所做一切的事都是伤害我的身体，和你我二人的感情，此后我再不敢了。我知道我多多地得罪你，实在不配再见你的面，盼望你不要把我的过失记在心中。今天来到这里，为的是要表明我悔改的行为；还要请你回去管理一切所有的。你现在要到那里去呢？我想你可以和史先生先行动身，我随后回来。”

尚洁见他那番诚恳的态度，比起从前，简直是两个人，心里自然满是愉快，且暗自谢她的神在他身上所显底奇迹。她说：“呀！往事如梦中之烟，早已在虚幻里消散了，何必重行提起呢？凡人都不可积聚日间的怨恨、怒气和一切伤心的事到夜里，何况是隔了好几年的事？请你把那些事情搁在脑后罢。我本想到船里去，向我那班同工的人辞行。你怎样不和我们一起回去，还有别的事情要办么？史先生现时在他的别业——就是我住的地方——我们一同到那里去罢，待一会，再出来辞行。”

“不必，不必。你可以去你的，我自己去找他就可以。因为我还有些正当的事情要办。恐怕不能和你们一同回去；什么事，以后我才教你知道。”

“那么，你教这土人领你去罢，从这里走不远就是。我先到船里，回头再和你细谈。再见哪！”

她从土华回来，先住在史先生家里，意思是要等可望来到，一同搬回她的旧房子去。谁知等了好几天，也不见他的影。她才知道可望在土华时，所说的话意有所含蓄。可是他到那里去呢？去干什么呢？她正想着，史先生拿了一封信进来，对她说：“夫人，你不必等可望了，明后天就搬回去罢。他寄给我这一封信说，他有许多对不起你的地方，都是出于激烈的爱情所致，因他爱你的缘故，所以伤了你。现在他要把从前邪恶的行为和暴躁的脾气改过来，且要偿还你这几年来所受的苦楚，故不得不暂时离开你。他已经到槟榔屿了。他不直接写信给你的缘故，是怕你伤心，故此写给我，教我好安慰你；他还说从前一切的产业都是你的，他不应独自霸占了许久，要求你尽量地享用，直等到他回来。

“这样看来，不如你先搬回去，我这里派人去找他回来如何？唉，想不到他一会儿就能悔改到这步田地！”

她遇事本来很沉静，史先生说时，她的颜色从不曾显出什么变态，只说：“为爱情么？为爱而离开我么？这是当然的，爱情本如极利的斧子，用来剥削命运常比用来整理命运的时候多一些。他既然规定他自己的行程，又何必费工夫去寻找他呢？我是没有成见的，事情怎样来，我怎样对付就是。”

尚洁搬回来那天，可巧下了一点雨，好像上天使园里的花木特地沐浴得很妍净来迎接他们的旧主人一样。她进门时，妥娘正在整理厅堂，一见她来，便嚷着："奶奶，你回来了！我们很想念你哪！你的房间乱得很，等我把各样东西安排好再上去。先到花园去看看罢，你手植各样的花木都长大了。后面那棵释迦头长得像罗伞一样，结果也不少，去看看罢。史夫人早和佩荷姑娘来了，她们现时也在园里。”

她和妥娘说了几句话，便到园里。一拐弯，就看见史夫人和佩荷坐在树荫底下一张凳上——那就是几年前，她要被刺那夜，和史夫人坐着谈话的地方。她走来，又和史夫人并肩坐在那里。史夫人说来说去，无非是安慰她的话。她像不信自己这样的命运不甚好，也不信史夫人用定命论的解释来安慰她，就可以使她满足。然而她一时不能说出合宜的话，教史夫人明白她心中毫无忧郁在内。她无意中一抬头，看见佩荷拿着树枝把结在玫瑰花上一个蜘蛛网撩破了一大部分。她注神许久，就想出一个意思来。

她说："呀，我给这个比喻，你就明白我的意思。”

“我像蜘蛛，命运就是我的网。蜘蛛把一切有毒无毒的昆虫吃入肚里，回头把网组织起来。它第一次放出来的游丝，不晓得要被风吹到多么远；可是等到黏着别的东西的时候，他的网便成了。

“他不晓得那网什么时候会破，和怎样破法。一旦破了，他还暂时安安然然地藏起来；等有机会再结一个好的。

“他的破网留在树梢上，还不失为一个网。太阳从上头照下来，把各条细丝映成七色；有时黏上些少水珠，更显得灿烂可爱。

“人和他的命运，又何常不是这样？所有的网都是自己组织得来，或完或缺，只能听其自然罢了。”

史夫人还要说时，妥娘来说屋子已收拾好了，请她们进去看看。于是，她们一面谈，一面离开那里。

园里没人，寂静了许久。方才那只蜘蛛悄悄地从叶底出来，向着网的破裂处，一步一步，慢慢补缀。它补这个干什么？因为它是蜘蛛，不得不如此！

莎菲女士的日记*

丁　玲

十二月二十四

今天又刮风！天还没亮，就被风刮醒了。伙计又跑进来生火炉。我知道，这是怎样都不能再睡得着了的。我也知道，不起来，便会头昏。睡在被窝里是太爱想到一些奇奇怪怪的事上去。医生说顶好能多睡，多吃，莫看书，莫想事，偏这就不能，夜晚总得到两三点才能睡着，天不亮又醒了。象这样刮风天，真不能不令人想到许多使人焦躁的事。并且一刮风，就不能出去玩，关在屋子里没有书看，还能做些什么？一个人能呆呆的坐着，等时间的过去吗？我是每天都在等着，挨着，只想这冬天快点过去；天气一暖和，我咳嗽总可好些，那时候，要回南便回南，要进学校便进学校，但这冬天可太长了。

太阳照到纸窗上时，我是在煨第三次的牛奶。昨天煨了四次。次数虽煨得多，却不定是要吃，这只不过是一个人在刮风天为免除烦恼的养气法子。这固然可以混去一小点时间，但有时却又不能不令人更加生气，所以上星期整整的有七天没玩它，不过在没想出别的法子时，是又不能不借重它来象一个老年人耐心着消磨时间。

报来了，便看报，顺着次序看那大号字标题的国内新闻，然后又看国外要闻，本埠琐闻……把教育界，党化教育，经济界，九六公债盘价……全看完，还要再去温习一次昨天前天已看熟了的那些招男女，编级新生的广告，那些为分家产起诉的启事，连那些什么六〇六，百零机，美容药水，开明戏，真光电影……都熟习了过后才懒懒的丢开报纸。自然，有时会发现点新的广告，但也除不了是些绸缎铺五年六年纪念的减价，恕讣不周的讣闻之类。

报看完，想不出能找点什么事做，只好一人坐在火炉旁生气。气的事，也是天天气惯了的。天天一听到从窗外走廊上传来的那些住客们喊伙计的声音，便头痛，那声音真是又粗，又大，又嗄，又单调："伙计，开壶！"或是"脸水，伙计！"这是谁也可以想象出来的一种难听的声音。还有，那楼下电话也是不断的有人在那电机旁大声的说话。没有一些声息时，又会感到寂沉沉的可怕，尤其是那四堵粉垩的墙。它们呆呆的把你眼睛挡住，无论你坐在哪方：逃到床上躺着吧，那同样的白垩的天花板，便沉沉的把你压住。真找不出一件事是能令人不生嫌厌的心的；如同那麻脸伙计，那有抹布味的饭菜，那扫不干净的窗格上的沙土，那洗脸台上的镜

* 摘自《丁玲短篇小说选》上，人民文学出版社1981年版。

子——这是一面可以把你的脸拖到一尺多长的镜子，不过只要你肯稍微一偏你的头，那你的脸又会扁的使你自己也害怕……这都是可以令人生气了又生气。也许这只我一人如是。但我却宁肯能找到些新的不快活，不满足；只是新的，无论好坏，似乎都隔得我太远了。

吃过午饭，苇弟便来了，我一听到他那特有的急遽的皮鞋声已从走廊的那端传来时，我的心似乎便从一种窒息中透出一口气来的感到舒适。但我却不会表示，所以当苇弟进来时，我只能默默的望着他；他反以为我又在烦恼，握紧我一双手，"姊姊，姊姊，"那样不断的叫着。我，我自然笑了！我笑的什么呢，我知道！在那两颗只望到我眼睛下面的跳动的眸子中，我准懂得那收藏在眼睑下面，不愿给人知道的是些什么东西！这是有多么久了，你，苇弟，你在爱我！但他捉住过我吗？自然，我是不能负一点责，一个女人是应当这样。其实，我算够忠厚了；我不相信会有第二个女人这样不捉弄他的，并且我还在确确实实的可怜他，竟有时忍不住想去指点他："苇弟，你不可以换个方法吗？这样是只能反使我不高兴的……"对的，假使苇弟能够再聪明一点，我是可以比较喜欢他些，但他却只能如此忠实的去表现他的真挚！

苇弟看见我笑了，便很满足。跳过床头去脱大氅，还脱下他那顶大皮帽来。假使他这时再掉过头来望我一下，我想他一定可以从我的眼睛里得些不快活去。为什么他不可以再多的懂得我些呢？

我总愿意有那末一个人能了解得我清清楚楚的，如若不懂得我，我要那些爱，那些体贴做什么？偏偏我的父亲，我的姊姊，我的朋友都能如此盲目的爱惜我，我真不知他们所爱惜我的是些什么；爱我的骄纵，爱我的脾气，爱我的肺病吗？有时我为这些生气，伤心，但他们却都更容让我，更爱我，说一些错到更能使我想打他们的一些安慰话。我真愿意在这种时候会有人懂得我，便骂我，我也可以快乐而骄傲了。

没有人来理我，看我，我是会想念人家，或恼恨人家，但有人来后，我不觉得又会给人一些难堪，这也是无法的事。近来为要磨练自己，常常话到口边便咽住，怕又在无意中竟刺着了别人的隐处，虽说是开玩笑。因为如此，所以这是可以想象出来的，我是拿一种什么样的心情在陪苇弟坐。但苇弟若站起身来喊走时，我是又会因怕寂寞而感到怅惘，而恨起他来。这个，苇弟是早就知道了的，所以他一直到晚上十点钟才回去。不过我却不骗人，并不骗自己，我清白，苇弟不走，不特于他没有益处，反只能让我更觉得他太容易支使，或竟更可怜他的太不会爱的技巧了。

十二月二十八

今天我请毓芳同云霖看电影。毓芳却邀了剑如来。我气得只想哭，但我却纵声的笑了。剑如，她是够多么可以损害我自尊之心的；我因为她的容貌，举止，无一不象我幼时所最投洽的一个朋友，所以我竟不觉的时常在追随她，她又特意给了我许多敢于亲近她的勇气，但后来，我却遭受了一种不可忍耐的待遇，无论什么时候想起，我都会痛恨我那过去的，已不可追悔的无赖行为：在一个星期中我曾足足的给了她八封长信，而未曾给人理睬过。毓芳真不知想的那一股劲，明知我已不愿再提起从前的事，却故意要邀着她来，象有心要挑逗我的愤恨一样，我真气了。

我的笑，毓芳和云霖是不会留意这有什么变异，但剑如，她是能感觉得；可是她会装，装糊涂，同我毫无芥蒂的说话。我预备骂她几句，不过话只到口边便想到我为自己定下的戒条。并且做得太认真，怕越令人得意。所以我又忍下心去同她们玩。

到真光时，还很早，在门口又遇着一群同乡的小姐们，我真厌恶那些惯做的笑靥，我不去理她们，并且我无缘无故的生气到那许多去看电影的人。我乘毓芳同她们说到热闹中，我丢下我所请的客，悄悄回来了。

除了我自己，是没有人会原谅我的。谁也在批评我，谁也不知道我在人前所忍受的一些人们给我的感触。别人说我怪僻，他们哪里知道我却时常在讨人好，讨人欢喜，不过人们太不肯鼓励我去说那太违我心的话，常常给我机会，让我反省到我自己的行为，让我离人们却更远了。

夜深时，全公寓都静静的，我躺在床上好久了。我清清白白的想透了一些事，我还能伤心什么呢?

十二月二十九

一早毓芳就来电话。毓芳是好人，她不会扯谎，大约剑如是真病。毓芳说，起病是为我，要我去，剑如将向我解释。毓芳错了，剑如也错了，莎菲不是欢喜听人解释的人。根本我就否认宇宙间要解释。朋友们好，便好；合不来时，给别人点苦头吃，也是正大光明的事。我还以为我够大量，太没报复人了。剑如既为我病，我倒快活，我不会拒绝听别人为我而病的消息。并且剑如病，还可以减少点我从前自怨自艾的烦恼。

我真不知应怎样才能分析出我自己来。有时为一朵被风吹散了的白云，会感到一种渺茫的，不可捉摸的难过，但看到一个二十多岁的男子（苇弟其实还大我四岁）把眼泪一颗一颗掉到我手背时，却象野人一样的在得意的笑了。苇弟是从东城买了许多信纸信封来我这里玩，为了他很快乐，在笑，我便故意去捉弄，看到他哭了，我却快意起来，并且说："请珍重点你的眼泪吧，不要以为姊姊是象别的女人一样脆弱得受不起一颗眼泪……""还要哭，请你转家去哭，我看见眼泪就讨厌……"自然，他不走，不分辩，不负气，只蜷在椅角边老老实实无声的去流那不知从哪里得来的那末多的眼泪。我，自然，得意够了，是又会惭愧起来，于是用着姊姊的态度去喊他洗脸，抚摩他的头发。他镶着泪珠又笑了。

在一个老实人面前，我是已尽自己的残酷天性去磨折了他，但当他走后，我真又想能抓回他来，只请求他一句："我知道自己的罪过，请不要再爱这样一个不配承受那真挚的爱的女人了吧！"

一 月 一 号

我不知道那些热闹的人们是怎样的过年法，我是只在牛奶中加了一个鸡子，鸡子还是昨天苇弟拿来的，一共是二十个，昨天煨了七个茶卤蛋，剩下的十三个，大约总够我两星期来吃它。若吃午饭时，苇弟会来，则一定有两个罐头的希望。我真希望他来。因为想到苇弟来，所以我便上单牌楼去买了四合糖，两包点心，一篓橘子和苹果，是预备他来时给他吃的。我是准断定在今天只有他才能来。

但午饭吃过了，苇弟却没来。

我一共写了五封信，都是用前几天苇弟买来的好纸好笔。但我想能接得几个美丽的画片，却不能。连几个最爱弄这个玩艺儿的姊姊们都把我这应得的一份儿忘了。不得画片，不希罕，单单只忘了我，却是可气的事。不过为了自己从不会给人拜过一次年，算了，这也是应该的。

晚饭还是我一人独吃，我烦恼透了。

夜晚毓芳云霖却来了，还引来一个高个儿少年，我只想他们才真算幸福；毓芳有云霖爱她，她满意，他也满意。幸福不是在有爱人，是在两人都无更大的欲望。商商量量平平和和的过日子。自然，也有人将不屑于这平庸。但那只是另外那人的，却与我的毓芳无关。

毓芳是好人，因为她有云霖，所以她“愿天下有情人皆成眷属”。她去年曾替玛丽作过一次恋爱婚姻介绍者。她又希望我能同苇弟好。因此她一来便问苇弟。但她却和云霖及那高个儿把我给苇弟买的东西吃完了。

那高个儿可真漂亮，这是我第一次感觉到男人的美上面，从来我是没有留心到。只以为一个男人的本行是在会说话，会看眼色，会小心就够了。今天我看了这高个儿，才懂得男人是另铸有一种高贵的模型，我看出那衬在他面前的云霖显得多么委琐，多么呆拙……我真要可怜云霖，假使他知道了他在这个人前所衬出的不幸时，他将怎样伤心他那些所有的粗丑的眼神，举止。我更不知，当毓芳拿着这一高一矮的男人相比时，是会起一种什么情感！

他，这生人，我将怎样去形容他的美呢？固然，他的颀长的身躯，白嫩的面庞，薄薄的小嘴唇，柔软的头发，都足以闪耀人的眼睛，但他却还另外有一种说不出，捉不到的丰仪来煽动你的心。如同，当我请问他的名字时，他是会用那种我想不到的不急遽的态度递过那只擎有名片的手来。我抬起头去，呀，我看见那两个鲜红的，嫩腻的，深深凹进的嘴角了。我能告诉人吗；我是用一种小儿要糖果的心情在望着那惹人的两个小东西。但我知道在这个社会里面是不会准许任我去取得我所要的来满足我的冲动，我的欲望，无论这是于人并不损害的事，所以我只得忍耐着，低下头去，默默的去念那名片上的字：

“凌吉士，新加坡……”

凌吉士，他是能那样毫无拘束的在我这儿谈话，象是在一个很熟的朋友处，难道我能说他这是有意来捉弄一个胆小的人？我是为要强迫的去拒绝引诱，从不敢把眼光抬平去一望那可爱慕的火炉的一角。并且害得两只从不知羞惭的破烂拖鞋，也逼着我不准走到桌前的灯光处。我并且生气我自己：怎么我只会那样拘束。不调皮的在应对？平日看不起别人的交际法，今天才知道自己是还只能显得又呆，又傻气。唉，他一定以为我是一个乡下才出来的姑娘了！

云霖同毓芳两人看见我木木的，以为我不欢喜这生人，常常去打断他的说话，不久带着他走了。这个我也能感激他们的好意吗？我望着那一高两矮的影子在楼下院子中消失时，我真不愿再回到这留得有那人的靴印，那人的声音，和那人吃剩的饼屑的屋子。

一 月 三 号

这两夜通宵通宵的咳嗽。对于药，简直就不会有信仰，药与病不是已毫无关系吗？我明明已厌烦了那苦水，但却又按时去吃它，假使连药也不吃，我更能拿什么来希望我的病呢？神要人忍耐着生活，便安排许多痛苦在死的前面，使人不敢走拢死去。我呢，我是更为了我这短促的不久的生，所以我越求生的利害；不是我怕死，是我总觉得我还没享有我生的一切。我要，我要使我快乐。无论在白天，在夜晚，我都是在梦想可以使我没有什么遗憾在我死的时候的一些事情。我想我能睡在一间极精致的卧房的睡榻上，有我的姊姊们跪在榻前的熊皮毡子上为我祈祷，父亲悄悄的朝着窗外叹息，我读着许多封从那些爱我的人儿们寄来的长信，朋友们都纪念我流着忠实的眼泪……我迫切的需要这人间的感情，想占有许多不可能的东西。但人们给我的是什么呢？整整又两天，又一人幽囚在公寓里，没有一个人来，也没有一封信来，我躺在床上咳嗽，坐在火炉旁咳嗽，走到桌子前也咳嗽，还想念这些可恨的人们……其实是还收到一封信的，不过这除了更加我一些不快外，也只不过是加我不快。这是在一年前曾骚扰过我的一个安徽粗壮男人所寄来，我没有看完就扯了。我真肉麻那满纸的“爱呀爱的！”我厌恨我不喜欢的人们的萏献……

我，我能说得出我真实的需要是些什么呢？

一 月 四 号

事情不知错到什么地方去了。我为什么会想到搬家，并且在糊里糊涂中欺骗了云霖，好象扯谎也是本能一样，所以在今天能毫不费力的便使用了。假使云霖知道了莎菲也会哄骗他，他不知应如何伤心；莎菲是他们那样爱惜的一个小妹妹。自然我不是安心的，并且我现在在后悔。但我能决定吗，搬呢，还是不搬？

我是不能不向我自己说：“你是在想念那高个儿的影子呢！”是的，这几天几夜我是无时不神往到那些足以诱惑我的。为什么他不在这几天中单独来会我呢？他应当知道他是不该让我如此的去思慕他。他应当来看我，说他也想念我才对。假使他来，我是不会拒绝去听他所说的一些爱慕我的话，我还将令他知道我所要的是些什么。但他却不来。我估定这象传奇中的事是难实现了。难道我去找他吗？一个女人这样放肆，是不会得好结果的。何况还要别人能尊敬我呢。我想不出好法子来，只好先去到云霖处试一试，所以吃过午饭，我便冒风向东城去。

云霖是京都大学的学生，他的住房便租在一家间于京都大学一院和二院之间青年胡同里。我到他那里时，幸好他没出去，毓芳也没来。云霖当然很诧异我在大风天出来，我说是到德国医院看病，顺便来这里。他也就毫不疑惑，又来问我的病状，我却把话头故意引到那天晚上。不费一点气力，我便已打探得那人儿是住在第四寄宿舍，位置是在京都大学二院隔壁的。不久，我于是又叹起气来，我用了许多言辞把在西城公寓里的生活，描摹得怎样的寂寞，黯淡。我又扯谎，说我唯一只想能贴近毓芳（我已知道毓芳已预备搬来云霖处）。我要求云霖同我往近处找房。云霖当然高兴这差事，不会迟疑的。

在找房的时候，凑巧竟碰着了凌吉士。他也陪着我们。我真高兴，高兴使我胆大了，我狠狠的望了他几次，他没有觉得，他问我的病，我说全好了，他不信似的在笑。

我看上一间又低，又小，又霉的东房，这是在云霖的隔壁一家叫大元的公寓里。他和云霖都说太湿，我却执意要在第二天便搬来，理由是那边太使我厌倦，而我急切的又要依着毓芳。云霖无法，也就答应了。还说好第二天一早他和毓芳过来替我帮忙。

我能告诉人，我单单选上这房子的用意吗？它是位置在第四寄宿舍和云霖住所之间。

他不曾向我告别，所以我又转到云霖处，我尽所有的大胆在谈笑。我把他什么细小处都审视遍了。我觉得都有我嘴唇放上去的需要。他不会也想到我是在打量他，盘算他吗？后来我特意说我想请他替我补英文，云霖笑，他听后却受窘了，不好意思的在含含糊糊的回答，于是我向心里说，这还不是一个坏蛋呢，那样高大的一个男人却还会红脸？因此我的狂热更炎炽了。但我不愿让人懂得我，看得我太容易，所以我就驱遣我自己，很早的就回来了。

现在仔细一想，我唯恐我的任性，将把我送到更坏的地方去，暂时且住在这有洋炉的房里吧，难道我能说得上我是爱上了那南洋人吗？我还一丝一毫都不知道他呢。什么那嘴唇，那眉梢，那眼角，那指尖……多无意识，这并不是一个人所应需的，我着魔了，会想到那上面。我决计不搬，一心一意来养病。

我决定了。我懊悔，我懊悔我白天所做的一些不是，一个正经女人所做不出来的。

一 月 六 号

都奇怪我，听说我搬了家，南城的金英，西城的江周，都来到我这低湿的小屋里。我笑着，有时在床上打滚，她们都说我越小孩气了，我更大笑起来，我只想告诉她们我想的是什么。下午苇弟也来了。苇弟最不快活我搬家，因为我未曾同他商量，并且离他更远了。他见着云霖时，竟不理他。云霖摸不着他为什么生气，望着他。他却更板起脸孔。我好笑，我向自己说：“可怜，冤枉他了，一个好人！”

毓芳不再向我说剑如。她决定两三天便搬来云霖处，因为她觉得我既这样想傍着她住，她不能让我一人寂寂寞寞的住在这里。她和云霖待我更比以前亲热。

一 月 十 号

这几天我都见着凌吉士，但我从没同他多说过几句话，我是决不先提到补英文事。我看见他一天要两次的往云霖处跑，我发笑，我准断定他以前一定不会同云霖如此亲密的。我没有一次邀请他来我那儿去玩，虽说他问了几次搬了家如何，我都装出不懂的样儿笑一下便算回答。我是把所有的心计都放在这上面用，好象同着什么东西搏斗一样。我要着那样东西，我还不愿去取得，我务必想方设计的让他自己送来。是的，我了解我自己，不过是一个女性十足的女人，女人是只把心思放到她要征服的男人们身上。我要占有他，我要他无条件的献上他的心，跪着求我赐给他的吻呢。我简直癫了，反反复复的只想着我所要施行的手段的步骤，我简直癫了！

毓芳云霖看不出我的兴奋来，只说我病快好了。我也正不愿他们知道，说我病好，我就假装着高兴。

一 月 十 二

毓芳已搬来，云霖却又搬走了。宇宙间竟会生出这样一对人来，为怕生小孩，便不肯住在一起。我猜想他们是连自己也不敢断定：当两人抱在一床时是不会另外又干出些别的事来，所以只好预先防范，不给那肉体接触的机会。至于那单独在一房时的拥抱和亲嘴，是不会发生危险，所以悄悄来表演几次，便不在禁止之列。我忍不住嘲笑他们了，这禁欲主义者！为什么会不需要拥抱那爱人的裸露的身体？为什么要压制住这爱的表现？为什么在两人还没睡在一个被窝里以前，会想到那些不相干足以担心的事？我不相信恋爱是如此的理智，如此的科学！

他俩不生气我的嘲笑，他俩还骄傲着他们的纯洁，而笑我小孩气呢。我体会得出他们的心情，但我不能解释宇宙间所发生的许许多多奇怪的事。

这夜我在云霖处（现在要说毓芳处了）坐到夜晚十点钟才回来，说了许多关于鬼怪的故事。

鬼怪这东西，我是在一点点大的时候就听惯了，坐在姨妈怀里听姨爹讲《聊斋》是常事，并且一到夜里就爱听。至于怕，又是另外一件不愿告人的。因为一说怕，准就听不成，姨爹便会踱过对面书房去，小孩就不准下床了。到进了学校，又从先生口里得知点科学常识，为了信服我们那位周麻子二先生，所以连书本也信服，从此鬼怪便不屑于害怕了。近来人是更在长高长大，说起来，总是否认有鬼怪的，但鸡粟却不肯因为不信便不出来，寒毛一个个也会竖起的。不过每次同人一说到鬼怪时，别人是不知道我正在想抛开些说到别的闲话上去，为的怕夜里一个人睡在被窝里时想到死去了的姨爹姨妈就伤心。

回来时，我看到那黑魆魆的小胡同，真有点胆悸。我想，假使在哪个角落里露出一个大黄脸，或伸来一只毛手，又是在这样象冻住了的冷巷里，我不会以为是意外。但看到身边的这高大汉子（凌吉士）做镖手，大约总可靠，所以当毓芳问我时，我只答应“不怕，不怕”。

云霖也同我们出来，他回他的新房子去，他向南，我们向北，所以只走了三四步，便听不清那橡皮的鞋底在泥板上发出的声音。

他伸来一只手，拢住了我的腰：

“莎菲，你一定怕哟！”

我想挣，但挣不掉。

我的头停在他的胁前，我想，如若在亮处，看起来，我会象个什么东西，被挟在比我高一个头还多的人的腕中。

我把身一蹲，便窜出来了，他也松了手陪我站在大门边打门。

小胡同里黑极了，但他的眼睛望到何处，我却能很清楚的看见。心微微有点跳，等着开门。

“莎菲，你怕哟！”

门闩已在响，是伙计在问谁。我朝他说：

“再——”

他猛的却握住我的手，我也无力再说下去。

伙计看到我身后的大人，露着诧异。

到单独只剩两人在一房时，我的大胆，已经是变得毫无用处了。想故意说几句客套话，也不会，只说：“请坐吧！”自己便去洗脸。

鬼怪的事，已不知忘掉到什么地方去了。

“莎菲！你还高兴读英文吗？”他忽然问。

这是他来找我，提头到英文，自然他未必欢喜白白牺牲时间去替人补课，这意思，在一个二十岁的女人面前，怎能瞒过，我笑了（这是只在心里笑）。我说：

“蠢得很，怕读不好，丢人。”

他不说话，把我桌上摆的照片拿来玩弄着，这照片是我姊姊的一个刚满一岁的女儿的。

我洗完脸，坐在桌子那头。

他望望我，便又去望那小女孩，然后又望我。是的，这小女孩长的真象我。于是我问他：

“好玩吗？你说象我不象？”

“她，谁呀？”显然，这声音就表示着非常之认真。

“你说可爱不可爱？”

他只追问着是谁。

忽的，我明白了他意思，我又想扯谎了。

“我的，”于是我把像片抢过来吻着。

他信了。我竟愚弄了他，我得意我的不诚实。

这得意，似乎便能减少他的妩媚，他的英爽。要是不，为什么当他显出那天真的诧愕时，我会忽略了他那眼睛，我会忘掉了他那嘴唇？否则，这得意一定将冷淡下我的热情来。

然而当他走后，我却懊悔了。那不是明明安放着许多机会吗？我只要在他按住我手的当儿，另做出一种眼色，让他懂得他是不会遭拒绝，那他一定可以还做出一些比较大胆的事。这种两性间的大胆，我想只要不厌烦那人，是也会象把肉体来融化了的感到快乐，是无疑。但我为什么要给人一些严厉，一些端庄呢？唉，我搬到这破房子里来，到底为的是什么呢？

一 月 十 五

近来我是不算寂寞了，白天便在隔壁玩，晚上又有一个新鲜的朋友陪我谈话。但我的病却越深了。这真不能不令我灰心，我要什么呢，什么也于我无益。难道我有所眷恋吗？一切又是多么的可笑，但死却不期然的会让我一想到便伤心。每次看见那克利大夫的脸色，我便想：是的，我懂得，你尽管说吧，是不是我已没希望了？但我却拿笑代替了我的哭。谁能知道我在夜深流出的眼泪的分量！

几夜，凌吉士都接着接着来，他告人说是在替我补英文，云霖问我，我只好不答应。晚上我拿一本“Poor People”放在他面前，他真个便教起我来。我只好又把书丢开，我说：“以后你不要再向人说在替我补英文吧，我病，谁也不会相信这事的。”他赶忙便说：“莎菲，我不可以等你病好些就教你吗？莎菲，只要你喜欢。”

这新朋友似乎是来得如此够人爱，但我却不知怎的，反而懒于注意到这些事。我每夜看到他丝毫得不着高兴的出去，心里总觉得有点歉仄，我只好在他穿大氅的当儿向他说：“原谅我吧，我是有病！”他会错了我的意思，以为我同他客气。“病有什么要紧呢，我是不怕传染的。”后来我仔细一想，也许这话是另含得有别的意思，我真不敢断定人的所作所为是象可以想象出来的那样单纯。

一 月 十 六

今天接到蕴姊从上海来的信，更把我引到百无可望的境地。我哪里还能找得几句话去安慰她呢？她信里说：“我的生命，我的爱，都于我无益了……”那她是更不必需要我的安慰，我为她而流的眼泪了。唉！但从她信中，我可以揣想得出她婚后的生活，虽说她未肯明明的表白出来。神为什么要去捉弄这些在爱中的人儿？蕴姊是最神经质，最热情的人，自然她是更受不住那渐渐的冷淡，那已遮饰不住的虚情……我想要蕴姊来北京，不过这是做得到的吗？这还是疑问。

苇弟来的时候，我把蕴姊的信给他看：他真难过，因为那使我蕴姊感到生之无趣的人，不幸便是苇弟的哥哥。于是我又向他说了我许多新得的“人生哲学”的意义；他又尽他唯一的本能在哭。我只是很冷静的去看他怎样使眼睛变红，怎样拿手去擦干，并且我在他那些举动中，加上许多残酷的解释。我未曾想到在人世中，他是一个例外的老实人，不久，我一个人悄悄的跑出去了。

为要躲避一切的熟人，深夜我才独自从冷寂寂的公园里转来，我不知怎样的度过那些时间，我只想："多无意义啊！倒不如早死了干净……"

一 月 十 七

我想：也许我是发狂了！假使是真发狂，我倒愿意。我想，能够得到那地步，我总可以不会再感到这人生的麻烦了吧……

足足有半年为病而禁绝了的酒，今天又开始痛饮了。明明看到那吐出来的是比酒还红的血。但我心却象有什么别的东西主宰一样，似乎这酒便可在今晚致死我一样，我是不愿再去细想那些纠纠葛葛的事……

一 月 十 八

现在我还睡在这床上，但不久就将与这屋分别了，也许是永别，我断得定我还有那样能再亲我这枕头，这棉被……的幸福吗？毓芳，云霖，苇弟，金夏都保守着一种沉默围绕着我坐着，焦急的等着天明了好送我进医院去。我是在他们忧愁的低语中醒来的，我不愿说话，我细想昨天上午的事，我闻到屋子中所遗留下来的酒气和腥气，才觉得心是正在剧烈的痛，于是眼泪便汹涌了。因了他们的沉默，因了他们脸上所显现出来的凄惨和黯淡，我似乎感到这便是我死的预兆。假设我便如此长睡不醒了呢，是不是他们也将是如此的沉默的围绕着我僵硬的尸体？他们看见我醒了，便都走拢来问我。这时我真感到了那可怕的死别！我握着他们，仔细望着他们每个的脸，似乎要将这记忆永远保存着。他们便都把眼泪滴到我手上，好象觉得我就要长远的离开他们而走向死之国一样。尤其是苇弟，哭得现出丑的脸。唉，我想：朋友呵，请给我一点快乐吧……于是我反而笑了。我请他们替我清理一下东西，他们便在床铺底下拖出那口大藤箱来，在箱子里有几捆花手绢的小包，我说："这我要的，随着我进协和吧。"他们便递给我，我又给他们看，原来都满满是信札，我又向他们笑："这，你们的也在内！"他们才似乎也快乐些了。苇弟又忙着从抽屉里递给我一本照片，是要我也带去的样子，我更笑了。这里面有七八张是苇弟的单像，我又特容许了苇弟接吻在我手上，并握着我的手在他脸上摩擦，于是这屋子才不至于象真的有个僵尸停着的一样，天光这时也慢慢显出了鱼肚白。他们又忙乱了，慌着在各处找洋车。于是我病院的生活便开始了。

三 月 四 号

接蕴姊死电是二十天以前的事，而我的病却又一天有希望一天了。所以在一号又由送我进院的几人把我送转公寓来，房子已打扫得干干净净。又因为怕我冷，特生了一个小小的洋炉，我真不知应怎样才能表示我的感谢，尤其是苇弟和毓芳。金和周又在我这儿住了两夜才走，都充当我的看护，我是每日都躺着，简直舒服得不象住公寓，同在家里也差不了什么了！毓芳还决定再陪我住几天，等天气暖和点便替我上西山去找房子，我便好专去养病，我也真想能离开北京，可恨阳历三月了，还如是之冷！毓芳硬要住在这儿，我也不好十分拒绝，所以前两天为金和周搭的一个小铺又不能撤了。

近来在病院却把我自己的心又医转了，这实实在在却是这些朋友们的温情把它又重暖了起来，又觉得这宇宙还充满着爱呢。尤其是凌吉士，当他走到医院去看我时，我便觉得很骄傲，我想他那种丰仪才够去看一个在病院女友的病，并且我也懂得，那些看护妇都在羡慕着我呢。有一天，那个很漂亮的密司杨问我：

“那高个儿，是你的什么人呢？”

“朋友！”我是忽略了她问的无礼。

“同乡吗？”

“不，他是南洋的华侨。”

“那末是同学？”

“也不是。”

于是她狡猾的笑了，“就仅是朋友吗？”

自然，我可以不必脸红，并且还可以警诫她几句，但我却惭愧了。她看到我闭着眼装要睡的狼狈样儿，便很得意的笑着走去。后来我一直都恼着她。并且为了躲避麻烦，有人问起苇弟时，我便扯谎说是我的哥哥。有一个同周很好的小伙子，我便说是同乡，或是亲戚的乱扯。

当毓芳上课去后，我一个人留在房里时，我就去翻在一月多中所收到的信，我又很快活，很满足，还有许多人在纪念我呢。我是需要别人纪念的，总觉得能多得点好意就好。父亲是更不必说，又寄了一张像来，只有白头发似乎又多了几根。姊姊们都好，可惜就为小孩们忙得很，不能多替我写信。

信还没有看完，凌吉士又来了。我想站起来，但他却把我按住。他握着我的手时，我快活得真想哭了。我说：

“你想没想到我又会回转这屋子呢？”

他只瞅着那侧面的小铺，表示一种不高兴的样子，于是我告诉他从前的那两位客已走了，这是特为毓芳预备的。

他听了便向我说他今晚不愿再来，怕毓芳会厌烦他。于是我的心里更充满乐意了，便说：

“难道你就不怕我厌烦吗？”

他坐在床头更长篇的述说他这一多月中的生活，还怎样和云霖冲突，闹意见，因为他赞成我早些出院，而云霖执着说不能出来。毓芳也附着云霖，他懂得他认识我的时间太少，说话自然不会起影响，所以以后他都不管这事了，并且在院中一和云霖碰见，自己便先回来了。

我懂得他的意思，但我却装着说：

“你还说云霖，不是云霖我还不会出院呢，住在里面真舒服多了。”

于是我又看见他默默的把头掉到一边去，不答应我的话。

他算着毓芳快来时，便走了，还悄悄告诉我说等明天再来。果然，不久毓芳便回来了。毓芳不会问，我也不告她，并且她为我的病，不愿同我多说话，怕我费神，我更乐得藉此可以多去想些另外的小闲事。

三 月 六 号

当毓芳上课去后，把我一人撂在房里时，我便会想起这所谓男女间的怪事；其实，在这上面，不是我爱自夸，我所受的训练，至少也有我几个朋友们的相加或相乘，但近来我却非常之不能了解了。当独自同着那高个儿时，我的心便会跳起来，又是羞惭，又是害怕，而他呢，他只是那样随便的坐着，类乎天真的讲他过去的历史，有时是握着我的手；但这也不过是非常之自然，然而我的手便不会很安静的被握在那大手中，慢慢的会发烧。并且一当他站起身预备走时，不由的我心便慌张了，好像我将跌入那可怕的不安中，于是我盯着他看，真说不清那眼光是求怜，还是怨恨；但他却忽略了我这眼光，偶尔懂得了，也只说：“毓芳要来了哟！”我应当怎样说呢？他是在怕毓芳！自然，我也会不愿有人知道我暗地一人所想的一些不近情理的事，不过近来我又感到我有别人了解我感情的必要；几次我向毓芳含糊的说起我的心境，她还是只那样忠实的替我盖被子，留心我的药，我真不能不有点烦闷了。

三 月 八 号

毓芳已搬回去，苇弟却又想代替那看护的差事。我知道，如若苇弟来，一定比毓芳还好，夜晚若想茶吃时，总不至于因听到那浓睡中的鼾声而不愿搅扰人而把头缩进被窝点算了；但我自然拒绝他这好意，他又固执着，我只好说：“你在这里，我有许多不方便，并且病呢，也好了。”他还要证明间壁的屋子是空着，他可以住间壁，我正在无法时，凌吉士却来了，我以为他们还不认识，而凌吉士已握着苇弟的手，说是在医院已见过两次。苇弟只冷冷的不理他，我笑着向凌吉士说：“这是我的弟弟，小孩子，不懂交际，你常来同他玩吧。”苇弟真的变成了小孩子，丧着脸站起身就走了。我因为有人在面前，便感得不快，也只好掩藏住，并且觉得有点对凌吉士不住，但他却毫没介意，反问我：“不是他姓白吗，怎会变成你的弟弟？”于是我笑了：“那末你是只准姓凌的人叫你做哥哥弟弟的！”于是他也笑了。

近来青年人在一处时，便老喜欢研究到这一个“爱”字，虽说有时我也似乎懂得点，不过终究还是不很说得清。至于男女间的一些小动作，似乎我又太看得明白了。也许便是因为我懂得了这些小动作，而于“爱”才反迷糊，才没有勇气鼓吹恋爱，才不敢相信自己还是一个纯粹的够人爱的小女子，并且才会怀疑到世人所谓的“爱”，以及我所接受的“爱”……

在我刚稍微有点懂事的时候，便给爱我的人把我苦够了，给许多无事的人以诬蔑我，凌辱我的机会，以致我顶亲密的小伴侣们也疏远了。后来又为了爱的胁迫，使我害怕得离开了我的学校。以后，人虽说一天天大了，但总常常感到那些无味的纠缠，因此有时不特怀疑到所谓“爱”，竟会不屑于这种亲密。苇弟他说他爱我，为什么他只会常常给我一些难过呢？譬如今晚，他又来了，来了便哭，并且似乎带了很浓的兴味来哭一样，无论我说：“你怎么了，说呀！”“我求你，说话呀，苇弟！……”他都不理会。这是从未有的事，我尽我的脑力也猜想不出他所骤遭的这灾祸。我应当把不幸朝那一方去揣测呢？后来，大约他是哭够了，于是才大声说：“我不喜欢他！”“这又是谁欺侮了你呢，这样大嚷大闹的？”“我不喜欢那高个子！那同你好的！”哦，我这才知道原来还是怄我的气。我不觉得会笑了。这种无味的嫉妒，这种自私的占有，便是所谓爱吗？我发笑，而这笑，自然不会安慰到那有野心的男人的。并且因了我不屑的态度，更激起他那不可抑制的怒气。我看着他那放亮的眼光，我以为他要噬人了，我想：“来吧！”但他却又低下头去哭了，还揩着眼泪，踉跄的又走出去。

这种表示，也许是称为狂热的，真率的爱的表现吧，但苇弟却毫不加思索地来使用在我面前，自然是只会失败；并不是我愿意别人虚伪点，做作点在爱上，我只觉得想靠这种小孩般举动来打动我的心，是全无用。或者这因为我的心是生来便如此硬；那我之种种不惬于人意而得来烦恼和伤心，也是应该的。

苇弟一走，自自然然我把我自己的心意去揣摩，去仔细回忆到那一种温柔的，大方的，坦白而又多情的态度上去，光这态度已够人欣赏得象吃醉一般的感到那融融的密意，于是我拿了一张画片，写了几个字，命伙计即刻送到第四寄宿舍去。

三 月 九 号

我看见安安闲闲坐在我房里的凌吉士，不禁又可怜到苇弟，我祝祷世人不要象我一样，忽略了蔑视了那可贵的真诚而把自己陷到那不可拔的渺茫的悲境里；我更愿有那末一个真诚纯洁的女郎去饱领苇弟的爱，并填实苇弟所感得的空虚啊！

三 月 十 三

好几天又不提笔，不知还是因为我心情不好，或是找不出所谓的情绪。我只知道，从昨天来我是更只想哭了。别人看到我哭，便以为我在想家，想到病，看见我笑呢，又以为我快乐了，还欣庆着这健康的光芒……但所谓朋友皆如是，我能告谁以我的不屑流泪，而又无力笑出的痴呆心境？并且因我看清了自己在人间的种种不愿舍弃的热望以及每次追求而得来的懊丧，所以连自己也不愿再同情这未能悟彻所引起的伤心。更哪能捉住一管笔去详细写出自怨和自恨呢！

是的，我好像又在发牢骚了。但这只是隐忍着在心头而反复向自己说，似乎还无碍。因为我并未曾有过那种胆量，给人看我的蹙紧眉头，和听我的叹气，虽说人们早已无条件的赠送过我以“狷傲”“怪僻”等等好字眼。其实，我并不是要发牢骚，我只想哭，想有那末一个人来让我倒在他怀里哭，并告诉他：“我又糟蹋我自己了！”不过谁能了解我，抱我，抚慰我呢？是以我只能在笑声中咽住“我又糟蹋我自己了”的哭声。

我到底又为了什么呢，这真好难说！自然我是未曾有过一刻私自承认我是爱恋上那高个儿了的，但他之在我的心心念念中怎地又蕴蓄着一种分析不清的意义。虽说他那颀长的身躯，嫩玫瑰般的脸庞，柔软的嘴唇，惹人的眼角，是可以诱惑许多爱美的女子，并以他那娇贵的态度倾倒那些还有情爱的。但我岂肯为了这些无意识的引诱而迷恋到一个十足的南洋人！真的，在他最近的谈话中，我懂得了他的可怜的思想，他需要的是什么？是金钱，是在客厅中能应酬他买卖中朋友们的年轻太太，是几个穿得很标致的白胖儿子。他的爱情是什么？是拿金钱在妓院中，去挥霍而得来的一时肉感的享受，和坐在软软的沙发上，拥着香喷喷的肉体，嘴抽着烟卷，同朋友们任意谈笑，还把左腿叠压在右膝上；不高兴时，便拉倒，回到家里老婆那里去。热心于演讲辩论会，网球比赛，留学哈佛，做外交官，公使大臣，或继承父亲的职业，做橡树生意，成资本家……这便是他的志趣！他除了不满于他父亲未曾给他过多的钱以外，便什么都是可使他在一夜不会做梦的睡觉；如有，便也只是嫌北京好看的女人太少，让他有时也会厌腻起游戏园，戏场，电影院，公园来……唉，我能说什么呢？当我明白了那使我爱慕的一个高贵的美型里，是安置着如此的一个卑劣灵魂，并且无缘无故还接受过他的许多亲密。这亲密，自然是还值不了在他从妓院中挥霍里剩余下的一半多！想起那落在我发际的吻来，真又使我悔恨到想哭了！我岂不是把我献给他任他来玩弄我来比拟到卖笑的姊妹中去！然而这又都只能把责备来加上我自己使我更难受的，因为假设只要我自己肯，肯把严厉的拒绝放到我眸子中去，我敢相信，他不会那样大胆，并且我也敢相信，他之所以不会那样大胆，是由于他还未曾有过那恋爱的火焰燃炽……唉！我应该怎样来诅咒我自己了！

三 月 十 四

这是爱吗，也许要爱才具有如此的魔力，不是，为什么一个人的思想会变幻得如此不可测！当我睡去的时候，我看不起美人，但刚从梦里醒来，一揉开睡眼，便又思念那市侩了。我想：他今天会来吗？什么时候呢，早晨，过午，晚上？于是我跳下床来，急忙忙的洗脸，铺床，还把昨夜丢在地下的一本大书捡起，不住的在边缘处摩挲着，这是凌吉士昨夜遗忘在这儿的一本《威尔逊演讲录》。

三月十四晚上

我是有如此一个美的梦想，这梦想是凌吉士所给我的。然而同时又为他而破灭。所以我因了他才能满饮着青春的醇酒，在爱情的微笑中度过了清晨；但因了他，我认识了“人生”这玩艺，而灰心而又想到死；至于痛恨到自己甘于堕落，所招来的，简直只是最轻的刑罚！真的，有时我为愿保存我所爱的，我竟想到“我有没有力去杀死一个人呢？”

我想遍了，我觉得为了保存我的美梦，为了免除使我生活的力一天天减少，顶好是即刻上西山好，但毓芳告诉我，说她所托找房子的那位住在西山的朋友还没有回信来，我又怎好再去询问或催促呢？不过我决心了，我决心让那高小子来尝一尝我的不柔顺，不近情理的倨傲和侮弄。

三 月 十 七

那天晚上苇弟赌着气回去，今天又小小心心的自己来和解，我不觉笑了。并感到他的可爱。如若一个女人只要能找得一个忠实的男伴，做一身的归宿，我想谁也没有我苇弟可靠。我笑问：“苇弟，还恨姊姊不呢？”于是他羞惭的说：“不敢。姊姊，你了解我吧！我是除了希冀你不会摈弃我以外不敢有别的念头的。一切只要你好，你快乐就够了！”这还不真挚吗？这还不动人吗？比起那白脸庞红嘴唇的如何？但是后来我说：“苇弟，你好，你将来一定是一切都会很满你意的。”他却露出凄然的一笑。“永世也不会——但愿如你所说……”这又是什么呢？又是给我难受一下！我恨不得跪在他面前求他只赐我以弟弟或朋友的爱吧！单单为了我的自私，我愿我少些纠葛，多快乐点。苇弟爱我，并会说那样好听的话，但他忽略了：第一他应当真的减少他的热望，第二他也应该藏起他的爱来。我为了这一个老实的男人，所感到无能的抱歉，真也够受了。

三 月 十 八

我又托夏在替我往西山找房了。

三 月 十 九

凌吉士居然已几日不来我这里了。自然，我不会打扮，不会应酬，不会治事理家事，我有肺病，无钱，他来我这里做什么！我本无须乎要他来，但他真的不来了却又更令我伤心，更证实他以前的轻薄。难道他也是如苇弟一样老实，当他看到我写给他的字条："我有病，请不要再来扰我，"就信为是真话，竟不可违背，而果真不来吗？这又使我只想再见他一面，到底审看一下这高大的怪物是怎样的在觑看我。

三 月 二 十

今天我在云霖处跑了三次，都未曾遇见我想见的人，似乎云霖也有点疑惑，所以他问我这几天见着凌吉士没有。我只好又怅怅的跑回来。我实在焦烦得很，我敢自己欺自己说我这几日没有思念到他吗？

晚上七点钟的时候，毓芳和云霖来邀我到京都大学第三院去听英语辩论会，并且乙组的组长便是凌吉士。我一听到这消息，心就立刻砰砰的跳起来。我只得拿病来推辞了这善意的邀请。我这无用的弱者。我没有胆量去承受那激动，我还是希望我能不见着他。不过在他俩走时，我却又请他俩致意到凌吉士，说我问候他。唉，这又是多无意识啊！

三月二十一

在我刚吃过鸡子牛奶，一种熟习的叩门声便响着，在纸格上还印上一个颀长的黑影。我只想跳过去开门，但不知为一种什么情感所支使，我咽着气，低下头去了。

"莎菲，起来没有？"这声音是如此柔嫩，令我一听到会想哭。

为了知道我已坐在椅子上吗？为了知道我无能发气和拒绝吗？他轻轻的推开门便走进来了。我不敢仰起我滋润的眼皮来。

"病好些没有，刚起来吗？"

我答不出一句话。

"你真在生我的气啊。莎菲，你厌烦我，我只好走了。莎菲！"

他走，于我自然很合适，但我又猛然抬起头拿眼光止住了他开门的手。

谁说他不是一个坏蛋呢，他懂得了。他敢于把我的双手握得紧紧的。他说：

"莎菲，你捉弄我了。每天我走你门前过，都不敢进来，不是云霖告诉我说你不会生我气，那我今天还不敢来。你，莎菲，你厌烦我不呢？"

谁都可以体会得出来，假使他这时敢于拥抱住我，狂乱的吻我，我一定会倒在他手腕上哭了出来："我爱你呵！我爱你呵！"但他却如此的冷淡，冷淡得使我又恨他了。然而我心里又在想："来呀，抱我，我要接吻在你脸上咧！"自然，他依旧还握着我的手，把眼光紧盯在我脸上，然而我搜遍了，在他的各种表示中，我得不着我所等待于他的赐与。为什么他仅仅只懂得我的无用，我的可轻侮，而不够了解他之在我心中所占的是一种怎样的地位！我恨不得用脚尖踢出他去，不过我又为了另一种情绪所支配，我向他摇了头，表示是不厌烦他的来到。

于是我又很柔顺的接受了他许多浅薄的情意，听他又说着那些使他津津有回味的卑劣享乐，以及“赚钱和化钱”的人生意义。并承他暗示我许多做女人的本分。这些又使我看不起他，暗骂他，嘲笑他，我拿我的拳头，隐隐痛击我的心，但当他扬扬的走出我房时，我受逼得又想哭了。因为我压制住我那狂热的欲念，我未曾请求他多留一会儿。

唉，他走了！

三月二十一夜

在去年这时候，我过的是一种什么生活！为了有蕴姊千依百顺的疼我，我便装病躺在床上不肯起来。为了想受蕴姊抚摩我，便因那着急无以安慰我而流泪的滋味，我伏在桌上想到一些小不满意的事而哼哼唧唧的哭。便有时因在整日静寂的沈思里得了点哀戚，但这种淡淡的凄凉，却更令我舍不得去扰乱这情调，似乎在这里面我也可以味出一缕甜意一样的。至于在夜深了的法国公园，听躺在草地上的蕴姊唱《牡丹亭》，那又是更不愿想到的事了。假使她不会被神捉弄般的去爱上那苍白脸色的男人，她一定不会死去的这样快，我当然不会一人漂流到北京，无亲无爱的在病中挣扎，虽说有几个朋友，他们也很体惜我，但在我所感应得出的我和他们的关系能和蕴姊的爱在一个天平上相称吗？想起蕴姊，我是真应当象从前在蕴姊面前撒娇一样的纵声大哭，不过这一年来，因为多懂得了一些事，虽说时时想哭却又咽住了，怕让人知道了厌烦。近来呢，我更是不知为了什么只能焦急。而想得点空闲去思虑一下我所做的，我所想的，关于我的身体，我的名誉，我的前途的好处和歹处的时间也没有，整天把紊乱的脑筋只放到一个我不愿想到的去处，因为便是我想逃避的，所以越把我弄成焦烦苦恼得不堪言说！但是我除了说“死了也活该！”是不能再希冀什么了。我能求得一些同情和慰藉吗？然而我又似乎在向人乞怜了。

晚饭一吃过，毓芳便和云霖来我这儿坐，到九点我还不肯放他俩走。我知道，毓芳碍住面子只好又坐下来，云霖藉口要预备明天的课，执意一人走回去了。于是我隐隐的向毓芳吐露我近来所感得的窘状，我只想她能懂得这事，并且能硬自作主来把我的生活改变一下，做我自己所不能胜任的。但她完全把话听到反面去了，她忠实的告诫我：“莎菲，我觉得你太不老实，自然你不是有意，你可太不留心你的眼波了。你要知道，凌吉士他们比不得在上海同我们玩耍的那群孩子，他们很少机会同女人接近，受不起一点好意的，你不要令他将来感到失望和痛苦。我知道，你哪里会爱到他呢？”这错误是不是又该归到我，假设我不想求助于她而向她饶舌，是不是她不会说出这更令我生气，更令我伤心的话来？我噎着气又笑了：“芳姊，不要把我说得太坏了吓！”

毓芳愿意留下住一夜时，我又赶着她走了。

象那些才女们，因为得了一点点不很受用，便能“我是多愁善感呀，”“悲哀呀我的心……”“……”做出许多新旧的诗。我呢，没出息的，白白被这些诗境困着，连想以哭代替诗句来表现一下我的情感的搏斗都不能。光在这上面，为了不如人，也应搿开一切去努力做人才对，便还退一千步说，为了自己的热闹，为了得一群浅薄眼光之赞颂，我总也不该拿不起笔或枪来。真的便把自己陷到比死还难忍的苦境里，单单为了那男人的柔发，红唇……

我又梦想到欧洲中古的骑士风度，这拿来比拟是不会有错，如其是有人看到凌吉士过的。他又能把那东方特长的温柔保留着。神把什么好的，都慨然赐给他了，但神为什么不再给他一点聪明呢？他还不懂得真的爱情呢，他确是不懂得，虽说他已有了妻（今夜毓芳告我的），虽说他，曾在新加坡乘着脚踏车追赶坐洋车的女人，因而恋爱过一小段时间，虽说他曾在韩家潭住过夜。但他真得到一个女人的爱过吗？他爱过一个女人吗？我敢说不曾！

一种奇怪的思想又在我脑中燃烧了。我决定来教教这大学生。这宇宙并不是象他所懂的那样简单的啊！

三月二十二

在心的忙乱中，我勉强竟写了这些日记了。早先是因为蕴姊写信来要，再三再四的，我只好开始来写。现在是蕴姊又死了好久，我还舍不得不继续下去，心想便为了蕴姊在世时所谆谆向我说的一些话而便永远写下去做纪念蕴姊也好。所以无论我那样不愿提笔，也只得胡乱画下一页半页的字来。本来是睡了的，但望到挂在壁上蕴姊的像，忍不住又爬起。为免掉想念蕴姊的难受而提笔了。自然，这日记，我总是觉得除了蕴姊我不愿给任何人看。第一是因为这是特为了蕴姊要知道我的生活而记下的一些琐琐碎碎的事，二来我也怕别人给一些理智的面孔给我看，好更刺透我的心；似乎我自己也会因了别人所尊崇的道德而真的也感到象犯下罪一样的难受。所以这黑皮的小本子我是许久以来都安放在枕头底下的垫被的下层。今天不幸我却违背我的初意了，然而也是不得已，虽说似乎是出于毫未思考。原因是苇弟近来非常误解我，以致常常使得他自己不安，而又常常波及我，我相信在我平日的一举一动中，我都很能表示出我的态度来。为什么他懂不了我的意思呢？难道我能直捷的说明，和阻止他的爱吗？我常常想，假设这不是苇弟而是另外一人，我将会知道应怎样处置是最合法的。偏偏又是如此能令我忍不下心去的一个好人！我无法了，我只好把我的日记给他看。让他知道他之在我的心里是怎样的无希望，并知道我是如何凉薄的反反复复的不足爱的女人。假设苇弟知道我，我自然是会将他当做我唯一可诉心肺的朋友，我会热诚的拥着他同他接吻。我将替他愿望那世界上最可爱，最美的女人……日记，苇弟是看过一遍，又一遍了，虽说他曾经哭过，但态度非常镇静，是出我意料之外的。我说：

"懂得了姊姊吗？"

他点头。

"相信姊姊吗？"

"关于那方面的？"

于是我懂得那点头的意义。谁能懂得我呢，便能懂得了这只能表现我万分之一的日记，也只能令我看到这有限的而伤心哟！何况，希求人了解，而以想方设计用文字来反复说明的日记给人看，已够是多么可伤心的事！并且，后来苇弟还怕我以为他未曾懂得我，于是不住的说：

“你爱他！你爱他！我不配你！”

我真想一赌气扯了这日记。我能说我没有糟蹋这日记吗？我只好向苇弟说：“我要睡了，明天再来吧。”

在人里面，真不必求什么！这不是顶可怕的吗？假设蕴姊在，看见我这日记，我知道，她是会抱着我哭：“莎菲，我的莎菲！我为什么不再变得伟大点，让我的莎菲不至于这样苦啊……”但蕴姊已死了，我拿着这日记应怎样的来痛哭才对！

三月二十三

凌吉士向我说：“莎菲！你真是一个奇怪的女子。”我了解这并不是懂得了我的什么而说出的一句赞叹。他所以为奇怪的，无非是看见我的破烂了的手套，搜不出香水的抽屉，无缘无故扯碎了的新棉袍，保存着一些旧的小玩具，……还有什么？听见些不常的笑声，至于别的，他便无能去体会了，我也从未向他说过一句我自己的话。譬如他说“我以后要努力赚钱呀”，我便笑；他说到邀起几个朋友在公园追着女学生时，“莎菲那真有趣，”我也笑。自然，他所说的奇怪，只是一种在他生活习惯上不常见的奇怪。并且我也很伤心，我无能使他了解我而敬重我。我是什么也不希求了，除了往西山去。我想到我过去的一切妄想，我好笑！

三月二十四

一当他单独在我面前时，我觑着那脸庞，聆着那音乐般的声音，我心便在忍受那感情的鞭打！为什么不扑过去吻住他的嘴唇，他的眉梢，他的……无论什么地方？真的，有时话都到口边了：“我的王！准许我亲一下吧！”但又受理智，不，我就从没有过理智，是受另一种自尊的情感所裁制而又咽住了。唉！无论他的思想是怎样坏，而他使我如此癫狂的动情，是曾有过而无疑，那我为什么不承认我是爱上了他咧？并且，我敢断定，假使他能把我紧紧的拥抱着，让我吻遍他全身，然后他把我丢下海去，丢下火去，我都会快乐的闭着眼等待那可以永久保藏我那爱情的死的来到。唉！我竟爱他了，我要他给我一个好好的死就够了……

三月二十四夜深

我决心了。我为拯救我自己被一种色的诱惑而堕落，我明早便会到夏那儿去，以免看见了凌吉士又痛苦，这痛苦已缠缚我如是之久了！

三月二十六

为了一种纠缠而去，但又遭逢着另一种纠缠，使我不得不又急速的转来了。在我去夏那儿的第二天，梦如便去了。虽说她是看另一人去的，但使我很感到不快活。夜晚，她大发其对感情的一种新近所获得的议论，隐隐的含着讥刺向我，我默然。为不愿让她更得意，我睁着眼，睡在夏的床上等到了天明，我才又忍着气转来……

毓芳告诉我，说西山房子已找好了，并且又另外替我邀了一个女伴，也是养病的，而这女伴同毓芳又算是一个很好的朋友。听到这消息，应该是很欢喜吧，但我刚刚在眉头舒展了一点喜色，而一种黯然的凄凉便罩上了。虽说我从小便离开家，在外面混，但都有我的亲戚朋友随着我，这次上西山，固然说起来离城只是几十里，但在我，一个活了二十岁的人，开始一人跑到蓦生的地方去，还是第一次，假使我竟无声无息的死在那山上，谁是第一个发现我死尸的？我能担保我不会死在那里吗？也许别人会笑我担忧到这些小事，而我却真的哭过，当我问毓芳舍不舍得我时，而毓芳却笑，笑我问小孩话，说是这一点点路有什么舍不得，直到毓芳准许了我每礼拜上山一次，我才不好意思的揩干眼泪。

下午我到苇弟那儿去了，苇弟也说他一礼拜上山一次，填毓芳不去的空日。

回来已夜了，我一人寂寂寞寞的在收拾东西，想到我要离开北京的这些朋友们，我又哭了。但一想到朋友们都未曾向我流泪，我又擦去我脸上的泪痕。我又将一人寂寂寞寞的离开这古城了。

在寂寞里，我又想到凌吉士了，其实，话不是这样说，凌吉士简直不能说“想起”“又想起”，完全是整天都在系念到他，只能说：“又来讲我的凌吉士吧。”这几天我故意造成的离别，在我是不可计的损失，我本想放松了他，而我把他捏得更紧了。我既不能把他从心里压根儿拔去，我为什么要躲避着不见他的面呢？这真使我懊恼，我不能便如此同他离别，这样寂寂寞寞的走上西山……

三月二十七

一早毓芳便上西山去了，去替我布置房子，说好明天我便去。我为她这番盛情，我应怎样去找得那些没有的字来表示我的感谢。我本想再呆一天在城里，便也不好说出了。

我正焦急的时候，凌吉士才来，我握紧他双手，他说：

“莎菲！几天没见你了！”

我很愿意在这时我能哭得出来，抱着他哭，但眼泪只能噙在眼里，我只好又笑了。他听见明天我要上山时，他显出的那惊诧和一种嗟叹，又很安慰到我，于是我真的笑了。他见到我笑，便把我的手反捏得紧紧的，紧得使我生痛。他怨恨似的说：

“你笑！你笑！”

这痛，是我从未有过的舒适，好象心里也正锥下去一个什么东西，我很想倒下他的手腕去，而这时苇弟却来了。

苇弟知道我恨他来，而他偏不走。我向着凌吉士使眼色，我说：“这点钟有课吧？”于是我送凌吉士出来。他问我明早什么时候走，我告他；我问他还来不来呢，他说回头便来；于是我望着他快乐了，我忘了他是怎样可鄙的人格，和美的相貌了，这时他在我的眼里，是一个传奇中的情人。哈，莎菲有一个情人了！……

三月二十七晚

自从我赶走苇弟到这时已是整整五个钟头了。在这五点钟里，我应怎样才想得出一个恰合的名字来称呼它？象热锅上的蚂蚁在这小房子里不安的坐下，又站起，又跑到门缝边瞧，但是——他一定不来了，他一定不来了，于是我又想哭，哭我走得这样凄凉，北京城就没有一个人陪我一哭吗？是的，我是应该离开这冷酷的北京的，为什么我要舍不得这板床，这油腻的书桌，这三条腿的椅子……是的，明早我就要走了，北京的朋友们不会再腻烦莎菲的病。为了朋友们轻快的舒适，莎菲便为朋友们死在西山也是该的！但都能如此的让莎菲一人看不着一点热情孤孤寂寂的上山去，想来莎菲便不死，也不会有损害或激动于人心吧……不想了！不想！有什么可想的？假使莎菲不如此贪心在攫取感情，那莎菲不是便很可满足于那些眉目间的同情了吗？……

关于朋友，我不说了。我知道永世也不会使莎菲感到满足这人间的友谊的！

但我能满足些什么呢？凌吉士答应我来，而这时已晚上九点了。纵是他来了，我便会很快乐吗？他会给我所需要的吗？……

想起他不来，我又该痛恨自己了！在很早的从前，我懂得对付那一种男人便应用那一种态度，而到现在反蠢了。当我问他还来不来时，我怎能显露出那希求的眼光，在一个漂亮人面前是不应老实，让人瞧不起……但我爱他，为什么我要使用技巧？我不能直接向他表明我的爱吗？并且我觉得只要于人无损，便吻人一百下，为什么便不可以被准许呢？

他既答应来，而又失信，显见得是在戏弄我。朋友，留点好意在莎菲走时，总不至于象是一种损失吧。

今夜我简直狂了。语言，文字是怎样在这时显得无用！我心象被许多小老鼠啃着一样，又象一盆火在心里燃烧。我想把什么东西都摔破，又想冒着夜气在外面乱跑去，我无法制止我狂热的感情的激荡，我便躺在这热情的针毡上，反过去也刺着，翻过来也刺着，似乎我又是在油锅里听到那油沸的响声，感到浑身的灼热……为什么我不跑出去呢？我等着一种渺茫的无意义的希望到来！哈……想到红唇，我又癫了！假使这希望是可能的话——我独自又忍不住笑，我再三再四反复问我自己："爱他吗？"我更笑了。莎菲不会傻到如此地步去爱上南洋人。难道因了我不承认我的爱，便不可以被人准许做一点儿于人也无损的事？

假使今夜他竟不来，我怎能甘心便恝然上西山去……

唉！九点半了！

九点四十分！

三月二十八晨三时

莎菲生活在世上，所要人们的了解她体会她的心太热太恳切了，所以长远的沉溺在失望的苦恼中，但除了自己，谁能够知道她所流出的眼泪的分量？

在这本日记里，与其说是莎菲生活的一段记录，不如直接算为莎菲眼泪的每一个点滴，是在莎菲心上，才觉得更切实。然而这本日记现在是要收束了，因为莎菲已无需乎此——用眼泪来泄愤和安慰，这原因是对于一切都觉得无意识，流泪更是这无意识的极深的表白。可是在这最后一页的日记上，莎菲应该用快乐的心情来庆祝，她是从最大的那失望中，蓦然得到了满足，这满足似乎要使人快乐得到死才对。但是我，我只从那满足中感到胜利，从这胜利中得到凄凉，而更深的认识我自己的可怜处，可笑处，因此把我这几月来所萦萦于梦想的一点"美"反缥缈了，——这个美便是那高个儿的丰仪！

我应该怎样来解释呢？一个完全癫狂于男人仪表上的女人的心理！自然我不会爱他，这不会爱，很容易说明，就是在他丰仪的里面是躲着一个何等卑丑的灵魂！可是我又倾慕他，思念他，甚至于没有他，我就失掉一切生活意义的保障了；并且我常常想，假使有那末一日，我和他的嘴唇合拢来，密密的，那我的身体就从这心的狂笑中瓦解去，也愿意。其实，单单能获得骑士一般的那人儿的温柔的一抚摩，随便他的手尖触到我身上的任何部分，因此就牺牲一切，我也肯。

我应当发癫，因为这些幻想中的异迹，梦似的，终于毫无困难的都给我得到了。但是从这中间，我所感到的是我所想象的那些会醉我灵魂的幸福吗？不啊！

当他——凌吉士——在晚间十点钟来到时候，开始向我嗫嚅的表白，说他是如何的在想我……还使我心动过好几次；但不久我看到他那被情欲燃烧的眼睛，我就害怕了。于是从他那卑劣的思想中所发出的更丑的誓语，又振起我的自尊心来！假使他把这串浅薄肉麻的情话去对别个女人说，一定是很动听的，可以得一个所谓的爱的心吧。但他却向我，就由这些话语的力，把我推得隔他更远了。唉，可怜的男子！神既然赋与你这样的一副美形，却又暗暗的捉弄你，把那样一个毫不相称的灵魂放到你人生的顶上！你以为我所希望的是"家庭"吗？我所欢喜的是"金钱"吗？我所骄傲的是"地位"吗？"你，在我面前，是显得多么可怜的一个男子啊！"我真要为他不幸而痛哭，然而他依样把眼光镇住我脸上，是被情欲之火燃烧得如何的怕人！倘若他只限于肉感的满足，那末他倒可以用他的色来摧残我的心；但他却哭声的向我说："莎菲，你信我，我是不会负你的！"啊，可怜的人！他还不知道在他面前的这女人，是用如何的轻蔑去可怜他的使用这些做作，这些话！我竟忍不住而笑出声来，说他也知道爱，会爱我，这只是近于开玩笑！那情欲之火的巢穴——那两只灼闪的眼睛，不正在宣布他除了可鄙的浅薄的需要，别的一切都不知道吗？

"喂，聪明一点，走开吧，韩家潭那个地方才是你寻乐的场所！"我既然认清他，我就应该这样说，教这个人类中最劣种的人儿滚出去。然而，虽说我暗暗的在嘲笑他，但当他大胆的贸然伸开手臂来拥我时，我竟又忘记了一切，我临时失掉了我所有的一些自尊和骄傲，我是完全被那仅有的一副好丰仪迷住了，在我心中，我只想，"紧些！多抱我一会儿吧，明早我便走了。"假使我那时还有一点自制力，我该会想到他的美形以外的那东西，而把他象一块石头般，丢到房外去。

唉！我能用什么言语或心情来痛悔？他，凌吉士，这样一个可鄙的人，吻了我！我静静默默的承受着！但那时，在一个温润的软热的东西放到我脸上，我心中得到的是些什么呢？我不能象别的女人一样会晕倒在她那爱人的臂膀里！我是张大着眼睛望他，我想："我胜利了！我胜利了！"因为他所以使我迷恋的那东西，在吻我时，我已知道是如何的滋味——我同时鄙夷我自己了！于是我忽然伤心起来，我把他用力推开，我哭了。

他也许忽略了我的眼泪，以为他的嘴唇是给我如何的温软，如何的嫩腻，是把我的心融醉到发迷的状态里吧，所以他又挨我坐着，继续的说了许多所谓爱情表白的肉麻话。

"何必把你那令人惋惜处暴露得无余呢？"我真这样的又可怜起他来。

我说："不要乱想吧，说不定明天我便死去了！"

他听着，谁知道他对于这话是得到怎样的感触？他又吻我，但我躲开了，于是那嘴唇便落到我手上……

我决心了，因为这时我有的是充足的清晰的脑力，我要他走，他带点抱怨颜色，缠着我。我想，"为什么你也是这样傻劲呢？"他于是直挨到夜十二点半钟才走。

他走后，我想起适间的事情。我就用所有的力量，来痛击我的心！为什么呢，给一个如此我看不起的男人接吻？既不爱他，还嘲笑他，又让他来拥抱？真的，单凭了一种骑士般的风度，就能使我堕落到如此地步吗？

总之，我是给我自己糟蹋了，凡一个人的仇敌就是自己，我的天，这有什么法子去报复而偿还一切的损失？

好在在这宇宙间，我的生命只是我自己的玩品，我已浪费得尽够了，那末因这一番经历而使我更陷到极深的悲境里去，似乎也不成一个重大的事件。

但是我不愿留在北京，西山更不愿去了，我决计搭车南下，在无人认识的地方，浪费我生命的余剩；因此我的心从伤痛中又兴奋起来，我狂笑的怜惜自己：

"悄悄的活下来，悄悄的死去，啊！我可怜你，莎菲！"

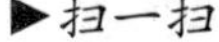

《莎菲女士的日记》拓展阅读

绣　　枕*

凌叔华

大小姐正在低头绣一个靠垫，此时天气闷热，小巴狗只有躺在棹底伸出舌头喘气的分儿，苍蝇热昏昏的满玻璃窗打转。张妈站在背后打扇子，脸上一道一道的汗渍，她不住的用手巾擦，可总擦不干。鼻尖刚才干了，嘴边的又点点凸出来。她瞧着她主人的汗虽然没有她那样多，可是脸热的酱红，白细夏布褂汗湿了一背脊，忍不住说道：

"大小姐，歇会儿，凉快凉快吧。老爷虽说明天得送这靠垫去，可是没定规早上或晚上呢。"

"他说了明儿早上十二点以前，必得送去才好，不能不赶了。你站过来扇扇。"小姐答完仍旧低头做活。

张妈走过左边，打着扇子，眼看着绣的东西，不住的啧啧称叹。

"我从前听人家讲故事，我总想那上头长得俊的小姐，也聪明灵巧，必是说书人信嘴编的，哪知道就真有。这样一个水葱儿似的小姐，还会这一手活计！这鸟绣的真爱死人！"大小姐嘴边轻轻的显露一弧笑窝，但刹那便止。张妈话兴不断，接着说：

"哼，这一对靠枕儿送到白总长那里，大家看了，别提有多少人来说亲呢。门也得挤破了。……听说白总长的二少爷二十多岁还没找着合式亲事，唔，我懂得老爷的意思，上回算命的告诉太太今年你是红鸾星照命主……"

"张妈，少胡扯吧。"大小姐停针打住说，她的脸上微微红晕起来。

此时屋内又是很寂静，只听见绣花针噗噗的一上一下穿缎子的声音和扶扶轻微的风响，忽然竹帘外边有一个十三四的女孩子叫道：

"妈，我来了。"

"小妞儿吗？这样大热的天来干什么？"张妈赶紧问。小妞儿穿着一身毛蓝布裤褂，满头汗珠，一张窝瓜脸热得紫涨，此时已经闪身入到帘内房门口边，只望着大小姐出神。她喘着气说。

"妈，昨儿四嫂子告诉我这里大小姐用了半年工夫绣了一对靠垫，光是那只鸟已经用了三四十样线，我不信有这样多颜色，四嫂子说，不信你赶快去看看，过两天还要送人呢。我今儿吃了饭就进城，妈，我到那边儿看看行吗？"

张妈听完连忙陪笑问：

* 原载《现代评论》第 1 卷第 15 期，1925 年 3 月 21 日。作者在该刊发表本作时署名淑华。

“大小姐，小妞儿想看看你的活计行吗？”

大小姐抬头望望小妞儿，见她的衣服很脏，拿住一条灰色手巾只擦脸上的汗，嘴捌开极阔，露出两排黄版牙，瞪直了眼望里看，她不觉皱眉答。

“叫她先出去，等会儿再说吧。”

张妈会意这因为嫌她的女儿脏，不愿使她看的话，立刻对小妞说。

“瞧瞧你鼻子上的汗，还不擦把脸去。我屋里有脸水。大热天的这汗味儿可别薰着大小姐。”

小妞儿脸上显出非常失望的神气，听她妈说完还不想走出去。张妈见她不动，很不忍的瞪了她一眼，说。

“去我屋洗脸去吧。我就来。”

小妞儿撅着嘴掀帘出去。大小姐换线时偶尔抬起头往窗外看，只见小妞拿起前襟擦额上的汗，大半块衣襟都湿了。院子里盆栽的石榴吐着火血的花，直照着日光，更叫人觉得暑热，她低头看见自己的膈肢窝汗湿了一大片了。

* * *

光阴一晃便是两年，大小姐还在深闺做针线活，小妞儿已经长成和她妈一样粗细，衣服也懂得穿干净的了。现在她妈告假回家，她居然能做替工。

夏天夜上，小妞儿正在下房坐近灯旁缝一对枕头顶儿，忽听见大小姐喊她，便放下针线，就跑到上房。

她与小姐姐捶腿时，便有一搭没一搭的说闲话：

“大小姐，前天干妈送我一对很好看的枕头顶儿，一边是一只翠鸟，一边是一只凤凰。”

“怎么还有绣半只鸟的吗？”大小姐似乎取笑她说。

“说起我这对枕头顶儿，话长哪。咳，为了它，我还和干姐姐呕了回子气。那本来是王二嫂子给我干妈的，她说这是从两个弄脏了的大靠垫子上剪下来的。新的时候好看极哪。一个绣的是荷花和翠鸟，那一个是绣的一只凤凰站在石山上，头一天，人家送给她们老爷，就放在客厅的椅子上，当晚便被吃醉了的客人吐脏了一大片；另一个给打牌的人，挤掉在地上，便有人拿来当作脚蹬垫子用，好好的缎地子，满是泥脚印。少爷看见就叫王二嫂捡了去。干妈后来就和王二嫂要了来给我，那晚上，我拿回家来足足看了好一会子，真爱死人咧，只那凤凰尾巴就用了四十多样线。那翠鸟的眼睛望着池子里的小鱼儿真要绣活了，那眼睛真个发亮，不知用什么线绣的。”

大小姐听到这里忽然心中一动，小妞儿还往下说，

“真可惜，这样好看东西毁了。干妈前天见了我，教我剪去脏的地方拿来缝一对枕头顶儿。那知道干姐姐真小气，说我看见干妈好东西就想法子讨了去。”

大小姐没有理会她们呕气的话，却只在回想她在前年的伏天曾绣过一对很精细的靠垫——上头也有翠鸟与凤凰的。那时白天太热，拿不得针，常常留到晚上绣，完了工，还害了十多天眼病。她想看看这鸟比她的怎样，吩咐小妞儿把那对枕顶儿立刻拿来，小妞儿把枕顶片儿拿

来说，

“大小姐你看看这样好的黑青云霞缎的地子都脏了。这鸟听说从前都是凸出来的，现在已经蹈凹了。您看——这鸟的冠子，这鸟的红嘴，颜色到现在还很鲜亮，王二嫂说那翠鸟的眼珠子，从前还有两颗真珠子镶在里头，这荷花不行了，都成了灰色。荷叶太大，做枕顶儿用不着，……这个山石旁还有小花朵儿……”

大小姐只管对着这两块绣花片子出神，小妞儿末了说的话，一句听不清了。她只回忆起她做那鸟冠子曾拆了又绣，足足三次，一次是汗污了嫩黄的线，绣完才发见；一次是配错了石绿的线，晚上认错了色：末一次记不清了。那荷花瓣上的嫩粉色的线她洗完手都不敢拿，还得用爽身粉擦了手，再绣，……荷叶太大块，更难绣，用一样绿色太板滞，足足配了十二色绿线，……做完那对靠垫以后，送了给白家，不少亲戚朋友对她的父母进了许多谀词，她的闺中女伴，取笑了许多话，她听到常常自己红着脸微笑，还有，她夜里也曾梦到她从来未经历过的娇羞傲气，穿戴着此生未有过的衣饰，许多小姑娘追她看，很羡慕她，许多女伴面上显出嫉妒颜色。那种是幻境，不久她也懂得。所以她永永不愿再想起它来撩乱心思。今天却碰到了，便一一想起来。

小妞儿见她默默不言，直着眼，只管看那枕顶片儿，说：

“大小姐也喜欢她不是？这样针线活，真爱死人呢。明儿也照样绣一对儿不好吗？”

大小姐没有听见小妞儿问的是什么，只能摇了摇头算答复了。

活　　鬼*

彭家煌

铜邑人谁能明了邹咸亲的身世？他初到铜邑，似乎带来一种好感，迷蒙着一般人的心灵，使人失掉观察他的知觉，连他的住址也今天可以说是这里，明天可以说是那里的。起首他替人家织布，大家称他织布匠，但不久织布匠的名义竟给取消了，他的专业究竟是什么也成了问题。

他的伯父会算命画符，在乡村建树了些功德，是为着这个，咸亲才被推荐在一个小学校当厨子吗？不，以咸亲的才力是颇能自致于青云之上的，瞧，他那长短合度的身段，有魔术家那样的灵活；走路时身体跟着脚步一上一下，有蛤蟆跳跃般的烂熳；一眨一眨的眼睛，嵌在深的睫毛里，在一开合之间，就像有一个一个的计谋闪出来，当前的景物，游移的色相，在人们不知不觉间，他只眼球轻描淡写的那么一溜，就全给纳入眼帘；这足证明他很伶俐。有谁骂他“好狗，别碍着我的路。”他的回答必是“好，我就站开点。”假使有谁支使他“小子，来，给我挡着西北风。”他必定很高兴的说“站在那边哪？”这足证明他很驯良。这样伶俐，这样驯良，谁不愿意照顾他，什么事他干不来？

他是个单身的小伙子，没有爱人和他彰明的往来。自从伯父去世，他似乎以学校为家，以厨子终老；在厨子任上，一向做事稳健，纵然偶有差错，也与风化无关，自能博得教职员的信仰；那怕教员要大便，也得叫声“咸亲，给我看住这群小牛，别让跑出课堂门一步。”但驯良和善的他，虽则做了临时的学监，连小牛也不肯得罪的，只站在课堂外弄眉挤眼，惹他们发松，教员远远的来了，他使个眼色走开，职务算交代清楚，小牛们也就因此都心感的归化了。

课余饭后，他手里有的是糖果，使孩子们在怀里流连，口里有的是动听的鬼怪的故事，使他听着优于上课。尤其夏夜，寄宿的孩子搬着凳椅到操场歇凉，茶烟都给他预备好，拥挤的凳上公然留出个坐位来，且相互关照着“这是咸亲坐的，谁都不准占去。”操场的四围，绕着苍郁的古木，泥堆杂草间，昆虫唧唧，黑魆魆的幕下，幼稚的心灵本就给恐惧包围了，偏生咸亲一来，爱讲的又是蓬毛露齿的僵尸和凶狞的吊死鬼的故事，作古证今的讲述，潜伏的妖魔，似乎就在他们的前面跃舞。他们越听越欢喜，越听越害怕，一个个都挤在他怀里，被挤落的，吓得嚎哭，甚至就寝也非他相伴不可，咸亲也似乎是义不容辞的有和他们伴宿的必要；不过，他每讲完故事，少不得叙述点自己能捕妖捉怪的特长，与乎绘画护身符的专技。好啦，他在孩子们中有了名誉，渐渐的连在他们的母亲姐姐们中也有了名誉，咸亲得了伯父的真传，铜邑之鬼，

---

* 摘自彭家煌：《怂恿》，开明书店1936年版。

会葬身无所呢！

孩子们中有个荷生，他的家距校很近，他所以要寄宿的缘故，除了咸亲的糖果和鬼怪的故事外，怕没有别的吧！浓厚的交谊的种子，深深的播种在他俩的心田，因而咸亲每到荷生家量学米时，颇得他的母亲们的厚遇。荷生虽则不久辍了学，这交谊依然是维系着而且更形密切呢！

荷生家是个畸形的组织，换句话就是女子多男子少。祖父是个勤俭起家的老农，当年感着膝下无儿，五六百亩田产会徒劳一世的无所寄托，时时抱怨。邻里散布关于他的夫人蔡氏的谣言，他很高兴的说："管她，看能替我养下一个崽不。"可是蔡氏不挣气，成绩毫无，他只得弄到个过继的崽，赶早给娶了媳妇，差强人意的算替他养下一个孙女，一个孙男——荷生，可是不久，这会生产的儿媳偏又守了寡，老农深感着一个孙男没有换洗的，于是年轻的寡妇体贴公公的意旨，领受婆婆的庭训，努力的工作；渐渐在邻里声誉鹊起，连那不出闺门的孙女也追步后尘。不过她们没有成绩报消出来，老农可不能不预备身后了，他赶紧替十三四岁的荷生讨了个年龄只比荷生大十来岁的老婆，这才一无牵挂的溘然长逝！

老农去世后，荷生才回家执政，感恩知报，来往的宾客当然以咸亲为最体己。

荷生的家宅很宽敞，白天常有咸亲来相伴，到不见得怎样，可是深夜偏偏到处有些响动。在他的祖母，母亲，姐姐们当然有认为鬼怪的必要，而在富于鬼智识的荷生的脑中，便觉着那是和咸亲所说的一般无二，他问过咸亲，咸亲说"这是阴盛阳衰的缘故。"按之实际情形，谁敢否认这断定？老农健在时尚且阳气衰微，夜间屋前后常起怪声，狗汪汪的乱窜，堂屋里有脚步声，开门声，这里那里，到处有魔鬼潜伏的征兆。老农去世，阳气又骤减了，沉霾的天气，月儿躲在浓云里的时候，群鬼便猖獗起来，在屋后的竹山中嚎叫，甚至争斗，有时沙石飞进来，妇女们不怕那些阴气，只安闲的做她们的甜蜜的梦，全靠荷生这孩子去镇慑，荷生如何不胆怯！

"咸亲，给我画一朵符吧！"荷生每每要求着，咸亲便"好，缓一下，现在不得空。"的应付着；等他有空了，便又"明后天我到你家里来画吧！"咸亲有时被逼得没法，叫荷生预备一把猎枪。荷生便预备猎枪，白天在山林里打鸟儿显显威风，夜间便拿来打鬼；枪口搁在窗上，枪柄放在被里，梦里听见有声响，风儿吹动了窗纸或耗子偷米所发出的声音，他即刻惊醒，"哼，来了，妈妈的，赶快放！"于是机关一扭，"砰"的一声，万籁俱寂。第二天在竹山或发现一块黄鼠狼吃鸡的血痕，他逢人遍说那是驱鬼的成绩，建树了功勋。他多么感谢咸亲啊！但日久弊生，猎枪失了效力，荷生仍不免要求咸亲画符，而咸亲总是推托着。

咸亲虽则画了一手好符，但他并不搭架子，更不会在荷生前搭架子，就是别人请他，也一样，他总慎重又慎重；但在同样的慎重中，咸亲却是极情愿替荷生画一朵很灵验的才可以对得住他，对得住他的母亲姐姐们。不过那画符的地点要在荷生家，而且要在夜深时；因为如果万一不灵验，他便可住在他家里就近的通宵的坐镇。但是时期没有到，这要待荷生恳切的请求。

荷生执政的第二年，祖母去世，寡母不久被鬼缠着，得了鼓腹病，因为她不肯公开的诊治，过信自己的秘方，于是结果不妙，跟着婆婆一道。常常不愿嫁的姐姐，也在那年嫁后，在婆家吞洋火死了，原因是丈夫诬陷她不规矩。她们的魂说不定时时回家来相聚，荷生一方面要对付野鬼，一面又要对付家鬼，于是除放枪之外，还按季节焚化纸钱，不过总是没有多大的效验。

咸亲到杂货店去，必走捷径由荷生家的竹山走过，顺便在荷生家歇歇脚。一天，他似乎预知荷生家又闹着鬼，照例的在他家里闲坐，那时荷生正坐在大门外的石凳上消闲。

“咸亲，你快来，我告诉你一件事，昨晚我家里又出了鬼啦！石子，酒杯大一个，打得屋瓦哗喇哗喇的响，她是死家伙一样，捏她的腿，动也不动，我真个蒙头蒙脑的闷在被里吓出了一身臭汗。你看有什么法子，啊哟，你来得正好！”荷生一见咸亲，指手划脚的报告这恶劣的消息，余怕活现在他的脸上。

“我不信，哪有这样凶的鬼！”咸亲眼睛一眨一眨的微笑。

“不信就不信，我难道骗你，真是……”荷生不高兴。

咸亲以“我不信……”将荷生一激，果然料敌如神的激出了荷生的不高兴，于是一种计划涌上他的心头，脑壳斜着，白眼珠朝上翻，回忆起往事，口里虽则“不相信”，脑袋里却能翻出许多的故实，证明鬼怪在荷生家横行并不是绝对虚无杳渺的事：

“呵，呵，难怪。我记得这口塘。”咸亲手指着眼前的大塘，“乙未年枫树湾兄弟争祖产，在塘磡上扭打，淹死了两个在水里，这你也许知道的。竹山里呢，就有王大嫂上过吊，哎哟，那吊死的样子呵，真吓人！舌子掉出来尺把长，眼睛珠子暴出来比算盘子还大，那么的惨死，保不定冤魂不散！还有……”

“还有什么，别再讲了，讲得这样凶险，到了晚上真是要我的命，咸亲真爱作弄人！”

“别忙，让我讲给你听喽！我每回夜里走过竹山，总觉着离身的五六尺远有一阵阴风，由这儿忽然就吹到那儿，这一定是什么鬼怪在躲避我，这倒不是骗你。鬼是——自然是有的，不过像你说的那么凶，我还没碰过。”

“骗你是畜生。”荷生气得当天发誓，“你想，一年中间，老了两三个人，这不是鬼是什么。妈妈在世的时候，我每夜睡了一觉醒总听见她房里响动。第二天问她，她说好像有什么东西压在身上动不得，喊也喊不出口，她怕是婆婆的阴魂回来了。你不信！像昨晚那么一响，你不怕才是真本事！”荷生涨红了脸，跟咸亲赌气，随即又补一句：“你不信，你今晚就在我家里住一晚试试看。”

“那怎么行，学校虽则放了假，我还要守屋。而且你们亲亲热热的，我干吗要来打你们的岔！”

“那要什么紧，你是怕她吧，她，我要如何就如何，你放心。”

“不成，不成，你晚上有伴，让我一人在鬼窝里送死，那我不干。”谈锋早已入港，咸亲还进一步的顶着。

“那末，就同在一房睡吧，我房里有两个床，真搭架子，你这家伙！”荷生终于许他一个最惠的条件。

咸亲庄严的沉默着，欲言又止，竟半推半就的承认了。他知道不承认，荷生会另请高明的。那时荷生嫂挑着水桶走过大门，预备到塘边的井里汲水，她每次瞧见缸里没有水，就自己去挑，因为如果靠丈夫的力量，恐怕他费尽吃母乳时的力也挑不起一担水，而且她除了洗衣烧饭外，没有事情可以消磨她那过剩的精力。她见了咸亲，脸上泛起两朵红云，低了头，忸怩而微笑的走过去。咸亲也庄重的笑着目送了她一程，而且乘着机会，活溜溜的眼珠在井边和荷生之间来回的闪动。荷生嫂在井边流连了些时候，终于一伸一缩那带着玉圈的手，弯着腰，提了两大桶水上来。在这平日，她不过是一举手之劳，然而毕竟累了，歇了许久才两手托着扁担一耸。这一耸，也和平日并无二致，然而那扁担老是失了平衡，不然便是扁担钩儿歪了，消磨了好些时光，那担水才顺遂的上了肩，才摆开时髦边的裤脚底下的那双粽子般的金莲，在地上一蹬一蹬的踱着八字路，胸前微凸的乳峰上下的震动，股上的衣襟摺左摺右的摺成个“人”字形。她走近大门，发现丈夫和咸亲注视自己，步法乱了，桶水泛滥，泼湿了裤子。

“你也太享福了，要娘们挑水吃！荷生嫂，我给你挑进去吧，横直我要进去取烟袋抽烟的。”咸亲啐了荷生一口，走到荷生嫂的跟前说。“我自己挑，我自己挑。”荷生嫂谦恭了两句，走了几步，终于歇了，让咸亲挑去，自己在后跟着。荷生依然坐着不动，只心感的说抱歉的话：“要劳你的驾，真是对不住得很！”过了稍久的时间，咸亲才取了烟袋出来，抽完烟便走了，荷生嘱咐着：“晚上早点来！”咸亲应了一声“好”。“今晚会阳盛阴衰”的满意，充塞了荷生的脑门。

晚上，咸亲在校延捱了很久才赴约，欣领了荷生的一餐“搭架子”的责骂，在咸亲看来虽则驱鬼可操胜算，而伶俐驯良的他，却是诸事不妨谨慎谦和，荷生对他的责骂愈多，则驱鬼纯系被动，系应荷生的恳切的要求，是很彰明的了。

他在荷生家的屋前屋后巡视了一遭，口里咕噜着神秘的法语，尽了相当的职责，才进荷生的卧房。绣阁中骤添了一位生客，他们并不感着不便，本来咸亲那么谦和驯良，素来同他们是一家样，他们简直早已融成了一体，不过名义上咸亲不能有荷生那样多的幸福。床位的分配，是荷生嫂独睡一床，这许是她的年龄大了些，不大怕鬼；荷生便同咸亲一床睡。在荷生脑里不过是重温在校寄宿时的旧梦，在咸亲或有惊人的快感与满足罢。熄灯后，室内寂静，屋瓦上不再有石头搏击的巨响，荷生渐渐酣睡了，只有咸亲的时间时作的轻微的咳嗽与荷生嫂“嗯—唉—”的叹息应和着，聊慰漫漫长夜的寂寥。

翌晨，荷生先张着濛迷的睡眼起来，一壁赞颂咸亲镇压的功勋，一壁下床着鞋，忽然发现了咸亲的鞋在离床几尺远的地上躺着。

“咸亲，你的鞋怎么会到那里去的，这真是活鬼敢大胆的跟你斗法，这还了得！”荷生以为咸亲被鬼作弄，鬼之魔力不可思议，他真有些惊惧！

“或许是我们自己将它踹开了也说不定，今晚再看吧！”咸亲很慎重的说，竟以研究的态度又预定了一晚，开辟了后路。

次晚，未睡之前，咸亲点三根香，焚着纸钱，在房门上喷着法水，才就寝。寂静一如前夜，只是在咸亲鼾声大作之际，一种小物件在地下擦着沙沙的响，似乎有鬼用线牵着它走。荷生很惊恐，扭醒了咸亲，咸亲审辨了一会，大声的骂：“安分点，老子在这儿，”那声音果然寂了。荷生胆壮了许多。

次晚，咸亲自然照旧在荷生家寄宿。在他们快入梦境时，一颗石子打着楼板响，这在别人或可断定那是在室内抛的，活鬼很容易擒捉，而在荷生，这响声便是一炸雷。他被吓慌了，抱着咸亲战抖着；咸亲大咳一声，预备动作，荷生也乘势大喊着助威："如果真有活鬼，就再来一下！"他原想就这样将活鬼吓退，出乎意料的，一只茶杯破空而下，落在书桌上砸得粉碎。荷生可吓哑了，头上的冷汗直淋，倒在咸亲的怀里战栗。咸亲抚慰了一番，猛虎下山似的跃下床，在桌上一拍，在室内还追逐了一阵，才找着洋火，燃着灯。荷生大胆的下了床，他的妻也愕眙的探首帐门说："吓坏了我啦，这究竟是怎么一回事啊？"

"哼，吓坏了你，睡得死猪一样的。"荷生的恐惧变了愤怒。

"茶杯不是搁在楼上毒耗子的吗？怎么会砸碎了呢？"荷生拾起碎片说，"咸亲，你睡觉前在椅上看过的，看见这茶杯吗？"

"看见的，看见的，还放在墙角那里呢，无缘无故是不会掉下的。"咸亲很正经的答。

"是呀，还是我放在墙角上的呢，我画算放在那里会毒死几只耗子的。"荷生嫂也斜头摆脑的补了几句，无疑的，活鬼的确进了房。于是他们点着灯睡，提防着，勉强的煎熬到天明。

这天，荷生主张晚上点着桐油灯睡觉，桐油相传是辟邪的，大概好奇的荷生还想在桐油灯下一窥活鬼的原形，但是咸亲不赞成，他主张自己画一朵极灵验的符。结果，荷生主张画符与点桐油灯并举，咸亲不便十分反对，只得照办。就在那天，咸亲在山中斫了一枝桃，削去皮叶，慎重将事的用朱笔画了一朵古怪的符在上面，桃枝的一端用红绸缠着，钉在卧室的一角，夜深时，他在桃符前设了香案，焚香三揖之后，将预备好的雄鸡的头一捏，鲜血涔涔的染在桃符上，合掌闭目，诚虔的请了天师，然后告退。在多鬼的铜邑，这是驱鬼顶辣手的办法，而且这很关咸亲的威信，于是结果非常的灵验。这虽则是咸亲之功，而荷生的主张——点桐油灯——也不能说绝无裨益。

在半个月里，荷生家的活鬼似已绝了迹，咸亲不得已仍然回了校。荷生虽则没有什么厚贶报答他那驱鬼的劳绩，然而咸鱼干肉的款待，与乎旨酒的醺浸，更兼荷生很看重他与乎荷生嫂待遇他比荷生还亲密，这对于他那枯焦的人生已滋润了温和的时雨，他还有什么不满足？然而不!

沉霾的一晚，暗淡的月儿已跨过了高峰，荷生家屋后的竹山弥漫着妖氛，大众都已入梦，一颗石头又在荷生的屋瓦上响了。荷生卧房的桐油灯许是油干了，灭了。他异常的恐惧！他虽则胆怯，但不能不勉强去应付。他扭醒了妻，蹑手蹑脚的握稳猎枪，向窗口探视了许久，室内虽是墨黑，然而室外究有深灰色的微光在，微光里却能迷离的看出一堆黑影在动移。那不是树干，竹山里没有树；更不是竹，竹山里没有那么粗而矮的竹；也不是风儿吹花了他的眼。他真的看见了一堆黑影。他虽则怕，但那是无益的事，于是他即刻举枪瞄准。这孩子曾用猎枪打落过喜鹊，也打落过山鸡。那么一大堆黑影当然逃不出铁沙弹的范围，于是"砰"的一枪打去，除了宿鸟惊啼的声响外，还起了一阵足音，那足音渐渐的在竹林远处消灭了。

次日午后，荷生又未雨绸缪的走到小学校，想将这活鬼复现的恶消息报告他的挚友咸亲，再设法对付，但咸亲不在；过天又去访，可是学校的厨役已有人在代理。

菉竹山房*

吴组缃

阴历五月初十日和阿圆到家，正是南方的“火梅”天气：太阳和淫雨交替迫人，其若况非身受者不能想象。母亲说，前些日子二姑姑托人传了口信来，问我们到家没有？说“我做姑姑的命不好，连侄儿侄媳也冷淡我”。意思之间，自然是要我和阿圆到她老人家那里去住些时候。

二姑姑家我只于年小时去过一次，于今十多年了。我连年羁留外乡，过的是电影电灯洋装书籍柏油马路的现代生活。每常想起家乡，就如记忆一个年远的传说一样。我脑中的二姑姑家到现在更是模糊得如云如烟，那座阴森敞大的三进大屋，那间摊乱着雨蚀虫蛀的晦色古书的学房，以及后园中的池塘竹木，想起来都如依稀的梦境。

二姑姑的故事似一个旧传奇的仿本。她的红颜时代我自然没有见过，但从后来我所见到的她的风度上看来：修长的身材，清癯白皙的脸庞，尖狭而多睫毛的凄清的眼睛，如李笠翁所夸赞的那双尖瘦美丽的小足，以及沉默少言笑的阴暗调子，都和她的故事十分相称。

故事在这里不必说得太多。其实，我所知道的也就有限：因为家人长者都讳谈它。我所知道的一点点，都是日长月远，家人谈话中偶然流露出来，由零碎摭拾起来的。

多年以前，叔祖的学塾中有个聪明年少的门生，是个三代孤子；因为看见叔祖屋里的幛幔，笔套，与一幅大云锦上的刺绣，绣的都是各种姿态的美丽蝴蝶，心里对这绣蝴蝶的人起了羡慕之情：而这绣蝴蝶的姑娘因为听叔祖常常夸说这人，心里自然也早就有了这人。这故事中的主人以后是乘一个怎样的机缘相见相识，我不知道，长辈们恐怕也少知道。我所摭拾的零碎资料中，这以后便是这悲惨故事的顶峰：一个三春天气的午间，冷清的后园底太湖石洞中，祖母因看牡丹花，拿住了一对仓惶失措的系裤带的顽皮孩子。

这幕才子佳人的喜剧闹了出来，人人夸说的绣蝴蝶的小姐一时连丫头也要加以鄙夷。放佚风流的叔祖虽从中尽力撮合周旋，但当时究未成功。若干年后，扬子江中八月大潮，风浪陡作，少年赴南京应考，船翻身亡。绣蝴蝶的小姐那时是十九岁，闻耗后，在桂花树下自缢，为园丁所见，救活了，没死。少年家觉得这小姐尚有稍些可风之处，商得了女家同意，大吹大擂接小姐过去迎了灵柩；麻衣红绣鞋，抱着灵牌参拜家堂祖庙，做了新娘。

这故事要不是二姑姑的，并不多么有趣；二姑姑要没这故事，我们这次也就不致急于要去。

母亲自然是怂恿我们去，说我们是新结婚，也难得回家一次，二姑姑家孤寂了一辈子，如

* 原载《清华周刊》第38卷第12期，1933年1月14日。

今如此想念我们，这点子人情是不能不尽的。但是阿圆却有点怕我们家乡的老太太。这些老太太——举个例，就如我的大伯娘，她老人家就最喜欢搂阿圆在膝上喊宝宝，亲她的脸，咬她的肉，摩娑她的臂膊，又要我和她接吻给她老人家看，一得闲空，就托支水烟袋坐到我们房里来，盯着眼看守着我们作迷迷笑脸，满口反复地说些叫人红脸不好意思的夸羡话。这种种罗唣，我倒不大在意，可是阿圆就老被窘得脸红耳赤，不知该望那里躲。——因此，阿圆不愿去。

我知道弊病之所在，告诉阿圆二姑姑不是这种善于表现的快乐天真的老太太。而且我会投年轻姑娘之所好，照二姑姑原来的故事又编上了许多的动人的穿插，说得阿圆感动得红了眼睛叹长气。听说二姑姑决不会给她那种罗唣，她的不愿去的心就完全消除；再听了二姑姑的故事，有趣得如从线装书中看下来的一样；又想到借此可以暂时躲避家下的老太太；而且又知道金燕村中风景好，蒙竹山房的屋舍阴凉宽畅。于是阿圆不愿去的心，变成急于要去了。

我说金燕村，就是二姑姑的村；蒙竹山房就是二姑姑的家宅。沿着荆溪的石堤走，走的七八里地，回环合抱的山峦渐渐拥挤，两岸葱翠古老的槐柳渐密，溪中黯赭色的大石渐多，哗哗的水激石块声越听越近。这段溪，渐不叫荆溪，而是叫响潭。响潭的两岸，槐树柳树榆树更多更老更葱茏，两面缝合，荫罩着乱喷白色水沫的河面，一缕太阳光也洒不下来。沿着响潭两岸的树林中，疏疏落落点缀着二十多座白垩瓦屋，西岸上，紧临着响潭，那座白屋分外大，梅花窗的围墙上面露探着一丛竹子，竹子一半是绿色的，一半已开了花，变成槁色，——这座村子便是金燕村，这座大屋便是二姑姑的家宅蒙竹山房。

阿圆是个都市中生长的小姐，从前只在中国山水画上见过的景子，一朝忽然身历其境，欣跃之情自然难言。我一时回想起平日见惯的西式房子，柏油马路，烟囱，工厂，……等等，也觉得是重入梦境，作了许多缥缈之想。

二姑姑多年不见，显见得老迈了。

“昨日夜里结了三颗大灯花，今日喜鹊在屋脊上叫了三四次，我知道要来人。”

那只苍白皱折的脸没多少表情。说话的语气，走路的步法，和她老人家的脸庞同一调子：阴暗，凄淡，迟钝。她引我们进到内屋里，自己蹒蹒颤颤地到房里去张罗果盘，吩咐丫头为我们打脸水。——这丫头叫兰花，本是我家的丫头，三十多岁了。二姑姑陪嫁丫头死去后，祖父便拨了身边的这丫头来服侍姑姑，和姑姑作伴。她陪姑姑住守这所大屋子已二十多年，跟姑姑念诗念经，学姑姑绣蝴蝶，她自己说不要成家的。

二姑姑说没指望我们来得如此快，房子都没打扫。领我们参观全宅，顺便叫我们自己拣一间合意的住。四个人分作三排走，姑姑在前，我俩在次，兰花在最后。阿圆蹈着姑姑的步子走，显见得拘束不自在，不时昂头顾我，作有趣的会意之笑。我们都无话说。

屋子高大，阴森，也是和姑姑的人相谐调的。石阶，地砖，柱础，甚至板壁上，都染涂着一层深深浅浅的黯绿，是苔尘。一种与陈腐的土木之气混合的霉气扑满鼻官。每一进屋的梁上都吊有淡黄色的燕子窝，有的已剥落，只留着痕迹；有的正孵着雏儿，叫得分外响。

我们每走到一进房子，由兰花先上前开锁；因为除姑姑住的一头两间的正屋而外，其余每一间房每一道门都是上了锁的。看完了正屋，由侧门一条巷子走到花园中。邻着花园有座雅致的房，门额上写着“邀月”两个八分字。百叶窗，古瓶式的门，门上也有明瓦纸的册叶小窗。我爱这地方近花园，较别处明朗清新得多。和姑姑说，我们就住这间房。姑姑叫兰花开了锁，两扇门一推开，就噗噗落下两三只东西来：两只是壁虎，一只是蝙蝠。我们都怔了一怔。壁虎是悠悠地爬走了；兰花拾起那只大蝙蝠，轻轻放到墙隅里，呓语着似的念了一套怪话：

“福公公，你让让房，有贵客要在这里住。”

阿圆惊惶不安的样子，牵一牵我的衣角，意思大约是对着这些情景，不敢在这间屋里住。二姑姑年老还不失其敏感，不知怎么她老人家就窥知了阿圆的心事：

“不要紧，——这些房子，每年你姑爹回家时都打扫一次。停会，叫兰花再好好来收拾，福公公虎爷爷都会让出去的。”

又说：

“这间邀月庐是你姑爹最喜欢的地方；去年你姑爹回来，叫我把它修葺一下。你看看，里面全是新崭崭的。”

我探身进去张看，兜了一脸蜘蛛网。里面果然是崭新的。墙上字画，桌上陈设，都很整齐，只是蒙上一层薄薄的尘灰罢了。

我们看兰花扎了竹叶把，拿了扫帚来打扫，二姑姑自回前进去了。阿圆用一个小孩子的神秘惊奇的表情问我说：

“怎么说姑爹……？……”

兰花放下竹叶把，瞪着两只阴沉的眼睛低幽地告诉阿圆说：

“爷爷灵验得很啦！三朝两天来给奶奶托梦。我也常看见的，公子帽，宝蓝衫，常在这园子里走。”

阿圆扭着我的袖口，只是向着兰花的两只眼睛瞪看。兰花打扫好屋子，又忙着抱被褥毯子席子为我们安排床铺。里墙边原有一张檀木榻，榻儿上面摆着一套围棋子，一盘瓷制的大蟠桃。把棋子蟠桃连同榻儿拿去，铺上被席，便是我们的床了。二姑姑蹣蹣颤颤的走来，拿着一顶蚊帐给我们看，说这是姑爹用的帐，是玻璃纱制的；问我们怕不怕招凉。我自然愿意要这顶凉快帐子；但是阿圆却望我瞪着眼，好像连这顶美丽的帐子也有可怕之处。

这屋子的陈设是非常美致的，只看墙上的点缀就知道。东墙上挂着四幅大锦屏，上面绣着“菉竹山房唱和诗”，边沿上密密齐齐的绣着各色的小蝴蝶，一眼看上去就觉得很灿烂。西墙上挂着一幅彩色的《钟馗捉鬼图》，两边有洪北江的“梅雪松风清几榻，天光云影护琴书”的对子。床榻对面的南墙上有百叶窗子看花园，窗下一书桌，桌上一个硃砂古瓶，瓶里插着马尾云拂。

我觉得这地方好。陈设既古色古香；而窗外一丛半绿半黄的修竹，和墙外隐约可听的响潭之水，越衬托得闲适恬静。

不久吃晚饭，我们都默然无话。我和阿圆是不知在姑姑面前该说些什么好；姑姑自己呢，是不肯多说话的。偌大的屋子如一大座古墓，没一丝人声；只有堂厅里的燕子啾啾地叫。兰花向天井檐上张一张，自言自语的说：

“青姑娘还不回来呢！”

二姑姑也不答话，点点头。阿圆偷眼看看我，——其实我自己也正在纳罕着的。吃了饭，正洗脸，一只燕子由天井飞来，在屋里绕了一道，就钻进檐下的窝里去了。兰花停了碗，把筷子放在口沿上，低低的说：

“青姑娘，你到这时才回来。”悠悠的长叹一口气。

我释然，向阿圆笑笑；阿圆却不曾笑，只瞪着眼看兰花。

我说邀月庐清新明朗那是指日间而言；谁知这天晚上，大雨复作；一盏三支灯草的豆油檠摇晃不定；远远正屋里二姑姑兰花低幽地念着晚经，听来简直是“秋坟鬼唱鲍家诗”；加以外面雨声虫声风弄竹声合奏起一支凄戾的交响曲，显得这周遭的确鬼趣殊多。也不知是循着怎样的一个线索，很自然地便和阿圆谈起《聊斋》故事来，谈一回，她越靠紧我一些，两眼只瞪着西墙上的《钟馗捉鬼图》，额上鼻上渐渐全渍着汗珠。钟馗手下按着的那个鬼，披着发，撕开血盆口，露出两支大獠牙，栩栩欲活。我偶然瞥一眼，也不由得一惊。这时觉得那钟馗，那恶鬼，姑姑兰花，连同我们自己俩，都成了鬼故事中的人物了。

阿圆瑟缩地说：“我想睡。”

她紧紧靠住我，我走一步，她走一步。——睡到床上，自然很难睡着。不知转辗了多少时候，雨声渐止，月亮透过百叶窗，洒照得满屋凄幽。一阵飒飒的风摇竹声后，忽然听得窗外有脚步之声，声音虽然轻微，但是入耳十分清楚。

“你…… 听见了…… 没有？”阿圆把头钻在我的腋下，喘息地低声问。

“……”我也不禁毛骨悚然。

那声音渐听渐近，没有了，换上的是低沉的戚戚声，如鬼低诉。阿圆已浑身汗濡。我咳了一声，声音突然寂止；听见这突然寂止，想起兰花日间所说的话，我也不由得不怕了。

半晌没有声息，紧张的心绪稍稍平缓，但是两人的神经都过分兴奋，要想到梦乡去躲身，究竟不能办到。为要解除阿圆的恐怖，我找了些快乐高兴的话和她谈说。阿圆也就渐渐敢由我的腋下伸出头来了。我说：

“你想不想你的家？”

“想——。”

“怕不怕了？”

“还有点怕——。”

正答着话，她突然尖起嗓子大叫一声，搂住我，嚎啕，震抖，迫不成声：

“你……看……门上！……”。

我看门上，——门上那个册叶小窗露着一个鬼脸，向我们张望；月光斜映，隔着玻璃纱帐看得分外明晰。说时迟，那时快，那个鬼脸一晃，就沉下去不见了。我不知从那里涌上一股勇气，推开阿圆，三步跳去，拉开门。

门外是两个女鬼！

一个由通正屋的小巷窜远了；一个则因逃避不及，正在我的面前蹲着。——

“是姑姑吗？”

“唔——”幽沉的一口气。

我抹着额上的冷汗，不禁轻松地笑了。我说：

“阿圆，别怕了，是姑姑。”

* * *

朋友某君供给我这篇短文的材料，说是虽无意思，但颇有趣味；叫我写写看。我知道不会弄得好；果然，被我白白糟塌了。

十一月二十六日戏记

山　峡　中*

艾　芜

江上横着铁链作成的索桥，巨蟒似的，现出顽强古怪的样子，终于渐渐吞蚀在夜色中了。

桥下凶恶的江水，在黑暗中奔腾着，咆哮着，发怒地冲打崖石，激起吓人的巨响。

两岸蛮野的山峰，好像也在怕着脚下的奔流，无法避开一样，都把头尽量地躲入疏星寥落的空际。

夏天的山中之夜，阴郁、寒冷、怕人。

桥头的神祠，破败而荒凉的，显然已给人类忘记了，遗弃了，孤零零地躺着，只有山风、江流送着它的余年。

我们这几个被世界抛却的人们，到晚上的时候，趁着月色星光，就从远山那边的市集里，悄悄地爬了下来，进去和残废的神们，一块儿住着，作为暂时的自由之家。

黄黑斑驳的神龛面前，烧着一堆煮饭的野火，跳起熊熊的红光，就把伸手取暖的阴影，鲜明地绘在火堆的周遭。上面金衣剥落的江神，虽也在暗淡的红色光影中，显出一足踏着龙头的悲壮样子，但人一看见那只扬起的握剑的手，是那么地残破，危危欲坠了，谁也要怜惜他这位末路英雄的。锅盖的四围，呼呼地冒出白色的蒸气，咸肉的香味和着松柴的芬芳，一时到处弥漫起来。这是宜于哼小曲、吹口哨的悠闲时候，但大家都是静默地坐着，只在暖暖手。

另一边角落里，燃着一节残缺的蜡烛，摇曳地吐出微黄的光辉，展画出另一个暗淡的世界。没头的土地菩萨侧边，躺着小黑牛，污腻的上身完全裸露出来，正无力地呻唤着，衣和裤上的血迹，有的干了，有的还是湿渍渍的。夜白飞就坐在旁边，给他揉着腰干，擦着背，一发现重伤的地方，便惊讶地喊：

“呵呀，这一处！”

接着咒骂起来：

“他妈的！这地方的人，真毒！老子走尽天下，也没碰见过这些吃人的东西！……这里的江水也可恶，像今晚要把我们冲走一样！”

夜愈静寂，江水也愈吼得厉害，地和屋宇和神龛都在震颤起来。

“小伙子，我告诉你，这算什么呢？对待我们更要残酷的人，天底下还多哩，……苍蝇一样的多哩！”

---

* 摘自艾芜:《南行记》，人民文学出版社 1980 年版。

这是老头子不高兴的声音，由那薄暗的地方送来，仿佛在说，“你为什么要大惊小怪哪！”他躺在一张破烂虎皮的毯子上面，样子却望不清楚，只是铁烟管上的旱烟，现出一明一暗的红焰。复又吐出教训的话语：

“我么？人老了，拳头棍棒可就挨得不少。……想想看，吃我们这行饭，不怕挨打就是本钱哪！……没本钱怎么做生意呢？”

在这边烤火的鬼冬哥把手一张，脑袋一仰，就大声插嘴过去，一半是讨老人的好，一半是夸自己的狠。

“是呀，要活下去。我们这批人打断腿子倒是常有的事情，……你们看，像那回在鸡街，鼻血打出了，牙齿打脱了，腰干也差不多伸不起来，我回来的时候，不是还在笑吗？……”

“对哪！”老头子高兴地坐了起来，“还有，小黑牛就是太笨了，嘴巴又不会扯谎，有些事情一说就说脱了的，像今天，你说，也掉东西，谁还拉着你哩？……只晓得说‘不是我，不是我’就是这一句，人家怎不搜你身上呢？……不怕挨打，也好嘛！……呻唤，呻唤，尽是呻唤！”

我虽是没有就着火光看书了，但却仍旧把书拿在手里的。鬼冬哥得了老头子的赞许，就动手动足起来，一把抓着我的书喊道：

“看什么？书上的废话，有什么用呢？一个钱也不值，……烧起来还当不得这一根干柴。……听，老人家在讲我们的学问哪！”

一面就把一根干柴，送进火里。

老头子在砖上叩去了铁烟管上的余烬，很矜持地说道：

“我们的学问，没有写在纸上，……写来给傻子读么？……第一……一句话，就是不怕和扯谎！……第二……我们的学问，哈哈哈。”

似乎一下子觉出了，我才同他合伙没久的，便用笑声掩饰着更深一层的话了。

“烧了吧，烧了吧，你这本傻子才肯读的书！”

鬼冬哥作势要把书抛进火里去，我忙抢着喊：

“不行！不行！”

侧边的人就叫了起来：

“锅碰倒了！锅碰倒了！”

“同你的书一块去跳江吧！”

鬼冬哥笑着把书丢给了我。

老头子轻徐地向我说道：

“你高兴同我们一道走，还带那些书做什么呢？……那是没用的，小时候我也读过一两本。”

“用处是不大的，不过闲着的时候，看看罢了，像你老人家无事的时候吸烟一样。……”

我不愿同老头子引起争论，因为就有再好的理由也说不服他这顽强的人的，所以便这样客气地答复他。他得意地笑了，笑声在黑暗中散播着。至于说到要同他们一道走，我却没有如何决定，只是一路上给生活压来说气忿话的时候，老头子就误以为我真的要入伙了。今天去干的那一件事，无非由于他们的逼迫，凑凑角色罢了，并不是另一个新生活的开始。我打算趁此向老头子说明，也许不多几天，就要独自走我的，但却给小黑牛突然一阵猛烈的呻唤打断了。

大家皱着眉头沉默着。

在这些时候，不息地打着桥头的江涛，仿佛要冲进庙来，扫荡一切似的。江风也比往天晚上大些，挟着尘沙，一阵阵地滚入，简直要连人连锅连火吹走一样。

残烛熄灭，火堆也闷着烟，全世界的光明，统给风带走了，一切重返于无涯的黑暗。只有小黑牛痛苦的呻吟，还表示出了我们悲惨生活的存在。

野老鸦拨着火堆，尖起嘴巴吹，闪闪的红光，依旧喜悦地跳起，周遭不好看的脸子，重又画出来了。大家吐了一口舒适的气。野老鸦却是流着眼泪了，因为刚才吹的时候，湿烟熏着了他的眼睛，他伸手揉揉之后，独自悠悠地说：

“今晚的大江，吼得这么大……又凶，……像要吃人的光景哩，该不会出事吧……”

大家仍旧沉默着。外面的山风、江涛，不停地咆哮，不停地怒吼，好像诅咒我们的存在似的。

小黑牛突然大声地呻唤，发出痛苦的呓语：

“哎呀，……哎……害了我了……害了我了，……哎呀……哎呀…… 我不干了！我不……”

替他擦着伤处的夜白飞，点燃了残烛，用一只手挡着风，照映出小黑牛打坏了的身子——正痉挛地做出要翻身不能翻的痛苦光景，就赶快替他往腰部揉一揉，狠狠地抱怨他：

“你在说什么？你……鬼附着你哪！”

同时掉头回去，恐怖地望望黑暗中的老头子。

小黑牛突地翻过身，沙声嘶叫：

“你们不得好死的！你们！……菩萨！菩萨呀！”

已经躺下的老头子突然坐了起来，轻声说道：

“这样吗？……哦……”

忽又生气了，把铁烟管用力地往砖上扣了一下，说：

“菩萨，菩萨，菩萨也同你一样的倒楣！”

交闪在火光上面的眼光，都你望我我望你地，现出不安的神色。

野老鸦向着黑暗的门外看了一下，仍旧静静地说：

“今晚的江水实在吼得太大了！……我说嘛……”

“你说，……你一开口，就是吉利的！”

鬼冬哥粗暴地盯了野老鸦一眼，狠狠地咒诅着。

一阵风又从破门框上刮了进来，激起点点红艳的火星，直朝鬼冬哥的身上迸射。他赶快退后几步，向门外黑暗中的风声，扬着拳头骂：

“你进来！你进来！……”

神祠后面的小门一开，白色鲜朗的玻璃灯光和着一位油黑蛋脸的年青姑娘，连同笑声，挤进我们这个暗淡的世界里来了。黑暗、沉闷和忧郁，都悄悄地躲去。

“喂，懒人们！饭煮得怎样了？……孩子都要饿哭了哩！”

一手提灯，一手抱着一块木头人儿，亲昵地偎在怀里，做出母亲那样高兴的神情。

蹲着暖手的鬼冬哥把头一仰，手一张，高声哗笑起来：

“哈呀，野猫子，……一大半天，我说你在后面做什么？……你原来是在生孩子哪！……”

“呸，我在生你！”

接着啵的响了一声。野猫子生气了，鼓起原来就是很大的乌黑眼睛，把木人儿打在鬼冬哥的身旁；一下子冲到火堆边上，放下了灯，揭开锅盖，用筷子查看锅里翻腾滚沸的咸肉。白濛濛的蒸气，便在雪亮的灯光中，袅袅地上升着。

鬼冬哥拾起木人儿，做模做样地喊道：

“呵呀，……尿都跌出来了！……好狠毒的妈妈！”

野猫子不说话，只把嘴巴一尖，头颈一伸，向他做个顽皮的鬼脸，就撕着一大块油腻腻的肉，有味地嚼她的。

小骡子用手肘碰碰我，斜起眼睛打趣说：

“今天不是还在替孩子买衣料吗？”

接着大笑起来；

“吓吓，……酒鬼……吓吓，酒鬼。”

鬼冬哥也突地记起了，哗笑着，向我喊：

“该你抱！该你抱！”

就把木人儿递在我的面前。

野猫子将锅盖骤然一盖，抓着木人儿，抓着灯，像风一样蓦地卷开了。

小骡子的眼珠跟着她的身子溜，点点头说：

“活像哪，活像哪，一条野猫子！”

她把灯、木人儿，和她自己，一同蹲在老头子的面前，撒娇地说：

“爷爷，你抱抱！娃儿哭哩！”

老头子正生气地坐着，虎着脸，耳根下的刀痕，绽出红涨的痕迹，不答理他的女儿。女儿却不怕爸爸的，就把木人儿的蓝色小光头，伸向短短的络腮胡上，顽皮地乱闯着，一面努起小嘴巴，娇声娇色地说：

“抱，嗯，抱，一定要抱！”

“不！”

老头子的牙齿缝里挤出这么一声。

“抱，一定要抱，一定要，一定！”

老头子在各方面，都很顽强的，但对女儿却每一次总是无可如何地屈伏了。接着木人儿，对在鼻子尖上，鼓大眼睛，粗声粗气地打趣道：

“你是哪个的孩子？……喊声外公吧！喊，蠢东西！”

“不给你玩！拿来，拿来！”

野猫子一把抓去了，气得翘起了嘴巴。

老头子却粗暴地哗笑起来。大家都感到了异常的轻松，因为残留在这个小世界里的怒气，这一下子也已完全冰消了。

我只把眼光放在书上，心里却另外浮起了今天那一件新鲜而有趣的事情。

早上，他们叫我装做农家小子，拿着一根长烟袋，野猫子扮成农家小媳妇，提着一只小竹篮，同到远山那边的市集里，假作去买东西。他们呢，两个三个地远远尾在我们的后面，也装做忙忙赶市的样子。往日我只是留着守东西，从不曾伙同他们去干的，今天机会一到，便逼着扮演一位不重要的角色，可笑而好玩地登台了。

山中的市集，也很热闹的，拥挤着许多远地来的庄稼人。野猫子同我走到一家布摊子的面前，她就把竹篮子套在手腕上，乱翻起摊子上的布来，选着条纹花的说不好，选着棋盘格的也说不好，惹得老板也感到烦厌了。最后她扯出一匹蓝底白花的印花布，喜孜孜地叫道：

“呵呀，这才好看哪！”

随即掉转身来，仰起乌溜溜的眼睛，对我说：

“爸爸，……买一件给阿狗穿！”

我简直想笑起来——天呀，她怎么装得这样像！幸好始终板起了面孔，立刻记起了他们教我的话。

“不行，太贵了！……我没那样多的钱花！”

“酒鬼，我晓得！你的钱，是要喝马尿水的！”

同时在我的鼻子尖上，竖起一根示威的指头，点了两点。说完就一下子转过身去，气狠狠地把布丢在摊子上。

于是，两个人就小小地吵起嘴来了。

满以为狡猾的老板总要看我们这幕滑稽剧的，哪知道他才是见惯不惊了，眼睛始终照顾着他的摊子。

野猫子最后赌气说：

“不买了，什么也不买了！”

一面却向对面街边上的货摊子望去。突然做出吃惊的样子，低声地向我也是向着老板喊：

“呀！看，小偷在摸东西哪！”

我一望去，简直吓灰了脸，怎么野猫子会来这一着？在那边干的人不正是夜白飞、小黑牛他们吗？

然而，正因为这一着，事情却得手了。后来，小骡子在路上告诉我，就是在这个时候，狡猾的老板始把时时刻刻都在提防的眼光引向远去，他才趁势偷去一匹上好的细布的。当时我却不知道，只听得老板幸灾乐祸地袖着手说：

“好呀！好呀！王老三，你也倒楣了！”

我还呆着看，野猫子便揪了我一把，喊道：

“酒鬼，死了么？”

我便跟着她赶快走开，却听着老板在后面冷冷地笑着，说风凉话哩。

“年纪青青，就这样的泼辣！咳！”

野猫子掉回头来啐了一口。

……

“看进去了！看进去了！”

鬼冬哥一面端开炖肉的锅，一面打趣着我。

于是，我的回味，便同山风刮着的火烟，一道儿溜走了。

中夜，纷乱的足声和嘈杂的低语，惊醒了我；我没有翻爬起来，只是静静地睡着。像是野猫子吧？走到我所睡的地方，站了一会，小声说道：

“睡熟了，睡熟了。”

我知道一定有什么瞒我的事在发生着了，心里禁不住惊跳起来，但却不敢翻动，只是尖起耳朵凝神地听着。忽然听见夜白飞哀求的声音，在暗黑中颤抖地说着：

“这太残酷了，太，太残酷了……魏大爷，可怜他是……”

尾声低小下去，听着的只是夜深打岸的江涛。

接着老头子发出钢铁一样的高声，叱责着。

“天底下的人，谁可怜过我们？……小伙子，个个都对我们捏着拳头哪！要是心肠软一点，还活得到今天吗？你……哼，你！小伙子，在这里，懦弱的人是不配活的。……他，又知道我们的……咳，那么多！怎好白白放走呢？”

那边角落里躺着的小黑牛，似乎被人抬了起来，一路带着痛苦的呻唤和着杂乱的足步，流向神祠的外面去。一时屋里静悄悄的了，简直空洞得十分怕人。

我轻轻地抬起头，朝破壁缝中望去，外面一片清朗的月色，已把山峰的姿影，崖石的面部和林木的参差，或浓或淡地画了出来，更显着峡壁的阴森和凄郁，比黄昏时候看起来还要怕人些。山脚底，汹涌着一片蓝色的奔流，碰着江中的石礁，不断地在月光中，溅跃起、喷射起银白的水花。白天，尤其黄昏时候，看起来像是顽强古怪的铁索桥呢，这时却在皎洁的月下，露出妩媚的修影了。

老头子和野猫子站在桥头。影子投在地上。江风掠飞着他们的衣裳。

另外抬着东西的几个阴影，走到索桥的中部，便停了下来。蓦地一个人那么样的形体，很快地丢下江去。原先就是怒吼着的江涛，却并没有因此激起一点另外的声息，只是一霎时在落下处，跳起了丈多高亮晶晶的水珠，然而也就马上消灭了。

我明白了，小黑牛已经在这世界上凭借着一只残酷的巨手，完结了他的悲惨的命运了。但他往天那样老实而苦恼的农民样子，却还遗留在我的心里，搅得我一时无法安睡。

他们回来了。大家都是默无一语地悄然睡下，显见得这件事的结局是不得已的，谁也不高兴做的。

在黑暗中，野老鸦翻了一个身，自言自语地低声说道：

“江水实在吼得太大了！”

没有谁答一句话，只有庙外的江涛和山风，鼓噪地应和着。

我回忆起小黑牛坐在坡上歇气时，常常爱说的那一句话了。

“那多好呀！……那样的山地！……还有那小牛！”

随着他那忧郁的眼睛了望去，一定会在晴明的远山上面，看出点点灰色的茅屋和正在缕缕升起的蓝色轻烟的。同伴们也知道，他是被那远处人家的景色，勾引起深沉的怀乡病了，但却没有谁来安慰他，只是一阵地瞎打趣。

小骡子每次都爱接着他的话说：

“还有那白白胖胖的女人罗！”

另一人插嘴道：

“正在张太爷家里享福哪，吃好穿好的。”

小黑牛呆住了，默默地低下了头。

“鬼东西，总爱提这些！……我们打几盘再走吧，牌喃？牌喃？……谁捡着？”

夜白飞始终袒护着小黑牛；众人知道小黑牛的悲惨故事，也是由他的嘴巴传达出来的。

“又是在想，又是在想！你要回去死在张太爷的拳头下才好的！…… 同你的山地牛儿一块去死吧！”

鬼冬哥在小黑牛的鼻子尖上示威似地摇一摇拳头，就抽身到树荫下打纸牌去了。

小黑牛在那个世界里躲开了张太爷的拳击，掉过身来在这个世界里，却仍然又免不了江流的吞食，我不禁就由这想起，难道穷苦人的生活本身，便原是悲痛而残酷的么？也许地球上还有另外的光明留给我们的吧？明天我终于要走了。

次晨醒来，只有野猫子和我留着。

破败凋残的神祠，尘灰满积的神龛，吊挂蛛网的屋角，俱如我枯躁的心地一样，是灰色的、暗淡的。

除却时时刻刻都在震人心房的江涛声而外，在这里简直可以说没有一样东西使人感到兴奋了。

野猫子先我起来，穿着青花布的短衣，大脚统的黑绸裤，独自生着火，炖着开水，悠悠闲闲地坐在火旁边唱着：

江水呵，
慢慢流，
流呀流，
流到东边大海头，

我一面爬起来扣着衣纽，听着这样的歌声，越发感到岑寂了。便没精打采地问（其实自己也是知道的）：

“野猫子，他们哪里去了？”

“发财去了！”

接着又唱她的。

　　那儿呀，没有忧！
　　那儿呀，没有愁！

她见我不时朝昨夜小黑牛睡的地方了望，便打探似地说道：

“小黑牛昨夜可真叫得凶，大家都吵来睡不着。”

一面闪着她乌黑的狡猾的眼睛。

“我没听见。”

打算听她再捏造些什么话，便故意这样地回答。

她便继续说：

“一早就抬他去医伤去了！……他真是个该死的家伙，不是爸爸估着他，说着好，他还不去呢！”

她比着手势，很出色地形容着，好像真有那么一回事一样。

刚在火堆边坐着的我，简直感到忿怒了，便低下头去，用干枝拨着火冷冷地说：

“你的爸爸，太好了，太好了！……可惜我却不能多跟他老人家几天了。”

“你要走了吗？”她吃了一惊，随即生气地骂道：“你也想学小黑牛了！”

“也许……不过……”

我一面用干枝画着灰，一面犹豫地说。

“不过什么？不过！……爸爸说的好，懦弱的人，一辈子只有给人踏着过日子的。……伸起腰干吧！抬起头吧！……羞不着哪，像小黑牛那样子！”

“你的爸爸，说的话，是对的，做的事，却错了！”

“为什么？”

“你说为什么？……并且昨夜的事情，我通通看见了！”

我说着，冷冷的眼光浮了起来。看见她突然变了脸色，但又一下子恢复了原状，而且狡猾地说着：“吓吓，就是为了这才要走吗？你这不中用的！”

马上揭开开水罐子看，气冲冲地骂：

“还不开！还不开！”

蓦地像风一样卷到神殿后面去，一会儿，抱了一抱干柴出来。一面拨大火，一面柔和地说：

“害怕吗？要活下去，怕是不行的。昨夜的事，多着哩，久了就会见惯了的。……是吗？规规矩矩地跟我们吧，……你这阿狗的爹，哈哈哈！”

她狂笑起来，随即抓着昨夜丢下了的木人儿，顽皮地命令我道：

“木头，抱，抱，他哭哩！”

我笑了起来，但却仍然去整顿我的衣衫和书。

“真的要走么？来来来，到后面去！”

她的两条眉峰一竖，眼睛露出恶毒的光芒，看起来，却是又美丽又可怕的。

她比我矮一个头，身子虽是结实，但却总是小小的，一种好奇的冲动作弄着我，于是无意识地笑了一下，便尾着她到后面去了。

她从柴草中抓出一把雪亮的刀来，半张不理地递给我，斜瞬着狡猾的眼睛，命令道：

“试试看，你砍这棵树！”

我由她摆布，接着刀，照着面前的黄桷树，用力砍去，结果只砍了半寸多深。因为使刀的本事，我原是不行的。

“让我来！”

她突地活跃了起来，夺去了刀，做出一个侧面骑马的姿势，很结实地一挥，嚓的一刀，便没入树身三四寸的光景，又毫不费力地拔了出来，依旧放在柴草里面，然后气昂昂地走来我的面前，两手插在腰上，微微地噘起嘴巴，笑嘻嘻地嘲弄我：

“你怎么走得脱呢？……你怎么走得脱呢？”

于是，在这无人的山中，我给这位比我小块的野女子窘住了。正还打算这样地回答她：

“你的爸爸会让我走的！”

但她却忽然抽身跑开了，一面高声唱着，仿佛奏着凯旋一样：

> 这儿呀，也没有忧，
> 这儿呀，也没有愁。

我慢步走到江边去，无可奈何地徘徊着。

峰尖浸着粉红的朝阳。山半腰，抹着一两条淡淡的白雾。崖头苍翠的树丛，如同洗后一样的鲜绿。峡里面，到处都流溢着清新的晨光。江水仍旧发着吼声，但却没有夜来那样的怕人。清亮的波涛，碰在嶙峋的石上，溅起万朵灿然的银花，宛若江在笑着一样。谁能猜到这样美好的地方，曾经发生过夜来那样可怕的事情呢？

午后，在江流的澎湃中，迸裂出马铃子连击的声响，渐渐强大起来。野猫子和我都感到非常的诧异，赶快跑出去看。久无人行的索桥那面，从崖上转下来一小队人，正由桥上走了过来。为首的一个胖家伙，骑着马，十多个灰衣的小兵，尾在后面。还有两三个行李挑子，和一架坐着女人的滑竿。

“糟了！我们的对头呀！”

野猫子恐慌起来，我却故意喜欢地说道：

“那末，是我的救星了！”

野猫子狠狠地看了我一眼，把嘴唇紧紧地闭着，两只嘴角朝下一弯，傲然地说：

“我还怕么？……爸爸说的，我们原是在刀上过日子哪！迟早总有那么一天的。”

他们一行人来到庙前，便歇了下来。老爷和太太坐在石阶上，互相温存地问询着。勤务兵似的孩子，赶忙在挑子里面，找寻着温水瓶和毛巾。抬滑竿的夫子，满头都是汗，走下江边去喝江水。兵士们把枪横在地上，从耳上取下香烟缓缓地点燃，吸着。另一个班长似的灰衣汉子，军帽挂在脑后，毛巾缠在颈上，走到我们的面前。枪兜子抵在我的足边，眼睛盯着野猫子，盘问我们是做什么的，从什么地方来，到什么地方去。

野猫子咬着嘴唇，不做声。

我就从容地回答他，说我们是山那边的人，今天从丈母家回来，在此歇歇气的。同时催促野猫子说：

"我们走吧？——阿狗怕在家里哭哩！"

"是呀，我很担心的。……唉，我的足怪疼哩！"

野猫子做出焦眉愁眼的样子，一面就摸着她的足，叹气。

"那就再歇一会吧。"

我们便开始讲起山那边家中的牛马和鸡鸭，竭力做出一对庄稼人的应有的风度。

他们歇了一会，就忙着赶路走了。

野猫子欢喜得直是跳，抓着我喊：

"你怎么不叫他们抓我呢？怎么不呢？怎么不呢？"

她静下来叹一口气，说：

"我倒打算杀你哩；唉，我以为你是恨我们的。……我还想杀了你，好在他们面前显显本事。……先前，我还不曾单独杀过一个人哩。"

我静静地笑着说：

"那么，现在还可以杀哩。"

"不，我现在为什么要杀你呢？……"

"那么，规规矩矩地让我走吧！"

"不！你得让爸爸好好地教导一下子！……往后再吃几个人血馒头就好了！"

她坚决地吐出这话之后，就重又唱着她那常常在哼的歌曲，我的话、我的祈求，全不理睬了。

于是，我只好待着黄昏的到来，抑郁地。

晚上，他们回来了，带着那么多的"财喜"，看情形，显然是完全胜利，而且不像昨天那样小干的了。老头子喝得泥醉，由鬼冬哥的背上放下，便呼呼地睡着。原来大家因为今天事事得手，就都在半路上的山家酒店里，喝过庆贺的酒了。

夜深都睡得很熟，神殿上交响着鼻息的鼾声。我却不能安睡下去，便在江流激湍中，思索着明天怎样对付老头子的话语，同时也打算趁此夜深人静，悄悄地离开此地。但一想到山中不熟悉的路径，和夜间出游的野物，便又只好等待天明了。

大约将近天明的时候，我才昏昏地沉入梦中。醒来时，已快近午，发现出同伴们都已不见了，空空洞洞的破残神祠里，只我一人独自留着。江涛仍旧热心地打着崖石，不过比往天却显得单调些、寂寞些了。

我想着，这大概是我昨晚独自儿在这里过夜，做了一场荒诞不经的梦，今朝从梦中醒来，才有点感觉异常吧。

但看见躺在砖地上的灰堆，灰堆旁边的木人儿，与乎留在我书里的三块银元时，烟霭也似的遐思和怅惘，便在我岑寂的心上缕缕地升起来了。

1933 年冬，上海。

竹林的故事 *

废　　名

出城一条河，过河西走，坝脚下有一簇竹林，竹林里露出一重茅屋，茅屋两边都是菜园：十二年前，他们的主人是一个很和气的汉子，大家呼他老程。

那时我们是专门请一位先生在祠堂里讲《了凡纲鉴》，为得拣到这菜园来割菜，因而结识了老程，老程有一个小姑娘，非常的害羞而又爱笑，我们以后就藉了割菜来逗她玩笑。我们起初不知道她的名字，问她，她笑而不答，有一回见了老程呼"阿三"，我才挽住她的手："哈哈，三姑娘！"我们从此就呼她三姑娘。从名字看来，三姑娘应该还有姊妹或兄弟，然而我们除掉她的爸爸同妈妈，实在没有看见别的谁。

一天我们的先生不在家，我们大家聚在门口掷瓦片，老程家的捏着香纸走我们的面前过去，不一刻又望见她转来，——不笔直的循走原路，勉强带笑的弯近我们："先生！替我看看这签。"我们围着念菩萨的绝句，问道："你求的是什么呢？"她对我们诉一大串，我们才知道她的阿三头上本来还有两个姑娘，而现在只要让她有这一个，不再三朝两病的就好了。

老程除了种菜，也还打鱼卖。四五月间，霪雨之后，河里满河山水，他照例拿着摇网走到河边的一个草墩上，——这墩也就是老程家的洗衣裳的地方，因为太阳射不到这来，一边一棵树交荫着成一座天然的凉棚。水涨了，搓衣的石头沉在河底，剩现绿团团的坡，刚刚高过水面，老程老〔好〕像乘着划船一般站在上面把摇网朝水里兜来兜去；(1)倘若兜着了，那就不移地的转过身倒在挖就了的荡里，——三姑娘的小小的手掌，这时跟着她的欢跃的叫声热闹起来，一直等到碰跳碰跳好容易给捉住了，才又坐下草地望着爸爸。

流水潺潺，摇网从水里探起，一滴滴的水点打在水上，浸在水当中的枝条也冲击着查查作响。三姑娘渐渐把爸爸站在那里都忘掉了，只是不住的抠土，嘴里还低声的歌唱；头毛低到眼

---

* 摘自《废名集》，北京大学出版社 2009 年版。

【题注】原载 1925 年 2 月 16 日《语丝》第 14 期，署名冯文炳。文后有"赘语"，云：

近来有一二友人说，我的文章很容易知道是我的，意思是，方面不广。我承认，但并不想改，因为别方面的东西我也能够写，但写的时候自己就没有兴趣，独有这一类兴趣非常大。波特来尔题作《窗户》的那首诗，厨川白村拏来作赏鉴的解释，我却以为是我创作时的最好的说明了。不过在中国的读者看来，怕难得有我自己所得到的快乐，因此有一个朋友加我一个称号："寡妇养孤儿"。一个母亲生下来的，当然容易认识，那么，方面不广似乎也就没有法了。一月十七日。

(1) 据手校改。

边，才把脑壳一扬，不觉也就瞥到那滔滔水流上的一堆白沫，顿时兴奋起来，然而立刻不见了，偏头又给树叶子遮住了，——使得眼光回复到爸爸的身上，是突然一声“阿呀！”这回是一尾大鱼！而妈妈也沿坝走来，说盐钵里的盐怕还够不了一餐饭。

老程由街转头，茅屋顶上正在冒烟，叱咤一声，躲在园里吃菜的猪飞奔的跑，——三姑娘也就出来了，老程从荷包里掏出一把大红头绳：“阿三，这个打辫好吗？”三姑娘抢在手上，一面还接下酒壶，奔向灶角里去。“留到端午扎艾呵，别糟蹋了！”妈妈这样答应着，随即把酒壶伸到灶孔烫。三姑娘到房里去了一会又出来，见了妈妈抽筷子，便赶快拿出杯子——家里只有这一个，老是归三姑娘照管——站〔点〕着脚（尖）送在桌上；[1]然而老程终于还要是〔是要〕亲自朝中间挪一挪，[2]然后又取出壶来。“爸爸喝酒，我吃豆腐干！”老程实在用不着下酒的菜，对着三姑娘慢慢的喝了。

三姑娘八岁的时候，就能够代替妈妈洗衣。然而绿团团的坡上，从此也不见老程的踪迹了，——这只要看竹林的那边河坝倾斜成一块平坦的上面，高耸着一个不毛的同教书先生（自然不是我们的先生）用的戒方一般模样的土堆，堆前竖着三四根只有杪梢还没有斩去的枝桠吊着被雨粘住的纸幡残片的竹竿，就可以知道是什么意义。

老程家的已经是四十岁的婆婆，就在平常，穿的衣服也都是青蓝大布，现在不过系鞋的带子也不用那水红颜色的罢了，所以并不现得十分异样。独有三姑娘的黑地绿花鞋的尖头蒙上一层白布，虽然更现得好看，却叫人看了也同三姑娘自己一样懒懒的没有话可说了。[3]

然而那也并非是长久的情形。母子都是那样勤敏，家事的兴旺，正如这块小天地，春天来了，林里的竹子，园里的菜，都一天一天的绿得可爱。老程的死却正相反，一天比一天淡漠起来，只有鹞鹰在屋头上打圈子，妈妈呼喊女儿道，“去，去看坦里放的鸡娃，”三姑娘才走到竹林那边，知道这里睡的是爸爸了。到后来，青草铺平了一切，连曾经有个爸爸这件事实几乎也没有了。

正二月间城里赛龙灯，大街小巷，真是人山人海。最多的还要算邻近各村上的女人，她们像一阵旋风，大大小小牵成一串从这街冲到那街，街上的汉子也藉这个机会撞一撞她们的奶。然而能够看得见三姑娘同三姑娘的妈妈吗？不，一回也没有看见！锣鼓喧天，惊不了她母女两个，正如惊不了栖在竹林的雀子。鸡上埘的时候，比这里更西也是住在坝下的堂嫂子们顺便也邀请一声“三姐”，三姑娘总是微笑的推辞。妈妈则极力鼓励着一路去，三姑娘送客到坝上，也跟着出来，看到底攀缠着走了不；然而别人的渐渐走得远了，自己的不还是影子一般的依在身边吗？

三姑娘的拒绝，本是很自然的，妈妈的神情反而有点莫明其妙了！用询问的眼光朝妈妈脸上一睄，——却也正在睄过来，于是又掉头望着嫂子们走去的方向：

“有什么可看？成群打阵，好像是发了疯的！”

（1） 据手校改。

（2） 据手校、原刊改。

（3） “看了”原刊、初版作“见了”。

这话本来想使妈妈热闹起来，而妈妈依然是无精打采沉着面孔。河里没有水，平沙一片，现得这坝从远远看来是蜿蜒着一条蛇，[(1)]站在上面的人，更小到同一颗黑子了。由这里望过去，半圆形的城门，也低斜得快要同地面合成了一起；木桥俨然是画中见过的，而往来蠕动都在沙滩；在坝上分明数得清楚，及至到了沙滩，一转眼就失了心目中的标记，只觉得一簇簇的仿佛是远山上的树林罢了。至于哓哓的喧声，却比站在近旁更能入耳，虽然听不着说的是什么，听者的心早被他牵引了去了。竹林里也同平常一样，雀子在奏他们的晚歌，然而对于听惯了的人只能够增加静寂。

打破这静寂的终于还是妈妈：

“阿三！我就是死了也不怕猫跳！你老这样守着我，到底……”

妈妈不作声，三姑娘抱歉似的不安，突然来了这埋怨，刚才的事倒好像给一阵风赶跑了，增长了一番力气娇恼着：

“到底！这也什么到底不到底！我不欢喜玩！”

三姑娘同妈妈间的争吵，其原因都在自己的过于乖巧，比如每天清早起来，把房里的家具抹得干净，妈妈却说，“乡户人家呵，要这样？”偶然一出门做客，只对着镜子把散在额上的头毛梳理一梳理，妈妈却硬从盒子里拿出一枝花来。现在站在坝上，眶子里的眼泪快要迸出来了，妈妈才不作声。这时节难为的是妈妈了，皱着眉头不转睛地望，而三姑娘老不抬头！待到点燃了案上的灯，才知道已经走进了茅屋，这其间的时刻竟是在梦中过去了。

灯光下也立刻照见了三姑娘，拿一束稻草，一菜篮适才饭后同妈妈在园里割回的白菜，坐下板凳三棵捆成一把。

“妈妈，这比以前大得多了！两棵怕就有一斤。”

妈妈哪想到屋里还放着明天早晨要卖的菜呢？ 三姑娘本不依恃妈妈的帮忙，妈妈终于不出声的叹一口气伴着三姑娘捆了。

三姑娘不上街看灯，然而当年背在爸爸的背上是看过了多少次的，所以听了敲在城里响在城外的锣鼓，都能够在记忆中画出是怎样的情境来。“再是上东门，再是在衙门口领赏，……”忖着声音所来的地方自言自语的这样猜。妈妈正在做嫂子的时候，也是一样的欢喜赶热闹，那情境也许比三姑娘更记得清白，然而对于三姑娘的仿佛亲临一般的高兴，只是无意的吐出来几声“是”，——这几乎要使得三姑娘稀奇得伸起腰来了：“刚才还催我去玩哩！”

三姑娘实在是站起来了，一二三四的点着把数，然后又一把把的摆在菜篮，以便于明天一大早挑上街去卖。

见了三姑娘活泼泼的肩上一担菜，一定要奇怪，昨夜晚为什么那样没出息，不在火烛之下现一现那黑然而美的瓜子模样的面庞的呢？不，——倘若奇怪，只有自己的妈妈。人一见了三姑娘挑菜，就只有三姑娘同三姑娘的菜，其余的什么也不记得，因为耽误了一刻，三姑娘的菜就买不到手；三姑娘的白菜原是这样好，隔夜没有浸水，煮起来比别人的多，吃起来比别人的

（1）“蜿蜒着”原刊作“蜿蜒着的”。

甜了。

我在祠堂里足足住了六年之久，三姑娘最后留给我的印象，也就在卖菜这一件事。

三姑娘这时已经是十二三岁的姑娘，因为是暑天，穿的是竹布单衣，颜色淡得同月色一般，——这自然是旧的了，然而倘若是新的，怕没有这样合式，不过这也不能够说定，因为我们从没有看见三姑娘穿过新衣：总之三姑娘是好看罢了。三姑娘在我们的眼睛里同我们的先生一样熟，所不同的，我们一望见先生就往里跑，望见三姑娘都不知不觉的站在那里笑。然而三姑娘是这样淑静，愈走近我们，我们的热闹便愈是消灭下去，等到我们从她的篮里拣起菜来，又从自己的荷包里掏出了铜子，简直是犯了罪孽似的觉得这太对不起三姑娘了。而三姑娘始终是很习惯的，接下铜子又把菜篮肩上。

一天三姑娘是卖青椒。这时青椒出世还不久，我们大家商议买四两来煮鱼吃，——鲜青椒煮鲜鱼，是再好吃没有的。三姑娘在用秤称，我们都高兴的了不得，有的说买鲫鱼，有的说鲫鱼还不及鳊鱼。其中有一位是最会说笑的，向着三姑娘道：

"三姑娘，你多称一两，回头我们的饭熟了，你也来吃，好不好呢？"

三姑娘笑了：

"吃先生们的一餐饭使不得？难道就要我出东西？"

我们大家也都笑了；不提防三姑娘果然从篮子里抓起一把掷在原来称就了的堆里。

"三姑娘是不吃我们的饭的，妈妈在家里等吃饭。我们没有什么谢三姑娘，只望三姑娘将来碰一个好姑爷。"

我这样说。然而三姑娘也就赶跑了。

从此我没有见到三姑娘。到今年，我远道回家过清明，(1)阴雾〔云〕天气，(2)打算去郊外看烧香，走到坝上，远远望见竹林，我的记忆又好像一塘春水，被微风吹起波皱了。正在徘徊，从竹林上坝的小径，走来两个妇人，一个站住了，前面的一个且走且回应，而我即刻认定了是三姑娘！

"我的三姐，就有这样忙，端午中秋接不来，为得先人来了饭也不吃！"

那妇人的话也分明听到。

再没有别的声息：三姑娘的鞋踏着沙土。我急于要走过竹林看看，然而也暂时面对流水，让三姑娘低头过去。

一九二四年十月作。

（1）"回来"原刊、初版作"回家"。

（2）据手校改。

丈　夫*

沈从文

落了春雨，一共有七天，河水涨大了。

河中涨了水，平常时节泊在河滩的烟船妓船，离岸极近，船皆系在吊脚楼下的支柱上。

在楼上"四海春"茶馆喝茶的闲汉子，伏身在临河一面窗口，可以望到对河的宝塔烟雨红桃好景致，也可以知道船上妇人陪客烧烟的情形。因为那么近，上下都方便，有喊熟人的声音，从上面或从下面喊叫，到后是互相见到了，谈话了，取了亲昵样子，骂着野话粗话，于是楼上人会了茶钱，从湿而发臭的甬道走去，从那些肮脏地方走到船上了。

上了船，花钱半元到五块，随心所欲吃烟睡觉，同妇人毫无拘束的放肆取乐，这些在船上生活的大臀肥身的年青女人，就用一个妇人的好处，服侍男子过夜。

船上人，她们把这件事也像其余地方一样称呼，这叫做"生意"。她们都是做生意而来的。在名分上，那名称与别的工作，同样不与道德相冲突，也并不违反健康。她们从乡下来，从那些种田挖园的人家，离了乡村，离了石磨同小牛，离了那年青而强健的丈夫的怀抱，跟随了一个熟人，就来到这船上做生意了。做了生意，慢慢的变成为城市里人，慢慢的与乡村离远，慢慢的学会了一些只有城市里才需要的恶德，于是妇人就毁了。但那毁，是慢慢的，因为需要一些日子，所以谁也不去注意了。而且也仍然不缺少在任何情形下还依然好好的保留到那乡村气质的妇人，所以在市的小河妓船上，决不会缺少年青女子的来路。

事情非常简单，一个不亟亟于生养孩子的妇人，到了城市，能够每月把从城市里两个晚上所得的钱送给那留在乡下诚实耐劳种田为生的丈夫，在那方面就过了好日子，名分不失，利益存在，所以许多年青的丈夫，在娶妻以后，把妻送出来，自己留在家中安分过日子，竟是极其平常的事了。

这种丈夫，到什么时候，想及那在船上做生意的年青的妻，或逢年过节，照规矩要见见妻的面了，自己便换了一身浆洗干净的衣服，腰带上挂了那个工作时常不离口的烟袋，背了整箩整篓的红薯糍粑之类，赶到市上来，像访远亲一样，从码头第一号船上问起，一直到认出自己女人所在的船上为止。问明白了，到了船上，小心小心的把一双布鞋放到舱外护板上，把带来的东西交给了女人，一面便用着吃惊的眼睛，搜索女人的全身。这时节，女人在丈夫眼下自然已完全不同了。

---

* 摘自《沈从文全集》，北岳文艺出版社 2002 年版。

大而油光的发髻，用小钳子由人工扯成的细细眉毛，脸上的白粉同绯红胭脂，以及那城市里人派头城市里人的衣服，都一定使从乡下来的丈夫感到极大的惊讶，有点手足无措。那呆像是女人很容易看到的。女人到后开了口，或者问:“那次五块钱得了么？”或者问:“我们那对猪养儿子了没有？”女人说话时口音自然也完全不同了，就是变成城市里做太太的大方自由，完全不是做媳妇的神气了。

但听女人问到钱，问到家乡豢养的猪，这做丈夫的看出自己做主人的身分，并不在这船上失去，看出这城里奶奶还不完全忘记乡下，胆子大了一点，慢慢的摸出烟管同火镰。第二次惊讶，是烟管忽然被女人夺去，即刻在那粗而厚大的掌握里，塞了一枝哈德门香烟的原故。吃惊也仍然是暂时的事，于是这做丈夫的，一面吸烟一面谈谈，……

到了晚上，吃过晚饭仍然在吸那有新鲜趣味的香烟，来了客，一个船主或一个商人，穿生牛皮长统靴子，抱兜一角露出粗而发亮的银链，喝过一肚子烧酒，摇摇荡荡的上了船。一上船就大声的嚷要亲嘴要睡觉，那宏大而含胡的声音，那势派，皆使这做丈夫的想起了村长同乡绅那些大人物的威风，于是这丈夫不必指点，也就知道怯生生的往后舱钻去，躲到那后梢舱上去低低的喘气。一面把含在口上那枝卷烟摘下来，毫无目的的眺望河中暮景。夜把河上改变了，岸上河上已经全是灯，这丈夫到这时节一定要想起家里的鸡同小猪，仿佛那些小小东西才是自己的朋友，仿佛那些才是亲人，如今与妻接近，与家庭却离得很远，淡淡的寂寞袭上了身，他愿意转去了。

当真转去没有？不。三十里路路上有豺狗，有野猫，有查夜放哨的团丁，全是不好惹的东西，转去实在做不到。船上的大娘自然还得留他上三元宫看夜戏，到“四海春”去喝清茶，并且既然到了市上，大街上的灯同城市中的人皆不可不去看看。于是留下了，坐在后舱看河中景致取乐，等候大娘的空暇。到后要上岸了，就由小阳桥攀援篷架到船头，玩过后，仍然由那旧地方转到船上，小心小心使声音放轻，省得留在舱里躺到床上烧烟的客人发怒。

到要睡觉的时候，城里起了更，西梁山上的更鼓咚咚响了一会，悄悄的从板缝里看看客人还不走，丈夫没有什么话可说，就在梢舱上新棉絮里一个人睡了。半夜里，或者已睡着，或者还在胡思乱想，那太太抽空爬过了后舱，问是不是想吃一点糖。本来非常欢喜口含冰糖的脾气，是做太太不能忘却的，所以即或说已经睡觉，已经吃过，也仍然还是塞了一小片糖在口里。太太用着略略抱怨自己那种神气走去了，丈夫把冰糖含在口里，正像仅仅为了这一点理由，就得原谅妻的行为，尽她在前舱陪客，自己仍然很和平的睡觉了。

这样丈夫在黄庄多着！那里出强健女子同忠厚男人，女子出乡卖身，男人皆明白这做生意的一切利益。他懂事，女子名分仍然归他，养得儿子归他，有了钱也总有一部分归他。

那些船，排列在河下，一个陌生人，数来数去永远无法数清的。明白这数目，而且明白那秩序，记忆得出每一个船与摇船人样子，是五区一个老水保。

水保是个独眼睛的人，这独眼据说在年青时节杀过人，因为杀人，同时也就被人把眼睛抠瞎了。但两只眼睛不能分明的，他一只眼睛却办到了。一个河里都由他管事。他的权力在这些小船上，比一个中国的皇帝在地面上的权力还统一集中。

涨了河水，水保比平时似乎忙多了。他得各处去看看，是不是有些船上做父母的上了岸，小孩子在哭奶了，是不是有些船上在吵架，是不是有些船因照料无人，有溜去的危险。在今天，这位大爷，并且要到各处去调查一些从岸上发生影响到了水上的事情。岸上这几天来发生三次小抢案，据公安局那方面人说，凡地上小缝小罅皆找寻到了，还是毫无痕迹。地上小缝小罅都亏那些体面的在职人员找过，于是水保的责任便到了。他得了通知，就是那些说谎话的公安局办事处通知，要他到半夜会同水面武装警察上船去搜索。

水保得到这个消息时是上半天。一个整白天他要做许多事，他要先尽一些从平日受人款待好酒好肉而来的义务了，于是沿了河岸，从第一号船起始，每一个船上去谈谈话。他得先调查一下，得问问这船上是不是留容得有不端正的外乡人。

做水保的人照例是水上一霸，凡是属于水面上的事他无有不知。这人本来就是一个吃水上饭的人，是立于法律同官府对面，按照习惯被官吏来利用，处治这水上一切的。但人一上了年纪，世界成天变，变去变来这人有了钱，成过家，喝点酒，生儿育女，生活安舒，这人慢慢的转成一个和平正直的人了。在职务上帮助了官府，在感情上又亲近了船家，在这些情形上面他建设了一个道德的模范。他受人尊敬不下于官，他做了许多妓女的干爹。

他这时正从一个木跳板上跃到一只新油漆过的花船头，那船位置在较清静的一家莲子铺吊脚楼下。他认得这只船归谁管业，一上船就喊“七丫头”。

没有声音，年青的女人不见出来，年老的掌班也不见出来，老年人很懂事情，以为或者是大白天有年青男子上船做呆事，就站在船头眺望，等了一会。

过一阵他又喊了两声，又喊伯妈，喊五多；五多是船上的小毛头，人很瘦，声音尖锐，平时大人上了岸就守船，买东西煮饭，常常挨打，爱哭。但是喊过五多了，也仍然得不到结果。因为听到舱里又似乎实在有声音，类人出气，不像全上了岸，也不像全在做梦，水保就偻身窥觑舱口，向暗处询问是谁在里面。

里面还是不作答。

水保有点生气了，大声的问：“那一个？”

里面一个很生疏的男子声音，又虚又怯，说：“是我。”接着又说，“都上岸去了。”

“都上岸么？”

“上岸了的。她们……”

好像单单是这样答应，还深恐开罪了来人，这时觉得有一点义务要尽了，这男子于是从暗处爬出来，在舱口，小心小心扳着篷架，非常拘束的望着来人。

先是望到那一对峨然巍然似乎是为柿油涂过的猪皮靴子，上去一点是一个赭色柔软鹿皮抱兜，再上去是一双回环抱着的毛手；手上一颗其大无比的黄金戒指，再上去才是一块正四方形像是无数橘子皮拼合而成的脸膛。这男子，明白这是有身分的主顾了，就学着城市里人说话，“大爷，您请里面坐坐，她们就来。”

从那说话的声音，以及干浆衣服的风味上，这水保一望就明白这个人是才从乡下来的种田人。本来女人不在船就想走，但年青人忽然使他发生了兴味，他留着了。

“你从什么地方来的？”他问他，为了不使人拘束，水保取得是做父亲的和平样子，望到这年青人。“我认不得你。”

他想了一下，好像也并不认得客人，就回答，“我昨天来的。”

“乡下麦子抽穗了没有？”

“麦子吗？水碾子前我们那麦子，哈，我们那猪，哈，我们那……”

这个人，像是忽然明白了答非所问，记起了自己是同一个有身分的城里人说话，不应当说“我们”，不应当说我们“水碾子”同“猪”。把字眼儿用错，所以再也接不下去了。

因为不说话，他就怯怯的望到水保微笑，他要人了解他，原谅他。

水保懂得这个意思的。且在这对话中，明白这是船上人的亲戚了，他问年青人，“老七到什么地方去了，什么时候可以回来？”

这时，这年青人答语小心了。他仍然说“是昨天来的”。他又告水保，他“昨天晚上来的”。末了才说，老七同掌班同五多上岸烧香去了，要他守船。因为守船必得把守船身分说出，他还告给了水保，他是老七的“汉子”。

因为老七平常喊水保都喊干爹，这干爹第一次认识了女婿，不必年青人挽留，再说了几句，不到一会儿两人皆爬进舱中了。

舱中有个小小床铺，床上有锦绸同红色印花洋布铺盖，折叠得整整齐齐，来客皆应当坐在床沿，光线从舱口来，所以在外面以为舱中极黑，在里面却一切分明。

年青人，为客找烟卷，找自来火，毛脚毛手打翻了身边一个贮栗子的小坛子，圆而发乌金光泽的板栗便在薄明的船舱里各处滚去，年青人各处用手去捕捉，仍然放到小坛中去，也不知道应当请客人吃点东西。但客人却毫不客气，从舱板上把栗拾起咬破了吃，且说这风干的栗子真好。

“这个很好，你不欢喜么？”因为水保见到主人并不剥栗子吃。

“我欢喜。这是我屋后栗树上长的。去年生了好多，乖乖的从刺球里爆出来，我欢喜。”他笑了，近于提到自己儿子模样，很高兴说这个话。

“这样大不容易得到。”

“我选出来的。”

“你选？”

“是的，因为老七欢喜吃这个，我才留下到今年。”

“你们那里有猴栗？”

“什么猴栗？”

水保就把故事所说的“猴子在大山上住，被人辱骂时，抛下拳大栗子打人，人想这栗子，就故意去山下骂丑话，预备捡栗子”一一说给乡下人听。

因为栗子，正苦无话可说的年青人，得到同情他的人了。他又说到地名栗坳的新闻。他又说到一种栗木作成的犁具如何结实合用。这个人太需要说说这些了。昨天来一晚上都有客人吃酒烧烟，把自己关闭在小船后梢，同五多说话，五多睡得成死猪。今天一早上，本来应当有机会同妻谈到乡下事情了，女人又说要上岸过七里桥烧香，派他一个人守船。坐船上等了半天，还不见人回，到后梢去看河上景致，一切新奇不同，全只给自己发闷。先一时，正睡在舱里，就想这满江大水若到乡下去涨，鱼梁上不知道应当有多少鲤鱼上梁！把鱼捉来时，用柳条穿腮到太阳下去晒，正计算那数目，总算不清楚，忽然客人来到船上，似乎一切鱼都跳进水中去了。

来了客人，且在神气上看出来是并不拒绝这些谈话的，所以这年青人，凡是预备到同自己的妻说的各样事情，这时得到了一个好机会，都拿来同水保谈着。

他告给水保许多乡下情形，说到小猪捣乱的脾气，叫小猪名字是乖乖，又说到新由石匠整治过的那付石磨，顺便告给了一个石匠的笑话。又提起一把失去了多久的镰刀，一把水保梦想不到的小镰刀，他说：

"你瞧，奇怪不奇怪？我赌咒我各处都找到了。我们在床下，门枋上，谷仓里，什么不找到？它躲了。我为这件事骂过老七。老七哭过。可是仍然不见。鬼打岩，朦朦眼，它在饭箩里！半年躲在饭箩里！它吃饭！一身锈得像生疮。这东西多坏！我说这个你明白我没有？怎么会到饭箩里半年？那是一只做样子的东西，挂到斗窗上。我记起那事了，是我削尖劈，手上刮了皮，流了血，生了大气，抖气把刀一丢。……到水上磨了半天，还不错；仍然能吃肉，你一不小心，就得流血。我还不曾同老七说到这个，她不会忘记那哭得伤心的一回事。找到了，哈哈，真找到了。"

"找到它就好了。"

"是的，得到了它那是好的。因为我总疑心这东西是老七掉到溪里，不好意思说明。我知道她不骗我了。我明白了。我知道她受了冤屈，因为我说过：'找不出么，那我就要打人！'我并不曾动过手。可是生气时也真吓人。她哭了半夜！"

"你不是用得着它割草么？"

"嗨，哪里，用处多咧，是小镰刀，那么精巧，你怎么说割草！那是削一点薯皮，刮刮箫：这些这些用的。它小得很，值三百钱，钢火妙极了。我们都应当有这样一把刀放到身边，不明白么？"

水保说："明白明白，都应当有一把，我懂你这个话。"

他以为水保当真懂的！因此再说下去，什么也说到了，甚至于希望明年来一个小宝宝，这样只合宜于同自己的妻睡到一个枕头上的话也说到了。年青人毫无拘束的还加上许多粗话蠢话，说了半天，水保起身要走了，他记起问客人贵姓。

"大爷，您贵姓？留一个片子到这里，我好回话。"

"你告她有这么一个大个儿到过船上，穿这样大靴子，告她晚上不要接客，我要来。"

"不要接客，你要来？"

"就是这样说，我一定要来的。我还要请你喝酒。我们是朋友。"

"好，我们是朋友。"

水保用他那大而肥厚的手掌，拍了一下年青人的肩膊，从船头上岸，走到别一个船上去了。

在水保走后，年青人就一面等候一面猜想到这个大汉子是谁。他还是第一次同这样尊贵的人物谈话，他不会忘记这很好的印象的。人家今天不仅是同他谈话，还喊他做朋友，答应请他喝酒！他猜想这人一定是老七的熟客。他猜想老七一定得了这人许多钱。他忽然觉得愉快，感到要唱一个歌了，就轻轻的唱了一首山歌，用四溪人体裁，他唱的是“水涨了，鲤鱼上梁，大的有大草鞋那么大，小的有小草鞋那么小。”

但是等了一会还不见老七回来，一个鬼也不回来，他又想起那大汉子的丰彩言谈了。他记起那一双靴子，闪闪发光，以为不是极好的山柿油涂到上面，是不会如此体面好看的。他记起那黄而发沉的戒子，说不分明那将值多少钱，一点不明白那宝贝为什么如此可爱。他记起那伟人点头同发言，一个督抚的派头，一个军长的身分——这是老七的财神！他于是又唱了一首歌。用杨村人不庄重口吻，唱得是“山坳里团总烧炭，山脚里地保爬灰；爬灰红薯才肥，烧炭脸庞发黑”。

到午时，各处船上皆已有人烧饭了。湿柴烧不燃，烟子各处窜，使人流泪打嚏，柴烟平铺到水面时如薄绸。听到河街馆子里大师傅用铲敲打锅边的声音，听到邻船上白菜落锅的声音，老七还不见回来。可是船上烧湿柴的本领年青人还没有学到，小钢灶总是冷冷的不发吼。做了半天还是无结果，只有拿它放下一个办法了。

应当吃饭时候不得吃饭，人饿了，坐到小凳上敲打舱板，他仍然得想一点事情。一个不安分的估计在心上滋长了，正似乎为装满了钱钞便极其骄傲模样的抱兜，在他眼下再现时，把和平已失去了。一个用酒槽同红血所捏成的橘皮红色四方脸，也是极其讨厌的神气，保留在印象上。并且，要记忆有什么用？他记忆得到那嘱咐，是当到一个丈夫面前说的！“今晚上不要接客，我要来。”该死的话，是那么不客气的从那吃红薯的大口里说出！为什么要说这个？有什么理由要说这个？……

胡想使他心上增加了愤怒，饥饿重复揪着了这愤怒的心，便有一些原始人不缺少的情绪，在这个年青简单的人反省中长大不已。

他不能再唱一首歌了。喉咙为妒嫉所扼，唱不出什么歌。他不能再有什么快乐。按照一个种田人的身分，他想到明天就要回家。

有了脾气再来烧火，更不行了，于是把所有的柴全丢到河里去了。

“雷打你这柴！要你到洋里海里去！”

但那柴是在两丈以外便被别个船上的人捞起了的。那船上人似乎正等待一点从河面漂流而来的湿柴，把柴捞上，即刻就见到用废缆一段引火，且即刻满船发烟，火就带着小小爆裂声音燃好了。眼看这一切，新的愤怒使年青人感到羞辱，他想不必等待人回船就要走路。

在街尾遇到女人同小毛头五多两个人，牵了手走来，五多手上拿得有一把胡琴，崭新的样子，这是做梦也不曾遇到的一个好家伙！

“你走哪里去？”

“我——要回去。”

“要你看船船也不看，要回去，什么人得罪了你，这样小气？”

“我要回去，你让我回去。”

“回到船上去！”

看看妻，样子比说话还硬，并且看到那一张胡琴，明知道这是特别买来给他的，所以不能坚持，摸了摸自己发烧的额角，幽幽的说“转去也好，转去也好。”就跟了妻的身后跑转船上。

掌班大娘也赶来了，原来提了一付猪肺，好像东西只是乘便偷来的，深恐被人追上带到衙门里去。所以颧骨发了红，喘气不止。大娘一上船，女人在舱中就喊：

“大娘，你瞧，我家汉子想走！”

“谁说的，戏也不看就走！”

“我们到街口碰到他，他生气样子，一定是怪我们不回来。”

“那是我的错；是菩萨的错；是屠户的错。我不该同屠户为一个钱吵闹半天，屠户不该肺里灌了这样多水。”

“是我的错。”陪男子在舱里的女人，这样说了一句话，坐下了，对面是男子汉：她于是有意的在把衣服解换时，露出极风情的红绫胸褡。

男子觑着。不说话，有说不出的什么东西，在血里窜着涌着。

在后梢，听到大娘同五多谈着柴米。

“怎么，柴都被谁偷去了！”

“米是谁淘好的？”

“一定是火烧不燃。……姊夫是乡下人，只会烧松香。”

“我们不是昨天才解散了一捆柴么？”

“都完了。”

“去前面搬一捆，不要说了。”

“姊夫知道淘米！”

听到这些话的年青汉子，一句话不说，静静的坐在舱里望着那一把新买来的胡琴。

女人说：“弦早配好了，试拉拉看。”

先是不作声，到后把琴搁在膝上，查看松香，调琴时，生疏的音响从指间流出，拉琴人便快乐的微笑了。

不到一会满舱是烟，男子被女人喊出，仍然把琴拿到外面去，站据船头调弦。

到吃中饭时，五多说：

“姊夫你回头拉《孟姜女哭长城》，我唱。”

“我不会。”

“我听你拉得很好，你骗我谎我。”

“我不骗你。”

大娘说：“我听老七说你拉得好，所以到庙里，一见这琴，我才说就为姊夫买回去吧。是运气，烂贱就买来了。这到乡里一块钱还恐怕买不到，不是么？”

“是的，值多少钱？”

“一吊六。他们都说值得！”

五多搭嘴说：“谁说值得？”

大娘很生气的说：“毛丫头，谁说不值得？你知道？”

因为这琴是从一个卖琴熟人手上拿来，一个钱不花，听到大娘的谎话，五多分辩，大娘就骂五多，老七却笑了。男子以为这是笑大娘不懂事，所以也在一旁笑着。

男子先把饭吃完，就动手拉琴，新琴声音又清又亮，五多放下碗筷唱将起来，被大娘结结实实打了一筷子头，才忙着吃饭收碗洗锅子。

到了晚上，前舱盖了篷，男子拉琴，五多唱歌，老七也唱歌，美孚灯罩子有红纸剪成的遮光帽，全舱灯光如办大喜事作红颜色，年青人在热闹中像过年，心上开了花。有兵士从河街过身，喝得烂醉，听到这声音了。

两个醉鬼踉踉跄跄到了船边，两手全是污泥，用手扳船，口含胡桃那么混混胡胡的嚷叫：

“什么人唱，报上名来！好，赏一个五百。不听到么，老子赏你五百！？”

里面琴声戛然而止，沉静了。

醉鬼用脚踢船，蓬蓬蓬发出钝而沉闷的声音，且想推篷，搜索不到篷盖接榫处，“不要赏么，婊子狗造的？装聋，装哑？什么人敢在这里作乐？我怕谁？王帝我也不怕。大爷，我怕王帝么？我不是人！……”

另一个喉咙发沙的说道：

“骚婊子？出来拖老子上船！”

且即刻听到用石头打船篷，大声的辱骂祖宗，一船人皆吓慌了，大娘忙把灯扭小一点，走出去推篷，男子听到那汹汹声气，挟了胡琴就往后舱钻去。不一会，醉人已经进到前舱了，两个人一面说着野话一面还要争夺同老七亲嘴，同大娘五多亲嘴，且听到有个哑嗓子问是谁在此唱歌作乐，把拉琴的抓来再唱一个歌。

大娘不敢作声，老七也无主意了，两个酒疯子就大声的骂人。

“臭货，喊龟子出来，跟老子拉琴，赏一千，英雄盖世的曹孟德也不会这样大方！我赏一千,一千个红薯，快来，不出来我烧掉你们这船。听着没有，老东西！？赶快，莫使老子们生了气，认不得人！”

“大爷，这是我们自己家几个人玩玩，不！……”

“不？不？不？老婊子，你不中吃。你老了。快叫拉琴的来！杂种！我要拉琴，我要自己唱！”一面说一面便站起身来，想向后舱去搜寻，大娘弄慌了，把口张大合不拢去。老七急了，拖着那醉鬼的手，安置到自己的大奶上。醉鬼懂到这意思，又坐下了。“好的，妙的，老子出得起钱，老子今天晚上要到这里睡觉！”

这一个在老七左边躺下去了，另一个不说什么，也在右边躺下去了。

年青人听到前舱仿佛安静了一会，在隔壁轻轻的喊大娘。正感到一种侮辱的大娘，爬过去，男子还不大分明是什么事情。

“什么事？”

“营上的副爷，醉了，像猫，等一会儿就得走。”

“要走才行。我忘记告你们了，今天有一个大方脸人来，好像大官，吩咐过我，他晚上要来，不许留客。”

“是大皮靴子，说话像打锣么？”

“是的。是的。他手上还有一个大金戒子。”

“那是干爹，他今早上来过了么？”

“来过的。他说了半天话才走，吃过些干栗。”

“他说些什么事？”

“他说一定要来，一定莫留客，……还说一定要请我喝酒。”

大娘想想，难道是水保自己要来歇夜？难道是老对老，水保注意到……？想不通，一个老鸨虽一切丑事做成习惯，什么也不至于红脸，但被人说到“不中吃”时，是多少感到一种羞辱的。她悄悄的回到前舱，看前舱的事情不成样子，伸伸舌头骂了一声猪狗，终归又转到后舱来了。

“怎么？”

“不怎么。”

“怎么，他们走了？”

“不怎么，他们睡了。”

“睡——？”

大娘虽不看清楚这时男子的脸色，但她很懂得这语气，就说：“姊大，我们可以上岸玩玩去，今夜三元宫夜戏，我请你坐高台子，戏是《秋胡三戏结发妻》。”

男子摇头不语。

兵士走后，五多人娘老七皆在前舱灯光下说笑。说那兵士的醉态。男子留在后舱不出来。大娘到门边喊过了二次不答应，不明白这脾气从什么地方发生。大娘回头就来检查那四张票子的花纹，因为她已经认得出票子的真假了。票子倒是真的，她在灯光下指点给老七看那些记号，那些花，且放近鼻子上嗅嗅，说这个一定是清真馆子里找出来的，因为有牛油味道。

五多第二次又走过去：“姊夫，姊夫，他们走了，我们应当把那个唱完，我们还得……”

女人老七像是想到了什么心事，拉着了五多，不许她说话。

一切沉默了，男子在后舱先还是正用手指扣琴弦，作小小声音，这时手也离开那弦索了。

四个人都听到从河街上飘来的锣鼓唢呐声音，河街上一个做生意人办喜事，客来贺喜，大唱堂戏，一定有一整夜的热闹。

过了一会，老七一个人轻脚轻手爬到后舱去，但即刻又回来了。

大娘问：“怎么了？”

老七摇摇头，叹了一口气。

先以为水保恐怕不会来的，所以仍然睡了觉，大娘老七五多三个人在前舱，只把男子放到后面。

查船的在半夜时，由水保领来了，鸦雀无声，四个警察守在船头，水保同巡官进到前舱。这时大娘已把灯捻明了，她懂得这不是大事情。老七披了衣坐在床上，喊干爹，喊老爷，要五多倒茶，五多还只想到梦里在乡下摘三月莓。

男子被大娘摇醒，揪出来，看到水保，看到一个穿黑制服的大人物，嗄吓得不能说话，不晓得有什么事情发生。

“什么人？”

水保代为答应：“老七的汉子，才从乡下来的。”

老七补说道：“老爷，他昨天才来的。”

巡官看了一会儿男子，又看了一会儿女人，仿佛看出水保的话不是谎话，就不再说话了，随意在前舱各处翻翻，注意到那个贮风干栗子的小缸子，水保便抓了一把栗子塞进巡官那件体面制服的大口袋里去，巡官只是笑。

一伙人一会儿就走到另一船上去了。大娘刚要盖篷，一个警察回来了。

“大娘，你告老七，巡官要回来过细考察她一下，懂不懂？”

大娘说：“就来么？”

“查完夜就来。”

“当真吗？”

“我什么时候同你这老婊子说过谎？”

大娘很欢喜的样子，使男子奇怪，因为他不明白为什么巡官还要回来考察老七。但这时节望到老七睡起的样子，上半晚的气已经没有了，他愿意讲和，愿意同她在床上说点话，商量件事情，就傍床沿坐定不动。

大娘像是明白男子的心事，明白男子的欲望，也明白他不懂事，故只同老七打知会，“巡官就要来的。”

老七咬着嘴唇不作声，半天发痴。

男子一早起来就要走路，沉默的一句话不说，端整了自己的草鞋，找到了自己的烟袋。一切归一了，就坐到那矮床边沿像是有话说又说不出口。

老七问他：“你不是昨晚上答应过干爹，今天到他家中吃中饭吗？”

“……”摇摇头不作答。

“人家特意为你办了酒席！”

“……”

“戏也不看看么？”

“……”

“满天红的荤油包子，到半日才上笼，那是你欢喜的包子！”

“……”

一定要走了，老七很为难，走出船头呆了一会，回身从荷包里掏出昨晚上那兵士给的票子来，点了一下数，一共四张，捏成一把塞到男子左手心里去，男子无话说，老七似乎懂到那意思了，“大娘，你拿那三张也把我，”大娘将钱取出。老七又将这钱塞到男子右手心里去。

男子摇摇头，把票子撒到地下去，两只大而粗的手掌捂着脸孔，像小孩子那样莫名其妙的哭了。

五多同大娘看情形不好，逃到后舱去了，五多心想这真是怪事，那么大的人会哭，好笑！她站在船后梢看挂在梢舱顶梁上的胡琴，很愿意唱一个歌，可是也总唱不出声音来。

水保来船上请远客吃酒时，只有大娘同五多在船上，问及时，才明白两夫妇一早皆回转乡下去了。

十九年四月十三作于吴淞

二十三年七月廿一改于北平

月 牙 儿*

老 舍

一

是的，我又看见月牙儿了，带着点寒气的一钩儿浅金。多少次了，我看见跟现在这个月牙儿一样的月牙儿；多少次了。他带着种种不同的感情，种种不同的景物，当我坐定了看他，他一次一次的在我记忆中的碧云上斜挂着。他唤醒了我的记忆，像一阵晚风吹破一朵欲睡的花。

二

那第一次，带着寒气的月牙儿确是带着寒气。他第一次在我的云中是酸苦，他那一点点微弱的浅金光儿照着我的泪。那时候我也不过是七岁吧，一个穿着短红棉袄的小姑娘。戴着妈妈给我缝的一顶小帽儿，蓝布的，正面印着小小的花，我记得。我倚着那间小屋的门垛，看着月牙儿。屋里是药味，烟味，妈妈的眼泪，爸爸的病；我独自在台阶上看着月牙，没人招呼我，没人顾得给我作晚饭。我晓得屋里的惨凄，因为大家说爸爸的病……可是我更感觉自己的悲惨，我冷，饿，没人理我。一直的我立到月牙儿落下去。什么也没有了，我不能不哭。可是我的哭声被妈妈的压下去；爸，不出声了，面上蒙了块白布。我要掀开白布，再看看爸，可是我不敢。屋里只有那么点点地方，都被爸占了去。妈妈穿上白衣，我的红袄上也罩了个没缝襟边的白袍，我记得，因为不断的撕扯襟边上的白丝儿。大家都很忙，嚷嚷的声儿很高，哭得很恸，可是事情并不多，也似乎值不得嚷：爸爸就装入那么一个四块薄板的棺材里，到处都是缝子。然后，五六个人把他抬了走。妈和我在后边哭。我记得爸，记得爸的木匣。那个木匣结束了爸的一切：每逢我想起爸来，我就想到非打开那个木匣不能见着他。但是，那木匣是深深的埋在地里，我明知在城外哪个地方埋着他，可又像落在地上的一个雨点，似乎永难找到。

---

* 原载《国闻周报》第12卷第12—14期，1935年4月1、8、15日。

三

妈和我还穿着白袍，我又看见了月牙儿。那是个冷天，妈妈带我出城去看爸的坟。妈拿着很薄很薄的一落儿纸。妈那天对我特别的好，我走不动便背我一程，到城门上还给我买了一些炒栗子。什么都是凉的，只有这些栗子是热的；我舍不得吃，用他们热我的手。走了多远，我记不清了，总该是很远很远吧。在爸出殡的那天，我似乎没觉得这么远，或者是因为那天人多；这次只是我们娘儿俩，妈不说话，我也懒得出声，什么都是静寂的；那些黄土路静寂得没有头儿。天是短的，我记得那个坟：小小的一堆儿土，远处有一些高土岗儿，太阳在黄土岗儿上头斜着。妈妈似乎顾不得我了，把我放在一旁，抱着坟头儿去哭。我坐在坟头的旁边，弄着手里那几个栗子。妈哭了一阵，把那点纸焚化了，一些纸灰在我眼前卷成一两个旋儿，而后懒懒的落在地上；风很小，可是很够冷的。妈妈又哭起来。我也想爸，可是我不想哭他；我倒是为妈妈哭得可怜而也落了泪。过去拉住妈妈的手："妈不哭！妈不哭！"妈妈哭得更恸了。她把我搂在怀里。眼看太阳就落下去，四外没有一个人，只有我们娘儿俩。妈似乎也有点怕了，含着泪，扯起我就走，走出老远，她回头看了看，我也转过身去：爸的坟已经辨不清了；土岗的这边都是坟头，一小堆一小堆，一直摆到土岗底下。妈妈叹了口气。我们紧走慢走，还没走到城门，我看见了月牙儿。四外漆黑，没有声音，只有月牙儿放出一道儿冷光。我乏了，妈妈抱起我来。怎样进的城，我就不知道了，只记得迷迷忽忽的天上有个月牙儿。

四

刚八岁，我已经学会了去当东西。我知道，若是当不来钱，我们娘儿俩就不要吃晚饭；因为妈妈但分有点主意，也不肯叫我去。我准知道她每逢交给我个小包，锅里必是连一点粥底儿也看不见了。我们的锅有时候干净得像个体面的寡妇。这一天，我拿的是一面镜子。只有这件东西似乎是不必要的，虽然妈妈天天得用它。这是个春天，我们的棉衣都刚脱下来就入了当铺。我拿着这面镜子，我知道怎样小心，小心而且要走得快，当铺是老早就上门的。我怕当铺的那个大红门，那个大高长柜台。一看见那个门，我就心跳。可是我必须进去，几乎是爬进去，那个高门坎儿是那么高。我得用尽了力量，递上我的东西，还得喊："当当！"得了钱和当票，我知道怎样小心的拿着，快快回家，晓得妈妈不放心。可是这一次，当铺不要这面镜子，告诉我再添一号来。我懂得什么叫"一号"。把镜子搂在胸前，我拼命的往家跑。妈妈哭了；她找不到第二件东西。我在那间小屋住惯了，总以为东西不少；及至帮着妈妈一找可当的事物，我的小心里才明白过来，我们的东西很少，很少。妈妈不叫我去了。可是"妈妈咱们吃什么呢？"妈妈哭着递给我她头上的银簪——只有这一件东西是银的。我知道，她拔下过来几回，都没肯交给我去当。这是妈妈出门子时，姥姥家给的一件首饰。现在，她把这末一件银器给了我，叫我把镜子放下。我尽了我的力量赶回当铺，那可怕的大门已经严严的关好了。我坐在那门墩上，握着那根银簪。不敢高声的哭，我看着天，啊，又是月牙儿照着我的眼泪！哭了好久，妈妈在黑影中来了，她拉住了我手，呕，多么热的手。我忘了一切的苦处，连饿也忘了，只要有妈妈这只热手拉着我就好。我抽抽搭搭的说："妈！咱们回家睡觉吧，明儿早上再来！"妈一声没出。又走了一会儿："妈！你看这个月牙；爸死的那天，它就是这么斜斜着。为什么她老这么斜斜着呢？"妈还是一声没出，她的手有点颤。

五

妈妈整天的给人家洗衣裳。我老想帮助妈妈，可是插不上手。我只好等着妈妈，非到她完了事，我不去睡。有时月牙儿已经上来，她还哼哧哼哧的洗。那些臭袜子，硬牛皮似的，都是买卖地的伙计们送来的。妈妈洗完这些牛皮就吃不下饭去。我坐在她旁边，看着月牙，蝙蝠专会在那条光儿底下穿过来穿过去，像银线上穿着个大菱角，极快的又掉到暗处去。我越可怜妈妈，便越爱这个月牙，因为看着它，便我心中痛快一点。它在夏天更可爱，它老有那么点凉气，像一条冰似的。我爱它给地上那点小影子，一会儿就没了；迷迷忽忽的不甚清楚，及至影子没了，地上就特别的黑，星也特别的亮，花也特别的香——我们的邻居有许多花木，那棵高高的洋槐总把花儿落到我们这边来，像一层雪似的。

六

妈妈的手起了层鳞，叫她给搓搓背顶解痒痒了。可是我不敢常劳动她，她的手是洗粗了的。她瘦，被臭袜子熏的常不吃饭。我知道妈妈要想主意了，我知道。她常把衣裳推到一边，楞着。她和自己说话。她想什么主意好？我可是猜不着。

七

妈嘱咐我不叫我别扭，要乖乖的叫"爸"：她又给我找到一个爸。这是另一个爸，我知道，因为坟里已经埋好一个爸了。妈嘱咐我的时候，眼睛看着别处。她含着泪说："不能叫你饿死！"呕，是因为不饿死我，妈才另给我找了个爸！我不明白多少事，我有点怕，又有点希望——果然不再挨饿的话。多么凑巧呢，离开我们那间小屋的时候，天上又挂着月牙。这次的月牙比哪一回都清楚，都可怕；我是要离开这住惯了的小屋了。妈坐了一乘红轿，前面还有几个鼓手，吹打的一点也不好听。轿在前边走，我和一个男人在后边跟着，他拉着我的手。那可怕的月牙放着一点光，仿佛在凉风里颤动。街上没有什么人，只有些野狗追着鼓手们咬；轿子走得很快。上哪儿去呢？是不是把妈抬到城外去，抬到坟地去？那个男子扯着我走，我喘不过气来，要哭都哭不出来。那男人的手心出了汗，凉得像个鱼似的，我要喊“妈”，可是不敢。一会儿，月牙像个要闭上的一道大眼缝，轿子进了个小巷。

八

我在三四年里似乎没再看见月牙。新爸对我们很好，他有两间屋子，他和妈住在里间，我在外间睡铺板。我起初还想跟妈妈睡，可是几天之后，我反倒爱“我的”小屋了。屋里有白白的墙，还有条长桌，一把椅子。这似乎都是我的。我的被子也比从前的厚实暖和了。妈妈也渐渐胖了点，脸上有了红色，手上的那层鳞也慢慢掉净。我好久没去当当了。新爸叫我去上学。有时候他还跟我玩一会儿。我不知道为什么不爱叫他“爸”，虽然我知道他很可爱。他似乎也知道这个，他常常对我那么一笑；笑的时候他有很好看的眼睛。可是，妈偷偷告诉我叫爸，我也不愿十分的别扭。我心中明白，妈和我现在是有吃的喝的，都因为有这个爸，我明白。是的，在这三四年里我想不起曾经看见过月牙儿；也许是看见过而不大记得了。爸死时那个月牙，妈轿子前面的那个月牙，我永远忘不了。那一点点光，那一点寒气，老在我心中，比什么都亮，都清凉，像块玉似的，有时候想起来仿佛能用手摸到似的。

九

我很爱上学。我老觉得学校里有不少的花，其实并没有；只是一想起学校就想到花罢了，正像一想起爸的坟就想起城外的月牙儿——在野外的小风里歪歪着。妈妈是很爱花的，虽然买不起，可是有人送给她一朵，她就顶喜欢的戴在头上。我有机会便给他折一两朵来；戴上朵鲜花，妈的后影还很年轻似的。妈喜欢，我也喜欢。在学校里我也很喜欢。也许因为这个，我想起学校便想起花来？

十

当我要在小学毕业那年，妈又叫我去当当了。我不知道为什么新爸忽然走了。他上了哪儿，妈似乎也不晓得。妈妈还叫我上学，她想爸不久就会回来的。他许多日子没回来，连封信也没有。我想妈又该洗臭袜子了，这使我极难受。可是妈妈并没这么打算。她还打扮着，还爱戴花；奇怪！她不落泪，反倒好笑；为什么呢？我不明白！好几次，我下学来，看她在门口儿立着。又隔了不久，我在路上走，有人“嗨”我了：“嗨！给你妈捎个信儿去！”“嗨：你卖不卖呀？小嫩的！”我的脸红得冒出火来，把头低得无可再低。我明白，只是没办法。我不能问妈妈，不能。她对我很好，而且有时候极庄重的说我：“念书！念书！”妈是不识字的，为什么这样催我念书呢？我疑心；又常由疑心而想到妈是为我才作那样的事。妈是没有更好的办法。疑心的时候，我恨不能骂妈妈一顿。再一想，我要抱住她，央告她不要再作那个事。我恨自己不能帮助妈妈。所以我也想到：我在小学毕业后又有什么用呢？我和同学们打听过了，有的告诉我，去年毕业的有好几个作姨太太的。有的告诉我，谁谁当了暗门子。我不大懂这些事，可是由她们的说法，我猜到这不是好事。她们似乎什么都知道，也爱偷偷的谈论她们明知是不正当的事——这些事叫她们的脸红红的而显出得意。我更疑心妈妈了，是不是等我毕业好去作……这么一想，有时候使我不敢回家，我怕见妈妈。妈妈有时候给我点心钱，我不肯花，饿着肚子去上体操，常常要晕过去。看着别人吃点心，多么香甜呢！可是我得省着钱，万一妈妈叫我去……我可以跑，假如我手中有钱。我最阔的时候，手中有一毛多钱！在这些时候，即使在白天，我也有时望一望天上，找我的月牙儿呢。我心中的苦处假若可以用个形状比喻起来，必是个月牙形的。它无倚无靠的在灰蓝的天上挂着，光儿微弱，不大会儿便被黑暗包住。

十　一

叫我最难过的是我慢慢的学会了恨妈妈。可是每当我恨她的时候，我不知不觉的便想起她背着我上坟的光景。想到了这个。我不能恨她了。我又非恨她不可。我的心像——还是像那个月牙儿，只能亮那么一会儿，而黑暗是无限的。妈妈的屋里常有男人来了，她不再躲避着我。他们的眼像狗似的看着我，舌头吐着，垂着涎。我在他们的眼中是更解馋的，我看出来。在很短的期间，我忽然明白了许多的事。我知道得保护我自己，我觉出我身上好像有什么可贵的地方；我闻得出我已有一种什么味道，使我自己害羞，多感。我身上有了些力量，可以保护自己，也可以毁了自己。我有时很硬气，有时候很软。我不知怎样好。我愿爱妈妈，这时候我有好些必要问妈妈的事，需要妈妈的安慰；可是正在这个时候，我得躲着她，我得恨她；要不然我自己使不存在了。当我睡不着的时节，我很冷静的思索，妈妈是可原谅的。她得顾我们俩的嘴。可是这个又使我要拒绝再吃她给我的饭菜。我的心就这么忽冷忽热，像冬天的风，休息一会儿，刮得更要猛；我静候着我的怒气冲来，没法儿止住。

十　二

事情不容我想好方法就变得更坏了。妈妈问我。“怎样？”假若我真爱她呢，妈妈说，我应该帮助她。不然呢，她不能再管我了。这不像妈妈能说得出的话，但是她确是这么说了。她说得很清楚："我已经快老了，再过二年，想白叫人要也没人要了！"这是对的，妈妈近来擦许多的粉，脸上还露出折子来。她要再走一步，去专伺候一个男人。她的精神来不及伺候许多男人了。为她自己想，这时候能有人要她——是个馒头铺掌柜的愿要她——她该马上就走。可是我已经是个大姑娘了，不像小时候那样容易跟在妈妈轿后走过去了。我得打主意安置自己。假若我愿意"帮助"妈妈呢，她可以不再走这一步，而由我代替她挣钱。代她挣钱，我真愿意；可是那个挣钱方法叫我哆嗦。我知道什么呢，叫我像个半老的妇人那样去挣钱？！妈妈的心是狠的，可是钱更狠。妈妈不逼着我走哪条路，她叫我自己挑选——帮助她，或是我们娘儿俩各走各的。妈妈的眼没有泪，早就干了。我怎么办呢？

十　三

我对校长说了。校长是个四十多岁的妇人，胖胖的，不很精明，可是心热。我是真没了主意，要不然我怎会开口述说妈妈的……我并没和校长亲近过。当我对她说的时候，每个字都像烧红了的煤球烫着我的喉，我哑了，半天才能吐出一个字。校长愿意帮助我。她不能给我钱，只能供给我两顿饭和住处——就住在学校，和个老女仆作伴儿。她叫我帮助书记员写写字，可是不必马上就这么办，因为我的字还需要练习。两顿饭，一个住处，解决了天大的问题。我可以不连累妈妈了，妈妈这回连轿也没坐，只坐了辆洋车，摸着黑走了。我的铺盖，她给了我。临走的时候，妈妈挣扎着不哭，可是心底下的泪到底翻上来了。她知道我不能再找她去，她的亲女儿。我呢，我连哭都忘了怎哭了，我只裂着嘴抽达，泪蒙住了我的脸。我是她的女儿，朋友，安慰。但是我帮助不了她，除非我得作那种我决不肯作的事。在事后一想，我们娘儿俩就像两个没人管的狗，为我们的嘴我们得受住一切的苦处，好像我们身上没有别的，只有一张嘴。为这张嘴，我们得把其余一切的东西都卖了。我不恨妈妈了，我明白了。不是妈妈的毛病，也不是不该长那张嘴，是粮食的毛病，凭什么没有我们的吃食呢？这个别离，把过去一切的苦楚都压过去了。那最明白我的眼泪怎流的月牙这回会没出来，这回只有黑暗，连点萤火的光也没有。妈妈就在暗中像个活鬼似的走了，连个影子也没有，即使她马上死了，恐怕也不会和爸埋在一处了，我连她将来的坟在哪里都不知道。我只有这么个妈妈，朋友。我的世界里剩下我自己。

十　四

妈妈永不能相见了，爱死在我心里，像被霜打了的春花。我用心的练字，为是能帮助校长抄写些不要紧的东西。我必须有用，我是吃着别人的饭。我不像那些女同学，她们一天到晚注意别人，别人吃了什么，穿了什么，说了什么；我老注意我自己，我的影子是我的朋友。"我"

老在我的心上，因为没人爱我。我爱我自己，可怜我自己，鼓励我自己，责备我自己；我知道我自己，仿佛我是另一个人似的。我身上有一点变化都使我害怕，使我欢喜，使我莫明其妙。我在我自己手中拿着，像捧着一朵娇嫩的花。我只能顾目前，没有将来，也不敢深想。嚼着人家的饭，我知道那是晌午或晚上了，要不然我简直想不起时间来；没有希望，没有时间。我好像钉在个没有日月的地方。想起妈妈，我晓得我曾经活了十几年。对将来，我不像同学们那样盼望放假，过节，过年；假期，节，年，跟我有什么关系呢？可是我的身体是往大了长呢，我觉得出。觉出我又长大了一些，我更渺茫，我不放心我自己。我越往大了长，我越觉得自己好看，这是一点安慰；美使我抬高了自己的身分。可是我根本没身分，安慰是先甜后苦的，苦到末了又使我自傲。穷，可是好看呢！这又使我怕：妈妈也是不难看的。

十 五

我又老没看月牙了，不敢去看，虽然想看。我已毕了业，还在学校里住着。晚上，学校里只有两个老仆人，一男一女。他们不知怎样对待我好，我既不是学生，也不是先生，又不是仆人，可有点像仆人。晚上，我一个人在院中走，常被月牙给赶进屋来，我没有胆子去看它。可是在屋里，我会想像它是什么样，特别是在有点小风的时候。微风仿佛会给那点微光吹到我的心上来，使我想起过去，更加重了眼前的悲哀。我的心就好像在月光下的蝙蝠，虽然是在光的下面，可是自己是黑的；黑的东西，即使会飞，也还是黑的，我没有希望。我可是不哭，我只常皱着眉。

十 六

我有了点进款：给学生织些东西，她们给我点工钱。校长允许我这么办。可是进不了许多，因为她们也会织。不过她们急于要用，自己赶不来，或是给家中人打双手套或袜子，才来照顾我。虽然是这样，我的心似乎活了一点，我甚至想到：假若妈妈不走那一步，我是可以养活她的。一数我那点钱，我就知道这是梦想，可是这么想使我舒服一点。我很想看看妈妈。假若她看见我，她必能跟我来，我们能有方法活着，我想——不十分相信，可是，我想妈妈，她常到我的梦中来。有一天，我跟着学生们去到城外旅行，回来的时候已经是下午四点多了。为是快点回来，我们抄了个小道。我看见了妈妈！在个小胡同里，有一家卖馒头的，门口放着个元宝筐，筐上插着个顶大的白木头馒头。顺着墙坐着妈妈，身儿一仰一弯的拉风箱呢。从老远我就看见了那个大木馒头与妈妈，我认识她的后影。我要过去抱住她。可是我不敢，我怕学生们笑话我，她们不许我有这样的妈妈。越走越近了，我的头低下去，从泪中看了她一眼，她没看见我。我们一群人擦着她的身子走过去，她好像是什么也没看见，专心的拉她的风箱。走出老远，我回头看了看，她还在那儿拉呢。我看不清她的脸，只看到她的头发在额上披散着点。我记住这个小胡同的名儿。

十　七

像有个小虫在心中咬我似的，我想去看妈妈，非看见她我心中不能安静。正在这个时候，学校换了校长。胖校长告诉我得打主意，她在这儿一天便有我一天的饭食与住处，可是她不能保险新校长也这么办。我数了数我的钱，一共是两块七毛零几个铜子。这几个钱不会叫我在最近的几天中挨饿，可是我上哪儿呢？我不敢坐在那儿呆呆的发愁，我得想主意。找妈妈去是第一个念头。可是她能收留我吗？假若她不能收留我，而我找了她去，即使不能引起她与那个卖馒头的吵闹，她也必定很难过。我得为她想，她是我的妈妈，又不是我的妈妈，我们母女之间隔着一层用穷作成的障碍。想来想去，我不肯找她去了。我应当自己担着自己的苦处。可是怎么担着自己的苦处呢？我想不起。我觉得世界很小，没有安置我与我的小铺盖卷的地方。我还不如一条狗，狗有个地方便可以躺下睡；街上不准我躺着。是的，我是人，人可以不如狗，假若我扯着脸不走，焉知新校长不往外撵我呢？我不能等着人家往外推。这是个春天。我只看见花儿开了，叶儿绿了，而觉不到一点暖气。红的花只是红的花，绿的叶只是绿的叶，我看见些不同的颜色，只是一点颜色；这些颜色没有任何意义，春在我的心中是个凉的死的东西。我不肯哭，可是泪自己往下流。

十　八

我出去找事了。不找妈妈，不依赖任何人，我要自己挣饭吃。走了整整两天，抱着希望出去，带着尘土与眼泪回来。没有事情给我作。我这才真明白了妈妈，真原谅了妈妈。妈妈还洗过臭袜子，我连这个都作不上。妈妈所走的路是唯一的。学校里教给我的本事与道德都是笑话，都是吃饱了没事时的玩艺。同学们不准我有那样的妈妈，她们笑话暗门子；是的，她们得这样看，她们有饭吃。我差不多要决定了：只要有人给我饭吃，什么我也肯干；妈妈是可佩服的。我才不去死，虽然想到过；不，我要活着。我年轻，我好看，我要活着。羞耻不是我造出来的。

十　九

这么一想，我好像已经找到了事似的。我敢在院中走了，一个春天的月牙在天上挂着。我看出它的美来。天是暗蓝的，没有一点云。那个月牙清亮而温柔，把一些软光儿轻轻送到柳枝上。院中有点小风，带着南边的花香，把柳条的影子吹到墙角有光的地方来，又吹到无光的地方去；光不强，影儿不重，风微微的吹，都是温柔，什么都有点睡意，可又要轻软的活动着。月牙下边，柳梢上面，有一对星儿好像微笑的仙女的眼，逗着那歪歪的月牙和那轻摆的柳枝。墙那边有颗什么树，开满了白花，月的微光把这团雪照成一半儿白亮，一半儿略带点灰影，显出难以想到的纯净。这个月牙是希望的开始，我心里说。

二　十

我又找了胖校长去，她没在家。一个少年的男子把我让进去。他很体面，也很和气。我平素很怕男人，但是这个少年不叫我怕他。他叫我说什么，我便不好意不说；他那么一笑，我心里就软了。我把找校长的意思对他说了，他很热心，答应帮助我。当天晚上，他给我送了两块钱来，我不肯收，他说这是他婶母——胖校长——给我的。他并且说他的婶母已经给我找好了地方住，第二天就可以搬过去。我要怀疑，可是不敢。他的笑脸好像笑到我的心里去。我觉得我要疑心便对不起人，他是那么温和可爱。

二十一

他的笑唇在我的脸上，从他的头发上我看着那也在微笑的月牙。春风像醉了，吹破了春云，露出月牙与一两对儿春星。河岸上的柳枝轻摆，春蛙唱着恋歌，嫩蒲的香味散在春晚的暖气里。我听着水流，像给嫩蒲一些生力，我想像着蒲梗轻快的往高里长。小蒲公英在潮暖的地上似乎正往叶尖花瓣上灌着白浆。什么都在溶化着春的力量，把春收在那微妙的地方，然后放出一些香味，像花蕊顶破了花瓣。我忘了自己，像四外的花草似的，承受着春的透入；我没了自己，像化在了那点春风与月的微光中。月儿忽然被云掩住，我想起来自己，我觉得他的热力压迫我。我失去那个月牙儿，也失去了自己，我和妈妈一样了！

二十二

我后悔，我自慰，我要哭，我喜欢，我不知道怎样好。我要跑开，永不再见他；我又想他，我寂寞。两间小屋，只有我一个人，他每天晚上来。他永远俊美，老那么温和。他供给我吃喝，还给我作了几件新衣。穿上新衣，我自己看出我的美。可是我也恨这些衣服，又舍不得脱去。我不敢思想！也懒得思想，我迷迷糊糊的，腮上老有那么两块红。我懒得打扮，又不能不打扮，太闲在了，总得找点事作。打扮的时候，我怜爱自己；打扮完了，我恨自己。我的泪很容易下来，可是我没法不哭，眼终日老那么湿润润的，可爱。我有时候疯了似的吻他，然后把他推开，甚至于破口骂他；他老笑。

二　十　三

我早知道，我没希望；一点云便能把月牙遮住，我的将来是黑暗。果然，没有多久，春便变成了夏，我的春梦作到了头儿。有一天，也就是刚晌午吧，来了一个少妇。她很美，可是美得不玲珑，像个磁人儿似的。她进到屋中就哭了。不用问，我已明白了。看她那个样儿，她不想跟我吵闹，我更没预备着跟她冲突。她是个老实人。她哭，可是拉住我的手："他骗了咱们俩！"她说。我以为她也只是个"爱人"。不，她是他的妻。她不跟我闹，只口口声声的说："你放了他吧！"我不知怎么才好，我可怜这个少妇。我答应了她。她笑了。看她这个样儿，我以为她是缺个心眼，她似乎什么也不懂，只知道要她的丈夫。

二　十　四

我在街上走了半天。很容易答应那个少妇呀，可是我怎么办呢？他给我的那些东西，我不愿意要；既然要离开他，便一刀两断。可是，放下那点东西，我还有什么呢？我上哪儿呢？我怎么能当天就有饭吃呢？好吧，我得要那些东西，无法。我偷偷的搬了走。我不后悔，只觉得空虚，像一片云那样的无倚无靠。搬到一间小屋里，我睡了一天。

二　十　五

我知道怎样节省，自幼就晓得钱是好的。凑合着手里还有那点钱，我想马上去找个事。这样，我虽然不希望什么，或者也不会有危险了。事情可是并不因我长了一两岁而容易找到。我很坚决，这并无济于事，只觉得应当如此罢了。妇女挣钱怎这么不容易呢！妈妈是对的，妇人只有一条路走，就是妈妈所走的路。我不肯马上就往那么走，可是知道它在不很远的地方等着我呢。我越挣扎，心中越害怕。我的希望是初月的光，一会儿就要消失。一两个星期过去了，希望越来越小。最后，我去和一排年轻的姑娘们在个小饭馆受选阅。很小的一个饭馆，很大的一个老板；我们这群都不难看，都是高小毕业的女子们，等皇赏似的，等着那个破塔似的老板挑选。他选了我。我不感谢他，可是当时确有点痛快。那群女孩子们似乎很羡慕我，有的竟自含着泪走去，有的骂声"妈的"！女子够多么不值钱呢！

二 十 六

我成了小饭馆的第二号女招待。摆菜，端菜，算账，报菜名，我都不在行。我有点害怕。可是“第一号”告诉我不用着急，她也都不会。她说，小顺管一切的事；我们当招待的只要给客人倒茶，递手巾把，和拿账条；别的不用管。奇怪！“第一号”的袖口卷起很高，袖口的白里子上连一个污点也没有。腕上放着一块白丝手绢，绣着“妹妹我爱你”。她一天到晚往脸上拍粉，嘴唇抹得血瓢似的。给客人点烟的时候，她的膝往人家腿上倚；还给客人斟酒，有时候她自己也喝一口。对于客人，有的她伺候得非常的周到；有的她连理也不理，她会把眼皮一搭拉，假装没看见。她不招待的，我只好去。我怕男人。我那点经验叫我明白了些，什么爱不爱的，反正男人可怕。特别是在饭馆吃饭的男人们，他们假装义气，打架似的让座让账；他们拼命的猜拳，喝酒；他们野兽似的吞吃；他们不必要而故意的挑剔毛病，骂人。我低头递茶递手巾，我的脸发烧。客人们故意的和我说东说西，招我笑；我没心程说笑。晚上九点多钟完了事，我非常的疲乏了。到了我的小屋，连衣裳没脱，我一直的睡到天亮。醒来，我心中高兴了一些，我现在是自食其力，用我的劳力自己挣饭吃。我很早的就去上工。

二 十 七

“第一号”九点多才来，我已经去了两点多钟。她看不起我，可也并非完全恶意的教训我：“甭那么早来，谁八点来吃饭？告诉你，丧气鬼，把脸别搭拉得那么长；你是女跑堂的，没让你在这儿送殡玩。低着头，没人多给酒钱；你干什么来了？不为挣子儿吗？你的领子太矮，咱这行全得弄高领子，绸子手绢，人家认这个！”我知道她是好意，我也知道设若我不肯笑，她也得吃挂落，少分酒钱；小账是大家平分的。我也并非看不起她，从一方面看，我实在佩服她，她是为挣钱。妇女挣钱就得这么着，没第二条路。但是，我不肯学她。我仿佛看得很清楚：有朝一日，我得比她还开通，才能挣上饭吃。可是那得到了山穷水尽的时候；“万不得已”老在那儿等我们女子，我只能叫它多等几天。这叫我咬牙切齿，叫我心中冒火，可是妇女的命运不在自己手里。又干了三天，那个大掌柜的下了警告：再试我两天，我要是愿意往长了干呢，得照“第一号”那么办。“第一号”一半嘲弄，一半劝告的说：“已经有人打听你，干吗藏着乖的卖傻的呢？咱们谁不知道谁是怎着？女招待嫁银行经理的，有的是；你当是咱们低搭呢？闯开脸儿干呀，咱们也它妈的坐几天汽车！”这个，逼上我的气来，我问她：“你什么时候坐汽车？”她把红嘴唇撇得要掉下去：“不用你耍嘴皮子，干什么说什么；天生下来的香屁股，还不会干这个呢！”我干不了，拿了一块零五分钱，我回了家。

二 十 八

最后的黑影又向我迈了一步。为躲它，就更走近了它。我不后悔丢了那个事，可我也真怕那个黑影。把自己卖给一个人，我会。自从那回事儿，我很明白了些男女之间的关系。女子把自己放松一些，男人闻着味儿就来了。他所要的是肉，他所给的也是肉。他咬了你，压着你，发散了兽力，你便暂时有吃有穿；然后他也许打你骂你，或者停止了你的供给。女子就这么卖了自己，有时候还很得意，我曾经觉到得意。在得意的时候，说的净是一些天上的话；过了一会儿，你觉得身上的疼痛与丧气。不过，卖给一个男人，还可以说些天上的话；卖给大家，连这些也没法说了，妈妈就没说过这样的话。怕的程度不同，使我没法接收“第一号”的劝告；“一个”男人到底使我少怕一点。可是，我并不想卖我自己。我并不需要男人，我还不到二十岁。我当初以为跟男人在一块儿必定有趣，谁知道到了一块他就要求那个我所害怕的事。是的，那时候我像把自己交给了春风，任凭人家摆布；过后一想，他是利用我的无知，畅快他自己。他的甜言蜜语使我走入梦里；醒过来，不过是一个梦，一些空虚；我得到的是两顿饭，几件衣服。我不想再这样挣饭吃，饭是实在的，实在的去挣好了。可是，实在挣不上饭吃，女子得承认自己是女子，得卖肉！一个多月，我找不到事作。

二 十 九

我遇见几个同学，有的升入了中学，有的在家里作姑娘。我不愿理她们，可是一说起话儿来，我觉得我比她们精明。原先，在学校的时候，我比她们傻；现在，“她们”显着呆傻了。她们似乎还都作梦呢。她们都打扮得很好，像铺子里的货物。她们的眼溜着年轻的男子，心里好像作着爱情的诗。我笑她们。是的，我必定得原谅她们，她们有饭吃，吃饱了当然只好想爱情，男女彼此织成了网，互相捉捕；有钱的，网大一些，捉住几个，然后从容的选择一个。我没有钱，我连个结网的屋角都找不到。我得直接的捉人，或是被捉，我比她们明白一些，实际一些。

三 十

有一天，我碰见那个小媳妇，像磁人似的那个。她拉住了我，倒好像我是她的亲人似的。她有点颠三倒四的样儿。“你是好人！你是好人！我后悔了，”她很诚恳的说，“我后悔了！我叫你放了他，哼，还不如在你手里呢！他又弄了别人，更好了，一去不回头了！”由探问中，我知道她和他也是由恋爱而结的婚，她似乎还很爱他。他又跑了。我可怜这个小妇人，她也是还作着梦，还相信恋爱神圣。我问她现在的情形，她说她得找到他，她得从一而终。要是找不到他呢？我问。她咬上了嘴唇，她有公婆，娘家还有父母，她没有自由，她甚至于羡慕我，我没有人管着。还有人羡慕我，我真要笑了！我有自由，笑话！她有饭吃，我有自由；她没自由，我没饭吃，我俩都是女子。

三 十 一

自从遇上那个小磁人，我不想把自己专卖给一个男人了，我决定玩玩了；换句话说，我要浪漫的挣饭吃了。我不再为谁负着什么道德责任，我饿。浪漫足以治饿，正如同吃饱了才浪漫，这是个圆圈，从哪儿走都可以。那些女同学与小磁人都跟我差不多，她们比我多着一点梦想，我比她们更直爽，肚子饿是最大的真理。是的，我开始卖了。把我所有的一点东西都折卖了，作了一身新行头，我的确不难看。我上了市。

三 十 二

我想我要玩玩，浪漫。啊，我错了。我还是不大明白世故。男人并不像我想的那么容易勾引。我要勾引文明一些的人，要至多只赔上一两个吻。哈哈，人家不上那个当，人家要初次见面便摸我的乳。还有呢，人家只请我看电影，或逛逛大街，吃杯冰激凌；我还是饿着肚子回家。所谓文明人，懂得问我在哪儿毕业，家里作什么事。那个态度使我看明白，他若是要你，你得给他相当的好处；你若是没有好处可供献呢，人家只用一角钱的冰激凌换你一个吻。要卖，得痛痛快快的，拿钱来，我陪你睡。我明白了这个。小磁人们不明白这个。我和妈妈明白，我很想妈了。

三 十 三

据说有些女人是可以浪漫的挣饭吃，我缺乏资本；也就不必再这样想了。我有了买卖。可是我的房东不许我再住下去，他是讲体面的人。我连瞧他也没瞧，就搬了家，又搬回我妈妈和新爸曾经住过的那两间房。这里的人不讲体面，可也更真诚可爱。搬了家以后，我的买卖很不错。连文明人也来了。文明人知道了我是卖，他们是买，就肯来了；这样，他们不吃亏，也不丢身分。初干的时候，我很害怕，因为我还不到二十岁。及至作过了几天，我也就不怕了，身体上哪部分多运动都可以发达的。况且我不留情呢，我身上的各处都不闲着，手，嘴……都帮忙。他们爱这个。多咱他们像了一滩泥，他们才觉得上了算，他们满意，还替我作义务的宣传。干过了几个月，我明白的事情更多了，差不多初次见面我就能断定他是怎样的人。有的很有钱，这样的人一开口总是问我的身价，表示他买得起我。他也很嫉妒，总想包了我；逛暗娼他也想独占，因为他有钱。对这样的人，我不大招待。他闹脾气，我不怕，我告诉他，我可以找上他的门去，报告给他的太太。在小学里念了几年书，到底是没白念，他唬不住我。教育是有用的，我相信了。有的人呢，来的时候，手里就攥着一块钱，唯恐上了当。对这种人，我跟他细讲条件，干什么多少钱，干什么多少钱，他就乖乖的回家去拿钱，很有意思。最可恨的是那些油子，不但不肯花钱，反倒要占点便宜走，什么半盒烟卷呀，什么一小瓶雪花膏呀，他们随手拿去。这种人还是得罪不的，他们在地面上很熟，得罪了他们，他们会叫巡警跟我捣乱。我不得罪他们，我喂着他们；及至我认识了警官，才一个个的收拾他们。世界就是狼吞虎咽的世界，谁坏谁就有便宜。顶可怜的是那像中学学生样儿的，袋里装着一块钱，和几十铜子，叮当的直响，鼻子上出着汗。我可怜他们，可是也照常卖给他们。我有什么办法呢！还有老头子呢，都是些规矩人，或者家中已然儿孙成群。对他们，我不知道怎样好；但是我知道他们有钱，想在死前买些快乐，我只好供给他们所需要的。这些经验叫我认识了“钱”与“人”。钱比人更厉害一些，人是兽，钱是兽的胆子。

三　十　四

我发现了我身上有了病。这叫我非常的苦痛，我觉得已经不必活下去了。我休息了，我到街上去走；无目的，乱走。我想去看看妈妈，她必能给我一些安慰，我想像着自己已是快死的人了。我绕到那个小巷，希望见着妈妈；我想起她在门外拉风箱的样子。馒头铺已经关了门。打听，没人知道搬到那里去。这使我更坚决了，我非找到妈妈不可。在街上丧胆游魂的走了几天，没有一点用。我疑心她是死了，或是和馒头铺的掌柜的搬到别处去，也许在千里以外。这么一想，我哭起来。我穿好了衣裳，擦了胭脂粉，在床上躺着，等死。我相信我会不久就死去的。可是我没死。门外又敲门了，找我的。好吧，我伺候他，我把病尽力的传给他。我不觉得这对不起人，这根本不是我的过错。我又痛快了些，我吸烟，我喝酒，我好像已是三四十岁的人了。我的眼圈发青，手心很热，我不再管；有钱才能活着，先吃饱再说别的吧。我吃得并不错，谁肯吃坏的呢！我必须给自己一些好吃食，一些好衣裳，这样才稍微对得起自己一点。

三　十　五

一天早晨，大概有十点来钟吧，我正披着件长袍在屋中坐着，我听见院中有点脚步声。我十点来钟起来，有时候到十二点才想穿好衣裳，我近来非常的懒，能披着件衣服呆坐一两个钟头。我想不起什么，也不愿想什么，就那么独自呆坐。那点脚步声向我的门外来了，很轻很慢。不久，我看见一对眼睛，从门上那块小玻璃看呢。看了一会儿，躲开了；我懒得动，还在那儿坐着。待了一会儿，那对眼睛又来了。我再也坐不住，我轻轻的开了门。“妈！”

三 十 六

我们母女怎么进了屋，我说不上来。哭了多久，也不大记得。妈妈已老得不像样儿了。她的掌柜的回了老家，没告诉她，偷偷的走了，没给她留下一个钱。她把那点东西变卖了，辞了房，搬到一个大杂院里去。她已找了我半个多月。最后，她想到上这儿来，并没希望找到我，只是碰碰看，可是竟自找到了我。她不敢认我了，要不是我叫她，她也许就又走了。哭完了，我发狂似的笑起来：她找到了女儿，女儿已是个暗娼！她养着我的时候，她得那样；现在轮到我养着她了，我得那样！女子的职业是世袭的，是专门的！

三 十 七

我希望妈妈给我点安慰。我知道安慰不过是点空话，可是我还希望来自妈妈的口中。世上的妈妈都最会骗人，我们把妈妈的诓骗叫作安慰。我的妈妈连这个都忘了。她是饿怕了，我不怪她。她开始检点我的东西，问我的进项与花费，似乎一点也不以这种生意为奇怪。我告诉她，我有了病，希望她劝我休息几天。没有；她只说出去给我买药。“我们老干这个吗？”我问她。她没言语。可是从另一方面看，她确是想保护我，心疼我。她给我作饭，问我身上怎样，还常常的偷看我，像妈妈看睡着了的小孩那样。只是有一层她不肯说，就是叫我不用再干这行了。我心中很明白——虽然有一点不满意她——除了干这个，还想不到第二个事情作。我们母子得吃得穿——这个决定了一切。什么母女不母女，什么体面不体面，钱是无情的。

三 十 八

妈妈想照应我，可是她得听着看着人家蹂躏我，我想好好的对待她，可是我觉得她有时候讨厌。她什么都要管管，特别是对于钱。她的眼已失去年轻时的光泽，不过看见了钱还能发点光。对于客人，她就自居为仆人，可是当客人给少了钱的时候，她张嘴就骂。这有时候使我很为难。不错，既干这个还不是为钱吗？可是干这个的也似乎不必骂人。我有时候也会慢待人，可是我有我的办法，使客人急不得恼不得。妈妈的方法太笨了，很容易得罪人。看在钱的面上，我们不应当得罪人。我的方法或者出于我还年轻，还幼稚；妈妈便不顾一切的单单站在钱上了，她应当如此，她比我大着好些岁。恐怕再过几年我也就这样了，人老心也跟着老，渐渐的老得和钱一样的硬。是的，妈妈不客气。她有时候劈手就抢客人的皮夹，有时候留下人家的帽子或值钱一点的手套与手杖。我很怕闹出事来，可是妈妈说的好：“能多弄一个是一个，咱们是拿十年当作一年活着的，等七老八十还有人要咱们吗？”有时候，客人喝醉了，她便把他架出去，找个僻静地方叫他坐下，连他的鞋都拿回来。说也奇怪，这种人倒没有来找账的，想是已人事不知，说不定也许病一大场。或者事过之后，想过滋味，也就不便再来闹了，我们不怕丢人，他们怕。

三　十　九

妈妈是说对了：我们是拿十年当一年活着。干了二三年，我觉出自己是变了。我的皮肤粗糙了，我的嘴唇老是焦的，我的眼睛里老灰不溜的带着血丝。我起来的很晚，还觉得精神不够。我觉出这个来，客人们更不是瞎子，熟客渐渐的少起来。对于生客，我更努力的伺候，可是也更厌恶他们，有时候我管不住自己的脾气。我暴燥，我胡说，我已经不是我自己了。我的嘴不由的老胡说，似乎是惯了。这样，那些文明人已不多照顾我，因为我丢了那点“小鸟依人”——他们唯一的诗句——的身段与气味。我得和野鸡学了。我打扮得简直不像个人，这才招得动那不文明的人。我的嘴擦得像个红血瓢，我用力咬他们，他们觉得痛快。有时候我似乎已看见我的死，接进一块钱，我仿佛死了一点。钱是延长生命的，我的挣法适得其反。我看着自己死，等着自己死。这么一想，便把别的思想全止住了。不必想了，一天一天的活下去就是了，我的妈妈是我的影子，我至好不过将来变成她那样，卖了一辈子肉，剩下的只是一些白头发与抽皱的黑皮。这就是生命。

四　　十

我勉强的笑，勉强的疯狂，我的痛苦不是落几个泪所能减除的。我这样的生命是没什么可惜的，可是它到底是个生命，我不愿撒手。况且我所作的并不是我自己的过错。死假如可怕，那只因为活着是可爱的。我决不是怕死的痛苦，我的痛苦久已胜过了死。我爱活着，而不应当这样活着。我想像着一种理想的生活，像作着梦似的；这个梦一会儿就过去了，实际的生活使我更觉得难过。这个世界不是个梦，是真的地狱。妈妈看出我的难过来，她劝我嫁人。嫁人，我有了饭吃，她可以弄一笔养老金。我是她的希望。我嫁谁呢?

四　十　一

因为接触的男子很多了，我根本已忘了什么是爱。我爱的是我自己，及至我已爱不了自己，我爱别人干什么呢？但是打算出嫁，我得假装说我爱，说我愿意跟他一辈子。我对好几个人都这样说了，还起了誓；没人接受。在钱的管领下，人都很精明。嫖不如偷，对，偷省钱。我要是不要钱，管保人人说爱我。

四　十　二

正在这个期间，巡警把我抓了去。我们城里的新官儿非常的讲道德，要扫清了暗门子。正式的妓女倒还照旧作生意，因为她们纳捐；纳捐的便是名正言顺的，道德的。抓了去，他们把我放在了感化院，有人教给我作工。洗，做，烹调，编织，我都会；要是这些本事能挣饭吃，我早就不干那个苦事了。我跟他们这样讲，他们不信，他们说我没出息，没道德。他们教给我工作，还告诉我必须爱我的工作。假如我爱工作，将来必定能自食其力，或是嫁个人。他们很乐观。我可没这个信心。他们最好的成绩，是已经有十几多个女的，经过他们感化而嫁了人。到这儿来领女人的，只须花两块钱的手续费和找一个妥实的铺保就够了。这是个便宜，从男人方面看；据我想，这是个笑话。我干脆就不受这个感化。当一个大官儿来检阅我们的时候，我唾了他一脸吐沫。他们还不肯放了我，我是带危险性的东西。可是他们也不肯再感化我。我换了地方，到了狱中。

四　十　三

狱里是个好地方，它使人坚信人类的没有起色；在我作梦的时候都见不到这样丑恶的玩艺。自从我一进来，我就不再想出去，在我的经验中，世界比这儿并强不了许多。我不愿死，假若从这儿出去而能有个较好的地方；事实上既不这样，死在哪儿不一样呢。在这里，在这里，我又看见了我的好朋友，月牙儿！多久没见着它了！妈妈干什么呢？我想起来一切。（完）

果园城*

师　陀

果园城，一个假想的西亚细亚式的名字，一切这种中国小城的代表，现在且让我讲一讲关于它的事吧。我是刚刚从车站上来，在我的脑子里还清楚的留着那个容易生气的，总是喋喋不休的老人的面貌。

“你到哪里去，先生？”当火车长长的叫起来的时候，他这样问我。

我是到哪里去的？他这一问，唤醒了我童年的记忆，从旅途的疲倦中，从乘客的吵闹中，从我的烦闷中唤醒了我。我无目的的向窗外望了一眼。这正是阳光照耀着的下午，越过无际的苍黄色平野，远处宛如水彩画的墨影，应着车声在慢慢移动。

“到果园城。”我答应着，于是就走下车站来了。

现在你已经明白，在半小时之前我还没有想到我有这一次拜访；我只是从这里经过，只是藉了偶然的机缘，带着对于童年的留恋之情来的。我有数日的空闲时间，使我决定在这里小作勾留，变更了事前准备好直达西安的计划。

果园城，听起来是个怎样动人哀愁的地方呵！在这里住着我的一家亲戚。可怜的孟林太太，她永远穿着没有镶滚的深颜色的衣服，喜欢低声说话，用仅仅能够听见的声音。

“放低些，”她做一个手势。她倾听着，仿佛外面正有人打门或者进行着可怕的事变，断断续续的说：“只要能让别人听懂就行了，别哇哇啦啦的……”

于是她絮絮的解说孟林先生的死。

关于孟林先生的为人我不十分清楚；我只知道他是严厉的人，曾在这里做过小官，后来买了点财产就永久住下来了。他待她并不好，因为她从来没有生过儿子，只有一个女儿。可是我永远没有听见她说过她丈夫的坏话，她敬重他，她只说他的脾气并不和善。现在你更进一层知道，这位太太是在威焰之下战战兢兢过生活的，她因此厌恶任何暴力。当我小的时候，我父亲每年带我来看他们一次；后来我入了学校，我父亲老了，我仍旧奉命独自来看他们。他们家里没有男子，我到了之后，又奉着孟林太太的命令，去看和他们有来往的本城的人家。到他们家里来在我是一种快乐，我从未觉得我是客人，恰恰相反，我是在自己家里的一般。

然而我多少年没有来过了呀！自从父亲死后，已经三年，五年，七年——唉，整整的七年！并不是我们的感情有了变化，并不是我们中间已经疏远，完全不是，乃因为我没有这种方

* 摘自师陀：《果园城记》，上海出版公司 1946 年版。

便，生活不给我机会。

我在河岸上走着，从车站上下来的时候我没有雇牲口，我要用脚踩一踩这里的土地，我怀想着的，先前我曾经走过无数次的土地。我慢慢的爬上河岸：在长着柳树以及下面生着鸭跖草蒺藜和蒿蓟的河岸上，我遇见一个脚夫。我闪开路让他过去；他向我瞟了一眼，看出我没有招顾他的意思，赶了驴子匆匆的跑过去了。他是到车站上去接生意的，他恐怕误事，在追赶他已经错过了的时间。你怎样看这种畜牲？它们永远很瘦，活着不值三十块线，死了不过两块。但是一匹驴子顶重要的是一双长耳朵，否则它们决不如现在的这样可爱，人们对于它们决不会这样欢喜。现在他们正到车站上去，在车站上，偶然会下来一个在外面作客的果园城人，或一个官员的亲戚——他是来找差事的，再不然，单单为了几个盘缠，让果园城人看一看他的好神气。我缓缓向前，这里的一切全对我怀着情意。久违了呵！曾经走过无数人的这河岸上的泥土，曾经被一代又一代人的脚踩过，在我的脚下叹息似的沙沙的发出响声，一草一木全现出笑容向我点头。你也许要说，所有的泥土都走过一代又一代的人；而这里的黄中微微闪着金星的对于我却大不相同，这里的每一粒沙都留着我的童年，我的青春，我的生命。就在这岸上，我曾无数次背了晚风坐着，面向将坠的红红的落日。你曾看见夕阳照着静寂的河上的景象吗？你曾看见夕阳照着古城树林的景象吗？你曾看见被照得嫣红的帆在慢慢移动着的景象吗？那些以船为家的人，他们沿河顺流而下，一天，一月……他们直航入大海。春天过去了，夏天过去了，秋天也过去了，他们从海上带来像龙女一样动人的消息。

唉唉，我已经看见那座塔了。我熟知关于它的各种传说。假如你问这城里的任何居民，他将告诉你它的来历：它是在一天夜里，从一个仙人的袍袖里遗落下来的，当很久很久，没有一个老人的祖父能记忆的时候以前。你也许会根据科学反对这意见，自以为很容易的就驳倒了，可是他们——那些人类中最善良的果园城人——却永远不相信科学；他们有丰富的掌故知识，用完全像亲自看见的言辞证明这传说确实可靠，你即使问遍全城也得不到第二种回答。

“这是真的，先生。”他们会说。

这是真的呢，它看见在城外进行过的无数次只有使人民更加困苦的战争，许多年青人就在它的脚下死去；它看见过一代又一代的故人的灵柩从大路上走过，他们带着关于它的种种神奇传说，平安的到土里去了；它看见多少晨夕的城内和城外的风光，多少人间的盛衰，没有人数得出的白云从它头上飞过？可是它仍能置身世外的矗立城颠，丝毫没有受到损害。如果是凡人的手造起来的，这是能够相信的吗？这里我特别记起那城坡上的青草，短短的青草，密密的一点也看不出泥土的青草，整个城坡全在青色中，当细雨过后，上面缀满了闪闪的珠子。这时便能看见白羔跳踉，一面往城上攀登。

忽然我懊悔我没有雇那脚夫的驴子。长耳朵先生会一路上超然的摇着尾巴，把我载进城去，穿过咚咚响的门洞，经过满是尘土的大街。我熟悉这城里的每一口井，每一条衢巷，每一棵树木。它的任何一条街没有两里半长，在任何一条街岸上你总能看见狗正卧着打鼾，它们是决不会叫唤的，即使用脚去踢也不；你总能看见猪横过大路，即使在衙门前面也决不会例外，它们低了头，哼哼唧唧的吟哦着，悠然摇动尾巴。在每一家人家门口——此外你还看见——坐着女人，头发用刨花抿得光光亮亮，梳成圆髻。她们正亲密的同自己的邻人谈话，一个夏天又一个夏天，一年接着一年，永没有谈完过，她们因此不得不从下午谈到黄昏。随后她们的弄得手上身上脸上全是尘土的孩子催促了，一遍又一遍的嚷了。

“妈，妈，饿了啊！”

这只消看她们脸上热烈的表情，并且不时用同意的眼光瞟一下她们的朋友，就知道那饥饿的催促并不曾在她们心里生根。她们要一直继续下去，直到她们的还没有丢开耕作的丈夫赶了牲口，驶着拖车，从城外的田野里回来。

假使你不熟悉这地方情形，仅仅是因为旅行的方便或必要从这里经过的客人，你定然会伫足而观，为这景象叹息不止。

“幸福的人们！和平的城！”

这里只有一家邮局。然而一家也就足够了，谁看见过它那里曾同时走进去两个人，谁看见过那总是卧在大门里面的黄狗，曾因为被脚踩了而跳起来的呢？它是开设在一座老屋里面，那偏僻的老屋，若不是本城的居民，而又没有别人领导，决不会一下子就找到它。它应该开在通衢上吗？它从来没有想到要这样办的理由。

倘若你的信上没有贴邮票，口袋里又忘记了带钱，那不要紧，你尽可大胆走进去，立刻就有一个老人站起来。这是邮差先生，同时又兼理着邮务员的职务。可是他决不会因此忙得透不过气来，他仍旧有足够的时间在公案上裁花，帽子上的，鞋上的，钱袋上的，枕套上的，女人刺绣时用的花样。他把抽空裁成的花样按时交给收货人，每年得到一笔例外的收入。这时他放下刀剪，从公案旁边站起来了，和善的在柜台后面向你望着。

“有邮票吗？”你不等他招呼就抱歉的抢着问。

“有，有，不多罢？”他笑着回答你，不住的点头。

“忘记带钱了，行吗？”

“行，行，先生，”他又点头。“信带来了罢？我替你贴上。”

他从抽屉里摸出邮票，当真用吐沫湿了给你贴上。他认识这城里的每一个人，并非因为他是邮差，而是他在这里生活了数十年的结果。他也许不知道你的名字，甚至你的家，但是他相信你决不会不把钱送来。

此外这里还有一家中学，两家小学，一个诗社，三个善堂，两个也许四个豆腐作房，一家漕房；它没有电灯，没有工厂，没有一家像样的店铺，所有的生意都被隔着河的坐落在十里外的车站吸收去了。因此它永远繁荣不起来，不管世界怎样变动，它总是像那城头上的塔样保持着自己的平静，猪仍旧可以蹒跚途上，女人仍可以坐在门前谈天，孩子仍可以在大路上玩土，狗仍可以在街岸上打鼾。

一到了晚上，全城都黑下来，所有的门都关上：工咚，工咚……纵然有一两家迟了些，也只是黑洞洞的什么全看不见。于是天主教堂的钟声响起来了。让我们听起来，它是安息的钟声；可是和谁都没有关系，它在风声中响也好，在雨声中响也好，它响它自己的。原来这一天的时光这就完了。

“天晚了？”

“晚了。”

在黑暗的街上两个相遇的人招呼。只有十字路口还亮着火光，慢慢的也一盏一盏的减少下去，一盏一盏的吹熄了。虽然晚归者总是借了星光在路上摸索，只能听见自己的脚声，却是谁也没有感到不便。

然而正和这城的命名一样，这城里最多的还是果园。只有一件事我们不明白，就是它的居民为什么特别喜欢那种小苹果，他们称为沙果或花红的果树。立到高处一望，但见属于亚乔木的果树从长了青草的城脚起一直伸展过去，直到接近市屋。在中国的任何城市中，只看见水果一担一担从乡间来，这里的却是它自己的出产。假使你恰恰在秋天来到这座城里，你很远很远就闻到那种香气，葡萄酒的香气。累累的果实映了肥厚的绿油油的叶子，耀眼的像无数小小的粉脸，向阳的一部分看起来比搽了胭脂还要娇艳。

你有空闲时间吗？不一定要像这里的可敬的居民一样悠闲，也无须那种雅趣，你可以随便择定一个秋光晴和的下午，然后缓缓的散步去拜访那年老的园丁。你不要为了馋涎摘取他的果子，万勿这样干，即使是当了他的面，对于道德毫无损害也不要。他会生气。并不是他太小器，也不是他要将最好的留给自己，仅仅为了爱护自己工作的收获，他将使你大大难堪。他会坐在果树底下告诉你那塔的故事，还有已经死去的人的故事。

“一个古怪的老人，”他开始这样对你讲了。接着他说老人有三个美丽的女儿——永远是三个女儿。你也许已经怀疑到它的真实，但这有什么关系呢，在他——这园丁不是完全一样的吗？并且当你听到这第三个女儿的悲惨结局，你的怀疑慢慢会变成惆怅。在园丁的朴实言语中，传说中的古怪老人和他的女儿从新复活过来，又得到生息，他们活活的在你前面，正像他们昨天还在这个城里。

然而即使在这讲故事中间他也没有忘记自己的职守。他已经发见——其实应该说他已经听见一个牧童溜下青青的城坡，蹑脚蹑手的进了园子。

果园正像云和湖一样展开，装饰了这座古老的小城。当收获季节来了，这里便充满工作时的栖率声，小枝在不慎中的折断声，而在这一片响声中又时时可以听见忙碌的呼唤和笑语。人们将最大最好的，这种酸酸的，甜甜的，像葡萄酒一样香，像粉脸一样美丽的果实放在篮里，再装进筐，于是一船一船运往几座大城，送上消化永远不良的人们的食桌。

自顾絮絮的唠叨，我反倒忘记早已走过葛天民先生管理的林场了。那些无花果和印度槭叶树曾经修剪过几次？那些小梧桐树，还有合欢树已经被绅士们移植并且长出新的来了吗？我不记得，我不记得……我只记得当七年前我离开这里的时候，葛天民先生穿了雪白的小衫，正蹲在一小丛玫瑰树旁边监督工人们掘土。这个没有嗜好过着一种闲适生活的为人淡泊而又与世无争的人，他大概是向自己请过假了。我不记得林场上有他的影子。

现在我走进这个过着简单而有规律的生活的城的深深的城门洞了，即使我把脚步尽可能放轻，它仍旧发出咚咚的响声。并没有人注意我。其实，我应该说，除开不远的人家门前坐了两个妇人，一面低头做针工，一面在谈着话的，另外我并没有看见别的谁，连一条走着的狗也没有看见。

真是久违了啊！

街上的尘土仍旧很深，我要穿过大街看看这里有过怎样的变化吗？我希望因此能遇见一两个熟人吗？你自然能想到我取的是经过果园这一条路。我熟知这城里的每一条路每一条小径的走法。从城门弯过去，沿着城墙，——路上横着从城头上滚下来的残砖，可是并不妨碍行人的脚步走过，用这里人的说法，那不过几步路——于是果园就豁然在前面现出来了。从果园里穿过去，一直到孟林太太家的后门，没有一条路比这里更使人喜欢走了。那些被果实压得低垂下来的树枝轻轻抚摩着你的鬓颊，有时候拍打肩背，仿佛是老友的亲昵的手掌。

唉，装饰着这个小城的果园！我来的已经晚了，蜂子似的嗡嗡着的收获期已经过去。抬头一望，只见高高的天空，在薄暗静寂的空气中，缝隙中偶然间现出红红的第一片腊叶。除了我之外，深深的林子里没有第二个人，除了我的脚步，听不出第二种声音。

“放轻一点，别惊破这里的寂静！”

仿佛是谁的声音，一种熟识的久违了的声音在我的身边响着。我真想独自睡一觉，一直睡到黄昏，睡到一睁眼从红了第一片的叶缝中看见晚霞，从远处送来两个果园城人相遇时的招呼和道别声。

“晚了？”

“晚了。”

初时我怅然听着，随后我站起来，像一个远游的客人，一个荡子，没有人知道的来了一次，又在没有人知道中走掉，身上带着果园城的泥土，悄悄走回车站。

“箱子也都放好了吗？”

“请回去罢。”

车站上道别的声音又起来了。

我懊悔我没有这样办。我懊悔我没有在果园里睡一觉，身上带着果园的泥土，悄悄离开这个有过“一个古怪的老人和三个美丽的女儿”的，和平的然而凄凉的城了；我已经站在孟林太太的庭院里，考虑着应不应该惊动她喜欢的清静。

我忘记告诉你她是一个怎样清洁的好太太了，所有的寡妇几乎全喜欢清静，一种尼姑的奇癖。她的庭院里永远看不见一根干草，一堆鸡粪，没有铺过砖的地面总是扫得像水洗过一样。

现在我立着的仍旧是像水洗过一样的庭院，左首搭了一个丝瓜棚架，但是夏天的茂盛业已过去，剩下的惟有透着秋天气息的衰老了；在右首，客堂的窗下是一个花畦，花草只有并不珍奇的了了几种：锦球，蜀葵，石竹和凤仙。关于后面一种，这地方有一个更可贵的名字，人们把它叫作“桃红”。凡有桃红的人家都有少女，你听说过这谚语吗？这是我们前代的人们还不知道有一种出自海外的化学颜料，那些少女们是用了这比绢还美丽鲜艳的花瓣染指甲的，并且直到现在，偏僻地方的少女仍旧自家种了来将她们可爱的小指甲染成殷红。

在这一瞬间我想起一个少女，一个像春天一样温柔，长长的像一根杨枝，而端庄又像她的母亲的女子，她会裁各样衣服，她绣一手出色的花，她看见了人或说话的时候总是笑着，却从来不发出声音。这就是比我年长三岁的素姑小姐，孟林太太的唯一女儿，现在是二十九岁了，难道她还没有出嫁吗?

当这时，不管出嫁或不曾出嫁，一阵哀伤的空虚已经在等待我了。大槐树顶上停着一匹喜鹊。这幸灾乐祸的鸟徒增寂廖的叫了两声，接着又用喙去梳理羽毛。偶而有一片黄叶飘摇着飘摇着从空中落下来，此外再也听不见声息。

我踌躇的站了片刻，在这使人感到空荡荡的庭院里，始终没有人走出来。忽然我听见堂屋的左首发出一声咳嗽；这是孟林太太的咳嗽。我要叫喊吗？我有些气促，决不定应否打破这保持了五年，十年，甚至已经二十年的岑寂。

为通知主人有人来搅扰他们，我特意放响脚步走上台级。房子里仍旧像七年前我离开时一般清洁，几乎可以说完全没有变动。所有的东西，——连那些大约已经见过五回油漆的老傢具在内，全揩擦得照出人影，光光亮亮看不出一点灰尘。长几上供着的孟林先生的遗像，是从我第一次看见起就没有移动过的；旁边摆两只花瓶，从花饰以及色彩上可以看出是明窑出品，里面插着月季花，大概在三个月以前就干枯了。

在使人感到沉重的，满布了阴影的空气，在静的连最不容易在这里生存的苍蝇的飞动都可以清楚听出的静寂中，我预备在上首雕镂的老旧的太师椅上坐下。恰在这时，空中起了一种细微到几乎听不见的震动，接着从里面小门里探出一个女人的头来，是我们在这种地方常常看到的，穿着褪了色的蓝布衫，那种约有四十岁光景，为了什么而生气似的，像一个女巫，或者更像一个女校长听差的女仆。(原来曾经在孟林太太家住了十年的一个，后来我听说她两年前死了。)她惊讶的望着我，然后低低的，发怒的问道：

“你有什么事？”

我说明了我的来历，女仆像影子似的退进去了。我听见里面叽咕着，约摸有五分钟，随后是开关衣橱的响声，整理衣服声，轻轻的脚步声和孟林太太的咳嗽声。女仆第二次走出来，向我招招手。

“请里面坐,”她说着便径自走出去。声音是神秘的，单调而且枯燥。

我走进去的时候，孟林太太正坐在雕花的几乎占去半间房子的红木床上，靠了上面摆着衣橱的妆台，结着斑白的小发髻的头同下陷的嘴唇轻轻的不住弹动。她并没有瘦的皱折起来，反而更加肥胖起来了。可是一眼就能看出，她失去一样东西，一种生活着的人所必不可缺少的精神。她的锐利的目光到那里去了？她的我最后一次看见她时还保持着的端肃，严正，灵敏又到那里去了？可敬的孟林太太，你是怎样变了啊?

她打手势让我坐在窗下的长桌旁边。我刚才进来时她大概还在午睡，也许因为过于激动，一时间失措的瞠然向我望着。最后她挣扎一下，马上又萎顿的坐了下去。

“几年了？”她困难的喘了一口气说。

我诧异她的声音是这样大；那么她的耳朵原是很好的，现在毫无疑问已经聋了。

“七年了啊！”我尽量提高声音回答她。

她仍旧茫然的频频瞅着我，似乎不曾听懂。就在这时，素姑小姐从外面走进来，她长长的仍旧像一根杨枝，仍旧走着习惯的细步，但她的全身是呆板的，再也看不出先前的韵致；她的头发已经没有先前茂密，也没有先前黑；她的鹅卵形的没有修饰的脸蛋更加长了，更加瘦了；她的眼杪已经显出浅浅的皱纹；她的眼睛再也闪不出神密的动人的光。假使人真可以比作花，那她便是插在明窑花瓶里的月季，已经枯干，已经憔悴，现在纵然修饰，她还遮掩得住她的二十九岁吗？

我的惊讶是不消说的。可爱的素姑小姐，你也怎样变了啊！

她惨淡的向我笑了笑，轻轻点一下头，随后默然在孟林太太旁边坐下。我们于是又沉默了。我们不自然的坐着，在往日为我们留下的惆怅中，我们思想着我们在过去数年中断绝了的联系。放在妆台上的老座钟，——原是像一个老人样咯咯咯咯响的——不知几时停了。阳光从窗缝中透进来，在薄暗的空中照出一条淡黄的线。孟林太太家原来并不这样冷清，我很快的想起我们曾怎样亲自动手做点心，素姑怎样送我精工刺绣的钱装，我们怎样提了竹篮到果园去买花红——唉，七年！在我们不知中时间并不曾饶恕我们，似乎凡是好的事情全过去了。

“你老了呢”，孟林太太为难的说，接着好像想改正自己。

我用眼睛去找素姑，她不知几时——并且不知为了什么她已经躺在孟林太太的背后，隔着妆台，我看见她的苍白而又憔悴的脸，她的在暗中显得乌黑的眼正灼灼的望着我。我觉得眼泪已经拥塞了我的咽喉，要涌出眼眶来了，我要说不出一个字了。

“我们都要老的。”我勉强敷衍着说。

那为了什么而生气似的，像一个女巫，或者更像女校长的听差的女仆，已经送上茶来。仍旧是先前的样子，每人一只盖碗。

流*

刘呐鸥

紫色的黄昏支配着场内，一层薄烟的轻纱罩住着人们的头上，辨不大出他们的正体。人并不多，厅也不大。四面石竹色的粉壁上飞舞着一群有翅膀的小爱神，向人们张着危险的弓箭。

镜秋跟着堂文坐下去时，觉得臀部下有了柔软的反动力，舒服和安静的意识，同时眼睛的面前就有了白的东西光闪着。巨大的圆背上，一个精光的秃头颅。他的旁边是一只亚拉斯加的黑熊。熊是断了头发的。褐色的绢丝的断面下垂堕着一对动摇着的翡翠。

——不多几分钟了。

堂文好像怕扰乱了场内沉静的空气似的，在镜秋的耳朵边轻轻地吹了几个音。

堂文和镜秋是主仆的关系。镜秋是被堂文的父亲，一个大纺织业家，买去了脑筋和精力，做了他的纺织机的一部，替他生剩余价值的。当初镜秋也不过是他们工厂里几千雇用人员中的普通的一个，然而这刚离了学校里的实验室的青年，不知道那一部分被老主人看中了，入厂后不几时，竟被收用做秘藏人员，连住也搬到主人自己的宏大的家里去了。老主人的意思好像是要把他留在自己的跟前，预备做一个现年十三岁的女儿的丈夫的后补，好令将来帮助着不大聪明的自己的儿子，顾护自己的事业的永远的发展。实在这种事情在豪富的家庭里是常有的，因为豪家们的儿子大都逃不出遗传原理的支配，成人之后，多具有怠懒，放荡，发狂种种的危险性。镜秋不用说是跌入了老厂主的女儿政策的一个。

——这儿本来是不应该两个男人同来的，损失太多了。

正苦着赶不出酒后的忧愁的镜秋忽又听见身边的堂文少爷，指着贴在前列的椅背上的小白纸条，这样说。纸条上是“开映中不许发奇声，唯手足的实行不妨”几个外国字。镜秋觉得堂文嘴角边一个猥邪的微笑射住了他。

忽一会，不晓得从什么地方出来的桃色的光线把场内的景色浮照出来了。左边的几个丽服的妇人急忙扭起有花纹的薄肩巾角来遮住了脸。人们好像走进了新婚的帐围里似的，桃色的感情一层层律动的起来。这样过了片刻，机械的声音一响，场内变成黑暗，对面的白幕上就有了银光的闪动。尖锐的视线一齐射上去。

含有刺戟性的好色的法文的长文一过，就现出一幅刚出了水的维那斯之图。站在海边的维那斯把身子 hula 式地摇厂几摇，葡萄的香露水便滴下小丘的疏草上去。冒犯规则了，嘻嘻的声

---

* 摘自刘呐鸥:《都市风景线》，上海水沫书店 1930 年版。

音忽在黑暗中发了两个。其次是嫫娜凡娜，在敌将的行营内脱去了大衣的凡娜。敌将是忘了战争吗，被花香魅倒了的黄蜂似的，只把鼻尖拿到花心间去旋转着。过去是神经昏乱了的爱丽司小姐。但是在旅馆的大餐厅上丢去了抹胸的她却并不失神，登上嘻嘻地狡笑着的眼睛和牙齿齐射的酒台上便跳起却尔斯顿来。

一瞬间，镜秋前面的秃光头倾斜了，同时他便看见黑熊的头变了两个。哈哈，这是所谓两个男子同来的损失的理由吗，他心里想着，觉得刚才多喝了点的 Old Tom 在他的血脉里发作起来。手足只是发抖着桃色的兴奋。

然而银幕上的风景又换了。这回是两只螳螂相斗之图。打了败仗的雄的螳螂昏醉地，但是很满足地一直等雌的来把他渐渐地吞下去。谁说雌的是弱者呢？忽然 Close-up 来了。蓬乱的黄金绢丝，死去了而活着的眼睛，裂开的石榴，行空的足。又是 long-shot。激情泛滥了。筋肉的吸引，反抗，骨节鸣动的声音……眼都花了。

紫色的黄昏忽又支配了场内，人们都回归现实了。镜秋觉得眼底里发焰，脑筋像要破裂似的，急想走时，堂文紧扭住他细声地说，

——忙什么，还有哪，更妙的……喂，喂，镜秋你瞧，那不是青云吗？

镜秋忙坐下来睁大眼睛看时，果然坐在前几列右方的柱边一个少妇的朦胧的半面画确实是青云。青云是堂文父亲的第三房。但是虽在这地方发见了她的踪迹，镜秋却并不觉得怎样稀奇。因为老太太逝世之后，主人再娶了第四房，家里的几个主妇中她就算是最空闲的了。家事有第二房料理着，小小姐是家庭教师晓瑛看护着，老爷又还醉在第四次的新婚的梦里不醒，有了吃，有了穿，天天只与无聊相对着，谁禁得住她不出来闲散一下。虽说这地方有点不妥，但是若不是老爷教示了她，她那里会晓得。镜秋觉得堂文话里似乎有刺，忍不住心头的郁愤，忙说：

——青云是青云，但是我们都来了，你叫她不要来呢。

——喂，你……不是来不来，你看看她的邻席哪。

堂文不满足地用嘴角向那面撅了一撅说。

镜秋再抬头看时，真的看见她跟邻席的一个养着巧妙的考尔门式的胡子的青年，肩膀相依靠着，不知道密切地在讲些什么。但是这时，忽见半面画一转，那面射过两道眼光来。一瞬间，青云脸上的一种很大的摇动，是镜秋不能放过的。她也注意到这儿两个人的存在了。

这时幸亏壁面上的银光再闪了。这一次是走出了原野的野兽。轮舞。互斗。雌的变做雄的，雄的变做雌的。几只雄的斗一只雌的，几只雌的斗一只雄的。牙和牙的相砍，肢和肢的相击……可是镜秋觉得堂文的精神是不全在画画上了的。他的兴味似乎移到青云的身上去了。

映完之后，镜秋便在微光中看见青云匆匆地向身边的青年私语了几句，离开了他，走近堂文这儿来，眼底里蓄着两颗真珠。

——胡子真漂亮呢？

堂文把“捉住了”改了这样说。

瞬间，恐怖捉住了她，但是随后勉强的微笑却从泪痕的脸上浮泛出来了。

——呃，

她不应而钩上了堂文的手臂，拉着走了几步，抬起笑脸央求地向他说。

——我们外面走一走好么。

跟着一丛人，下了石阶，踏着碎石小路，经过中庭的菊花坛，就出了武装的铁栅门。再穿过几所房屋，转了两转，三个人就踏出了小巷的阴影，同时街道的铺石上便印出了三个瘦长的影子。

淡黄的光线还在透明的空气底下乱舞着。被叶儿弃掉了的树木从头上向行人伸着乞怜的裸手足。有点冷。镜秋跟着堂文和青云的背后走着，紧把两边的肩膀耸起来，使寂寞的头部缩进大衣的领襟里去。

镜秋还按不住被刺戟了的神经的跳动，默默地心里想。哼，这就是堂文之所谓眼睛的 diner de luxe 吗？化着工人们流了半年的苦汗都拿不到的洋钱，只得了一个多钟头的桃色的兴奋。怪不得下层的人们常要闹不平。富人们的优越感情我也有点懂得，可是他们对着舒服的生活，绸织的文化，还有多少时候可以留恋呢？就从今天来在那儿的观客看，他们身虽裹着柔软的呢绒，高价的毛皮，谁知他们的体内不是腐朽了的呢。他们多半不是歇斯底里的女人，不是性的不能的老头儿吗？他们能有多少力量再担起以后的社会？

羊毛的围巾，两条，裹着处女的酥胸迫近来了。刘海的疏阴下，碧青的眸子把未放的感情藏匿着。独身者，携着手杖当做妻子，摩着肩过去。鼻子和胡子移进烟斗来了。披着青衣的邮筒在路旁，开着口，现出饥饿的神色。

——怎样啦，镜秋，快点跑。

堂文和青云停步在前头叫着。他此时的脸上讽刺的神气已经销沉。满脸的春风早把青云的短发吹动起来了。

——天气太好了，我们想再走几步，你先回去吧。

——好的。你们可说定个地方我好叫阿荣开汽车来接。

——用不到了，你回去就是，我们晚餐或者不回来的。

——哼。

镜秋只从鼻子里哼出半个声音，这时他的轻蔑的脸色，他们并不曾注意到。

镜秋心里充满着无名的郁悴，一个人坐了电车回到家里来时已经上灯了。他经过书厅时听见晓瑛还在教着小姐的书。他并不去惊动他们一径回到隔院自己的房间。但是被强烈的酒，神经的刺戟，和一种义愤唤了起来的他的心奥的爱情，却烦缠着他，使他一刻也不感觉安宁。他是爱着晓瑛的。但是问题却是晓瑛对他不时都像是永久冰结着的炬火。晓瑛是今年的春天应着报上的征求来在杨家里专工教小姐的课外书的。她的履历，镜秋所知道的只是她曾在内地的大学念过两年书，后来因为闹了风潮，被开除了而已。这半年来，她会完全占领了镜秋的心，使他颠狂欲倒似的，并不是她有了美丽的容姿，或是有了什么动人的声色。她可以说是一个近代的男性化了的女子。肌肤是浅黑的，发育了的四肢像是母兽的一样地粗大而有弹力。当然断了发，但是不曾见她搽过司丹康。黑白分明的眸子不时从那额角的散乱着的短发阴下射着人们。

可是镜秋却老是热狂着她，不晓得感到了她的什么魅力。

镜秋在房里踱来踱去的走了半天，仍不能把发了性子的神经镇静下去，于是便拿出藤椅子来在阶下轻烟似的残光里抽着香烟。东方的露空里挂起土耳其的国旗来了。

——你不忙吗？

忽然晓瑛，手里拿着一本书，微笑着，站在他的背后问。镜秋不答而向后抬起头来看着她想，又是问字了。晓瑛常常拿着英文的难的单语来问他。前一次曾拿了一本布哈林的英译的唯物史论来，一定要他把“史的”的意义说明给她听。

——你只在问书的时候，才像个有感情的人呢。

她并不想答应，手指着书上的一页说。

——这是英文吗？怎么念的，a priori？

——晓瑛，我爱着你哪，我这心你不懂吗？

镜秋紧急捉住了她的手臂，跟睛圆睁睁地问着她。但是晓瑛却只给了他一眼，脱了他的手，慢慢地拾起堕在地上的书来，不见有半点感情的变动。

——你不懂吗，我要你做妻子？

镜秋再用力表明着说。

然而晓瑛仍不答复，自去坐在石头上，默默地翻看着书。镜秋满身的血跃动着，不知道怎么才好。他觉得眼底一道热水滚了出来，便去蹲在她脚边的草地上，用柔声，恳求地对她说着。

——晓瑛，我这心，你真的不懂吗？我为你弄得理性都昏乱了。我从来不是这样的人……我这半年来对于你的崇拜，真是不能鼓起你心里半点波纹吗？你相信我吧，我要你做妻子哪。你好好的给我一个回音，好吗？

——你再继续爱着吧，我很欢喜看你爱着哪，正像一只可爱的狂兽！

晓瑛半微笑着这样回答。

镜秋觉得好像被宣告了死刑一样，站起来，点着了香烟急速地大嘴抽着。

——Good morning！

——Kou-m-o-o.

——Prince of Wales has lost his hat！

——Cri……

小姐在院子里的灯下教着鹦鹉学英文。是愉快的晚饭后。镜秋腋下夹着一根手杖想走过院子时，小姐忽叫住了他说，

——那儿去，镜秋！

——没有，街上去散步。

镜秋没精采地说。

——我也要去。

黄色的声音。镜秋虽觉得不耐烦，但也不见得有什不好的理由。

——你要去，向二姨去说一声。

——好，你等着，别走了。

她飞也似的走了进去。一会，披着毛围巾出来。于是两个人便走出了大墙门。小姐的爱狗沙留基看见了追上去，一块儿走。

两个人出了树木路。四围是静寂的，很少人影。遥遥的东面的黑空，受着热闹的区域的灯光的反照，布出一大片的红彩。

——你欢喜倪先生吗？我今天什么都看见了。

忽然小姐靠近镜秋说。女子十三是半大人了。镜秋不禁觉得一跳。

——没有法子呢，她不喜欢你，她有点傻哪。她接着说。

——别讲先生的坏话。

——怕什么，我不喜欢她。

——你喜欢谁，那么？

——爷我不喜欢，哥哥更不。二姨，三姨四姨都不喜欢。我最喜欢死去了的妈。她最痛爱我呢。第二，我……你。我欢喜你。

她抬起头来，微笑着羞怯怯地瞧着镜秋。镜秋真想不到会从这不懂什么的小女的口里听出这种话。他可怜了被晓瑛戏弄的自己，同时感激这个小女对于自己的莫名其妙的羡慕的感情，即时觉得心里有想把这弱小的身体紧抱入怀里的冲动。他站住在街角的巨大的房子的阴影内，把那小小的鹅蛋脸扶在双手里，热看了半晌，温柔地说：

——你真可爱！

这时她那小朱唇，尖缩着，向他凑上来，等着他的接吻。但是镜秋却踌躇了。他觉得不该在这黑暗的街头偷小女的吻。而且她的爱狗沙留基不是蹲在铺石上监视着他们吗？它那大的木耳似的下垂的耳朵，金闪闪的眼睛，和挺起强健的，敏快的前腿，坐在铺道上的样子，现出好像是她的守护神。然而它却动也不动，神气仿佛要说“爱抚吗？爱抚是我们看惯的，有什么希奇。我们的祖先曾在 Sphinx 的脚边的金饰的帐幕内天天看着 Pharaon 和他的美丽的妃子做着秘戏呢。”于是镜秋便向下印下了一个强烈的吻，把向着晓瑛泄不出去的感情塞入这小小的朱唇内。

他们兜了一个圈子，在一家美国人的咖啡店的炉边吃了两杯冰淇淋就回来了。

镜秋把小姐送回上房，回到自己的房门时，忽觉得里面有灯光。他一进去，就看见晓瑛披着斗篷在桌上翻书。又是问书了，他想。

——回来了吗，小姐呢？

她不回顾着问。

——小姐上房去了。你问什么字？

——没有什么字，你还是自由地睡了吧，我不敢请教你了。

——哼，在 lady 的当前睡觉？你想教把 etiquette 改作了吗，是不是？

——用不到改，假如觉得一个人不高兴，我可以陪你睡。

哼，又来搬弄了，镜秋想。可是她却闭了看着的书站起来，把斗篷脱了，里面只挂着的一层薄薄的睡衣露出了。镜秋摸不着脑筋，当她一跳就想攒入床里去的瞬间，他把她捉在腕里，

兴奋着，问，

——别吓人，你是不是认真要嫁我了？

——有什么嫁不嫁。冷哪，让我睡了吧。

镜秋觉得好像被狐精迷了的样子，一时想不出什么来，但是他的强大的手臂竟像得到了什么不意的美饵似地，早咬入弹性的肌肉去了。

上面是接吻的骤雨。

翌晨，镜秋口里发着尖声，吹着无名的小曲到工厂里去。但是工厂的空气却不是他心里那么样地晴朗。两三天前工人的形势，就变险恶了。纷乱的事件是工人们要求厂主实行前次厂主预约了他们的工作增涨期的工资的升加。在这工厂，工人和厂主的纷扰，调停的职役不时都是落到镜秋一个人身上来的。因为厂主知道他在工人间很有众望。厂主对他的好遇大半也就是为了这个。但是这一次却不见得那么简单了。他在厂主和工人们的代表两者间跑了好几次还不见得有解决的曙光。在镜秋看起来这事情完全是厂主的不对。约定，无论是哪一种，本来是应该践行的。何况工作增涨了许多，而且是很苦的。然而厂主却说，增资是增的，但是要待明春。照他这样子推测，镜秋疑心主人是要在这增涨期的过后，拿着没有工作做理由把工人一个个渐渐地开除了的。他觉得很不快，这天不到放工的时候就先走了。

街上刚是 rush hour。电车，汽车，黄包车的奔流冲洗着街道。镜秋在许多人头和肩膀的中间游泳着走去。两匹黄狐跳过了，蹲在碧眼女儿肩上。然而镜秋却忽然走入神仙故事的国里去了。玻璃橱的里面，洋囡囡正与老虎，大象，狮子和这些猢狲，大耳狗，黑猫，耗子的小动物嬉嬉地游戏着。只是半脸黑，半脸白的比也鲁却站在橱里的一角，红着眼圈，无故地流着泪。

可是神仙故事的国里却也响着警醒的暴音，玻璃上映出来的是街头的美利坚兵从车夫的头上降了一身的铜货的珠雨，足蹴了两蹴，口里乱骂着，扬扬得意地走了去的图画。对啦，镜秋想，不是做着梦的。这是现实的国里呢。这些做着苦马的棕色的人们，和这辉煌的大商店里的商品成山的堆积，是表示着什么呢？这些车马的潮流，这些人头的泛滥？这个都市不是有了这些肮脏的棕色的人们才沾着的吗？是的，他们是这都市的血液，他们驱驶着全身使机械活动，使人们吃着东西，穿着东西，使这都市有寿命，有活力。这都市的一切都是出于他们的手里的，谁说这都市的全财产不是他们的呢。但是他们却不时都像牛马似的被人驱使。

卖报的俄人在他的脸前提出一页的外国文来了。头号活字的标题报的是外国的皇帝即位祝贺式的盛况，但是外国的皇帝即位跟这国的这些人们有什么关系呢，镜秋想，那用得到这么大的报告。新闻记者的头脑是昏乱了吗？但是，不错，外国的皇帝不是买服了他们的体力的主人吗？

——啊，老爷，老爷！

化子伸着长手在镜秋脸前叫。恰巧他身边没有半个铜子。

——啊，老爷？啊？

化子在后好像责着他。他并没有半点乞怜神气，态度很是不逊。然而镜秋却这样想，是的，要讨一点被人家掠夺了去的东西回来，何必客气。

啊，镜秋！

这一次却是美丽的金属声从后面唤着。镜秋回头时看见是青云一个人，手里拿着一大堆物品，被大百货店的筑建的怪物吐出在大门口。

——快来给我帮忙一下。

这是命令，镜秋想着，走上去。

于是镜秋便跟着她横断了油滑的马路再进对面的一间百货店里去。绸缎部哄聚着一切虚荣的女人们。这种好，这个也要，长三在狎客的脸前不顾他的眼睛变黑，变白，甜蜜地说着。全丝面的法国缎子是灯光下的镜子。

——这好看吗？

青云把缎子卷缠在腰身上，装着体态，轻笑地问。

——啊，不错！可是你穿起了这个到街上去跑，恐怕要吓死了小胆的人们呢，正像一条出洞的青丝蛇！

他们又在楼下买了一瓶“nuit espagnole”的香水便出来。

——你不觉得肚子饿吗？我们吃点东西回去吧，晚饭还早呢。

镜秋从命跟她进了广东面食店。她们觅了温暖的一角的 box，隔着条小台子相对着坐下。欧仆走了之后她便拿出粉纸来搽着鼻子。

——怎么，你累了是吗？

——不。

——满脸忧容，你不高兴跟我同吃吗？

——不，工厂里的形势你晓得吗？

——工厂里……又是要闹工潮了，是吗？那却很有趣。

——人家拼命的问题，你只觉得有趣两个字吗？工厂不是又是你的主人的吗？

——不，我对一切的现象都感觉得有趣。第一，我自己的办法是很有趣的，你不晓得吗？

——哼，怎么样子？

——主人不是很有钱的吗？我们只须拿点温柔的手段出来，是多少都可以得到的。穿有，用有……所以我要尽量地狂逛他个痛快。

——怎……

——有，有钱有时也是很无聊的。你知道他是那么衰老了的。时常不找点刺戟……新鲜的，有变化的。

——哼，新，变化，你好像很欢喜考尔门式的胡子呢。

——考尔门式的胡子？……啊，那天的那一个？我都忘了。可是不成功的呢，被堂文……你们吵闹着。

——后来你们到什么地方去散步，旅馆？

——晓得了，还要问。

她微笑着，拿起了欧仆和点心一块搬来的汤匙。两个吃着，再继续会话下去。

——你欢喜他吗？不怕主人知道？

——因为怕知道，所以……他以前有机会就闹着我。但你晓得他只是皮和骨造成的，谁要他。那天是无奈何，不然，他一告诉了，我不知道怎么好呢。我在女学生时有个青年很爱慕着我。他的样子很可爱，又温善。我也很爱着他，可惜他家里不大好。我毕业后，就到杨家来了，我不喜欢工作，怕饿死。不晓得他以后怎么了。……可是堂文呢，我看他不敢再来胡乱了。我已经教示了他。他那种身躯是太无理的。第二期，你知道吗，胸膛。我想教他个后来不敢，种种地搬弄着他，用尽我全身的气力，像这样的……

台子下的镜秋的腿上感到了别的两条腿的软肉的强紧的压力，急忙放下刚拿起来的汤匙，回避了对面一对发焰似的视线。

——镜秋，你这腿多么强大有力呢？我从未曾看见过的。

这时青云已经吃完了碗里的东西，揩过嘴，拿出粉纸来专搽着脸。她装着魅人的体态说：

——我觉得很累了，买东西，东跑西跑，你要不要陪我找个地方去休息一下？

镜秋只对她点了点头，给她表示个多谢，于是便站起来，替她给了钱，把她扭也似的带着走出街上来。但是一到小巷口，他却忽然叫住了一辆黄汽车，把那捉不着头绪的她和她的许多物品，一块儿推进车里去。

镜秋重又一个人走着，觉得好像看完了一部资本主义掠夺史一样，心底里很不愉快。

回到家里一看，晓瑛跟小姐应该在着的书厅上却静寂寂地一个人也不在。问了问丫头，才说倪先生早上有两个女人来叫了她出去，中饭也没有回来吃过。小姐是到爱文义路姨母家里去了。

这晚上他焦急地等了好几个钟头，却并不见晓瑛半个影子回来。

第二天早晨是微雨。镜秋因为起得慢一点，简单地吃了碗面，便奔到工厂去。工厂内工人们蚂蚁似的一堆堆在细雨中的空地上私私地议论着，不听见有机械的声音。真的罢了，镜秋想着，正要走进总务处时，忽然从旁边出来的两个工人代表看见了是他，急忙凑近去说，

——吴先生，你再来替我们出力一下。厂主对你好一点。虽然我们的阵容是已经预备好了的。

镜秋，一脚踏着石阶上，停了半晌，咬了一会牙根，方才坚决地说，

——好，算在我身上。你们稍等一下。

总务处里面，老厂主正集着干部的人员，讨论着对付方法，老厂主一看是镜秋，便说，

——来了吗，镜秋。你再来展个手段。叫他们只再等两三个月。

——不成的，厂主。我看还是承诺了他们的要求吧。这一次不比前回，他们的战斗力是充足的。要由罢工而损失巨大的利益，不如一个人一天加了他二十个铜子儿。

——傻子，吃什么饭！一个人二十，一个月多三千多块钱，你晓得吗？此刻就给我滚出去。可惜了我的米。

镜秋觉得好像看见了一只老了的野兽，争吃着半只小兔肉雷吼着一样，并不觉得可怕，只

觉得好笑。厂主的顽迷，可恶，他老早就吃不消了。

——哼哼，三千块还是拿去买串珠送给几房的太太去分送她们的情人吧！

他并不想纷争，只这样留了几句利刺刺的话，走出外面来。

但，忽然看见晓瑛在一群正在厂内示威的女工们的前头，手里拿着面小红旗，高声叫唤着。哈，就在这儿干着这种事情吗，他想，忙凑近去，似乎要说，好久不见了，我多么焦急着要看你呢。可是晓瑛却把他上下看了一会，一话不讲，神气似乎要说，你以为我爱上了你了吗？前晚上那是一时的闲散，工作正多呢，那里有工夫爱着你。

对啦！镜秋一瞬间想，臭老头，你打算开除了我就没有工作吗？真的工作在这儿刚要起手呢。我不是活着要被人家使用的，我是为要工作生出来的呢！于是，下了很大的决心，他便挺起他那澎湃然有风的身体来了。

上海的狐步舞 *

穆 时 英

上海。造在地狱上面的天堂!

沪西，大月亮爬在天边，照着大原野，浅灰的原野，铺上银灰的月光，再嵌着深灰的树影和村庄的一大堆一大堆的影子。原野上，铁轨画着弧线，沿着天空直伸到那边儿的水平线下去。

林肯路。(在这儿，道德给践在脚下，罪恶给高高地捧在脑袋上面。)

拎着饭篮，独自个儿在那儿走着，一支手放在裤袋里，看着自家儿嘴里出来的热气慢慢儿的飘到蔚蓝的夜色里去。

三个穿黑绸长褂，外面罩着黑大褂的人影一闪。三张在呢帽底下只瞧得见鼻子和下巴的脸遮在他前面。

“慢着走，朋友！”

“有话尽说。朋友！”

“咱们冤有头，债有主，今儿不是咱们有什么跟你过不去，各为各的主子，咱们也要吃口饭，回头您老别怨咱们不够朋友。明年今儿是你的周年，记着！”

“笑话了！咱也不是那么不够朋友的——”一扔饭篮，一手抓住那人的枪，就是一拳过去。

碰！手放了，人倒下去，按着肚子。碰！又是一枪。

“好小子！有种！”

“咱们这辈子再会了，朋友！”

“黑绸长裙”把呢帽一推，叫搁在脑勺上，穿过铁路，不见了。

“救命！”爬了几步。

“救命！”又爬了几步。

嘟的吼了一声儿，一道弧灯的光从水平线底下伸了出来。铁轨隆隆地响着，铁轨上的枕木像蜈蚣似地在光线里向前爬去，电杆木显了出来，马上又隐没在黑暗里边，一列“上海特别快”突着肚子，达达达，用着狐步舞的拍，含着颗夜明珠，龙似地跑了过去，绕着那条弧线。又张着嘴吼了一声儿，一道黑烟直拖到尾巴那儿，弧灯的光线钻到地平线下，一回儿便不见了。

又静了下来。

铁道交通门前，交错着汽车的弧灯的光线，管交通门的倒拿着红绿旗，拉开了那白脸红嘴

---

* 摘自穆时英:《公墓》，复兴书局 1936 年版。

唇，带了红宝石耳坠子的交通门。马上，汽车就跟着门飞了过去，一长串。

上了白漆的街树的腿，电杆木的腿，一切静物的腿……revue 似地，把擦满了粉的大腿交叉地伸出来的姑娘们……白漆的腿的行列。沿着那条静悄的大路，从住宅的窗里，都会的眼珠子似地，透过了窗纱，偷溜了出来淡红的，紫的，绿的，处处的灯光。

汽车在一座别墅式的小洋房前停了，叭叭的拉着喇叭。刘有德先生的西瓜皮帽上的珊瑚结子从车门里探了出来，黑毛葛背心上两只小口袋里挂着的金表练上面的几个小金镑钉当地笑着，把他送出车外，送到这屋子里。他把半段雪茄扔在门外，走到客室里，刚坐下，楼梯的地毯上响着轻捷的鞋跟，嗒嗒地。

“回来了吗？”活泼的笑声，一位在年龄上是他的媳妇，在法律上是他的妻子的夫人跑了进来，扯着他的鼻子道。“快！给我签张三千块钱的支票。”

“上礼拜那些钱又用完了吗？”

不说话，把手里的一叠帐交给他，便拉他的蓝缎袍的大袖子往书房里跑，把笔送到他手里。

“我说……”

“你说什么？”嘟着小红嘴。

瞧了她一眼便签了。她就低下脑袋把小嘴凑到他的大嘴上。“晚饭你独自个儿吃吧，我和小德要出去。”便笑着跑了出去，碰的阖上门。他掏出手帕来往嘴上一擦，麻纱手帕上印着tangee。倒像我的女儿呢，成天的缠着要钱。

“爹！”

一抬脑袋，小德不知多咱溜了进来，站在他旁边，见了猫的耗子似地。

“你怎么又回来啦？”

“姨娘打电话叫我回来的。”

“干吗？”

“拿钱。”

刘有德先生心里好笑，这娘儿俩真有他们的。

“她怎么会叫你回来问我要钱？她不会要不成？”

“是我要钱。姨娘叫我伴她去玩。”

忽然门开了，“你有现钱没有？”刘颜蓉珠又跑了进来。

“只有……”

一只刚用过蔻丹的小手早就伸到他口袋里把皮夹拿了出来！红润的指甲数着钞票：一五,一十,二十……三百。“五十留给你，多的我拿去了。多给你晚上又得不回来。”做了个媚眼，拉了他法律上的儿子就走。

儿子是衣架子，成天地读着给 gigolo 看的时装杂志，把烫得有粗大明朗的折纹的褂子穿到身上，领带打得在中间留了个涡，拉着母亲的胳膊坐到车上。

上了白漆的街树的腿，电杆木的腿，一切静物的腿……revue 似地，把擦满了粉的大腿交叉地伸出来的姑娘们……白漆腿的行列。沿着那条静悄的大路，从住宅区的窗里，都会的眼珠子似地，透过了窗纱，偷溜了出来淡红的，紫的，绿的，处女的灯光。

开着一九三二的新别克，却一个心儿想一九八零年的恋爱方式。深秋的晚风吹来，吹动了儿子的领子，母亲的头发，全有点儿觉得凉。法律上的母亲偎在儿子的怀里道：

“可惜你是我的儿子。”嘻嘻地笑着。

儿子在父亲吻过的母亲的小嘴上吻了一下，差点儿把车开到人行道上去啦。

Neon light 伸着颜色的手指在蓝墨水似的夜空里写着大字。一个英国绅士站在前面，穿了红的燕尾服，挟着手杖，那么精神抖擞地在散步。脚下写着：“Johnny Walker：Still Going Strong.”路旁一小块草地上展开了地产公司的乌托邦，上面一个抽吉士牌的美国人看着，像在说：“可惜这是小人国的乌托邦；那片大草原里还放不下我的一支脚呢？”

汽车前显出个人的影子，喇叭吼了一声儿，那人回过脑袋来一瞧，就从车轮前溜到行人道上去了。

“蓉珠，我们上那去？”

“随便那个 cabaret 里去闹个新鲜吧；礼查，大华我全玩腻了。”

跑马厅屋顶上，风针上的金马向着红月亮撒开了四蹄。在那片大草地的四周泛滥着光的海，罪恶的海浪，慕尔堂浸在黑暗里，跪着，在替这些下地狱的男女祈祷，大世界的塔尖拒绝了忏悔，骄傲地瞧着这位迂牧师，放射着一圈圈的灯光。

蔚蓝的黄昏笼罩着全场，一只 saxophone 正伸长了脖子，张着大嘴，呜呜地冲着他们嚷。当中那片光滑的地板上，飘动的裙子，飘动的袍角，精致的鞋跟，鞋跟，鞋跟，鞋跟，鞋跟。蓬松的头发和男子的脸。男子的衬衫的白领和女子的笑脸。伸着的胳膊，翡翠坠子拖到肩上。整齐的圆桌子的队伍，椅子却是零乱的。暗角上站着白衣侍者。酒味，香水味，英腿蛋的气味，烟味……独身者坐在角隅里拿黑咖啡刺激着自家儿的神经。

舞着：华尔滋的旋律绕着他们的腿，他们的脚站在华尔滋旋律上飘飘地，飘飘地。

儿子凑在母亲的耳朵旁说：“有许多话是一定要跳着华尔滋才能说的，你是顶好的华尔滋的舞侣——可是，蓉珠，我爱你呢！”

觉得在轻轻地吻着鬓脚，母亲躲在儿子的怀里，低低的笑。

一个冒充法国绅士的比利时珠宝掮客，凑在电影明星殷芙蓉的耳朵旁说：“你嘴上的笑是会使天下的女子妒忌的——可是，我爱你呢！”

觉得轻轻地在吻着鬓脚，便躲在怀里低低地笑，忽然看见手指上多了一只钻戒。

珠宝掮客看见了刘颜蓉珠，在殷芙蓉的肩上跟她点了点脑袋，笑了一笑。小德回过身来瞧见了殷芙蓉也 gigolo 地把眉毛扬了一下。

舞着华尔滋的旋律绕着他们的腿，他们的脚践在华尔滋上面，飘飘地，飘飘地。

珠宝掮客凑在刘颜蓉珠的耳朵旁，悄悄的说：“你嘴上的笑是会使天下的女子妒忌的——可是，我爱你呢！”

觉得轻轻地在吻着鬓脚，便躲在怀里低低地笑，把唇上的胭脂印到白衬衫上面。

小德凑在殷芙蓉的耳朵旁，悄悄的说：“有许多话是一定要跳着华尔滋才能说的，你是顶好的华尔滋的舞侣——可是，芙蓉，我爱你呢！”

觉得在轻轻地吻着鬓脚，便躲在怀里，低低地笑。

独身者坐在角隅里拿黑咖啡刺激着自家儿的神经。酒味，香水味，英腿蛋的气味，烟味……暗角上站着白衣侍者。椅子是凌乱的，可是整齐的圆桌子的队伍。翡翠坠子拖到肩上，伸着的胳膊。女子的笑脸和男子的衬衫的白领。男子的脸和蓬松的头发。精致的鞋跟，鞋跟，鞋跟，鞋跟，鞋跟。飘荡的袍角，飘荡的裙子，当中是一片光滑的地板。呜呜地冲着人家嚷，那只 saxophone 伸长了脖子，张着大嘴。蔚蓝的黄昏笼罩着全场。

推开了玻璃门，这纤弱的幻景就打破了。跑下扶梯，两溜黄包车停在街旁，拉车的分班站着，中间留了一道门灯光照着的路，争着“Ricksha？”奥斯汀孩车，爱山克水，福特，别克跑车，别克小九，八汽缸，六汽缸……大月亮红着脸蹒跚地走上跑马厅的大草原上来了。街角卖《大美晚报》的用卖大饼油条的嗓子嚷：

“Evening Post！”

电车当当地驶进布满了大减价的广告旗和招牌的危险地带去。脚踏车挤在电车的旁边瞧着也可怜。坐在黄包车上的水兵挤箍着醉眼，瞧准了拉车的屁股踹了一脚便哈哈地笑了。红的交通灯，绿的交通灯，交通灯的柱子和印度巡捕一同地垂直在地上。交通灯一闪，便涌着人的潮，车的潮。这许多人，全像没了脑袋的苍蝇似的！一个 fashion model 穿了她铺子里的衣服来冒充贵妇人。电梯用十五秒钟一次的速度，把人货物似地抛到屋顶花园去。女秘书站在绸缎铺的橱窗外面瞧着全丝面的法国 crepé，想起了经理的刮得刀痕苍然的嘴上的笑劲儿。主义者和党人挟了一大包传单踱过去，心里想，如果给抓住了便在这里演说一番。蓝眼珠的姑娘穿了窄裙，黑眼珠的姑娘穿了长旗袍儿，腿股间有相同的媚态。

街旁，一片空地里，竖起了金字塔似的高木架，粗壮的木腿插在泥里，顶上装了盏弧灯，倒照下来，照到底下每一条横木板上的人。这些人吆喝着：“嗳嗳呀！”几百丈高的木架顶上的木椿直坠下来，碰！把三抱粗的大木柱撞到泥里去，四角上全装着弧灯，强烈的光探照着这片空地。空地里：横一道，竖一道的沟，钢骨，瓦砾堆。人抗着大木柱在沟里走，拖着悠长的影子。在前面的脚一滑，摔倒了，木柱压到脊梁上。脊梁断了，嘴里哇的一口血……弧灯……碰！木椿顺着木架又溜了上去……光着身子在煤屑路滚铜子的孩子……大木架顶上的弧灯在夜空里像月亮……检煤渣的媳妇……月亮有两个……月亮叫天狗吞了——月亮没有了。

死尸给搬了开去。空地里：横一道竖一道的沟，钢骨，瓦砾，还有一堆他的血。在血上，铺上了士敏土，造起了钢骨，新的饭店造起来了！新的舞场造起来了！新的旅馆造起来了！把他的力气，把他的血，把他的生命压在底下，正和别的饭店一样地，和刘有德先生刚在跨进去的华东饭店一样地。

华东饭店里——

二楼：白漆房间，古铜色的鸦片香味，麻雀牌，《四郎探母》，《长三骂淌白小娼妇》，古龙香水和淫欲味，白衣侍者，娼妓掮客，绑票匪，阴谋和诡计，白俄浪人……

三楼：白漆房间，古铜色的雅片香味，麻雀牌，四郎探母，长三骂淌白小娼妇，古龙香水和淫欲味，白衣侍者，娼妓掮客，绑票匪，阴谋和诡计，白俄浪人……

四楼：白漆房间，古铜色的雅片香味，麻雀牌，四郎探母，长三骂淌白小娼妇，古龙香水和淫欲味，白衣侍者，娼妓掮客，绑票匪，阴谋和诡计，白俄浪人……

电梯把他吐在四楼，刘有德先生哼着《四郎探母》踏进了一间响着骨牌声的房间，点上了茄立克，写了张局票，不一回，他也坐到桌旁，把一张中风，用熟练的手法，怕碰伤了它似地抓了进，一面却：“怎么一张好的也抓不进来，”一副老抹牌的脸，一面却细心地听着因为不束胸而被人家叫做沙利文面包的宝月老八的话：“对不起，刘大少，还得出条子，等回儿抹完了牌请过来坐。”

“到我们家坐坐去哪！”站在街角，只瞧得见黑眼珠子的石灰脸，躲在建筑物的阴影里，向来往的人喊着，拍卖行的伙计似地；老鸨尾巴似的拖在后边儿。

“到我们家坐坐去哪！”那张瘪嘴说着，故意去碰在一个扁脸身上。扁脸笑，瞧了一瞧，指着自家儿的鼻子，探着脑袋：“好寡老，碰大爷？”

“年纪轻轻，朋友要紧！”瘪嘴也笑。

“想不到我这印度小白脸儿今儿倒也给人家瞧上咧，”手往她脸上一抹，又走了。

旁边一个长头发不刮胡须的作家正在瞧着好笑，心里想到了一个题目：第二回巡礼——都市黑暗面检阅 sonata；忽然瞧见那瘪嘴的眼光扫到自家儿脸上来了，马上就慌慌张张的往前跑。

石灰脸躲在阴影里，老鸨尾巴似地拖在后边儿——躲在阴影里的石灰脸，石灰脸，石灰脸……

（作家心里想：）

第一回巡礼赌场第二回巡礼街头娼妓第三回巡礼舞场第四回巡礼再说《东方杂志》《小说月报》《文艺月刊》第一句就写大马路北京路野鸡交易所……不行——

有人拉了拉他的袖子：“先生！”一看是个老婆儿装着苦脸，抬起脑袋望着他。

“干吗？”

“请您给我看封信。”

“信在哪儿？”

“请您跟我到家里去拿，就在这胡同里边。”

便跟着走。

中国的悲剧这里边一定有小说资料一九三一年是我的年代了《东方》《小说》《北斗》每月一篇单行本日译本俄译本各国译本都出版诺贝尔奖金又伟大又发财……

拐进了一条小胡同，暗得什么都看不见。

“你家在那儿？”

“就在这儿，不远儿，先生。请您看封信。”

胡同的那边儿有一支黄路灯，灯下是个女人低着脑袋站在那儿。老婆儿忽然又装着苦脸，扯着他的袖子道：“先生，这是我的媳妇。信在她那儿。”走到女人那地方儿，女人还不抬起脑袋来。老婆儿说：“先生，这是我的媳妇。我的儿子是机器匠，偷了人家东西，给抓进去了，可怜咱们娘儿们四天没吃东西啦。”

（可不是吗那么好的题材技术不成问题她讲出来的话意识一定正确的不怕人家再说我人道主义咧……）

“先生，可怜儿的，你给几个钱，我叫媳妇陪你一晚上，救救咱们两条命！”

作家愕住了。那女人抬起脑袋来，两条影子拖在瘦腮帮儿上，嘴角浮出笑劲儿来。

嘴角浮出笑劲儿来。冒充法国绅士的比利时珠宝掮客凑在刘颜蓉珠的耳朵旁，悄悄的说：“你嘴上的笑是会使天下的女子妒忌的——喝一杯吧。”

在高脚玻璃杯上，刘颜蓉珠的两只眼珠子笑着。

在别克里，那两只浸透了 cocktail 的眼珠子，从外套的皮领上笑着。

在华懋饭店的走廊里，那两只浸透了 cocktail 的眼珠子，从披散的头发边上笑着。

在电梯上，那两只眼珠子在紫眼皮下笑着。

在华懋饭店七层楼上一间房间里，那两只眼珠子，在焦红的腮帮儿上笑着。

珠宝掮客在自家儿的鼻子底下发现了那对笑着的眼珠子。

笑着的眼珠子！

白的床巾！

喘着气……

喘着气动也不动的躺在床上。

床巾溶了的雪。

“组织一个国际俱乐部吧！”猛的得了这么个好主意，一面淌着细汗。

淌着汗，在静寂的街上，拉着醉水手往酒排间跑。街上，巡捕也没有了，那么静，像个死了的城市。水手的皮鞋搁到拉车的脊梁盖儿上面，哑嗓子在大建筑物的墙上响着：

啦得儿……啦得——

啦得儿

啦得……

拉车的脸上，汗冒着；拉车的心里，金洋钱滚着，飞滚着。醉水手猛的跳了下来，跌到两扇玻璃门后边儿去啦。

“Hullo，Master！ Master！”

那么地嚷着追到门边。印度巡捕把手里的棒冲着他一扬，笑声从门缝里挤出来，酒香从门缝里挤出来，Jazz 从门缝里挤出来……拉车的拉了车扛，摆在他前面的是十二月的江风，一个冷月，一条大建筑物中间的深巷。给扔在欢乐外面，他也不想到自杀，只“妈妈的”骂了一声儿，又往生活里走去了。

空去了这辆黄包车，街上只有月光啦。月光照着半边街，还有半边街浸在黑暗里边，这黑暗里边蹲着那家酒排，酒排的脑门上一盏灯是青的，青光底下站着个化石似的印度巡捕。开着门又关着门，鹦鹉似的说着：

“Good-bye，Sir.”

从玻璃门里走出个年青人来，胳膊肘上挂着条手杖。他从灯光下走到黑暗里，又从黑暗里走到月光下面，太息了一下，悉悉地向前走去，想到了睡在别人床上的恋人，他走到江边，站在栏杆旁边发怔。

东方的天上，太阳光，金色的眼珠子似地在乌云里睁开了。

在浦东，一声男子的最高音：

“嗳……呀……嗳……”

直飞上半天，和第一线的太阳光碰在一起。接着便来了雄伟的合唱。睡熟了的建筑物站了起来，抬着脑袋，卸了灰色的睡衣，江水又哗啦哗啦的往东流，工厂的汽笛也吼着。

歌唱着新的生命，夜总会里的人们的命运！

醒回来了，上海！

上海，造在地狱上的天堂。

金锁记*

张爱玲

三十年前的上海，一个有月亮的晚上……我们也许没赶上看见三十年前的月亮。年青的人想着三十年前的月亮该是铜钱大的一个红黄的湿晕，像朵云轩信笺上落了一滴泪球，陈旧而迷糊。老年人回忆中的三十年前的月亮是欢愉的，比眼前的月亮大，圆，白；然而隔着三十年的辛苦路往回看，再好的月色也不免带点凄凉。

月光照到姜公馆新娶的三奶奶的陪嫁丫头凤箫的枕边。凤箫睁眼看了一看，只见自己一只青白色的手搁在半旧高丽棉的被面上，心中便道："是月亮光么？"凤箫打地铺睡在窗户底下。那两年正忙着换朝代，姜公馆避兵到上海来，屋子不够住的，因此这一间下房里横七竖八睡满了底下人。

凤箫恍惚听见大床背后有窸窸窣窣的声音，猜着有人起来解手，翻过身去，果见布帘子一掀，一个黑影趿着鞋出来了，约摸是伺候二奶奶的小双，便轻轻叫了一声："小双姐姐。"小双笑嘻嘻走来，踢了踢地下的褥子道："吵醒了你了。"她把两手抄在青莲色旧绸夹袄里，下面系着明油绿袴子。凤箫伸手捻了捻那袴脚，笑道："现在颜色衣服不大有人穿了。下江人时兴的都是素净的。"小双笑道："你不知道，我们家哪比得旁人家？我们老太太古板，连奶奶小姐们尚且做不得主呢，何况我们丫头？给什么，穿什么——一个个打扮得庄稼人似的！"她一蹲身坐在地铺上，拣起凤箫脚头一件小袄来，问道："这是你们小姐出阁，给你们新添的？"凤箫摇头道："三季衣裳，就只外场上看见的两套是新制的，余下的还不是拿上头人穿剩下的贴补贴补！"小双道："这次办喜事，偏赶着革命党造反，可委曲了你们小姐！"凤箫叹道："别提了。就说省俭些罢，总得有个谱子！也不能太看不上眼了。我们那一位，嘴里不言语，心里岂有不气的？"小双道："也难怪三奶奶不乐意。你们那边的嫁妆，也还凑付着，我们这边的排场，可太凄惨了。就连那一年娶咱们二奶奶，也还比这一趟强些！"凤箫楞了一楞道："怎么？你们二奶奶……"

小双脱下了鞋，赤脚从凤箫身上跨过去，走到窗户跟前，笑道："你也起来看看月亮。"凤箫一骨碌爬起来，低声问道："我早就想问你了，你们二奶奶……"小双弯腰拾起那件小袄来替她披上了，道："仔细招了凉。"凤箫一面扣钮子，一面笑道："不行，你得告诉我！"小双笑道："是我说话不留神，闯了祸！"凤箫道："咱们这都是自家人了，干吗这么见外呀？"小双道：

---

* 摘自张爱玲：《传奇》增订本，百新书店 1946 年版。

“告诉你，你可别告诉你们小姐去！咱们二奶奶家里是开麻油店的。”凤箫哟了一声道：“开麻油店！打哪儿想起的？像你们大奶奶，也是公侯人家的小姐，我们那一位虽比不上大奶奶，也还不是低三下四的人——”小双道：“这里头自然有个缘故。咱们二爷你也见过了，是个残废，做官人家的女儿谁肯给他？老太太没奈何，打算替二爷置一房姨奶奶，做媒的给找了这曹家的，是七月里生的，就叫七巧。”凤箫道：“哦，是姨奶奶。”小双道：“原是做姨奶奶的，后来老太太想着，既然不打算替二爷另娶了，二房里没个当家的媳妇，也不是事，索性聘了来做正头奶奶，好教她死心塌地服侍二爷。”凤箫把手扶着窗台，沉吟道：“怪道呢！我虽是初来，也瞧料了两三分。”小双道：“龙生龙，凤生凤，这话是有的。你还没听见她的谈吐呢！当着姑娘们，一点忌讳也没有。亏得我们家一向内言不出，外言不入，姑娘们什么都不懂。饶是不懂，还臊得没处躲！”凤箫噗嗤一笑道：“真的？她这些村话，又是从哪儿听来的？就连我们丫头——”小双抱着胳膊道：“麻油店的活招牌，站惯了柜台，见多识广的，我们拿什么去比人家？”凤箫道：“你是她陪嫁来的么？”小双冷笑说：“她也配！我原是老太太跟前的人，二爷成天的吃药，行动都离不了人，屋里几个丫头不够使，把我拨了过去。怎么着？你冷哪？”凤箫摇摇头。小双道：“瞧你缩着脖子这娇模样儿！”一语未完，凤箫打了个喷嚏，小双忙推她道：“睡罢！睡罢！快焐一焐。”凤箫跪了下来脱袄子，笑道：“又不是冬天，哪儿就至于冻着了？”小双道：“你别瞧这窗户关着，窗户眼儿里吱溜溜的钻风。”

两人各自睡下。凤箫悄悄的问道：“过来了也有四五年了罢？”小双道：“谁？”凤箫道：“还有谁？”小双道：“哦，她，可不是有五年了。”凤箫道：“也生男育女的——倒没闹出什么话柄儿？”小双道：“还说呢！话柄儿就多了！前年老太太领着合家上下到普陀山进香去，她做月子没去，留着她看家。舅爷脚步儿走得勤了些，就丢了一票东西。”凤箫失惊道：“也没查出个究竟来？”小双道：“问得出什么好的来？大家面子上下不去！那些首饰左不过将来是归大爷二爷三爷的。大爷大奶奶碍着二爷，没好说什么。三爷自己在外头流水似的花钱，欠了公账上不少，也说不响嘴。”

她们俩隔着丈来远交谈。虽是极力的压低了喉咙，依旧有一句半句声音大了些，惊醒了大床上睡着的赵嬷嬷。赵嬷嬷唤道：“小双。”小双不敢答应。赵嬷嬷道：“小双，你再混说，让人家听见了，明儿仔细揭你的皮！”小双还是不做声。赵嬷嬷又道：“你别以为还是从前住的深堂大院哪，由得你疯疯颠颠！这儿可是挤鼻子挤眼睛的，什么事瞒得了人？趁早别讨打！”屋里顿时鸦雀无声。赵嬷嬷害眼，枕头里塞着菊花叶子，据说是使人眼目清凉的。她欠起头来按了一按髻上横绾的银簪，略一转侧，菊叶便沙沙作响。赵嬷嬷翻了个身，吱吱格格牵动了全身的骨节，她唉了一声道：“你们懂得什么！”小双与凤箫依旧不敢接嘴。久久没有人开口，也就一个个的朦胧睡去了。

天就快亮了。那扁扁的下弦月，低一点，低一点，大一点，像赤金的脸盆，沉了下去。天是森冷的蟹壳青，天底下黑黢黢的只有些矮楼房，因此一望望得很远。地平线上的晓色，一层绿，一层黄，又一层红，如同切开的西瓜——是太阳要上来了。渐渐马路上有了小车与塌车辘辘推动，马车蹄声得得。卖豆腐花的挑着担子悠悠吆喝着，只听见那漫长的尾声：“花……呕！

花……呕！”再去远些，就只听见“哦……呕！哦……呕！”

屋子里丫头老妈子也起身了，乱着开房门，打脸水，叠铺盖，挂帐子，梳头。凤箫伺候三奶奶兰仙穿了衣裳，兰仙凑到镜子前面仔细望了一望，从腋下抽出一条水绿洒花湖纺手帕，擦了擦鼻翅上的粉，背对着床上的三爷道：“我先去替老太太请安罢。等你，准得误了事。”正说着，大奶奶玳珍来了，站在门槛上笑道：“三妹妹，咱们一块儿去。”兰仙忙迎了出去道：“我正担心着怕晚了，大嫂原来还没上去。二嫂呢？”玳珍笑道：“她还有一会儿耽搁呢。”兰仙道：“打发二哥吃药？”玳珍四顾无人，便笑道：“吃药还在其次——”她把大拇指抵着嘴唇，中间的三个指头握着拳头，小指头翘着，轻轻的“嘘”了两声。兰仙诧异道：“两人都抽这个？”玳珍点头道：“你二哥是过了明路的，她这可是瞒着老太太的，叫我们夹在中间为难，处处还得替她遮盖遮盖。其实老太太有什么不知道？有意的装不晓得，照常的派她差使，零零碎碎给她罪受，无非是不肯让她抽个痛快罢了。其实也是的，年纪青青的妇道人家，有什么了不得的心事，要抽这个解闷儿？”

玳珍兰仙手挽手一同上楼，各人后面跟着贴身丫鬟，来到老太太卧室隔壁的一间小小的起坐间里。老太太的丫头榴喜迎了出来，低声道：“还没醒呢。”玳珍抬头望了望挂钟，笑道：“今儿老太太也晚了。”榴喜道：“前两天说是马路上人声太杂，睡不稳。这现在想是惯了，今儿补足了一觉。”

紫榆百龄小圆桌上铺着红毡条，二小姐姜云泽一边坐着，正拿着小钳子磕核桃呢，因丢下了站起来相见。玳珍把手搭在云泽肩上，笑道：“还是云妹妹孝心，老太太昨儿一时高兴，叫做糖核桃，你就记住了。”兰仙玳珍便围着桌子坐下了，帮着剥核桃衣子。云泽手酸了，放下了钳子，兰仙接了过来，玳珍道：“当心你那水葱似的指甲，养得这么长了，断了怪可惜的！”云泽道：“叫人去拿金指甲套子去。”兰仙笑道：“有这些麻烦的，倒不如叫他们拿到厨房里去剥了！”

众人低声说笑着，榴喜打起帘子，报道：“二奶奶来了。”兰仙云泽起身让坐，那曹七巧且不坐下，一只手撑着门，一只手撑了腰，窄窄的袖口里垂下一条雪青洋绉手帕，身上穿着银红衫子，葱白线香滚，雪青闪蓝如意小脚裤子，瘦骨脸儿，朱口细牙，三角眼，小山眉，四下里一看，笑道：“人都齐了。今儿想必我又晚了！怎怪我不迟到——摸着黑梳的头！谁教我的窗户冲着后院子呢？单单就派了那么间房给我，横竖我们那位眼看是活不长的，我们净等着做孤儿寡妇了——不欺负我们，欺负谁？”玳珍淡淡的并不接口，兰仙笑道：“二嫂住惯了北京的房子，怪不得嫌这儿憋闷的慌。”云泽道：“大哥当初找房子的时候，原该找个宽敞些的，不过上海像这样，只怕也算敞亮的了。”兰仙道：“可不是！家里人实在多，挤是挤了点——”七巧挽起袖口，把手帕子掖在翡翠镯子里，瞟了兰仙一眼，笑道：“三妹妹原来也嫌人太多了。连我们都嫌人太多，像你们没满月的自然更嫌人多了！”兰仙听了这话，还没有怎么，玳珍先红了脸，道：“玩是玩，笑是笑，也得有个分寸。三妹妹新来乍到的，你让她想着咱们是什么样的人家？”七巧扯起手绢子的一角掩住了嘴唇道：“知道你们都是清门净户的小姐，你倒跟我换一换试试，只怕你一晚上也过不惯。”玳珍啐道：“不跟你说了，越说你越上头上脸的。”七巧索性上前拉住玳珍的袖子道：“我可以赌得咒——这三年里头我可以赌得咒！你敢赌么？你敢赌么？”

玳珍也撑不住噗嗤一笑，咕噜了一句道："怎么你孩子也有了两个？" 七巧道："真的，连我也不知道这孩子是怎么生出来的！越想越不明白！" 玳珍摇手道："够了，够了，少说两句罢。就算你拿三妹妹当自己人，没有什么背讳，现放着云妹妹在这儿呢，待会儿老太太跟前一告诉，管叫你吃不了兜着走！"

云泽早远远的走开了，背着手站在阳台上，撮尖了嘴逗芙蓉鸟。姜家住的虽然是早期的最新式洋房，堆花红砖大柱支着巍峨的拱门，楼上阳台却是木板铺的地。黄杨木阑干里面，放着一溜大篾篓子，晾着笋干。敝旧的太阳弥漫在空气里像金的灰尘，微微呛人的金灰，揉进眼睛里去，昏昏的。街上小贩遥遥摇着拨浪鼓，那懵腾的"不楞登……不楞登"里面有着无数老去的孩子们的回忆。包车叮叮的跑过，偶而也有一辆汽车叭叭叫两声。

七巧自己也知道这屋子里的人都瞧不起她，因此和新来的人分外亲热些，倚在兰仙的椅背上问长问短，携着兰仙的手左看右看，夸赞了一回她的指甲，又道："我去年小拇指上养的比这个足足还长半寸呢，掏花给弄断了。"兰仙早看穿了七巧的为人和她在姜家的地位，微笑尽管微笑着，也不大答理她。七巧自觉无趣，踅到阳台上来，拾起云泽的辫梢来抖了一抖，搭讪着笑道："呦！小姐的头发怎么这样稀朗朗的？去年还是乌油油的一头好头发，该掉了不少罢？" 云泽闪过身去护着辫子，笑道："我掉两根头发，也要你管！" 七巧只顾端详她，叫道："大嫂你来看看，云妹妹的确瘦多了。小姐莫不是有了心事了？" 云泽拍的一声打掉了她的手，恨道："你今儿个真的发了疯了！平日还不够讨人嫌的？" 七巧把两手筒在袖子里，笑嘻嘻的道："小姐脾气好大！"

玳珍探出头来道："云妹妹，老太太起来了。"众人连忙扯扯衣襟，摸摸鬓角，打帘子进隔壁房里去，请了安，伺候老太太吃早饭。婆子们端着托盘从起坐间穿了过去，里面的丫头接过碗碟，婆子们依旧退到外间来守候着。里面静悄悄的，难得有人说句把话，只听见银筷子头上的细银链条窸窣颤动。老太太信佛，饭后照例要做两个时辰的功课，众人退了出来，云泽背地里向玳珍道："二嫂不忙着过瘾去，还挨在里面做什么？" 玳珍道："想是有两句私房话要说。" 云泽不由的笑了起来道："她的话，老太太哪里听得进？" 玳珍冷笑道："那倒也说不定。老年人心思总是活动的，成天在耳边絮聒着，十句里头相信一两句，也未可知。"

兰仙坐着磕核桃，玳珍和云泽便顺着脚走到阳台上来，虽不是存心偷听正房里的谈话，老太太上了年纪，有点聋，喉咙特别高些，有意无意之间不免有好些话吹到阳台上的人的耳朵里来。云泽把脸气得雪白，先是握紧了拳头，又把两只手使劲一撒，便向走廊的另一头跑去。跑了两步，又站住了，身子向前伛偻着，捧着脸呜呜哭起来。玳珍赶上去扶着劝道："妹妹快别这么着！快别这么着！不犯着跟她这样的人计较！谁拿她的话当桩事！" 云泽甩开了她，一径往自己屋里奔去。玳珍回到起坐间里来，一拍手道："这可闯出祸来了！" 兰仙忙道："怎么了？" 玳珍道："你二嫂去告诉了老太太，说女大不中留，让老太太写信给彭家，叫他们早早把云妹妹娶过去罢。你瞧，这算什么话！" 兰仙也怔了一怔道："女家说出这种话来，可不是自己打脸么？" 玳珍道："姜家没面子，还是一时的事，云妹妹将来嫁了过去，叫人家怎么瞧得起她？她这一辈子还要做人呢！" 兰仙道："老太太是明白人，不见得跟那一位一样的见识。" 玳珍道：

"老太太起先自然是不爱听，说咱们家的孩子，决不会生这样的心。她就说：'哟！您不知道现在的女孩子跟您从前做女孩子时候的女孩子，哪儿能够打比呀？时世变了，要不怎么天下大乱呢？'你知道，年岁大的人就爱听这一套，说得老太太也有点疑疑惑惑起来。"兰仙叹道："好端端怎么想起来的，造这样的谣言！"玳珍两肘支在桌子上，伸着小指剔眉毛，沉吟了一会，嗤的一笑道："她自己以为她是特别的体贴云妹妹呢！要她这样体贴我，我可受不了！"兰仙拉了她一把道："你听——不能是云妹妹罢？"后房似乎有人在那里大放悲声，蹬得铜床柱子一片响，嘈嘈杂杂还有人在那里解劝，只是劝不住。玳珍站起身来道："我去看看，别瞧这位小姐好性儿，逼急了她，也不是好惹的。"

玳珍出去了，那姜三爷姜季泽却一路打着呵欠进来了。季泽是个结实小伙子，偏于胖的一方面，脑后拖一根三股油松大辫，生得天圆地方，鲜红的腮颊，往下坠着一点，青湿眉毛，水汪汪的黑眼睛里永远透着三分不耐烦，穿一件竹根青窄袖长袍，酱紫芝麻地一字襟珠扣小坎肩，问兰仙道："谁在里头嘁嘁喳喳跟老太太说话？"兰仙道："二嫂。"季泽抿着嘴摇摇头。兰仙笑道："你也怕了她？"季泽一声儿不言语，拖过一把椅子，将椅背抵着桌面，把袍子高高的一撩，骑着椅子坐了下来，下巴搁在椅背上，手里只管把核桃仁一个一个拈来吃，兰仙睨了他一眼道："人家剥了这一晌午，是专诚孝敬你的么？"正说着，七巧掀着帘子出来了，一眼看见了季泽，身不由主的就走了过来，绕到兰仙椅子背后，两手兜在兰仙脖子上，把脸凑了下去，笑道："这么一个人才出众的新娘子！三弟你还没谢谢我哪！要不是我催着他们早早替你办了这件事，这一耽搁，等打完了仗，指不定要十年八年呢！可不把你急坏了！"兰仙生平最大的憾事便是出阁的日子正赶着非常时期，潦草成了家，诸事都欠齐全，因此一听见这不入耳的话，她那小长挂子脸便往下一沉。季泽望了兰仙一眼，微笑道："二嫂，自古好心没有好报，谁都不承你的情！"七巧道："不承情也罢！我也惯了。我进了你姜家的门，别的不说，单只守着你二哥这些年，衣不解带的服侍他，也就是个有功无过的人——谁见我的情来？谁有半点好处到我头上？"季泽笑道："你一开口就是满肚子的牢骚！"七巧长长的吁了一口气，只管拨弄兰仙衣襟上扣着的金三事儿和钥匙。半晌，忽道："总算你这一个来月没出去胡闹过。真亏了新娘子留住了你。旁人跪下地来求你也留你不住！"季泽笑道："是吗？嫂子并没有留过我，怎见得留不住？"一面笑，一面向兰仙使了个眼色。七巧笑得直不起腰道："三妹妹，你也不管管他！这么个猴儿崽子，我眼看他长大的，他倒占起我的便宜来了！"

她嘴里说笑着，心里发烦，一双手也不肯闲着，把兰仙揣着捏着，捶着打着，恨不得把她挤得走了样才好。兰仙纵然有涵养，也忍不住要恼了，一性急，磕核桃使差了劲，把那二寸多长的指甲齐根折断。七巧哟了一声道："快拿剪刀来修一修。我记得这屋里有一把小剪子的。"便唤："小双！榴喜！来人哪！"兰仙立起身来道："二嫂不用费事，我上我屋里铰去。"便抽身出去。七巧就在兰仙的椅子上坐下了，一手托着腮，抬高了眉毛，斜瞅着季泽道："她跟我生了气么？"季泽笑道："她干吗生你的气？"七巧道："我正要问呀——我难道说错了话不成？留你在家倒不好？她倒愿意你上外头逛去？"季泽笑道："这一家子从大哥大嫂起，齐了心管教我，无非是怕我花了公账上的钱罢了。"七巧道："阿弥陀佛，我保不定别人不安着这个心，我可不那么想。你就是闹了亏空，押了房子卖了田，我若皱一皱眉头，我也不是你二嫂了。谁叫咱们是骨肉至亲呢？我不过是要你当心你的身子。”季泽嗤的一笑道：“我当心我的身子，要你操心？”七巧颤声道：“一个人，身子第一要紧。你瞧你二哥弄得那样儿，还成个人吗？还能拿他当个人看？”季泽正色道：“二哥比不得我，他一下地就是那样儿，并不是自己作践的。他是个可怜的人，一切全仗二嫂照护他了。”七巧直挺挺的站了起来，两手扶着桌子，垂着眼皮，脸庞的下半部抖得像嘴里含着滚烫的蜡烛油似的，用尖细的声音逼出两句话道：“你去挨着你二哥坐坐！你去挨着你二哥坐坐！”她试着在季泽身边坐下，只搭着他的椅子的一角，她将手贴在他腿上，道：“你碰过他的肉没有？是软的，重的，就像人的脚有时发了麻，摸上去那感觉……”季泽脸上也变了色，然而他仍旧轻佻地笑了一声，俯下腰，伸手去捏她的脚道：“倒要瞧瞧你的脚现在麻不麻！”七巧道：“天哪，你没挨着他的肉，你不知道没病的身子是多好的……多好的……”她顺着椅子溜下去，蹲在地上，脸枕着袖子，听不见她哭，只看见发髻上插的风凉针，针头上的一粒钻石的光，闪闪掣动着。发髻的心子里扎着一小截粉红丝线，反映在金钢钻微红的光焰里。她的背影一挫一挫，俯伏了下去。她不像在哭，简直像在翻肠搅胃地呕吐。

季泽先是楞住了，随后就立起来道：“我走。我走就是了。你不怕人，我还怕人呢。也得给二哥留点面子！”七巧扶着椅子站了起来，呜咽道：“我走。”她扯着衫袖里的手帕子揾了揾脸，忽然微微一笑道：“你这样卫护你二哥！”季泽冷笑道：“我不卫护他，还有谁卫护他？”七巧向门走去，哼了一声道：“你又是什么好人？趁早不用在我跟前假撇清！且不提你在外头怎样荒唐，只单在这屋里……老娘眼睛里揉不下沙子去！别说我是你嫂子了，就是我是你奶妈，只怕你也不在乎。”季泽笑道：“我原是个随随便便的人，哪禁得起你挑眼儿？”七巧待要出去，又把背心贴在门上，低声道：“我就不懂，我什么地方不如人？我有什么地方不好……”季泽笑道：“好嫂子，你有什么不好？”七巧笑了一声道：“难不成我跟了个残废的人，就过上了残废的气，沾都沾不得？”她睁着眼直勾勾朝前望着，耳朵上的实心小金坠子像两只铜钉把她钉在门上——玻璃匣子里蝴蝶的标本，鲜艳而凄怆。

季泽看着她，心里也动了一动。可是那不行。玩尽管玩，他早抱定了宗旨不惹自己家里人，一时的兴致过去了，躲也躲不掉，踢也踢不开，成天在面前，是个累赘。何况七巧的嘴这样敞，脾气这样躁，如何瞒得了人？何况她的人缘这样坏，上上下下谁肯代她包涵一点？她也许是豁出去了，闹穿了也满不在乎。他可是年纪青青的，凭什么要冒那个险？他侃侃说道：“二嫂，我虽年纪小，并不是一味胡来的人。”

仿佛有脚步声。季泽一撩袍子，钻到老太太屋子里去了，临走还抓了一大把核桃仁。七巧神志还不很清楚，直到有人推门，她方才醒了过来，只得将计就计，藏在门背后，见玳珍走了进来，她便夹脚跟出来，在玳珍背上打了一下。玳珍勉强一笑道：“你的兴致越发好了！”又望了望桌上道：“咦？那么些个核桃，吃得差不多了。再也没有别人，准是三弟。”七巧倚着桌子，面向阳台立着，只是不言语。玳珍坐了下来，嘟哝道：“害人家剥了一早上，便宜他享现成的！”七巧捏着一片锋利的核桃壳，在红毡条上狠命刮着，左一刮，右一刮，看看那毡子起了毛，就要破了。她咬着牙道：“钱上头何尝不是一样？一味的叫咱们省，省下来让人家拿出去大把的花！我就不服这口气！”玳珍看了她一眼，冷冷的道：“那可没有办法。人多了，明里不去，暗里也不见得不去。管得了这个，管不了那个。”七巧觉得她话中有刺，正待反唇相讥，小双进来了，鬼鬼祟祟走到七巧跟前，嗫嚅道：“奶奶，舅爷来了。”七巧骂道：“舅爷来了，又不是背人的事，你嗓子眼里长了疔是怎么着？蚊子哼哼似的！”小双倒退了一步，不敢言语。玳珍道：“你们舅爷原来也到上海来了。咱们这儿亲戚倒都全了。”七巧移步出房道：“不许他到上海来？内地兵荒马乱的，穷人也一样的要命呀！”她在门槛子上站住了，问小双道：“回过老太太没有？”小双道：“还没呢。”七巧想了一想，毕竟不敢进去告诉一声，只得悄悄下楼去了。

玳珍问小双道：“舅爷一个人来的？”小双道：“还有舅奶奶，拎着四只提篮盒。”玳珍格的一笑道：“倒破费了他们。”小双道：“大奶奶不用替他们心疼。装得满满的进来，一样装得满满的出去。别说金的银的圆的扁的，就连零头鞋面儿裤腰都是好的！”玳珍笑道：“别那么缺德了！你下去罢。她娘家人难得上门，伺候不周到，又该大闹了。”

小双赶了出去，七巧正在楼梯口盘问榴喜老太太可知道这件事。榴喜道：“老太太念佛呢，三爷趴在窗口看野景，说大门口来了客。老太太问是谁，三爷仔细看了看，说不知是不是曹家舅爷，老太太就没追问下去。”七巧听了，心头火起，跺了跺脚，喃喃讷讷骂道：“敢情你装不知道就算了！皇帝还有草鞋亲呢！这会子有这么势利的，当初何必三媒六聘的把我抬过来？快刀斩不断的亲戚，别说你今儿是装死，就是你真死了，他也不能不到你灵前磕三个头，你也不能不受着他的！”一面说，一面下去了。

她那间房，一进门便有一堆金漆箱笼迎面拦住，只隔开几步见方的空地。她一掀帘子，只见她嫂子蹲下身去将提篮盒上面的一屉酥盒子卸了下来，检视下面一屉里的菜可曾泼出来。她哥哥曹大年背着手弯着腰看着。七巧止不住一阵心酸，倚着箱笼，把脸偎在那沙蓝棉套子上，纷纷落下泪来。她嫂子慌忙站直了身子，抢步上前，两只手捧住她一只手，连连叫着姑娘。曹大年也不免抬起袖子来擦眼睛。七巧把那只空着的手去解箱套子上的钮扣，解了又扣上，只是开不得口。

她嫂子回过头去睃了她哥哥一眼道：“你也说句话呀！成日家念叨着，见了妹妹的面，又像锯了嘴的葫芦似的！”七巧颤声道：“也不怪他没有话——他哪儿有脸来见我！”又向她哥哥道：“我只道你这一辈子不打算上门了！你害得我好！你扔崩一走，我可走不了。你也不顾我的死活。”曹大年道：“这是什么话？旁人这么说还罢了，你也这么说！你不替我遮盖遮盖，你自己脸上也不见得光鲜。”七巧道：“我不说，我可禁不住人家不说。就为你，我气出了一身病在这里。今日之下，亏你还拿这话来堵我！”她嫂子忙道：“是他的不是，是他的不是！姑娘受了委屈了。姑娘受委屈也不止这一件，好歹忍着罢，总有个出头之日。”她嫂子那句“姑娘受的委屈也不止这一件”的话却深深打进她心坎儿里去。七巧哀哀哭了起来，急得她嫂子直摇手道：“看吵醒了姑爷。”房那边暗昏昏的紫檀大床上，寂寂吊着珠罗纱帐子。七巧的嫂子又道：“姑爷睡着了罢？惊动了他，该生气了。”七巧高声叫道：“他要有点人气，倒又好了！”她嫂子吓得掩住她的嘴道：“姑奶奶别！病人听见了，心里不好受！”七巧道：“他心里不好受，我心里好受吗？”她嫂子道：“姑爷还是那软骨症？”七巧道：“就这一件还不够受了，还禁得起添什么？这儿一家子都忌讳痨病这两个字，其实还不就是骨痨！”她嫂子道：“整天躺着，有时候也坐起来一会儿么？”七巧哧哧的笑了起来道：“坐起来，脊梁骨直溜下去，看上去还没有我那三岁的孩子高哪！”她嫂子一时想不出劝慰的话，三个人都楞住了。七巧猛的蹬脚道：“走罢，走罢，你们！你们来一趟，就害得我把前因后果重新在心里过一过。我禁不起这么掀腾！你快给我走！”

曹大年道：“妹妹你听我一句话。别说你现在心里不舒坦，有个娘家走动着，多少好些，就是你有了出头之日了，姜家是个大族，长辈动不动就拿大帽子压人，平辈小辈一个个如狼似虎的，哪一个是好惹的？替你打算，也得要个帮手。将来你用得着你哥哥你侄儿的时候多着呢。”七巧啐了一声道：“我靠你帮忙，我也倒了霉了！我早把你看得透里透——斗得过他们，你到我跟前来邀功要钱，斗不过他们，你往那边一倒。本来见了做官的就魂都没有了，头一缩，死活随我去。”大年涨红了脸冷笑道：“等钱到了你手里，你再防着你哥哥分你的，也还不迟。”七巧道：“你既然知道钱还没到我手里，你来缠我做什么？”大年道：“路远迢迢赶来看你，倒是我们的不是了！走！我们这就走！凭良心说，我就用你两个钱，也是该的，当初我若贪图财礼，问姜家多要几百两银子，把你卖给他们做姨太太，也就卖了。”七巧道：“奶奶不胜似姨奶奶吗？长线放远鹞，指望大着呢！”大年待要回嘴，他媳妇拦住他道：“你就少说一句罢！以后还有见面的日子呢。将来姑奶奶想到你的时候，才知道她就只这一个亲哥哥了！”大年督促他媳妇整理了提篮盒，拎起就待走。七巧道：“我希罕你？等我有了钱了，我不愁你不来，只愁打发你不开！”嘴里虽然硬着，熬不住那呜咽的声音，一声响似一声，憋了一上午的满腔幽恨，借着这因由尽情发泄了出来。

她嫂子见她分明有些留恋之意，便做好做歹劝住了她哥哥，一面半搀半拥把她引到花梨炕上坐下了，百般譬解，七巧渐渐收了泪。兄妹姑嫂叙了些家常。北方情形还算平静，曹家的麻油铺还照常营业着。大年夫妇此番到上海来，却是因为他家没过门的女婿在人家当账房，光复的时候恰巧在湖北，后来辗转跟主人到上海来了，因此大年亲自送了女儿来完婚，顺便探望妹子。大年问候了姜家阖宅上下，又要参见老太太，七巧道：“不见也罢了，我正跟她呕气呢。”大年夫妇都吃了一惊，七巧道：“怎么不呕气呢？一家子都往我头上踩，我若是好欺负的，早给作践死了，饶是这么着，还气得我七病八痛的！”她嫂子道：“姑娘近来还抽烟不抽？倒是鸦片烟，平肝导气，比什么药都强。姑娘自己千万保重，我们又不在跟前，谁是个知疼着热的人？”

七巧翻箱子取出几件新款尺头送与她嫂子，又是一副四两重的金镯子，一对披霞莲蓬簪，一床丝绵被胎，侄女们每人一只金挖耳，侄儿们或是一只金锞子，或是一顶貂皮暖帽，另送了她哥哥一只珐蓝金蝉打簧表，她哥嫂道谢不迭。七巧道：“你们来得不巧，若是在北京，我们正要上路的时候，带不了的东西，分了几箱给丫头老妈子，白便宜了他们。”说得她哥嫂讪讪的。临行的时候，她嫂子道：“忙完了闺女，再来瞧姑奶奶。”七巧笑道：“不来也罢了，我应酬不起！”

大年夫妇出了姜家的门，她嫂子便道：“我们这位姑奶奶怎么换了个人？没出嫁的时候不过要强些，嘴头子上琐碎些，就连后来我们去瞧她，虽是比前暴躁些，也还有个分寸，不似如今疯疯傻傻，说话有一句没一句，就没一点儿得人心的地方。”

七巧立在房里，抱着胳膊看小双祥云两个丫头把箱子抬回原处，一只一只叠了上去。从前的事又回来了：临着碎石子街的馨香的麻油店，黑腻的柜台，芝麻酱桶里竖着木匙子，油缸上吊着大大小小的铁匙子。漏斗插在打油的人的瓶里，一大匙再加上两小匙正好装满一瓶——一斤半。熟人呢，算一斤四两。有时她也上街买菜，蓝夏布衫裤，镜面乌绫镶滚。隔着密密层层的一排吊着猪肉的铜钩，她看见肉铺里的朝禄。朝禄赶着她叫曹大姑娘。难得叫声巧姐儿，她就一巴掌打在钩子背上，无数的空钩子荡过去锥他的眼睛。朝禄从钩子上摘下尺来宽的一片生猪油，重重的向肉案上一抛，一阵温风直扑到她脸上，腻滞的死去的肉体的气味……她皱紧了眉毛。床上睡着的她的丈夫，那没有生命的肉体……

风从窗子里进来，对面挂着的回文雕漆长镜被吹得摇摇晃晃，磕托磕托敲着墙。七巧双手按住了镜子。镜子里反映着的翠竹帘子和一副金绿山水屏条依旧在风中来回荡漾着，望久了，便有一种晕船的感觉。再定睛看时，翠竹帘子已经褪了色，金绿山水换了一张她丈夫的遗像，镜子里的人也老了十年。

去年她戴了丈夫的孝，今年婆婆又过世了。现在正式挽了叔公九老太爷出来为他们分家。今天是她嫁到姜家来之后一切幻想的集中点。这些年了，她戴着黄金的枷锁，可是连金子的边都啃不到。这以后就不同了。七巧穿着白香云纱衫，黑裙子，然而她脸上像抹了胭脂似的，从那揉红了的眼圈儿到烧热的颧骨。她抬起手来揾了一揾脸。脸上烫，身上却冷得打颤。她叫祥云倒了杯茶来。（小双早已嫁了，祥云也配了个小厮。）茶给喝了下去，沉重地往腔子里流，一颗心便在热茶里扑通扑通跳。她背向着镜子坐下了，问祥云道：“九老太爷来了这一下午，就在堂屋里跟马师爷查账？”祥云应了一声是。七巧又道：“大爷大奶奶三爷三奶奶都不在跟前？”祥云又应了一声是。七巧道：“还到谁的屋里去过？”祥云道：“就到哥儿们的书房里兜了一兜。”七巧道：“好在咱们白哥儿的书倒不怕他查考……今年这孩子就吃亏在他爸爸他奶奶接连着出了事，他若还有心念书，他也不是人养的！”她把茶吃完了，吩咐祥云下去看看堂屋里大房三房的人可都齐了，免得自己去早了，显得性急，被人耻笑。恰巧大房里也差了一个丫头出来探看，和祥云打了个照面。

七巧终于款款下楼来了。堂屋里临时布置了一张镜面乌木大餐台，九老太爷独当一面坐了，面前乱堆着青布面，梅红签的账簿，又搁着一只瓜楞茶碗。四周除了马师爷之外，又有特地邀请的“公亲”，近于陪审员的性质。各房只派了一个男子作代表，大房是大爷，二房二爷没了，是二奶奶，三房是三爷。季泽很知道这总清算的日子于他没有什么好处，因此他到得最迟。然而来既来了，他决不愿意露出焦灼懊丧的神气，腮帮子上依旧是他那点丰肥的，红色的笑。眼睛里依旧是他那点潇洒的不耐烦。

九老太爷咳嗽了一声，把姜家的经济状况约略报告了一遍，又翻着账簿子读出重要的田地房产的所在与按年的收入。七巧两手紧紧扣在肚子上，身子向前倾着，努力向她自己解释他的每一句话，与她往日调查所得一一印证。青岛的房子，天津的房子，原籍的地，北京城外的地，上海的房子……三爷在公账上拖欠过巨，他的一部分遗产被抵销了之后，还净欠六万，然而大房二房也只得就此算了，因为他是一无所有的人。他所仅有的那一幢花园洋房，他为一个姨太太买的，也已经抵押了出去。其余只有老太太陪嫁过来的首饰，由兄弟三人均分，季泽的那一份也不便充公，因为是母亲留下的一点纪念。七巧突然叫了起来道："九老太爷，那我们太吃亏了！"

堂屋里本就肃静无声，现在这肃静却是沙沙有声，直锯进耳朵里去，像电影配音机器损坏之后的锈轧。九老太爷睁了眼望着她道："怎么？你连他娘丢下的几件首饰也舍不得给他？"七巧道："亲兄弟，明算账，大哥大嫂不言语，我可不能不老着脸开口说句话。我须比不得大哥大嫂——我们死掉的那个若是有能耐出去做两任官，手头活便些，我也乐得放大方些，哪怕把从前的旧账一笔勾销呢？可怜我们那一个病病哼哼一辈子，何尝有过一文半文进账，丢下我们孤儿寡妇，就指着这两个死钱过活。我是个没脚蟹，长白还不满十四岁，往后苦日子有得过呢！"说着，流下泪来。九老太爷道："依你便怎样？"七巧呜咽道："哪儿由得我出主意呢？只求九老太爷替我们做主！"季泽冷着脸只不做声，满屋子的人都觉不便开口。九老太爷按捺不住一肚子的火，哼了一声道："我倒想替你出主意呢，只怕你不爱听！二房里有田地没人照管，三房里有人没有地，我待要叫三爷替你照管，你多少贴他些，又怕你不要他！"七巧冷笑道："我倒想依你呢，只怕死掉的那个不依！来人哪！祥云你把白哥儿给我找来！长白，你爹好苦呀！一下地就是一身的病，为人一场，一天舒坦日子也没过着，临了丢下你这点骨血，人家还看不得你，千方百计图谋你的东西！长白谁叫你爹拖着一身病，活着人家欺负他，死了人家欺负他的孤儿寡妇！我还不打紧，我还能活个几十年么？至多我到老太太灵前把话说明白了，把这条命跟人拼了。长白你可是年纪小着呢，就是喝西北风你也得活下去呀！"九老太爷气的把桌子一拍道："我不管了！是你们求爹爹拜奶奶邀了我来的，你道我喜欢自找麻烦么？"站起来一脚踢翻了椅子，也不等人搀扶，一阵风走得无影无踪。众人面面相觑，一个个悄没声儿溜走了。惟有那马师爷忙着拾掇账簿子，落后了一步，看看屋里人全走光了，单剩下二奶奶一个人坐在那里捶着胸脯嚎啕大哭，自己若无其事的走了，似乎不好意思，只得走上前去，打拱作揖叫道："二太太！二太太！……二太太！"七巧只顾把袖子遮住脸，马师爷又不便把她的手拿开，急的把瓜皮帽摘下来扇着汗。

维持了几天的僵局，到底还是无声无息照原定计划分了家。孤儿寡妇还是被欺负了。

七巧带着儿子长白，女儿长安另租了一幢屋子住下了，和姜家各房很少来往。隔了几个月，姜季泽忽然上门来了。老妈子通报上来，七巧怀着鬼胎，想着分家的那一天得罪了他，不知他有什么手段对付。可是兵来将挡，她凭什么要怕他？她家常穿着佛青实地纱袄子，特地系上一条玄色铁线纱裙，走下楼来。季泽却是满面春风的站起来问二嫂好，又问白哥儿可是在书房里，安姐儿的湿气可大好了，七巧心里便疑惑他是来借钱的，加意防备着，坐下笑道："三弟你近来又发福了。"季泽笑道："看我像一点儿心事都没有的人。"七巧笑道："有福之人不在忙吗！你一向就是无牵无挂的。"季泽笑道："等我把房子卖了，我还要无牵无挂呢！"七巧道："就是你做了押款的那房子，你要卖？"季泽道："当初造它的时候，很费了点心思，有许多装置都是自己心爱的，当然不愿意脱手。后来你是知道的，那边地皮值钱了，前年把它翻造了衖堂房子，一家一家收租，跟那些住小家的打交道，我实在嫌麻烦，索性打算卖了它，图个清净。”七巧暗地里说道：“口气好大！我是知道你的底细的，你在我跟前充什么阔大爷！”

虽然他不向她哭穷，但凡谈到银钱交易，她总觉得有点危险，便岔了开去道：“三妹妹好么？腰子病近来发过没有？”季泽笑道：“我也有许久没见过她的面了。”七巧道：“这是什么话？你们吵了嘴么？”季泽笑道：“这些时我们倒也没吵过嘴。不得已在一起说两句话，也是难得的，也没那闲情逸致吵嘴。”七巧道：“何至于这样？我就不相信！”季泽两肘撑在藤椅的扶手上，交叉十指，手搭凉棚，影子落在眼睛上，深深的唉了一声。七巧笑道：“没有别的，要不就是你在外头玩得太厉害了。自己做错了事，还唉声叹气的仿佛谁害了你似的。你们姜家就没有一个好人！”说着，举起白团扇，作势要打。季泽把那交叉着的十指往下移了一移，两只大拇指按在嘴唇上，两只食指缓缓抚摸着鼻梁，露出一双水汪汪的眼睛来。那眼珠却是水仙花缸底的黑石子，上面汪着水，下面冷冷的没有表情。看不出他在想什么。七巧道：“我非打你不可！”季泽的眼睛里突然冒出一点笑泡儿，道：“你打，你打！”七巧待要打，又掣回手去，重新一鼓作气道：“我真打！”抬高了手，一扇子劈下来，又在半空中停住了，吃吃笑起来。季泽带笑将肩膀耸了一耸，凑了上去道：“你倒是打我一下罢！害得我浑身骨头痒着，不得劲儿！”七巧把扇子向背后一藏，越发笑得格格的。

季泽把椅子换了个方向，面朝墙坐着，人向椅背上一靠，双手蒙住了眼睛，又是长长的叹了口气。七巧啃着扇子柄，斜瞟着他道：“你今儿是怎么了？受了暑吗？”季泽道：“你哪里知道？”半晌，他低低的一个字一个字说道：“你知道我为什么跟家里的那个不好，为什么我拼命的在外头玩，把产业都败光了？你知道这都是为了谁？”七巧不知不觉有些胆寒，走得远远的，倚在炉台上，脸色慢慢的变了。季泽跟了过来。七巧垂着头，肘弯撑在炉台上，手里擎着团扇，扇子上的杏黄穗子顺着她的额角拖下来。季泽在她对面站住了，小声道：“二嫂！……七巧！”

七巧背过脸去淡淡笑道：“我要相信你才怪呢！”季泽便也走开了，道：“不错。你怎么能够相信我？自从你到我家来，我在家一刻也待不住，只想出去。你没来的时候我并没有那么荒唐过，后来那都是为了躲你。娶了兰仙来，我更玩得凶了，为了躲你之外又要躲她。见了你，说不了两句话我就要发脾气——你哪儿知道我心里的苦楚？你对我好，我心里更难受——我得管着我自己——我不能平白的坑坏了你！家里人多眼杂，让人知道了，我是个男子汉，还不打紧，你可了不得！”七巧的手直打颤，扇柄上的杏黄须子在她额上苏苏磨擦着。季泽道：“你信也罢，不信也罢！信了又怎样？横竖我们半辈子已经过去了，说也是白说。我只求你原谅我这一片心。我为你吃了这些苦，也就不算冤枉了。”

七巧低着头，沐浴在光辉里，细细的音乐，细细的喜悦……这些年了，她跟他捉迷藏似的，只是近不得身，原来还有今天！可不是，这半辈子已经完了——花一般的年纪已经过去了。人生就是这样的错综复杂，不讲理。当初她为什么嫁到姜家来？为了钱么？不是的，为了要遇见季泽，为了命中注定她要和季泽相爱。她微微抬起脸来，季泽立在她跟前，两手合在她扇子上，面颊贴在她扇子上。他也老了十年了，然而人究竟还是那个人呵！他难道是哄她么？他想她的钱——她卖掉她的一生换来的几个钱？仅仅这一转念便使她暴怒起来。就算她错怪了他，他为她吃的苦抵得过她为他吃的苦么？好容易她死了心了，他又来撩拨她。她恨他。他还在看着她。他的眼睛——虽然隔了十年，人还是那个人呵！就算他是骗她的，迟一点儿发现不好么？即使明知是骗人的，他太会演戏了，也跟真的差不多罢？

不行！她不能有把柄落在这厮手里。姜家的人是厉害的，她的钱只怕保不住。她得先证明他是真心不是。七巧定了一定神，向门外瞧了一瞧，轻轻惊叫道："有人！"便三脚两步赶出门去，到下房里吩咐潘妈替三爷弄点心去，快些端了来，顺便带芭蕉扇进来替三爷打扇。七巧回到屋里来，故意皱着眉道："真可恶，老妈子在门口探头探脑的，见了我抹过头去就跑，被我赶上去喝住了。若是关上了门说两句话，指不定造出什么谣言来呢！饶是独门独户住了，还没个清净。"潘妈送了点心与酸梅汤进来，七巧亲自拿筷子替季泽拣掉了蜜层糕上的玫瑰与青梅，道："我记得你是不爱吃红绿丝的。"有人在跟前，季泽不便说什么，只是微笑。七巧似乎没话找话说似的，问道："你卖房子，接洽得怎样了？"季泽一面吃，一面答道："有人出八万五，我还没打定主意呢。"七巧沉吟道："地段倒是好的。"季泽道："谁都不赞成我脱手，说还要涨呢。"七巧又问了些详细情形，便道："可惜我手头没有这一笔现款，不然我倒想买。"季泽道："其实呢，我这房子倒不急，倒是咱们乡下你那些田，早早脱手的好。自从改了民国，接二连三的打仗，何尝有一年闲过？把地面上糟蹋得不成样子，中间还被收租的，师爷，地头蛇一层一层勒掯着，莫说这两年不是水就是旱，就遇着了丰年，也没有多少进账轮到我们头上。"七巧寻思着，道："我也盘算过来，一直挨着没有办。先晓得把它卖了，这会子想买房子，也不至于钱不凑手了。"季泽道："你那田要卖趁现在就得卖了，听说直鲁又要开仗了。"七巧道："急切间你叫我卖给谁去？"季泽顿了一顿道："我去替你打听打听，也成。"七巧耸了耸眉毛笑道："得了，你那些狐群狗党里头，又有谁是靠得住的？"季泽把咬开的饺子在小碟子里蘸了点醋，闲闲说出两个靠得住的人名，七巧便认真仔细盘问他起来，他果然回答得有条不紊，显然他是筹之已熟的。

七巧虽是笑吟吟的，嘴里发干，上嘴唇粘在牙仁上，放不下来。她端起盖碗来吸了一口茶，舐了舐嘴唇，突然把脸一沉，跳起身来，将手里的扇子向季泽头上滴溜溜掷过去，季泽向左偏了一偏，那团扇敲在他肩膀上，打翻了玻璃杯，酸梅汤淋淋漓漓溅了他一身。七巧骂道："你要我卖了田去买你的房子？你要我卖田？钱一经你的手，还有得说么？你哄我——你拿那样的话来哄我——你拿我当傻子——"她隔着一张桌子探身过去打他，然而她被潘妈下死劲抱住了。潘妈叫唤起来，祥云等人都奔了来，七手八脚按住了她，七嘴八舌求告着。七巧一头挣扎，一头叱喝着，然而她的一颗心直往下坠——她很明白她这举动太蠢——太蠢——她在这儿丢人出丑。

季泽脱下了他那湿濡的白香云纱长衫，潘妈绞了毛巾来代他揩擦，他理也不理，把衣服夹在手臂上，竟自扬长出门去了，临行的时候向祥云道："等白哥儿下了学，叫他替他母亲请个医生来看看。"祥云吓糊涂了，连声答应着，被七巧兜脸给了她一个耳刮子。

季泽走了。丫头老妈子也都给七巧骂跑了。酸梅汤沿着桌子一滴一滴朝下滴，像迟迟的夜漏——一滴，一滴……一更，二更……一年，一百年。真长，这寂寂的一刹那。七巧扶着头站着，倏地掉转身来上楼去，提着裙子，性急慌忙，跌跌跄跄，不住的撞到那阴暗的绿粉墙上，佛青袄子上沾了大块的淡色的灰。她要在楼上的窗户里再看他一眼。无论如何，她从前爱过他。她的爱给了她无穷的痛苦。单只这一点，就使他值得留恋。多少回了，为了要按捺她自己，她迸得全身的筋骨与牙根都酸楚了。今天完全是她的错。他不是个好人，她又不是不知道。她要他，就得装糊涂，就得容忍他的坏。她为什么要戳穿他？人生在世，还不就是那么一回事？归根究底，什么是真的，什么是假的？

她到了窗前，揭开了那边上缀有小绒球的墨绿洋式窗帘，季泽正在衖堂里望外走，长衫搭在臂上，晴天的风像一群白鸽子钻进他的纺绸裤褂里去，哪儿都钻到了，飘飘拍着翅子。

七巧眼前仿佛挂了冰冷的珍珠帘，一阵热风来了，把那帘子紧紧贴在她脸上，风去了，又把帘子吸了回去，气还没透过来，风又来了，没头没脸包住她——一阵凉，一阵热，她只是淌着眼泪。

玻璃窗的上角隐隐约约反映出衖堂里一个巡警的缩小的影子，晃着膀子踱过去。一辆黄包车静静在巡警身上辗过。小孩把袍子掖在裤腰里，一路踢着球，奔出玻璃的边缘。绿色的邮差骑着自行车，复印在巡警身上，一溜烟掠过。都是些鬼，多年前的鬼，多年后的没投胎的鬼……什么是真的，什么是假的？

过了秋天又是冬天。七巧与现实失去了接触。虽然一样的使性子，打丫头，换厨子，总有些失魂落魄的。她哥哥嫂子到上海来探望了她两次，住不上十来天，末了永远是给她絮叨得站不住脚，然而临走的时候她也没有少给他们东西。她侄子曹春熹上城来找事，耽搁在她家里。那春熹虽是个浑头浑脑的年轻人，却也本本分分的。七巧的儿子长白，女儿长安，年纪到了十三四岁，只因身材瘦小，看上去才只七八岁光景。在年下，一个穿着品蓝摹本缎棉袍，一个穿着葱绿遍地锦棉袍，衣服太厚了，直挺挺撑开了两臂，一般都是薄薄的两张白脸，并排站着，纸糊的人儿似的。这一天午后，七巧还没起身，那曹春熹陪着他兄妹俩掷骰子，长安把压岁钱输光了，还不肯歇手。长白把桌上的铜板一掳，笑道："不跟你来了。"长安道："我们用糖莲子来赌。"春熹道："糖莲子揣在口袋里，看脏了衣服。"长安道："用瓜子也好，柜顶上就有一罐。"便搬过一张茶几来，踩了椅子爬上去拿。慌得春熹叫道："安姐儿你可别摔跤，回头我担不了这干系！"正说着，只见长安猛可里向后一仰，若不是春熹扶住了，早是一个倒栽葱。长白在旁拍手大笑，春熹嘟嘟哝哝骂着，也撑不住要笑，三人笑成一片。春熹将她抱下地来，忽然从那红木大橱的穿衣镜里瞥见七巧蓬着头叉着腰站在门口，不觉一怔，连忙放下了长安，回身道："姑妈起来了。"七巧汹汹奔了过来，将长安向自己身后一推，长安立脚不稳，跌了一跤。七巧只顾将身子挡住了她，向春熹厉声道："我把你这狼心狗肺的东西！我三茶六饭款待你这狼心狗肺的东西，什么地方待亏了你，你欺负我女儿？你那狼心狗肺，你道我揣摩不出么？你别以为你教坏了我女儿，我就不能不捏着鼻子把她许配给你，你好霸占我们的家产！我看你这浑蛋，也还想不出这等主意来，敢情是你爹娘把着手儿教的！我把那两个狼心狗肺忘恩负义的老浑蛋！齐了心想我的钱，一计不成，又生一计！"春熹气得白瞪眼，欲待分辩，七巧道："你还有脸顶撞我！你还不给我快滚，别等我乱棒打出去！"说着，把儿女们推推搡搡送了出去，自己也喘吁吁扶着个丫头走了。春熹究竟年纪青火性大，赌气卷了铺盖，顿时离了姜家的门。

七巧回到起坐间里，在烟榻上躺下了。屋里暗昏昏的，拉上了丝绒窗帘。时而窗户缝里漏了风进来，帘子动了，方在那墨绿小绒球底下毛茸茸地看见一点天色。只有烟灯和烧红的火炉的微光。长安吃了吓，呆呆坐在火炉边一张小凳上。七巧道："你过来。"长安只道是要打，只是延挨着，搭讪把火炉边的洋铁围屏上晾着的小红格子法布衬衫翻了一翻，道："快烤糊了。"衬衫发出热烘烘的布毛气。

七巧却不像要责打她的光景，只数落了一番，道："你今年过了年也有十三岁了，也该放明白些。表哥虽不是外人，天下的男人都是一样的混账。你自己要晓得当心。谁不想你的钱？"一阵风过，窗帘上的绒球与绒球之间露出白色的寒天，屋子里暖热的黑暗给打上了一排小洞。烟灯的火焰往下一挫，七巧脸上的影子仿佛更深了一层。她突然坐起身来，低声道："男人……碰都碰不得！谁不想你的钱？你娘这几个钱不是容易得来的，也不是容易守得住。轮到你们手里，我可不能眼睁睁看着你们上人的当——叫你以后提防着些，你听见了没有？"长安垂着头道："听见了。"

七巧的一只脚有点麻，她探身去捏一捏她的脚。仅仅是一刹那，她眼睛里蠢动着一点温柔的回忆。她记起了想她的钱的一个男人。

她的脚是缠过的，尖尖的缎鞋里塞了棉花，装成半大的文明脚。她瞧着那双脚，心里一动，冷笑了一声道："你嘴里尽管答应着，我怎么知道你心里是明白还是糊涂？你人也有这么大了，又是一双大脚，哪里去不得？我就是管得住你，也没那个精神成天看着你。按说你今年十三了，裹脚已经嫌晚了，原怪我耽误了你。马上这就替你裹起来，也还来得及。"长安一时答不出话来，倒是旁边的老妈子们笑道："如今小脚不时兴了，只怕将来给姐儿定亲的时候麻烦。"七巧道："没的扯淡！我不愁我的女儿没人要，不劳你们替我担心！真没人要，养活她一辈子，我也还养得起！"当真替长安裹起脚来，痛得长安鬼哭神号的。这时连姜家这样守旧的人家，缠过脚的也都已经放了脚了，别说是没缠过的，因此都拿长安的脚传作笑话奇谈。裹了一年多，七巧一时的兴致过去了，又经亲戚们劝着，也就渐渐放松了，然而长安的脚可不能完全恢复原状了。

姜家大房三房里的儿女都进了洋学堂读书，七巧处处存心跟他们比赛着，便也要送长白去投考。长白除了打小牌之外，只喜欢跑跑票房，正在那里朝夕用功吊嗓子，只怕进学校要耽搁了他的功课，便不肯去。七巧无奈，只得把长安送到沪范女中，托人说了情，插班进去。长安换上了蓝爱国布的校服，不上半年，脸色也红润了，胳膊腿腕也粗了一圈。住读的学生洗换衣服，照例是送到学校里包着的洗衣作坊里去的。长安记不清自己的号码，往往失落了枕套手帕种种零件，七巧便闹着说要去找校长说话。这一天放假回家，检点了一下，又发现有一条褥单是丢了。七巧暴跳如雷，准备明天亲自上学校去大兴问罪之师。长安着了急，拦阻了一声，七巧便骂道："天生的败家精，拿你娘的钱不当钱。你娘的钱是容易得来的？——将来你出嫁，你看我有什么陪送给你！——给也是白给！"长安不敢做声，却哭了一晚上。她不能在她的同学跟前丢这个脸。对于十四岁的人，那似乎有天大的重要。她母亲去闹这一场，她以后拿什么脸去见人？她宁死也不到学校里去了。她的朋友们，她所喜欢的音乐教员，不久就会忘记了有这么一个女孩子，来了半年，又无缘无故悄悄的走了。走得干净。她觉得她这牺牲是一个美丽的，苍凉的手势。

半夜里她爬下床来，伸手到窗外去试试，漆黑的，是下了雨么？没有雨点。她从枕头边摸出一只口琴，半蹲半坐在地上，偷偷吹了起来。犹疑地，“Long，Long，Ago”的细小的调子在庞大的夜里袅袅漾开。不能让人听见了。为了竭力按捺着，那呜呜的口琴忽断忽续，如同婴儿的哭泣。她接不上气来，歇了半晌。窗格子里，月亮从云里出来了。墨灰的天，几点疏星，模糊的缺月，像石印的图画。下面白云蒸腾，树顶上透出街灯淡淡的圆光。长安又吹起口琴来。“告诉我那故事，往日我最心爱的那故事，许久以前，许久以前……”

第二天她大着胆子告诉她母亲：“娘，我不想念下去了。”七巧睁着眼道：“为什么？”长安道：“功课跟不上，吃的也太苦了，我过不惯。”七巧脱下一只鞋来，顺手将鞋底抽了她一下，恨道：“你爹不如人，你也不如人？养下你来又不是个十不全，就不肯替我争口气！”长安反剪着一双手，垂着眼睛，只是不言语。旁边老妈子们便劝道：“姐儿也大了，学堂里人杂，的确有些不方便。其实不去也罢了。”七巧沉吟道：“学费总得想法子拿回来。白便宜了他们不成？”便要领了长安一同去索讨，长安抵死不肯去，七巧带着两个老妈子去了一趟回来了，据她自己铺叙，钱虽然没收回来，却也着实羞辱了那校长一场。长安以后在街上遇着了同学，脸上红一阵白一阵，无地自容，只得装做不看见，急急走了过去。朋友寄了信来，她拆也不敢拆，原封退了回去。她的学校生活就此告一结束。

有时她也觉得牺牲得有点不值得，暗自懊悔着，然而也来不及挽回了。她渐渐放弃了一切上进的想头，安分守己起来。她学会了挑是非，使小坏，干涉家里的行政。她不时的跟母亲呕气，可是她的言谈举止越来越像她母亲了。每逢她单叉着袴子，揸开了两腿坐着，两只手按在胯间露出的凳子上，歪着头，下巴搁在心口上，凄凄惨惨瞅住了对面的人说道：“一家有一家的苦处呀，表嫂——一家有一家的苦处！”——谁都说她是活脱的一个七巧。她打了一根辫子，眉眼的紧俏有似当年的七巧，可是她的小小的嘴过于瘪进去，仿佛显老一点。她再年青些也不过是一棵较嫩的雪里红——盐腌过的。

也有人来替她做媒。若是家境推板一点的，七巧总疑心人家是贪她们的钱。若是那有财有势的，对方却又不十分热心，长安不过是中等姿色，她母亲出身既低，又有个不贤惠的名声，想必没有什么家教。因此高不成，低不就，一年一年耽搁了下去。那长白的婚事却不容耽搁。长白在外面赌钱，捧女戏子，七巧还没甚话说，后来渐渐跟着他三叔姜季泽逛起窑子来，七巧方才着了慌，手忙脚乱替他定亲，娶了一个袁家的小姐，小名芝寿。

行的是半新式的婚礼，红色盖头是蠲免了，新娘戴着蓝眼镜，粉红喜纱，穿着粉红彩绣裙袄，进了洞房，除去了眼镜，低着头坐在湖色帐幔里。闹新房的人围着打趣，七巧只看了一看便出来了。长安在门口赶上了她，悄悄笑道：“皮色还倒白净，就是嘴唇太厚了些。”七巧把手撑着门，拔下一只金挖耳来搔搔头，冷笑道：“还说呢！你新嫂子这两片嘴唇，切切倒有一大碟子！”旁边一个太太便道：“说是嘴唇厚的人天性厚哇！”七巧哼了一声，将金挖耳指住了那太太，倒剔起一只眉毛，歪着嘴微微一笑道："天性厚，并不是什么好话。当着姑娘们，我也不便多说——但愿咱们白哥儿这条命别送在她手里！"七巧天生着一副高爽的喉咙，现在因为苍老了些，不那么尖了，可是扁扁的依旧四面刮得人疼痛，像剃刀片。这两句话，说响不响，说轻也不轻。人丛里的新娘子的平板的脸与胸震了一震——多半是龙凤烛的火光的跳动。

三朝过后，七巧嫌新娘子笨，诸事不如意，每每向亲戚们诉说着。便有人劝道："少奶奶年纪青，二嫂少不得要费点心教导教导她。谁叫这孩子没心眼儿呢！"七巧啐道："你别瞧咱们新少奶奶老实呀——一见了白哥儿，她就得去上马桶！真的！你信不信？"这话传到芝寿耳朵里，急得芝寿只待寻死。然而这还是没满月的时候，七巧还顾些脸面，后来索性这一类的话当着芝寿的面也说了起来，芝寿哭也不是，笑也不是，若是木着脸装不听见，七巧便一拍桌子嗟叹起来道："在儿子媳妇手里吃口饭，可真不容易！动不动就给人脸子看！"

这天晚上，七巧躺着抽烟，长白盘踞在烟铺跟前的一张沙发椅上嗑瓜子，无线电里正唱着一出冷戏，他捧着戏考，一个字一个字跟着哼，哼上了劲，甩过一条腿去骑在椅背上，来回摇着打拍子。七巧伸过脚去踢了他一下道："白哥儿你来替我装两筒。"长白道："现放着烧烟的，偏要支使我！我手上有蜜是怎么着？"说着，伸了个懒腰，慢腾腾移身坐到烟灯前的小凳上，卷起了袖子。七巧笑道："我把你这不孝的奴才！支使你，是抬举你！"她眯缝着眼望着他。这些年来她的生命里只有这一个男人。只有他，她不怕他想她的钱——横竖钱都是他的。可是，因为他是她的儿子，他这一个人还抵不了半个……现在，就连这半个人她也保留不住——他娶了亲。他是个瘦小白皙的年青人，背有点驼，戴着金丝眼镜，有着工细的五官，时常茫然地微笑着，张着嘴，嘴里闪闪发着光的不知道是太多的唾沫水还是他的金牙。他敞着衣领，露出里面的珠羔里子和白小褂。七巧把一只脚搁在他肩膀上，不住的轻轻踢着他的脖子，低声道："我把你这不孝的奴才！打几时起变得这么不孝了？"长安在旁笑道："娶了媳妇忘了娘嘛！"七巧道："少胡说！我们白哥儿倒不是那们样的人！我也养不出那们样的儿子！"长白只是笑。七巧斜着眼看定了他，笑道："你若还是我从前的白哥儿，你今儿替我烧一夜的烟！"长白笑道："那可难不倒我！"七巧道："盹着了，看我捶你！"

起坐间的帘子撤下送去洗濯了。隔着玻璃窗望出去，影影绰绰乌云里有个月亮，一搭黑，一搭白，像个戏剧化的狰狞的脸谱。一点，一点，月亮缓缓的从云里出来了，黑云底下透出一线炯炯的光，是面具底下的眼睛。天是无底洞的深青色。久已过了午夜了。长安早去睡了，长白打着烟泡，也前仰后合起来。七巧斟了杯浓茶给他，两人吃着蜜饯糖果，讨论着东邻西舍的隐私。七巧忽然含笑问道："白哥儿你说，你媳妇儿好不好？"长白笑道："这有什么可说的？"七巧道："没有可批评的，想必是好的了？"长白笑着不做声。七巧道："好，也有个怎么个好呀！"长白道："谁说她好来着？"七巧道："她不好？哪一点不好？说给娘听。"长白起初只是含糊对答，禁不起七巧再三盘问，只得吐露一二。旁边递茶递水的老妈子们都背过脸去笑得格格的，丫头们都掩着嘴忍着笑回避出去了。七巧又是咬牙，又是笑，又是喃喃咒骂，卸下烟斗来狠命磕里面的灰，敲得托托一片响。长白说溜了嘴，止不住要说下去，足足说了一夜。

次日清晨，七巧吩咐老妈子取过两床毯子来打发哥儿在烟榻上睡觉。这时芝寿也已经起了身，过来请安。七巧一夜没合眼，却是精神百倍，邀了几家女眷来打牌，亲家母也在内。在麻将桌上一五一十将她儿子亲口招供的她媳妇的秘密宣布了出来，略加渲染，越发有声有色。众人竭力的打岔，然而说不上两句闲话，七巧笑嘻嘻的转了个弯，又回到她媳妇身上来了。逼得芝寿的母亲脸皮紫涨，也无颜再见女儿，放下牌，乘了包车回去了。

七巧接连着教长白为她烧了两晚上的烟。芝寿直挺挺躺在床上，搁在肋骨上的两只手蜷曲着像死去的鸡的脚爪。她知道她婆婆又在那里盘问她丈夫，她知道她丈夫又在那里叙说一些什么事，可是天知道他还有什么新鲜的可说！明天他又该涎着脸到她跟前来了。也许他早料到她会把满腔的怨毒都结在他身上，就算她没本领跟他拼命，至不济也得质问他几句，闹上一场。多半他准备先声夺人，借酒盖住了脸，找点碴子，摔上两件东西。她知道他的脾气。末后他会坐到床沿上来，耸起肩膀，伸手到白绸小褂里面去抓痒，出人意料之外地一笑。他的金丝眼镜上抖动着一点光，他嘴里抖动着一点光，不知道是唾沫还是金牙。他摘去了他的眼镜。……芝寿猛然坐起身来，哗喇揭开了帐子。这是个疯狂的世界，丈夫不像个丈夫，婆婆也不像个婆婆。不是他们疯了，就是她疯了。今天晚上的月亮比哪一天都好，高高的一轮满月，万里无云，像是漆黑的天上一个白太阳。遍地的蓝影子，帐顶上也是蓝影子，她的一双脚也在那死寂的蓝影子里。

芝寿待要挂起帐子来，伸手去摸索帐钩，一只手臂吊在那铜钩上，脸偎住了肩膀，不由的就抽噎起来。帐子自动的放了下来。昏暗的帐子里除了她之外没有别人，然而她还是吃了一惊，仓皇地再度挂起了帐子。窗外还是那使人汗毛凛凛的反常的明月——漆黑的天上一个灼灼的小而白的太阳。屋里看得分明那玫瑰紫绣花椅披桌布，大红平金五凤齐飞的围屏，水红软缎对联，绣着盘花篆字。梳妆台上红绿丝网络着银粉缸，银漱盂，银花瓶，里面满满盛着喜果。帐檐上垂下五彩攒金绕绒花球，花盆，如意，粽子，下面滴溜溜坠着指头大的琉璃珠和尺来长的桃红穗子。偌大一间房里充塞着箱笼，被褥，铺陈，不见得她就找不出一条汗巾子来上吊。她又倒到床上去。月光里，她的脚没有一点血色——青，绿，紫，冷去的尸身的颜色。她想死，她想死。她怕这月亮光，又不敢开灯。明天她婆婆说："白哥儿给我多烧了两口烟，害得我们少奶奶一宿没睡觉，半夜三更点着灯等他回来——少不了他吗？"芝寿的眼泪顺着枕头不停的流。她不用手帕去擦眼睛，擦肿了，她婆婆又该说了："白哥儿一晚上没回房去睡，少奶奶就把眼睛哭得桃儿似的！"

七巧虽然把儿子媳妇描摹成这样热情的一对，长白对于芝寿却不甚中意，芝寿也把长白恨得牙痒痒的。夫妻不和，长白渐渐又往花街柳巷里走动。七巧把一个丫头绢儿给了他做小，还是牢笼不住他。七巧又变着方儿哄他吃烟。长白一向就喜欢玩两口，只是没上瘾，现在吸的多了，也就收了心不大往外跑了，只在家守着母亲与新姨太太。

他妹子长安二十四岁那年生了痢疾，七巧不替她延医服药，只劝她抽两筒鸦片，果然减轻了不少痛苦。病愈之后，也就上了瘾。那长安更与长白不同，未出阁的小姐，没有其他的消遣，一心一意的抽烟，抽的倒比长白还要多。也有人劝阻，七巧道："怕什么！莫说我们姜家还吃得起，就是我今天卖了两顷地给他们姐儿俩抽烟，又有谁敢放半个屁？姑娘赶明儿聘了人家，少不得有她这一份嫁妆。她吃自己的，喝自己的，姑爷就是舍不得，也只好干望着她罢了！”

话虽如此说，长安的婚事毕竟受了点影响。来做媒的本就不十分踊跃，如今竟绝迹了。长安到了近三十的时候，七巧见女儿注定了是要做老姑娘的了，便又换了一种论调，道：“自己长的不好，嫁不掉，还怨我做娘的耽搁了她！成天挂搭着个脸，倒像我该她二百钱似的。我留她在家里吃一碗闲茶闲饭，可没打算留她在家里给我气受！”

姜季泽的女儿长馨过二十岁生日，长安去给她堂房妹子拜寿。那姜季泽虽然穷了，幸喜他交游广阔，手里还算兜得转。长馨背地里向她母亲道：“妈想法子给安姐姐介绍个朋友罢，瞧她怪可怜的。还没提起家里的情形，眼圈儿就红了。”兰仙慌忙摇手道：“罢！罢！这个媒我不敢做！你二妈那脾气是好惹的？”长馨年少好事，哪里理会得？歇了些时，偶然与同学们说起这件事，恰巧那同学有个表叔新从德国留学回来，也是北方人，仔细攀认起来，与姜家还沾着点老亲。那人名唤童世舫，叙起来比长安略大几岁。长馨竟自作主张，安排了一切，由那同学的母亲出面请客。长安这边瞒得家里铁桶相似。

七巧身子一向硬朗，只因她媳妇芝寿得了肺痨，七巧嫌她乔张做致，吃这个，吃那个，累又累不得，比寻常似乎多享了一些福，自己一赌气便也病了。起初不过是气虚血亏，却也将合家支使得团团转，哪儿还能够兼顾到芝寿？后来七巧认真得了病，卧床不起，越发鸡犬不宁。长安乘乱里便走开了，把裁缝唤到她三叔家里，由长馨出主意替她制了新装。赴宴的那天晚上，长馨先陪她到理发店去用钳子烫了头发，从天庭到鬓角一路密密的贴着细小的发圈。耳朵上戴了二寸来长的玻璃翠宝塔坠子，又换上了苹果绿乔琪纱旗袍，高领圈，荷叶边袖子，腰以下是半西式的百折裙。一个小大姐蹲在地上为她扣揿钮，长安在穿衣镜里端详着自己，忍不住将两臂虚虚的一伸，裙子一踢，摆了个葡萄仙子的姿势，一扭头笑了起来道：“把我打扮得天女散花似的！”长馨在镜子里向那小大姐做了个眉眼，两人不约而同也都笑了起来。长安妆罢，便向高椅上端端正正坐下了。长馨道：“我去打电话叫车。”长安道：“还早呢！”长馨看了看表道：“约的是八点，已经八点过五分了。”长安道：“晚个半个钟头，想必也不碍事。”长馨猜她是存心要搭点架子，心中又好气又好笑，打开银丝手提皮包来检点了一下，借口说忘了带粉镜子，径自走到她母亲屋里来，如此这般告诉了一遍，又道：“今儿又不是姓童的请客，她这架子是冲着谁搭的？我也懒得去劝她，由她挨到明儿早上去，也不干我事。”兰仙道：“瞧你这糊涂！人是你约的，媒是你做的，你怎么卸得了这干系？我埋怨过你多少回了——你早该知道了，安姐儿就跟她娘一样的小家子气，不上台盘。待会儿出乖露丑的，说起来是你姐姐，你丢人也是活该，谁叫你把这些是是非非，揽上身来，敢是闲疯了？”长馨嘟嘟着嘴在她母亲屋里坐了半晌。兰仙笑道：“看这情形，你姐姐是等着人催请呢。”长馨道：“我才不去催她呢！”兰仙道：“傻丫头，要你催，中什么用？她等着那边来电话哪！”长馨失声笑道：“又不是新娘子，要三请四催的，逼着上轿！”兰仙道：“好歹你打个电话到饭店里去，叫他们打个电话来，不就结了？快九点了，再挨下去，事情可真要崩了！”长馨只得依言做去，这边方才动了身。

长安在汽车里还是兴兴头头，谈笑风生的，到了菜馆子里，突然矜持起来，跟在长馨后面，悄悄掩进了房间，怯怯的褪去了苹果绿鸵鸟毛斗篷，低头端坐，拈了一只杏仁，每隔两分钟轻轻啃去了十分之一，缓缓咀嚼着。她是为了被看而来的。她觉得她浑身的结束，无懈可击，任凭人家多看两眼也不妨事，可是她的身体完全是多余的，缩也没处缩。她始终缄默着，吃完了一顿饭。等着上甜菜的时候，长馨把她拉到窗子跟前去观看街景，又托故走开了，那童世舫便踱到窗前，问道："姜小姐这儿来过么？"长安细声道："没有。"童世舫道："我也是第一次。菜倒是不坏，可是我还是吃不大惯。"长安道："吃不惯？"世舫道："可不是！外国菜比较清淡些，中国菜要油腻得多。刚回来，连着几天亲戚朋友们接风，很容易的就吃坏了肚子。"长安反覆地看她的手指，仿佛一心一意要数数一共有几个指纹是螺形的，几个是畚箕……

玻璃窗上面，没来由开了小小的一朵霓虹灯的花——对过一家店面里反映过来的，绿心红瓣，是尼罗河祀神的莲花，又是法国王室的百合徽章……

世舫多年没见过故国的姑娘，觉得长安很有点楚楚可怜的韵致，倒有几分喜欢。他留学以前早就定了亲，只因他爱上了一个女同学，抵死反对家里的亲事，路远迢迢，打了无数的笔墨官司，几乎闹翻了脸，他父母曾经一度断绝了他的接济，使他吃了不少的苦，方才依了他，解了约。不幸他的女同学别有所恋，抛下了他，他失意之余，倒埋头读了七八年的书。他深信妻子还是旧式的好，也是由于反应作用。

和长安见了这一面之后。两下里都有了意。长馨想着送佛送到西天，自己再热心些，也没有资格出来向长安的母亲说话，只得央及兰仙。兰仙执意不肯道："你又不是不知道，你爹跟你二妈仇人似的，向来是不见面的。我虽然没跟她红过脸，再好些也有限。何苦去自讨没趣？"长安见了兰仙，只是垂泪，兰仙却不过情面，只得答应去走一遭。妯娌相见，问候了一番，兰仙便说明了来意。七巧初听见了，倒也欣然，因道："那就拜托了三妹妹罢！我病病哼哼的，也管不得了，偏劳了三妹妹。这丫头就是我的一块心病。我做娘的也不能说是对不起她了，行的是老法规矩，我替她裹脚；行的是新派规矩，我送她上学堂——还要怎么着？照我这样扒心扒肝调理出来的人，只要她不疤不麻不瞎，还会没人要吗？怎奈这丫头天生的是扶不起的阿斗，恨得我只嚷嚷：多咱我一闭眼去了，男婚女嫁，听天由命罢！"

当下议妥了，由兰仙请客，两方面相亲。长安与童世舫只做没见过面模样，又会晤了一次。七巧病在床上，没有出场，因此长安便风平浪静的订了婚。在筵席上，兰仙与长馨行强拉着长安的手，递到童世舫手里，世舫当众替她套上了戒指。女家也回了礼，文房四宝虽然免了，却用新式的丝绒文具盒来代替，又添上了一只手表。

订婚之后，长安遮遮掩掩竟和世舫单独出去了几次。晒着秋天的太阳，两人并排在公园里走着，很少说话，眼角里带着一点对方的衣服与移动着的脚，女子的粉香，男子的淡巴菰气，这单纯而可爱的印象便是他们身边的栏干，栏干把他们与众人隔开了。空旷的绿草地上，许多人跑着，笑着，谈着，可是他们走的是寂寂的绮丽的回廊——走不完的寂寂的回廊。不说话，长安并不感到任何缺陷。她以为新式的男女间的交际也就"尽于此矣"。童世舫呢，因为过去的痛苦的经验，对于思想的交换根本抱着怀疑的态度。有个人在身边，他也就满足了。从前，他顶讨厌小说上的男人，向女人要求同居的时候，只说："请给我一点安慰。"安慰是纯粹精神上的，这里却做了肉欲的代名词。但是他现在知道精神与物质的界限不能分得这么清。言语究竟没有用。久久的握着手，就是较妥贴的安慰，因为会说话的人很少，真正有话说的人还要少。

有时在公园里遇着了雨，长安撑起了伞。世舫为她擎着。隔着半透明的蓝绸伞，千万粒雨珠闪着光，像一天的星。一天的星到处跟着他们，在水珠银烂的车窗上，汽车驰过了红灯，绿灯，窗子外营营飞着一窠红的星，又是一窠绿的星。

长安带了点星光下的乱梦回家来，人变得异常沉默了，时时微笑着。七巧见了，不由的有气，便冷言冷语道："这些年来，多多怠慢了姑娘，不怪姑娘难得开个笑脸。这下子跳出了姜家的门，称了心愿了，再快活些，可也别这么摆在脸上呀——叫人寒心！"依着长安素日的性子，就要回嘴，无如长安近来像换了个人似的，听了也不计较，自顾自努力去戒烟。七巧也奈何她不得。

长安订婚那天，大奶奶玳珍没去，隔了些天来补道喜。七巧悄悄唤了声大嫂，道："我看咱们还得在外头打听打听哩，这事可冒失不得！前天我耳朵里仿佛刮着一点，说是乡下有太太，外洋还有一个。"玳珍道："乡下的那个没过门就退了亲。外洋那个也是这样，说是做了几年的朋友了，不知怎么又没成功。"七巧道："那还有个为什么？男人的心，说声变，就变了，他连三媒六聘的还不认账，何况那不三不四的歪辣货？知道他在外洋还有旁人没有？我就只这一个女儿，可不能糊里糊涂断送了她的终身，我自己是吃过媒人的苦的！"

长安坐在一旁用指甲去掐手掌心，手掌心掐红了，指甲却挣得雪白。七巧一抬眼望见了她，便骂道："死不要脸的丫头，竖着耳朵听呢！这话是你听得的吗？我们做姑娘的时候，一声提起婆婆家，来不迭的躲开了。你姜家枉为世代书香，只怕你还要到你开麻油店的外婆家去学点规矩哩！"长安一头哭一头奔了出去。七巧拍着枕头嗐了一声道："姑娘急着要嫁，叫我也没法子。腥的臭的往家里拉。名为是她三婶给找的人，其实不过是拿她三婶做个幌子。多半是生米煮成了熟饭了，这才挽了三婶出来做媒。大家齐打伙儿糊弄我一个人……糊弄着也好！说穿了，叫做娘的做哥哥的脸往哪儿去放？"

又一天，长安托辞溜了出去，回来的时候，不等七巧查问，待要报告自己的行踪，七巧叱道："得了，得了，少说两句罢！在我面前糊什么鬼？有朝一日你让我抓着了真凭实据——哼！别以为你大了，订了亲了，我打不得你了！"长安急了道："我给馨妹妹送鞋样子去，犯了什么法了？娘不信，娘问三婶去！"七巧道："你三婶替你寻了个汉子来，就是你的重生父母，再养爹娘！也没见你这样的轻骨头！……一转眼就不见你的人了。你家里供养了你这些年，就只差买个小厮来伺候你，哪一处对你不住了，你在家里一刻也坐不稳？"长安红了脸，眼泪直吊下来。七巧缓过一口气来，又道："当初多少好的都不要，这会子去嫁个不成器的，人家拣剩下来的，岂不是自己打嘴？他若是个人，怎么活到三十来岁，飘洋过海的，跑上十万里地，一房老婆还没弄到手？"

然而长安一味的执迷不悟。因为双方的年纪都不小了，订了婚不上几个月，男方便托了兰仙来议定婚期。七巧指着长安道："早不嫁，迟不嫁，偏赶着这两年钱不凑手！明年若是田上收成好些，嫁妆也还齐整些。"兰仙道："如今新式结婚，倒也不讲究这些了。就照新派办法，省着点也好。"七巧道："什么新派旧派？旧派无非排场大些，新派实惠些，一样还是娘家的晦气！”兰仙道：“二嫂看着办就是了，难道安姐儿还会争多论少不成？”一屋子的人全笑了，长安也不觉微微一笑。七巧破口骂道：“不害臊！你是肚子里有了搁不住的东西是怎么着？火烧眉毛，等不及的要过门！嫁妆也不要了——你情愿，人家倒许不情愿呢？你就拿准了他是图你的人？你好不自量。你有那一点叫人看得上眼？趁早别自骗自了！姓童的还不是看上了姜家的门第！别瞧你们家轰轰烈烈，公侯将相的，其实全不是那么回事！早就是外强中干，这两年连空架子也撑不起了。人呢，一代坏似一代，眼里哪儿还有天地君亲？少爷们是什么都不懂，小姐们就知道霸钱要男人——猪狗都不如！我娘家当初千不该万不该跟姜家结了亲，坑了我一世，我待要告诉那姓童的趁早别像我似的上了当！”

自从吵闹过这一番，兰仙对于这头亲事便洗手不管了。七巧的病渐渐痊愈，略略下床走动，便逐日骑着门坐着，遥遥的向长安屋里叫喊道：“你要野男人你尽管去找，只别把他带上门来认我做丈母娘，活活的气死了我！我只图个眼不见，心不烦。能够容我多活两年，便是姑娘的恩典了！”颠来倒去几句话，嚷得一条街上都听得见。亲戚丛中自然更将这事沸沸扬扬传了开去。

七巧又把长安唤到跟前，忽然滴下泪来道：“我的儿，你知道外头人把你怎么长怎么短糟蹋得一个钱也不值！你娘自从嫁到姜家来，上上下下谁不是势利的，狗眼看人低，明里暗里我不知受了他们多少气。就连你爹，他有什么好处到我身上，我要替他守寡？我千辛万苦守了这二十年，无非是指望你姐儿俩长大成人，替我争回一点面子来。不承望今日之下，只落得这等的收场！”说着，呜咽起来。

长安听了这话，如同轰雷掣顶一般。她娘尽管把她说得不成人，外头人尽管把她说得不成人，她管不了这许多。唯有童世舫——他——他该怎么想？他还要她么？上次见面的时候，他的态度有点改变么？很难说……她太快乐了，小小的不同的地方她不会注意到……被戒烟期间身体上的痛苦与这种种刺激两面夹攻着，长安早就有点受不了，可是硬撑着也就撑了过去，现在她突然觉得浑身的骨骼都脱了节。向他解释么？他不比她的哥哥，他不是她母亲的儿女，他决不能彻底明白她母亲的为人。他果真一辈子见不到她母亲，倒也罢了，可是他迟早要认识七巧。这是天长地久的事，只有千年做贼的，没有千年防贼的——她知道她母亲会放出什么手段来？迟早要出乱子，迟早要决裂。这是她的生命里顶完美的一段，与其让别人给它加上一个不堪的尾巴，不如她自己早早结束了它。一个美丽而苍凉的手势……她知道她会懊悔的，她知道她会懊悔的，然而她抬了抬眉毛，做出不介意的样子，说道：“既然娘不愿意结这头亲，我去回掉他们就是了。”七巧正哭着，忽然住了声，停了一停，又抽答抽答哭了起来。

长安定了一定神，就去打了个电话给童世舫。世舫当天没有空，约了明天下午。长安所最怕的就是中间隔的这一晚，一分钟，一刻，一刻，啃进她心里去。次日，在公园里的老地方，世舫微笑着迎上前来，没跟她打招呼——这在他是一种亲昵的表示。他今天仿佛是特别的注意她，并肩走着的时候，屡屡的望着她的脸。太阳煌煌的照着，长安越发觉得眼皮肿得抬不起来了。趁他不在看她的时候把话说了罢。她用哭哑了的喉咙轻轻唤了一声“童先生”。世舫没听见。那么，趁他看她的时候把话说了罢。她诧异她脸上还带着点笑，小声道：“童先生，我想——我们的事也许还是——还是再说罢。对不起得很。”她褪下戒指来塞在他手里，冷涩的戒指，冷湿的手。她放快了步子走去，他愣了一会，便追上来，问道："为什么呢？对于我有不满意的地方么？"长安毕直向前望着，摇了摇头。世舫道："那么，为什么呢？"长安道："我母亲……"世舫道："你母亲并没有看见过我。"长安道："我告诉过你了，不是因为你。与你完全没有关系。我母亲……"世舫站定了脚。这在中国是很充分的理由了罢？他这么略一踌躇，她已经走远了。

园子在深秋的日头里晒了一上午又一下午，像烂熟的水果一般，往下坠着，坠着，发出香味来。长安悠悠忽忽听见了口琴的声音，迟钝地吹出了"Long，Long，Ago"——"告诉我那故事，往日我最心爱的那故事。许久以前，许久以前……"这是现在，一转眼也就变了许久以前了，什么都完了。长安着了魔似的，去找那吹口琴的人——去找她自己。迎着阳光走着，走到树底下，一个穿着黄短裤的男孩骑在树丫枝上颠颠着，吹着口琴，可是他吹的是另一个调子，她从来没听见过的。不大的一棵树，稀稀朗朗的梧桐叶在太阳里摇着像金的铃铛。长安仰面看着，眼前一阵黑，像骤雨似的，泪珠一串串的披了一脸。世舫找到了她，在她身边悄悄站了半晌，方道："我尊重你的意见。"长安举起了她的皮包来遮住了脸上的阳光。

他们继续来往了一些时。世舫要表示新人物交女朋友的目的不仅限于择偶，因此虽然与长安解除了婚约，依旧常常的邀她出去。至于长安呢，她是抱着什么样的矛盾的希望跟着他出去，她自己也不知道——知道了也不肯承认。订着婚的时候，光明正大的一同出去，尚且要瞒了家里，如今更成了幽期密约了。世舫的态度始终是坦然的。固然，她略略伤害了他的自尊心，同时他对于她多少也有点惋惜，然而"大丈夫何患无妻？"男子对于女子最隆重的赞美是求婚。他割舍了他的自由，送了她这一份厚礼，虽然她是"心领璧还"了，他可是尽了他的心。这是惠而不费的事。

无论两人之间的关系是怎样的微妙而尴尬，他们认真的做起朋友来了。他们甚至谈起话来。长安的没见过世面的话每每使世舫笑起来，说："你这人真有意思！"长安渐渐的也发现了她自己原来是个"很有意思"的人。这样下去，事情会发展到什么地步，连世舫自己也会惊奇。

然而风声吹到了七巧耳朵里。七巧背着长安吩咐长白下帖子请童世舫吃便饭。世舫猜着姜家许是要警告他一声，不准他和他们小姐藕断丝连，可是他同长白在那阴森高敞的餐室里吃了两盅酒，说了一会话，天气，时局，风土人情，并没有一个字沾到长安身上。冷盘撤了下去，长白突然手按着桌子站了起来。世舫回过头去，只见门口背着光立着一个小身材的老太太，脸看不清楚，穿一件青灰团龙宫织缎袍，双手捧着大红热水袋，身旁夹峙着两个高大的女仆。门外日色昏黄，楼梯上铺着湖绿花格子漆布地衣，一级一级上去，通入没有光的所在。世舫直觉地感到那是个疯人——无缘无故的，他只是毛骨悚然。长白介绍道："这就是家母。"

世舫挪开椅子站起来，鞠了一躬。七巧将手搭在一个佣妇的胳膊上，款款走了进来，客套了几句，坐下来便敬酒让菜。长白道："妹妹呢？来了客，也不帮着张罗张罗。"七巧道："她再抽两筒就下来了。"世舫吃了一惊，睁眼望着她。七巧忙解释道："这孩子就苦在先天不足，下地就得给她喷烟。后来也是为了病，抽上了这东西。小姐家，够多不方便哪！也不是没戒过，身子又娇，又是由着性儿惯了的，说丢，哪儿就丢得掉呢呀？戒戒抽抽，这也有十年了。"世舫不由的变了色，七巧有一个疯子的审慎与机智。她知道，一不留心，人们就会用嘲笑的，不信任的眼光截断了她的话锋，她已经习惯了那种痛苦。她怕话说多了要被人看穿了。因此及早止住了自己，忙着添酒布菜。隔了些时，再提起长安的时候，她还是轻描淡写的把那几句话重复了一遍。她那平扁而尖利的喉咙四面割着人像剃刀片。

长安悄悄的走下楼来，玄色花绣鞋与白丝袜停留在日色昏黄的楼梯上。停了一会，又上去了。一级一级，走进没有光的所在。

七巧道："长白你陪童先生多喝两杯，我先上去了。"佣人端上一品锅来，又换上了新烫的竹叶青。一个丫头慌里慌张站在门口将席上伺候的小厮唤了出去，嘀咕了一会，那小厮又进来向长白附耳说了几句，长白仓皇起身，向世舫连连道歉，说："暂且失陪，我去去就来，"三脚两步也上楼去了，只剩下世舫一人独酌。那小厮也觉过意不去，低低的告诉了他："我们绢姑娘要生了。"世舫道："绢姑娘是谁？"小厮道："是少爷的姨奶奶。"

世舫拿上饭来胡乱吃了两口，不便放下碗来就走，只得坐在花梨坑上等着，酒酣耳热，忽然觉得异常的委顿，便躺了下来。卷着云头的花梨坑，冰凉的黄籐心子，柚子的寒香……姨奶奶添了孩子了。这就是他所怀念着的古中国……他的幽娴贞静的中国闺秀是抽鸦片的！他坐了起来，双手托着头，感到了难堪的落寞。

他取了帽子出门，向那小厮道："待会儿请你对上头说一声，改天我再面谢罢！"他穿过砖砌的天井，院子正中生着树，一树的枯枝高高印在淡青的天上，像磁上的冰纹。长安静静的跟在他后面送了出来。她的藏青长袖旗袍上有着浅黄的雏菊。她两手交握着，脸上显出稀有的柔和。世舫回过身来道："姜小姐……"她隔得远远的站定了，只是垂着头。世舫微微鞠了一躬，转身就走了。长安觉得她是隔了相当的距离看这太阳里的庭院，从高楼上望下来，明晰，亲切，然而没有能力干涉，天井，树，曳着萧条的影子的两个人，没有话——不多的一点回忆，将来是要装在水晶瓶里双手捧着看的——她的最初也是最后的爱。

芝寿直挺挺躺在床上，搁在肋骨上的两只手蜷曲着像宰了的鸡的脚爪。帐子吊起了一半。不分昼夜她不让他们给她放下帐子来，她怕。

外面传进来说绢姑娘生了个小少爷。丫头丢下了热气腾腾的药罐子跑出去凑热闹了，敞着房门，一阵风吹了进来，帐钩豁朗朗乱摇，帐子自动的放了下来，然而芝寿不再抗议了。她的头向右一歪，滚到枕头外面去。她并没有死——又挨了半个月光景才死的。

绢姑娘扶了正，做了芝寿的替身。扶了正不上一年就吞了生鸦片自杀了。长白不敢再娶了，只在妓院里走走。长安更是早就断了结婚的念头。

七巧似睡非睡横在烟铺上。三十年来她戴着黄金的枷。她用那沉重的枷角劈杀了几个人，没死的也送了半条命。她知道她儿子女儿恨毒了她，她婆家的人恨她，她娘家的人恨她。她摸索着腕上的翠玉镯子，徐徐将那镯子顺着骨瘦如柴的手臂往上推，一直推到腋下。她自己也不能相信她年青的时候有过滚圆的胳膊。就连出了嫁之后几年，镯子里也只塞得进一条洋绉手帕。十八九岁做姑娘的时候，高高挽起了大镶大滚的蓝夏布衫袖，露出一双雪白的手腕，上街买菜去。喜欢她的有肉店里的朝禄，她哥哥的结拜弟兄丁玉根，张少泉，还有沈裁缝的儿子。喜欢她，也许只是喜欢跟她开开玩笑，然而如果她挑中了他们之中的一个，往后日子久了，生了孩子，男人多少对她有点真心。七巧挪了挪头底下的荷叶边小洋枕，凑上脸去揉擦了一下，那一面的一滴眼泪她就懒怠去揩拭，由它挂在腮上，渐渐自己干了。

七巧过世以后，长安和长白分了家搬出来住。七巧的女儿是不难解决她自己的问题的。谣言说她和一个男子在街上一同走，停在摊子跟前，他为她买了一双吊袜带。也许她用的是她自己的钱，可是无论如何是由男子的袋里掏出来的。……当然这不过是谣言。

三十年前的月亮早已沉下去，三十年前的人也死了，然而三十年前的故事还没完——完不了。

一九四三年十月

▶扫一扫

《金锁记》拓展阅读

寒　夜*（节选）

巴　金

内容概要：

《寒夜》这部巴金创作于20世纪40年代的长篇小说，讲述了抗战时期重庆一个知识分子家庭的悲剧。

汪文宣夫妇都毕业于上海某大学教育系，怀着创办教育事业的美好理想，但残酷的现实阻碍了他们对理想和自由的追求。随着抗战的爆发，他们不得不从上海到重庆避难，在现实生活的压力下，他们只能选择做被人欺压排挤的小职员或花瓶，在理想的支撑和现实的泥泞中艰难挣扎。

汪母的加入使得这个家庭陷入了不可调和的矛盾之中，她有着知识分子的尊严，虽无力应对物价飞涨的现实，却仍看不惯儿媳，于是婆媳纷争不断。汪文宣无力调解，在公司里又屡受歧视和压迫，贫困中染上了肺病，失业成为他难逃的宿命。

面对丈夫的软弱善良、生命力日益减弱，婆婆的辱骂憎恨，曾树生渴望热烈的生活，追求个体的生命价值，于是随同追求她的陈主任远调兰州。但她依然坚持为这个家庭提供经济支援，负责儿子的学费。最终，在庆祝抗战胜利的夜晚，汪文宣痛苦地离开了人世。

两个月后，曾树生返回重庆，一切已物是人非，旧居换了新主人，婆婆和小宣也不知去向。在这种情况下，她又陷入了新的矛盾，是走遍天涯地角无益地寻找婆婆和小宣，还是回兰州接受陈主任的追求？作品没有给出回答。

二　十

星期六下午树生拿着调职通知书回家，她怀着又兴奋又痛苦的矛盾心情上了楼，推开自己的房门。小宣坐在书桌前藤椅上看书，母亲坐在方桌旁一张凳子上，他仍然躺在病床上。他们正在谈论什么事。小宣看见她进房，便立起来，唤了一声“妈”，脸色苍白地勉强笑了笑。

她应了一声，接着就问：“我的信收到了吗？”

“收到了。学堂功课太严，我们好些同学都赶不上，”小宣像板起脸孔似地说，这算是他好

---

* 摘自《巴金全集》第八卷，人民文学出版社 1989 年版。

些天不曾回家的理由。

她含糊地答应一句。她注意地看了看她这个儿子。贫血，老成，冷静，在他的身上似乎永远不曾有过青春。他还是一个十三岁的孩子，但是他已经衰老了！她皱了一下眉头，逃避似地掉开了眼睛。她走到床前，问病人："今天好些罢？"

"好些了，"病人点头回答。

这样的问答成了"例行公事"。她每天照样地问，他每天照样地答，虽然他的病一点儿也不见好。

她听见他在咳嗽，看见他拿着枕头旁边的漱口杯（临时作了吐痰杯）吐痰，又慢慢地把漱口杯放下。他两颊上的肉更少了，两只眼睛带着一种可怕的眼神望着她。

"药吃过了？"她怜悯地再问一句。

他点点头，看他那种神情好像他很痛苦。

"我看，你还是到医院去检查一下罢，"她忍不住又说了那句不知说过多少遍的话。

"过几天再说罢，"他力竭似地摇头说。

"为什么不早去？我求求你！不要把病耽误了啊，"她恳切地望着他，央求似地说，眼睛里忽然迸出了几滴泪水，她便慢慢地把头掉开了。

"我现在还可以支持，除了咳嗽也没有什么病，"他慢吞吞地答道。

"咳嗽就是病啊，而且你每天发烧，"她又回过脸来说。"我耽心——"她咽下了后面的话。

"你是说我害肺病吗？"他问。

她不敢回答。她现出了一点窘相。她后悔不该对他多讲话。

"其实不用检查，我也知道我这是肺病，"他说。"可是知道了又有什么用？我去检查，等于犯人听死刑宣告。"话说出来，他觉得心里很难过，自己也不想再说下去了。

她默默地望着他，她想：他什么都知道，甚至那个残酷的真实。她的劝告对他有什么用处呢？他躺在床上，不过在捱日子。不论是快，或者慢，他总之是在走向死亡。她还有什么办法拯救他？……没有。他不听她的话，不肯认真治病。她只有等待奇迹。或者……或者她先救出自己。她的脑子里有着矛盾的思想。所以她一边偷偷流泪，一边又暗暗抱着希望。

"不见得。肺病也养得好。你不要怕花钱。我说过，我愿意给你设法，"她忍住眼泪，最后一次努力地劝他。

"养病就不说要花钱，也应当有好心境，这你是知道的。像我这样生活，哪里会有好心境啊？"他又说。

"宣，你讲话太多了。睡一会儿罢，又快要吃药了。"母亲不耐烦地干涉道。

妻暗暗地瞪了母亲一眼。她走到方桌前坐下来。她坐在那里不知道应该做什么事好。没有人理她，连小宣也不过来跟她讲话。她感到厌倦，现在连眼光也似乎无处可放了。

她觉得无聊地枯坐了一会儿。她想难道必须坐在这里等着母亲煮好饭送上来吗？连吃饭的时候也是冷清清没有生气的。饭后更不会有温暖。永远是灰黄的灯光（不然就是停电时的漆黑，那样的时刻也不少），单调而无生气的闲谈，带病的面容。这样的生活她实在受不了。她不能让她的青春最后的时刻这样白白地耗尽。她不能救别人，至少先得救出她自己。不然她会死在这个地方，死在这间屋子里。

她突然站起来。她又一次下了决心。她用不着再迟疑了。她的手提包里还放着调职通知书。她为什么要放弃这个机会呢？

她走到小宣的身旁。"小宣，你跟我出去走走，"她说。

"不等吃饭吗？"小宣抬起头看她，有气无力地问道，这个孩子讲话像大人，尤其是像父亲。

"我们到外面去吃饭，"她短短地答道。

"那么不约婆一道去？"小宣又问，声音提高了些。

"不去也好，"她突然改变了主意。她觉得心烦。不知道怎样，孩子的话激怒了她。

小宣诧异地看了她一眼，还问一句："妈，你也不出去？"

"不出去，"她摇摇头说，心想这个孩子怎么这样多嘴！

小宣看了她一眼，也不再说话，又把头埋到书上去了。

"他好像不是我的儿子，"她想道；她还立在小宣的背后，注意地看了他好几次。小宣一点也不觉得。他在读一个剧本。白日的光线渐渐在消失，刚刚亮起来的电灯光又不太亮。所以他把头埋得很深。"他是在弄坏自己的眼睛啊！"她又想。她忍不住怜悯地说："小宣，你歇一会儿罢，你不要太用功啊。"

小宣又抬起头，惊奇地看她一眼，他回答一声："是，"他的眼睛不住地闪着，好像它们不大舒服似的。随后他合上书，懒洋洋地站起来。

"怎么，他笑都不笑一声，动作这样慢。他完全不像一个小孩。他就像他父亲，"她又想。

小宣静静地走到床前去看父亲。"他对我一点也不亲热，好像我是他的后母一样，"她痛苦地想。她就在孩子刚才离开的藤椅上坐下。

母亲正坐在床沿上跟宣讲话，小宣立在床前静静地听着。他们似乎谈得很亲密。

"她不要我跟他讲话。怎么她又不让他休息呢？这个自私的老太婆！"她愤慨地想道。她无意间伸手在书桌上拿起小宣刚才看的那本书来。"她就恨我！我是她的仇人！小宣对我冷淡，一定是她教出来的。宣也在敷衍她！不，他其实更爱她，"她继续想道，心更烦起来。她受不住这寂寞，这冷淡。她需要找一件分心的事情。她把眼光放到拿在手里的书上。她首先看到两个红字：《原野》。这是曹禺写的剧本。她看过它的上演。可是又听说后来被禁止了，不知道为什么。偏偏是这个戏，多么巧！戏里也有一个母亲憎恨自己的儿媳妇。那个丈夫永远夹在中间，两种爱的中间受苦。结果呢？结果太可怕了！她不会弄出那样的结果，她不是那样的女人！她在这里是多余的。她有机会走开。调职通知书还在她的手提包里。她为什么要放过机会呢？不，那是已经决定的事情了。行里不会改派另一个人，除非她辞职。她当然不会辞职。离开那个银行，她一时也找不到别的职业，而且她还借支了薪金，而且她这两个月还同陈主任搭伙在做囤积的生意。

"飞啊，飞啊！"好像有一个声音反复地在她的耳边轻轻地鼓舞她。调职通知书渐渐地在她的眼前扩大。兰州！这两个大字变成一架飞机在她的脑子里飞动。她渐渐地高兴起来。她觉得自己又有了勇气了。她甚至用轻蔑的眼光看他的母亲。她心想："你们联在一起对付我，我也不怕，我有我的路！我要飞！"

二 十 一

他做了一个可怕的梦：她丢开他跟着另一个男人走了；母亲也好像死在什么地方了。他从梦中哭醒，他的眼睛还是湿的。他的心跳得厉害，他倾听着这敲鼓似的声音。他张开嘴，睁大眼睛，想在黑暗中看出什么来。但是屋子很黑，就好像有一张黑幕盖在他的头上和全身一样。他觉得气紧，呼吸似乎不十分畅快。胸部还在隐隐地痛，他疲乏地闭上眼睛，但是他立刻又睁开，因为那个可怕的梦景在他的眼前重现了。

"我究竟在什么地方？"他疑惑地想，"是死还是活？"四周没有人声，然而并不是完全静寂的，因为屋子里充满了细小的声音。"我一个人，"他寂寞地说了出来。忽然一阵心酸，他又落下了眼泪。

"真是走的走、死的死了吗？"他痛苦地问自己。没有回答。他翻了一个身，又一个身。"怎么一点动静也没有？"他想道。"我在做梦吗？"他的手摸着自己颊上的泪痕。他的喉咙发痒，他咳起嗽来。

他突然揭开被，跳下床。他扭开了电灯。屋子亮起来，灯光白得像雪似的，使他的眼睛差一点睁不开。他披着衣服站在方桌前。他第一眼便看他那个睡在床上的妻。谢谢天。妻睡得很好，棉被头盖着她下半个脸，黑黑的长睫毛使她睡着的时候也像睁开眼睛一样。她的额上没有一条皱纹，她还是像十年前那样地年轻。他看看自己，丝棉袍的绸面已经褪了色，蓝布罩衫也在泛白了。他全身骨头一齐发疼、发痛，痰似的东西直往喉管上冒。他同她不像是一个时代的人。他变了！这并不是一个新发现。但是这一次却像有一个拳头在他的胸膛上猛击一下。他的身子晃了晃，他连忙扶着方桌站定了。

他在方桌前立了一会儿。他忽然打了一个寒噤，他不自觉地把头一缩。屋子里依然很亮。老鼠又在啃地板。外面街上有一个人的脚步声，那个人走得慢，而且用一种衰老而凄凉的声音叫着："炒米糖开水！"他无可奈何地叹了一口气。

他把眼光掉向母亲的房门。门关着，里面传出来一个人的鼾声，是小宣的，并不太高，不过他听得出。他们睡得很好。他侧耳再听，那还是小宣的鼾声。"这孩子也可怜，偏偏生在我们家里，"他想。"妈也是，老来受苦，"他又叹一口气。"不过幸好他们都很平安，"这一个念头倒给了他一点安慰。

接着他咳了两声嗽，他觉得痰贴在喉管上，他必须咳出它来。他不敢大声咳，他害怕惊醒妻和母亲。他慢慢地咻着。他的胸部接连地痛。他摸出手帕掩住嘴。他走到书桌前，跌坐在藤椅上。

他咻了好几声，居然把痰咳出来了；他要吐它在地上，可是痰贴在他的舌尖、唇边，不肯下地。“我连这点点力气也没有了，”他痛苦地、灰心地想道。

他吐出痰后，觉得喉咙干，想喝两口茶。他便站起来。他无意间把书桌上一件黑黑的东西撞落在地上。他即刻弯下身去拾那件东西。那是树生的手提包。他拾起来，手提包打开了，落下几张纸和一支唇膏。他再俯下身去拾它们。他看见了那张调职通知书。

他把通知书拿在手里，又坐回到藤椅上，他仔细地读着。虽然那上面不过寥寥几行字，他却反复不厌地念了几遍。他好像落在冷窖里一样，他全身都冷了。

“她瞒着我，”他低声自语道。接着他又想：她为什么要瞒我呢？我不会妨碍她的。他感到一种被人出卖了以后的痛苦和愤慨。他想不通，他默默地咬着自己的下嘴唇。胸部还是隐约地在痛。他用左手轻轻擦揉着胸膛。“病菌在吃我的肺，好，就让它们吃个痛快罢，”他想。

“她真的要走吗？”他问自己。他又埋下头看手里那张调职书。他用不着再问了。那张纸明明告诉他，她会走的。

“走了也好，她应该为自己找一个新天地。我让她住在这里只有把她白白糟蹋，”他安慰自己地想。他又把头掉过去看她。她已经向里翻过了身，他只看见她一头黑发。“她睡得很好，”他低声说。他把头放在靠背上，闭着眼睛，休息了一会儿。通知书仍然捏在他的手里。

他忽然又惊醒似地睁开眼睛。屋子里多么亮！多么静！多么冷！他又掉过头去看她。她还睡在床上，但是又翻过了身来，面向着他，并且把右膀伸到被外来了。这是一只白而多肉的膀子。“她会受凉的，”他想着，就站起来，走到床前，把她的膀子放回到被里去。他轻轻地拿着她的手，慢慢地动着，但是仍然把她惊醒了。

她起先哼了一声，慢慢地睁开眼睛。“你还不睡？”她问道。但是接着她又吃惊地说：“怎么，你下床来了！”

“我看见你一只膀子露在外面，怕你着凉，”他低声解释道，通知书还捏在手里。

她感激地对他一笑，然后慢慢地把眼光移到别处去。她忽然看见了那张通知书。

“怎么在你手里？”她惊问道，就坐起来，把睡衣的领口拉紧一点。“你从哪里找到的？”

“我看见了，”他埋下头答道，他的脸立刻发红。他连忙加上一句解释：“你的手提包从桌上掉下来打开了。”

“我今天才拿到它。我还不知道应该怎么办，”她抱歉似地说，她记起来是自己大意把手提包忘记在书桌上的。她打了一个冷噤，连忙用棉被裹住自己的身子。

“你去罢，我没有问题，”他低声说。

“我知道，”她点点头。她看见他望着自己好像有多少话要说，却又说不出来，她心里也难过。“我本来不想去，不过我不去我们这一家人怎么生活——”

“我知道，”他结结巴巴地说，打断了她的话。

“陈主任帮我订飞机票，说是下星期三走，”她又说。

“是，”他机械地答道。

“横顺我也没有多少行李。西北皮货便宜，我可以在那边做衣服，”她接下去说。

“是，那边皮货便宜，”他没精打采地应道。

“我可以在行里领路费，还可以借支一笔钱，我先留五万在家里。”

“好的，”他短短地回答。他的心像被木棒捣着似地痛得厉害。

“你好好养病。我到那边升了一级，可以多拿薪水，也可以多寄点钱回家。你只管安心养病罢。”她愈说愈有精神，脸上又浮起了微笑。

他实在支持不下去，便说：“我睡罗。”他勉强走到书桌那边，把通知书放回她的手提包里，然后回到床前，他颓然倒下去，用棉被蒙着头，低声哭起来。

她刚刚闭上了眼睛，忽然听见他的哭声。她的兴奋和愉快一下子都飞散了。她觉得不知道从哪里掉下许多根针，全刺在她的心上。她唤一声：“宣！”他不答应。她再唤一声。他仍然不答应，可是哭声却稍微高了些。她再也控制不住自己的感情。她掀开自己的棉被，也拉开他的棉被，把半个身子扑到他的身上，伸出两只膀子搂着他，不管他怎样躲开，她还是把他的脸扳过来。她流着眼泪，呜咽地喃喃说：“我也并不想去。要不是你妈，要不是大家的生活……我心里也很苦啊！……我一个女人，我……”

泥泞*

茅盾

机关枪叫了一夜，像狼嗥。天快发白的时候，村里土地庙的什么司令部前到了三辆装铁板的汽车，跳出几个穿军装的人，气急败丧地跑进庙去。随后便是十几个穿军衣的人一窝蜂涌出来，把两只笨重的木箱弄上车子，他们也挤了上去，汽车便轧轧地去了。以后便是潮水一般退回来的灰色衣服的兵，在村里通过。卜卜地断续的枪声。火光。到早上七点钟光景，什么都平静了。大路上躺着两三个死人。杂货铺的茅草顶还在冒白烟，门外有一具赤条条的女尸，脸色像猪肝，一只小脚已经剁落。

又过了半点钟光景，又是灰色衣服的兵从村里三条出路灌进来。他们比先前退去的那些兵更污秽，更疲倦，而且矮小得多。他们像风一般通过了村子，只留下一小队把守着出路。有几个骑马的人也找到了土地庙，将原先粘在庙门上的纸条撕去，换一条新的写着红字的白纸。四个荷枪的兵便站在庙门口。

于是新的事情便发生了。一些不带枪的灰军衣的人们在村里发传单，贴标语，挨户敲着门，唤村里人出来。一个白脸圆眼睛的青年，也穿着灰军衣，拿了洋铁的传声筒站在路中间吆喝。渐渐地从茅屋的小木窗里钻出了几个带辫子的焦黄脸，都睁大眼睛瞪视。看见来敲门的人虽然也穿“老虎皮”，可是都还文绉绉，又没有枪，那些焦黄脸渐渐地便走出来，看把戏似的远远地围住了那个拿传声筒的青年。

传声筒咕咕咕地发声了。像是说梦话。焦黄脸的人们不懂得。但也有一件事懂得很明白：不用怕！传单和五彩印的花纸也塞到他们手里了。他们拿着。随后是传声筒不响了，灰衣人四散。焦黄脸的村民也回到茅屋里纳罕。

黄老爹和他的两个儿子也蹲在泥垆子旁悄悄地说话。

黄老爹自言自语地说：什么民国！还是皇帝爷好！民国十六年了，年年有仗打。今年，更不用说哪！春头是吴大帅的兵，后来是奉军，现在……他有一句话想骂出来，但到底缩住了，光着眼向四下里瞧。拿来的两张花纸已经贴在土墙上。黄老爹瞧着花纸上的字。四十年前他赶过小考，后来又“训蒙”；花纸上的字都识得，可是意义不明白。老三摹仿父亲，也看那花纸；“农”字是认识的，“合”字也认识。早上被烧的杂货铺正叫做“合盛”。老七从小就干的放牛割

* 摘自《茅盾全集》第八卷，人民文学出版社 1985 年版。

草的生活，却只爱看花纸中间那个细细的腰肢，短短的衣袖，扬起一双白臂膊的姑娘。

“他妈的！准是共妻啦！”黄老爹忘其所以地骂了。他也发见那个白臂膊的姑娘笑嘻嘻地夹在四五个男子汉中间，左右手还各挽着一个。老三也变了脸色，心里却庆幸自己的老婆幸而在春间死了。

“爹！说得轻些！防他们听得！”

“哼，共也是好；反正咱家没有女的！”

黄老爹狠狠地瞪了老七一眼，想起孔夫子的话来。爷儿三个谈不下去了。三个都在苦苦地思索。砰，砰！三个立即慌张起来。往地坑里躲罢？黄老爹正在这么想，外边门上又有人打着了。老七过去张望，就拔开了闩。进来一个灰衣人和本村的李麻子。灰衣人的白面孔上有笑影。

“这位黄老爹，只他会写会念。”

“好了。就一同去罢。”

黄老爹抖着嘴唇说不出话来。李麻子加以说明了：是这位老总要村里人立个会，办村里的事，要一个会看会写的。他拍着自己腋下的一大包纸，说是也要把这些纸上的“告示”讲给村里人听。

“我老了老了，眼花，干不下啦！”

黄老爹惶恐地推辞；心里感得不妙，这回落了圈套了。但是无效。终于被挟着走了。老三蹲在门边发呆。老七想看热闹，却跟了去。

农民协会成立了。黄老爹终天提心吊胆地害怕。他的事情是写“花名册”。同办事的是十七八岁的一位少年，也穿灰衣服，黄老爹当他是上司，新花样都是“上司”想出来的。村里的小伙子赶来赶去寻土豪。找出躲在家里的人要他们入会。老七觉得很有趣，但微感不足的是竟不曾“共妻”。——原来共妻是骗人的，他妈的！他想。

机关枪声和大炮声离他们更远了；守村里路口的一小队兵也早已向前去了；只有土地庙门口还有四个兵。庙里还有十来个罢？也许。没有枪的灰衣人也似乎少些。一切是更见平静了。村里闹哄哄地嚷着“入会”。婆子们和姑娘们也敢在路上露脸了。

忽然一天又到了些没有枪的灰衣人。五个或六个。那一定是“孩子兵”了。嗓音还没有变成大人样呢！可是“孩子兵”一到后就闯进那些茅屋拉着婆子们和姑娘们攀谭了。呼喊，恐怖，震动着全村。后来方知道“孩子兵”原来是“女兵”。村里的婆子和姑娘儿也得立会。“女兵”是专办这个来的。

黄老爹回到家里便埋怨老三和老七。

“都是李麻子那亡八多事，你们两个也撺怂着要你老子去！这就好哪！娘儿们也要立会，不是共妻是什么！早晚是要共的啦！坏了良心天雷打的！好好地咱也挂了一腿泥！老天爷肯饶我，村里人肯？”

老三张着嘴说不出半个字。老七却歪着头，瞅着墙上的白臂膊姑娘。他心里盘算的是：他们怎样共？那一夜，他做了许多梦。

村里的空气紧张了。单身的小伙子又赶来赶去私下里忙着一些新的事。老七整天价跟在那些“女兵”后面，贪婪地等待新花样的发展。

李麻子家里挤着七八个粗男子，咬紧牙齿骂：亡八的！好哪！你说不共！巴结出好处来哪！你没有媳妇儿？咱先来共你的！李麻子确有一个不麻的老婆，抖索索地躲在猪棚里。

到下午，黄老爹的“上司”知道了，立刻召集村民开一个会。他直脖子嚷了半点钟，要大家不要多疑。有一个“女兵”也出来演说。村民们不作声，心里不相信。他们回去把门关得紧紧地。婆子和姑娘们又躲起来。

十几个粗汉聚在村前的树林里。太阳把地面晒得火热，风卷来的黄泥堆像癞狗似的到处蹲着。粗汉中间的一个，有一张狭长脸，著名叫做“活无常”的，坐在一棵大树根上，翻起了眼睛，愤愤地咕噜着：

“说得好听，都是哄人的！咱连一片泥也没见面，说什么田！狗养的亡八！来来去去的还不是一样的货？多了些新把戏——开会！他妈的！大热天叫咱老子呆在火日头下边出汗！哼！这就算咱们的好处啦！”

“狗养的小亡八才不是人！他们在土地庙里倒乐哪！老七亲眼看见来，可不是！现哄着咱们说不！谁信哪！”

年青些的一个说，眯着眼。

“也得让咱们乐一下，咱们也要乐一下！”

又一个说。

“说是不共妻。嘿！新来的五六个干什么的？只准他们自己共？咱们先去共他们的！不去的不是人！他妈的！”

“还用你说！那个长条儿的，走起路来屁股扭扭儿的，真叫人嘴馋！”

大家哄然笑了。忍不住都咽一口唾沫。

“干罢！一辈子熬油锅，受得够啦！好容易守到这一遭。不干，才是狗养的亡八！”

活无常跳起来喊。一阵狂风将活无常的后半截话吹断。黄泥着地卷起来，旋成了尘障，一群人都给裹在里面。

大概从老七嘴里走了消息，村路上从此不见那几个“女兵”的踪迹。黄老爹也有好几天不看见他的“上司”。空气是松懈下来了。活无常那班人却陡然活动起来。先是李麻子挨打了。这也有好几种猜测：有的说是他说话“不小心”，有的说是他的不麻的老婆招的祸殃。张家藏在地坑的几石麦子也被抢散了。谁干的？张家的老头子不敢说。黄老爹出去，人们都远远地避开，拿半边脸对他笑。

忽然一天人们发见土地庙门前的四个兵也没有了。这是一件重要的事。许多风声跟着起来。许多行动又跟着风声起来。一天内发生了几次的凶斗。也弄不明白谁同谁打，为什么打。活无常负伤了，不见了。另一边也伤了几个。夜间，火起来了。有人跑到门外张望着火起的地方，满意地微笑着，便缩进屋里。火烧的就是那土地庙。

第二天早上，一支兵队开到了村的北口。派人到村里，说是要找乡董去说话。没有乡董，上次那些分传单的灰衣人到时，乡董和保正都逃走了。仍旧去找黄老爹，但是他躺在破榻上生病，最后只好是张老头子去了。村里人怀着不安的心情等着。

兵队随后也进来了。在露天支了篷帐。同样是灰色军队，只是身材高大，而且是北方音；同样也带着些传单和花纸，只是并没分发。

躺在破榻上说是生病的黄老爹被拉起来。又找到了老三，一齐押到篷帐里问话。黄老爹全身抖索着，感到情景不好。但到了篷帐前，他看见插在泥土里的一杆大旗，心里倒反轻松些。他认识那旗帜，他也看明旗边的一行字，都和他的“上司”的兵队一样，不过号数不同罢了。

“你干过一些什么事？”

有两撇八字须的兵官模样的人问。

黄老爹据实都告诉了。

“这是你的儿子？还有一个小儿子呢？”

“老七从昨晚起就没回家。”

兵官微笑点头，向旁边的匣子炮手看了一眼，就有两个兵把黄老爹和老三带出去，在篷帐外边枪毙了。下午，帐篷里的人出来向村民征发了。李麻子家还有一头猪，张老头子还有藏在地坑里的谷，某某家还有什么什么，都征发去了。村里人觉得这才是惯常的老样子，并没不可懂的新的恐怖，都松一口气。一切复归原状。

老七蹲在村外的树林里。他的衣服上有几处血污。他的头发重，他的身体往上浮，他的嘴里干苦。时时有一个幻象在他眼前晃，那就是张开了两条白臂膊的花纸上的标致姑娘。昏迷中他的嘴唇翕动，似乎在说：

“原来是哄人！他妈的！”

1929年4月3日

▶扫一扫

《泥泞》
拓展阅读

鱼*

叶　紫

一

一种绝望的焦虑的情绪包围着梅立春。他把头抬起来。失神的仰望着芦棚的顶子，烛光映出几个肿胀的长短不齐的背影来，贴在斑密的芦苇壁的周围，摇摇不定。

“喂，吃呵！老梅……”

老梁，那一个烂眼睛的黄头发的家伙，被米酒烧得满面通红，笑眯眯地对他装成一个碰杯的手势。

“唔！……”老梅沉吟着，举起杯来喝上一口。心事就像一块无形的沉重的石头似的，压着他，使他气窒。伸筷子夹着一块圆滑的团鱼，这一战，就落到地上的残破的芦苇中去了……

“我说……”老头子祥爹的小眼睛睁开了，直盯着老梅底脸膛，咳了一声，像教训他的神气：“立春，你真是太不开通了！生意并不是次次都得赚钱的，有时候也须看，看时运，唔！时运……譬如说：你这一次小湖里的鱼……”

老梅勉强地咬着油腻的嘴唇，笑了一下，他想教人家看不出他是为了盘小湖失败的那种焦灼的内心来，可是一转眼他就变得更加难耐了。空洞的满是污泥的小湖的底，家中的老婆和孩子们，瞎了眼睛的寡嫂和孤苦的侄儿，都像在那前面的芦苇壁中伸出了嘴来欲将他吞没……而后面呢？恰巧是债主兼老板的黄六少爷的拳头堵击着他，使他浑身都觉得疼痛而动摇起来了。

“不是吗？我也这么说过的！”王老五，那坐在左边的一个，摸着他那几根稀疏的胡须，不紧不慢地说：“并且，也许小湖还不致于……”

老梅明知道这都是替他宽心的话，于是他也自家哄自家似地，把“也许”那两个字拖进到心中了。万一明天车干了小湖，鱼又多出来一些呢……

“好，管他妈妈的，碰杯吧！”他一下子站了起来，满满地斟上一大杯米酒，向那五六个临时请来车湖的邻居，巡敬一个圆圈，灌到肚中去。

* 摘自叶紫：《山村一夜》，上海良友图书印刷公司 1937 年版。

二

带着八分醉意，肩起那九尺多长的干草叉，老梅弯着腰从芦苇棚子中钻出来了，他想沿湖去逡巡一遍，明天就要干湖了，偷鱼的人今晚上一定要下手了的。

十月的湖风，就有那么锐利的刺人的肤骨，老梅底面孔刮得红红地，起了一阵由酒底热力而衬出来的干燥的皱纹。他微微地呵了一口气，蹒跚地走向那新筑的湖堤。

驼背的残缺的月亮，很吃力地穿过那阵阵的云围，星星频频地睒着细微的眼睛。在湖堤的外面，大湖里的被寒风掀起的浪涛，直向漫无涯际的芦苇丛中打去，发出一种冷冰冰的清脆的呼啸来。湖堤内面，小湖的水已经快要车干了，干静无波的浸在灰黯的月光中，没有丝毫可以令人高兴的痕迹。虽然偶然也有一两下仿佛像鱼儿出水的声音，但那却还远在靠近大湖边的芦苇丛的深处呢。

老梅想叹一口气，但给一种生成的倔强的性格把他哽住下来了。他原来是不相信什么命运的人，不过近年他的确是太给命运折磨了一点。使他的境况，一天比一天坏起来。三个孩子和老婆，本来已经够他累了的，何况去年哥哥死时还遗下一个瞎子嫂嫂和十岁的侄儿呢？种田，没饭吃；做船夫，没饭吃；现在费很大的利息借一笔钱来盘湖，又得到一个这样的结果！……要不是他还保持着那种生成的倔强的性格啊！

米酒的力量渐渐地涌了上来，他底视线开始有点朦胧了。踏着薄霜的堤岸，摇摇摆摆地，无意识地望了一望那两三里路外的溶浴在月光下面的家，和寡嫂底茅屋，便又一脚高一脚低地走向那有水声的芦苇跟前了。

“是谁呢，那水声？”他觉得这芦苇中的声响奇怪，就用力捏了一捏手中的干草叉，大声地叫起来了：

“那一个在水中呀？”

寂静……一种初冬的，午夜的，特殊的寂静。

他走向前一步，静心等了一会，又听见了一个奇特的水声。

“妈的！让我下水……”话还刚刚说出一半，就像有一群出巢的水鸭似地，六七个拖着鱼篮的人，从芦苇丛中钻出来了，不顾性命地爬上湖堤，向四方奔跑着。

老梅底眼睛里乱迸着火星！他举起干草叉来追到前面，使力地搠翻了一个长个儿，再追上去，又把一个矮子压到了，篮子满满的鱼儿，仍旧跳到了小湖中。

酒意像给泼了一盆冷水似地全消了。老梅大声地把伙伴们都叫了拢来，用两根草绳子缚着俘虏，推到芦苇棚中仔细一看，五六个人都不觉得失声哈哈大笑起来。

三

当天上的朝霞扫尽了疏散的晨星的时候，当枯草上的薄霜快要溶解成露珠的时候，当老梅正同伙伴们踏上了水车的时候，在那遥远的一条迂曲的小路上，有一个驼背的穿长袍戴眼镜的人，带着一个跟随的小伙子，直向这湖岸的芦苇前跑来。

老头子祥爹坐在车上，揩了一揩细小的眼睛，用手遮着额角，向那来人的方向打望了一回，就正声的，教训似地对老梅说：

“你不要响，立春！让我来……”他不自觉地装了一个鬼脸，又回头来对烂眼睛的老梁说：“你要是笑，黄头发，我敲破你底头！……”

老梁同另外三个后生都用破布巾塞着嘴。王老五老是那么闲散的摸着他那几根稀疏的胡须，一心一意地钉着那彩霞的天际。

驼背的穿长袍戴眼镜的人走近来了。

“你早呀！黄六少爷！”

“唔，早呀！祥爹。”

互相地，不自然地笑了一笑。一种难堪的沉默的环境，沉重的胁迫着黄六少爷的跳动的心。他勉强的颤动着嘴唇问道：

“祥爹……看，看没有看见我家的长工和侄儿呢？”

“唔……，没，没有看见呀！这样早，你侄少爷恐怕还躺在被窝里吧。”接着又抛过来一个意义深长的讽刺的微笑，不紧不慢的：“长工，那一定是放牛去了啰……”

“不，昨夜没有回家！”

“打牌去了……”

“不，还提了鱼篮子的！”黄六少爷渐渐地感到有些尴尬而为难了。

“啊……”祥爹满不在意的停了一停水车的踏板，“这样冷的天气，侄少爷还要摸鱼吗？……唉！到底是有钱人家，这样勤俭……难怪我们该穷……”

那个的面孔慢慢的红起来，红到耳根，红到颈子……头上冒着轻盈的热气。

“热吗？黄六少爷！十月小阳春呀！”话一句一句地，像坚硬的石子一般向黄六少爷打来，他的面孔由红而紫，由紫而白。忽然间，一种固有的自尊心，把他激怒起来了：

“老东西！还要放屁吗？不要再装聋作哑了，你若不把我底人交出来……”

“哎呀！六少爷，你老人家怎么啦！寻我们光蛋人开心吗？我们有什么事情得罪你老人家吗？问我们，什么人呀……”

“好！你们不交出来吗？……我看你们这些狗东西的！”黄六少爷气冲冲地准备抽身就走。老梅本已经按耐不住了的，这一下他就像一把断了弦的弓似的弹起来，跳到水车下面：

“来！”

像一道符命似的把黄六少爷招转了。

“六蜈蚣，我底孙子！我告诉你，你只管去叫人来，老子不怕！你家的两个贼都是老子抓起的！来吧，你妈妈的！你越发财就越做贼，……我臊你底祖宗！……”

“哈哈！……”老梁抽出了口中的手巾来大笑着。

“哈哈！……”王老五摸着他那几根稀疏的胡须大笑着。

只有老头子祥爹低下了头，一声不响的皱着眉额，慢慢地，才一字一板地打断着大家底笑声：

“为什么要这样呢？你们，唉！……不好的！我，我原想奚落他一场，就把人交给他的，多一事不如少一事。得罪那蜈蚣精。唉！你们这些年轻的小伙子……”

“什么呢；祥爹，你还不知道吗？小湖的鱼已经有数了。骂他，也是要害我的，不骂他，也是要害我的。……”老梅怒气不消地说。

“那么，依你底打算呢？……”

“打算？我一个人去和他拼……”

“唔！不好的！……”老头子只管摇着头。回转来对水车上的人们说：“停一会儿再车吧！来。我们到棚子里去商量一下……”

太阳，从辽远的芦苇丛中涌上来，离地面已经有一丈多高了。六七人，像一行小队似地，跟在老头子祥爹底背后，钻进了那座牢固的芦苇棚子中。

（一九三五年四月。）

呼兰河传*（节选）

萧　红

内容概要：

《呼兰河传》是一部“回忆式”的散文体长篇小说，没有中心故事和人物，全书七章独立而浑然一体。第一二章主要描述呼兰河小城的风土人情，第一章描绘卑琐平凡的实际生活，作者写了十字街的各种店铺、西二道街的学堂、胡同口卖各种吃用的小贩，写作重点是东二道街，这里有经常淹死人或畜生的泥坑、静对生老病死的人们、威风好看的扎彩铺、混乱的作坊等。以冬天开始又以冬天结束，其中四季循环，人们淡然地生老病死着。第二章描写跳大神、唱秧歌、放河灯、野台子戏、庙会等为鬼非为人的风俗盛举。第三章讲述家中人物，祖母严厉而祖父和善，通过与祖父在后花园的快乐和祖父教“我”背诗、烤肉给“我”吃等细节，重点描写了祖父对“我”的疼爱。第四章讲述“我”家院子的荒凉，院中蒿草漫顶，铁犁、猪槽破旧，潮虫滋生，房屋是多而破旧的，租住着养猪、作粉、拉磨、赶车等贫困之人。第五章讲述了小团圆媳妇的故事，小团圆媳妇因饭量大身强体壮、大方而不害羞被视为异类，终被婆家折磨致死。第六章讲述有二伯的故事，重点突出了有二伯的怪和偷，而这怪和偷的背后透露出的是一个寄居者渴望被人尊重却又穷困不堪的凄凉。第七章讲述冯歪嘴子和王大姐的故事，王大姐和小团圆媳妇一样，也是人高马大，遭人讪笑，二十几岁才和冯歪嘴子结为夫妻，生完第二个儿子后撒手人寰。面对命运的无情，冯歪嘴子父代母职，表现出了坚强的生命力和意志，凸显了卑微者可敬的一面。

第三章

一

呼兰河这小城里住着我的祖父。

我生的时候，祖父已经六十多岁了，我长到四五岁，祖父就快七十了。

* 摘自《萧红全集》下，哈尔滨出版社 1991 年版。

我家有一个大花园，这花园里蜂子、蝴蝶、蜻蜓、蚂蚱，样样都有。蝴蝶有白蝴蝶、黄蝴蝶。这种蝴蝶极小，不太好看。好看的是大红蝴蝶，满身带着金粉。

蜻蜓是金的，蚂蚱是绿的，蜂子则嗡嗡地飞着，满身绒毛，落到一朵花上，胖圆圆地就和一个小毛球似的不动了。

花园里边明晃晃的，红的红，绿的绿，新鲜漂亮。

据说这花园，从前是一个果园。祖母喜欢吃果子就种了果园。祖母又喜欢养羊，羊就把果树给啃了。果树于是都死了。到我有记忆的时候，园子里就只有一棵樱桃树，一棵李子树，因为樱桃和李子都不大结果子，所以觉得它们是并不存在的。小的时候，只觉得园子里边就有一棵大榆树。

这榆树在园子的西北角上，来了风，这榆树先啸，来了雨，大榆树先就冒烟了。太阳一出来，大榆树的叶子就发光了，它们闪烁得和沙滩上的蚌壳一样了。

祖父一天都在后园里边，我也跟着祖父在后园里边。祖父带一个大草帽，我戴一个小草帽，祖父栽花，我就栽花；祖父拔草，我就拔草。当祖父下种，种小白菜的时候，我就跟在后边，把那下了种的土窝，用脚一个一个地溜平。哪里会溜得准，东一脚的，西一脚的瞎闹。有的把菜种不单没被土盖上，反而把菜子踢飞了。

小白菜长得非常之快，没有几天就冒了芽了，一转眼就可以拔下来吃了。

祖父铲地，我也铲地。因为我太小，拿不动那锄杆头，祖父就把锄头杆拔下来，让我单拿着那个锄头的“头”来铲。其实哪里是铲，也不过爬在地上，用锄头乱勾一阵就是了。也认不得哪个是苗，哪个是草。往往把韭菜当做野草一起地割掉，把狗尾草当做谷穗留着。

等祖父发现我铲的那块满留着狗尾草的一片，他就问我：

“这是什么？”

我说：

“谷子。”

祖父大笑起来，笑得够了，把草摘下来问我：

“你每天吃的就是这个吗？”

我说：

“是的。”

我看着祖父还在笑，我就说：

“你不信，我到屋里拿来你看。”

我跑到屋里拿了鸟笼上的一头谷穗，远远地就抛给祖父了。说：

“这不是一样的吗？”

祖父慢慢的把我叫过去，讲给我听，说谷子是有芒针的。狗尾草则没有，只是毛嘟嘟的真像狗尾巴。

祖父虽然教我，我看了也并不细看，也不过马马虎虎承认下来就是了。一抬头看见了一个黄瓜长大了，跑过去摘下来，我又去吃黄瓜去了。

黄瓜也许没有吃完，又看见了一个大蜻蜓从旁飞过，于是丢了黄瓜又去追蜻蜓去了。蜻蜓飞得多么快，哪里会追得上？好在一开初也没有存心一定追上，所以站起来，跟了蜻蜓跑了几步就又去做别的去了。

采一个倭瓜花心，捉一个大绿豆青蚂蚱，把蚂蚱腿用线绑上，绑了一会，也许把蚂蚱腿就绑掉，线头上拴了一只腿，而不见蚂蚱了。

玩腻了，又跑到祖父那里去乱闹一阵，祖父浇菜，我也抢过来浇，奇怪的就是并不往菜上浇。而是拿着水瓢，拼尽了力气，把水往天空里一扬，大喊着：

“下雨了，下雨了。”

太阳在园子里是特大的，天空是特别高的。太阳的光芒四射，亮得使人睁不开眼睛，亮得蚯蚓不敢钻出地面来，蝙蝠不敢从什么黑暗的地方飞出来。是凡在太阳下的，都是健康的、漂亮的，拍一拍连大树都会发响的，叫一叫就是站在对面的土墙都会回答似的。

花开了，就像花睡醒了似的。鸟飞了，就像鸟上天了似的。虫子叫了，就像虫子在说话似的。一切都活了。都有无限的本领，要做什么，就做什么。要怎么样，就怎么样。都是自由的。倭瓜愿意爬上架就爬上架，愿意爬上房就爬上房。黄瓜愿意开一个谎花，就开一个谎花，愿意结一个黄瓜，就结一个黄瓜。若都不愿意，就是一个黄瓜也不结，一朵花也不开，也没有人问它。玉米愿意长多高就长多高，它若愿意长上天去，也没有人管。蝴蝶随意的飞，一会从墙头上飞来一对黄蝴蝶，一会又从墙头上飞走了一个白蝴蝶。它们是从谁家来的，又飞到谁家去？太阳也不知道这个。

只是天空蓝悠悠的，又高又远。

可是白云一来了的时候，那大团的白云，好像洒了花的白银似的，从祖父的头上经过，好像要压到了祖父的草帽那么低。

我玩累了，就在房子底下找个阴凉的地方睡着了。不用枕头，不用席子，就把草帽遮在脸上就睡了。

二

祖父的眼睛是笑盈盈的，祖父的笑，常常笑得和孩子似的。

祖父是个长得很高的人，身体很健康，手里喜欢拿着个手杖。嘴上则不住地抽着旱烟管，遇到了小孩子，每每喜欢开个玩笑，说：

“你看天空飞个家雀。”

趁那孩子往天空一看，就伸出手去把那孩子的帽给取下来了，有的时候放在长衫的下边，有的时候放在袖口里头。他说：

“家雀叼走了你的帽啦。”

孩子们都知道了祖父的这一手了，并不以为奇，就抱住他的大腿，向他要帽子，摸着他的袖管，撕着他的衣襟，一直到找出帽子来为止。

祖父常常这样做，也总是把帽放在同一的地方，总是放在袖口和衣襟下。那些搜索他的孩子没有一次不是在他衣襟下把帽子拿来的，好像他和孩子们约定了似的："我就放在这块，你来找吧！"

这样的不知做过了多少次，就像老太太永久讲着"上山打老虎"这一个故事给孩子们听似的，哪怕是已经听过了五百遍，也还是在那里回回拍手，回回叫好。

每当祖父这样做一次的时候，祖父和孩子们都一齐地笑得不得了。好像这戏还像第一次演似的。

别人看了祖父这样做，也有笑的，可不是笑祖父的手法好，而是笑他天天使用一种方法抓掉了孩子的帽子，这未免可笑。

祖父不怎样理财，一切家务都由祖母管理。祖父只是自由自在地一天闲着；我想，幸好我长大了，我三岁了，不然祖父该多寂寞。我会走了，我会跑了。我走不动的时候，祖父就抱着我；我走动了，祖父就拉着我。一天到晚，门里门外，寸步不离，而祖父多半是在后园里，于是我也在后园里。

我小的时候，没有什么同伴，我是我母亲的第一个孩子。

我记事很早，在我三岁的时候，我记得我的祖母用针刺过我的手指，所以我很不喜欢她。我家的窗子，都是四边糊纸，当中嵌着玻璃。祖母是有洁癖的，以她屋的窗纸最白净。别人抱着把我一放在祖母的炕边上，我不加思索地就要往炕里边跑，跑到窗子那里，若不加阻止，就必得挨着排给捅破。若有人招呼着我，我也得加速的抢着多捅几个才能停止。手指一触到窗上，那纸窗像小鼓似的，嘭嘭地就破了。破得越多，自己越得意。祖母若来追我的时候，我就越得意了，笑得拍着手，跳着脚的。

有一天祖母看我来了，她拿了一个大针就到窗子外边去等我去了，我刚一伸出手去，手指就痛得厉害。我就叫起来了。那就是祖母用针刺了我。

从此，我就记住了，我不喜欢她。虽然她也给我糖吃，她咳嗽时吃猪腰川贝母，也分给我猪腰，但是我吃了猪腰还是不喜欢她。

在她临死之前，病重的时候，我还会吓了她一跳。有一次她自己一个人坐在炕上熬药，药壶是坐在炭火盆上，因为屋里特别的寂静，听得见那药壶骨碌骨碌地响。祖母住着两间房子，是里外屋，恰巧外屋也没有人，里屋也没人，就是她自己。我把门一开，祖母并没看见我，于是我就用拳头在板隔壁上，咚咚地打了两拳。我听到祖母"哟"地一声，铁火剪子就掉了地上了。

我再探头一望，祖母就骂起我来。她好像就要下地来追我似的。我就一边笑着，一边跑了。

我这样地吓唬祖母，也并不是向她报负，那时我才五岁，是不晓得什么的，也许觉得这样好玩。

祖父一天到晚是闲着的，祖母什么工作也不分配给他。只有一件事，就是祖母的地榇上的摆设，有一套锡器，却总是祖父擦的。这可不知道是祖母给他的，还是他自动的愿意工作，每当祖父一擦的时候，我就不高兴，一方面是不能领着我到后园里去玩了，另一方面祖父因此常常挨骂，祖母骂他懒，骂他擦的不干净。祖母一骂祖父的时候，就常常不知为什么连我也骂上。

祖母一骂祖父，我就拉着祖父的手往外边走，一边说：

“我们后园里去吧。”

也许因此祖母也骂了我。

她骂祖父是“死脑瓜骨”，骂我是“小死脑瓜骨。”

我拉着祖父就到后园里去了，一到了后园里，立刻就另是一个世界了。决不是那房子里的狭窄的世界，而是宽广的，人和天地在一起，天地是多么大，多么远，用手摸不到天空。而土地上所长的又是那么繁华，一眼看上去，是看不完的，只觉得眼前鲜绿的一片。

一到后园里，我就没有对象地奔了出去，好像我是看准了什么而奔去了似的，好像有什么在那儿等着我似的。其实我是什么目的也没有。只觉得这园子里边无论什么东西都是活的，好像我的腿也非跳不可了。

若不是把全身的力量跳尽了，祖父怕我累了想招呼住我，那是不可能的，反而他越招呼，我越不听话。

等到自己实在跑不动了，才坐下来休息，那休息也是很快的，也不过随便在秧子上摘下一个黄瓜来，吃了也就好了。

休息好了又是跑。

樱桃树，明明是没有结樱桃，就偏跑到树上去找樱桃。李子树是半死的样子的，本不结李子的，就偏去找李子。一边在找，还一边大声的喊，在问着祖父：

“爷爷，樱桃树为什么不结樱桃？”

祖父老远的回答着：

“因为没有开花，就不结樱桃。”

再问：

“为什么樱桃树不开花。”

祖父说：

“因为你嘴馋，它就不开花？”

我一听了这话，明明是嘲笑我的话，于是就飞奔着跑到祖父那里，似乎是很生气的样子。等祖父把眼睛一抬，他用了完全没有恶意的眼睛一看我，我立刻就笑了。而且是笑了半天的工夫才能够止住，不知哪里来了那许多的高兴，把后园一时都让我搅乱了，我笑的声音不知有多大，自己都感到震耳了。

后园中有一棵玫瑰。一到五月就开花的。一直开到六月。花朵和酱油碟那么大。开得很茂盛，满树都是，因为花香，招来了很多的蜂子，嗡嗡地在玫瑰树那儿闹着。

别的一切都玩厌了的时候，我就想起来去摘玫瑰花，摘了一大堆把草帽脱下来用帽兜子盛着。在摘那花的时候，有两种恐惧，一种是怕蜂子的勾刺人，另一种是怕玫瑰的刺刺手。好不容易摘了一大堆，摘完了可又不知道做什么了。忽然异想天开，这花若给祖父戴起来该多好看。

祖父蹲在地上拔草，我就给他戴花。祖父只知道我是在捉弄他的帽子，而不知道我到底是在干什么。我把他的草帽给他插了一圈的花，红通通的二三十朵。我一边插着一边笑，当我听到祖父说：

“今年春天雨水大，咱们这棵玫瑰开得这么香。二里路也怕闻得到的。”

就把我笑得哆嗦起来。我几乎没有支持的能力再插上去。等我插完了，祖父还是安然的不晓得。他还照样地拔着垅上的草。我跑得很远的站着，我不敢往祖父那边看，一看就想笑。所以我借机进屋去找一点吃的来，还没有等我回到园中，祖父也进屋来了。

那满头红通通的花朵，一进来祖母就看见了。她看见什么也没说，就大笑了起来。父亲母亲也笑了起来，而以我笑得最厉害，我在炕上打着滚笑。

祖父把帽子摘下来一看，原来那玫瑰的香并不是因为今年春天雨水大的缘故，而是那花就顶在他的头上。

他把帽子放下，他笑了十多分钟还停不住，过一会一想起来，又笑了。

祖父刚有点忘记了，我就在旁边提着说：

“爷爷……今年春天雨水大呀……”

一提起，祖父的笑就来了。于是我也在炕上打起滚来。

就这样一天一天的，祖父，后园，我，这三样是一样也不可缺少的了。

刮了风，下了雨，祖父不知怎样，在我却是非常寂寞的了。去没有去处，玩没有玩的，觉得这一天不知有多少日子那么长。

三

偏偏这后园每年都要封闭一次的，秋雨之后这花园就开始凋零了，黄的黄、败的败，好象很快似的一切花朵都灭了，好象有人把它们摧残了似的。它们一齐都没有从前那么健康了，好象它们都很疲倦了，而要休息了似的，好象要收拾收拾回家去了似的。

大榆树也是落着叶子，当我和祖父偶尔在树下坐坐，树叶竟落在我的脸上来了。树叶飞满了后园。

没有多少时候，大雪又落下来了，后园就被埋住了。

通到园去的后门，也用泥封起来了，封得很厚，整个的冬天挂着白霜。

我家住着五间房子，祖母和祖父共住两间，母亲和父亲共住两间。祖母住的是西屋，母亲住的是东屋。

是五间一排的正房，厨房在中间，一齐是玻璃窗子，青砖墙，瓦房间。

祖母的屋子，一个是外间，一个是内间。外间里摆着大躺箱，地长桌，太师椅。椅子上铺着红椅垫，躺箱上摆着朱砂瓶，长桌上列着坐钟。钟的两边站着帽筒。帽筒上并不挂着帽子，而插着几个孔雀翎。

我小的时候，就喜欢这个孔雀翎，我说它有金色的眼睛，总想用手摸一摸，祖母就一定不让摸，祖母是有洁癖的。

还有祖母的躺箱上摆着一个坐钟，那坐钟是非常希奇的，画着一个穿着古装的大姑娘，好象活了似的，每当我到祖母屋去，若是屋子里没有人，她就总用眼睛瞪我。我几次的告诉过祖父，祖父说：

“那是画的，她不会瞪人。”

我一定说她是会瞪人的，因为我看得出来，她的眼珠象是会转。

还有祖母的大躺箱上也尽雕着小人，尽是穿古装衣裳的，宽衣大袖，还戴顶子，带着翎子。满箱子都刻着，大概有二三十个人，还有吃酒的，吃饭的，还有作揖的……

我总想要细看一看，可是祖母不让我沾边，我还离得很远的她就说：

“可不许用手摸，你的手脏。”

祖母的内间里边，在墙上挂着一个很古怪很古怪的挂钟，挂钟的下边用铁练子垂着两穗铁包米。铁包米比真的包米大了很多，看起来非常重，似乎可以打死一个人。再往那挂钟里边看就更希奇古怪了，有一个小人，长着蓝眼珠，钟摆一秒钟就响一下，钟摆一响，那眼珠就同时一转。

那小人是黄头发，蓝眼珠，跟我相差太远，虽然祖父告诉我，说那是毛子人，但我不承认她，我看她不象什么人。

所以我每次看这挂钟，就半天半天的看，都看得有点发呆了。我想：这毛子人就总在钟里边呆着吗？永久也不下来玩吗？

外国人在呼兰河的土语叫做“毛子人”。我四五岁的时候，还没有见过一个毛子人，以为毛子人就是因为她的头发毛烘烘地卷着的缘故。

祖母的屋子除了这些东西，还有很多别的，因为那时候，别的我都不发生什么趣味，所以只记住了这三五样。

母亲的屋里，就连这一类的古怪玩艺也没有了，都是些普通的描金柜，也是些帽筒、花瓶之类，没有什么好看的，我没有记住。

这五间房子的组织，除了四间住房一间厨房之外，还有极小的、极黑的两个小后房。祖母一个，母亲一个。

那里边装着各种样的东西，因为是储藏室的缘故。

坛子罐子、箱子柜子、筐子篓子。除了自己家的东西，还有别人寄存的。

那里边是黑的，要端着灯进去才能看见。那里边的耗子很多，蜘蛛网也很多。空气不大好，永久有一种扑鼻的和药的气味似的。

我觉得这储藏室很好玩，随便打开哪一只箱子，里边一定有一些好看的东西，花丝线、各种色的绸条、香荷包、搭腰、裤腿、马蹄袖、绣花的领子。古香古色，颜色都配得特别的好看。箱子里边也常常有蓝翠的耳环或戒指，被我看见了，我一看见就非要一个玩不可，母亲就常常随手抛给我一个。

还有些桌子带着抽屉的，一打开那里边更有些好玩的东西，铜环、木刀、竹尺、观音粉。这些个都是我在别的地方没有看过的。而且这抽屉始终也不锁的。所以我常常随意地开，开了就把样样，似乎是不加选择地都搜了出去，左手拿着木头刀，右手拿着观音粉，这里砍一下，那里画一下。后来我又得到了一个小锯，用这小锯，我开始毁坏起东西来，在椅子腿上锯一锯，在炕沿上锯一锯。我自己竟把我自己的小木刀也锯坏了。

无论吃饭和睡觉，我这些东西都带在身边，吃饭的时候，我就用这小锯，锯着馒头。睡觉做起梦来还喊着：

“我的小锯哪里去了？”

储藏室好象变成我探险的地方了。我常常趁着母亲不在屋我就打开门进去了。这储藏室也有一个后窗，下半天也有一点亮光，我就趁着这亮光打开了抽屉，这抽屉已经被我翻得差不多的了，没有什么新鲜的了。翻了一会，觉得没有什么趣味了，就出来了。到后来连一块水胶，一段绳头都让我拿出来了，把五个抽屉通通拿空了。

除了抽屉还有筐子笼子，但那个我不敢动，似乎每一样都是黑洞洞的，灰尘不知有多厚，蛛网蛛丝的不知有多少，因此我连想也不想动那东西。

记得有一次我走到这黑屋子的极深极远的地方去，一个发响的东西撞住我的脚上，我摸起来抱到光亮的地方一看，原来是一个小灯笼，用手指把灰尘一划，露出来是个红玻璃的。

我在一两岁的时候，大概我是见过灯笼的，可是长到四五岁，反而不认识了。我不知道这是个什么。我抱着去问祖父去了。

祖父给我擦干净了，里边点上个洋蜡烛，于是我欢喜得就打着灯笼满屋跑，跑了好几天，一直到把这灯笼打碎了才算完了。

我在黑屋子里边又碰到了一块木头，这块木头是上边刻着花的，用手一摸，很不光滑，我拿出来用小锯锯着。祖父看见了，说：

“这是印帖子的帖板。”

我不知道什么叫帖子，祖父刷上一片墨刷一张给我看，我只看见印出来几个小人，还有一些乱七八糟的花，还有字。祖父说：

“咱们家开烧锅的时候，发帖子就是用这个印的，这是一百吊的……还有伍十吊的十吊的……”

祖父给我印了许多，还用鬼子红给我印了些红的。

还有戴缨子的清朝的帽子，我也拿了出来戴上。多少年前的老大的鹅翎扇子，我也拿了出来吹着风。翻了一瓶莎仁出来，那是治胃病的药，母亲吃着，我也跟着吃。

不久，这些八百年前的东西，都被我弄出来了。有些是祖母保存着的，有些是已经出了嫁的姑母的遗物，已经在那黑洞洞的地方放了多少年了，连动也没有动过，有些个快要腐烂了，有些个生了虫子，因为那些东西早被人们忘记了，好象世界已经没有那么一回事了。而今天忽然又来到了他们的眼前，他们受了惊似的又恢复了他们的记忆。

每当我拿出一件新的东西的时候，祖母看见了，祖母说：

“这是多少年前的了！这是你大姑在家里边玩的……”

祖父看见了，祖父说：

“这是你二姑在家时用的……”

这是你大姑的扇子，那是你三姑的花鞋……都有了来历。但我不知道谁是我的三姑，谁是我的大姑。也许我一两岁的时候，我见过她们，可是我到四五岁时，我就不记得了。

我祖母有三个女儿，到我长起来时，她们都早已出嫁了。可见二三十年内就没有小孩子了。而今也只有我一个。实在的还有一个小弟弟，不过那时他才一岁半岁的，所以不算他。

家里边多少年前放的东西，没有动过，他们过的是既不向前，也不回头的生活。是凡过去的，都算是忘记了，未来的他们也不怎样积极地希望着，只是一天一天地平板地、无怨无尤地在他们祖先给他们准备好的口粮之中生活着。

等我生来了，第一给了祖父的无限的欢喜，等我长大了，祖父非常地爱我。使我觉得在这世界上，有了祖父就够了，还怕什么呢？虽然父亲的冷淡，母亲的恶言恶色，和祖母的用针刺我手指的这些事，都觉得算不了什么。何况又有后花园！后园虽然让冰雪给封闭了，但是又发现了这储藏室。这里边是无穷无尽地什么都有，这里边宝藏着的都是我所想像不到的东西，使我感到这世界上的东西怎么这样多！而且样样好玩，样样新奇。

比方我得到了一包颜料，是中国的大绿，看那颜料闪着金光，可是往指甲上一染，指甲就变绿了，往胳臂上一染，胳臂立刻飞来了一张树叶似的。实在是好看，也实在是莫名其妙，所以心里边就暗暗地欢喜，莫非是我得了宝贝吗？

得了一块观音粉。这观音粉往门上一划，门就白了一道，往窗上一划，窗就白了一道。这可真有点奇怪，大概祖父写字的墨是黑墨，而这是白墨吧？

得了一块圆玻璃，祖父说是“显微镜”。他在太阳底下一照，竟把祖父装好的一袋烟照着了。

这该多么使人欢喜，什么什么都会变的。你看它是一块废铁，说不定它就有用，比方我捡到一块四方的铁块，上边有一个小窝。祖父把榛子放在小窝里边，打着榛子给我吃。在这小窝里打，不知道比用牙咬要快了多少倍。何况祖父老了，他的牙又多半不大好。

我天天从那黑屋子往外搬着，而天天有新的。搬出来一批，玩厌了，弄坏了，就再去搬。

因此使我的祖父、祖母常常地慨叹。

他们说这是多少年前的了，连我的第三个姑母还没有生的时候就有这东西。那是多少年前的了，还是分家的时候，从我曾祖那里得来的呢。又哪样哪样是什么人送的，而那家人家到今天也都家败人亡了，而这东西还存在着。

又是我在玩着的那葡蔓藤的手镯，祖母说她就戴着这个手镯，有一年夏天坐着小车子，抱着我大姑去回娘家，路上遇了土匪，把金耳环给摘去了，而没有要这手镯。若也是金的银的，那该多危险，也一定要被抢去的。

我听了问她：

“我大姑在哪儿？”

祖父笑了。祖母说：

“你大姑的孩子比你都大了。”

原来是四十年前的事情，我哪里知道？可是藤手镯却戴在我的手上，我举起手来，摇了一阵，那手镯好象风车似的，滴溜溜地转，手镯太大了，我的手太细了。

祖母看见我把从前的东西都搬出来了，她常常骂我：

“你这孩子，没有东西不拿着玩的，这小不成器的……”

她嘴里虽然是这样说，但她又在光天化日之下得以重看到这东西，也似乎给了她一些回忆的满足。所以她说我是并不十分严刻的，我当然是不听她，该拿还是照旧地拿。

于是我家里久不见天日的东西，经我这一搬弄，才得以见了天日。于是坏的坏，扔的扔，也就都从此消失了。

我有记忆的第一个冬天，就这样过去了。没有感到十分的寂寞，但总不如在后园里那样玩着好。但孩子是容易忘记的，也就随遇而安了。

▶扫一扫

《呼兰河传》拓展阅读

财主底儿女们*（节选）

路翎

内容概要：

小说分上下两卷，以“一·二八事变”到“七七事变”以后的大历史为背景，叙述了苏州首富蒋捷三大家庭的分流云散，以及蒋家第二代蒋慰祖、蒋少祖、蒋纯祖三人在抗战前后的不同经历，探讨了青年知识分子的人生道路问题，尤其着力表现了他们寻找出路时的精神状况。蒋氏家族在内外各种因素的冲击下分崩离析以后，蒋慰祖在家中备受倾轧，加之受到王熙凤式的妻子金素痕的刺激，精神失常成为疯子，最后纵火烧毁住宅，跳入长江。蒋少祖较早脱离家庭，曾经满怀壮志，立志改造中国现状，但受挫之后逐渐幻灭，成为保守的绅士、庸碌的官僚。蒋纯祖憎恶苦闷的现实，富有叛逆精神，不过他在外在压迫加重的时候，同样选择了逃避，只是他不像蒋少祖那样与现实和解，而是继续秉持理想主义探索人生出路。他从南京流亡武汉、重庆，其间看到了人民的灾难、党派斗争的肮脏和农村的沉寂，也看到了自身的卑劣，所以理想与现实——包括社会和个人两个层面——之间的反差在其精神世界剧烈激荡，使其痛苦不堪，终致绝望辞世。

第三章

一

蒋纯祖，像一切具有强暴的，未经琢磨的感情的青年一样，在感情爆发的时候，觉得自己是雄伟的人物，在实际的人类关系中，或在各种冷淡的，强有力的权威下，却常常软弱、恐惧、逃避、顺从。每一代的青年生长出来，都要在人们称为社会秩序的那些墙壁和罗网中做一种强暴的奔突，然后，他们中间底大多数，便顺从了，小的一部分，则因大的不幸和狂乱的感情而成为疯人，或由冷酷的自我意志而找到了自己所渴望的，成为被当代认为比疯人还要危险的激烈人物，散布在祖先们所建筑，子孙们所因袭的那些墙壁和罗网中，指望将来，追求光荣，营

* 摘自路翎:《财主底儿女们》下，人民文学出版社 1985 年版。

着阴暗的生活。大的社会动乱，使得这一代的人们底行进、奔突或摸索成为较容易的了；他们底光荣的前辈是给他们留下了不少有利的东西。尤其在这片旷野上，蒋纯祖便不再遇到人们称为社会秩序或处世艺术的那些东西了。但这同时使蒋纯祖无法做那种强暴的蹦跳；他所遇到的那些实际的、奇异的道德和冷淡的、强力的权威，是使他常常地软弱、恐惧、逃避、顺从。在这一片旷野上，在荒凉的、或焚烧了的村落间，人们是可怕地赤裸，超过了这个赤裸着的，感情暴乱的青年，以至于使这个青年想到了社会秩序和生活里的道德、尊敬、甚至礼节等等底必需。于是这个青年便不再那样坦白了。

那种自我保存的本能，是使得蒋纯祖虚伪起来了，即使对朱谷良也虚伪起来了。因为朱谷良，由于某些愿望和需要，决定和石华贵同行，并和石华贵缔结了奇奇怪怪的同盟的缘故。对于这一点，蒋纯祖是觉得非常痛心。经历了这样的变化，蒋纯祖便脱开了他底单纯的依赖和顺从，在朱谷良面前，表露了对石华贵的不满；在石华贵面前，则表露了对朱谷良的不满了。单纯的人们虚伪起来，是比旁的人们更可怕的，因为他们是他们底目的的坚决的信仰者。为了替自己底犯罪意识辩护的缘故，蒋纯祖在内心就对朱谷良持着反抗的态度了。

因为蒋纯祖底外表是那样单纯，朱谷良便难于发现这些。而因了沉重的苦难的缘故，朱谷良就对蒋纯祖异常冷淡。但渐渐地，他便感到这个年青人底心是深不可测的了。在一种奇妙的憎恶里，他就轻蔑地判断这个年青人是软弱、狂热、卑怯，属于他所习见的种类。而对于卑怯，他是不能忍受的，他心里的可怕的创伤便是证明。特别在现在，朱谷良认为一切都应该理智。假如不是深深的怜恤，在这种颇为痛苦的内心交战底支配下，他便要使这个胡涂的青年吃一些苦了。并且在他准备这样做的时候——他是在苦恼中，他从未想到会有和这样一个年青人勾心斗角的可能——石华贵对他的锐利的态度又阻止了他。在险恶的石华贵面前，他是本能地必须保护蒋纯祖的。

这一群人，是破烂、狼狈、疲惫而狂热，扫过每一个村庄，那些村庄是荒凉了，房屋倒塌，街上和空场上有尸体，野狗在奔驰。兵士们是裹着军毡、被单以及农人底衣裳，在胸前挂着手榴弹。在每个村庄外面抛掷一颗手榴弹，然后进去搜索食物。这样地流浪了三天。第四天，他们重新到达江边——天晴，阳光照耀下的宽阔的，浩荡的江流，给了他们一种光明的、雄壮的感觉——意外地找到了一只小的木船。

他们把木船底倒塌了的舱棚捆好，沿江边向上游划行。他们中间，丁兴旺是能够划船的。这是一个多话、粗卤、活泼的年青人；因为失掉了门牙，他底脸上便增加了一种固执的、阴暗的线条，而在这种线条底衬托下，他底眼睛便有着特殊的明亮。蒋纯祖知道他曾经做过船夫。蒋纯祖并且知道了另外的五个兵士底身世和性情，以后则更知道他们。对于他们，蒋纯祖是迫切地、戒备地注意着的。他觉察到了朱谷良对这几个人的什么一种企图，并觉察到石华贵对他们的偏袒和奇怪的态度。

逃亡到这样的荒野里，他们这一群是和世界隔绝了——他们觉得是如此。在最初，他们都以为很快地便会到达一个地方；虽然不知是什么地方，却知道那是人类在生活着的、有他们底朋友和希望的地方。在这个共同的希望下，他们结集了起来。但在三天的路程里，由于荒凉的旷野，并由于他们所做的那一切破坏，他们底感觉便有了变化。他们觉得他们已经完全隔绝了人世；他们是走在可怕的路程上了，不知道自己是从什么地方来，也不知道要到什么地方去。唯一知道的，是他们必得生存，而一切东西都可能危害他们底生存。在这种漂流里，人们底目的，是简单的，但在各种危害他们，以及他们认为是危害他们的事物面前，尤其是在暧昧的、阴暗的事物面前，各人都企图使一切事物有利于自己，他们底行为便不再简单；而他们从那个遥远的世界上带来，并想着要把它们带回到那个遥远的世界上去的一切内心底东西，一切回忆、信仰、希望，都要在完全的赤裸和无端的惊悸中，经受到严重的考验。在一切人中间，朱谷良最明白这种考验。

好像是，他们是在地狱中盲目地游行，有着地狱的感情。那一切曾经指导过他们的东西，因为无穷的荒野，现在成了无用的。石华贵是失去了他底乐天的、豪放的性情。蒋纯祖是失去了他底对善良的自然的信念。朱谷良，某些瞬间，在那种无端的惊悸里，想到他底信仰所寄托的那个亲密的人群是从地面上消失了；并且永远消失了。人们底回忆模糊了起来；回忆里的那一切，都好像是不可能的。但他们心中是确实地存在着他们各自底感情，希望和信仰。是这些感情，希望和信仰在战栗。在赤裸荒野中，人们竭力掩护自己，因而更赤裸，经受着严重的考验。

人们是互相结集得更紧，同时互相戒备得更凶。那几个兵士们，发觉到朱谷良和石华贵之间的阴险的竞争就踌躇了起来。在石华贵底骄横的统治下——因为朱谷良的缘故，石华贵统治得更骄横，表示他底权威是天定的，他是什么都不怕——兵士们便渐渐地倾向于冷淡的、但温和的朱谷良了。在那种骄横里，石华贵是相当疏忽的；他是常常疏忽的。发现了他底群众底这种叛变，他便个别地恐吓他们，使他们沉默。同时他便使出江湖上的人们所有的老练的手腕来，在一些奇怪的感情和表现里，使朱谷良知道他是他底朋友。但在这片赤裸的荒野中，他底老练的手腕，是变得幼稚、露骨，一看便明了。

在发现木船的前一天，一个兵士病重，跌倒在路上了。大家轻轻地遗弃了他。大家都想到，和这同样的命运，是在等待着他们每一个人。

木船行走了一天，下午搜索了一个村镇，他们底财富便增加起来了，有了粮食、酒肉、木柴、棉被以及鸡鸭。大家都为这种收获欢喜，于是在他们之间便有了未曾有过的亲善的感情。这种空气，是和一个家庭里面所有的空气相似，而且，在旷野中——这时候，他们底仇敌，是他们以外的企图危害他们的一切——他们结合得更紧。看到朱谷良对石华贵所表露的那种真实的亲善——朱谷良，微笑着，用很低的声音请石华贵把一床花布被单递给他，以便使他把舱棚上的破洞塞起来——蒋纯祖和年青的兵士们是感到无上的幸福，他们甚至不想隐瞒这种幸福。朱谷良底温和的、愉快的声音和石华贵所回答的快乐的大声，在阴惨的旷野中给予了无比的光明。

黄昏时，木船在荒凉的沙岸旁停泊。天色阴沉。严寒，沙岸冻结。江流在不远的地方弯曲，江身狭窄起来，水流急湍。沙岸后面是险峻的土坡，上面有大片的杂木林，木船停泊时，有大群的乌鸦飞过江流，发出轻微的、谨慎的拍翅声，投到那些高而细瘦的、赤裸着的树木里去。

丁兴旺抱着木柴到滩上去生火，石华贵不同意，向他咆哮，他发出兴奋的笑声。这个年青的兵士，在兴奋中，有了快活的感情，并且丰富地想象到，在这个晚上，什么是最美好的。他专心，沉静，生着了火，拍手召唤他底伙伴们。大家钻出舱，立刻感到，在这个晚上，火焰是最美好的。丁兴旺叉腰站在火旁，以明亮的、含笑的眼睛看着他们。

大家抖索着——显然是故意抖索着——拥到火旁。火焰明亮，浓烟在无风的空中上升，寒气解消。大家轮流地，沉默地饮酒；大家注视着饮酒的人。丁兴旺躺下来，两手托腮，向着火。在大家底沉默中，觉得沉默是赞许，丁兴旺开始唱歌。

他用沉静的、柔和的声音唱歌。他脸上的那种固执的、阴暗的线条溶解。在歌声间歇的时候，大家沉默着，他无声地发笑，他底失落了门牙的嘴甜美如婴儿。

从各种危险里暂时解脱，人们宝贵这种休憩。在沉静中发出来的歌声保护了人们底安宁的梦境。人们觉得，严寒的黑夜是被火焰所焦燥，在周围低低地飞翔，发出轻微的、轻微的声音。歌声更柔弱，黑夜更轻微，而火焰更振奋。歌声静止，火焰落寞，黑夜怀疑地沉默；人们回头，发现了黑暗的沙滩、土坡、林木和闪着白光的汹涌的江流。

歌声再起来，黑夜底轻微的动作再开始，江流声遥远，火焰振奋。人类是孤独地生活在旷野中；在歌声中，孤独的人类企图找回失去了的、遥远了的、朦胧了的一切。年青的、瘪嘴的兵士是在沉迷中，他为大家找回了温柔、爱抚、感伤、悲凉、失望和希望，他要求相爱，像他曾经爱过，或在想象中曾经爱过的那样。显然的，唱什么歌，是不重要的。朱谷良和蒋纯祖，尤其是蒋纯祖，是带着温暖的、感动的心情听着那些他们在平常要觉得可笑的、在军队中流行的歌曲。他们觉得歌声是神圣的。他们觉得，在这种歌声里，他们底同胞，一切中国人——他们正在受苦、失望、悲愤、反抗——在生活。

“记得呀，在从前，”丁兴旺唱。他停顿，无声地发笑。

“起来，不愿做奴隶的人们……”他用同样的梦幻的小声唱，改变了原来的调子，脸上有严肃的、温柔的表情。

“洪水侵西南，猛兽困东北……太阳空气水，蒋委员长说它是三宝！”他唱，然后向火焰无声地发笑。

“蒋委员长说它是个宝！”石华贵突然大声唱，面孔无表情，以至于大家不能明白他是否在讥讽；他是一直在定定地看着火焰的。他从火焰移开眼睛，看着丁兴旺，并发出干燥的、奇怪的笑声，企图补充他底讥讽。但他突然沉默，环顾黑夜。

“人生呀，谁不惜青春……”丁兴旺未看石华贵，严肃地笑着，又改变了曲子，小声唱。

朱谷良躺在蒋纯祖身边，支着头，面向火焰，嘴里在认真地吸着一根草棒，脸上有安宁的、和悦的表情。他把草棒咬成无数节，拾起来再咬；他底全部精神是集中在冥想里；他底心灵愈深沉，他底咬嚼便愈专心。在石华贵唱出大声来并且发笑的时候，他看了石华贵一眼，并露出简单的微笑。蒋纯祖专心地看着火焰，不时挤动，为了坐得更舒适，更能专心；并不时环顾黑夜。

“可怕啊！”蒋纯祖突然大声叹息。

“你说什么？”朱谷良抬头，问。

蒋纯祖惊异地看着他，然后看大家，好像问：“我说什么？”

朱谷良重新看着火，咬着草棒，好像他并未发问。

“好凄凉啊！谁知道我在这里呢？”蒋纯祖想。

“是的，是的，一切为了将来，一切为了坚强，一切为了生活，但是不得不抛弃这些！”朱谷良想，指他刚才所有的温柔的、感伤的、恋爱的感情。“但是他们在哪里呢？他们活着没有呢？我们活着，是的，完全都活着，永远生长的！但是，谁是最忠实的？过去究竟谁有罪过？谁不错？我们多么容易错啊！”他努力咬断重叠的草棒。“人生有时候多灰暗，多凄凉啊！……但是，哪个是最忠实的？”他想，有了轻蔑的微笑，磨动下颌。朱谷良是常常为了摆脱人生里的较为柔和的感情，成为一个冷酷无情的、英勇的人物而工作。但他底经验常常证明这是不可能的。对最高的命令的绝对的服从，使他只能在这种方式——他认为这些感情都是有害的，必须消灭——里认识这些感情。

现在，在这种忧伤中，在这种为他所必需的失败的、悲凉的心情中，朱谷良，在想起自己底身世、爱情以及毁灭了的家庭来的时候，就发起狠来，想到谁是最忠实的。他清清楚楚地看见，他是最忠实的。

朱谷良突然翻身，坐了起来，严厉地皱眉，伸手向火。石华贵翘脚靠近火，含着挑弄的微笑看着他。在那个突然的歌唱和笑声之后，石华贵感到一些狼狈；随即他就不再感到歌声，而沉思了起来。他是很疏忽的——他是过于相信自己——但假若想到什么，便即刻实行。这个人，在那种粗野中，是有一种无畏的精神。做一件侠义的事，和做一件卑劣的事，他是同样无畏的。

他想到，改变了伙伴们的对他的态度的，是朱谷良；而最能打击朱谷良的，是侮辱蒋纯祖。他底思想就是这样简单，但在这个思想里，他是瞥见了他底在旷野上的英雄的统治的。在这种感动里，他亲切地扫了伙伴们一眼，而向朱谷良发出那种厚重的、无声的、亲密而又威胁的笑。他伸腿向火，笑着。朱谷良在沉思中迅速地瞥了他一眼。

李荣光，很简单地因为人多的缘故，不再惧怕朱谷良。石华贵底这种笑容，是给了他一种启示。他凝视石华贵很久，然后单纯地发笑，挤他身边的丘根固，这是一个年岁较大的，善于保护自己的兵士。

“不要挤！”丘根固说，因为痛恨李荣光底对目前的情境的无知，激怒地望着李荣光，露出牙齿。

“龟儿子哟，你看我底腿！”李荣光快乐地说，吃力地挣出腿来，然后快乐地伏到丁兴旺底肩上去。

有尖利的，单薄的冷风从江面袭来，轻轻地吹扑火焰。冷风底短促的扑击后，江流声增大，好像在遥远的地方，有野兽在呼号。丁兴旺阴郁地凝视着火焰，未改变阴郁的表情，重新开始唱歌。

“老兄！”石华贵向朱谷良说，收敛了那个无声的、有力的、喘息般的强笑，露出快乐的微笑。“我和你商量一件事呢，老兄……不要唱！”他愤怒地向丁兴旺说。

丁兴旺沉默，托腮，看着他，露出阴郁的、执拗的、悲苦的表情。那些可怕的皱纹在他底瘪嘴底周围出现。

朱谷良看着石华贵。蒋纯祖替朱谷良耽心，皱着眉头坐了起来，以一种畏惧的眼光看着挂在石华贵胸前的那颗手榴弹。大家看着石华贵。尖利的、轻悄的江风吹扑火焰。

丘根固投柴到火里去，为了不妨碍石华贵，动作得很轻。他是竭力地露出对目前的事态的不关心来；显然的，他是在激动着。

石华贵环顾黑夜。

“老兄，我们做一个商量如何？”石华贵矜持地大声说，“既然是朋友，你有两枝枪，给我一枝吧！”

朱谷良底丑陋的、无表情的脸变化了。他露出强烈的、战栗的表情，脸打抖，笑出尖锐的、奇怪的声音，瞥了石华贵一眼，掏出一枝手枪。

他底对石华贵的一瞥，是令人战栗的。显然这里不是交出手枪与否的问题；显然的，这里是一个正直的人坚持到底以求光荣或屈服而堕入羞辱底可怕的深渊的问题。朱谷良，在那种尖锐的、激动的笑声中，掏出了一枝手枪，毫未想到这枝枪是可以杀却他底敌人的，在短促的迷茫中，把这枝枪抛了过去。

他做了一个豪迈的动作，以图补救。

石华贵快乐地、喘息似地笑着，抚摩手枪，打开枪膛，倒出子弹来。朱谷良冷酷地看着他。蒋纯祖，明白地看出朱谷良底激动，以为战争要爆发的，现在感到极端的同情，看着朱谷良。蒋纯祖毫未觉察到自己底处境，大声叹息。

石华贵迅速地、可怕地瞥了蒋纯祖一眼。被石华贵底眼光提醒，朱谷良看着蒋纯祖。这个年青人底激动的、扰乱的、逃避的表情唤起了他底怜恤，他伸手向火，安静地微笑着。

“老兄，我够朋友吧。”他说，安静地微笑着。

“当然……你有几颗子弹！”石华贵大声说。“怎么这里只一颗？”

“我也只有一颗。……我们两个人一共只有两颗，要仔细地用啊！”朱谷良清楚地、有力地低声说，在那种强大的自制里向火焰微笑。这是从羞辱底深渊中站了起来——那种清楚的怜恤使他站了起来——而发出来的复仇的宣言。石华贵，满足地快乐地发笑。

朱谷良轻轻地站了起来，凝视着闪着钝重的、白光的、浩荡的江流。

朱谷良最先回船去。风从空中吹来，强劲而疾速。旷野中有唿啸的声音，火焰暗淡，人们在寒冷和恐惧中战栗着。大家回船，但石华贵阴郁地站在火边。

那些燃烧着的木柴和灰烬被疾风扫开，在沙滩上疾速地滚动，直到远处。石华贵披着军毡站着；这个旷野中的英雄，被刚才的小的胜利刺激，有着阴郁的、险恶的思想。

蒋纯祖在大家完全上船后留在滩边小便，回头看着在沙滩上滚动的火焰，而在震吓中，看见披着军毡的石华贵底可怕的形体向他走来。石华贵走到他底面前，他恐怖地、沉默地看着他。狂风在旷野中怒吼。

“跟我来！”石华贵险恶地说，拍他底肩膀，向沙滩中央走去。

蒋纯祖，好像铁针被磁力吸引一样，在狂风中踉跄，跟着这个可怕的形体。那条很长的军毡是在他面前不远的地方在狂风中飘动着。

“我完了！”蒋纯祖流泪，想，“告别啊，一切亲爱的人，还有不幸的中国！”

“学生！”石华贵站下，看着他，说。“你怎么会跟着那个家伙走的？”

“我们在路上遇着的。”蒋纯祖可怜地回答。

“你知道他是什么人？”

“我不知道。”

“吓！你知道我么？”

“我……我不知道；同志，我知道你是一位中国底军人，中国在危险，……我尊敬你们！”蒋纯祖，在那种迫切的热情里，说，企图表现自己底善良，而以伟大的、悲苦的中国感动这位旷野中的英雄。“我对你和对他全是一样的，我还更尊敬你，因为你为中国受了这么多的苦，你那天晚上自己说的……中国是在危险，我知道我自己没有价值，但是你，同志啊！”蒋纯祖哽住，呼吸频促，看着石华贵。

“算了吧！”石华贵冷笑。“真是学生！学生！”他轻蔑地说。“快把你身上的东西交出来！”

“我有救了！”蒋纯祖想，信仰着祖国底热情底结果。他摸出所有的钱和那只包得很密的金戒指来，这是蒋淑珍在那个最后的瞬间交给他的。

“没有了吗？”

“真的，你搜，同志。”蒋纯祖安静地回答。

“好的，这才是学生！”石华贵发笑。

“我是在试探你，老实说，要是你告诉朱谷良，我就要你的命！”石华贵狠恶地说。

朱谷良回舱后，就裹紧棉被，躺到自己底位置上去，忧郁地思索起来。渐渐地，朱谷良有了一种悲凉的情绪。朱谷良，未注意到进舱的兵士们，听着呼吼的寒风，想着夜里一定要落雪。这个思想是很简单的，然而悲凉：雪，是落在旷野中，他，朱谷良，已离开了他在那里经受过劳苦、牺牲、衰亡以及光荣的那个城市。于是，像常有的情形一样，挫折和失败携来了那种甜美的、亲切的忧伤，指导着人们底生活的那种理想，那种光明，便从阴沉的云雾中亲切地透露出来了，抚慰那些创伤，使创伤获得光荣。朱谷良是柔和地进入了这个怀抱，以他底明亮的、凝静的眼睛注视着黑暗。小的木船在寒风中猛烈地摇荡着。

但他突然想到蒋纯祖不在身边。他迅速地坐了起来，从衣袋里摸出火柴，划了一根。兵士们从他们各自底位置里怀疑地看着火柴。火柴尚未熄灭，石华贵掀开了舱口的布篷，而从他底身边，蒋纯祖带着悲苦的表情钻了进来，蒋纯祖向亮光冷淡地看了一眼。

石华贵怀疑地威胁地看着朱谷良。

“下雪了吗？”朱谷良冷淡地问，抛开火柴。

“下雪了！”蒋纯祖用冰冷的声音回答。在他底对自己的感动里，他对石华贵和朱谷良同样嫉恨。

“是了，是这样！这是我们底路！”朱谷良，愤怒地想——对石华贵和蒋纯祖同样愤怒——睡了下去，在黑暗中睁着眼睛，感到风暴是猛烈地在他底身上扑击。

城南旧事*（节选）

林海音

内容概要：

《城南旧事》是台湾20世纪50年代乡愁文学的代表作。它由《惠安馆传奇》《我们看海去》《兰姨娘》《驴打滚儿》和《爸爸的花儿落了，我也不再是小孩子》等五个短篇组成。

小说讲述了在20世纪20年代末的北京城南小胡同里，“我”——六岁的小英子的成长经历。小英子在胡同口的惠安馆看到了寻找女儿小桂子的疯女人秀贞，对她十分同情。几经辗转，英子帮助秀贞找到了失散的女儿——自己的小伙伴妞儿，并帮助她们成功相认和出逃。不想，才团聚的母女二人惨死在火车轮下。随后，英子家搬进了新帘子胡同，她在家附近的草地里认识了一个收破烂的年轻人。他为了供弟弟读书、留学，不得不偷东西。不久，警察由小英子顺藤摸瓜，抓住了这个年轻人。小英子为此感到十分难过。后来，不愿做妾的兰姨娘逃到了小英子家，引起了父母间的一场风波，最终，兰姨娘与小英子家的朋友——干革命的德先叔走到了一起。而小英子家的奶妈宋妈，尽管她的丈夫吃喝嫖赌，甚至将自己的孩子无情卖出，但是，“嫁鸡随鸡”的宋妈最终仍不得不被丈夫接走。故事的最后，小英子的爸爸在她小学毕业的时候因肺病去世，作为长女的她早早告别了快乐的童年，挑起了生活的重担。

爸爸的花儿落了
我也不再是小孩子

新建的大礼堂里，坐满了人；我们毕业生坐在前八排，我又是坐在最前一排的中间位子上。我的襟上有一朵粉红色的夹竹桃，是临来时妈妈从院子里摘下来给我别上的。她说：

“夹竹桃是你爸爸种的，戴着它，就像爸爸看见你上台一样！”

爸爸病倒了，他住在医院里不能来。

昨天我去看爸爸，他的喉咙肿胀着，声音是低哑的。我告诉爸，行毕业典礼的时候，我代表全体同学领毕业证书，并且致谢词。我问爸，能不能起来，参加我的毕业典礼？六年前他参加了我们学校的那次欢送毕业同学同乐会时，曾经要我好好用功，六年后也代表同学领毕业证书和致谢词。今天，“六年后”到了，老师真的选了我做这件事。

* 摘自林海音：《城南旧事》，（台北）尔雅出版社1960年版。

爸爸哑着嗓子，拉起我的手笑笑说：

“我怎么能够去？”

但是我说：

“爸爸，你不去，我很害怕，你在台底下，我上台说话就不发慌了。”

爸爸说：

“英子，不要怕，无论什么困难的事，只要硬着头皮去做，就闯过去了。”

“那么爸不也可以硬着头皮从床上起来，到我们学校去吗？”

爸爸看着我，摇摇头，不说话了。他把脸转向墙那边，举起他的手，看那上面的指甲。然后，他又转过脸来叮嘱我：

“明天要早起，收拾好就到学校去，这是你在小学的最后一天了，可不能迟到啊！”

“我知道，爸爸。”

“没有爸爸，你更要自己管自己，并且管弟弟和妹妹，你已经大了，是不是，英子？”

“是。”我虽然这么答应了，但是觉得爸爸讲的话很使我不舒服，自从六年前的那一次，我何曾再迟到过？

当我在一年级的时候，就有早晨赖在床上不起床的毛病。每天早晨醒来，看到阳光照到玻璃窗上了，我的心里就是一阵愁：已经这么晚了，等起来，洗脸，扎辫子，换制服，再到学校去，准又是一进教室被罚站在门边。同学们的眼光，会一个个向你投过来。我虽然很懒惰，可也知道害羞呀！所以又愁又怕，每天都是怀着恐惧的心情，奔向学校去。最糟的是爸爸不许小孩子上学坐车的，他不管你晚不晚。

有一天，下大雨，我醒来就知道不早了，因为爸爸已经在吃早点。我听着，望着大雨，心里愁得了不得。我上学不但要晚了，而且要被妈妈打扮得穿上肥大的夹袄（是在夏天！），和踢拖着不合脚的油鞋，举着一把大油纸伞，走向学校去！想到这么不舒服的上学，我竟有勇气赖在床上不起来了。

等一下，妈妈进来了。她看见我还没有起床，吓了一跳，催促着我，但是我皱紧了眉头，低声向妈哀求说：

“妈，今天晚了，我就不去上学了吧？”

妈妈就是做不了爸爸的主意，当她转身出去，爸爸就进来了。他瘦瘦高高的，站在床前来，瞪着我：

“怎么还不起来，快起！快起！”

“晚了！爸！”我硬着头皮说。

“晚了也得去，怎么可以逃学！起！”

一个字的命令最可怕，但是我怎么啦！居然有勇气不挪窝。

爸气极了，一把把我从床上拖起来，我的眼泪就流出来了。爸左看右看，结果从桌上抄起鸡毛掸子倒转来拿，藤鞭子在空中一抡，就发出咻咻声音，我挨打了！

爸把我从床头打到床角，从床上打到床下，外面的雨声混合着我的哭声。我哭号，躲避，最后还是冒着大雨上学去了。我是一只狼狈的小狗，被宋妈抱上了洋车——第一次花五大枚坐车去上学。

我坐在放下雨篷的洋车里，一边抽抽答答的哭着，一边撩起裤脚来检查我的伤痕。那一条条鼓起的鞭痕，是红的，而且发着热。我把裤脚向下拉了拉，遮盖住最下面的一条伤痕，我怕同学耻笑我。

虽然迟到了，但是老师并没有罚我站，这是因为下雨天可以原谅的缘故。

老师教我们先静默再读书。坐直身子，手背在身后，闭上眼睛，静静的想五分钟。老师说：想想看，你是不是听爸妈和老师的话？昨天的功课有没有做好？今天的功课全带来了吗？早晨跟爸妈有礼貌的告别了吗？……我听到这儿，鼻子抽达了一大下，幸好我的眼睛是闭着的，泪水不至于流出来。

正在静默的当中，我的肩头被拍了一下，急忙的睁开了眼，原来是老师站在我的位子边。他用眼势告诉我，教我向教室的窗外看去，我猛一转头看，是爸爸那瘦高的影子！

我刚安静下来的心又害怕起来了！爸为什么追到学校来？爸爸点头示意招我出去。我看看老师，征求他的同意，老师也微笑的点点头，表示答应我出去。

我走出了教室，站在爸面前。爸没说什么，打开了手中的包袱，拿出来的是我的花夹袄。他递给我，看着我穿上，又拿出两个铜子儿来给我。

后来怎么样了，我已经不记得，因为那是六年以前的事了。只记得，从那以后，到今天，每天早晨我都是等待着校工开大铁栅校门的学生之一。冬天的清晨站在校门前，戴着露出五个手指头的那种手套，举了一块热乎乎的烤白薯在吃着。夏天的早晨站在校门前，手里举着从花池里摘下的玉簪花，送给亲爱的韩老师，她教我唱歌跳舞。

啊！这样的早晨，一年年都过去了，今天是我最后一天在这学校里啦！

当当当，钟响了，毕业典礼就要开始。看外面的天，有点阴，我忽然想，爸爸会不会忽然从床上起来，给我送来花夹袄？我又想，爸爸的病几时才能好？妈妈今早的眼睛为什么红肿着？院里大盆的石榴和夹竹桃今年爸爸都没有给上麻渣，他为了叔叔给日本人害死，急得吐血了。到了五月节，石榴花没有开得那么红，那么大。如果秋天来了，爸还要买那样多的菊花，摆满在我们的院子里，廊檐下，客厅的花架上吗？

爸是多么喜欢花。

每天他下班回来，我们在门口等他，他把草帽推到头后面抱起弟弟，经过自来水龙头，拿起灌满了水的喷水壶，唱着歌儿走到后院来。他回家来的第一件事就是浇花。那时太阳快要下去了，院子里吹着凉爽的风，爸爸摘下一朵茉莉插到瘦鸡妹妹的头发上。陈家的伯伯对爸爸说：“老林，你这样喜欢花，所以你太太生了一堆女儿！”我有四个妹妹，只有两个弟弟。我才十二岁。……

我为什么总想到这些呢？韩主任已经上台了，他很正经的说：

“各位同学都毕业了，就要离开上了六年的小学到中学去读书，做了中学生就不是小孩子了，当你们回到小学来看老师的时候，我一定高兴看你们都长高了，长大了……”

于是我唱了五年的骊歌，现在轮到同学们唱给我们送别：

“长亭外，古道边，芳草碧连天。……问君此去几时来，来时莫徘徊！天之涯，地之角，知交半零落，人生难得是欢聚，惟有别离多……”

我哭了，我们毕业生都哭了。我们是多么喜欢长高了变成大人，我们又是多么怕呢！当我们回到小学来的时候，无论长得多么高，多么大，老师！你们要永远拿我当个孩子呀！

做大人，常常有人要我做大人。

宋妈临回她的老家的时候说：

“英子，你大了，可不能跟弟弟再吵嘴！他还小。”

兰姨娘跟着那个四眼狗上马车的时候说：

“英子，你大了，可不能招你妈妈生气了！”

蹲在草地里的那个人说：

“等到你小学毕业了，长大了，我们看海去。”

虽然，这些人都随着我的长大没了影子了。是跟着我失去的童年也一块儿失去了吗？

爸爸也不拿我当孩子了，他说：

“英子，去把这些钱寄给在日本读书的陈叔叔。”

“爸爸！——”

“不要怕，英子，你要学做许多事，将来好帮着你妈妈。你最大。”

于是他数了钱，告诉我怎样到东交民巷的正金银行去寄这笔钱——到最里面的台子上去要一张寄款单，填上“金柒拾圆也”，写上日本横滨的地址，交给柜台里的小日本儿！

我虽然很害怕，但是也得硬着头皮去。——这是爸爸说的，无论什么困难的事，只要硬着头皮去做，就闯过去了。

“闯练，闯练，英子。”我临去时爸爸还这样叮嘱我。

我心情紧张的手里捏紧一卷钞票到银行去。等到从最高台阶的正金银行出来，看着东交民巷街道中的花圃种满了蒲公英，我高兴的想：闯过来了，快回家去，告诉爸爸，并且要他明天在花池里也种满了蒲公英。

快回家去！快回家去！拿着刚发下来的小学毕业文凭——红丝带子系着的白纸筒，催着自己，我好像怕赶不上什么事情似的，为什么呀？

进了家门来，静悄悄的，四个妹妹和两个弟弟都坐在院子里的小板凳上，他们在玩沙土，旁边的夹竹桃不知什么时候垂下了好几枝子，散散落落的很不像样，是因为爸爸今年没有收拾它们——修剪、捆扎和施肥。

石榴树大盆底下也有几粒没有长成的小石榴；我很生气，问妹妹们：

“是谁把爸爸的石榴摘下来的？我要告诉爸爸去！”

妹妹们惊奇的睁大了眼，她们摇摇头说：“是它们自己掉下来的。”

我捡起小青石榴。缺了一根手指头的厨子老高从外面进来了，他说：

“大小姐，别说什么告诉你爸爸了，你妈妈刚从医院来了电话，叫你赶快去，你爸爸已经……”

他为什么不说下去了？我忽然着急起来，大声喊着说：

“你说什么？老高。”

“大小姐，到了医院，好好儿劝劝你妈，这里就数你大了！就数你大了！”

瘦鸡妹妹还在抢燕燕的小玩意儿，弟弟把沙土灌进玻璃瓶里。是的，这里就数我大了，我是小小的大人。我对老高说：

“老高，我知道是什么事了，我就去医院。”我从来没有过这样的镇定，这样的安静。

我把小学毕业文凭，放到书桌的抽屉里，再出来，老高已经替我雇好了到医院的车子。走过院子，看到那垂落的夹竹桃，我默念着：

爸爸的花儿落了，

我也不再是小孩子。

将　军　族*

陈映真

在十二月里，这真是个好天气。特别在出殡的日子，太阳那么绚灿地普照着，使丧家的人们也蒙上一层隐秘的喜气了。有一支中音的萨克管在轻轻地吹奏着很东洋风的“荒城之月”。它听来感伤，但也和这天气一样地，有一种浪漫的悦乐之感。他为高个子修好了伸缩管，别起嘴将喇叭朝着地下试吹了三个音，于是抬起来对着大街很富于温情地和着“荒城之月”。然后他忽然地停住了，他只吹了三个音。他睁大了本来细眯着的眼。他便这样地在伸缩的方向看见了伊。

高个子伸着手，将伸缩喇叭接了去。高个子说：

“行了，行了。谢谢，谢谢。”

这样地说着，高个子若有所思地将喇叭挟在腋下，一手掏出一只绉得像蚯蚓一般的烟伸到他的眼前，差一点碰到他的鼻子。他后退了一步，猛力地摇着头，别着嘴做出一个笑容。不过这样的笑容，和他要预备吹奏时的表情，是颇难于区别的。高个子便咬住那烟，用手扶直了它，划了一支洋火烧红了一端，哔叽哔叽地抽了起来。他坐在一条长木凳上，心在很异样地悸动着。没有看见伊，已经有五年了吧。但他却能一眼便认出伊来。伊站在阳光里，将身子的重量放在左腿上，让臀部向左边画着十分优美的曼陀铃琴的弧。还是那样的站法啊。然而如今伊变得很婷婷了。很多年前，伊也曾这样地站在他的面前。那时他们都在康乐队里，几乎每天都在大卡车的颠簸中到处表演。

“三角脸，唱个歌好吗！”伊说。声音沙痖，仿佛鸭子。

他猛然地回过头来，看见伊便是那样地站着，抱着一支吉他琴。伊那时又瘦又小，在月光中，尤其的显得好笑。

“很夜了，唱什么歌！”

然而伊只顾站着，那样地站着。他拍了拍沙滩，伊便很和顺地坐在他的旁边。月亮在海水中碎成许多闪闪的鱼鳞。

“那么就说故事吧。”

“啰嗦！”

“说一个就好。”伊说着，脱掉拖鞋，裸着的脚丫子便像蟋蟀似地钉进沙里去。

---

* 摘自《陈映真自选集》，生活·读书·新知三联书店2000年版。

“十五六岁了，听什么故事！”

“说一个你们家里的故事。你们大陆上的故事。”

伊仰着头。月光很柔和地敷在伊的干枯的小脸，使伊的发育得很不好的身体，看来又笨又拙。他摸了摸他的已经开始有些儿发秃的头。他编扯过许多马贼、内战、私刑的故事。不过那并不是用来迷住像伊这样的貌寝的女子的啊。他看着那些梳着长长的头发的女队员们张着小嘴，听得入神，真是赏心乐事。然而，除了听故事，伊们总是跟年轻的乐师泡着。这使他寂寞得很。乐师们常常这样地说：

“我们的三角脸，才真是柳下惠哩！”

而他便总是笑笑，红着那张确乎有些三角形的脸。

他接过吉他琴，撩拨了一组和弦。琴声在夜空中铮锿着。渔火在极远的地方又明又灭。他正苦于怀乡，说什么“家里的”故事呢?

“讲一个故事。讲一个猴子的故事。”他说，叹息着。

他于是想起了一个故事。那是写在一本日本的小画册上的故事。在沦陷给日本的东北，他的姊姊曾说给他听过。他只看着五彩的小插画。一只猴子被卖给马戏团，备尝辛酸，历经苦楚。有一个月圆的夜，猴子想起了森林里的老家，想起了爸爸、妈妈、哥哥、姊姊……

伊坐在那里，抱着屈着的腿，很安静地哭着。他慌了起来，嗫嗫地说：

“开玩笑，怎么的了！”

伊站了起来。瘦愣愣地，仿佛一具着衣的骷髅。伊站了一会儿，逐渐地把重心放在左腿上，就是那样。

就是那样的。然而，于今伊却穿着一套稍嫌小了一些的制服。深蓝的底子，到处镶滚着金黄的花纹。十二月的阳光浴着伊，使那怵目得很的蓝色，看来柔和了些。伊的戴着太阳眼镜的脸，比起往时要丰腴了许多。伊正专心地注视着在天空中画着椭圆的鸽子们。一只红旗在向它们招摇。他原也走进阳光里，叫伊：

“小瘦丫头儿！”

而伊也会用伊的有些沙症的嗓门叫起来的吧。但他只是坐在那儿，望着伊。伊再也不是个“小瘦丫头儿”了。他觉得自己果然已在苍老着，像旧了的鼓，缀缀补补了的铜号那样，又丑陋、又凄凉。在康乐队里的那么些年，他才逐渐接近四十。然而一年一年地过着，倒也尚不识老去的滋味的。不知道那些女孩儿们和乐师们，都早已把他当作叔伯之辈了。然而他还只是笑笑。不是不服老，却是因着心身两面，一直都是放浪如素的缘故。他真正的开始觉着老，还正是那个晚上呢。

记得很清楚：那时对于那样地站着的，并且那样轻轻地淌泪的伊，始而惶惑，继而怜惜，终而油然地生了一种老迈的心情。想起来，他是从未有过这样的感觉的。从那个刹时起，他的心才改变成为一个有了年纪的男人的心了。这样的心情，便立刻使他稳重自在。他接着说：

“开玩笑，这是怎么的了，小瘦丫头儿！”

伊没有回答。伊努力地抑压着，也终于没有了哭声。月亮真是美丽。那样静悄悄地照明着长长的沙滩、碉堡和几栋营房，叫人实在弄不明白：何以造物要将这么美好的时刻，秘密地在阒无一人的夜更里展露呢？他捡起吉他琴，任意地拨了几个和弦。他小心地、讨好地、轻轻地唱着：

——王老七，养小鸡，

叽咯叽咯叽咯——……

伊便止不住地笑了起来。伊转过身来，用一只无肉的腿，向他轻轻地踢起一片细沙。伊忽然的又一个转身，擤了很多的鼻涕。他的心因着伊的活泼，像午后的花朵儿那样绽然地盛开起来。他唱着：

王老七，……

伊揩好了鼻涕，盘腿坐在他的面前。伊说：

“有烟么？”

他赶忙搜了搜口袋，递过一只雪白的纸烟，为伊点上火，打火机发着殷红的火光，照着伊的鼻端。头一次他发现伊有一支很好的鼻子，瘦削、结实。且因流着一些鼻水，仿佛有些凉意。伊深深地吸一口，低下头，用挟住烟的右手支着颐。左手在沙地上歪歪斜斜地画着许多小圆圈。伊说：

“三角脸，我讲个事情你听。”

说着，白白的烟从伊的低着的头，袅袅地飘了上来。他说：

“好呀，好呀。”

“哭一哭，好多了。”

“我讲的是猴子，又不是你。”

“差不多——”

“哦，你是猴子啦，小瘦丫头儿！”

“差不多。月亮也差不多。”

“嗯！”

“唉，唉！这月亮。我一吃饱饭就不对。原来月亮大了，我又想家了。”

“像我吧，连家都没有呢。”

“有家。有家是有家啦，有什么用呢？”

伊说着，以臀部为轴，转了一个半圆。伊对着那黄得发红的大的月亮慢慢地抽起纸烟，烟草便烧得“丝丝”作响。伊掠了掠伊的头发，忽然说：

“三角脸。”

“呵。”他说：“很夜了，少胡思乱想。我何尝不想家吗？”

他于是站了起来。他用衣袖擦了擦吉他琴上的夜露，一根根放松了琴弦。伊依旧坐着，很小心地抽着一截烟屁股，然后一弹，一条火红的细弧在沙地上碎成万点星火。

“我想家，也恨家里。”伊说，“你会这样吗？——你不会。”

“小瘦丫头儿，”他说，将琴的胴体掮在肩上，仿佛扛着一枝枪。他说：“小瘦丫头，过去的事，想它做什么？我要像你：想，想！那我一天也不要活了！”

伊霍然地站起来，拍着身上的沙粒。伊张着嘴巴打起呵欠来。眨了眨眼，伊看着他，低声地说：

“三角脸，你事情见得多。”伊停了一下，说：“可是你是断断不知道：一个人被卖出去，是什么滋味。”

“我知道。”他猛然地说，睁大了眼睛。伊看着他的微秃的、果然有些儿三角形的脸，不禁笑了起来。

“就好像我们乡下的猪、牛那样的被卖掉了。两万五，卖给他两年。”伊说。

伊将手插进口袋里，耸起板板的小肩膀，背向着他，又逐渐地把重心移到左腿上。伊的右腿便在那里轻轻地踢着沙子，仿佛一只小马儿。

“带走的那一天，我一滴眼泪也没有。我娘躲在房里哭，哭得好响，故意让我听到。我就是一滴眼泪也没有。哼！”

“小瘦丫头！”他低声说。

伊转身望着他，看见他的脸很忧戚地歪扭着，伊便笑了起来：

“三角脸，你知道！你知道个屁呢！”

说着，伊又躬着身子，擤了一把鼻涕。伊说：

“夜了。睡觉了。”

他们于是向招待所走去。月光照着很滑稽的人影，也照着两行孤独的脚印。伊将手伸进他的臂弯里，渴睡地张大了嘴打着呵欠。他的臂弯感觉到伊的很瘦小的胸。但他的心却充满另外一种温暖。临分手的时候，他说：

“要是那时我走了之后，老婆有了女儿，大约也就是你这个年纪吧。”

伊扮了一个鬼脸，蹒跚地走向女队员的房间去。月在东方斜着，分外的圆了。

锣鼓队开始作业了。密密的脆皮鼓伴着撼人的铜锣，逐渐使这静谧的午后骚扰了起来。他拉低了帽子，站立了起来。他看见伊的左手一晃，在右腋里挟住一根银光闪铄的指挥棒。指挥棒的小铜球也随着那样的一晃，有如马嘶一般地轻响起来。伊还是个指挥的呢！

许多也是穿着蓝制服的少女乐手们都集合拢了。伊们开始吹奏着把节拍拉慢了一倍的“马撒永眠黄泉下”的曲子。曲子在震耳欲聋的锣鼓声的夹缝里，悠然地飞扬着，混合着时歇时起的孝子贤孙们的哭声，和这么绚然的阳光交织起来，便构成了人生、人死的喜剧了。他们的乐队也合拢了。于是像凑热闹似地，也随而吹奏起来了。高个子很神气地伸缩着他的管乐器，很富于情感地吹着“游子吟”。也是将节拍拉长了一倍，仿佛什么曲子都能当安魂曲似的——只要拉慢节拍子，全行的。他把小喇叭凑在嘴上，然而他并不在真吹。他只是做着样子罢了。他看着伊颇为神气地指挥着，金黄的流苏随着棒子飞舞着。不一会他便发觉了伊的指挥和乐声相差约有半拍。他这才记得伊是个轻度的音盲。

是的，伊是个音盲。所以伊在康乐队里，并不曾是个歌手。可是伊能跳很好的舞，而且也是个很好的女小丑，用一个红漆的破乒乓球，盖住伊惟一美丽的地方——鼻子，瘦板板的站在台上，于是台下卷起一片笑声。伊于是又眨了眨木然的眼，台下便又是一阵笑谑。伊在台上固然不唱歌，在台下也难得开口唱唱的。然而一旦不幸伊一下子高兴起来，便要咿咿呀呀的唱上好几小时，把一只好好的歌，唱得支离破碎，喑哑不成曲调。

有一个早晨，伊忽然轻轻地唱起一支歌来。继而一支接着一支，唱得十分起劲。他在隔壁的房间修着乐器，无可奈何地听着那么折磨人的歌声。伊唱着说：

——这绿岛像一只船，

在月夜里飘呀飘……

唱过一遍，停了一会儿，便又从头唱起。一次比一次温柔，充满情感。忽然间，伊说：

“三角脸！”

他没有回答。伊轻轻地敲了敲三夹板的墙壁，说：

“喂，三角脸！”

“哎！”

“我家离绿岛很近。”

“神经病。”

“我家在台东。”

“……”

“他 × 的，好几年没回去了！”

“什么？”

“我好几年没回去了！”

“你还说一句什么？”

伊停了一会，忽然吃吃地笑了起来，伊轻轻地叹了一口气，说：

“三角脸。”

“啰嗦！”

“有没有香烟？”

他站起来，从夹克口袋摸了一根纸烟，抛过三夹板给伊。他听见划火柴的声音。一缕青烟从伊的房间飘越过来，从他的小窗子飞逸而去。

“买了我的人把我带到花莲，”伊说，吐着嘴唇上的烟丝。伊接着说：“我说：我卖笑不卖身。他说不行，我便逃了。”

他停住手里的工作，躺在床上。天花板因漏雨而有些发霉了。他轻声说：

“原来你还是个逃犯哩！”

“怎么样？”伊大叫着说，“怎么样？报警去吗？呵？”

他笑了起来。

“早上收到家里的信，”伊说：“说为了我的逃走，家里要卖掉那么几小块田赔偿。”

“啊，啊啊。”

“活该，”伊说，“活该，活该！”

他们于是都沉默起来。他坐起身来，搓着手上的铜锈。刚修好的小喇叭躺在桌子上，在窗口的光线里静悄悄地闪耀着白色的光。不知道怎样地，他觉得沉重起来。隔了一会，伊低声说：

“三角脸。”

他咽了一口气，忙说：

“哎。”

“三角脸，过两天我回家去。”

他细眯着眼望着窗外。忽然睁开眼睛，站立起来，嗫嗫地说：

“小瘦丫头儿！”

他听见伊有些自暴自弃地呻吟了一声，似乎在伸懒腰的样子。伊说：

“田不卖，已经活不好了，田卖了，更活不好。卖不到我，妹妹就完了。”

他走到桌旁，拿起小喇叭，用衣角擦拭着它。铜管子逐渐发亮了，生着红的、紫的圈圈。他想了想，木然地说：

“小瘦丫头儿。”

“嗯。”

“小瘦丫头儿，听我说：如果有人借钱给你还债，行吗？”

伊沉吟了一会，忽然笑了起来。

“谁借钱给我？”伊说，“两万五咧！谁借给我？你吗？”

他等待伊笑完了，说：

“行吗？”

“行，行。”伊说，敲着三夹板的壁：“行呀！你借给我，我就做你的老婆。”

他的脸红了起来，仿佛伊就在他的面前那样。伊笑得喘不过气来，按着肚子，扶着床板。伊说：

“别不好意思，三角脸。我知道你在壁板上挖了个小洞，看我睡觉。”

伊于是又爆笑起来。他在隔房里低下头，耳朵涨着猪肝那样的赭色。他无声地说：

“小瘦丫头儿……你不懂得我。”

那一晚，他始终不能成眠。第二天的深夜，他潜入伊的房间，在伊的枕头边留下三万元的存折，悄悄地离队出走了。一路上，他明明知道绝不是心疼着那些退伍金的，却不知道为什么止不住地流着眼泪。

几支曲子吹过去了。现在伊又站到阳光里。伊轻轻地脱下制帽，从袖卷中拉出手绢揩着脸，然后扶了扶太阳镜，有些许傲然地环视着几个围观的人。高个子挨近他，用痒痒的声说：

“看看那指挥的，很挺的一个女的呀！”

说着，便歪着嘴，挖着鼻子。他没有作声，而终于很轻地笑了笑。但即便是这样轻的笑脸，都皱起满脸的皱纹来。伊留着一头乌油油的头发，高高地梳着一个小髻。脸上多长了肉，把伊的本来便很好的鼻子，衬托得尤其的精神了。他想着：一个生长，一个枯萎，才不过是五年先后的事！空气逐渐有些温热起来。鸽子们停在相对峙的三个屋顶上，凭那个养鸽的怎么样摇撼着红旗，都不起飞了。它们只是斜着头，愣愣地看着旗子，又拍了拍翅膀，而依旧只是依偎着停在那里。纸钱的灰在离地不高的地方打着卷、飞扬着。他站在那儿，忽然看见伊面向着他。从那张戴着太阳眼镜的脸，他很难于确定伊是否看见了他。他有些青苍起来，手也有些抖嗦了。他看着伊也木然地站在那里，张着嘴。然后他看见伊向这边走来。他低下头，紧紧地抱着喇叭。他感觉到一个蓝色的影子挨近他，迟疑了一会，便同他并立着靠在墙上，他的眼睛有些发热了，然而他只是低弯着头。

"请问——"伊说。

"……"

"是你吗？"伊说："是你吗？三角脸，是……"伊哽咽起来："是你，是你。"

他听着伊哽咽的声音，便忽然沉着起来，就像海滩上的那夜一般。他低声说：

"小瘦丫头儿，你这傻小瘦丫头！"

他抬起头来，看见伊用绢子捂着鼻子、嘴。他看见伊那样地抑住自己，便知道伊果然的成长了。伊望着他，笑着。他没有看见这样的笑，怕不有十数年了。那年打完仗回到家，他的母亲便曾类似这样笑过。忽然一阵振翼之声响起，鸽子们又飞翔起来了，斜斜地划着圈子。他们都望着那些鸽子，沉默起来。过了一会，他说：

"一直在看着你当指挥，神气得很呢！"

伊笑了笑。他看着伊的脸，太阳眼镜下面沾着一小滴泪珠儿，很精细地闪耀着。他笑着说：

"还是那样好哭吗？"

"好多了。"伊说着，低下了头。

他们又沉默了一会，都望着越划越远的鸽子们的圈圈儿。他挟着喇叭，说：

"我们走，谈谈话。"

他们并着肩走过愕然着的高个子。他说：

"我去了马上来。"

"呵呵。"高个子说。

伊走得很婷婷然，然而他却有些伛偻了。他们走完一栋走廊，走过一家小戏院，一排宿舍，又过了一座小石桥。一片田野迎着他们。很多的麻雀聚栖在高压线上。离开了充满香火和纸钱的气味，他们觉得空气是格外的清新舒爽了。不同的作物将田野涂成不同深浅的绿色的小方块。他们站住了好一会，都沉默着。一种从不曾有过的幸福的感觉涨满了他的胸膈。伊忽然的把手伸到他的臂弯里，他们便慢慢地走上一条小坡堤。伊低声地说：

"三角脸。"

"嗯。"

“你老了。”

他摸了摸秃了大半的，尖尖的头，抓着，便笑了起来。他说：

“老了，老了。”

“才不过四五年。”

“才不过四五年。可是一个日出，一个日落呀！”

“三角脸——”

“在康乐队里的时候，日子还蛮好呢，”他紧紧地挟着伊的手，另一只手一晃一晃地玩着小喇叭。他接着说：“走了以后，在外头儿混，我才真正懂得一个卖给人的人的滋味。”

他们忽然噤着。他为自己的失言恼怒地别着松弛的脸。然而伊依然抱着他的手。伊低下头，看着两双踱着的脚。过了一会儿，伊说：

“三角脸——。”

他垂头丧气，沉默不语。

“三角脸，给我一根烟。”伊说。

他为伊点上烟，双双坐了下来。伊吸了一阵，说：

“我终于真找到你了。”

他坐在那儿，搓着双手，想着些什么。他抬起头来，看看伊，轻轻地说：

“找我。找我做什么！”他激动起来了：“还我钱是不是？……我可曾说错了话么？”

伊从太阳眼镜里望着他的苦恼的脸，便忽而将自己的制帽盖在他的秃头上。伊端详了一番，便自得其乐地笑了起来。

“不要弄成那样的脸吧！否则你这样子倒真像个将军呢！”伊说着，扶了扶眼镜。

“我不该说那句话。我老了，我该死。”

“瞎说，我找你，要来赔罪的。”伊又说。

“那天我看到你的银行存折，哭了一整天。他们说我吃了你的亏，你跑掉了。”伊笑了起来，他也笑了。

“我真没料到你是真好的人。”伊说：“那时你老了，找不上别人。我又小又丑。好欺负。三角脸。你不要生气，我当时老防着你呢！”

他的脸很吃力地红了起来。他不是对伊没有过欲情的。他和别的队员一样，一向是个狂嫖滥赌的独身汉。对于这样的人，欲情与美貌之间，并没有必然的关系的。伊接着说：

“我拿了你的钱回家，不料并不能息事。他们又带我到花莲。他们带我去见一个大胖子。大胖子用很尖细的嗓子问我的话。我一听他的口音同你一样，就很高兴。我对他说：‘我卖笑，不卖身。’”

“大胖子吃吃地笑了。不久他们弄瞎了我的左眼。”

他抢去伊的太阳眼镜，看见伊的左眼睑收缩地闭着。伊伸手要回眼镜，四平八稳地又戴了上去。伊说：

“然而我一点也没有怨恨，我早已决定这一生不论怎样也要活下来再见你一面。还钱是其次，我要告诉你我终于领会了。”

“我挣够给他们的数目，又积了三万元。两个月前才加入乐社里，不料就在这儿找到你了。”

“小瘦丫头！”他说。

“我说过我要做你老婆，”伊说，笑了一阵：“可惜我的身子已经不干净，不行了。”

“下一辈子吧！”他说，“此生此世，仿佛有一股力量把我们推向悲惨、羞耻和破败……”

远远地响起了一片喧天的乐声。他看了看表，正是丧家出殡的时候。伊说：

“正对，下一辈子吧。那时我们都像婴儿那么干净。”

他们于是站了起来。沿着坡堤向深处走去。过不一会，他吹起“王者进行曲”，吹得兴起，便在堤上踏着正步，左右摇晃。伊大声地笑着，取回制帽戴上，挥舞着银色的指挥棒，走在他的前面，也走着正步。年轻的农夫和村童们在田野里向他们招手，向他们欢呼着。两三只的狗，也在四处吠了起来。太阳斜了的时候，他们的欢乐影子在长长的坡堤的那边消失了。

第二天早晨，人们在蔗田里发现一对尸首。男女都穿着乐队的制服，双手都交握于胸前。指挥棒和小喇叭很整齐地放置在脚前，闪闪发光，他们看来安详、滑稽，却另有一种滑稽中的威严。

一个骑着单车的高大的农夫，于围睹的人群里看过了死尸后，在路上对另一个挑着水肥的矮小的农夫说：

“两个人躺得直挺挺地，规规矩矩，就像两位大将军呢！”

于是高大的和矮小的农夫都笑起来了。

游园惊梦*

白先勇

钱夫人到达台北近郊天母窦公馆的时候，窦公馆门前两旁的汽车已经排满了，大多是官家的黑色小轿车，钱夫人坐的计程车开到门口她便命令司机停了下来。窦公馆的两扇铁门大敞，门灯高烧，大门两侧一边站了一个卫士，门口有个随从打扮的人正在那儿忙着招呼宾客的司机。钱夫人一下车，那个随从便赶紧迎了上来，他穿了一身藏青哔叽的中山装，两鬓花白。钱夫人从皮包里掏出了一张名片递给他，那个随从接过名片，即忙向钱夫人深深的行了一个礼，操了苏北口音，满面堆着笑容说道：

"钱夫人，我是刘副官，夫人大概不记得了？"

"是刘副官吗？"钱夫人打量了他一下，微带惊愕的说道，"对了，那时在南京到你们大悲巷公馆见过你的。你好，刘副官。"

"托夫人的福。"刘副官又深深的行了一礼，赶忙把钱夫人让了进去，然后抢在前面用手电筒照路，引着钱夫人走上一条水泥砌的汽车过道，绕着花园直往正屋里行去。

"夫人这向好？"刘副官一行引着路，回头笑着向钱夫人说道。

"还好，谢谢你，"钱夫人答道，"你们长官夫人都好呀？我有好些年没见着他们了。"

"我们夫人好，长官最近为了公事忙一些。"刘副官应道。

窦公馆的花园十分深阔，钱夫人打量了一下，满园子里影影绰绰，都是些树木花草，围墙周遭，却密密的栽了一圈椰子树，一片秋后的清月，已经升过高大的椰子树干子来了。钱夫人跟着刘副官绕过了几丛棕榈树，窦公馆那座两层楼的房子便赫然出现在眼前，整座大楼，上上下下灯光通明，亮得好像烧着了一般；一条宽敞的石级引上了楼前一个弧形的大露台，露台的石栏边沿上却整整齐齐的置了十来盆一排齐胸的桂花，钱夫人一踏上露台，一阵桂花的浓香便侵袭过来了。楼前正门大开，里面有几个仆人穿梭一般来往着，刘副官停在门口，哈着身子，做了个手势，毕恭毕敬的说了声：

"夫人请。"

钱夫人一走入门内前厅，刘副官便对一个女仆说道：

"快去报告夫人，钱将军夫人到了。"

前厅只摆了一堂精巧的红木几椅，几案上搁着一套景泰蓝的瓶樽，一只观音樽里斜插了几

* 摘自《白先勇文集》第五卷，花城出版社2000年版。

枝万年青；右侧壁上，嵌了一面鹅卵形的大穿衣镜。钱夫人走到镜前，把身上那件玄色秋大衣卸下，一个女仆赶忙上前把大衣接了过去。钱夫人往镜里瞟了一眼，很快的用手把右鬓一绺松弛的头发抿了一下，下午六点钟才去西门町红玫瑰做的头发，刚才穿过花园，吃风一撩，就乱了。钱夫人往镜子又凑近了一步，身上那件墨绿杭绸的旗袍，她也觉得颜色有点不对劲儿。她记得这种丝绸，在灯光底下照起来，绿汪汪翡翠似的，大概这间前厅不够亮，镜子里看起来，竟有点发乌。难道真的是料子旧了？这份杭绸还是从南京带出来的呢，这些年都没舍得穿，为了赴这场宴才从箱子底拿出来裁了的。早知如此，还不如到鸿翔绸缎庄买份新的。可是她总觉得台湾的衣料粗糙，光泽扎眼，尤其是丝绸，哪里及得上大陆货那么细致，那么柔熟？

"五妹妹到底来了。"一阵脚步声，窦夫人走了出来，一把便搀住了钱夫人的双手笑道。

"三阿姐，"钱夫人也笑着叫道，"来晚了，累你们好等。"

"哪里的话，恰是时候，我们正要入席呢。"

窦夫人说着便挽着钱夫人往正厅走去。在走廊上，钱夫人用眼角扫了窦夫人两下，她心中不禁觇敲起来：桂枝香果然还没有老。临离开南京那年，自己明明还在梅园新村的公馆替桂枝香请过三十岁的生日酒，得月台的几个姐妹淘都差不多到齐了——桂枝香的妹子后来嫁给任主席任子久做小的十三天辣椒，还有她自己的亲妹妹十七月月红——几个人还学洋派凑份子替桂枝香定制了一个三十寸双层的大寿糕，上面足足插了三十根红蜡烛。现在她总该有四十大几了吧？钱夫人又朝窦夫人瞄了一下。窦夫人穿了一身银灰洒朱砂的薄纱旗袍，足上也配了一双银灰闪光的高跟鞋，右手的无名指上戴了一只莲子大的钻戒，左腕也笼了一副白金镶碎钻的手串，发上却插了一把珊瑚缺月钗，一对寸把长的紫瑛坠子直吊下发脚外来，衬得她丰白的面庞愈加雍容矜贵起来。在南京那时，桂枝香可没有这般风光，她记得她那时还做小，窦瑞生也不过是个次长，现在窦瑞生的官大了，桂枝香也扶了正，难为她熬了这些年，到底给她熬出了头了。

"瑞生到南部开会去了，他听说五妹妹今晚要来，还特地让我向你问好呢。"窦夫人笑着侧过头来向钱夫人说道。

"哦，难为窦大哥还那么有心。"钱夫人笑道。一走近正厅，里面一阵人语喧笑便传了出来。窦夫人在正厅门口停了下来，又握住钱夫人的双手笑道：

"五妹妹，你早就该搬来台北了，我一直都挂着，现在你一个人住在南部那种地方有多冷清呢？今夜你是无论如何缺不得席的——十三也来了。"

"她也在这儿吗？"钱夫人问道。

"你知道呀，任子久一死，她便搬出了任家，"窦夫人说着又凑到钱夫人耳边笑道，"任子久是有几份家当的，十三一个人也算过得舒服了。今晚就是她起的哄，来到台湾还是头一遭呢。她把'赏心乐事'票房里的几位朋友搬了来，锣鼓笙箫都是全的，他们还巴望着你上去显两手呢。"

"罢了，罢了，哪里还能来这个玩意儿！"钱夫人急忙挣脱了窦夫人，摆着手笑道。

"客气话不必说了，五妹妹，连你蓝田玉都说不能，别人还敢开腔吗？"窦夫人笑道，也不等钱夫人分辩便挽了她往正厅里走去。

正厅里东一堆西一堆，锦簇绣丛一般，早坐满了衣裙明艳的客人。厅堂异常宽大，呈凸字形，是个中西合璧的款式。左半边置着一堂软垫沙发，右半边置着一堂紫檀硬木桌椅，中间地板上却隔着一张两寸厚刷着二龙抢珠的大地毯。沙发两长四短，对开围着，黑绒底子洒满了醉红的海棠叶儿，中间一张长方矮几上摆了一只两尺高青天细瓷胆瓶，瓶里冒着一大蓬金骨红肉的龙须菊。右半边八张紫檀椅子团团围着一张嵌纹石桌面的八仙桌，桌上早布满了各式的糖盒茶具。厅堂凸字尖端，也摆着六张一式的红木靠椅，椅子三三分开，圈了个半圆，中间缺口处却高高竖了一档乌木架流云蝙蝠镶云母片的屏风。钱夫人看见那些椅子上搁满了铙钹琴弦，椅子前端有两个木架，一个架着一只小鼓，另一个却齐齐的插了一排笙箫管笛。厅堂里灯光辉煌，两旁的座灯从地面斜射上来，照得一面大铜锣金光闪烁。

窦夫人把钱夫人先引到厅堂左半边，然后走到一张沙发跟前对一位五十多岁穿了珠灰旗袍，带了一身玉器的女客说道：

“赖夫人，这是钱夫人，你们大概见过面的吧？”

钱夫人认得那位女客是赖祥云的太太，以前在南京时，社交场合里见过几面。那时赖祥云大概是个司令官，来到台湾，报纸上倒常见到他的名字。

“这位大概就是钱鹏公的夫人了？”赖夫人本来正和身旁一位男客在说话，这下才转过身来，打量了钱夫人半晌，款款的立了起来笑着说道。一面和钱夫人握手，一面又扶了头。说道：

“我是说面熟得很！”

然后转向身边一位黑红脸身材硕肥头顶光秃穿了宝蓝丝葛长袍的男客说：

“刚才我还和余参军长聊天，梅兰芳第三次南下到上海在丹桂第一台唱的是什么戏，再也想不起来了。你们瞧，我的记性！”

余参军长老早立了起来，朝着钱夫人笑嘻嘻的行了一个礼说道：

“夫人久违了。那年在南京励志社大会串瞻仰过夫人的风采的。我还记得夫人票的是《游园惊梦》呢！”

“是呀，”赖夫人接嘴道，“我一直听说钱夫人的盛名，今天晚上总算有耳福要领教了。”

钱夫人赶忙向余参军长谦谢了一番，她记得余参军长在南京时来过她公馆一次，可是她又仿佛记得他后来好像犯了什么大案子被革了职退休了。接着窦夫人又引着她过去，把在坐的几位客人都一一介绍一轮。几位夫人太太她一个也不认识，她们的年纪都相当轻，大概来到台湾才兴起来的。

“我们到那边去吧，十三和几位票友都在那儿。”

窦夫人说着又把钱夫人领到厅堂的右手边去。她们两人一过去，一位穿红旗袍的女客便踏着碎步迎了上来，一把便将钱夫人的手臂勾了过去，笑得全身乱颤说道：

“五阿姐，刚才三阿姐告诉我你也要来，我就喜得叫道：‘好哇，今晚可真把名角儿给抬了出来了！’”

钱夫人方才听窦夫人说天辣椒蒋碧月也在这里，她心中就踌躇了一番，不知天辣椒嫁了人这些年，可收敛了一些没有。那时大伙儿在南京夫子庙得月台清唱的时候，有风头总是她占先，拗着她们师傅专拣讨好的戏唱。一出台，也不管清唱的规矩，就脸朝了那些捧角的，一双眼睛钩子一般，直伸到台下去。同是一个娘生的，性格儿却差得那么远。论到懂世故，有担待，除了她姐姐桂枝香再也找不出第二个人来。桂枝香那儿的便宜，天辣椒也算捡尽了。任子久连她姐姐的聘礼都下定了，天辣椒却有本事拦腰一把给夺了过去。也亏桂枝香有涵养，等了多少年才委委屈屈做了窦瑞生的偏房。难怪桂枝香老叹息说：是亲妹子才专拣自己的姐姐往脚下踹呢！钱夫人又打量了一下天辣椒蒋碧月，蒋碧月穿了一身火红的缎子旗袍，两只手腕上，铮铮锵锵，直戴了八只扭花金丝镯，脸上勾得十分入时，眼皮上抹了眼圈膏，眼角儿也着了墨，一头蓬得像鸟窝似的头发，两鬓上却刷出几只俏皮的月牙钩来。任子久一死，这个天辣椒比从前反而愈更标劲，愈更佻侻了，这些年的动乱，在这个女人身上，竟找不出半丝痕迹来。

“哪，你们见识见识吧，这位钱夫人才是真正的女梅兰芳呢！”

蒋碧月挽了钱夫人向座上的几位男女票友客人介绍道。几位男客都慌忙不迭站了起来朝了钱夫人含笑施礼。

“碧月，不要胡说，给这几位内行听了笑话。”

钱夫人一行还礼，一行轻轻责怪蒋碧月道。

“碧月的话倒没有说差，”窦夫人也插嘴笑道，“你的昆曲也算得了梅派的真传了。”

“三阿姐——”

钱夫人含糊叫了一声，想分辩几句。可是若论到昆曲，连钱鹏志也对她说过：

“老五，南北名角我都听过，你的‘昆腔’也算是个好的了。”

钱鹏志说，就是为着在南京得月台听了她的《游园惊梦》，回到上海去，日思夜想，心里怎么也丢不下，才又转了回来娶她的。钱鹏志一径对她讲，能得她在身边，唱几句“昆腔”作娱，他的下半辈子也就无所求了。那时她刚在得月台冒红，一句“昆腔”，台下一声满堂采，得月台的师傅说：一个夫子庙算起来，就数蓝田玉唱得最正派。

“就是说呀，五阿姐。你来见见，这位徐经理太太也是个昆曲大王呢。”蒋碧月把钱夫人引到一位着黑旗袍，十分净扮的年轻女客跟前说道，然后又笑着向窦夫人说，“三阿姐，回头我们让徐太太唱‘游园’，五阿姐唱‘惊梦’，把这出昆腔的戏祖宗搬出来，让两位名角上去较量较量，也好给我们饱饱耳福。”

那位徐太太连忙立了起来，道了不敢。钱夫人也赶忙谦让了几句，心中却着实嗔怪天辣椒太过冒失，今天晚上这些人，大概没有一个不懂戏的，恐怕这位徐经理太太就现放着是个好角色，回头要真给抬了上去，倒不可以大意呢。运腔转调，这些人都不足畏，倒是在南部这么久，嗓子一直没有认真吊过，却不知如何了。而且裁缝师傅的话果然说中：台北不兴长旗袍喽。在座的——连那个老得脸上起了鸡皮皱的赖夫人在内，个个的旗袍下摆都缩得差不多到膝盖上去了，露出大半截腿子来。在南京那时，哪个夫人的旗袍不是长得快掩到脚面上来了？后悔没有听从裁缝师傅，回头穿了这身长旗袍站出去，不晓得还登不登样。一上台，一亮相，最要紧。那时在南京梅园新村请客唱戏，每次一站上去，还没有开腔就先把那台下压住了。

“程参谋，我把钱夫人交给你了。你不替我好好伺候着，明天罚你作东。”

窦夫人把钱夫人引到一位卅多岁的军官面前笑着说道，然后转身悄声对钱夫人说：“五妹妹，你在这里聊聊，程参谋最懂戏的，我得进去招呼着上席了。”

“钱夫人久仰了。”

程参谋朝着钱夫人，立了正，利落的一鞠躬，行了一个军礼。他穿了一身浅泥色凡立丁的军礼服，外套的翻领上别了一副金亮的两朵梅花中校领章，一双短筒皮靴靠在一起，乌光水滑的。钱夫人看见他笑起来时，咧着一口齐垛垛净白的牙齿，容长的面孔，下巴剃得青光，眼睛细长上挑，随一双飞扬的眉毛，往两鬓插去，一杆葱的鼻梁，鼻尖却微微下佝，一头墨浓的头发，处处都抿得妥妥帖帖的。他的身段颀长，着了军服分外英发，可是钱夫人觉得他这一声招呼里却又透着几分温柔，半点也没带武人的粗糙。

“夫人请坐。”

程参谋把自己的椅子让了出来，将椅子上那张海绵椅垫挪挪正，请钱夫人就了坐，然后立即走到那张八仙桌端了一盅茉莉香片及一个四色糖盒来，钱夫人正要伸出手去接过那盅石榴红的瓷杯，程参谋却低声笑道：

“小心烫了手，夫人。”

然后打开了那个描金乌漆糖盒，佝下身去，双手捧到钱夫人面前，笑吟吟的望着钱夫人，等她挑选。钱夫人随手抓了一把松瓤，程参谋忙劝止道：

“夫人，这个东西顶伤嗓子。我看夫人还是尝颗蜜枣，润润喉吧。”

随着便拈起一根牙签挑了一枚蜜枣，递给钱夫人，钱夫人道了谢，将那枚蜜枣接了过来，塞到嘴里，一阵沁甜的蜜味，果然十分甘芳。程参谋另外多搬了一张椅子，在钱夫人右侧坐了下来。

“夫人最近看戏没有？”程参谋坐定后笑着问道。他说话时，身子总是微微倾斜过来，十分专注似的，钱夫人看见他又露了一口白净的牙齿来，灯光下，照得莹亮。

“好久没看了，”钱夫人答道，她低下头去，细细的啜了一口手里那盅香片，“住在南部，难得有好戏。”

“张爱云这几天正在国光戏院演《洛神》呢，夫人。”

“是吗？”钱夫人应道，一直俯着首在饮茶，沉吟了半晌才说道，“我还是在上海天蟾舞台看她演过这出戏——那是好久以前了。”

“她的做工还是在的，到底不愧是‘青衣祭酒’，把个宓妃和曹子建两个人那段情意，演得细腻到了十分。”

钱夫人抬起头来，触到了程参谋的目光，她即刻侧过了头去。程参谋那双细长的眼睛，好像把人都罩住了似的。

“谁演得这般细腻呀？”天辣椒蒋碧月插了进来笑道，程参谋赶忙立起来，让了座。蒋碧月抓了一把朝阳瓜子，跷起腿嗑着瓜子笑道：“程参谋，人人说你懂戏，钱夫人可是戏里的‘通天教主’，我看你趁早别在这儿班门弄斧了。”

“我正在和钱夫人讲究张爱云的《洛神》，向钱夫人讨教呢。”程参谋对蒋碧月说着，眼睛却瞟向了钱夫人。

“哦，原来是说张爱云吗？”蒋碧月噗哧笑了一下，“她在台湾教教戏也就罢了，偏偏又要去唱《洛神》，扮起宓妃来也不像呀！上礼拜六我才去国光看来，买到了后排，只见她嘴巴动，声音也听不到，半出戏还没唱完，她嗓子先就哑掉了——嗳唷，三阿姐来请上席了。”

一个仆人拉开了客厅通到饭厅的一扇镂空卍字的桃花心木推门。窦夫人已经从饭厅里走了出来。整座饭厅银素装饰，明亮得像雪洞一般，两桌席上，却是猩红的细布桌面，盆碗羹箸一律都是银的。客人们进去后都你推我让，不肯上坐。

“还是我占先吧，这般让法，这餐饭也吃不成了，倒是辜负了主人这番心意！”

赖夫人走到第一桌的主位坐了下来，然后又招呼着余参军长说道：

“参军长，你也来我旁边坐下吧。刚才梅兰芳的戏，我们还没有论出头绪来呢。”

余参军长把手一拱，笑嘻嘻的道了一声：“遵命。”客人们哄然一笑便都相随入了席。到了第二桌，大家又推让起来了，赖夫人隔着桌子向钱夫人笑着叫道：

“钱夫人，我看你也学学我吧。”

窦夫人便过来拥着钱夫人走到第二桌主位上，低声在她耳边说道：

“五妹妹，你就坐下吧。你不占先，别人不好入座的。”

钱夫人环视了一下，第二桌的客人都站在那儿带笑瞅着她。钱夫人赶忙含糊地推辞了两句，坐了下去，一阵心跳，连她的脸都有点发热了。倒不是她没经过这种场面，好久没有应酬，竟有点不惯了。从前钱鹏志在的时候，筵席之间，十有八九的主位，倒是她占先的。钱鹏志的夫人当然上座，她从来也不必推让。南京那起夫人太太们，能僭过她辈份的，还数不出几个来。她可不能跟那些官儿的姨太太们去比，她可是钱鹏志明公正道迎回去做填房夫人的。可怜桂枝香那时出面请客都没份儿，连生日酒还是她替桂枝香做的呢。到了台湾，桂枝香才敢这么出头摆场面，而她那时才冒二十岁，一个清唱的姑娘，一夜间便成了将军夫人了。卖唱的嫁给小户人家还遭多少议论，又何况是入了侯门？连她亲妹子十七月月红还刻薄过她两句：姐姐，你的辫子也该铰了，明日你和钱将军走在一起，人家还以为你是他的孙女儿呢！钱鹏志娶她那年已经六十靠边了，然而怎么说她也是他正正经经的填房夫人啊。她明白她的身份，她也珍惜她的身份。跟了钱鹏志那十几年，筵前酒后，哪次她不是捏着一把冷汗，恁是多大的场面，总是应付得妥妥帖帖的？走在人前，一样风华蹁跹，谁又敢议论她是秦淮河得月台的蓝田玉了？

“难为你了，老五。”

钱鹏志常常抚着她的腮对她这样说道。她听了总是心里一酸，许多的委屈却是没法诉的。难道她还能怨钱鹏志吗？是她自己心甘情愿的。钱鹏志娶她的时候就分明和她说清楚了，他是为着听了她的《游园惊梦》才想把她接回去伴他的晚年的。可是她妹子月月红说的呢，钱鹏志好当她的爷爷了，她还要希冀什么？到底应了得月台瞎子师娘那把铁嘴：五姑娘，你们这种人只有嫁给年纪大的，当女儿一般疼惜算了。年轻的，哪里靠得住？可是瞎子师娘偏偏又捏着她的手，眨巴着一双青光眼叹息道：荣华富贵你是享定了，蓝田玉，只可惜你长错了一根骨头，也是你前世的冤孽！不是冤孽还是什么？除却天上的月亮摘不到，世上的金银财宝，钱鹏志怕不都设法捧了来讨她的欢心。她体验得出钱鹏志那番苦心。钱鹏志怕她念着出身低微，在达官贵人面前气馁胆怯，总是百般怂恿着她，讲排场，耍派头。梅园新村钱夫人宴客的款式怕不噪反了整个南京城，钱公馆里的酒席钱，“袁大头”就用得罪过花啦的。单就替桂枝香请生日酒那天吧，梅园新村的公馆里一摆就是十台，擫笛的是仙霓社里大江南北第一把笛子吴声豪，大厨师却是花了十块大洋特别从桃叶渡的绿柳居接来的。

“窦夫人，你们大师傅是哪儿请来的呀？来到台湾我还是头一次吃到这么讲究的鱼翅呢。”赖夫人说道。

“他原是黄钦之黄部长家在上海时候的厨子，来台湾才到我们这儿的。”窦夫人答道。

“那就难怪了，”余参军长接口道，“黄钦公是有名的美食家呢。”

“哪天要能借到府上的大师傅去烧个翅，请起客来就风光了。”赖夫人说道。

“那还不容易？我也乐得去白吃一餐呢！”窦夫人说，客人们都笑了起来。

“钱夫人，请用碗翅吧。”程参谋盛了一碗红烧鱼翅，加了一羹匙镇江醋，搁在钱夫人面前，然后又低声笑道：

“这道菜，是我们公馆里出了名的。”

钱夫人还没来得及尝鱼翅，窦夫人却从隔壁桌子走了过来，敬了一轮酒，特别又叫程参谋替她斟满了，走到钱夫人身边，按着她的肩膀笑道：

“五妹妹，我们俩儿好久没对过杯了。”

说完便和钱夫人碰了一下杯，一口喝尽，钱夫人也细细的干掉了。窦夫人离开时又对程参谋说道：

“程参谋，好好替我劝酒啊。你长官不在，你就在那一桌替他做主人吧。”

程参谋立起来，执了一把银酒壶，弯了身，笑吟吟便往钱夫人杯里筛酒，钱夫人忙阻止道：

“程参谋，你替别人斟吧，我的酒量有限得很。”

程参谋却站着不动，望着钱夫人笑道：

“夫人，花雕不比别的酒，最易发散。我知道夫人回头还要用嗓子，这个酒暖得正好，少喝点儿，不会伤喉咙的。”

“钱夫人是海量，不要饶过她！”

坐在钱夫人对面的蒋碧月却走了过来，也不用人让，自己先斟满了一杯，举到钱夫人面前笑道：

“五阿姐，我也好久没有和你喝过双盅儿了。”

钱夫人推开了蒋碧月的手，轻轻咳了一下说道：

“碧月，这样喝法要醉了。”

“到底是不赏妹子的脸，我喝双份儿好了，回头醉了，最多让他们抬回去就是啦。”

蒋碧月一仰头便干了一杯，程参谋连忙捧上另一杯，她也接过去一气干了，然后把个银酒杯倒过来，在钱夫人脸上一晃。客人们都鼓起掌来喝道：

“到底是蒋小姐豪兴！”

钱夫人只得举起了杯子，缓缓的将一杯花雕饮尽。酒倒是烫得暖暖的，一下喉，就像一股热流般，周身游荡起来了。可是台湾的花雕到底不及大陆的那么醇厚，饮下去终究有点割喉。虽说花雕容易发散，饮急了，后劲才凶呢。没想到真正从绍兴办来的那些陈年花雕也那么伤人。那晚到底中了她们的道儿！她们大伙儿都说，几杯花雕哪里就能把嗓子喝哑了？难得是桂枝香的好日子，姐妹们不知何日才能聚得齐，主人尚且不开怀，客人哪能尽兴呢？连月月红十七也夹在里面起哄：姐姐，我们姐妹俩儿也来干一杯，亲热亲热一下。月月红穿了一身大金大红的缎子旗袍，艳得像只鹦哥儿，一双眼睛，鹘伶伶地尽是水光。姐姐不赏脸，她说，姐姐到底不赏妹子的脸，她说道。逞够了强，捡够了便宜，还要赶着说风凉话。难怪桂枝香叹息：是亲妹子才专拣自己的姐姐往脚下踹呢。月月红——就算她年轻不懂事，可是他郑彦青就不该也跟了来胡闹了。他也捧了满满的一杯酒，咧着一口雪白的牙齿说道：夫人，我也来敬夫人一杯。他喝得两颧鲜红，眼睛烧得像两团黑火，一双带刺的马靴啪哒一声并在一起，弯着身腰柔柔的叫道：夫人——

“这下该轮到我了，夫人。”程参谋立起身，双手举起了酒杯，笑吟吟的说道。

“真的不行了，程参谋。”钱夫人微俯着首，喃喃说道。

“我先干三杯，表示敬意，夫人请随意好了。”

程参谋一连便喝了三杯，一片酒晕把他整张脸都盖了过去了。他的额头发出了亮光，鼻尖上也冒出几颗汗珠子来。钱夫人端起了酒杯，在唇边略略沾了一下。程参谋替钱夫人拈了一只贵妃鸡的肉翅，自己也夹了一个鸡头来过酒。

“嗳唷，你敬的是什么酒呀？”

对面蒋碧月站起来，伸头前去嗅了一下余参军长手里那杯酒，尖着嗓门叫了起来，余参军长正捧着一只与众不同的金色鸡缸杯在敬蒋碧月的酒。

“蒋小姐，这杯是‘通宵酒’哪。”余参军长笑嘻嘻的说道，他那张黑红脸早已喝得像猪肝似的了。

“呀呀啐，何人与你们通宵哪！”蒋碧月把手一挥，操起戏白说道。

“蒋小姐，百花亭里还没摆起来，你先就‘醉酒’了。”赖夫人隔着桌子笑着叫道，客人们又一声哄笑起来。窦夫人也站了起来对客人们说道：

“我们也该上场了，请各位到客厅那边宽坐去吧。”

客人们都立了起来，赖夫人带头，鱼贯而入进到客厅里，分别坐下。几位男票友却走到那档屏风面前几张红木椅子就了座，一边调弄起管弦来。六个人，除了胡琴外，一个拉二胡，一个弹月琴，一个管小鼓拍板，另外两个人立着，一个擎了一对铙钹，一个手里却吊了一面大铜锣。

“夫人，那位杨先生真是把好胡琴，他的笛子，台湾还找不出第二个人呢，回头你听他一吹，就知道了。”

程参谋指着那位操胡琴姓杨的票友，在钱夫人耳根下说道。钱夫人微微斜靠在一张单人沙发上，程参谋在她身旁一张皮垫矮圆凳上坐了下来。他又替钱夫人沏了一盅茉莉香片，钱夫人一面品着茶，一面顺着程参谋的手，朝那位姓杨的票友望去。那位姓杨的票友约莫五十上下，穿了一件古铜色起暗团花的熟罗长衫，面貌十分清癯，一双手指修长，洁白得像十管白玉一般。他将一柄胡琴从布袋子里抽了出来，腿上垫上一块青搭布，将胡琴搁在上面，架上了弦弓，随便咿呀的调了一下，微微将头一垂，一扬手，猛地一声胡琴，便像抛线一般窜了起来，一段《夜深沉》，奏得十分清脆嘹亮。一奏毕，余参军长头一个便跳了起来叫了声："好胡琴！"客人们便也都鼓起掌来。接着锣鼓齐鸣，奏出了一只《将军令》的上场牌子来。窦夫人也跟着满客厅一一去延请客人们上场演唱，正当客人们互相推让间，余参军长已经拥着蒋碧月走到胡琴那边，然后打起丑腔叫道：

"启娘娘，这便是百花亭了。"

蒋碧月双手捂着嘴，笑得前俯后仰，两只腕上几个扭花金镯子，铮铮锵锵的抖响着。客人们都跟着喝彩，胡琴便奏出了《贵妃醉酒》里的四平调。蒋碧月身也不转，面朝了客人便唱了起来。唱到过门的时候，余参军长跑出去托了一个朱红茶盘进来，上面搁了那只金色的鸡缸杯，一手撩了袍子，在蒋碧月跟前做了半跪的姿势，效那高力士叫道：

"启娘娘，奴婢敬酒。"

蒋碧月果然装了醉态，东歪西倒的做出了种种身段，一个卧鱼弯下身去，用嘴将那只酒杯衔了起来，然后又把杯子当啷一声掷到地上，唱出了两句：

人生在世如春梦
且自开怀饮几盅

客人们早笑得滚做了一团，窦夫人笑得岔了气，沙着喉咙对赖夫人喊道：

"我看我们碧月今晚真的醉了！"

赖夫人笑得直用绢子揩眼泪，一面大声叫道：

"蒋小姐醉了倒不要紧，只是莫学那杨玉环又去喝一缸醋就行了。"

客人们正在闹着要蒋碧月唱下去，蒋碧月却摇摇摆摆的走了下来，把那位徐太太给抬了上去，然后对客人们宣布道：

"'赏心乐事'的昆曲台柱来给我们唱《游园》了，回头再请另一位昆曲皇后梅派正宗传人——钱夫人来接唱《惊梦》。"

钱夫人赶忙抬起了头来，将手里的茶杯搁到左边的矮几上，她看见徐太太已经站到了那档屏风前面，半背着身子，一只手却扶在插笙箫的那只乌木架上。她穿了一身净黑的丝绒旗袍，脑后松松的绾了一个贵妇髻，半面脸微微向外，莹白的耳垂露在发外，上面吊着一丸翠绿的坠子。客厅里几只喇叭形的座灯像数道注光，把徐太太那窈窕的身影，婀婀娜娜的推送到那档云母屏风上去。

"五阿姐，你仔细听听，看看徐太太的《游园》跟你唱的可有个高下。"

蒋碧月走了过来，一下子便坐到了程参谋的身边，伸过头来，一只手拍着钱夫人的肩，悄声笑着说道。

“夫人，今晚总算我有缘，能领教夫人的‘昆腔’了。”

程参谋也转过头来，望着钱夫人笑道。钱夫人睇着蒋碧月手腕上那几只金光乱窜的扭花镯子，她忽然感到一阵微微的晕眩，一股酒意涌上了她的脑门似的，刚才灌下去的那几杯花雕好像渐渐着力了，她觉得两眼发热，视线都有点朦胧起来。蒋碧月身上那袭红旗袍如同一团火焰，一下子明晃晃的烧到了程参谋的身上，程参谋衣领上那几枚金梅花，便像火星子般，跳跃了起来。蒋碧月的一双眼睛像两丸黑水银在她醉红的脸上溜转着，程参谋那双细长的眼睛却眯成了一条缝，射出了逼人的锐光，两张脸都向着她，一齐咧着整齐的白牙，朝她微笑着，两张红得发油光的面靥渐渐的靠拢起来，凑在一块儿，咧着白牙，朝她笑着。笛子和洞箫都鸣了起来，笛音如同流水，把靡靡下沉的箫声又托了起来，送进《游园》的《皂罗袍》中去——

原来姹紫嫣红开遍
似这般都付与断井颓垣
良辰美景奈何天
赏心乐事谁家院——

杜丽娘唱的这段“昆腔”便算是昆曲里的警句了。连吴声豪也说：钱夫人，您这段《皂罗袍》便是梅兰芳也不能过的。可是吴声豪的笛子却偏偏吹得那么高（吴师傅，今晚让她们灌多了，嗓子靠不住，你换支调门儿低一点儿的笛子吧。）吴声豪说，练嗓子的人，第一要忌酒；然而月月红十七却端着那杯花雕过来说道：姐姐，我们姐妹俩儿也来干一杯。她穿得大金大红的，还要说：姐姐，你不赏脸。不是这样说，妹子，不是姐姐不赏脸。实在为着他是姐姐命中的冤孽。瞎子师娘不是说过：荣华富贵——蓝田玉，可惜你长错了一根骨头。冤孽啊。他可不就是姐姐命中招的冤孽了？懂吗？妹子，冤孽。然而他也捧着酒杯过来叫道：夫人。他笼着斜皮带，戴着金亮的领章，腰干扎得挺细，一双带白铜刺的长筒马靴乌光水滑的啪哒一声靠在一起，眼皮都喝得泛了桃花，却叫道：夫人。谁不知道南京梅园新村的钱夫人呢？钱鹏公，钱将军的夫人啊。钱鹏志的夫人。钱鹏志的随从参谋。钱将军的夫人。钱将军的参谋。钱将军。难为你了，老五，钱鹏志说道，可怜你还那么年轻。然而年轻人哪里会有良心呢？瞎子师娘说，你们这种人，只有年纪大的才懂得疼惜啊。荣华富贵——只可惜长错了一根骨头。懂吗？妹子，他就是姐姐命中招的冤孽了。钱将军的夫人。钱将军的随从参谋。将军夫人。随从参谋。冤孽，我说。冤孽，我说。（吴师傅，换枝低一点儿的笛子吧，我的嗓子有点不行了。哎，这段《山坡羊》。）

没乱里春情难遣
蓦地里怀人幽怨
则为俺生小婵娟
拣名门一例一例里神仙眷

甚良缘把青春抛的远
俺的睡情谁见

那团红火焰又熊熊的冒了起来了，烧得那两道飞扬的眉毛，发出了青湿的汗光。两张醉红的脸又渐渐的靠拢在一处，一齐咧着白牙，笑了起来。笛子上那几根玉管子似的手指，上下飞跃着。那袅袅的身影儿，在那档雪青的云母屏风上，随着灯光，仿仿佛佛的摇曳起来。笛声愈来愈低沉，愈来愈凄咽，好像把杜丽娘满腔的怨情都吹了出来似的。杜丽娘快要入梦了，柳梦梅也该上场了。可是吴声豪却说，“惊梦”里幽会那一段，最是露骨不过的。（吴师傅，低一点儿吧，今晚我喝多了酒。）然而他却偏捧着酒杯过来叫道：夫人。他那双乌光水滑的马靴啪哒一声靠在一处，一双白铜马刺扎得人的眼睛都发疼了。他喝得眼皮泛了桃花，还要那么叫道：夫人。我来扶你上马，夫人，他说道，他的马裤把两条修长的腿子绷得滚圆，夹在马肚子上，像一双钳子。他的马是白的，路也是白的，树干子也是白的，他那匹白马在猛烈的太阳底下照得发了亮。他们说：到中山陵的那条路上两旁种满了白桦树。他那匹白马在桦树林子里奔跑起来，活像一头麦秆丛中乱窜的白兔儿。太阳照在马背上，蒸出了一缕缕的白烟来。一匹白的。一匹黑的——两匹马都在淌着汗。而他身上却沾满了触鼻的马汗。他的眉毛变得碧青，眼睛像两团烧着了的黑火，汗珠子一行行从他额上流到他鲜红的颧上来。太阳，我叫道。太阳照得人的眼睛都睁不开了。那些树干子，又白净，又细滑，一层层的树皮都卸掉了，露出里面赤裸裸的嫩肉来。他们说：那条路上种满了白桦树。太阳，我叫道，太阳直射到人的眼睛上来了。于是他便放柔了声音唤道：夫人。钱将军的夫人。钱将军的随从参谋。钱将军的——老五，钱鹏志叫道，他的喉咙已经咽住了。老五，他喑哑的喊道，你要珍重吓。他的头发乱得像一丛枯白的茅草，他的眼睛坑出了两只黑窟窿，他从白床单下伸出他那只瘦黑的手来，说道，珍重吓，老五。他抖索索的打开了那只描金的百宝匣儿，这是祖母绿，他取出了第一层抽屉。这是猫儿眼。这是翡翠叶子。珍重吓，老五，他那乌青的嘴皮颤抖着，可怜你还这么年轻。荣华富贵——只可惜你长错了一根骨头。冤孽，妹子，他就是姐姐命中招的冤孽了。你听我说，妹子，冤孽呵。荣华富贵——可是我只活过那么一次。懂吗？妹子，他就是我的冤孽了。荣华富贵——只有那一次。荣华富贵——我只活过一次。懂吗？妹子，你听我说，妹子。姐姐不赏脸，月月红却端着酒过来说道，她的眼睛亮得剩了两泡水。姐姐到底不赏妹子的脸，她穿得一身大金大红的，像一团火一般，坐到了他的身边去。（吴师傅，我喝多了花雕。）

迁延，这衷怀哪处言
淹煎，泼残生除问天——

就在那一刻，泼残生——就在那一刻，她坐到他身边，一身大金大红的，就是那一刻，那两张醉红的面孔渐渐的凑拢在一起，就在那一刻，我看到了他们的眼睛：她的眼睛，他的眼睛。完了，我知道，就在那一刻，除问天——（吴师傅，我的嗓子。）完了，我的喉咙，摸摸我的喉咙，在发抖吗？完了，在发抖吗？天——（吴师傅，我唱不出来了。）天——完了，荣华富贵——可是我只活过一次，——冤孽、冤孽、冤孽——天（吴师傅，我的嗓子。）——就在那一刻：就在那一刻，哑掉了——天——天——天——

“五阿姐，该是你‘惊梦’的时候了。”蒋碧月站了起来，走到钱夫人面前，伸出了她那一双戴满了扭花金丝镯的手臂，笑吟吟的说道。

“夫人——”程参谋也立了起来，站在钱夫人跟前，微微倾着身子，轻轻的叫道。

“五妹妹，请你上场吧。”窦夫人走了过来，一面向钱夫人伸出手说道。

锣鼓笙箫一齐鸣了起来，奏出了一只《万年欢》的牌子。客人们都倏地离了座，钱夫人看见满客厅里都是些手臂交挥拍击，把徐太太团团围在客厅中央。笙箫管笛愈吹愈急切，那面铜锣高高的举了起来，敲得金光乱闪。

“我不能唱了。”钱夫人望着蒋碧月，微微摇了摇两下头，喃喃说道。

“那可不行，”蒋碧月一把捉住了钱夫人的双手，“五阿姐，你这位名角儿今晚无论如何逃不掉的。”

“我的嗓子哑了。”钱夫人突然用力摔开了蒋碧月的双手，嗄声说道，她觉得全身的血液一下子都涌到头上来了似的，两腮滚热，喉头好像让刀片猛割了一下，一阵阵的刺痛起来，她听见窦夫人插进来说：

“五妹妹不唱算了——余参军长，我看今晚还是你这位黑头来压轴吧。”

“好呀，好呀，”那边赖夫人马上响应道，“我有好久没有领教余参军长的《八大锤》了。”

说着赖夫人便把余参军长推到了锣鼓那边。余参军长一站上去，便拱了手朝下面道了一声“献丑”，客人们一阵哄笑，他便开始唱了一段金兀术上场时的《点绛唇》；一面唱着，一面又撩起了袍子，做了个上马的姿势，踏着马步便在客厅中央环走起来，他那张宽肥的醉脸涨得紫红，双眼圆睁，两道粗眉一齐竖起，几声呐喊，把胡琴都压了下去。赖夫人笑得弯了腰，跑上去，跟在余参军长后头直拍着手，蒋碧月即刻上去加入了他们的行列，不停的尖起嗓子叫着：“好黑头！好黑头！”另外几位女客也上去跟了她们喝彩，团团围走，于是客厅里的笑声便一阵比一阵暴涨了起来。余参军长一唱毕，几个着白衣黑裤的女佣已经端了一碗碗的红枣桂圆汤进来让客人们润喉了。

窦夫人引了客人们走到屋外露台上的时候，外面的空气里早充满了风露，客人们都穿上了大衣，窦夫人却围了一张白丝大披肩，走到了台阶的下端去。钱夫人立在露台的石栏旁边，往天上望去，她看见那片秋月恰恰的升到中天，把窦公馆花园里的树木路阶都照得镀了一层白霜，露台上那十几盆桂花，香气却比先前浓了许多，像一阵湿雾似的，一下子罩到了她的面上来。

“赖将军夫人的车子来了”，刘副官站在台阶下面，往上大声通报各家的汽车。头一辆开进来的，便是赖夫人那架黑色崭新的林肯，一个穿着制服的司机赶忙跳了下来，打开车门，弯了腰毕恭毕敬地候着。赖夫人走下台阶，和窦夫人道了别，把余参军长也带上了车，坐进去后，却伸出头来向窦夫人笑道：“窦夫人，府上这一夜戏，就是当年梅兰芳和金少山也不能过的！”

“可是呢，”窦夫人笑着答道，“余参军长的黑头真是赛过金霸王了。”

立在台阶上的客人都笑了起来，一齐向赖夫人挥手作别。第二辆开进来的，却是窦夫人自己的小轿车，把几位票友客人都送走了。接着程参谋自己开了一辆吉普军车进来，蒋碧月马上走了下去，捞起旗袍，跨上车子去，程参谋赶着过来，把她扶上了司机旁边的座位上，蒋碧月却歪出半个身子来笑道：

“这架吉普车连门都没有，回头怕不把我摔出马路上去呢！”

“小心点开啊，程参谋，”窦夫人说道，又把程参谋叫了过去，附耳嘱咐了几句，程参谋直点着头笑应道：“夫人请放心。”

然后他朝了钱夫人，立了正，深深地行了一个礼，抬起头来笑道：

“钱夫人，我先告辞了。”

说完便利落地跳上了车子，发了火，开动起来。

“三阿姐再见！五阿姐再见！”

蒋碧月从车门伸出手来，不停的招挥着，钱夫人看见她臂上那一串扭花镯子，在空中划了几个金圈圈。

“钱夫人的车子呢？”客人快走尽的时候，窦夫人站在台阶下问刘副官道：“报告夫人，钱将军夫人是坐计程车来的，”刘副官立了正答道。

“三阿姐——”钱夫人站在露台上叫了一声，她老早就想跟窦夫人说替她叫一辆计程车来了，可是刚才客人多，她总觉得有点堵口。

“那么我的汽车回来，立刻传进来送钱夫人吧，”窦夫人马上接口道。

“是，夫人。”刘副官接了命令便退走了。

窦夫人回转身，便向着露台走了上来，钱夫人看见她身上那块白披肩，在月光下，像朵云似的簇拥着她。一阵风掠过去，周遭的椰树都沙沙地鸣了起来。把窦夫人身上那块大披肩吹得姗姗扬起，钱夫人赶忙用手把大衣领子锁了起来，连连打了两个寒噤。刚才滚热的面腮，吃这阵凉风一扬逼，汗毛都张开了。

“我们进去吧，五妹妹。”窦夫人伸出手来，搂着钱夫人的肩膀往屋内走去，“我叫人沏壶茶来，我们正好谈谈心——你这么久没来，可发觉台北变了些没有？”

钱夫人沉吟了半晌，侧过头来答道：

“变多喽。”

走到房子门口的时候，她又轻轻地加了一句：“变得我都快不认识了——起了好多新的高楼大厦。”

世纪末的华丽*

朱天文

这是台湾独有的城市天际线，米亚常常站在她的九楼阳台上观测天象。依照当时的心情，屋里烧一土撮安息香。

违建铁皮屋布满楼顶，千万家篷架像森林之海延伸到日出日落处。我们需要轻质化建筑，米亚的情人老段说。老段用轻质冲孔铁皮建材来解决别墅开天窗或落地窗所产生的日晒问题。米亚的楼顶阳台也有一个这样的棚，倒挂着各种干燥花草。

米亚是一位相信嗅觉，依赖嗅觉记忆活着的人。安息香使她回到那场一九八九年春装秀中，淹没在一片雪纺、乔其纱、绉绸、金葱、纱丽、绑扎缠绕围裹垂坠的印度热里，天衣无缝，当然少不掉锡克教式裹头巾，搭配前个世纪末展露于维也纳建筑绘画中的装饰风，其间翘楚克林姆，缀满亮箔珠绣的装饰风。

米亚也同样依赖颜色的记忆。比方她一直在找有一种紫色，想不起来是什么时候和地方见过，但她确信只要被她遇见一定逃不掉，然后那一种紫色负荷的所有东西霎时都会重现。不过比起嗅觉，颜色就迟钝得多。嗅觉因为它的无形不可捉摸，更加锐利和准确。

铁皮篷架，显出台湾与地争空间的事实，的确，也看到前人为解决平顶燠晒防雨所发明内外交流的半户外空间。前人以他们生活经验累积给了我们应付台湾气候环境的建筑方式，轻质化。不同于欧美也不同于日本，是形式上的轻质，也是空间上轻质，视觉上轻质，为烈日下拥塞的台湾都市寻找纾解空间。贝聿铭说，风格产生由解决问题而来。如果他没有一批技术人员帮他解决问题，卢浮宫金字塔上的玻璃不会那样闪闪发亮而透明，老段说。

老段这些话混合着薄荷气味的药草茶。当时他们坐在棚底下聊天，米亚出来进去沏茶。

清冽的薄荷药草茶，她记起一九九〇年夏装海滨浅色调。那不是加勒比海缤纷印花布，而是北冰洋海滨。几座来自格陵兰岛的冰山隐浮于北冰洋蒙雾里，呼吸冷冻空气，一望冰白，透青，纤绿。细节延续八九年秋冬蕾丝镂空，转为渔网般新镂空感，或用压褶压烫出鱼鳍和贝壳纹路。

米亚与老段，他们不讲话的时刻，便作为印象派画家一样，观察城市天际线日落造成的幻化。将时间停留在画布上的大师，莫奈，时钟般记录了一日之中奇瓦尼河上光线的流动，他们亦耽美于每一刻钟光阴移动在他们四周引起的微细妙变。虾红，鲑红，亚麻黄，蓍草黄，天空

* 摘自朱天文：《世纪末的华丽》，上海译文出版社 2010 年版。

由粉红变成黛绿，落幕前突然放一把大火从地平线烧起，轰轰焚城。他们过分耽美，在漫长的赏叹过程中耗尽精力，或被异象震慑得心神俱裂，往往竟无法做情人们该做的爱情事。

米亚愿意这样，选择了这种生活方式。开始也不是要这样的，但是到后来就变成唯一的选择。

她的女朋友们，安，乔伊，婉玉，宝贝，克丽丝汀，小葛，她最老二十五岁。黑里俏的安永远在设法把自己晒得更黑，黑到一种程度能够穿荧光亮的红、绿、黄而最显得出色。安不需要男人，安说她有频率震荡器。所以安选择一位四十二岁事业有成已婚男人当做她的情人，已婚，因为那样他不会来烦腻她。安做美容师好忙，有闲，还要依她想不想，想才让他约她。对于那些年轻单身汉子，既缺钱，又毛躁，安一点兴趣也没有的。

职业使然，安浑身骨子里有一股被磨砂霜浸透的寒气渗出。说寒气，是冷香，低冷低冷压成一薄片锋刀逼近。那是安。

日本语汇里发现有一种灰色，浪漫灰。五十岁男人仍然蓬软细贴的黑发但两鬓已经飞霜，唤起少女浪漫恋情的风霜之灰，练达之灰。米亚很早已脱离童骙，但她也感到被老段浪漫灰所吸引，以及嗅觉，她闻见是只有老段独有的太阳光味道。

那年头，米亚目睹过衣服穿在柳树粗桠跟墙头间的竹竿上晒。还不知道用柔软精的那年头，衣服透透晒整天，坚质粝挺，着衣时布是布，肉是肉，爽然提醒她有一条清洁的身体存在。妈妈把一家人的衣服整齐叠好收藏，女人衣物绝对不能放在男人的上面，一如坚持男人衣物晒在女人的前面。她公开反抗禁忌，幼小心智很想试测会不会有天灾降临。柳树砍掉之后，土地征收去建国宅，姐姐们嫁人，妈妈衰老了，这一切成为善良回忆，一股白兰洗衣粉洗过晒饱了七月大太阳的味道。

良人的味道。那还掺入刮胡水和烟的气味，就是老段。良人有靠。虽然米亚完全可以养活自己不拿老段的钱，可是老段载她脱离都市出去云游时，把一叠钱交给她，由她沿路付账计算，回来总剩，老段说留着吧。米亚快乐的是他使用钱的方式把她当成老婆，而非情人。

白云苍狗，川久保玲也与她打下一片江山的中性化利落都会风决裂，倒戈投入女性化阵营。以纱，以多层次线条不规则剪裁，强调温柔。风讯更早已吹出，发生在一九八七年开始，邪恶的堕落天使加利亚诺回归清纯！一系列带着十九世纪新女性的前香奈尔式套装，和低胸紧身大蓬裙晚礼服，和当年王室最钟爱穿的殖民地白色，登场。

小葛业已抛置大垫肩，三件头套装。上班族僵硬样板犹如围裙之于主妇，女人经常那样穿，视同自动放弃女人权利。小葛穿起一九五〇年代的合身，小腰，半长袖。一念之间了豁，为什么不，她就是要占身为女人的便宜，愈多女人味的女人能从男人那里获利愈多。小葛学会降低姿态来包藏祸心，结果事半功倍。

垂坠感代替了直线感，厌麻喜丝。水洗丝砂洗丝的生产使丝多样而现代。嫘萦由木浆制成，具棉的吸湿性吸汗，以及棉的质感而比棉更具垂坠性。嫘萦雪纺更比丝质雪纺便宜三分之一多。那年圣诞节前夕寒流过境，米亚跟婉玉为次年出版的一本休闲杂志拍春装，烧花嫘萦系列幻造出飘逸的敦煌飞天。米亚同意，她们赚自己的吃自己的是骄傲，然而能够花用自己所爱男人的钱是快乐，两样。

梅雨潮湿时嫘萦容易发霉。米亚忧愁她屋里成钵成束的各种干燥花瓣和草茎，老段帮她买了一架除湿机。风雨如晦，米亚望见城市天际线仿佛生出厚厚墨苔。她喝辛辣姜茶，去湿味，不然在卡布基诺泡沫上撒很重的肉桂粉。

肉桂与姜的气味随风而逝，太阳破出，满街在一片洛可可和巴洛克宫廷紫海里。电影阿玛迪斯效应，米亚回首望去，那是一九八五年长夏到长秋，古典音乐卡带大爆热门。

一九八七年鸢尾花创下天价拍卖纪录后，黄，紫，青，三色系立刻成为色彩主流。凡·高引动了莫奈，姹蓝，妃红，嫣紫，二十四幅奇瓦尼的水上光线借衣还魂又复生。大溪地花卉和橙色色系也上来，那是高更的。高更回顾展三百余帧展出时，老段偕他二儿子维维从西德看完世界杯桌球锦标赛后到巴黎正好逢上，回来送她一幅《杰可布与天使摔跤》。

因为来自欧洲，用色总是犹疑不决，要费许多时间去推敲。其实很简单，只要顺性往画布上涂一块红涂一块蓝就行了。溪水中泛着金黄色流光，令人着迷，犹疑什么呢？为什么不能把喜悦的金色倾倒在画布上？不敢这样画，欧洲旧习在作祟，是退化了的种族在表现上的羞怯。大溪地时期高更热烈说。老段像讲老朋友的事讲给她听。

老段和她属于两个不同生活圈子，交集的部分占他们各自时间量上来看极少，时间质上很重。都是他们不食人间烟火那一部分，所以山中一日世上千年提炼成结晶，一种非洲东部跟阿拉伯产的树脂，贵重香料，凝黄色的乳香。

乳香带米亚回到一九八六年十八岁，她和她的男朋友们，与大自然做爱。这一年台湾往前大跨一步，直接赶上流行第一现场欧洲，米亚一伙玩伴报名参加谁最像玛丹娜比赛，自此开始她的模特儿生涯。体态意识抬头，这一年她不再穿宽松长衣，却是短且窄小。玛丹娜亵衣外穿风吹草偃刮到欧洲，她也有几件小可爱，缎子，透明纱，麻，莱克布，白天搭麂皮短裙，晚上换条亮片裙去 KISS 跳舞。

她像贵重乳香把她的男生朋友们黏聚在一起。总是她兴冲冲号召，大家都来了。杨格，阿舜跟老婆，欧，蚂蚁，小凯，袁氏兄弟。有时是午夜跳得正疯，有时是椰如打烊了已付过账只剩他们一桌在等，人到齐就开拔。小凯一部，欧一部，车开上阳明山。先到三岔口那家 7-11 购足吃食，入山。

山半腰箭竹林子里，他们并排倒卧，传五加皮仰天喝，点燃大麻像一只魑魑红萤递飞着呼。呼过放弛躺下，等。眼皮渐渐酸重阖上时，不再听见浊沉呼吸，四周轰然抽去声音无限远拓荡开。静谧太空中，风吹竹叶如鼓风箱自极际彼端喷出雾，凝为沙，卷成浪，干而细而凉，远远远远来到跟前拂盖之后哗刷褪尽。裸寒真空，突然噪起一天的鸟叫，乳香弥漫，鸟声如珠雨落下，覆满全身。我们跟大自然在做爱，米亚悲哀叹息。

她绝不想就此着落下来。她爱小凯，早在这一年六月之前她已注目小凯。六月 *MEN'S NONNO* 创刊，台北与东京的少女同步于创刊号封面上发现了她们的王子，阿部宽，以后不间断搜集了二十一期男人依依连续都是阿部宽当封面模特儿。小凯同样有阿部宽毫无脂粉气的浓挺剑眉，流着运动汗水无邪脸庞，和专门为了谈恋爱而生的深邃明眸。小凯只是没有像阿部宽那样有男人依依或集英社来做大他，米亚抱不平想。

因此米亚和小凯建立了一种战友式情感，他们向来是服装杂志广告上的最佳拍档。小凯穿上伦敦男孩的一些 heavy 一些叛逆，她搭合成皮多拉链夹克，高腰短窄裙，拉链剖过腹中央，两边鸡眼四合扣一列到底，用金属链穿鞋带般交叉系绑直上肋间，铁骑铮响，宇宙发飙。小凯长得太俊只爱他自己，把米亚当成是他亲爱的水仙花兄弟。

米亚也爱杨格。鸟声歇过，他们已小寐了一刻，被沉重露水湿醒，纷纷爬起来跑回车上。杨格拉着她穿绕朽竹尖枝，温热多肉的手掌告诉她意思。但米亚还不想就定在谁身上，虽然她实在很爱看杨格终年那条李维牛仔裤，卡其色棉衬衫一辈子拖在外面，两手抄进裤口袋里百般聊赖快要变成废人。她着迷于牛仔裤的旧蓝和洗白了的卡其色所造成的落拓氛围，为之可以冲动下嫁。但米亚从来不回应杨格投过来的眼神，不给他任何暗示和机会。他们最后钻进车里，驶上气象观测台。

水汽和云重得像河，车灯破开水道逆流奋行，来到山顶，等。欧拈出一纸符片，指甲大小，分她一半含在舌尖上，化掉后她逐渐激亢颤笑不止，笑出泪变成哭也止不住，欧把车厢里一件军用大衣取出，连头连身当她粽子一包，塞在袁氏兄弟臂下稳固。她爱欧敞开车门，音响转到最大，水雾中随比利珍曲子起舞，踩着麦可・杰克森的月球漫步。

终于，看哪，他们等到了，前方山谷浮升出一横座海市蜃楼。云气是镜幕，反照着深夜黎明前台北盆地的不知何处，幽玄城堡，轮廓历历。

米亚涨满眼泪，对城堡里酣睡市人赌誓，她绝不要爱情，爱情太无聊只会使人沉沦，像阿舜跟老婆，又牵扯，又小气。世界绚烂她还来不及看，她立志奔赴前程不择手段。物质女郎，为什么不呢，拜物，拜金，青春绮貌，她好崇拜自己姣好的身体。

下山洗温泉，车灯冲射里一路明雾飞花天就亮了。熬整夜不能见阳光，戴上墨镜，一律复古式小圆镜片，他们自称是吸血鬼，群鬼泡过澡躺在大石上睡觉。硫磺烟从溪谷底滚升上来，墨镜里太阳是一块金属饼。米亚把录音带带子拉出，迎风咻咻咻向太阳蛇飞去，她牢牢盯住带子，褐色带子便成了一道箭轨带她穿过沖黄穹苍直射达金属饼上。她感觉一人站在那里，俯瞰众生，莽乾坤，鼎鼎百年景。

一九八六年到一九八七年秋天，米亚和她的男朋友们耽溺玩这种游戏，不知老之将至。十月皮尔卡登来台湾巡察他在此地的代理产品，那个月阿部宽穿着玫瑰红开丝米尖领毛衣湖蓝领带出现于男人依依封面上，且跃登银幕与南野阳子演出时髦小姐走过去了。却不知何故令她惘然若有所失。

夕日之间，她发觉不再爱阿部宽。她的搜集至次年二月终止，茫茫雪地阿部宽白帽白衣搂抱着白色秋田犬光灿笑出健康白齿的第二十一期封面，多么幼稚。那是只有去没有回单向流通的不平等待遇，就算她爱死阿部宽，阿部宽仍然是众人的不会分她一点笑容。她奇怪居然被骗，阿部宽其实是一个自信自恋的家伙永远眼中无他人。女人自恋犹可爱，男人自恋无骨气。

米亚便不想玩了。没有她召集，男朋友们果然也云消雾散，各闯各，至今好多成为同性恋，都与她形同姐妹淘的感情往来。

分水岭从那时候开始。恐惧 AIDS 造成服装设计上女性化和绅士感，中性服消失。米亚告别她从国中以来历经大卫鲍依，乔治男孩和王子时期雌雄同体的打扮。

那年头，脱掉制服她穿军装式，卡其，米色系，徽章，出入西门町，迷倒许多女学生。十五岁她率先穿起两肩破大洞的乞丐装，妈妈已没有力气反对她。尽管当年不知，她始终都比同辈先走在山本耀司三宅一生他们的潮流里。即使一九八四年金子功另创一股田园风，乡村小碎花与层层荷叶边，米亚让她的女友宝贝穿，她搭矿灰骑师夹克，树皮色七分农夫裤底下空脚布鞋，双双上麦当劳吃情人餐。宝贝腕上戴着刻有她名字的镀金牌子，星月耳环，一只在宝贝右耳，一只在她左耳。三一冰淇淋那一年出现，三十一种不同口味色彩缤纷结实如球的冰淇淋，宝贝过山羊座生日，两人互相请，冰天冻地，敞亮如花房暖室，她们编织未来合伙开店的美梦。

这半生她最对不起宝贝。首次她以斜纹牛仔布胸罩代替衬衫穿在短外套里，及臀棉窄裙，身段毕露准备给玩伴们吃一大惊时，宝贝极不高兴，反应过度贬她一通。宝贝变得好像妈妈，愈反对她愈异议。带头把玩伴很快卷入玛丹娜旋风，决赛时各方媒体来拍。热火火圈子又结识另外一批人她的男朋友们，宝贝愈漂愈远，偶一回眼，她会看到涟漪淡去的远处宝贝用寂寞的眼睛谴责她。

二十岁她不想再玩，女王蜂一般酷，赚钱。罗蜜欧吉格利崛起，心仪庞贝古城壁画的意大利设计师，采紧身裹缠线条发挥复古情怀。米亚将鬈发中分拢后盘起，裸出鼻额，肩头，和鹅弧颈项，宛如山林女神复生。她遇见老段。

宝贝约她出来长谈。因为听说她跟人同居，竟然想劝服她离开那个已婚男人。她傲慢拒绝，把忠言全部当成是宝贝自己私心。宝贝对她如死谏，她冷冷像看一个心机已暴现无遗却浑然不觉的拙劣角色在扮演，充塞着宝贝一贯的香水气味，Amour Amour，爱情爱情。好陈腐的气味，随时令她记起这天下午呆滞出汗的窗树，木棉花像橘红塑胶碗蹲满树枝。宝贝伤痛哭起来，她闷怒离去。

不久她接到宝贝的结婚喜帖，地址是宝贝的字，帖里除印刷体外只字无。喜帖极普通不过，肥香冲鼻臭，陌生名字的新郎，廉价无质感名字的新郎父母亲，宝贝用这种方式惩罚她。她很生气有人会如此作贱自己，不去参加宝贝的婚礼。

音讯断绝。隔年法国大革命两百周年，闻知宝贝到荣总生产，她在永琦买好了红白蓝国旗色包装的革命糖打算探望宝贝，许多事情打岔便岔过去了，直到传闻宝贝离婚，开一家花店，女儿才三岁。

一九九二年冬装，帝政遗风仍兴。上披披风斗篷，下配紧身裤或长袜，或搭长及膝上的靴子。台湾没有穿长靴的气候，但可以修正腿与身体比例，鹤势螂形。织上金线，格子，豹点图案的长袜成为冬季主题。她带着三年前买的革命糖去宝贝花店，三年后革命糖已不再上市，因此升值为古董绝版品，稀珍之物。

花店，原来也卖吃。宝贝坐在紫藤圆桶凳上的背影，妇人身材稳实像一尊磐石。她蹑足进去从后面一把蒙住宝贝眼睛，this is rape，这是抢劫。她很早以前从色情录影带上看到的用来吓宝贝，日后变成她们之间亲密的招呼。宝贝闪脱开，半身藏在花柜侧，喜怒参半，嘴上就一直怪责不先通知害她这样没有打扮丑死了。这一刻米亚但愿自己显得老黯些，绝非岁月不惊的重逢。那么是不是她在店里等，让宝贝回家梳头换衣服，还是下次再来。宝贝选择约期再见，她们便也不及任何叙旧，如往日，向宝贝飞了吻道别。

花店现在是她们女伴常常会聚的地盘，地段贵，巷内都是小门面精品店。米亚嗅见一家一家店，有些是颜色带来的，有些是布置和空间感，她穿过巷子像走经一遍世界古文明国。繁复香味的花店有若拜占庭刺绣，不时涌散一股茶咖啡香，唤醒邃古的手艺时代。乔伊管花店吃食，都是自家烘制的水果蛋糕，起司派，麦片饼干，花瓣布丁。

米亚正好有一笔进项，拿给宝贝投资店。宝贝占三分之一股，另外两个合伙人一是前夫，一是做陶朋友，他们都说不认识米亚婉谢了她。被排拒，倒是高兴。在两人盈亏的感情天平上，她这端似乎补上了一丁点重量。

复古走到今年春天，愈趋淫晦。东方式的淫，反穿绣袄的淫，米亚已行之经年领先米兰和巴黎。她驻足于花店对面拉克华，窗景只有一件摩洛哥式长外衣，象牙色粗面生丝布与同色装潢跟灯光融成漠漠沙地，稀绝的颜色，是大马士革红织锦嵌满紫金线浮花，从折起的一角衣摆露出，从宽敞袖筒中窥见。米亚闻见神秘麝香。

印度的麝香黄。紫绸掀开是麝黄里，藏青布吹起一截桃红衫，翡翠缎翻出石榴红。印度搏其神秘之淫，中国获其节制之淫，日本使一切定形下来得风格化之淫。

一面富丽堂皇复古，一面忏悔回归大自然。一九八九年秋冬拉克华推出豹纹帽，莫斯奇诺用豹纹滚边，法瑞综合数种动物花纹外套，老虎，斑马，长颈鹿，蛇皮。令人缅怀两百年前古英帝国，从殖民地进口的动物装饰品像野火烧遍欧洲大陆。

当然都是假皮纹。生态保护主义盛兴下，披挂真品不仅干犯众怒，也很落伍。不要做流行的奴隶，做你自己，莫斯奇诺名言。那是骗人的，米亚几乎可以看见莫斯奇诺在他的米兰工作室内对她顽黠眨眼说。

人造毛皮成为一九九〇年冬装新宠，几可乱真，又不违反保护动物戒令。但是何苦乱真呢，岂非蠢气。不如赝品自我解嘲，倒更符合现代精神，一点机智一点 cute。布什夫人颈上一组三串售价仅一百五十美元的人造珠，尚且于八九年冬末掀起佩戴珍珠项链热潮。米亚的九一年反皮草秀，染红染绿假皮毛及其变奏，俏达又蜚兴。

环保意识自一九九〇年春始，海滨浅色调，沙漠柔淡感。无彩色系和明灰色调，不同于一九八〇年代中性色的，一九九〇年蛋壳白，珍珠灰，牡蛎黑，象牙黄，贝壳青。自然即美，米亚丢掉清楚分明的眼线液和眼线笔，眼影已非化妆重点。凸显特色，而不修饰脸型，颧骨高低何妨，腮红遁走。杏仁色，奶茶色，光暗比例消失，疆界泯灭，清而透。粉底，梨子色的一九九〇年代更移了一九八〇年代橄榄肤色。

老段使米亚沉静，她日渐已脱离夸张的女王蜂时期。合乎环保自然逻辑，微垂胸部和若即若离腰部线条，据称才是真正的性感。

再度单身，宝贝每个星期六去前夫家接女儿出来共度周末。花店晚上八点半打烊，留一盏铜烛台点着靛蓝蜡烛。有时和米亚一起吃消夜，有时到米亚家喝她新配方的药草茶，把老段丢在一角听音乐，她们讲不完的悄悄话而老段着实插不进。宝贝女儿天蝎座，尾后带钩的，难缠。她们三人出游时，宝贝开车，她抱小天蝎坐旁边，或在后座玩，宝贝从后视镜看着她跟女儿。米亚预见，宝贝终将选择了这样的生活方式度过罢。

克丽丝汀自诩是睡衣派女人，一批坚拒穿任何制服的顽固分子，例如女强人的三件头套装。憎恶颈部受到领子任何一点压力，她们穿法国式的最爱，直筒长T恤连衣裙。无领，V字领，船形领，细肩带针织棉衫，镶一圈米碎花边。

婉玉便是可怜的行动派女人。擅长实现别人梦想，老公情人儿子的，为了自我牺牲抑或为了不让他人失望，忙碌不已。她们甚同情婉玉，行动派女人，留给自己一些空白吧，大哭一场也好，疯狂购物也好，或只是坐着发呆，都好。

米亚却恐怕是个巫女。她养满屋子干燥花草，像药坊。老段往往错觉他跟一位中世纪僧侣在一起。她的浴室遍植君子兰，非洲堇，观赏凤梨，孔雀椰子，各类叫不出名字的绿蕨。以及毒艳夺目的百十种浴盐，浴油，香皂，沐浴精，仿若魔液炼制室。所有起因不过是米亚偶然很渴望把荷兰玫瑰的娇粉红和香味永恒留住，不让盛开，她就从瓶里取出，扎成一束倒悬在窗楣通风处，为那日日褪暗的颜色感到无奈。当时她才闹翻搬离大姐家，逃开大姐职业妇女双薪家庭生活和妈妈的监束，脱网金鱼，马上面临大海觅食的胁迫感，抓狂赚钱。碰到有些场合拮据玩不起时，她会摆出玩够了不想再玩看破红尘的酷模样，超然说她要回家睡觉了。的确她也努力经营自己的小窝，便在这段日子与那束风干玫瑰建立起患难情结。

她目睹花香日渐枯淡，色泽深深黯去，最后它们已转变为另外一种事物。宿命，但还是有机会，引起她的好奇心。再挂上一丛满天星做观察，然后一捧矢车菊，锦葵，猫薄荷，这样启始了各类属实验。

老段初次上来她家坐时，桌子尚无，茶咖啡皆无，唯有五个出色的大垫子扔在房间地上，几捆草花错落吊窗边，一陶钵黄玫瑰干瓣，一藤盘皱干柠檬皮柳丁皮小金橘皮。他们席地而坐，两杯百分之百橙汁，老段一手拿着洗净的味全酸酪盒杯当烟灰缸，抽烟讲话。问她垫子是否分在三处不同的地方买到，米亚惊讶说是。那两个蜡染的是一处，那两个郁金香图案进口印花布的是一处，这个绣着大象镶钉小圆镜片的是印度货，还有这两只马克杯颇后现代。米亚真高兴她费心选回的家当都被辨识出来，心想要买一个好的烟灰缸放在家里。次日她也很高兴，她的屋子是如此吃喝坐卧界限模糊，所以就那么顺水推舟地把他们推入缠绵。

老段而且把苏联红星表忘在她家，隔日来取表，仍然忘，又来，又忘。男女三日夜，废耕废织，米亚差点把一场先施的阿玛尼秋装展示耽误掉。不是办法，都说分手得好，红星表送给她做纪念，他也得恢复工作。

米亚屋里溢满百香果又酸又甜的蜜味，像金红色火山岩浆溢出窗缝，门缝，从阳台电梯流泻直下灌满寓楼。为了等老段说不定打电话仍来，她整天吃掉一篓百香果，用匙子挖，一勺一勺放进嘴里，至晚上酸液快把钢匙和她的手指牙齿溃蚀了，才停止，蒙头倒睡。大大小小的百香果空壳弄干净铺在阳台上风晒，又叫罗汉果，鸦鸦似一台罗汉头，米亚非常懊丧。早晨她提了背包离家，决心不理拍广告的通告，因此失业也算了。她只是不要傻瓜一样等电话，变成一米软虫啮咀苦果。

她买了票随便登上一列火车，随便去哪里。出总站，铁道两边街容之丑旧令她骇然，她从未经过这个角度来看台北市。愈往南走，陌生直如异国，树景皆非她惯见。票是台中，下车。逛到黄昏跳上一部公路局，满厢乘客钻进来她一名外星人。车往一个叫太平乡的方向，愈走天愈暗，刮来奇香，好荒凉的异国。她跑下车过马路找到站牌，等回程车，已等不及要回去那个声色犬马的家城。离城独处，她会失根而萎。当她在国光号里一觉醒来望见雪亮花房般大窗景的新光百货，连着塞满骑楼底下的服饰摊，转出中山北路，樟树槭树荫隙里各种明度灯色的商店，上桥，空中大霓虹墙，米亚如鱼得水又活回来了。

去找袁氏兄弟。袁爸爸开一家钢琴吧，设在大楼地下室，规定不准立招牌，他们便雇一辆小卡车布置为招牌每晚停到楼前面。钉满霓管的看板，银红底奔放射出三团流金字，谜中谜。大袁衰运服兵役去，小袁见她来，兴奋教她一种玩法，将接进大楼的霓管电源切掉插上自备电瓶，叫她上车，兜风。驾着火树银花风驰过高架路，绕经东门府前大道中正纪念堂回来。米亚得意给小袁看她腕上的红星表。剥下借小袁戴几天。

这才是她的乡土。台北米兰巴黎伦敦东京纽约结成的城市邦联，她生活之中，习其礼俗，游其艺技，润其风华，成其大器。

面临女性化，三宅一生改变他向来的立体剪裁，转移在布料发挥。用压纹来处理雪纺和丝，使料子显出与原质完全相反的硬感，柔中现刚，带着视觉冒险意味。鳍纹，贝壳纹，台风草纹，棕榈叶直纹，以压纹后自然产生的立体效果来取代立体剪裁，再以交叉缝接，未来感十足，仍是他的任性和奇拔。

汉城奥运全球转播时，圣罗兰和维瑟斯皆不讳言，花蝴蝶葛瑞菲丝的中空、蕾丝紧身裤，可让手脚大幅度摆作方便运动的剪裁法，已出现在他们外出服宴会服的设计中。

米亚年幼期看过电视上查理王子黛安娜王妃的世纪婚礼，黛妃发人人效剪。这次童话故事没有完，继续说，可哀啊。

老段就又来看米亚。米亚快乐冲前去抱住他脖子，使他措手不及踉跄跌笑。敞着房门电梯通道上，米亚像小猴子牢牢攀吊在母猴身上再不下来的，老段只好赶快拖抱回房，对她的热情有些窘迫不会应付。米亚很爱使力抱起他看能不能把他抱离地面一寸，不然双足踩在他脚背上，两人环抱着绕屋里走一圈。都使老段甚感羞拙，是情人，稚龄也够做他女儿。

等她出嫁的时候，老段说，他的金卡给她任意签，倾家荡产签光。米亚静静听，没有说什么。隔天老段急忙修正，不应该说嫁不嫁人的话，此念萌生，灾况发生时，就会变成致命的弱点阿奇里斯脚踝，因为米亚是他的。隔不久老段又修正，他的年龄他会比较早死，后半生她怎么办，所以，听天由命罢。米亚低眉垂目慈颜听，像老段是小儿般胡语。

正如秋装注定以继夏装，热情也会消褪，温淡似玉。米亚从干燥花一路观察追踪，到制作药草茶，沐浴配备，到压花，手制纸，全部无非是发展她对嗅觉的依赖，和绝望的为保留下花的鲜艳颜色。

老段他们公司伉俪档去国家公园森林浴回来，捡给她一袋松果松针杉瓣。她用两茶匙肉桂粉，半匙丁香，桂花，两滴薰衣草油，松油，柠檬油，松果绒翼里加涂一层松油，与油加利叶扁柏玫瑰花叶天竺葵叶混拌后，缀上晒干的辣红朝天椒，荆果，日日红，铺置于原木色槽盆里，圣诞节庆风味的香钵，放在老段工作室。

最近我们重新用洗石子做转角细部处理，过去都是洗寒水石，现在希望洗三分的宜兰石，让老一辈的技术能够有一个新视野，也是解决瓷砖工短缺的办法。Dink 族与单身贵族的住宅案，老段想帮米亚订一间。但米亚喜欢自己这间顶楼有铁皮篷阳台的屋子，她可以晒花晒草叶水果皮。罩着蓝染素衣靠墙栏观测天象，旷风吹开翻起朱红布里。

她比老段大儿子大两岁。二儿子维维她见过，像母亲。城市天际线上堆出的云堡告诉她，她会看到维维的孩子成家立业生出下一代，而老段也许看不到。因此她必须独立于感情之外，从现在就要开始练习。

将废纸撕碎泡在水里，待胶质分离后，纸片投入果汁机，糨糊和水一起打成糊状，平摊滤网上压干，放到白棉布间，外面加报纸木板用擀面棒擀净，重物压置数小时，取出滤网，拿熨斗隔着棉布低温整烫一遍。一星期前米亚制出了她的第一张纸笺，即可书写，不欲墨水渗透，涂层明矾水。这星期她把紫红玫瑰花瓣一起加入果汁机打，制出第二张纸。

云堡拆散，露出埃及蓝湖泊。萝丝玛丽，迷迭香。

年老色衰，米亚有好手艺足以养活。湖泊幽邃无底洞之蓝告诉她，有一天男人用理论与制度建立起的世界会倒塌，她将以嗅觉和颜色的记忆存活，从这里并予之重建。

一九九〇年四月十八日

酒　　徒*（节选）

刘以鬯

内 容 概 要：

《酒徒》是刘以鬯的长篇小说代表作，讲述了“一个因处于苦闷时代而心智不十分平衡的知识分子怎样用自我虐待的方式去求取继续生存”的故事。

主人公“我”以写稿为生。然而，面对香港这个商品社会，追求文学和艺术的“我”内心感到十分苦闷矛盾，天天借酒消愁，故称“酒徒”。“我”还不时地与风尘女子张丽丽、杨露、司马莉、半老徐娘的包租婆纠缠不清。一天，报馆因“我”的武侠小说“动作”没有别人多而中断了连载。这时，一个专门抄袭好莱坞手法的国语片导演莫雨以三千元的薪资邀请“我”写一个电影剧本《蝴蝶梦》，但最终剧本被莫雨剽窃。此时，报馆编辑麦荷门提议办一个高水平的文学杂志《前卫文学》。被聘为编辑的“我”努力写稿，并最终迎来了《前卫文学》的创刊。然而，迫于生计，“我”仍不得不用故事新编的手法写黄色小说，以此谋生，并因《潘金莲做包租婆》的成功而赢得了几家报馆的签约。赚取了稿费的“我”生活渐渐安定下来，但内心又觉得自己如同妓女卖笑、少女失足，感到十分悲哀。由于停稿，报馆又将“我”的长篇版面刊登别人的作品，绝望寻死的“我”被房东雷老太太救起，并错认“我”为自己的儿子，她对“我”关怀备至，而“我”也被感动得决心戒酒。然而好景不长，沉溺于痛苦的“我”不能自拔，再度酗酒，并深深地伤了雷老太太的心。一天早上，当喝醉的“我”清醒过来时，雷老太太自杀了。

4

潮湿的记忆。

现实像胶水般粘在记忆中。母亲手里的芭蕉扇，扇亮了银河两旁的牛郎织女星。落雪日，人手竹刀尺围在炉边舞蹈。

轮子不断地转。母亲的“不”字阻止不了好奇的成长。十除二等于五。有个唱小旦的男人名叫小杨月楼。大世界的酸梅汤。忧郁迷失路途，找不到自己的老家。微笑是不会陌生的。蝴

* 摘自刘以鬯：《酒徒》，香港海滨图书公司 1963 年版。

蝶之飘突然消失于网中。

轮子不断地转。打倒列强，打倒列强。除军阀，除军阀。国民革命成功，国民革命成功，齐欢唱！齐欢唱！

轮子不断地转。有朋自远方来，不亦乐乎？那个卖火柴的女儿偷去不少泪水。孙悟空的变态心理起因于观众的鼓掌声。黄慧如与陆根荣。安南巡捕的木棍。立春夜遂有穿睡衣的少女走入梦境。

轮子不断地转。点线面旅行于白纸上。听霍桑讲述吕伯大梦。四弦琴嘲笑笨拙的手指。先施公司门口有一堆冒充苏州人的江北野鸡。青春跌进华尔兹的圆圈。谜样的感情。

轮子不断地转。“地无分南北，年无分老幼，无论何人，皆有守土抗战之责任。”“八一三”。四行仓库里的孤军。亚尔培路出卖西班牙的刺激。那个舞女常常借钱给我。无桅之舟航行于士敏土上。租界是笑声集中营。笛卡儿与史宾诺莎。我是老师的叛徒。他喜欢狄更斯，我却变成乔也斯的崇拜者。女人眼睛里的磁力。槐树以其巨大的身躯掩盖荒谬的大胆。

轮子不断地转。戴着方帽子走进“大光明戏院”。一九四一。《乱世佳人》在“大华”公映。毕业证书没有半个中国字。日军三路会攻长沙。

轮子不断地转。日本坦克在南京路上疾驶，一张写着“全灭英米舰队”的标语被北风的手指撕落了。站岗。愚园路的裸体跳舞。十点小。十一点大。葛嫩娘是反日的。七十六号的血与哆嗦。

轮子不断地转。通过封锁线。柴油汽车是公路的独生子。人人有工作，人人有屋住。曲江的月亮麻木了。文化城内帮派多。火车的终点弥漫着美国西部的气息。娃娃鱼。海棠溪之初夏。

轮子不断地转。山城。浓雾击退敌机。“唯一大戏院”上映保罗茂尼的《左拉传》。绅士皆吸“华福”牌香烟。我远征军入缅，在仁安羌痛击日军，解救英军之危。李白坐在嘉陵江边的骡车上。

轮子不断地转。我学会了抽烟。伦敦电台广播日本舰队司令古贺峰一阵亡。停电。“心心咖啡馆”的伪现代情调。精神堡垒。脚不着地的四川人力车夫。白干与毛肚开堂。年轻人皆去“银社”看《杏花·春雨·江南》。

轮子不断地转。防空洞里发现患霍乱病的死者。两只耗子在石级上寒暄。只有铁，只有血，只有铁血可以救中国。灵感跌入龙井茶。书店很多。没有人知道福克纳的《我在等死》与《喧哗与愤激》。没有人知道康拉艾根的《忧郁与航程》。没有人知道卡夫卡。没有人知道朱尔斯·罗曼。没有人知道吴尔芙。没有人知道普鲁斯特。……

轮子不断地转。我军克服老河口。

轮子不断地转。哥哥将仅有的冬季大衣送进拍卖行。昆明来客常有口香糖。浓雾。有一则新闻是千金小姐爱上了狼狗。衡阳守军苦战四十七天。有地板的人家正在举行派对。

轮子不断地转。湘桂大撤退。空气走不进车厢。一家报馆的总编辑被挤死了。恐慌。恐慌。恐慌。

轮子不断地转。敌军进逼独山。重庆的有钱人打算入西康。中发白。上清寺的芝麻糊生意仍佳。信心在发抖。驻缅国军回国反攻。

轮子不断地转。“号外！号外！盟军登陆诺曼底，在欧洲开辟第二战场！”

轮子不断地转。孱弱的希望打了强心剂。红油水饺。嘉陵江边的纤夫不会唱《伏尔加船夫曲》。树的固执。小说的主题在火中燃烧。白云瞌睡于遥远处。家书来自沦陷区。父亲死了。泪水掉在饭碗里。

轮子不断地转。联合国宪章与波茨坦宣言。“天快亮了！”希望在废墟中茁长。四川鸡蛋面具有古典主义的煮法。窗外有风景在招手。写字台上的计划书亦将乘飞机而东去。爆竹声起，正是悲剧落幕时。

轮子不断地转。原子弹使广岛与长崎失去黑白之辨。东边的梦破碎了。西边的梦中有人倒骑骡子。九月九日，冈村宁次交出指挥刀。

轮子不断地转。归舟如沙丁鱼般拥挤在三峡。河山依旧。隔壁的张老三不敢照镜子。母亲久焉未露笑容，泪眼看不清游子的白发。接收者在民众心田上种下太多的仇恨。胜利冲昏头脑。

轮子不断地转。和平终被奸污。烽火从东北燃起。火！火！火！

轮子不断地转。南方一块大石头。维多利亚海峡上的渡轮。天星码头是九龙之唇。陌生的眼睛与十一月的汗珠。“沿步路过”。惊诧于“请行快的”。亚多到士多去买多士，疴屎多。远东的橱窗。金圆券的故事不可能在这里重演。汽车越坐越大。房屋越住越小。大少爷在“告罗士打”门口等待可以借钱的朋友。

轮子不断地转。威士忌。白兰地。红盾牌砵酒。VAT69。杜松子酒。伏特加。香槟。姜汁啤酒。……

轮子不断地转。有人在新加坡办报。文化南移乎？猴子在椰树梢采椰。马来人的皮肤是古铜色的。五枞树下看破碎的月亮。圣诞夜吃冰淇淋。三轮车在“莱佛士坊”兜圈。默迪加。掺有咖喱的大众趣味。武吉智马的赛马日。赢钱的人买气球；输钱的人输巴士。孟加里也会玩福建四色牌。文明戏仍是最进步的。巴刹风情。惹兰巴刹的妓女梦见北国的雪。有人在大伯公庙里磕了三个响头。郁达夫曾经在这里编过副刊。

轮子不断地转。吉隆坡。鹅岸河边有芭蕉叶在风中摇曳。锡矿是华侨的血管。甲必丹叶观盛（一八八九——一九〇一）。湖园的竹篁在阳光下接吻。奥迪安戏院专映米高梅出品。赶牛车的印度人也嚼槟榔。榴莲花未开，有人就当掉了纱笼。大头家陆佑从未梦见过新艺综合体。马来巴刹的沙爹是一把打开南洋文化的钥匙。月亮是不是更圆？绿色的丛林中，枪弹齐舞。窗前有一些香蕉花。峇都律的灰尘正在等待士敏土的征服。

轮子不断地转。香港在招手。北角有霞飞路的情调。天星码头换新装。高楼大厦皆有捕星之欲。受伤的感情仍须灯笼指示。方向有四个。写文章的人都在制造商品。白兰地。将憎恶浸入白兰地。

所有的记忆都是潮湿的。

笑傲江湖*（节选）

金　　庸

内容概要：

《笑傲江湖》是金庸后期的代表作品之一。华山派大弟子令狐冲与师父岳不群的女儿岳灵珊青梅竹马，后来岳灵珊移情新入门的师弟——创立辟邪剑谱的林远图的后代林平之。失意的令狐冲违反门规，被罚至思过崖面壁一年，从而无意间从洞中石刻学到了五岳剑派剑术的秘诀，并由华山派剑宗的隐士风清扬传授独孤九剑，武艺长进一日千里。五岳剑派中，衡山派刘正风与魔教护法曲洋以乐相交而成知己，情谊堪比子期伯牙。厌倦江湖、宣布金盆洗手的刘正风被嵩山派掌门左冷禅逼迫追杀曲洋，不愿屈服的刘正风被曲洋救走，两人在临死前将合创的《笑傲江湖》曲谱托付给令狐冲。此时，华山派弟子被害，辟邪剑谱被盗，令狐冲被诬，加之他与魔教任盈盈相知相恋，被岳不群逐出师门。被江湖唾弃的令狐冲目睹五岳各大门派为争夺武林盟主而互相残杀，更发现师父岳不群才是窃取辟邪剑谱的伪君子。随后，令狐冲和向问天救出了被东方不败囚禁的魔教前教主任我行，并当上了恒山派掌门。看到正邪两派无不为了名利权位而互相争斗，而岳灵珊更被走火入魔的林平之杀死，令狐冲对江湖心生厌倦，与任盈盈终成眷属，逍遥物外，合奏一曲《笑傲江湖》，正邪两教从此化干戈为玉帛。

令狐冲撕下衣襟，裹好了两处创伤，走进洞中，摇头苦笑，说道：“太师叔，这家伙改变策略，当真砍杀啦！如果给他砍中了右臂，使不得剑，这可就难以胜他了。”风清扬道：“好在天色已晚，你约他明晨再斗。今晚你不要睡，咱们穷一晚之力，我教你三招剑法。”令狐冲道：“三招？”心想只三招剑法，何必花一晚时光来教。

风清扬道：“我瞧你人倒挺聪明的，也不知是真聪明，还是假聪明，倘若真的聪明，那么这一个晚上，或许能将这三招剑法学会了。要是资质不佳，悟心平常，那么……那么……明天早晨你也不用再跟他打了，自己认输，乖乖的跟他下山去罢！”

令狐冲听太师叔如此说，料想这三招剑法非比寻常，定然十分难学，不由得激发了他要强好胜之心，昂然道：“太师叔，徒孙要是不能在一晚间学会这三招，宁可给他一刀杀了，决不投降屈服，随他下山。”

* 摘自金庸：《笑傲江湖》，广州出版社 2003 年版。

风清扬笑了笑，道："那便很好。"抬起了头，沉思半晌，道："一晚之间学会三招，未免强人所难，这第二招暂且用不着，咱们只学第一招和第三招。不过……不过……第三招中的许多变化，是从第二招而来，好，咱们把有关的变化都略去，且看是否管用"。自言自语，沉吟一会，却又摇头。

令狐冲见他如此顾虑多端，不由得心痒难搔，一门武功越是难学，自然威力越强，只听风清扬又喃喃的道："第一招中的三百六十种变化如果忘记了一变，第三招便会使得不对，这倒有些为难了。"

令狐冲听得单是第一招便有三百六十种变化，不由得吃了一惊，只见风清扬屈起手指，数道："归妹趋无妄，无妄趋同人，同人趋大有。甲转丙，丙转庚，庚转癸。子丑之交，辰巳之交，午未之交。风雷是一变，山泽是一变，水火是一变。乾坤相激，震兑相激，离巽相激。三增而成五,五增而成九……"越数越是忧色重重，叹道："冲儿，当年我学这一招，花了三个月时光，要你在一晚之间学会两招，那是开玩笑了，你想：'归妹趋无妄……'"说到这里，便住了口，显是神思不属，过了一会，问道："刚才我说甚么来着？"

令狐冲道："太师叔刚才说的是归妹趋无妄，无妄趋同人，同人趋大有。"风清扬双眉一轩，道："你记性倒不错，后来怎样？"令狐冲道："太师叔说道：'甲转丙，丙转庚，庚转癸……'"一路背诵下去，竟然背了一小半，后面的便记不得了。

风清扬大奇，问道："这独孤九剑的总诀，你曾学过的？"令狐冲道："徒孙没学过，不知这叫做'独孤九剑'。"风清扬问道："你没学过，怎么会背？"令狐冲道："我刚才听得太师叔这么念过。"

风清扬满脸喜色，一拍大腿，道："这就有法子了。一晚之间虽然学不全，然而可以硬记，第一招不用学，第三招只学小半招好了。你记着。归妹趋无妄，无妄趋同人，同人趋大有……"一路念将下去，足足念了三百余字，才道："你试背一遍。"令狐冲早就在全神记忆，当卜依言背诵，只错了十来个字。风清扬纠正了，令狐冲第二次再背，只错了七个字，第三次便没再错。

风清扬甚是高兴，道："很好，很好！"又传了三百余字口诀，待令狐冲记熟后，又传三百余字。那"孤独九剑"的总诀足足有三千余字，而且内容不相连贯，饶是令狐冲记性特佳，却也不免记得了后面，忘记了前面，直花了一个多时辰，经风清扬一再提点，这才记得一字不错。风清扬要他从头至尾连背三遍，见他确已全部记住，说道："这总诀是独孤九剑的根本关键，你此刻虽记住了，只是为求速成，全凭硬记，不明其中道理，日后甚易忘记。从今天起，须得朝夕念诵。"令狐冲应道："是！"

诗 歌

蛇……冯 至
十四行集之一……冯 至
律……李金发
翡冷翠的一夜……徐志摩
太阳吟……闻一多
雁 子……陈梦家
葬 我……朱 湘
在天晴了的时候……戴望舒
寄之琳……废 名
古镇的梦……卞之琳
无题五……卞之琳
雪落在中国的土地上……艾 青
乞 丐……艾 青
诗八首……穆 旦
金黄的稻束……郑 敏
白玉苦瓜……余光中
譬如朝露……洛 夫

蛇*

冯　至

我的寂寞是一条蛇，
静静地没有言语。
你万一梦到它时，
千万啊，不要悚惧！

它是我忠诚的侣伴，
心里害着热烈的乡思：
它想那茂密的草原——
你头上的、浓郁的乌丝。

它月影一般轻轻地
从你那儿轻轻走过；
它把你的梦境衔了来
象一只绯红的花朵。

——1926

* 初收《昨日之歌》。编入《冯至诗文选集》时略有改动，后编入《冯至诗选》《冯至选集》。此摘自《冯至选集》第一卷，四川文艺出版社 1985 年版。

十四行集之一*

冯　至

我们准备着深深地领受
那些意想不到的奇迹，
在漫长的岁月里忽然有
彗星的出现，狂风乍起：

我们的生命在这一瞬间，
仿佛在第一次的拥抱里
过去的悲欢忽然在眼前
凝结成屹然不动的形体。

我们赞颂那些小昆虫：
它们经过了一次交媾
或是抵御了一次危险，

便结束它们美妙的一生。
我们整个的生命在承受
狂风乍起，彗星的出现。

▶扫一扫

冯至诗歌
拓展阅读

* 摘自冯至：《十四行集》，文化生活出版社 1949 年版。

律*

李 金 发

月儿装上面幞
桐叶带了愁容，
我张耳细听，
知道来的是秋天。

树儿这样消瘦，
你以为是我攀折了
他的叶子么？

---

* 摘自李金发:《微雨》，北新书局 1925 年版。

翡冷翠的一夜 *

徐 志 摩

你真的走了，明天？那我，那我，……
你也不用管，迟早有那一天；
你愿意记着我，就记着我，
要不然趁早忘了这世界上
有我，省得想起时空着恼，
只当是一个梦，一个幻想；
只当是前天我们见的残红，
怯怜怜的在风前抖擞，一瓣，
两瓣，落地，叫人踩，变泥……
唉，叫人踩，变泥——变了泥倒干净，
这半死不活的才叫是受罪，
看着寒伧，累赘，叫人白眼——
天呀！你何苦来，你何苦来……
我可忘不了你，那一天你来，
就比如黑暗的前途见了光彩，
你是我的先生，我爱，我的恩人，
你教给我甚么是生命，甚么是爱，
你惊醒我的昏迷，偿还我的天真，
没有你我那知道天是高，草是青？
你摸摸我的心，它这下跳得多快；
再摸我的脸，烧得多焦，亏这夜黑
看不见；爱，我气都喘不过来了，
别亲我了；我受不住这烈火似的活，
这阵子我的灵魂就像是火砖上的
熟铁，在爱的锤子下，砸，砸，火花

* 摘自《徐志摩全集》第四卷，天津人民出版社 2005 年版。

四散的飞洒……我晕了，抱着我，
爱，就让我在这儿清静的园内，
闭着眼，死在你的胸前，多美！
头顶白杨树上的风声，沙沙的，
算是我的丧歌，这一阵清风，
橄榄林里吹来的，带着石榴花香，
就带了我的灵魂走，还有那萤火，
多情的殷勤的萤火，有他们照路，
我到了那三环洞的桥上再停步，
听你在这儿抱着我半暖的身体，
悲声的叫我，亲我，摇我，咂我；……
我就微笑的再跟着清风走，
随他领着我，天堂，地狱，那儿都成，
反正丢了这可厌的人生，实现这死
在爱里，这爱中心的死不强如
五百次的投生？……自私，我知道，
可我也管不着……你伴着我死？
什么，不成双就不是完全的“爱死”，
要飞升也得两对翅膀儿打伙，
进了天堂还不一样的要照顾，
我少不了你，你也不能没有我；
要是地狱，我单身去你更不放心，
你说地狱不定比这世界文明
（虽则我不信，）像我这娇嫩的花朵，
难保不再遭风暴，不叫雨打，
那时候我喊你，你也听不分明，——
那不是求解脱反投进了泥坑，
倒叫冷眼的鬼串通了冷心的人，
笑我的命运，笑你懦怯的粗心？
这话也有理，那叫我怎么办呢？
活着难，太难，就死也不得自由，
我又不愿你为我牺牲你的前程……
唉！你说还是活着等，等那一天！
有那一天吗？——你在，就是我的信心；
可是天亮你就得走，你真的忍心

丢了我走？我又不能留你，这是命；
但这花，没阳光晒，没甘露浸，
不死也不免瓣尖儿焦萎，多可怜！
你不能忘我，爱，除了在你的心里，
我再没有命；是，我听你的话，我等，
等铁树儿开花我也得耐心等；
爱，你永远是我头顶的一颗明星：
要是不幸死了，我就变一个萤火，
在这园里，挨著草根，暗沈沈的飞，
黄昏飞到半夜，半夜飞到天明，
只愿天空不生云，我望得见天，
天上那颗不变的大星，那是你，
但愿你为我多放光明，隔着夜，
隔着天，通着恋爱的灵犀一点……

六月十一日，一九二五年翡冷翠山中

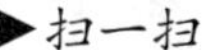

徐志摩诗歌
拓展阅读

太阳吟*

闻一多

太阳啊，刺得我心痛的太阳！
又逼走了游子底一出还乡梦，
又加他十二个时辰底九曲回肠！

太阳啊，火一样烧着的太阳！
烘干了小草尖头底露水，
可烘得干游子底冷泪盈眶？

太阳啊，六龙骖驾的太阳！
省得我受这一天天底缓刑，
就把五年当一天跑完那又何妨？

太阳啊——神速的金乌——太阳！
让我骑着你每日绕行地球一周，
也便能天天望见一次家乡！

太阳啊，楼角新升的太阳！
不是刚从我们东方来的吗？
我的家乡此刻可都依然无恙？

太阳啊，我家乡来的太阳！
北京城里底官柳裹上一身秋了罢？
唉！我也憔悴的同深秋一样！

太阳啊，奔波不息的太阳！

* 摘自闻一多：《红烛》，泰东图书局 1923 年版。

你也好像无家可归似的呢。
啊！你我的身世一样地不堪设想！

太阳啊，自强不息的太阳！
大宇宙许就是你的家乡罢。
可能指示我我底家乡底方向？

太阳啊，这不像我的山川，太阳！
这里的风云另带一般颜色，
这里鸟儿唱的调子格外凄凉。

太阳啊，生命之火底太阳！
但是谁不知你是球东半底情热，
同时又是球西半底智光？

太阳啊，也是我家乡底太阳！
此刻我回不了我往日的家乡，
便认你为家乡也还得失相偿。

太阳啊，慈光普照的太阳！
往后我看见你时，就当回家一次；
我的家乡不在地下乃在天上！

雁子*

陈梦家

我爱秋天的雁子
终夜不知疲倦，
（像是嘱咐，像是答应，）
一边叫，一边飞远。

从来不问他的歌
留在那片云上？
只管唱过，只管飞扬，
黑的天，轻的翅膀。

我情愿是只雁子，
一切都使忘记——
当我提起，当我想到：
不是恨，不是欢喜。

* 摘自《梦家诗集》，新月书店 1933 年。

葬　　我*

朱　　湘

葬我在荷花池内，
耳边有水蚓拖声，
在绿荷叶的灯上
萤火虫时暗时明——

葬我在马缨花下，
永作着芬芳的梦——
葬我在泰山之巅，
风声呜咽过孤松——

不然，就烧我成灰，
投入泛滥的春江，
与落花一同漂去
无人知道的地方。

十四，二，二。

* 摘自朱湘:《草莽集》，人民文学出版社 1984 年版。

在天晴了的时候 *

戴望舒

在天晴了的时候，
该到小径中去走走：
给雨润过的泥路，
一定是凉爽又温柔；
炫耀着新绿的小草，
已一下子洗净了尘垢；
不再胆怯的小白菊，
慢慢地抬起它们的头，
试试寒，试试暖，
然后一瓣瓣地绽透；
抖去水珠的凤蝶儿
在木叶间自在闲游，
把它的饰彩的智慧书页
曝着阳光一开一收。

到小径中去走走吧，
在天晴了的时候：
赤着脚，携着手，
踏着新泥，涉过溪流。

新阳推开了阴霾了，
溪水在温风中晕皱，
看山间移动的暗绿——
云的脚迹——它也在闲游。

一九四四年六月二日

* 摘自戴望舒:《灾难的岁月》，星群出版社 1948 年版。

寄之琳*

废 名

我说给江南诗人写一封信去，
乃窥见院子里一株树叶的疏影，
他们写了日午一封信。
我想写一首诗，
犹如日，犹如月，
犹如午阴，
犹如无边木叶萧萧下，
我的诗情没有两个叶子。

---

* 摘自废名:《水边》，新民印书馆 1944 年版。

古镇的梦*

卞之琳

小镇上有两种声音
一样的寂寥：
白天是算命锣，
夜里是梆子。

敲不破别人的梦，
做着梦似的
瞎子在街上走，
一步又一步。
他知道哪一块石头低，
哪一块石头高，
哪一家姑娘有多大年纪。

敲沉了别人的梦
做着梦似的
更夫在街上走，
一步又一步。
他知道哪一块石头低，
哪一块石头高，
哪一家门户关得最严密。
“三更了，你听哪，
毛儿的爸爸，(1)
这小子吵得人睡不成觉，
老在梦里哭，

---

* 摘自卞之琳:《雕虫纪历》，人民文学出版社 1984 年版。
(1) 戏用废名早期短篇小说的一个篇名。

明天替他算算命吧？”

是深夜，
又是清冷的下午：
敲梆的过桥，
敲锣的又过桥，
不断的是桥下流水的声音。

无 题 五*

卞之琳

我在散步中感谢
襟眼是有用的，
因为是空的，(1)
因为可以簪一朵小花。

我在簪花中恍然
世界是空的，
因为是有用的，
因为它容了你的款步。

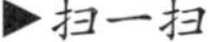

卞之琳诗歌
拓展阅读

* 摘自卞之琳:《雕虫纪历》，人民文学出版社 1984 年版。
(1) 古人有云:“无之以为用。”

雪落在中国的土地上*

艾　青

雪落在中国的土地上，
寒冷在封锁着中国呀……

风，
像一个太悲哀了的老妇，
紧紧地跟随着
伸出寒冷的指爪
拉扯着行人的衣襟，
用着像土地一样古老的话
一刻也不停地絮聒着……

那从林间出现的，
赶着马车的
你中国的农夫
戴着皮帽
冒着大雪
你要到哪儿去呢？

告诉你
我也是农人的后裔——
由于你们的
刻满了痛苦的皱纹的脸
我能如此深深地
知道了
生活在草原上的人们的

* 摘自艾青：《北方》，文化生活出版社 1942 年版。

岁月的艰辛。

而我
也并不比你们快乐啊
——躺在时间的河流上
苦难的浪涛
曾经几次把我吞没而又卷起——
流浪与禁监
已失去了我的青春的
最可贵的日子，
我的生命
也像你们的生命
一样的憔悴呀

雪落在中国的土地上，
寒冷在封锁着中国呀……

沿着雪夜的河流，
一盏小油灯在徐缓地移行，
那破烂的乌篷船里
映着灯光，垂着头
坐着的是谁呀？

——啊，你
蓬发垢面的少妇，
是不是
你的家
——那幸福与温暖的巢穴——
已被暴戾的敌人
烧毁了么？
是不是
也像这样的夜间，
失去了男人的保护，
在死亡的恐怖里
你已经受尽敌人刺刀的戏弄？

咳，就在如此寒冷的今夜，
无数的
我们的年老的母亲，
都蜷伏在不是自己的家里，
就像异邦人
不知明天的车轮
要滚上怎样的路程……
——而且
中国的路
是如此的崎岖
是如此的泥泞呀。

雪落在中国的土地上，
寒冷在封锁着中国呀……

透过雪夜的草原
那些被烽火所啮啃着的地域，
无数的，土地的垦植者
失去了他们所饲养的家畜
失去了他们肥沃的田地
拥挤在
生活的绝望的污巷里：
馑饥的大地
朝向阴暗的天
伸出乞援的
颤抖着的两臂。

中国的苦痛与灾难
像这雪夜一样广阔而又漫长呀！
雪落在中国的土地上
寒冷在封锁着中国呀……

中国
我的在没有灯光的晚上

所写的无力的诗句
能给你些许的温暖么?

一九三七,十二月,二十八日夜间。

乞　丐*

艾　青

在北方
乞丐徘徊在黄河的两岸
徘徊在铁道的两旁

在北方
乞丐用最使人厌烦的声音
呐喊着痛苦
说他们来自灾区
来自战地

饥饿是可怕的
它使年老的失去仁慈
年幼的学会憎恨

在北方
乞丐用固执的眼
凝视着你
看你在吃任何食物
和你用指甲剔牙齿的样子

在北方
乞丐伸着永不缩回的手
乌黑的手
要求施舍一个铜子
向任何人

* 摘自艾青:《北方》，文化生活出版社 1942 年版。

甚至那掏不出一个铜子的兵士

一九三九年，春，陇海道上。

诗 八 首*

穆 旦

一

你底眼睛看见这一场火灾，
你看不见我，虽然我为你点燃，
唉，那烧着的不过是成熟的年代，
你底，我底。我们相隔如重山！

从这自然底蜕变程序里，
我却爱了一个暂时的你。
即使我哭泣，变灰，变灰又新生，
姑娘，那只是上帝玩弄他自己。

二

水流山石间沉淀下你我，
而我们成长，在死底子宫里。
在无数的可能里一个变形的生命
永远不能完成他自己。

我和你谈话，相信你，爱你，
这时候就听见我底主暗笑，
不断地他添来另外的你我
使我们丰富而且危险。

---

* 摘自《九叶集》，江苏人民出版社 1981 年版。

三

你底年龄里的小小野兽，
它和青草一样地呼吸，
它带来你底颜色，芳香丰满，
它要你疯狂在温暖的黑暗里。

我越过你大理石的理智底殿堂，
而为它埋藏的生命珍惜；
你我底手底接触是一片草场。
那里有它底固执，我底惊喜。

四

静静地，我们拥抱在
用言语所能照明的世界里，
而那未形成的黑暗是可怕的，
那可能的和不可能的使我们沉迷。

那窒息着我们的
是甜蜜的未生即死的言语，
它底幽灵笼罩，使我们游离，
游进混乱的爱底自由和美丽。

五

夕阳西下，一阵微风吹拂着田野，
是多么久的原因在这里积累。
那移动了景物的移动我底心，
从最古老的开端流向你，安睡。

那形成了树木和屹立的岩石的，
将使我此时的渴望永存，

一切在它底过程中流露的美，
教我爱你的方法，教我变更。

六

相同和相同溶为怠倦，
在差别间又凝固着陌生；
是一条多么危险的窄路里，
我驱使自己在那上面旅行。

他存在，听我底指使，
他保护，而把我留在孤独里，
他底痛苦是不断的寻求
你底秩序，求得了又必须背离。

七

风暴，远路，寂寞的夜晚，
丢失，记忆，永续的时间，
所有科学不能祛除的恐惧
让我在你底怀里得到安憩——

呵，在你底不能自主的心上，
你底随有随无的美丽形象，
那里，我看见你孤独的爱情
笔立着，和我底平行着生长！

八

再没有更近的接近，
所有的偶然在我们间定型；
只有阳光透过缤纷的枝叶

分在两片情愿的心上，相同。

等季候一到就要各自飘落，
而赐生我们的巨树永青，
它对我们不仁的嘲弄
（和哭泣）在合一的老根里化为平静。

一九四二年二月

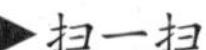

穆旦诗歌
拓展阅读

金黄的稻束 *

郑　敏

金黄的稻束站在
割过的秋天的田里，
我想起无数个疲倦的母亲，
黄昏路上我看见那皱了的美丽的脸，
收获日的满月在
高耸的树巅上，
暮色里，远山
围着我们的心边，
没有一个雕像能比这更静默。
肩荷着那伟大的疲倦，你们
在这伸向远远的一片
秋天的田里低首沉思，
静默。静默。历史也不过是
脚下一条流去的小河，
而你们，站在那儿，
将成为人类的一个思想。

* 摘自《九叶集》，江苏人民出版社 1981 年版。

白玉苦瓜*

——台北“故宫博物院”所藏

余光中

似醒似睡，缓缓的柔光里
似悠悠醒自千年的大寐
一只瓜从从容容在成熟
一只苦瓜，不再是涩苦
日磨月磋琢出深孕的清莹
看茎须缭绕，叶掌抚抱
哪一年的丰收像一口要吸尽
古中国喂了又喂的乳浆
完美的圆腻啊酣然而饱
那触觉，不断向外膨胀
充实每一粒酪白的葡萄
直到瓜尖，仍翘着当日的新鲜

茫茫九州只缩成一张舆图
小时候不知道将它叠起
一任摊开那无穷无尽
硕大似记忆母亲，她的胸脯
你便向那片肥沃匍匐
用蒂用根索她的恩液
苦心的悲慈苦苦哺出
不幸呢还是大幸这婴孩
钟整个大陆的爱在一只苦瓜
皮靴踩过，马蹄踩过

---

* 摘自《余光中集》第二卷，百花文艺出版社 2004 年版。

重吨战车的履带踩过
一丝伤痕也不曾留下

只留下隔玻璃这奇迹难信
犹带着后土依依的祝福
在时光以外奇异的光中
熟着，一个自足的宇宙
饱满而不虞腐烂，一只仙果
不产在仙山，产在人间
久朽了，你的前身，唉，久朽
为你换胎的那手，那巧腕
千眄万睐巧将你引渡
笑对灵魂在白玉里流转
一首歌，咏生命曾经是瓜而苦
被永恒引渡，成果而甘

一九七四年二月十一日

譬如朝露*

洛　　夫

时间，一条青蛇似的
穿过我那
玻璃镶成的肉身
背后
响起一阵碎裂之声

譬如朝露
一滴，安静地
悬在枯叶上
不闻哭声的
泪

* 摘自《洛夫诗歌全集》第四卷，台北普音文化事业股份有限公司 2009 年版。

散　　文

影的告别……鲁　迅
灯下漫笔……鲁　迅
吃　茶……周作人
钓台的春昼……郁达夫
蛇与塔……聂绀弩
背　影……朱自清
忆儿时……丰子恺
雨　前……何其芳
我的戒烟……林语堂
常德的船……沈从文
更衣记……张爱玲
下　棋……梁实秋
听听那冷雨……余光中
中年是下午茶……董　桥
看蒙娜丽莎看……熊秉明

影的告别* 〔1〕

鲁　迅

人睡到不知道时候的时候，就会有影来告别，说出那些话——

有我所不乐意的在天堂里，我不愿去；有我所不乐意的在地狱里，我不愿去；有我所不乐意的在你们将来的黄金世界里，我不愿去。

然而你就是我所不乐意的。

朋友，我不想跟随你了，我不愿住。

我不愿意！

呜乎呜乎，我不愿意，我不如彷徨于无地。

我不过一个影，要别你而沉没在黑暗里了。然而黑暗又会吞并我，然而光明又会使我消失。

然而我不愿彷徨于明暗之间，我不如在黑暗里沉没。

然而我终于彷徨于明暗之间，我不知道是黄昏还是黎明。我姑且举灰黑的手装作喝干一杯酒，我将在不知道时候的时候独自远行。

呜乎呜乎，倘若黄昏，黑夜自然会来沉没我，否则我要被白天消失，如果现是黎明。

朋友，时候近了。

我将向黑暗里彷徨于无地。

你还想我的赠品。我能献你甚么呢？无已，则仍是黑暗和虚空而已。但是，我愿意只是黑暗，或者会消失于你的白天；我愿意只是虚空，决不占你的心地。

我愿意这样，朋友——

我独自远行，不但没有你，并且再没有别的影在黑暗里。只有我被黑暗沉没，那世界全属于我自己。

一九二四年九月二十四日。

---

* 摘自《野草》《鲁迅全集》第二卷，人民文学出版社 2005 年版。

＊　＊　＊

〔1〕本篇最初发表于1924年12月8日《语丝》周刊第四期。

1925年3月18日作者在给许广平的信中曾说："我的作品，太黑暗了，因为我常觉得惟'黑暗与虚无'乃是'实有'，却偏要向这些作绝望的抗战，所以很多着偏激的声音。其实这或者是年龄和经历的关系，也许未必一定的确的，因为我终于不能证实：惟黑暗与虚无乃是实有。"（《两地书·四》）可参看。

▶扫一扫

灯下漫笔*[1]

鲁迅

一

有一时，就是民国二三年时候，北京的几个国家银行的钞票，信用日见其好了，真所谓蒸蒸日上。听说连一向执迷于现银的乡下人，也知道这既便当，又可靠，很乐意收受，行使了。至于稍明事理的人，则不必是“特殊知识阶级”，也早不将沉重累坠的银元装在怀中，来自讨无谓的苦吃。想来，除了多少对于银子有特别嗜好和爱情的人物之外，所有的怕大都是钞票了罢，而且多是本国的。但可惜后来忽然受了一个不小的打击。

就是袁世凯[2]想做皇帝的那一年，蔡松坡[3]先生溜出北京，到云南去起义。这边所受的影响之一，是中国和交通银行的停止兑现。[4]虽然停止兑现，政府勒令商民照旧行用的威力却还有的；商民也自有商民的老本领，不说不要，却道找不出零钱。假如拿几十几百的钞票去买东西，我不知道怎样，但倘使只要买一枝笔，一盒烟卷呢，难道就付给一元钞票么？不但不甘心，也没有这许多票。那么，换铜元，少换几个罢，又都说没有铜元。那么，到亲戚朋友那里借现钱去罢，怎么会有？于是降格以求，不讲爱国了，要外国银行的钞票。但外国银行的钞票这时就等于现银，他如果借给你这钞票，也就借给你真的银元了。

我还记得那时我怀中还有三四十元的中交票，可是忽而变了一个穷人，几乎要绝食，很有些恐慌。俄国革命以后的藏着纸卢布的富翁的心情，恐怕也就这样的罢；至多，不过更深更大罢了。我只得探听，钞票可能折价换到现银呢？说是没有行市。幸而终于，暗暗地有了行市了：六折几。我非常高兴，赶紧去卖了一半。后来又涨到七折了，我更非常高兴，全去换了现银，沉垫垫地坠在怀中，似乎这就是我的性命的斤两。倘在平时，钱铺子如果少给我一个铜元，我是决不答应的。

但我当一包现银塞在怀中，沉垫垫地觉得安心，喜欢的时候，却突然起了另一思想，就是：我们极容易变成奴隶，而且变了之后，还万分喜欢。

假如有一种暴力，“将人不当人”，不但不当人，还不及牛马，不算什么东西；待到人们羡慕牛马，发生“乱离人，不及太平犬”[5]的叹息的时候，然后给与他略等于牛马的价格，有如元朝定律，打死别人的奴隶，赔一头牛，[6]则人们便要心悦诚服，恭颂太平的盛世。为什么

* 摘自《坟》,《鲁迅全集》第一卷，人民文学出版社 2005 年版。

呢？因为他虽不算人，究竟已等于牛马了。

我们不必恭读《钦定二十四史》，或者入研究室，审察精神文明的高超。只要一翻孩子所读的《鉴略》，——还嫌烦重，则看《历代纪元编》[7]，就知道“三千余年古国古”[8]的中华，历来所闹的就不过是这一个小玩艺。但在新近编纂的所谓“历史教科书”一流东西里，却不大看得明白了，只仿佛说：咱们向来就很好的。

但实际上，中国人向来就没有争到过“人”的价格，至多不过是奴隶，到现在还如此，然而下于奴隶的时候，却是数见不鲜的。中国的百姓是中立的，战时连自己也不知道属于那一面，但又属于无论那一面。强盗来了，就属于官，当然该被杀掠；官兵既到，该是自家人了罢，但仍然要被杀掠，仿佛又属于强盗似的。这时候，百姓就希望有一个一定的主子，拿他们去做百姓，——不敢，是拿他们去做牛马，情愿自己寻草吃，只求他决定他们怎样跑。

假使真有谁能够替他们决定，定下什么奴隶规则来，自然就“皇恩浩荡”了。可惜的是往往暂时没有谁能定。举其大者，则如五胡十六国[9]的时候，黄巢[10]的时候，五代[11]时候，宋末元末时候，除了老例的服役纳粮以外，都还要受意外的灾殃。张献忠的脾气更古怪了，不服役纳粮的要杀，服役纳粮的也要杀，敌他的要杀，降他的也要杀：将奴隶规则毁得粉碎。这时候，百姓就希望来一个另外的主子，较为顾及他们的奴隶规则的，无论仍旧，或者新颁，总之是有一种规则，使他们可上奴隶的轨道。

“时日曷丧，予及汝偕亡！”[12]愤言而已，决心实行的不多见。实际上大概是群盗如麻，纷乱至极之后，就有一个较强，或较聪明，或较狡滑，或是外族的人物出来，较有秩序地收拾了天下。厘定规则：怎样服役，怎样纳粮，怎样磕头，怎样颂圣。而且这规则是不像现在那样朝三暮四的。于是便“万姓胪欢”[13]了；用成语来说，就叫作“天下太平”。

任凭你爱排场的学者们怎样铺张，修史时候设些什么“汉族发祥时代”“汉族发达时代”“汉族中兴时代”的好题目，好意诚然是可感的，但措辞太绕湾子了。有更其直捷了当的说法在这里——

一，想做奴隶而不得的时代；

二，暂时做稳了奴隶的时代。

这一种循环，也就是“先儒”之所谓“一治一乱”[14]；那些作乱人物，从后日的“臣民”看来，是给“主子”清道辟路的，所以说：“为圣天子驱除云尔。”[15]

现在入了那一时代，我也不了然。但看国学家的崇奉国粹，文学家的赞叹固有文明，道学家的热心复古，可见于现状都已不满了。然而我们究竟正向着那一条路走呢？百姓是一遇到莫名其妙的战争，稍富的迁进租界，妇孺则避入教堂里去了，因为那些地方都比较的“稳”，暂不至于想做奴隶而不得。总而言之，复古的，避难的，无智愚贤不肖，似乎都已神往于三百年前的太平盛世，就是“暂时做稳了奴隶的时代”了。

但我们也就都像古人一样，永久满足于“古已有之”的时代么？都像复古家一样，不满于现在，就神往于三百年前的太平盛世么？

自然，也不满于现在的，但是，无须反顾，因为前面还有道路在。而创造这中国历史上未曾有过的第三样时代，则是现在的青年的使命！

二

但是赞颂中国固有文明的人们多起来了，加之以外国人。我常常想，凡有来到中国的，倘能疾首蹙额而憎恶中国，我敢诚意地捧献我的感谢，因为他一定是不愿意吃中国人的肉的！

鹤见祐辅[16]氏在《北京的魅力》中，记一个白人将到中国，预定的暂住时候是一年，但五年之后，还在北京，而且不想回去了。有一天，他们两人一同吃晚饭——

> “在圆的桃花心木的食桌前坐定，川流不息地献着山海的珍味，谈话就从古董，画，政治这些开头。电灯上罩着支那式的灯罩，淡淡的光洋溢于古物罗列的屋子中。什么无产阶级呀，Proletariat[17]呀那些事，就像不过在什么地方刮风。
>
> “我一面陶醉在支那生活的空气中，一面深思着对于外人有着‘魅力’的这东西。元人也曾征服支那，而被征服于汉人种的生活美了；满人也征伐支那，而被征服于汉人种的生活美了。现在西洋人也一样，嘴里虽然说着 Democracy[18]呀，什么什么呀，而却被魅于支那人费六千年而建筑起来的生活的美。一经住过北京，就忘不掉那生活的味道。大风时候的万丈的沙尘，每三月一回的督军们的开战游戏，都不能抹去这支那生活的魅力。”

这些话我现在还无力否认他。我们的古圣先贤既给与我们保古守旧的格言，但同时也排好了用子女玉帛所做的奉献于征服者的大宴。中国人的耐劳，中国人的多子，都就是办酒的材料，到现在还为我们的爱国者所自诩的。西洋人初入中国时，被称为蛮夷，自不免个个蹙额，但是，现在则时机已至，到了我们将曾经献于北魏，献于金，献于元，献于清的盛宴，来献给他们的时候了。出则汽车，行则保护：虽遇清道，然而通行自由的；虽或被劫，然而必得赔偿的；孙美瑶[19]掳去他们站在军前，还使官兵不敢开火。何况在华屋中享用盛宴呢？待到享受盛宴的时候，自然也就是赞颂中国固有文明的时候；但是我们的有些乐观的爱国者，也许反而欣然色喜，以为他们将要开始被中国同化了罢。古人曾以女人作苟安的城堡，美其名以自欺曰“和亲”，今人还用子女玉帛为作奴的贽敬，又美其名曰“同化”。所以倘有外国的谁，到了已有赴宴的资格的现在，而还替我们诅咒中国的现状者，这才是真有良心的真可佩服的人！

但我们自己是早已布置妥帖了，有贵贱，有大小，有上下。自己被人凌虐，但也可以凌虐别人；自己被人吃，但也可以吃别人。一级一级的制驭着，不能动弹，也不想动弹了。因为倘一动弹，虽或有利，然而也有弊。我们且看古人的良法美意罢——

> “天有十日，人有十等。下所以事上，上所以共神也。故王臣公，公臣大夫，大夫臣士，士臣皁，皁臣舆，舆臣隶，隶臣僚，僚臣仆，仆臣台[20]。”（《左传》昭公七年）

但是“台”没有臣，不是太苦了么？无须担心的，有比他更卑的妻，更弱的子在。而且其子也很有希望，他日长大，升而为“台”，便又有更卑更弱的妻子，供他驱使了。如此连环，各得其所，有敢非议者，其罪名曰不安分！

虽然那是古事，昭公七年离现在也太辽远了，但“复古家”尽可不必悲观的。太平的景象还在：常有兵燹，常有水旱，可有谁听到大叫唤么？打的打，革的革，可有处士来横议么？对国民如何专横，向外人如何柔媚，不犹是差等的遗风么？中国固有的精神文明，其实并未为共和二字所埋没，只有满人已经退席，和先前稍不同。

因此我们在目前，还可以亲见各式各样的筵宴，有烧烤，有翅席，有便饭，有西餐。但茅檐下也有淡饭，路傍也有残羹，野上也有饿莩；有吃烧烤的身价不资的阔人，也有饿得垂死的每斤八文的孩子[21]（见《现代评论》二十一期）。所谓中国的文明者，其实不过是安排给阔人享用的人肉的筵宴。所谓中国者，其实不过是安排这人肉的筵宴的厨房。不知道而赞颂者是可恕的，否则，此辈当得永远的诅咒！

外国人中，不知道而赞颂者，是可恕的；占了高位，养尊处优，因此受了蛊惑，昧却灵性而赞叹者，也还可恕的。可是还有两种，其一是以中国人为劣种，只配悉照原来模样，因而故意称赞中国的旧物。其一是愿世间人各不相同以增自己旅行的兴趣，到中国看辫子，到日本看木屐，到高丽看笠子，倘若服饰一样，便索然无味了，因而来反对亚洲的欧化。这些都可憎恶。至于罗素在西湖见轿夫含笑[22]，便赞美中国人，则也许别有意思罢。但是，轿夫如果能对坐轿的人不含笑，中国也早不是现在似的中国了。

这文明，不但使外国人陶醉，也早使中国一切人们无不陶醉而且至于含笑。因为古代传来而至今还在的许多差别，使人们各各分离，遂不能再感到别人的痛苦；并且因为自己各有奴使别人，吃掉别人的希望，便也就忘却自己同有被奴使被吃掉的将来。于是大小无数的人肉的筵宴，即从有文明以来一直排到现在，人们就在这会场中吃人，被吃，以凶人的愚妄的欢呼，将悲惨的弱者的呼号遮掩，更不消说女人和小儿。

这人肉的筵宴现在还排着，有许多人还想一直排下去。扫荡这些食人者，掀掉这筵席，毁坏这厨房，则是现在的青年的使命！

一九二五年四月二十九日。

＊ ＊ ＊

〔1〕本篇最初分两次发表于1925年5月1日、22日《莽原》周刊第二期和第五期。

〔2〕袁世凯（1859—1916）：河南项城人，自1896年（清光绪二十二年）在天津小站训练“新建陆军”起，即成为北洋军阀的首领。后任直隶总督、军机大臣、内阁总理大臣。1911年辛亥革命后，他利用革命领导者的软弱妥协攫取新政府的权力，于1912年3月就任中华民国临时大总统，次年10月任大总统。1915年12月12日宣布恢复帝制，称“中华帝国”皇帝，翌年元旦举行登基大典，改年号为“洪宪”。蔡锷等在云南起义反对帝制，得到各省响应，袁世凯被迫于1916年3月22日取消帝制，6月6日死于北京。

〔3〕蔡松坡（1882—1916）：名锷，字松坡，湖南邵阳人，辛亥革命时任云南都督，1913年被袁世凯调到北京，加以监视。1915年11月他潜离北京，在昆明组织护国军。同年12月袁世凯宣布称帝后，他于25日通电宣布独立，起兵讨伐袁世凯。

〔4〕当时袁世凯政府财政困难，于1916年5月12日下令中国银行和交通银行（当时都是国家银行）停止其发行的纸钞的兑现。下文的中交票，即中国银行和交通银行发的纸钞。

〔5〕“乱离人不及太平犬”：元代施惠《幽闺记》：“宁为太平犬，莫作乱离人。”

〔6〕关于元朝的打死别人奴隶赔一头牛的定律，多桑《蒙古史》第二卷第二章中引有元太宗窝阔台的话说：“成吉思汗法令，杀一回教徒者罚黄金四十巴里失，而杀一汉人者其偿价仅与一驴相等。”（据冯承钧译文）又元代陶宗仪《辍耕录》卷十七“奴婢”条载：“刑律，私宰牛马，杖百。殴死驱口（按指奴婢），比常人减死一等，杖一百七，所以视奴婢与马牛无异。”

〔7〕《鉴略》：清代王仕云著，是旧时学塾用的初级历史读物，上起盘古，下迄明弘光。全为四言韵语。《历代纪元编》，清代李兆洛门人六承如编，分三卷，上卷纪元总载，中卷纪元甲子表，下卷纪元编韵。是中国历史的干支年表。

〔8〕“三千余年古国古”：语出清代黄遵宪《出军歌》：“四千余岁古国古，是我完全土。”

〔9〕五胡十六国：公元304年至439年间，我国匈奴、羯、鲜卑、氐、羌等五个少数民族先后在北方和西蜀立国，计有前赵、后赵、前燕、后燕、南燕、后凉、南凉、北凉、前秦、后秦、西秦、夏、成汉，加上汉族建立的前凉、西凉、北燕，共十六国，史称“五胡十六国”。

〔10〕黄巢（？—884）：曹州冤句（今山东曹县）人，唐末农民起义领袖。唐乾符二年（875）参加王仙芝的起义。王仙芝阵亡后，被推为领袖，破洛阳，入潼关，广明元年（880）据长安，称大齐皇帝。后因内部分裂，为沙陀国李克用所败，中和四年（884）在泰山狼虎谷被围自杀。黄巢和张献忠一样，旧史书中多有关于他们杀人的记载。

〔11〕五代：即公元907年至960年间的梁、唐、晋、汉、周五个朝代。

〔12〕“时日曷丧，予及汝偕亡”：语出《尚书·汤誓》。时日，指夏桀。

〔13〕“万姓胪欢”：天下歌呼欢腾之意。《汉书·礼乐志》：“徧胪欢，腾天歌。”唐颜师古注：“胪，陈也；腾，升也。”

〔14〕“一治一乱”：语出《孟子·滕文公（下）》：“天下之生久矣，一治一乱。”

〔15〕“为圣天子驱除云尔”：语出《汉书·王莽传赞》：“圣王之驱除云尔。”颜师古注：“言驱逐蠲除以待圣人也。”

〔16〕鹤见祐辅（1885—1972）：日本评论家。作者曾选译过他的随笔集《思想·山水·人物》，《北京的魅力》一文即见于该书。

〔17〕Proletariat：英语：无产阶级。

〔18〕Democracy：英语：民主。

〔19〕孙美瑶（1899—1923）：山东峄县（今枣庄）人，当时占领山东抱犊崮的土匪头领。聚众四千余人，自称“建国自治军”。1923年5月6日晨，他在津浦铁路临城站劫车，掳去中外旅客二百多人，是当时哄动一时的事件。同年12月9日孙被兖州镇守使张培荣诱杀。

〔20〕王、公、大夫、士、皁、舆、隶、僚、仆、台是奴隶社会等级的名称。前四种是统治者的等级，后六种是被奴役者的等级。

〔21〕每斤八文的孩子：1925年5月2日《现代评论》第一卷第二十一期载有仲瑚的《一个四川人的通信》，叙说当时军阀统治下四川民众的悲惨生活，其中说：“人类到了这步田地，那里还讲得起仁民爱物的大道理，自然就闹到食起同类来了。据我所晓得的：男小孩只卖八枚铜子一斤，女小孩连这个价钱也卖不了。”

〔22〕罗素（B. Russell，1872—1970）：英国哲学家。1920年10月曾来中国讲学，并在各地游览。关于“轿夫含笑”事，见他所著《中国问题》一书：“我记得一个大夏天，我们几个人坐轿过山，道路崎岖难行，轿夫非常的辛苦；我们到了山顶，停十分钟，让他们休息一会。立刻他们就并排的坐下来了，抽出他们的烟袋来，谈着笑着，好像一点忧虑都没有似的。”

吃　　茶*

周作人

前回徐志摩先生在平民中学讲“吃茶”，——并不是胡适之先生所说的“吃讲茶”，——我没有工夫去听，又可惜没有见到他精心结构的讲稿，但我推想他是在讲日本的“茶道”，（英文译作 Teaism），而且一定说的很好。茶道的意思，用平凡的话来说，可以称作“忙里偷闲，苦中作乐”，在不完全的现世享乐一点美与和谐，在刹那间体会永久，是日本之“象征的文化”里的一种代表艺术。关于这一件事，徐先生一定已有透彻巧妙的解说，不必再来多嘴，我现在所想说的，只是我个人的很平常的喝茶观罢了。

喝茶以绿茶为正宗。红茶已经没有什么意味，何况又加糖——与牛奶？葛辛（George Gissing）的草堂随笔（原名 Private Papers of Henry Ryecroft）确是很有趣味的书，但冬之卷里说及饮茶，以为英国家庭里下午的红茶与黄油面包是一日中最大的乐事，支那饮茶已历千百年，未必能领略此种乐趣与实益的万分之一，则我殊不以为然。红茶带“土斯”未始不可吃，但这只是当饭，在肚饥时食之而已；我的所谓喝茶，却是在喝清茶，在赏鉴其色与香与味，意未必在止渴，自然更不在果腹了。中国古昔曾吃过煎茶及抹茶，现在所用的都是泡茶，冈仓觉三在茶之书（Book of Tea，1919）里很巧妙的称之曰“自然主义的茶”，所以我们所重的即在这自然之妙味。中国人上茶馆去，左一碗右一碗的喝了半天，好像是刚从沙漠里回来的样子，颇合于我的喝茶的意思，（听说闽粤有所谓吃工夫茶者自然更有道理，）只可惜近来太是洋场化，失了本意，其结果成为饭馆子之流，只在乡村间还保存一点古风，唯是屋宇器具简陋万分，或者但可称为颇有喝茶之意，而未可许为已得喝茶之道也。

喝茶当于瓦屋纸窗下，清泉绿茶，用素雅的陶瓷茶具，同二三人共饮，得半日之闲，可抵十年的尘梦。喝茶之后，再去继续修各人的胜业，无论为名为利，都无不可，但偶然的片刻优游乃正亦断不可少。中国喝茶时多吃瓜子，我觉得不很适宜；喝茶时可吃的东西应当是轻淡的“茶食”，中国的茶食却变了“满汉饽饽”，其性质与“阿阿兜”相差无几，不是喝茶时所吃的东西了。日本的点心虽是豆米的成品，但那优雅的形色，朴素的味道，很合于茶食的资格，如各色的“羊羹”（据上田恭辅氏考据，说是出于中国唐时的羊肝饼），尤有特殊的风味。江南茶馆中有一种“干丝”，用豆腐干切成细丝，加姜丝酱油，重汤炖热，上浇麻油，出以供客，其利益为“堂倌”所独有。豆腐干中本有一种“茶干”，今变而为丝，亦颇与茶相宜。在南京时常食此

---

* 摘自周作人:《泽泻集》，北新书局 1933 年版。

品，据云有某寺方丈所制为最，虽也曾尝试，却已忘记，所记得者乃只是下关的江天阁而已。学生们的习惯，平常“干丝”既出，大抵不即食，等到麻油再加，开水重换之后，始行举箸，最为合式，因为一到即罄，次碗继至，不遑应酬，否则麻油三浇，旋即撤去，怒形于色，未免使客不欢而散，茶意都消了。

吾乡昌安门外有一处地方名三脚桥，（实在并无三脚，乃是三出，因以一桥而跨三汊的河上也，）其地有豆腐店曰周德和者，制茶干最有名。寻常的豆腐干方约寸半，厚可三分，值钱二文，周德和的价值相同，小而且薄，虽及一半，黝黑坚实，如紫檀片。我家距三脚桥有步行两小时的路程，故殊不易得，但能吃到油炸者而已。每天有人挑担设炉镬，沿街叫卖，其词曰，“辣酱辣，麻油炸，红酱抹，辣酱搽：周德和格五香油炸豆腐干。”其制法如上所述，以竹丝插其末端，每枚三文。豆腐干大小如周德和，而甚柔软，大约系常品，唯经过这样烹调，虽然不是茶食之一，却也不失为一种好豆食。——豆腐的确也是极好的佳妙的食品，可以有种种的变化，唯在西洋不会被领解，正如茶一般。

日本用茶淘饭，名曰“茶渍”，以腌菜及“泽庵”（即福建的黄土萝葍，日本泽庵法师始传此法，盖从中国传去）等为佐，很有清淡而甘香的风味。中国人未尝不这样吃，唯其原因，非由穷困即为节省，殆少有故意往清茶淡饭中寻其固有之味者，此所以为可惜也。

一九二四年十二月

钓台的春昼*

郁达夫

因为近在咫尺，以为什么时候要去就可以去，我们对于本乡本土的名区胜景，反而往往没有机会去玩，或不容易下一个决心去玩的。正唯其是如此，我对于富春江上的严陵，二十年来，心里虽每在记着，但脚却从没有向这一方面走过。一九三一，岁在辛未，暮春三月，春服未成，而中央党帝，似乎又想玩一个秦始皇所玩过的把戏了，我接到了警告，就仓皇离去了寓居。先在江浙附近的穷乡里，游息了几天，偶尔看见了一家扫墓的行舟，乡愁一动，就定下了归计。绕了一个大弯，赶到故乡，却正好还在清明寒食的节前。和家人等去上了几处坟，与许久不曾见过面的亲戚朋友，来往热闹了几天，一种乡居的倦怠，忽而袭上心来了，于是乎我就决心上钓台去访一访严子陵的幽居。

钓台去桐庐县城二十余里，桐庐去富阳县治九十里不足，自富阳溯江而上，坐小火轮三小时可达桐庐，再上则须坐帆船了。

我去的那一天，记得是阴晴欲雨的养花天，并且系坐晚班轮去的，船到桐庐，已经是灯火微明的黄昏时候了，不得已就只得在码头近边的一家旅馆的高楼上借了一宵宿。

桐庐县城，大约有三里路长，三千多烟灶，一二万居民，地在富春江西北岸，从前是皖浙交通的要道，现在杭江铁路一开，似乎没有一二十年前的繁华热闹了。尤其要使旅客感到萧条的，却是桐君山脚下的那一队花船的失去了踪影。说起桐君山，原是桐庐县的一个接近城市的灵山胜地，山虽不高，但因有仙，自然是灵了。以形势来论，这桐君山，也的确是可以产生出许多口音生硬、别具风韵的桐严嫂来的生龙活脉；地处在桐溪东岸，正当桐溪和富春江合流之所，依依一水，西岸便瞰视着桐庐县市的人家烟树。南面对江，便是十里长洲；唐诗人方干的故居，就在这十里桐洲九里花的花田深处。向西越过桐庐县城，更遥遥对着一排高低不定的青峦，这就是富春山的山子山孙了。东北面山下，是一片桑麻沃地，有一条长蛇似的官道，隐而复现，出没盘曲在桃花杨柳洋槐榆树的中间；绕过一支小岭，便是富阳县的境界，大约去程明道的墓地程坟，总也不过一二十里地的间隔，我的去拜谒桐君，瞻仰道观，就在那一天到桐庐的晚上，是淡云微月，正在作雨的时候。

鱼梁渡头，因为夜渡无人，渡船停在东岸的桐君山下。我从旅馆踱了出来，先在离轮埠不远的渡口停立了几分钟，后来向一位来渡口洗夜饭米的年轻少妇，弓身请问了一回，才得到了

* 摘自《郁达夫全集》第四卷，浙江大学出版社 2007 年版。

渡江的秘诀。她说："你只须高喊两三声，船自会来的。"先谢了她教我的好意，然后以两手围成了播音的喇叭，"喂，喂，船渡请摇过来！"地纵声一喊，果然在半江的黑影当中，船身摇动了。渐摇渐近，五分钟后，我在渡口，却终于听出了咿呀柔橹的声音。时间似乎已经入了酉时的下刻，小市里的群动，这时候都已经静息；自从渡口的那位少妇，在微茫的夜色里，藏去了她那张白团团的面影之后，我独立在江边，不知不觉心里头却兀自感到了一种他乡日暮的悲哀。渡船到岸，船头上起了几声微微的水浪清音，又铜东的一响，我早已跳上了船，渡船也已经掉过头来了。坐在黑沉沉的舱里，我起先只在静听着柔橹划水的声音，然后却在黑影里看出了一星船家在吸着的长烟管头上的烟火，最后因为沉默压迫不过，我只好开口说话了："船家！你这样的渡我过去，该给你几个船钱？"我问。"随你先生把几个就是。"船家说话冗慢幽长，似乎已经带着些睡意了，我就向袋里摸出了两角钱来。"这两角钱，就算是我的渡船钱，请你候我一会，上去烧一次夜香，我是依旧要渡过江来的。"船家的回答，只是恩恩乌乌，幽幽同牛叫似的一种鼻音，然而从继这鼻音而起的两三声轻快的喀声听来，他却已经在感到满足了，因为我也知道，乡间的义渡，船钱最多也不过是两三枚铜子而已。

到了桐君山下，在山影和树影交掩着的崎岖道上，我上岸走不上几步，就被一块乱石拌倒，滑跌了一次。船家似乎也动了恻隐之心了，一句话也不发，跑将上来，他却突然交给了我一盒火柴。我于感谢了一番他的盛意之后，重整步武，再摸上山去，先是必须点一枝火柴走三五步路的，但到得半山，路既就了规律，而微云堆里的半规月色，也朦胧地现出一痕银线来了，所以手里还存着的半盒火柴，就被我藏入了袋里。路是从山的西北，盘曲而上；渐走渐高，半山一到，天也开朗了一点，桐庐县市上的灯光，也星星可数了。更纵目向江心望去，富春江两岸的船上和桐溪合流口停泊着的船尾船头，也看得出一点一点的火来。走过半山，桐君观里的晚祷钟鼓，似乎还没有息尽，耳朵里仿佛听见了几丝木鱼钲钹的残声。走上山顶，先在半途遇着了一道道观外围的女墙，这女墙的栅门，却已经掩上了。在栅门外徘徊了一刻，觉得已经到了此门而不进去，终于是不能满足我这一次暗夜冒险的好奇怪癖的。所以细想了几次，还是决心进去，非进去不可，轻轻用手往里面一推，栅门却呀的一声，早已退向了后方开开了，这门原来是虚掩在那里的。进了栅门，踏着为淡月所映照的石砌平路，向东向南的前走了五六十步，居然走到了道观的大门之外，这两扇朱红漆的大门，不消说是紧闭在那里的。到了此地，我却不想再破门进去了，因为这大门是朝南向着大江开的。门外头是一条一丈来宽的石砌步道，步道的一旁是道观的墙，一旁便是山坡，靠山坡的一面，并且还有一道二尺来高的石墙筑在那里，大约是代替栏杆，防人倾跌下山去的用意；石墙之上，铺的是二三尺宽的青石，在这似石栏又似石凳的墙上，尽可以坐卧游息，饱看桐江和对岸的风景，就是在这里坐它一晚，也很可以，我又何必去打开门来，惊起那些老道的恶梦呢？

空旷的天空里，流涨着的只是些灰白的云，云层缺处，原也看得出半角的天，和一点两点的星，但看起来最饶风趣的，却仍是欲藏还露，将见仍无的那半规月影。这时候江面上似乎起了风，云脚的迁移，更来得迅速了，而低头向江心一看，几多散乱着的船里的灯光，也忽明忽灭地变换了一变换位置。

这道观大门外的景色，真神奇极了。我当十几年前，在放浪的游程里，曾向瓜州京口一带，消磨过不少的时日；那时觉得果然名不虚传的，确是甘露寺外的江山，而现在到了桐庐，昏夜上这桐君山来一看，又觉得这江山的秀而且静，风景的整而不散，却非那天下第一江山的北固山所可与比拟的了。真也难怪得严子陵，难怪得戴徵士，倘使我若能在这样的地方结屋读书，以养天年，那还要什么的高官厚禄，还要什么的浮名虚誉哩？一个人在这桐君观前的石凳上，看看山，看看水，看看城中灯火和天上的星云，更做做浩无边际的无聊的幻梦，我竟忘记了时刻，忘记了自身，直等到隔江的击柝声传来，向西一看，忽而觉得城中的灯影微茫地减了，才跑也似地走下了山来，渡江奔回了客舍。

第二日侵晨，觉得昨天在桐君观前做过的残梦正还没有续完的时候，窗外面忽而传来了一阵吹角的声音。好梦虽被打破，但因这同吹筚篥似的商音哀咽，却很含着些荒凉的古意，并且晓风残月，杨柳岸边，也正好候船待发，上严陵去；所以心里纵怀着了些儿怨恨，但脸上却只现出了一痕微笑，起来梳洗更衣，叫茶房去雇船去。雇好了一只双桨的渔舟，买就了些酒菜鱼米，就在旅馆前面的码头上上了船。轻轻向江心摇出去的时候，东方的云幕中间，已现出了几丝红韵，有八点多钟了；舟师急得厉害，只在埋怨旅馆的茶房，为什么昨晚不预先告诉，好早一点出发。因为此去就是七里滩头，无风七里，有风七十里，上钓台去玩一趟回来，路程虽则有限，但这几日风雨无常，说不定要走夜路，才回来得了的。

过了桐庐，江心狭窄，浅滩果然多起来了。路上遇着的来往的行舟，数目也是很少，因为早晨吹的角，就是往建德去的快班船的信号，快班船一开，来往于两埠之间的船就不十分多了。两岸全是青青的山，中间是一条清浅的水，有时候过一个沙洲，洲上的桃花菜花，还有许多不晓得名字的白色的花，正在喧闹着春暮，吸引着蜂蝶。我在船头上一口一口的喝着严东关的药酒，指东话西地问着船家，这是甚么山？那是甚么港？惊叹了半天，称颂了半天，人也觉得倦了，不晓得什么时候，身子却走上了一家水边的酒楼，在和数年不见的几位已经做了党官的朋友高谈阔论。谈论之余，还背诵了一首两三年前曾在同一的情形之下做成的歪诗：

不是尊前爱惜身，佯狂难免假成真，
曾因酒醉鞭名马，生怕情多累美人。
劫数东南天作孽，鸡鸣风雨海扬尘，
悲歌痛哭终何补，义士纷纷说帝秦。

直到盛筵将散，我酒也不想再喝了，和几位朋友闹得心里各自难堪，连对旁边坐着的两位陪酒的名花都不愿意开口。正在这上下不得的苦闷关头，船家却大声的叫了起来说：

“先生，罗芷过了，钓台就在前面，你醒醒罢，好上山去烧饭吃去。”

擦擦眼睛，整了一整衣服，抬起头来一看，四面的水光山色又忽而变了样子了。清清的一条浅水，比前又窄了几分，四围的山包得格外的紧了，仿佛是前无去路的样子。并且山容峻削，看去觉得格外的瘦格外的高。向天上地下四围看看，只寂寂的看不见一个人类。双桨的摇响，到此似乎也不敢放肆了，钩的一声过后，要好半天才来一个幽幽的回响，静，静，静，身边水上，山下岩头，只沉浸着太古的静，死灭的静，山峡里连飞鸟的影子也看不见半只。前面的所谓钓台山上，只看得见两个大石垒，一间歪斜的亭子，许多纵横芜杂的草木。山腰里的那座祠堂，也只露着些废垣残瓦，屋上面连炊烟都没有一丝半缕，像是好久好久没人住了的样子。并且天气又来得阴森，早晨曾经露一露脸过的太阳，这时候早已深藏在云堆里了，余下来的只是时有时无从侧面吹来的阴飕飕的半箭儿山风。船靠了山脚，跟着前面背着酒菜鱼米的船夫，走上严先生祠堂去的时候，我心里真有点害怕，怕在这荒山里要遇见一个干枯苍老得同丝瓜筋似的严先生的鬼魂。

在祠堂西院的客厅里坐定，和严先生的不知第几代的裔孙谈了几句关于年岁水旱的话后，我的心跳，也渐渐儿的镇静下去了，嘱托了他以煮饭烧菜的杂务，我和船家就从断碑乱石中间爬上了钓台。

东西两石垒，高各有二三百尺，离江面约两里来远，东西台相去，只有一二百步，但其间却夹着一条深谷，立在东台，可以看得出罗芷的人家，回头展望来路，风景似乎散漫一点，而一上谢氏的西台，向西望去，则幽谷里的清景，却绝对的不像是在人间了。我虽则没有到过瑞士，但到了西台，朝西一看，立时就想起了曾在照片上看见过的威廉退儿的祠堂。这四山的幽静，这江水的青蓝，简直同在画片上的珂罗版色彩，一色也没有两样；所不同的，就是在这儿的变化更多一点，周围的环境更芜杂不整齐一点而已，但这却是好处，这正是足以代表东方民族性的颓废荒凉的美。

从钓台下来，回到严先生的祠堂——记得这是洪杨以后严州知府戴槃重建的祠堂——西院里饱啖了一顿酒肉，我觉得有点酩酊微醉了。手拿着以火柴柄制成的牙签，走到东面供着严先生神像的龛前，向四面的破壁上一看，翠墨淋漓，题在那里的，竟多是些俗而不雅的过路高官的手笔。最后到了南面的一块白墙头上，在离屋檐不远的一角高处，却看到了我们的一位新近去世的同乡夏灵峰先生的四句似邵尧夫而又略带感慨的诗句。夏灵峰先生虽则只知崇古，不善处今，但是五十年来，像他那样的顽固自尊的亡清遗老，也的确是没有第二个人。比较起现在的那些官迷财迷的南满尚书和东洋宦婢来，他的经术言行，姑且不必去论它，就是以骨头来称称，我想也要比什么罗三郎郑太郎辈，重到好几百倍。慕贤的心一动，醺人的臭技自然是难熬了，堆起了几张桌椅，借得了一枝破笔，我也在高墙上在夏灵峰先生的脚后放上了一个陈屁，就是在船舱的梦里，也曾微吟过的那一首歪诗。

从墙头上跳将下来，又向龛前天井去走了一圈，觉得酒后的喉咙，有点渴痒了，所以就又走回到了西院，静坐着喝了两碗清茶。在这四大无声，只听见我自己的啾啾喝水的舌音冲击到那座破院的败壁上去的寂静中间，同惊雷似地一响，院后的竹园里却忽而飞出了一声闲长而又有节奏似的鸡啼的声来。同时在门外面歇着的船家，也走进了院门，高声的对我说：

"先生，我们回去罢，已经是吃点心的时候了，你不听见那只公鸡在后山啼么？我们回去罢！"

一九三二年八月在上海写

蛇与塔*

聂绀弩

白蛇与许仙，在中国是一个家喻户晓的传说，写这故事的有好几种书，我最爱《警世通言》（？）上的“白娘子”。从那故事看来，白娘子是个极人情也就极人性的平凡的女性，她爱许仙，嫁给许仙，后来为法海收服；文情简单朴素，使人感到一点淡淡的无名的悲哀，是中国短篇中的杰作。别的书就铺张得厉害，什么水漫金山，压在雷峰塔下，许仕林祭塔等等。

蛇，纠缠，毒，用它比女人，是颇有些憎恶意思的。但这意思，在一般人中间，似乎并不怎样普遍、深刻，写白蛇故事书的人，讲，读，听这故事的人，就都不怎么憎恶她，刚刚相反，许多人似乎还同情她，用老话说，这叫做公道自在人心。水漫金山，当然会荼毒了许多生灵的吧，但人们还是并不憎恶，好像明白那责任该法海负。本来，你出家人，管人闺阃则甚?

把她压在雷峰塔下，而且永久压下去，实在是一件不平的事。她不过找她的丈夫，要她的丈夫回家，犯了什么法呢? 就叫她不见天日，身负重负，动也不能动一下，这日子怎么过呀! 这是我们愚民百姓所常常盘算的。

中国没有大悲剧的故事，什么都让它大团圆，善有善报，恶有恶报，大快人心；白蛇被压，还来个许仕林中状元，衣锦荣归，奉旨祭塔，也不脱此例。有人说这是不敢正视现实，是说谎，恐怕是不错的。但也可以有另外的说法，即我们中国人于是非善恶之间，取舍极严，关心极大。蛇已经被压下去了，没有任何法力的我们愚民百姓无法挽救，但对于她的含冤却耿耿在心，对于她的凄凉情况，又抱着无限同情，难道慰问一下也不可以么? 于是产生了自己的创作：祭塔。状元公许仕林也者，何尝是白蛇与许仙的儿子呢，不过是我们愚民百姓派去的代表而已。探监，甚至到学校里访女同学，不都要说得沾亲带故的么?

若干年前，雷峰塔倒了。倒的原因，据说，是因为人们偷砖。砖，可以造墙：纵然不过是砖吧，年深日久，就成了古董，可以赏玩，可以卖钱；甚至一说：塔是镇妖的，砖当然也可以避邪，所以偷。天乎冤哉，刚刚把偷砖者的本意忘掉了! 本意如何? 曰：要塔倒，要白蛇恢复自由。愚民百姓也自有愚民百姓的方法和力量。

一九四一，一，三一，于桂林

---

* 摘自《聂绀弩全集》，武汉出版社 2007 年版。

背　　影*

朱自清

我与父亲不相见已二年余了，我最不能忘记的是他的背影。那年冬天，祖母死了，父亲的差使也交卸了，正是祸不单行的日子，我从北京到徐州，打算跟着父亲奔丧回家。到徐州见着父亲，看见满院狼藉的东西，又想起祖母，不禁簌簌地流下眼泪。父亲说，“事已如此，不必难过，好在天无绝人之路！”

回家变卖典质，父亲还了亏空；又借钱办了丧事。这些日子，家中光景很是惨淡，一半为了丧事，一半为了父亲赋闲。丧事完毕，父亲要到南京谋事，我也要回北京念书，我们便同行。

到南京时，有朋友约去游逛，勾留了一日；第二日上午便须渡江到浦口，下午上车北去。父亲因为事忙，本已说定不送我，叫旅馆里一个熟识的茶房陪我同去。他再三嘱付茶房，甚是仔细。但他终于不放心，怕茶房不妥帖；颇踌躇了一会。其实我那年已二十岁，北京已来往过两三次，是没有什么要紧的了。他踌躇了一会，终于决定还是自己送我去。我两三回劝他不必去；他只说：“不要紧，他们去不好！”

我们过了江，进了车站。我买票，他忙着照看行李。行李太多了，得向脚夫行些小费，才可过去。他便又忙着和他们讲价钱。我那时真是聪明过分，总觉他说话不大漂亮，非自己插嘴不可。但他终于讲定了价钱；就送我上车。他给我拣定了靠车门的一张椅子；我将他给我做的紫毛大衣铺好坐位。他嘱我路上小心，夜里要警醒些，不要受凉。又嘱托茶房好好照应我。我心里暗笑他的迂；他们只认得钱，托他们直是白托！而且我这样大年纪的人，难道还不能料理自己么？唉，我现在想想，那时真是太聪明了！

我说道，“爸爸，你走吧。”他望车外看了看，说，“我买几个橘子去。你就在此地，不要走动。”我看那边月台的栅栏外有几个卖东西的等着顾客。走到那边月台，须穿过铁道，须跳下去又爬上去。父亲是一个胖子，走过去自然要费事些。我本来要去的，他不肯，只好让他去。我看见他戴着黑布小帽，穿着黑布大马褂，深青布棉袍，蹒跚地走到铁道边，慢慢探身下去，尚不大难。可是他穿过铁道，要爬上那边月台，就不容易了。他用两手攀着上面，两脚再向上缩；他肥胖的身子向左微倾，显出努力的样子。这时我看见他的背影，我的泪很快地流下来了。我赶紧拭干了泪，怕他看见，也怕别人看见。我再向外看时，他已抱了朱红的橘子望回走了。过铁道时，他先将橘子散放在地上，自己慢慢爬下，再抱起橘子走。到这边时，我赶紧去搀他。

* 摘自朱自清:《背影》，开明书店 1928 年版。

他和我走到车上，将橘子一股脑儿放在我的皮大衣上。于是扑扑衣上的泥土，心里很轻松似的，过一会说，“我走了；到那边来信！”我望着他走出去。他走了几步，回过头看见我，说：“进去吧，里边没人。”等他的背影混入来来往往的人里，再找不着了，我便进来坐下，我的眼泪又来了。

近几年来，父亲和我都是东奔西走，家中光景是一日不如一日。他少年出外谋生，独力支持，做了许多大事。那知老境却如此颓唐！他触目伤怀，自然情不能自已。情郁于中，自然要发之于外；家庭琐屑便往往触他之怒。他待我渐渐不同往日。但最近两年的不见，他终于忘却我的不好，只是惦记着我，惦记着我的儿子。我北来后，他写了一信给我，信中说道：“我身体平安，惟膀子疼痛利害，举箸提笔，诸多不便，大约大去之期不远矣。”我读到此处，在晶莹的泪光中，又看见那肥胖的，青布棉袍，黑布马褂的背影。唉！我不知何时再能与他相见！

十月在北京。

忆　儿　时*

丰 子 恺

一

我回忆儿时，有三件不能忘却的事。

第一件是养蚕。那是我五六岁时、我祖母在日的事。我祖母是一个豪爽而善于享乐的人，良辰佳节不肯轻轻放过。养蚕也每年大规模地举行。其实，我长大后才晓得，祖母的养蚕并非专为图利，叶贵的年头常要蚀本，然而她喜欢这暮春的点缀，故每年大规模地举行。我所喜欢的，最初是蚕落地铺。那时我们的三开间的厅上、地上统是蚕，架着经纬的跳板，以便通行及饲叶。蒋五伯挑了担到地里去采叶，我与诸姐跟了去，去吃桑葚。蚕落地铺的时候，桑葚已很紫而甜了，比杨梅好吃得多。我们吃饱之后，又用一张大叶做一只碗，采了一碗桑葚，跟了蒋五伯回来。蒋五伯饲蚕，我就以走跳板为戏乐，常常失足翻落地铺里，压死许多蚕宝宝，祖母忙喊蒋五伯抱我起来，不许我再走。然而这满屋的跳板，象棋盘街一样，又很低，走起来一点也不怕，真是有趣。这真是一年一度的难得的乐事！所以虽然祖母禁止，我总是每天要去走。

蚕上山之后，全家静静守护，那时不许小孩子们噪了，我暂时感到沉闷。然而过了几天，采茧，做丝，热闹的空气又浓起来了。我们每年照例请牛桥头七娘娘来做丝。蒋五伯每天买枇杷和软糕来给采茧、做丝、烧火的人吃。大家认为现在是辛苦而有希望的时候，应该享受这点心，都不客气地取食。我也无功受禄地天天吃多量的枇杷与软糕，这又是乐事。

七娘娘做丝休息的时候，捧了水烟筒，伸出她左手上的短少半段的小指给我看，对我说：做丝的时候，丝车后面，是万万不可走近去的。她的小指，便是小时候不留心被丝车轴棒轧脱的。她又说："小囝囝不可走近丝车后面去，只管坐在我身旁，吃枇杷，吃软糕。还有做丝做出来的蚕蛹，叫妈妈油炒一炒，真好吃哩！"然而我始终不要吃蚕蛹，大概是我爸爸和诸姐都不要吃的原故。我所乐的，只是那时候家里的非常的空气。日常固定不动的堂窗、长台、八仙椅子，都收拾去，而变成不常见的丝车、匾、缸。又不断地公然地可以吃小食。

丝做好后，蒋五伯口中唱着"要吃枇杷，来年蚕罢"，收拾丝车，恢复一切陈设。我感到一种兴尽的寂寥。然而对于这种变换，倒也觉得新奇而有趣。

现在我回忆这儿时的事，常常使我神往！祖母、蒋五伯、七娘娘和诸姐都象童话里、戏剧

---

* 摘自丰子恺:《缘缘堂随笔集》，浙江文艺出版社 1983 年版。

里的人物了。且在我看来，他们当时这剧的主人公便是我。何等甜美的回忆！只是这剧的题材，现在我仔细想想觉得不好：养蚕做丝，在生计上原是幸福的，然其本身是数万的生灵的杀虐！《西青散记》里面有两句仙人的诗句："自织藕丝衫子嫩，可怜辛苦赦春蚕。"安得人间也发明织藕丝的丝车，而尽赦天下的春蚕的性命！

我七岁上祖母死了，我家不复养蚕。不久父亲与诸姐弟相继死亡，家道衰落了，我的幸福的儿时也过去了。因此这回忆一面使我永远神往，一面又使我永远忏悔。

二

第二件不能忘却的事，是父亲的中秋赏月，而赏月之乐的中心，在于吃蟹。

我的父亲中了举人之后，科举就废，他无事在家，每天吃酒，看书。他不要吃羊、牛、猪肉，而喜欢吃鱼、虾之类。而对于蟹，尤其喜欢。自七八月起直到冬天，父亲平日的晚酌规定吃一只蟹，一碗隔壁豆腐店里买来的开锅热豆腐干。他的晚酌，时间总在黄昏。八仙桌上一盏洋油灯，一把紫砂酒壶，一只盛热豆腐干的碎磁盖碗，一把水烟筒，一本书，桌子角上一只端坐的老猫，我脑中这印象非常深刻，到现在还可以清楚地浮现出来。我在旁边看，有时他给我一只蟹脚或半块豆腐干。然我喜欢蟹脚。蟹的味道真好，我们五个姊妹兄弟，都喜欢吃，也是为了父亲喜欢吃的原故。只有母亲与我们相反，喜欢吃肉，而不喜欢又不会吃蟹，吃的时候常常被蟹螯上的刺刺开手指，出血；而且抉剔得很不干净，父亲常常说她是外行。父亲说：吃蟹是风雅的事，吃法也要内行才懂得。先折蟹脚，后开蟹斗……脚上的拳头（即关节）里的肉怎样可以吃干净，脐里的肉怎样可以剔出……脚爪可以当作剔肉的针……蟹螯上的骨头可以拼成一只很好看的蝴蝶……父亲吃蟹真是内行，吃得非常干净。所以陈妈妈说："老爷吃下来的蟹壳，真是蟹壳。"

蟹的储藏所，就在天井角落里的缸里，经常总养着十来只。到了七夕、七月半、中秋、重阳等节候上，缸里的蟹就满了，那时我们都有得吃，而且每人得吃一大只，或一只半。尤其是中秋一天，兴致更浓。在深黄昏，移桌子到隔壁的白场[1]上的月光下面去吃。更深人静，明月底下只有我们一家的人，恰好围成一桌，此外只有一个供差使的红英坐在旁边。大家谈笑，看月亮，他们——父亲和诸姐——直到月落时光，我则半途睡去，与父亲和诸姐不分而散。

这原是为了父亲嗜蟹，以吃蟹为中心而举行的。故这种夜宴，不仅限于中秋，有蟹的节季里的月夜，无端也要举行数次。不过不是良辰佳节，我们少吃一点，有时两人分吃一只。我们都学父亲，剥得很精细，剥出来的肉不是立刻吃的，都积受在蟹斗里，剥完之后，放一点姜醋，拌一拌，就作为下饭的菜，此外没有别的菜了。因为父亲吃菜是很省的，而且他说蟹是至味，吃蟹时混吃别的菜肴，是乏味的。我们也学他，半蟹斗的蟹肉，过两碗饭还有余，就可得父亲

（1） 白场，即场地，是作者家乡方言。——编者注。

的称赞，又可以白口吃下余多的蟹肉，所以大家都勉励节省。现在回想那时候，半条蟹腿肉要过两大口饭，这滋味真好！自父亲死了以后，我不曾再尝这种好滋味。现在，我已经自己做父亲，况且已经茹素，当然永远不会再尝这滋味了。唉！儿时欢乐，何等使我神往！

然而这一剧的题材，仍是生灵的杀虐！因此这回忆一面使我永远神往，一面又使我永远忏悔。

三

第三件不能忘却的事，是与隔壁豆腐店里的王团团的交游，而这交游的中心，在于钓鱼。

那是我十二三岁时的事。隔壁豆腐店里的王团团是当时我的小伴侣中的大阿哥。他是独子，他的母亲、祖母和大伯，都很疼爱他，给他很多的钱和玩具，而且每天放任他在外游玩。他家与我家贴邻而居。我家的人们每天赴市，必须经过他家的豆腐店的门口，两家的人们朝夕相见，互相来往。小孩们也朝夕相见，互相来往。此外他家对于我家似乎还有一种邻人以上的深切的交谊，故他家的人对于我特别要好，他的祖母常常拿自产的豆腐干、豆腐衣等来送给我父亲下酒。同时在小侣伴中，王团团也特别和我要好。他的年纪比我大，气力比我好，生活比我丰富，我们一淘游玩的时候，他时时引导我，照顾我，犹似长兄对于幼弟。我们有时就在我家的染坊店里的榻上玩耍，有时相偕出游。他的祖母每次看见我俩一同玩耍，必叮嘱团团好好看待我，勿要相骂。我听人说，他家似乎曾经患难，而我父亲曾经帮他们忙，所以他家大人们吩咐王团团照应我。

我起初不会钓鱼，是王团团教我的。他叫他大伯买两副钓竿，一副送我，一副他自己用。他到米桶里去捉许多米虫，浸在盛水的罐头里，领了我到木场桥头去钓鱼。他教给我看，先捉起一个米虫来，把钓钩由虫尾穿进，直穿到头部。然后放下水去。他又说："浮珠一动，你要立刻拉，那么钩子钩住鱼的颚，鱼就逃不脱。"我照他所教的试验，果然第一天钓了十几头白条，然而都是他帮我拉钓竿的。

第二天，他手里拿了半罐头扑杀的苍蝇，又来约我去钓鱼。途中他对我说："不一定是米虫，用苍蝇钓鱼更好。鱼喜欢吃苍蝇！"这一天我们钓了一小桶各种的鱼。回家的时候，他把鱼桶送到我家里，说他不要。我母亲就叫红英去煎一煎，给我下晚饭。

自此以后，我只管欢喜钓鱼。不一定要王团团陪去，自己一人也去钓，又学得了掘蚯蚓来钓鱼的方法。而且钓来的鱼，不仅够自己下晚饭，还可送给店里的人吃，或给猫吃。我记得这时候我的热心钓鱼，不仅出于游戏欲，又有几分功利的兴味在内。有三四个夏季，我热心于钓鱼，给母亲省了不少的菜蔬钱。

后来我长大了，赴他乡入学，不复有钓鱼的工夫。但在书中常常读到赞咏钓鱼的文句，例如什么"独钓寒江雪"，什么"渔樵度此身"，才知道钓鱼原来是很风雅的事。后来又晓得有所谓"游钓之地"的美名称，是形容人的故乡的。我大受其煽惑，为之大发牢骚：我想"钓鱼确是雅的，我的故乡，确是我的游钓之地，确是可怀的故乡。”但是现在想想，不幸而这题材也是生灵的杀虐！

我的黄金时代很短，可怀念的又只有这三件事。不幸而都是杀生取乐，都使我永远忏悔。

1927 年作。

雨　　前*

何其芳

最后的鸽群带着低弱的笛声在微风里画一个圈子后，也消失了。许是误认这灰暗的凄冷的天空为夜色的来袭，或是也预感到风雨的将至，遂过早的飞回它们温暖的木舍。

几天阳光在柳梢上撒下的一抹嫩绿，被尘土埋掩得有憔悴色了，是需要着一次洗涤。还有干裂的大地与树根也早已期待着雨。雨却迟疑着。

我怀想着故乡的雷声，和雨声。那隆隆的有力的搏击，从山谷返响到山谷，仿佛春之芽就从冻土里震动，警醒，而怒茁出来。细草样柔的雨声又以膏脂和温存之手抚摩它，使它簇生油绿的枝叶而开出红色的花。这些怀想如乡愁一样萦绕得使我忧郁了。我心里的气候也和这北方大陆一样缺少雨量，一滴温柔的泪在我枯涩的眼里，如迟疑在这阴沉的天空里的雨点，久不落下。

白色的鸭也似有一点燥烦了，有不洁色的都市的河沟里传出它们焦急的叫声。有的还未厌倦那船一样的徐徐的划行。有的却倒插它们的长颈在水里，红色的蹼趾伸在尾后，不停的扑击着水以支持身体的平衡。不知是在寻找沟底的细微的食物，抑是贪那深深的水里的寒冷。

有几个已上岸了。在柳树下来回的作它们绅士的散步，舒息划行的疲劳。然后参差的站着，各用嘴细细的抚理它们遍体白色的羽毛，间又摇动身子或扑展着阔翅，使那缀在羽毛间的水珠坠落。一个已修饰完毕的，弯曲它的头到背上，长长的红嘴藏没在翅膀里，静静合上它白色的茸毛间的小黑睛，仿佛准备睡眠。可怜的小动物，你就是这样做着你的梦吗？

我想起故乡牧雏鸭的人了。一大群鹅黄色的雏鸭游牧在溪流间，清浅的水，两岸青青的草，一根长长的竿在牧人的手里。他的小队伍是多么欢欣的发出啾啁声，又多么驯伏的随着他的竿头一个田野又一个山坡。夜来了，帐幕似的竹篷撑在地上，就是他的家。但这是怎样辽远的想像啊。在这多尘土的国度里，我仅只希望听一点树叶上的雨声，一点雨声的幽凉滴到我憔悴的梦，也许会长成一树圆的绿阴来覆荫我自己。

我仰起头。天空低垂如灰色的雾幕，落下一些寒冷的霏屑到我脸上。一只远来的鹰隼仿佛带着怒愤，对这沉重的天色的怒愤，平张的双翅不动的从天空斜插下，几乎触到河沟对岸的土阜，而又鼓扑着双翅作出猛烈的声响腾上了。那样巨大的翅使我惊异，看见了它两肋间斑白的羽毛。

接着听见了它有力的鸣声，如一个巨大的心的呼号，或是在黑暗里寻找伴侣的叫唤。

然而雨还是没有来。

---

* 摘自何其芳:《画梦录》，文化生活出版社 1948 年版。

我的戒烟*

林语堂

凡吸烟的人，大都曾在一时糊涂，发过宏愿，立志戒烟，在相当期内与此烟魔，决一雌雄，到了十天半个月之后，才自醒悟过来。我有一次也走入歧途，忽然高兴戒烟起来，经过三星期之久，才受良心责备，悔悟前非。我赌咒着，再不颓唐，再不失检，要老老实实做吸烟的信徒，一直到老耄为止。到那时期，也许会听青年会俭德会三姑六婆的妖言，把他戒绝，因为一人到此时候，总是神经薄弱，身不由主，难代负责。但是意志一日存在，是非一日明白时，决不会再受诱惑。因为经过此次的教训，我已十分明白，无端戒烟断绝我们灵魂的清福，这是一件亏负自己而无益于人的不道德行为。据英国生物化学名家夏尔登（Haldane）教授说，吸烟为人类有史以来最有影响于人类生活的四大发明之一。其余三大发明之中，记得有一件是接猴腺青春不老之新术。此是题外不提。

在那三星期中，我如何的昏迷，如何的懦弱，明知与自己的心身有益的一根小小香烟，就没有胆量，取来享用，说来真是一段丑史。此时事过境迁，回想起来，倒莫明何以那次昏迷一发发到三星期。若把此三星期中之心理历程细细叙述起来，真是罄竹难书。自然，第一样，这戒烟的念头，根本就有点糊涂。为什么人生世上要戒烟呢？这问题我现在也答不出。但是我们人类的行为，总常是没有理由的，有时故意要做做不该做的事，有时处境太闲，无事可作，故意降大任于己身，苦其筋骨，饿其体肤，空乏其身，把自己的天性拂乱一下，预备做大丈夫罢？除去这个理由，我想不出当日何以想出这种下流的念头。这实有点像陶侃之运甓，或是像现代人的健身运动——文人学者无柴可剖，无水可汲，无车可拉，两手在空中无目的的一上一下，为运动而运动，于社会工业之生产，是毫无贡献的。戒烟戒烟，大概就是贤人君子的健灵运动罢。

自然，头三天，喉咙口里，以至气管上部，似有一种怪难堪似痒非痒的感觉。这倒易办。我吃薄荷糖，喝铁观音，含法国顶上的华达糖片。三天之内，便完全把那种怪痒克复消灭了。这是戒烟历程上之第一期，是纯粹关于生理上的奋斗，一点也不足居奇。凡以为戒烟之功夫只在这点的人，忘记吸烟乃魂灵上的事情；此一道理不懂，根本就不配谈吸烟。过了三天，我才进了魂灵战斗之第二期。到此时，我始恍然明白，世上吸烟的人，本有两种，一种只是南郭先生之徒，以吸烟跟人凑热闹而已。这些人之戒烟，是没有第二期的，他们戒烟，毫不费力。据

* 摘自《林语堂文选》上集，中国广播电视出版社1990年版。

说，他们想不吸就不吸，名之为“坚强的志愿”。其实这种人何尝吸烟？一人如能戒一癖好，如卖掉一件旧服，则其本非癖好可知。这种人吸烟，确是一种肢体上的工作，如刷牙、洗脸一类，可以刷，可以不刷，内心上没有需要，魂灵上没有意义的。这种人除了洗脸、吃饭、回家抱孩儿以外，心灵上是不会有所要求的，晚上同俭德会女会员的太太们看看《伊索寓言》也就安眠就寝了。辛稼轩之词，王摩诘之诗，贝多芬之乐，王实甫之曲，是与他们无关的。庐山瀑布还不是从上而下的流水而已？试问读稼轩之词、摩诘之诗而不吸烟，可乎？不可乎？

但是在真正懂得吸烟的人，戒烟却有一问题，全非俭德会男女会员所能想到的。于我们这一派真正吸烟之徒，戒烟不到三日，其无意义，与待己之刻薄，就会浮现目前。理智与常识就要问：为什么理由，政治上，社交上，道德上，生理上，或者心理上，一人不可吸烟，而故意要以自己的聪明意志，违背良心，戕贼天性，使我们不能达到那心旷神怡的境地？谁都知道，作文者必精力美满，意到神飞，胸襟豁达，锋发韵流，方有好文出现，读书亦必能会神会意，胸中了无窒碍，神游其间，方算是读。此种心境，不吸烟岂可办到？在这兴会之时，我们觉得伸手拿一支烟乃唯一合理的行为；反是，把一块牛皮糖塞入口里，反为俗不可耐之勾当。我姑举一两件事为证。

我的朋友B君由北平来沪。我们不见面，已有三年了。在北平时，我们是晨昏时常过从的，夜间尤其是吸烟瞎谈文学、哲学、现代美术以及如何改造人间宇宙的种种问题。现在他来了，我们正在家里炉旁叙旧。所谈的无非是在平旧友的近况及世态的炎凉。每到妙处，我总是心里想伸一只手去取一支香烟，但是表面上却只有立起而又坐下，或者换换坐势。B君却自自然然的一口一口的吞云吐雾，似有不胜其乐之概。我已告诉他，我戒烟了，所以也不好意思当场破戒。话虽如此，心坎里只觉得不快，嗒然若有所失。我的神志是非常清楚的。每回B君高谈阔论之下，我都能答一个“是”字，而实际上却恨不能同他一样的兴奋倾心而谈。这样畸形的谈了一两小时，我始终不肯破戒，我的朋友就告别了。论“坚强的志愿”与“毅力”我是胜利者，但是心坎里却只觉得怏怏不乐。过了几天，B君途中来信，说我近来不同了，没有以前的兴奋、爽快，谈吐也大不如前了，他说或者是上海的空气太恶浊所致。到现在，我还是怨悔那夜不曾吸烟。

又有一夜，我们在开会，这会按例星期一次。到时聚餐之后，有人读论文，作为讨论，通常总是一种吸烟大会。这回轮着C君读论文。题目叫做《宗教与革命》，文中不少诙谐语。记得C君说冯玉祥是进了北派美以美会，蒋介石却进了南派美以美会。有人便说如此则吴佩孚不久定进西派美以美会。在这种扯淡之时，室内的烟气一层一层的浓厚起来，正是暗香浮动奇思涌发之时。诗人H君坐在中间，斜躺椅上，正在学放烟圈，一圈一圈的往上放出，大概诗意也跟着一层一层上升，其态度之自若，若有不足为外人道者。只有我一人不吸烟，觉得如独居化外，被放三危。这时戒烟越看越无意义了。我恍然觉悟，我太昏迷了。我追想搜索当初何以立志戒烟的理由，总搜寻不出一条理由来。

此外，我的良心便时起不安。因为我想，思想之贵在乎兴会之神感，但不吸烟之魂灵将何以兴感起来？有一下午，我去访一位西洋女士。女士坐在桌旁，一手吸烟，一手靠在膝上，身微向外，颇有神致。我觉得醒悟之时到了。她拿烟盒请我。我慢慢的，镇静的，从烟盒中取出一支来，知道从此一举，我又得道了。

我回来，即刻叫茶房去买一盒白锡包。在我书桌的右端有一焦迹，是我放烟的地方。因为吸烟很少停止，所以我在旁刻一铭曰"惜阴池"。我本来打算大约要七八年，才能将这二英寸厚的桌面烧透，而在立志戒烟之时，惋惜这"惜阴池"深只有半生丁米突而已。所以这回重复安放香烟时，心上非常快活。因为虽然尚有远大的前途，却可以日日进行不懈。后来因搬屋，书房小，书桌只好卖出，"惜阴池"遂不见，此为余生平第一恨事。

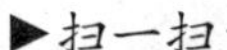

林语堂散文
拓展阅读

常德的船*

沈从文

常德就是武陵，陶潜的《搜神后记》[1] 上《桃花源记》说的渔人老家，应当摆在这个地方。德山在对河下游，离城市二十余里，可说是当地唯一的山。汽车也许停德山站，也许停县城对河另一站。汽车不必过河，车上人却不妨过河，看看这个城市的一切。地理书上告给人说这里是湘西一个大码头，是交换出口货与入口货的地方。桐油、木料、牛皮、猪肠子和猪鬃毛，烟草和水银，五倍子和鸦片烟，由川东、黔东、湘西各地用各色各样的船只装载到来，这些东西是全得由这里转口，再运往长沙武汉的。子盐、花纱、布匹、洋货、煤油、药品、面粉、白糖，以及各种轻工业日用消耗品和必需品，又由下江轮驳运到，也得从这里改装，再用那些大小不一的船只，分别运往沅水各支流上游大小码头去卸货的。市上多的是各种庄号。各种庄号上的坐庄人，便在这种情形下成天如一个磨盘，一种机械，为职务来回忙。邮政局的包裹处，这种人进出最多。长途电话的营业处，这种坐庄人是最大主顾。酒席馆和妓女的生意，靠这种坐庄人来维持。

除了这种繁荣市面的商人，此外便是一些寄生于湖田的小地主，作过知县的小绅士，各县来的男女中学生，以及外省来的参加这个市面繁荣的掌柜，伙计，乌龟，王八。全市人口过十万，街道延长近十里，一个过路人到了这个城市中时，便会明白这个湘西的咽喉，真如所传闻，地方并不小。可是却想不到这咽喉除叶纳货物和原料以外，还有些什么东西。作这种吐纳工作，责任大，工作忙，性质杂，又是些什么人。假若一旦没有了他们，这城市会不会忽然成为河边一个废墟？这种人照例触目可见，水上城里无一不可以碰头，却又最容易为旅行者所疏忽。我想说的是真正在控制这个咽喉，支配沅水流域的几万船户。

这个码头真正值得注意令人惊奇处，实在也无过于船户和他所操纵的水上工具了。要认识湘西，不能不对他们先有一种认识。要欣赏湘西地方民族特殊性，船户是最有价值材料之一种。

一个旅行者理想中的武陵，渔船应当极多。到了这里一看，才知道水面各处是船只，可是却很不容易发现一只渔船。长河两岸浮泊的大小船只，外行人一眼看去，只觉得大同小异。事实上形制复杂不一，各有个性，代表了各个地方的个性。让我们从这方面来多知道一点点，对于我们也许有些便利处。

---

* 摘自《沈从文全集》第 11 卷，北岳文艺出版社 2002 年版。

（1）《搜神后记》：志怪小说集，传为东晋陶潜作。

船只最触目的三桅大方头船，这是个外来客，由长江越湖来的，运盐是它主要的职务，它大多数只到此为止，不会向沅水上游走去。普通人叫它做“盐船”，名实相符。船家叫它做“大鳅鱼头”，《金陀粹编》(1)上载岳飞在洞庭湖水擒杨幺故事，这名字就见于记载了，名字虽俗，来源却很古。这种船只大多数是用乌油漆过，所以颜色多是黑的。这种船按季候行驶，因为要大水大风方能行动。杜甫诗上描绘的“洋洋万斛船，影若扬白虹”，也许指的就是这种水上东西。

比这种盐船略小，有两桅或单桅，船身异常秀气，头尾忽然收敛，令人入目起尖锐印象，全身是黑的，名叫“乌江子”。它的特长是不怕风浪，运粮食越湖。它是洞庭湖上的竞走选手。形体结构上的特点是桅高、帆大、深舱、锐头。盖舱篷比船身小，因为船舷外还有护舱板。弄船人同船只本身一样，一看很干净，秀气斯文。行船既靠风，上下行都使帆，所以帆多整齐，船上用的水手不多，仅有的水手会拉篷、摇橹、撑篙，不会荡桨——这种船上便不常用桨。放空船时妇女还可代劳掌舵。这种船间或也沿河上溯，数目极少，船身材料薄，似不宜于冒险。这种船在沅水流域也算是外来客。

在沅水流域行驶，表现得富丽堂皇、气象不凡，可称为巨无霸的船只，应当数“洪江油船”。这种船多方头高尾，颜色鲜明，间或且有一点金漆装饰。尾梢有舵楼，可以安置家眷。大船下行可载三四千桶桐油，上行可载两千件棉花，或一票食盐。用橹手二十六人到四十人，用纤手三十人到六七十人。必待春水发后方上下行驶，路线系往返常德和洪江。每年水大至多上下三五回，其余大多时节都在休息中，成排结队停泊河面，俨然是河上的主人。船主照例是麻阳人，且照例姓滕，善交际，礼数清楚。常与大商号中人拜把子，攀亲家。行船时站在船后檀木舵把边，庄严中带点从容不迫神气，口中含了个竹马鞭短烟管，一面看水，一面吸烟。遇有身分的客人搭船，喝了一杯酒后，便向客人一五一十叙述这只油船的历史，载过多少有势力的军人、阔老，或名驰沅水流域的妓女。换言之，就是这只船与当地“历史”发生多少关系！这种船只上的一切东西，无一不巨大坚实。船主的装束在船上时看不出什么特别处，上岸时却穿长袍（下脚过膝三四寸），罩青羽绫马褂，戴呢帽或小缎帽，佩小牛皮抱肚，用粗大银练系定，内中塞满了银元。穿生牛皮靴子，走路时踏得很重。个子高高的，瘦瘦的。有一双大手，手上满是黄毛和青筋。会喝酒，打牌，且豪爽大方，吃花酒应酬时，大把银元钞票从抱肚掏出，毫不吝啬。水手多强壮勇敢，眉目精悍，善唱歌、泅水、打架、骂野话。下水时如一尾鱼，上岸接近妇人时像一只小公猪。白天弄船，晚上玩牌，同样做得极有兴致。船上人虽多，却各有所事，从不紊乱。舱面永远整洁如新。拔锚开头时，必擂鼓敲锣，在船头烧纸烧香，煮白肉祭神，燃放千子头鞭炮，表示人神和乐，共同帮忙，一路福星。在开船仪式与行船歌声中，使人想起两千年前《楚辞》发生的原因，现在还好好的保留下来，今古如一。

比洪江油船小些，形式仿佛也较笨拙些（一般船只用木板作成，这种船竟像用木柱作成），平头大尾，一望而知船身十分坚实，有斗拳师的神气，名叫“白河船”。白河即酉水的别名。这种船只即行驶于沅水由常德到沅陵一段，酉水由沅陵到保靖一段。酉水滩流极险，船只必经得

(1)《金陀粹编》：书名，一部有关岳飞传记资料的汇编，编者为南宋人岳珂。

起磕撞。船只必载重方能压浪，因此尾部如臀，大而圆。下行时在船头缚大木桡两把，木桡的用处是船只下滩，转头时比舵切于实际。照水上人俗谚说“三桨不如一篙，三橹不如一桡”。桡读作招。酉水浅而急，不常用橹，篙桨用处多，因此篙多特别长大，桨较粗硕，肥而短。船篷用棕子叶编成，不涂油。船主多永顺保靖人，姓向姓王姓彭占多数。酉水河床窄，滩流多，为应付自然，弄船人所需要的勇敢能耐也较多。行船时常用相互诅骂代替共同唱歌，为的是受自然限制较多，脾气比较坏一点。酉水是传说中古代藏书洞穴所在地，多的是高大宏敞，充满神秘的洞穴。由沅陵起到酉阳止，沿酉水流域的每个县分总有几个洞穴。可是如沅陵的大酉洞，保靖的狮子洞，酉阳的龙洞，这些洞穴纵有书籍也早已腐烂了。到如今这条河流最多的书应当是宝庆纸客贩卖的石印本历书，每一条船上照例都有一本皇历。船家禁忌多，历书是他们行动的宝贝。河水既容易出事情，个人想减轻责任，因此凡事都俨然有天作主，由天处理，照书行事，比较心安，也少纠纷。酉水流域每个县分的船只，在形式上又各不相同，不过这些小船不出白河，在常德能看到的白河油船，形体差不多全是一样。

沅水中部的辰溪县，出白石灰和黑煤，运载这两种东西的本地船叫做“辰溪船”，又名“广舶子”。它的特点和上述两种船只比较起来，显得材料脆薄而缺少个性。船身多是浅黑色，形状如土布机上的梭子，款式都不怎么高明。下行多满载这些不值钱的货物，上行因无回头货便时常放空。船身脏，所运货物又少时间性，满载下驶，危险性多，搭客不欢迎，因之弄船人对于清洁时间就不甚关心。这种船上的席篷照例是不大完整的，布帆是破破碎碎的，给人印象如一个破落户。弄船人因闲而懒，精神多显得萎靡不振。

洞河（即泸溪）发源于乾城苗乡大小龙洞，和凤凰苗乡乌巢河。两条小河在乾城县的所里市相汇。向东流，到泸溪县，方和沅水同流。在这条河里的船就叫“洞河船”。河源由苗乡梨林地方两个洞穴中流出，河床是乱石底子，所以水质特别清，水性特别猛。船身必需从撞磕中挣扎，河身既小，船身也较轻巧。船舷低而平，船头窄窄的。在这种船上水手中，我们可以发现苗人。不过见着他时我们不会对他有何惊奇，他也不会对我们有何惊奇。这种人一切和别的水上人都差不多，所不同处，不过是他那点老实、忠厚、纯朴、戆直性情——原人的性情，因为住在山中，比城市人保存得多点罢了。乾城人极聪明文雅，小手小脚小身材，唱山歌时嗓子非常好听，到码头边时可特别沉默安静。船只太小了，不常有机会到这大码头边靠船。这种船停泊在河面时似乎很羞怯，正如水手们上街时一样羞怯。

乾城用所里作本县吐纳货物的水码头。地方虽不大，小小石头城却很整齐干净，且出了几个近三十年来历史上有名姓的人物。段祺瑞[(1)]时代的陆军总长傅良佐将军，是生长在这个小县城里的。东北军宿将，国内当前军人中称战术权威的杨安铭将军，也是这地方人。

在河上显得极活动，极有生气，而且数量极多的，是普通的中型“麻阳船”。这种船头尾高举，秀拔而灵便。这种船只的出处是麻阳河（即辰溪）。每只船上都可见到妇人，孩子，童养媳，弄船人一面担负商人委托的事务，一面还担负上帝派定的工作，两方面都异常称职。沅水

（1） 段祺瑞：北洋军阀首领，1924 年任北洋政府“临时执政”。

流域的转运事业，大多数由这地方人支配，人口繁荣的结果，且因此在常德城外多了一条麻阳街。“一切成功都必需争斗”，这原则也可用作麻阳街的说明。据传说，这条街是个姓滕的水手双拳打出来的。我们若有兴趣特意到那条街上走走，可知道开小铺子的、做理发店生意的、卖船上家伙的、经营皮肉生涯的，全是麻阳人，我们就会明白，原来参加这种争斗，每人都有一份。麻阳人的精力绝伦处，或者与地方出产有点关系。麻阳出各种橘子，糯米亦极好，作甜酒特别相宜。人口加多，船只也越来越多，因此沅水水面的世界，一大半是麻阳人的。大凡船只停靠处，都有叫乡亲的麻阳人。乡亲所得的便利极多，平常外乡人，坐船时于是都叫麻阳人作“乡亲”。乡亲的特点是面目精悍而性情快乐，作水手的都能吃，能做，能喝，能打架。船主上岸时必装扮成为一个小乡绅，如驾洪江油船的大老板一样穿袍穿褂，着生牛皮盘云长统钉靴，戴有皮封耳的毡帽或博士帽，手指套上分量沉重的金戒指，皮抱肚里装上许多大洋钱，短烟管上悬个老虎爪子，一端还镶包一片镂花银皮。见人就请教仙乡何处，贵府贵姓。本人大多数姓滕，名字“代富”“宜贵”。对三十年来的本省政治，比起任何地方船主都熟习，都关心。欢喜讲礼教、臧否人物，且善于称引经典格言和当地俗谚，作为谈天时章本。恭维客人时必从恭维上增多一点收入，被客人恭维时便称客人为“知己”，笑嘻嘻的请客人喝酒。妇女在船上不特对于行船毫无妨碍，且常常是一个好帮手。妇女多壮实能干，大脚大手，善于生男育女。

麻阳人中另外还有一双值得称赞的手，在湘西近百年实无匹敌，在国内也是一个少见的艺术家，是塑像师张秋潭那双手。

在常德水码头船只极小，飘浮水面如一片叶子，数量之多如淡干鱼，是专载客人用的“桃源划子”。木商与烟贩，上下办货的庄客，过路的公务员，放假的男女学生，同是这种小船的主顾。船身既轻小，上下行的速度较之其他船只快过一倍，下滩时可从边上小急流走，决不会出事。在平潭中且可日夜赶程，不会受关卡留难。因此在有公路以前，这种小小船只实为沅水流域交通利器。弄船人工作不需如何紧张，开销又少，收入却较多。装载客人且多阔老，同时桃源县人的性格又特别随和（沅水一到桃源后就变成一片平潭，再无恶滩急流，自然影响到水上人性情很大），所以弄船人脾气就马虎得多。很多是瘾君子，白天弄船，晚上便靠灯。有些家中人说不定还留在县里，经营一种不必要本钱的职业，分工合作，都不闲散。且能作客人向导，带访桃源洞的客人到所要到的新奇地方去。

在沅水流域上下行驶，停泊到常德码头应当称为“客人”的船只，共有好几种，有从芷江上游黔东玉屏来的，有从麻阳河上游黔东铜仁来的，有从白河上游川东龙潭来的。玉屏船多就洪江转口，下行不多。龙潭船多从沅陵换货，下行不多。“铜仁船”装油碱下行的，有些庄号在常德，所以常直放常德。船只最引人注意处是颜色黄明照眼，式样轻巧，如竞赛用船。船头船尾细狭而向上翘举，舱底平浅，材料脆薄，给人视觉上感到灵便与愉快，在形式上可谓秀雅绝伦。弄船人语言清婉，装束素朴，有些水手还穿齐膝的长衣，裹白头巾，风度整洁和船身极相称。船小而载重，故下行时船舷必缚茅束挡水。这种船停泊河中，仿佛极其谦虚，一种作客应有的谦虚。然而比同样大小的船只都整齐，一种作客不能不注意的整齐。

此外常德河面还有一种船只，数量极多，有的时常移动，有的又长久停泊。这些船的形式一律是方头、方尾、无桅、无舵。用木板作舱壁，开小小窗子，木板作顶。有些当作船主的金屋，有些又作逋逃者的窟穴。船上有招纳水手客人的本地土娼，有卖烟和糖食、小吃、猪蹄子、粉面的生意人。此外算命卖卜的，圆光关亡的，无不可以从这种船上发现。船家做寿成亲，也多就方便借这种水上公馆举行。因此，一遇黄道吉日，总是些张灯结彩，响器声，弦索声，大小炮仗声，划拳歌呼声，点缀水面热闹。

常德县城本身也就类乎一只旱船，女作家丁玲，法律家戴修瓒，国学家余嘉锡，是这只旱船上长大的。较上游的河堤比城中高得多。涨水时水就到了城边，决堤时城四围便是水了。常德沿河的长街，街市上大小各种商铺，不下数千家，都与水手有直接关系。杂货店铺专卖船上用件及零用物，可说是它们全为水手而预备的。至如油盐、花纱、牛皮、烟草等等庄号，也可说水手是为它们而有的。此外如茶馆，酒馆和那经营最素朴职业的户口，水手没有它不成，它没水手更不成。

常德城内一条长街，铺子门面都很高大（与长沙铺子大同小异近于夸张），木料不值钱，与当地建筑大有关系。地方滨湖，河堤另一面多平田泽地，产鱼虾、莲藕，因此鱼栈莲子栈延长了长街数里。多清真教门，因此牛肉特别肥鲜。

常德沿沅水上行九十里，才到桃源县，再上行二十五里，方到桃源洞。千年前武陵渔人如何沿溪走到桃花源，这路线尚无好事的考古家说起。现在想到桃源访古的风雅人，大多数只好坐公共汽车去，到过了桃源，兴趣也许在彼而不在此，留下印象较深刻的东西，不是那个传说的洞穴，倒是另外一些传说所不载的较新洞穴。在桃源县想看到老幼黄发垂髫，怡然自乐的光景，并不容易。不过或者因为历史的传统，地方人倒很和气，保存一点古风。也知道欢迎客人，杀鸡作黍，留客住宿。虽然多少得花点钱，数目并不多。可是一个旅行者应当知道，这些人赠送游客的礼物，有时不知不觉太重了点，最好倒是别大意，莫好奇，更不要因为记起宋玉所赋的高唐神女[(1)]，刘晨阮肇天台所遇的仙女，想从经验中去证实故事。换言之，不妨学个“老江湖”，少生事！当地纵多神女仙女，可并不是为外来读书人游客预备的，沅水流域的木竹簰商人是唯一受欢迎者。好些极大的木竹簰，到桃源后不久就无影无踪不见了，照俚话所说，是“进了桃源的洞穴”的。

政治家宋教仁[(2)]，老革命党覃振[(3)]，同是桃源县人。桃源县有个省立第二女子师范学校，五四运动谈男女解放平等，最先要求男女同校，且实现它，就是这个学校的女学生。

（1） 高唐神女：相传楚怀王游高唐，梦见巫山神女事。

（2） 宋教仁：中国近代政治家、革命家。

（3） 覃振：早年加入同盟会，辛亥后曾任黎元洪执政时的秘书长、国会议员；后为“西山会议派”成员。宁汉合流后，曾任国民党立法院副院长。

更衣记*

张爱玲

如果当初世代相传的衣服没有大批卖给收旧货的，一年一度六月里晒衣裳，该是一件辉煌热闹的事罢。你在竹竿与竹竿之间走过，两边拦着绫罗绸缎的墙——那是埋在地底下的古代宫室里发掘出来的甬道。你把额角贴在织金的花绣上。太阳在这边的时候，将金线晒得滚烫，然而现在已经冷了。

从前的人吃力地过了一辈子，所作所为，渐渐蒙上了灰尘；子孙晾衣裳的时候又把灰尘给抖了下来，在黄色的太阳里飞舞着。回忆这东西若是有气味的话，那就是樟脑的香，甜而稳妥，像记得分明的快乐，甜而怅惘，像忘却了的忧愁。

我们不大能够想像过去的世界，这么迂缓，安静，齐整——在满清三百年的统治下，女人竟没有什么时装可言！一代又一代的人穿着同样的衣服而不觉得厌烦。开国的时候，因为"男降女不降"，女子的服装还保留着显著的明代遗风。从十七世纪中叶直到十九世纪末，流行着极度宽大的衫裤，有一种四平八稳的沉着气象。领圈很低，有等于无。穿在外面的是"大袄"。在非正式的场合，宽了衣，便露出"中袄"。"中袄"里面有紧窄合身的"小袄"，上床也不脱去，多半是娇媚的桃红或水红。三件袄子之上又加着"云肩背心"，黑缎宽镶，盘着大云头。

削肩，细腰，平胸，薄而小的标准美女在这一层层衣衫的重压下失踪了。她的本身是不存在的，不过是一个衣架子罢了。中国人不赞成太触目的女人。历史上记载的耸人听闻的美德——譬如说，一只胳膊被陌生男子拉了一把，便将它砍掉——虽然博得普通的赞叹，知识阶级对之总隐隐地觉得有点遗憾，因为一个女人不该吸引过度的注意；任是铁铮铮的名字，挂在千万人的嘴唇上，也在呼吸的水蒸气里生了锈。女人要想出众一点，连这样堂而皇之的途径都有人反对，何况奇装异服，自然那更是伤风败俗了。

出门时裤子上罩的裙子，其规律化更为彻底。通常都是黑色，逢着喜庆年节，太太穿红的，姨太太穿粉红。寡妇系黑裙，可是丈夫过世多年之后，如有公婆在堂，她可以穿湖色或雪青。裙上的细褶是女人的仪态最严格的试验。家教好的姑娘，莲步姗姗，百褶裙虽不至于纹丝不动，也只限于最轻微的摇颤。不惯穿裙的小家碧玉走起路来便予人以惊风骇浪的印象。更为苛刻的是新娘的红裙，裙腰垂下一条条半寸来宽的飘带，带端系着铃。行动时只许有一点隐约的叮当，像远山上宝塔上的风铃。晚至一九二〇年左右，比较潇洒自由的宽褶裙入时了，这一类的裙子

* 摘自张爱玲：《流言》，北京十月文艺出版社 2006 年版。

方才完全废除。

穿皮子，更是禁不起一些出入，便被目为暴发户。皮衣有一定的季节，分门别类，至为详尽。十月里若是冷得出奇，穿三层皮是可以的，至于穿什么皮，那却要顾到季节而不能顾到天气了。初冬穿“小毛”，如青种羊，紫羔，珠羔；然后穿“中毛”，如银鼠，灰鼠，灰脊，狐腿，甘肩，倭刀；隆冬穿“大毛”——白狐，青狐，西狐，玄狐，紫貂。“有功名”的人方能穿貂。中下等阶级的人以前比现在富裕得多，大都有一件金银嵌或羊皮袍子。

姑娘们的“昭君套”为阴森的冬月添上点色彩。根据历代的图画，昭君出塞所戴的风兜是爱斯基摩式的，简单大方，好莱坞明星仿制者颇多。中国十九世纪的“昭君套”却是颠狂冶艳的，——一顶瓜皮帽，帽檐围上一圈皮，帽顶缀着极大的红绒球，脑后垂着两根粉红缎带，带端缀着一对金印，动辄相击作声。

对于细节的过分的注意，为这一时期的服装的要点。现代西方的时装，不必要的点缀品未尝不花样多端，但是都有个目的——把眼睛的蓝色发扬光大起来，补助不发达的胸部，使人看上去高些或矮些，集中注意力在腰肢上，消灭臀部过度的曲线……古中国衣衫上的点缀品却是完全无意义的，若说它是纯粹装饰性质的罢，为什么连鞋底上也满布着繁缛的图案呢？鞋的本身就很少在人前漏脸的机会，别说鞋底了，高底的边缘也充塞着密密的花纹。

袄子有“三镶三滚”，“五镶五滚”，“七镶七滚”之别，镶滚之外，下摆与大襟上还闪烁着水钻盘的梅花，菊花。袖上另钉着名唤“阑干”的丝质花边，宽约七寸，挖空镂出福寿字样。

这里聚集了无数小小的有趣之点，这样不停地另生枝节，放恣，不讲理，在不相干的事物上浪费了精力，正是中国有闲阶级一贯的态度。惟有世上最清闲的国家里最闲的人，方才能够领略到这些细节的妙处。制造一百种相仿而不犯重的图案，固然需要艺术与时间；欣赏它，也同样地烦难。

古中国的时装设计家似乎不知道，一个女人到底不是大观园。太多的堆砌使兴趣不能集中。我们的时装的历史，一言以蔽之，就是这些点缀品的逐渐减去。

当然事情不是这么简单。还有腰身大小的交替盈蚀。第一个严重的变化发生在光绪三十二三年。铁路已经不这么稀罕了，火车开始在中国人的生活里占一重要位置。诸大商港的时新款式迅速地传入内地。衣裤渐渐缩小，“阑干”与阔滚条过了时，单剩下一条极窄的。扁的是“韭菜边”，圆的是“灯果边”，又称“线香滚”。在政治动乱与社会不靖的时期——譬如欧洲的文艺复兴时代——时髦的衣服永远是紧匝在身上，轻捷利落，容许剧烈的活动。在十五世纪的意大利，因为衣裤紧小，肘弯膝盖，筋骨接笋处非得开缝不可。中国衣服在革命酝酿期间差一点就胀裂开来了。“小皇帝”登基的时候，袄子套在人身上像刀鞘。中国女人的紧身背心的功用实在奇妙——衣服再紧些，衣服底下的肉体也还不是写实派的作风，看上去不大像个女人而像一缕诗魂。长袄的直线延至膝盖为止，下面虚飘飘垂下两条窄窄的裤管，似脚非脚的金莲抱歉地轻轻踏在地上。铅笔一般瘦的裤脚妙在给人一种伶仃无告的感觉。在中国诗里，“可怜”是“可爱”的代名词。男子向有保护异性的嗜好，而在青黄不接的过渡时代，颠连困苦的生活情形更激动了这种倾向。宽袍大袖的，端凝的妇女现在发现太福相了是不行的，做个薄命的人反倒于她们有利。

那又是一个各趋极端的时代。政治与家庭制度的缺点突然被揭穿。年轻的知识阶级仇视着传统的一切，甚至于中国的一切。保守性的方面也因为惊恐的缘故而增强了压力。神经质的论争无日不进行着，在家庭里，在报纸上，在娱乐场所。连涂脂抹粉的文明戏演员，姨太太们的理想恋人，也在戏台上向他的未婚妻借题发挥，讨论时事，声泪俱下。

一向心平气和的古国从来没有如此骚动过。在那歇斯底里的气氛里，“元宝领”这东西产生了——高得与鼻尖平行的硬领，像缅甸的一层层叠至尺来高的金属项圈一般，逼迫女人们伸长了脖子。这吓人的衣领与下面的一捻柳腰完全不相称。头重脚轻，无均衡的性质正象征了那个时代。

民国初建立，有一时期似乎各方面都有浮面的清明气象。大家都认真相信卢骚的理想化的人权主义。学生们热诚拥护投票制度，非孝，自由恋爱。甚至于纯粹的精神恋爱也有人实验过，但似乎不曾成功。

时装上也显出空前的天真，轻快，愉悦。“喇叭管袖子”飘飘欲仙，露出一大截玉腕。短袄腰部极为紧小。上层阶级的女人出门系裙，在家里只穿一条齐膝的短裤，丝袜也只到膝为止，裤与袜的交界处偶然也大胆地暴露了膝盖。存心不良的女人往往从袄底垂下挑拨性的长而宽的淡色丝质裤带，带端飘着排穗。

民国初年的时候，大部分的灵感是得自西方的。衣领减低了不算，甚至被蠲免了的时候也有。领口挖成圆形，方形，鸡心形，金刚钻形。白色丝质围巾四季都能用。白丝袜脚跟上的黑绣花，像虫的行列，蠕蠕爬到腿肚子上。交际花与妓女常常有戴平光眼镜以为美的。舶来品不分皂白地被接受，可见一斑。

军阀来来去去，马蹄后飞沙走石，跟着他们自己的官员，政府，法律，跌跌绊绊赶上去的时装，也同样地千变万化。短袄的下摆忽而圆，忽而尖，忽而六角形。女人的衣服往常是和珠宝一般，没有年纪的，随时可以变卖，然而在民国的当铺里不复受欢迎了，因为过了时就一文不值。

时装的日新月异并不一定表现活泼的精神与新颖的思想。恰巧相反。它可以代表呆滞；由于其他活动范围内的失败，所有的创造力都流入衣服的区域里去。在政治混乱期间，人们没有能力改良他们的生活情形。他们只能够创造他们贴身的环境——那就是衣服。我们各人住在各人的衣服里。

一九二一年，女人穿上了长袍。发源于满洲的旗装自从旗人入关之后一直与中土的服装并行着的，各不相犯，旗下的妇女嫌她们的旗袍缺乏女性美，也想改穿较妩媚的袄裤，然而皇帝下诏，严厉禁止了。五族共和之后，全国妇女突然一致采用旗袍，倒不是为了效忠于满清，提倡复辟运动，而是因为女子蓄意要模仿男子。在中国，自古以来女人的代名词是“三绺梳头，两截穿衣。”一截穿衣与两截穿衣是很细微的区别，似乎没有什么不公平之处，可是一九二〇年的女人很容易地就多了心。她们初受西方文化的熏陶，醉心于男女平权之说，可是四周的实际情形与理想相差太远了，羞愤之下，她们排斥女性化的一切，恨不得将女人的根性斩尽杀绝。

因此初兴的旗袍是严冷方正的，具有清教徒的风格。

政治上，对内对外陆续发生的不幸事件使民众灰了心。青年人的理想总有支持不了的一天。时装开始紧缩。喇叭管袖子收小了。一九三〇年，袖长及肘，衣领又高了起来。往年的元宝领的优点在它的适宜的角度，斜斜地切过两腮，不是瓜子脸也变了瓜子脸，这一次的高领却是圆筒式的，紧抵着下颔，肌肉尚未松弛的姑娘们也生了双下巴。这种衣领根本不可恕。可是它象征了十年前那种理智化的淫逸的空气——直挺挺的衣领远远隔开了女神似的头与下面的丰柔的肉身。这儿有讽刺，有绝望后的狂笑。

当时欧美流行着的双排钮扣的军人式的外套正和中国人凄厉的心情一拍即合。然而恪守中庸之道的中国女人在那雄赳赳的大衣底下穿着拂地的丝绒长袍，袍叉开到大腿上，露出同样质料的长裤子，裤脚上闪着银色花边。衣服的主人翁也是这样的奇异的配搭，表面上无不激烈地唱高调。骨子里还是唯物主义者。

近年来最重要的变化是衣袖的废除。（那似乎是极其艰难危险的工作，小心翼翼地，费了二十年的工夫方才完全剪去。）同时衣领矮了，袍身短了，装饰性质的镶滚也免了，改用盘花钮扣来代替，不久连钮扣也被捐弃了，改用揿钮。总之，这笔账完全是减法——所有的点缀品，无论有用没用，一概剔去。剩下的只有一件紧身背心，露出颈项、两臂与小腿。

现在要紧的是人，旗袍的作用不外乎烘云托月忠实地将人体轮廓曲曲勾出。革命前的装束却反之，人属次要，单只注重诗意的线条，于是女人的体格公式化，不脱衣服，不知道她与她有什么不同。

我们的时装不是一种有计划有组织的实业，不比在巴黎，几个规模宏大的时装公司如Lelong's Schiaparelli's，垄断一切，影响及整个白种人的世界。我们的裁缝却是没主张的。公众的幻想往往不谋而合，产生一种不可思议的洪流。裁缝只有追随的份儿。因为这缘故，中国的时装更可以作民意的代表。

究竟谁是时装的首创者，很难证明，因为中国人素不尊重版权，而且作者也不甚介意，既然抄袭是最隆重的赞美。最近入时的半长不短的袖子，又称“四分之三袖”，上海人便说是香港发起的，而香港人又说是上海传来的，互相推诿，不敢负责。

一双袖子翩翩归来，预兆形式主义的复兴。最新的发展是向传统的一方面走，细节虽不能恢复，轮廓却可尽量引用，用得活泛，一样能够适应现代环境的需要。旗袍的大襟采取围裙式，就是个好例子，很有点“三日入厨下”的风情，耐人寻味。

男装的近代史较为平淡。只有一个极短的时期，民国四年至八九年，男人的衣服也讲究花俏，滚上多道的如意头，而且男女的衣料可以通用，然而生当其时的人都认为那是天下大乱的怪现状之一。目前中国人的西装，固然是谨严而黯淡，遵守西洋绅士的成规，即使中装也长年地在灰色、咖啡色、深青里面打滚，质地与图案也极单调。男子的生活比女子自由得多，然而单凭这一件不自由，我就不愿意做一个男子。

衣服似乎是不足挂齿的小事。刘备说过这样的话：“兄弟如手足，妻子如衣服。”可是如果女人能够做到“丈夫如衣服”的地步，就很不容易。有个西方作家（是萧伯纳么？）曾经抱怨过，多数女人选择丈夫远不及选择帽子一般的聚精会神，慎重考虑。再没有心肝的女子说起她“去年那件织锦缎夹袍”的时候，也是一往情深的。

直到十八世纪为止，中外的男子尚有穿红着绿的权利。男子服色的限制是现代文明的特征。不论这在心理上有没有不健康的影响，至少这是不必要的压抑。文明社会的集团生活里，必要的压抑有许多种，似乎小节上应当放纵些，作为补偿。有这么一种议论，说男性如果对于衣着感到兴趣些，也许他们会安分一些，不至于千方百计争取社会的注意与赞美，为了造就一己的声望，不惜祸国殃民。若说只消将男人打扮得花红柳绿的，天下就太平了，那当然是笑话。大红蟒衣里面戴着绣花肚兜的官员，照样会淆乱朝纲。但是预言家威尔斯的合理化的乌托邦里面的男女公民一律穿着最鲜艳的薄膜质的衣裤，斗篷，这倒也值得做我们参考的资料。

因为习惯上的关系，男子打扮得略略不中程式，的确看着不顺眼，中装上加大衣，就是一个例子，不如另加上一件棉袍或皮袍来得妥当，便臃肿些也不妨。有一次我在电车上看见一个年轻人，也许是学生，也许是店伙，用米色绿方格的兔子呢制了太紧的袍，脚上穿着女式红绿条纹短袜，嘴里衔着别致的描花假象牙烟斗，烟斗里并没有烟。他吮了一会，拿下来把它一截截拆开了，又装上去，再送到嘴里吮，面上颇有得色。乍看觉得可笑，然而为什么不呢，如果他喜欢？……秋凉的薄暮，小菜场上收了摊子，满地的鱼腥和青白色的芦粟的皮与渣。一个小孩骑了自行车冲过来，卖弄本领，大叫一声，放松了扶手，摇摆着，轻倩地掠过。在这一刹那，满街的人都充满了不可理喻的景仰之心。人生最可爱的当儿便在那一撒手罢？

下 棋*

梁实秋

有一种人我最不喜欢和他下棋，那便是太有涵养的人。杀死他一大块，或是抽了他一个车，他神色自若，不动火，不生气，好像是无关痛痒，使得你觉得索然寡味。君子无所争，下棋却是要争的。当你给对方一个严重威胁的时候，对方的头上青筋暴露，黄豆般的汗珠一颗颗地在额上陈列出来，或哭丧着脸作惨笑，或咕嘟着嘴作吃屎状，或抓耳挠腮，或大叫一声，或长吁短叹，或自怨自艾口中念念有词，或一串串地噎嗝打个不休，或红头涨脸如关公，种种现象，不一而足，这时节你"行有余力"便可以点起一支烟，或啜一碗茶，静静地欣赏对方的苦闷的象征。我想猎人因逐一只野兔的时候，其愉快大概略相仿佛。因此我悟出一点道理，和人下棋的时候，如果有机会使对方受窘，当然无所不用其极，如果被对方所窘，便努力作出不介意状，因为既不能积极地给对方以苦痛，只好消极地减少对方的乐趣。

自古博弈并称，全是属于赌的一类，而且只是比"饱食终日无所用心"略胜一筹而已。不过弈虽小术，亦可以观人，相传有慢性人，见对方走当头炮，便左思右想，不知是跳左边的马好，还是跳右边的马好，想了半个钟头而迟迟不决，急得对方拱手认输。是有这样的慢性人，每一着都要考虑，而且是加慢的考虑，我常想这种人如加入龟兔竞赛，也必定可以获胜。也有性急的人，下棋如赛跑，劈劈拍拍，草草了事，这仍就是饱食终日无所用心的一贯作风。下棋不能无争，争的范围有大有小，有斤斤计较而因小失大者，有不拘小节而眼观全局者，有短兵相接作生死斗者，有各自为战而旗鼓相当者，有赶尽杀绝一步不让者，有好勇斗狠同归于尽者，有一面下棋一面诮骂者，但最不幸的是争的范围超出了棋盘，而拳足交加。有下象棋者，久而无声音，排闼视之，阒不见人，原来他们是在门后角里扭做一团，一个人骑在另一个人的身上，在他的口里挖车呢。被挖者不敢出声，出声则口张，口张则车被挖回，挖回则必悔棋，悔棋则不得胜，这种认真的态度憨得可爱。我曾见过二人手谈，起先是坐着，神情潇洒，望之如神仙中人，俄而棋势吃紧，两人都站起来了，剑拔弩张，如斗鹌鹑，最后到了生死关头，两个人跳到桌上去了！

笠翁《闲情偶寄》说弈棋不如观棋，因观者无得失心，观棋是有趣的事，如看斗牛、斗鸡、斗蟋蟀一般，但是观棋也有难过处，观棋不语是一种痛苦。喉间硬是痒得出奇，思一吐为快。看见一个人要入陷阱而不作声是几乎不可能的事，如果说得中肯，其中一个人要厌恨你，暗暗

* 摘自《梁实秋散文》，中国广播电视出版社 1989 年版。

地骂一声"多嘴驴！"另一个人也不感激你，心想"难道我还不晓得这样走！"如果说得不中肯，两个人要一齐嗤之以鼻，"无见识奴！"如果根本不说，憋在心里，受病。所以有人于挨了一个耳光之后还要抚着热辣辣的嘴巴大呼"要抽车，要抽车！"

下棋只是为了消遣，其所以能使这样多人嗜此不疲者，是因为它颇合于人类好斗的本能，这是一种"斗智不斗力"的游戏。所以瓜棚豆架之下，与世无争的村夫野老不免一枰相对，消此永昼；闹市茶寮之中，常有有闲阶级的人士下棋消遣，"不为无益之事，何以遣此有涯之生？"宦海里翻过身最后退隐东山的大人先生们，髀肉复生，而英雄无用武之地，也只好闲来对弈，了此残生，下棋全是"剩余精力"的发泄。人总是要斗的，总是要钩心斗角地和人争逐的。与其和人争权夺利，还不如在棋盘上多占几个官，与其招摇撞骗，还不如在棋盘上抽上一车。宋人笔记曾载有一段故事："李讷仆射，性卞急，酷好弈棋，每下子安详，极于宽缓，往往躁怒作，家人辈则密以弈具陈于前，讷睹，便忻然改容，以取其子布弄，都忘其恚矣。"（南部新书）。下棋，有没有这样陶冶性情之功，我不敢说，不过有人下起棋来确实是把性命都可置诸度外。我有两个朋友下棋，警报作，不动声色，俄而弹落，棋子被震得在盘上跳荡，屋瓦乱飞，其中一位棋瘾较小者变色而起，被对方一把拉住："你走！那就算是你输了。"此公深得棋中之趣。

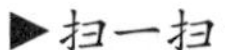

梁实秋散文
拓展阅读

听听那冷雨 *

余 光 中

惊蛰一过，春寒加剧。先是料料峭峭，继而雨季开始，时而淋淋漓漓，时而淅淅沥沥，天潮潮地湿湿，即连在梦里，也似乎有把伞撑着。而就凭一把伞，躲过一阵潇潇的冷雨，也躲不过整个雨季。连思想也都是潮润润的。每天回家，曲折穿过金门街到厦门街迷宫式的长巷短巷，雨里风里，走入霏霏令人更想入非非。想这样子的台北凄凄切切完全是黑白片的味道，想整个中国整部中国的历史无非是一张黑白片子，片头到片尾，一直是这样下着雨的。这种感觉，不知道是不是从安东尼奥尼那里来的。不过那一块土地是久违了，二十五年，四分之一的世纪，即使有雨，也隔着千山万山，千伞万伞。二十五年，一切都断了，只有气候，只有气象报告还牵连在一起。大寒流从那块土地上弥天卷来，这种酷冷吾与古大陆分担。不能扑进她怀里，被她的裾边扫一扫吧也算是安慰孺慕之情。

这样想时，严寒里竟有一点温暖的感觉了。这样想时，他希望这些狭长的巷子永远延伸下去，他的思路也可以延伸下去，不是金门街到厦门街，而是金门到厦门。他是厦门人，至少是广义的厦门人，二十年来，不住在厦门，住在厦门街，算是嘲弄吧，也算是安慰。不过说到广义，他同样也是广义的江南人，常州人，南京人，川娃儿，五陵少年。杏花春雨江南，那是他的少年时代了。再过半个月就是清明。安东尼奥尼的镜头摇过去，摇过去又摇过来。残山剩水犹如是。皇天后土犹如是。纭纭黔首纷纷黎民从北到南犹如是。那里面是中国吗？那里面当然还是中国永远是中国。只是杏花春雨已不再，牧童遥指已不再，剑门细雨渭城轻尘也都已不再。然则他日思夜梦的那片土地，究竟在哪里呢？

在报纸的头条标题里吗？还是香港的谣言里？还是傅聪的黑键白键马思聪的跳弓拨弦？还是安东尼奥尼的镜底勒马洲的望中？还是呢，故宫博物院的壁头和玻璃橱内，京戏的锣鼓声中太白和东坡的韵里？

杏花。春雨。江南。六个方块字，或许那片土就在那里面。而无论赤县也好神州也好中国也好，变来变去，只要仓颉的灵感不灭美丽的中文不老，那形象，那磁石一般的向心力当必然长在。因为一个方块字是一个天地。太初有字，于是汉族的心灵他祖先的回忆和希望便有了寄托。譬如凭空写一个“雨”字，点点滴滴，滂滂沱沱，淅沥淅沥淅沥，一切云情雨意，就宛然其中了。视觉上的这种美感，岂是什么 rain 也好 pluie 也好所能满足？翻开一部《辞源》或

* 摘自《余光中集》第五卷，百花文艺出版社 2004 年版。

《辞海》，金木水火土，各成世界，而一入“雨”部，古神州的天颜千变万化，便悉在望中，美丽的霜雪云霞，骇人的雷电霹雹[1]，展露的无非是神的好脾气与坏脾气，气象台百读不厌门外汉百思不解的百科全书。

听听，那冷雨。看看，那冷雨。嗅嗅闻闻，那冷雨，舔舔吧，那冷雨。雨在他的伞上这城市百万人的伞上雨衣上屋上天线上，雨下在基隆港在防波堤在海峡的船上，清明这季雨。雨是女性，应该最富于感性。雨气空濛而迷幻，细细嗅嗅，清清爽爽新新，有一点点薄荷的香味，浓的时候，竟发出草和树沐发后特有的淡淡土腥气，也许那竟是蚯蚓和蜗牛的腥气吧，毕竟是惊蛰了啊。也许地上的地下的生命也许古中国层层叠叠的记忆皆蠢蠢而蠕，也许是植物的潜意识和梦吧，那腥气。

第三次去美国，在高高的丹佛他山居了两年。美国的西部，多山多沙漠，千里干旱，天，蓝似安格罗・萨克逊人的眼睛，地，红如印地安人的肌肤，云，却是罕见的白鸟。落基山簇簇耀目的雪峰上，很少飘云牵雾。一来高，二来干，三来森林线以上，杉柏也止步，中国诗词里“荡胸生层云”，或是“商略黄昏雨”的意趣，是落基山上难睹的景象。落基山岭之胜，在石，在雪。那些奇岩怪石，相叠互倚，砌一场惊心动魄的雕塑展览，给太阳和千里的风看。那雪，白得虚虚幻幻，冷得清清醒醒，那股皑皑不绝一仰难尽的气势，压得人呼吸困难，心寒眸酸。不过要领略“白云回望合，青霭入看无”的境界，仍须回来中国。台湾湿度很高，最饶云气氤氲雨意迷离的情调。两度夜宿溪头，树香沁鼻，宵寒袭肘，枕着润碧湿翠苍苍交叠的山影和万籁都歇的岑寂，仙人一样睡去。山中一夜饱雨，次晨醒来，在旭日未升的原始幽静中，冲着隔夜的寒气，踏着满地的断柯折枝和仍在流泻的细股雨水，一径探入森林的秘密，曲曲弯弯，步上山去。溪头的山，树密雾浓，蓊郁的水气从谷底冉冉升起，时稠时稀，蒸腾多姿，幻化无定，只能从雾破云开的空处，窥见乍现即隐的一峰半壑，要纵览全貌，几乎是不可能的。至少入山两次，只能在白茫茫里和溪头诸峰玩捉迷藏的游戏。回到台北，世人问起，除了笑而不答心自闲，故作神秘之外，实际的印象，也无非山在虚无之间罢了。云缭烟绕，山隐水迢的中国风景，由来予人宋画的韵味。那天下也许是赵家的天下，那山水却是米家的山水。而究竟，是米氏父子下笔像中国的山水，还是中国的山水上纸像宋画，恐怕是谁也说不清楚了吧？

雨不但可嗅，可观，更可以听。听听那冷雨。听雨，只要不是石破天惊的台风暴雨，在听觉上总是一种美感。大陆上的秋天，无论是疏雨滴梧桐，或是骤雨打荷叶，听去总有一点凄凉，凄清，凄楚，于今在岛上回味，则在凄楚之外，更笼上一层凄迷了。饶你多少豪情侠气，怕也经不起三番五次的风吹雨打。一打少年听雨，红烛昏沉。二打中年听雨，客舟中，江阔云低。三打白头听雨在僧庐下，这便是亡宋之痛，一颗敏感心灵的一生：楼上，江上，庙里，用冷冷的雨珠子串成。十年前，他曾在一场摧心折骨的鬼雨中迷失了自己。雨，该是一滴湿漓漓的灵魂，窗外在喊谁。

雨打在树上和瓦上，韵律都清脆可听。尤其是铿铿敲在屋瓦上，那古老的音乐，属于中

（1） 简体的云字与电字，已不属雨部。

国。王禹偁在黄冈，破如椽的大竹为屋瓦。据说住在竹楼上面，急雨声如瀑布，密雪声比碎玉，而无论鼓琴，咏诗，下棋，投壶，共鸣的效果都特别好。这样岂不像住在竹筒里面，任何细脆的声响，怕都会加倍夸大，反而令人耳朵过敏吧。

雨天的屋瓦，浮漾湿湿的流光，灰而温柔，迎光则微明，背光则幽黯，对于视觉，是一种低沉的安慰。至于雨敲在鳞鳞千瓣的瓦上，由远而近，轻轻重重轻轻，夹着一股股的细流沿瓦槽与屋檐潺潺泻下，各种敲击音与滑音密织成网，谁的千指百指在按摩耳轮。“下雨了，”温柔的灰美人来了，她冰冰的纤手在屋顶拂弄着无数的黑键啊灰键，把晌午一下子奏成了黄昏。

在古老的大陆上，千屋万户是如此。二十多年前，初来这岛上，日式的瓦屋亦是如此。先是天黯了下来，城市像罩在一块巨幅的毛玻璃里，阴影在户内延长复加深。然后凉凉的水意弥漫在空间，风自每一个角落里旋起，感觉得到，每一个屋顶上呼吸沉重都覆着灰云。雨来了，最轻的敲打乐敲打这城市，苍茫的屋顶，远远近近，一张张敲过去，古老的琴，那细细密密的节奏，单调里自有一种柔婉与亲切，滴滴点点滴滴，似幻似真，若孩时在摇篮里，一曲耳熟的童谣摇摇欲睡，母亲吟哦鼻音与喉音。或是在江南的泽国水乡，一大筐绿油油的桑叶被啮于千百头蚕，细细琐琐屑屑，口器与口器咀咀嚼嚼。雨来了，雨来的时候瓦这么说，一片瓦说千亿片瓦说，说轻轻地奏吧沉沉地弹，徐徐地叩吧挞挞地打，间间歇歇敲一个雨季，即兴演奏从惊蛰到清明，在零落的坟上冷冷奏挽歌，一片瓦吟千亿片瓦吟。

在日式的古屋里听雨，听四月，霏霏不绝的黄梅雨，朝夕不断，旬月绵延，湿黏黏的苔藓从石阶下一直侵到他舌底，心底。到七月，听台风台雨在古屋顶上一夜盲奏，千寻海底的热浪沸沸被狂风挟来，掀翻整个太平洋只为向他的矮屋檐重重压下，整个海在他的蜗壳上哗哗泻过。不然便是雷雨夜，白烟一般的纱帐里听羯鼓一通又一通，滔天的暴雨滂滂沛沛扑来，强劲的电琵琶忐忐忑忑忐忐忑忑，弹动屋瓦的惊悸腾腾欲掀起。不然便是斜斜的西北雨斜斜，刷在窗玻璃上，鞭在墙上打在阔大的芭蕉叶上，一阵寒濑泻过，秋意便弥漫日式的庭院了。

在日式的古屋里听雨，春雨绵绵听到秋雨潇潇，从少年听到中年，听听那冷雨。雨是一种单调而耐听的音乐是室内乐是室外乐，户内听听，户外听听，冷冷，那音乐。雨是一种回忆的音乐，听听那冷雨，回忆江南的雨下得满地是江湖下在桥上和船上，也下在四川在秧田和蛙塘，下肥了嘉陵江下湿布谷咕咕的啼声。雨是潮潮润润的音乐下在渴望的唇上，舐舐那冷雨。

因为雨是最最原始的敲打乐从记忆的彼端敲起。瓦是最最低沉的乐器灰濛濛的温柔覆盖着听雨的人，瓦是音乐的雨伞撑起。但不久公寓的时代来临，台北你怎么一下子长高了，瓦的音乐竟成了绝响。千片万片的瓦翩翩，美丽的灰蝴蝶纷纷飞走，飞入历史的记忆。现在雨下下来下在水泥的屋顶和墙上，没有音韵的雨季。树也砍光了，那月桂，那枫树，柳树和擎天的巨椰，雨来的时候不再有丛叶嘈嘈切切，闪动湿湿的绿光迎接。鸟声减了啾啾，蛙声沉了咯咯，秋天的虫吟也减了唧唧。七十年代的台北不需要这些，一个乐队接一个乐队便遣散尽了。要听鸡叫，只能去诗经的韵里寻找。现在只剩下一张黑白片，黑白的默片。

正如马车的时代去后，三轮车的时代也去了。曾经在雨夜，三轮车的油布篷挂起，送她回家的途中，篷里的世界小得多可爱，而且躲在警察的辖区以外。雨衣的口袋越大越好，盛得下他的一只手里握一只纤纤的手。台湾的雨季这么长，该有人发明一种宽宽的双人雨衣，一人分穿一只袖子，此外的部分就不必分得太苛。而无论工业如何发达，一时似乎还废不了雨伞。只要雨不倾盆，风不横吹，撑一把伞在雨中仍不失古典的韵味。任雨敲在黑布伞或是透明的塑胶伞上，将骨柄一旋，雨珠向四方喷溅，伞缘便旋成了一圈飞檐。跟女友共一把雨伞，该是一种美丽的合作吧。最好是初恋，有点兴奋，更有点不好意思，若即若离之间，雨不妨下大一点。真正初恋，恐怕是兴奋得不需要伞的，手牵手在雨中狂奔而去，把年轻的长发和肌肤交给漫天的淋淋漓漓，然后向对方的唇上颊上尝凉凉甜甜的雨水。不过那要非常年轻且激情，同时，也只能发生在法国的新潮片里吧。

大多数的雨伞想不会为约会张开。上班下班，上学放学，菜市来回的途中，现实的伞，灰色的星期三。握着雨伞，他听那冷雨打在伞上。索性更冷一些就好了，他想。索性把湿湿的灰雨冻成干干爽爽的白雨，六角形的结晶体在无风的空中回回旋转地降下来，等须眉和肩头白尽时，伸手一拂就落了。二十五年，没有受故乡白雨的祝福，或许发上下一点白霜是一种变相的自我补偿吧。一位英雄，经得起多少次雨季？他的额头是水成岩削成还是火成岩？他的心底究竟有多厚的苔藓？厦门街的雨巷走了二十年与记忆等长，一座无瓦的公寓在巷底等他，一盏灯在楼上的雨窗子里，等他回去，向晚餐后的沉思冥想去整理青苔深深的记忆。前尘隔海。古屋不再。听听那冷雨。

一九七四年春分之夜

中年是下午茶*

董　桥

一

中年最是尴尬。天没亮就睡不着的年龄；只会感慨不会感动的年龄；只有哀愁没有愤怒的年龄。中年是吻女人额头不是吻女人嘴唇的年龄；是用浓咖啡服食胃药的年龄。中年是下午茶：忘了童年的早餐吃的是稀饭还是馒头；青年的午餐那些冰糖元蹄、葱爆羊肉都还没有消化掉；老年的晚餐会是清蒸石斑还是红烧豆腐也没主意；至于八十岁以后的宵夜就更渺茫了：一方饼干？一杯牛奶？总之这顿下午茶是搅一杯往事、切一块乡愁、榨几滴希望的下午。不是在伦敦夏蕙那么维多利亚的地方，也不是在成功大学对面冰室那么苏雪林的地方，更不是在北平琉璃厂那么闻一多的地方；是在没有艾略特、没有胡适之、没有周作人的香港。诗人庞德太天真了，竟说中年乐趣无穷，其中一乐是发现自己当年做得对，也发现自己比十七岁或者二十三岁那年的所思所为还要对。人已彻骨，天尚含糊；岂料诗人比天还含糊！中年是看不厌台静农的字看不上毕加索的画的年龄："山郭春声听夜潮，片帆天际白云遥；东风未绿秦淮柳，残雪江山是六朝！"

二

中年是杂念越想越长、文章越写越短的年龄。可是纳博科夫在巴黎等着去美国的期间，每天彻夜躲在冲凉房里写书，不敢吵醒妻子和婴儿。陀思妥耶夫斯基怀念圣彼得堡半夜里还冒出白光的蓝天，说是这种天色叫人不容易也不需要上床，可以不断写稿。梭罗一生独居，写到笔下约翰·布朗快上吊的时候，竟夜夜失眠，枕头下压着纸笔，辗转反侧之余随时在黑暗中写稿。托马斯·曼临终前在威尼斯天天破晓起床，冲冷水浴，在原稿前点上几枝蜡烛，埋头写作二三小时。亨利·詹姆斯日夜写稿，出名多产，跟名流墨客夜夜酬酢，半夜里回到家里还可以坐下来给朋友写十六页长的信。他们都是超人：杂念既多，文章也多。

中年是危险的年龄：不是脑子太忙、精子太闲；就是精子太忙、脑子太闲。中年是一次毫

* 摘自《旧情解构：董桥自选集》，生活·读书·新知三联书店 2002 年版。

无期待心情的约会：你来了也好，最好你不来！中年的故事是那只扑空的精子的故事：那只精子日夜在精囊里跳跳蹦蹦锻炼身体，说是将来好抢先结成健康的胖娃娃；有一天，精囊里一阵滚热，千万只精子争先恐后往闸口奔过去，突然间，抢在前头的那只壮精子转身往回跑，大家莫名其妙问他干嘛不抢着去投胎？那只壮精子喘着气说："抢个屁！他在自渎！"

三

"数卷残书，半窗寒烛，冷落荒斋里。"这是中年。《晋书》本传里记阮咸，说"七月七日，北阮盛晒衣服，皆锦绮灿目。咸以竿挂大布犊鼻于庭。人或怪之。答曰：'未能免俗，聊复尔耳！'"大家晒出来的衣服都那么漂亮，家贫没有多少衣服好晒的人，只好挂出了粗布短裤，算是不能免俗，姑且如此而已。

中年是"未能免俗，聊复尔耳"的年龄。

看蒙娜丽莎看*

熊 秉 明

一

面对一幅画，我们说“看画”。

画是客体，挂在那里。我们背了手凑近、退远、审视、端详、联想、冥想、玩味、评价。大自然的山水、鸟兽、草木，人间的英雄与圣徒、好女与孩童、爱情与劳动、战争与游戏、欢喜与悲痛，都定影在那里，化为我们“看”的对象。连上想象里的鬼怪与神祇、天堂与地狱、创世纪和最后审判；连上非想象里的抽象的形、纯粹的色、理性摆布的结构、潜意识底层泛起的幻觉，这一切都不再对我们有什么实际的威胁或蛊惑。无论它们怎样神奇诡谲，终是以“画”的身分显示在那里，作为“欣赏”的对象，听凭我们下“好”或者“不好”的评语。

欣赏者——欣赏对象。

这是我们和画的关系。我们处于一种安全而优越的地位，享受着观赏之全体的愉快、骄傲和踌躇满志。

然而走到蒙娜丽莎之前，情形有些不同了。我们的静观受到意外的干扰。画中的主题并不是安安稳稳地在那里“被看”、“被欣赏”、“被品鉴”。相反，她也在“看”，在凝眸谛视、在探测。侧了头，从眼角上射过来的目光，比我们的更专注、更锋锐、更持久、更具密度、更蕴深意。她争取着主体的地位，她简直要把我们看成一幅画、一幅静物，任她的眼光去分析、去解剖，而且估价。她简直动摇了我们作为“欣赏者”的存在的权利和自信。

二

也并非没有在画里向我们注视的人物。

像安格尔（Ingres 1780—1867）的那些贵妇与绅士，端坐着，像制成标本的兽，眼窝里嵌着瓷球，晶亮、发光，很能乱真，定定地瞅过来，然而终于只是冰冷的晶亮的瓷球。这样的空虚失神的凝视当然不给我们什么威胁。

* 摘自熊秉明:《看蒙娜丽莎看》，百花文艺出版社 1997 年版。

像提香（Titian 1490—1576）的威尼斯贵族男子肖像，眼瞳里闪烁着文艺复兴时代贵族们的阴鸷和狡诈，目光像浸了毒鸩的剑锋，向你挑战。他们娴于幕前和幕后的争权夺利，明枪暗箭，在瞥视你的顷间，已估计了你的身世、才智、毅力、野心以及成败的机率。

像林布兰特（Rembrandt 1606—1669）的人物，无论是老人、妇人、壮者以及孩子，他们往往也是看向观赏者的。他们的眼光像壁炉里的烈焰，要照红观者的手、面庞、眼睛、胸膛，照出观者腑脏里潜藏着的悲苦与欢喜。把辛酸燃烧起来，把欢乐燃烧起来，把观者的苍白烘照成赤金色……

这样的画和我们的关系，也不仅只是“欣赏者——欣赏对象”的关系。它们也有意要把我们驱逐到欣赏领域以外去，强迫我们退到存在的层次，在那里被摆布、被究诘、被拷问、被裁判、被怜悯、被扶持、被拥抱。

三

而蒙娜丽莎的眼光是另一样的，在存在的层次，对我们作另一种要。

她看向你，她注视你，她的注视要诱导出你的注视。那眼光像迷路后，在暮色苍茫里，远远地闪起的一粒火光，耀熠着，在叫唤你，引诱你向她去。而你也猝然具有了鸱枭的视力，野猫子的轻步，老水手观测晚云的敏觉。

四

有少女的诱惑和少妇的诱惑。

少女的。在她的机体发育到一定的时刻，便泛起饱和的滋润和鲜美。皮肤的色泽，匀净纯一之至，从红红到白白之间的转化，自然而微妙，你找不到分界的迹象。肢胴的圆浑，匀净纯一之至你不能判定哪是弧线，哪是直线，辨不出哪里是颈的开始，哪里是肩的消失。你想努力去辨析，而终不能，而你终于在这努力里技穷，瞠然、哑然、被征服。少女自己未必自觉吧。一旦自觉，也要为这奇异的诱惑力感到吃惊，而羞涩、不安、含着歉意，但每一颗细胞，每一条发光的青丝并不顾虑这些，直放射着无忌惮的芬香。

有少妇的诱惑。她在心灵成熟到一定的时刻，便孕怀着爱和智慧，宽容与认真，温柔与刚毅，对生命的洞识和执著。她的躯体仍有美，然而锋芒已稍稍收敛了。活力仍然充沛饱满，然而表面的波沦已稍稍平静了。皮下的脂肪已经聚集，肌肤水分已经储备，到处的曲线模拟果实的浑满。她懂得爱了，而且爱过，曾经因爱快乐过，也痛苦过，血流过，腹部战栗过，腰酸痛过。她如果诱惑，她能意识到那诱惑的强度，和所可能导致的风险。她是那诱惑的主人。她是谨慎的，她得掌握住自己的命运，以及这个世界的命运。虽然诱惑，她的生命不轻易交付出来，她也不许你把生命轻易拿来交换。如果她看向你，她的眼睛里有着探测和估量。

蒙娜丽莎的眼睛是少妇的。

五

她知道她在做什么。她向你睇视，守候着。她在观察。像那一双优美的叠合的手，耐心地期待。

她睇向你，等你看向她。她诱惑你的诱惑，等待你的诱惑。

假使你不敢回答，她也只有缄默。假使你轻率地回答，她将莞尔报以轻蔑的微笑。假使你不能毅然走向她，她决不会来迎向你。她在测探你的存在的广度、高度、深度、密度，她在测探你的存在的决心和信心。

她的眼睛里果有什么秘密么？你想窥探进去，寻觅，然而没有。欠身临视那里，像一眼井，你看见自己的影子。那里只有为她所观测，所剖析你自己的形象。像一面忠实的明镜，她的眼光不否定，也不肯定。可能否定，也可能肯定，但看我们自己的抉择和态度。她的眼光像一束透射线，要把我们内部存在的样式映在毛玻璃上，使骨骼内脏都历历在目。她的眼光是一口陷阱，将我们的过去，现在和未来都一并活活地捕获。如果那眼光里有秘密可寻，那就正是我们的彷徨、惶悚、紧张、狼狈。爱么？不爱么？ To be or not to be ?

她终不置可否，只静待你的声音。她似乎已经料到你的回答，似乎已经猜透你的浮夸、轻薄、怯懦，似乎已经察觉你的不安、觉醒，以及奋起，以及隐秘暗藏的抱负——于是嘴角上隐然泛起微笑。

六

神秘的笑。因为是一种未确定的两可的笑。并无暗示，也非拒绝。不含情也非严峻的矜持。她似关切，而又淡然。在一段模棱不定的距离里，冷眼窥测你的行止。

她超然于有情和无情之上，然而她也并未能超然于有情无情之上。她的命运也正是你的决定所造就。她的凝视，正是凝视她自己命运的形成。她看自己命运似乎看得十分真切，以致她可以完全平静地，泰然地去接受。而此刻，她在有情与无情之上，将有情，而却尚未有情。

尚未有情的眼光是最苛求的。如果真是爱了，那爱的顾盼有宽容、溺爱。它将容忍我们的缺陷，慰藉我们的尚未坚强，扎裹我们的创伤。而尚未有爱的顾盼则毫无纵容的余地，它瞄准我们，对我们的要求绝对严、无限大。它在无穷远的距离，向我们盯视、召唤，我们只能是一个无穷极的追求，无休止的奔驰。

七

芬奇是置身于这可怕的眼光中的第一个。而他就是创造这眼光的人。他在这可怕的眼光中一点一点塑造这眼光的可怕。

世界上的一切，对芬奇来说，都一样是吸引，激起他的惊异，挑起他的探索，是对他的能力的测验、挑战。

向高空飞升，自高空而降的陨落；水的浮，水的流；火的燃烧，火的爆炸力跨过齿轮，穿过杠杆，变大、缩小，栖在强弩的弦上。他制造了飞翼、飞厢、潜水衣、踩水履。他已恍然感到凌空凭虚的晕眩，听长风在翼缘上吹哨，预感到翼底大气的阻力系数。像描绘波状的柔发，他描绘奇妙的流体力学的图式。他使水爬过山脊到山的那一边；他使水在理想都市的下水道里听从地流泻。他制造的火花飞到夜空的星丛之间；他用凹面镜收聚太阳的光线；他计算从地球到月球的路程……

云的形状，山峰的形状，迷路在山顶的海贝，野花瓣萼的编制，兽体的比例，从狮子的吼声到苍蝇翅膀的嗡嗡……都引起他的讶异、探问、试验。他从此刻的山、云、海的性质样态，幻想造山时代巉岩怪石的迸飞，世界末日的气、水、火、风的大旋舞。他剖开人体，看血管密网的株式分布，白骨的黄金分割，头颅脑床的凹形，心脏的密室。他画过婴孩的圆润，老人的棱角嶙峋，少男少女的俊秀，从千变万化的面貌中演绎出圣者智者以及臃肿戆蠢的丑怪。从面貌的千变万化中捕捉心灵的阴晴风雨，幸福与悲剧。生的微笑，死的恐怖，犹大的凶险惶惑，其余十一个门徒的惊骇、悲伤、无助、绝望，人之子大爱的坦然，圣母的温慈，圣母之母的安详。

他画过尚在子宫里沉睡的胎儿，画过浑圆的孕妇的躯体，画过被吊毙的囚犯，在酣战中号叫的斗士。他守候过生命在百龄老人的躯体里如何渐渐撤退。他买回笼鸟，为了放生，却又精心地设计屠杀的武器。而冷钢的白刃却又具有最优美的线条，一如少女的乳峰。设计刺穿一切胸膛以及一切盾的矛，并设计抵御一切暴力和一切矛的盾……真正是矛盾的人物。神与魔、光与影、美和丑、物和心都给他同等研究、探索、描绘的欲求和兴致，不仅没有神，也没有魔鬼。没有恐惧，也没有崇拜。一切都必须看个明白、透彻。浮士德式的人物。

他的宇宙论里没有神，只有神秘；没有恶魔，然而充满诱惑。

八

但是，女人，这一切诱惑中的诱惑，他平生没有接近过。他不但不曾结婚，而且似乎没有恋爱过。翻完那许多手稿几乎找不到一点关于女人在他真实生活里的记录。他不是没有召见于当时的绝色而富有才华的伊莎伯代思特，受到其他贵族奇女子的赏识和宠遇，他何尝不动心于异性的妩媚和风采？他不是精微地描绘过她们的容貌的么？他不是一再画过神话里的丽达的裸体的么？但是他的智慧要他冷眼观察这诱惑的性质、作用。

像一个冷静的科学家，他对于那诱惑进行带着距离的观测。他要从自己激动的心理状态中蝉蜕出来，把自己化为两个个体，精神分裂开来，反观自己，认识诱惑现象。

他像一个炼金术的法师，企图把“诱惑”这元素从这个世界里提炼出来，变成一小撮金粉，储藏在曲颈瓶底给人看。

又像一个羞涩，畏怯的男孩，他只窃窃地躲在窗子后面，远望街转角上她的身影。不吻、不抱。他满足于观察她的傲然、矜持，而又脉脉的善意的流盼。他一生就逗留在这青春的年纪，少年维特的危险的年纪。

芬奇和蒙娜丽莎，也就是芬奇和女性的关系。而芬奇和女性的关系，也就是芬奇和这个世界一切事物的关系。一切事物都刺激他的好奇、追问，一切事物于他都是一种诱惑。而女性的诱惑是一切诱惑的集中、公约数、象征。

这纯诱惑与追求之间有一形而上学的距离，如果诱惑者和被诱惑者一旦相接触了，就像两个磁极同时毁灭。没有了诱惑，也没有了追求。这微笑的顾盼是一永远达不到的极限，先验地不可能接近的绝对。于是追求永在进行，诱惑也永在进行。无穷尽地趋近。

九

芬奇不是一个作形而上学玄思的哲学家。他的兴趣是具体世界的形形色色，和中世纪追求理念世界的哲学是相背道而驰的。他的问题在形形色色之中，也只在形形色色之中。他的哲学是这可见，可度量，可捉摸的世界的意义，这意义及其神秘也就是形色光影所构成。他的哲学可以看得见，画得出，他要画出这世界的秩序，法则，以图画解说这世界，以图画作为分析这世界，认知这世界，征服这世界，改造这世界的工具。他要画出最初的因，最终的果。他要画出生命的起源，神秘的诞生。他要画出诱惑的本质，知性的觉醒。

十

而有一天，一切神秘，一切鬼眏眼的诱惑的总和，他恍然在这一个女人的面庞上分明地看见了，像镭元素从几十吨矿砂中离析出来，闪起离奇的光。那是一对眼波，少妇的，含激烈的，必然性的，命令性的诱惑，而尚未含情，冷然侧睐。那眼光后面隐藏着一切可能的课题，埋伏着一切鬼眏眼的闪熠，一切形形色色都置根在其中。又似乎一无所有，只是猜不透。

然而他必须把这眼光捕捉到，捕捉这不可捕捉的。即使芬奇毕生不曾遇到这一个叫作卓孔达夫人的蒙娜丽莎，总有一天，他终要创造出这眼光来的。他画的圣母，圣约翰洗礼者不都早就酷似这一面形，这一笑容么？

卓孔达夫人的笑容竟是怎样的？由另一个画家画来，会是什么样子？是芬奇心目里的女人的神秘的笑酷似卓孔达夫人的笑呢？还是卓孔达夫人的笑酷似芬奇心目里的女人的神秘的笑呢？两个笑容互相回映、叠影、交融，不再能分得开。

十　一

这或者是一件平常，甚至凡俗不足道的事——画家和模特儿的故事。哥雅（Goya 1746—1828）曾画了裸体的玛亚，玛亚的丈夫突然想看画像进行得怎样了，哥雅连夜赶出了《着衣的玛亚》。

富商卓孔达先生聘请芬奇为他的爱妻作肖像。画家一见这面貌便倾倒了。那面貌似曾相识，给他以说不出的无比的吸引。但画家不愿走近模特儿一步。这一面貌是对他的天才的挑战。他用了世间罕有的智慧和绝艺刻画她的诱能，并且画出他所跨不过去，也不愿跨过去的他和她之间的距离。

这或者是一件平常，很可解释而并不足为怪的事——精神分析学家的一个病例。他不能真地去拥抱女人。恋母情结牵引起来的变态心理。他只能把女性放在远处去观照。他不肯把歌赞、爱慕兑换为肉体的接触。但是他把他的追求的心捧出来给人看，不，把她的诱素隔离出来给人看。他所画的已不是她，不是诱惑者，他直要画出“诱惑”本身，把诱惑提炼了结晶了，冷藏在画框中。诱惑已经和性别分离开来而成为“纯诱惑”。有人甚至疑心到蒙娜丽莎是少男乔装的女人。芬奇的圣约翰洗礼者正有这样离奇地微笑着的柔和的面孔。但是蒙娜丽莎的那一双手难道也能乔装么？而且便退一百步说，那真是乔装的少年，那么依然是冒充了女性的诱惑，依然是“女性的”诱惑了。

十　二

没有发饰，没有一颗珍珠，一粒宝石，没有一枚指环，衣服上没有丝微绣花，她素淡到失去社会性、人间性。只要比较一下文艺复兴时代女子的肖像，就立刻可以发现这一点。她的诱惑不依赖珠宝的光泽、锦绣的绮丽。只伴以背后的溪流，一段北意大利阿尔卑斯山嶙峋峥嵘的峰峦，蜿蜒而远去的山路，谷底的桥。她在室内么？在外光么？她在两者之间的露台上。浅绿的天光像破晓又像傍晚，像早春，又像晚秋，似乎在将放花的季节，又似乎空气里浮荡着正浓的葡萄酒的醇香。模棱两可的时刻的模棱两可的空间。没有田园，没有房舍，在这寂寥的道路上，没有驻足的可能。人只能从这峡谷匆匆穿过。而路那么曲折，使旅人惆怅而踟蹰。而此时没有人影。

曦色，或者夕色，抹在她的额上，颊上，袒着的前胸上，手背上。没有太阳，没有月，没有星辰。她混入无定的苍茫的大自然之中。汇合了一切视力，这一对眼睛闪烁着，灿然、盼然、皎然如一自然的奇景，宇宙的奇象。

引起另一双眼睛无穷极的注视。

十　三

对于具有无穷之诱惑，绝对之诱惑的眼光，只能以无穷追求的心，绝对追求的心去捕捉、去刻画，在生存层次具有无穷诱惑的魅力的东西，那形象本身也必定有无穷尽的造形性的诡谲微妙。敢于从事无穷的追求的人，能感到无穷寻觅的大满足，永远画不完的大欢喜。像骋驰在大草原上的骏马酣欢，因为它跑不完这辽阔的草和天。他必须画出那画不出；他必须画出那画不出之所以画不出。他要一点一点趋近那画不完。而他要画不完那画不完。芬奇曾经把生命消耗在那么多各种各样的作业上，而一无所成，因为都有个止境；而他不愿意有止境，他只得放弃。

而这一桩工作本身是不可能完成的。不可能的作业，非时间之内的作业。

一年、两年、三年、四年……大诱惑的，而淡若无的笑渐渐在画布上显现，得到恍惚的定影、得到恍惚的定义。然而既是永劫的诱惑和永劫的追求的角逐，绝对零是没有的，总保留着稀微的恍惚、浮动、模棱，总剩余那么一个极限的数字，那一小段不断缩短的遥远，总还有那么一成未完成。而在这残酷、美妙而遥远的眼光下，画家老了。潇洒的长髯，浓密的长眉，透了白丝，渐渐花白，而白花、而化为一片银光、银雾。银雾里的眼睛，炯炯的鹰隼类的目光也渐渐黯淡了，花了，雾了。在她的凝眸里画家临终时，可能还曾在那最后一段不可测度的距离上走上前一步吧，在微妙的面庞的光影之间添上一笔吧，而画家终于闭上衰竭的两眼，让三尺见方的画布上遗下他曾经无穷追求的痕迹。

十　四

而此刻，我们，立在芬奇坐着工作了多少晨昏的位置上，我们看蒙娜丽莎的看。在蒙娜丽莎目光的焦点上，她不给我们欣赏者以安适、宁静，她要从我们的眼窍里摄出谛视和好奇，搜出惊惶与不安，掘出存在的信念和抉择的矫勇，诱惑出爱的炽燃，和爱之上的追问的大欲求，要把我们有限的存在扯长，变成无穷极的恋者、追求者、奔驰者，像落在太空里的人造星，在星际，在星云之际，永远飞行，而死在尚未触到她的时分，在她的裙裾之前三步的距离里。

1970 年

戏　剧

雷　雨（节选）……　曹　禺

雷　　雨*（节选）

四幕剧

曹　　禺

序　　幕　第一幕

景：

序幕：

在教堂附属医院的一间特别客厅内——冬天的一个下午。

第一幕

十年前，一个夏天，郁热的早晨。——周公馆的客厅内（即序幕的客厅，景与前大致相同）。

第二幕

景同前——当天的下午。

第三幕

在鲁家，一个小套间——当天夜晚十时许。

第四幕

周宅的客厅（与第一幕同）——当天半夜两点钟。

尾声

又回到十年后，一个冬天的下午——景同序幕。

（注：由第一幕至第四幕为时仅一天）

人　　物

姑奶奶甲（教堂尼姑）

姑奶奶乙

姊　　姊……十五岁。

---

* 原载《文学季刊》1934年第1卷第3期。

弟　　弟……十二岁。
周朴园……某煤矿公司董事长，五十五岁。
周蘩漪……其妻，三十五岁。
周　　萍……其前妻生子，年二十八。
周　　冲……蘩漪生子，年十七。
鲁　　贵……周宅仆人，年四十八。
鲁侍萍……其妻，某校侍役，年四十七。
鲁大海……侍萍前夫之子，煤矿工人，年二十七。
鲁四凤……鲁贵与侍萍之女，年十八，周宅使女。
周宅仆人等：仆人甲，仆人乙，……老仆。

序　幕

景——一间宽大的待客厅。冬天，下午三点钟，在某教堂附设医院内。

屋中间是两扇棕色的门，通外面；门身很笨重，上面雕着半西洋化的旧花纹，门前垂着旧得有斑点，褪色的厚帷幔，深紫色的，织成的图案已经脱了线，中间有一块已经破了一个洞。右边——左右以台上演员为准——有一扇门，通着现在的病房，门面的漆已蚀了去。金黄的铜门钮，放着暗涩的光，配起那高而宽，有黄花纹的灰门框，和门上凹凸不平，古式的西洋木饰，令人猜想这屋子的前主多半是中国的老留学生，回国又是富贵过一时的。这门前也挂着一条半旧，深紫的绒幔，半拉开，破成碎条的幔角拖在地上。左边也开一个门，两扇的，通着外间饭厅，由那里可以直通楼上，或者从饭厅走出外面，这两扇门较中间的还华丽，颜色更深老；偶尔有人穿过，它很沉重地在门轨上转动，会发着一种久磨擦的滑声，像一个经过多少事故，很沉默，很温和的老人。这前面，没有帷幔，门上衰落，残蚀的轮廓同漆饰都很明显。靠中间门的右面，墙凹进去如一个神像的壁龛，凹进去的空隙是棱角形的，划着半圆。壁龛的上大半满嵌着细狭而高长的法国窗户，每棱角一扇长窗，很玲珑的；下半只是一块较地板略起的半圆平面，可以放着东西，可以坐；这前面整个地遮上一面有摺纹的厚绒垂幔，拉严了，壁龛可以完全掩盖上，看不见窗户同阳光，屋子里阴沉沉，有些气闷。开幕时，这帷幕是关上的。

墙的颜色是深褐，年久失修，暗得褪了色。屋内所有的陈设都很富丽，但现在都呈现着衰败的景像。——右墙近前是一个壁炉，沿炉嵌着长方的大理石，正前面镶着星形彩色的石块；壁炉上面没有一件陈设，空空地，只悬着一个钉在十字架上的耶稣。现在壁炉里燃着煤火，火焰熊熊地，照着炉前的一张旧圈椅，映出一片红光，这样，一丝丝的温暖，使这古老的房屋还有一些生气。壁炉旁边搁放一个粗制的煤斗同木柴。右边门左侧，挂一张画轴；再左，近后方，墙角抹成三四尺的平面，倚在那里，斜放着一个半人高的旧式紫檀小衣柜，柜门的角上都包着铜片。柜上放着一个暖水壶，两只白饭碗，都搁在旧黄铜盘上。柜前铺一张长方的小地毯；在上面，和柜平行的，放一条很矮的紫檀长几，以前大概为着摆设瓷器，古董……精巧的小东西，现在垒着一叠叠的雪白桌布，白床单等物，刚洗好，还没有放进衣柜的。在正面，柜与壁龛中间立一只圆凳。壁龛之左（中门的右面），是一只长方的红木茶桌。上面放着两个旧烛台，墙上是张大而旧的古油画，中门左面立一只有玻璃的精巧的紫檀柜。里面原为放古董，但现在是空空的，这柜前有一条狭长的矮凳。离左墙角不远，与角成九十度，斜放着一个宽大深色的沙发，沙发后是只长桌，前面是一条短几，都没有放着东西。沙发左面立一个黄色的站灯，左墙靠前略凹进，与左后墙成一直角。凹进处有一只茶几，墙上低悬一张小油画。茶几旁，再略向前才是左边通饭厅的门。屋子中间有一张地毯，上面对放着，但是略斜地，两张大沙发，中间是个圆桌，铺着白桌布。

开幕时，外面远处有钟声。教堂内合唱颂主歌同大风琴声。（最好是 Bach：High Mass in B Minor Benedictus qui venait Domini Nomini）——屋内寂静无人。

移时，中间门沉重地缓缓推升。姑奶奶甲（寺院尼姑）进来，她的服饰如在天主教堂里常见的尼姑一样，头束着雪白的布巾，蓬起来像荷兰乡姑，穿一套深蓝的粗布制袍，衣裙几乎拖在地面。她胸前悬着一个十字架，腰间悬一串钥匙，走起路来铿铿地响着。她安静地走进来，脸上很平和的。她转过身子向着门外。

姑　　甲：（和蔼地）请进来吧。

一位苍白的老年人走进来，穿着很考究的旧皮大衣。进门脱下帽子，头发斑白，眼睛沉静而忧郁，他的下颏有苍白的短须，脸上满是皱纹。他戴一副金边眼镜，进门后，也取下来，放在眼镜盒内，手有些颤。他搓弄一下子，衰弱地咳嗽两声。外面乐声止。

姑　　甲：（微笑）外面冷得很！

老　　翁：（点头）嗯——（关心地）她现在还好么？

姑　　甲：（同情地）好。

老　　翁：（沉默一时，指着头）她这儿呢？

姑　　甲：（怜悯地）那——还是那样。（低低地叹一口气）

老　　翁：（沉静地）我想也是不容易治的。

姑　　甲：（矜怜地）您先坐一坐，暖和一下，再看她吧。

老　　翁：（摇头）不。（走向右边病房）

姑　　甲：（走向前）您走错了，这屋子是鲁奶奶的病房。您的太太在楼上呢。

老　　翁：（停住，失神地。）我——我知道，（指着右边病房）我现在可以看看她么？

姑　　甲：（和气地）我不知道。鲁奶奶的病房是另一位姑奶奶管。我看您先到楼上看看，回头再来看这位老太太好不好？

老　　翁：（迷惘地）嗯，也好。

姑　　甲：您跟我上楼吧。

姑甲领着老翁进左面的饭厅下。

屋内静一时。外面有脚步声。姑乙领两个小孩进。姑乙除了年青些，比较活泼些，一切都与姑甲相同。进来的小孩是姊弟，都穿着冬天的新衣服，脸色都红得像个苹果，整个是胖圆圆的。姐姐有十五岁，梳两个小辫，在背后摆着；弟弟戴上一顶红绒帽。两个都高兴地走进来，二人在一起，姐姐是较沉着些。走进来的时节姐姐在前面。

姑　　乙：（和悦地）进来，弟弟。（弟弟进来望着姐姐，两个人只呵手）外头冷，是吧。姐姐，你跟弟弟在这儿坐一坐好不好？

姊　　姊：（微笑）嗯。

弟　　弟：（拉着姐姐的手，窃语）姐姐，妈呢？

姑　　乙：你妈看完病就来，弟弟坐在这儿暖和一下，好吧？

弟弟的眼望姐姐。

姊　　姊：（很懂事地）弟弟，这儿我来过，就坐这儿吧，我跟你讲笑话。（弟弟四面好奇地望着）

姑　　乙：（有兴趣地望着他们）对了，叫姐姐跟你讲笑话，（指着火）坐在火旁边讲，两个人一块儿。

弟　　弟：不，我要坐这个小凳子！（指中门左柜前的小矮凳）

姑　　乙：（和气地）也好。你们就坐这儿。可是（小声地）弟弟，你得乖乖地坐着，不要闹！楼上有病人——（指右边病房）这旁边也有病人。

姊　　弟：（很乖地点头）嗯。

弟　　弟：（忽然，向姑乙）妈就回来吧？

姑　　乙：对了，就来。你们坐下，（领姊弟二人共坐矮凳上，望着姑乙）不要动！（望着他们）我先进去，就来。

姊弟点头，姑乙进右边病房下。

弟忽然站起来。

弟　　弟：（向姊）她是谁？为什么穿这样的衣服？

姊　　姊：（很世故地）尼姑。在医院看护病人的。弟弟，你坐下。

弟　　弟：（不理她）姐姐，你看，你看！（自傲地）你看妈给我买的新手套。

姊　　姊：（瞧不起地）看见了。你坐下吧。（拉弟弟坐下。二人又很规矩地并坐着）

姑甲由左边饭厅进。直向右角衣柜走去，没看见屋内的人。

弟　　弟：（又站起，低声，向姊）又一个，姐姐！

姊　　姊：（低声）嘘！别说话。（又拉弟弟坐下）

姑甲打开右面的衣柜，将长几上的白床单，白桌布等物一叠叠地放在衣柜里。

姑乙由右边病房进。见姑甲，二人沉静地点一点头，姑乙助姑甲放置洗物。

姑　　乙：（向姑甲，简截地）完了？

姑　　甲：（不明白）谁？

姑　　乙：（明快地，指楼上）楼上的。

姑　　甲：（怜悯地）完了，她现在又睡着了。

姑　　乙：（好奇地询问）没有打人么？

姑　　甲：没有，就是大笑了一场，把玻璃又打破了。

姑　　乙：（呼出一口气）那还好。

姑　　甲：（向姑乙）她呢？

姑　　乙：你说楼下的（指右面病房）？她总是那样，哭的时候多，不说话，我来了一年，没听见过她说一句话。

弟　　弟：（低声，急促地）姐姐，你跟我讲笑话。

姊　　姊：（低声）不，弟弟，听她们说话。

姑　　甲：（怜悯地）可怜，她在这儿九年了，比楼上的只晚了一年，可是两个人都没有好。——（欣喜地）对了，刚才楼上的周先生来了。

姑　　甲：（奇怪地）怎么？

姑　　乙：今天是旧年腊月三十。

姑　　甲：（惊讶地）哦，今天三十？——那么今天楼下的也会出来，到这房子里来。

姑　　甲：怎么，她也出来？

姑　　乙：嗯。（多话地）每到腊月三十，楼下的就会出来，到这屋子里；在这窗户前面站着。

姑　　甲：干什么？

姑　　乙：大概是望她儿子回来吧，她的儿子十年前一天晚上跑了，就没有回来。可怜，她的丈夫也不在了——（低声地）听说就在周先生家里当差，一天晚上喝酒喝得太多，死了的。

姑　　甲：（自己以为明白地）所以周先生每次来看他太太来，总要问一问楼下的。——我想，过一会儿周先生会下楼来见她来的。

姑　　乙：（虔诚地）圣母保佑他。（又放洗物）

弟　　弟：（低声，请求）姐姐，你跟我就讲半个笑话好不好？

姊　　姊：（听着有兴趣，忙摇头，压迫地，低声）弟弟！

姑　　乙：（又想起一段）奇怪，周家有这么好的房子，为什么要卖给医院呢？

姑　　甲：（沉静地）不大清楚。——听说这屋子有一天夜里连男带女死过三个人。

姑　　乙：（惊讶）真的？

姑　　甲：嗯。

姑　　乙：（自然想到）那么周先生为什么偏把有病的太太放在楼上，不把她搬出去呢？

姑　　甲：说是呢，不过他太太就在这楼上发的神经病，她自己说什么也不肯搬出去。

姑　　乙：哦。

弟弟忽然站起。

弟　　弟：（抗议地，高声）姐姐，我不爱听这个。

姊　　姊：（劝止地，低声）好弟弟。

弟　　弟：（命令地，更高声）不，姐姐，我要你跟我讲笑话！

姑甲，姑乙回头望他们。

姑　　甲：（惊奇地）这是谁的孩子？我进来，没有看见他们。

姑　　乙：一位看病的太太的，我领他们进来坐一坐。

姑　　甲：（小心地）别把他们放在这儿。——万一把他们吓着。

姑　　乙：没有地方；外头冷，医院都满了。

姑　　甲：我看你还是找他们的妈来吧。万一楼上的跑下来，说不定吓坏了他们！

姑　　乙：（顺从地）也好。（向姊弟，他们两个都瞪着眼望着她们）姐姐，你们在这儿好好地再等一下，我就找你们的妈来。

姊　　姊：（有礼地）好，谢谢你！

姑乙由中门出。

弟　　弟：（怀着希望）姐姐，妈就来么？

姊　　姊：（还在怪他）嗯。

弟　　弟：（高兴地）妈来了！我们就回家。（拍掌）回家吃年饭。

姊　　姊：弟弟，不要闹，坐下。（推弟弟坐）

姑　　甲：（关上柜门向姊弟）弟弟，你同姐姐安安静静地坐一会儿，我上楼去了。

姑甲由左面饭厅下。

弟　　弟：（忽然发生兴趣，立起）姐姐，她干什么去了？

姊　　姊：（觉得这是不值一问的问题）自然是找楼上的去了。

弟　　弟：（急切地）谁是楼上的？

姊　　姊：（低声）一个疯子。

弟　　弟：（直觉地臆断）男的吧？

姊　　姊：（肯定地）不，女的——一个有钱的太太。

弟　　弟：（忽然）楼下的呢？

姊　　姊：（也肯定地）也是一个疯子。——（知道弟弟会愈问愈多）你不要再问了。

弟　　弟：（新奇地）姐姐，刚才她们说这屋子死过三个人。

姊　　姊：（心虚地）嗯！——弟弟，我跟你讲笑话吧！有一年，一个国王……

弟　　弟：（已引上兴趣）不，你跟我讲讲这三个人怎么会死的？这三个人是谁？

姊　　姊：（胆怯）我不知道。

弟　　弟：（不信，伶俐地）嗯！——你知道，你不愿意告诉我。

姊　　姊：（不得已地）你别在这屋子里问，这屋子闹鬼。

楼上忽然有乱摔东西的声音，铁链声，足步声，女人狂笑，怪叫声。

弟　　弟：（略惧）你听！

姊　　姊：（拉着弟弟手，紧紧地）弟弟！（姊弟抬头，紧张地望着天花板）

声止。

弟　　弟：（安定下来，很明白地）姊姊，这一定是楼上的！

姊　　姊：（恐怕）我们走吧。

弟　　弟：（倔强）不，你不告诉我这屋子怎么死了三个人，我不走。

姊　　姊：你不要闹，回头妈知道打你！

弟　　弟：（不在乎地）嗯！？

右边门开，一位头发斑白的老妇人颤巍巍地走进来，在屋中停一停，眼睛像是瞎了。慢吞吞地踱到窗前，由帷幔隙中望一望，又踱至台上，像是谛听什么似的。姊弟都紧张地望着她。

弟　　弟：（平常的声音）这是谁？

姊　　姊：（低声）嘘！别说话。她是疯子。

弟　　弟：（低声，秘密地）这大概是楼下的。

姊　　姊：（声颤）我，我不知道。（老妇人躯干无力，渐向下倒）弟弟，你看，她向下倒。

弟　　弟：（胆大地）我们拉她一把。

姊　　姊：不，你别去！

老妇人突然歪下去，侧面跪倒在台中。台渐暗。外面远处合唱声又起。

弟　　弟：（拉姊向前，看着老太婆）姐姐，你告诉我，这屋子是怎么回事？这些疯子干什么？

姊　　姊：（惧怕地）不，你问她，（指老妇人）她知道。

弟　　弟：（催促地）不，姐姐，你告诉我，这屋子怎么死了三个人，这三个人是谁？

姊　　姊：（急迫地）我告诉你问她呢，她一定都知道！

老妇人渐渐倒在地下，台全暗，听见远处合唱弥撒和大风琴声。

弟　　声：（很清楚地）姐姐，你去问她。

姊　　声：（低声）不，你问她，（幕落）你问她！

大弥撒声。

第一幕

开幕时舞台全黑，隔十秒钟，渐明。

景——大致和序幕相同，但是全屋的气象是比较华丽的。这是十年前一个夏天的上午，在周宅的客厅里。

壁龛的帷幔还是深掩着，里面放着艳丽的花。中间的门是开着的，隔一层铁纱门，从纱门望出，花园的树木绿荫荫地，并且听见蝉在叫。右边的衣服柜，铺上一个黄桌布，上面放着许多小巧的摆饰，最显明的是一张旧相片，很不调和地和这些精致东西放在一起。柜前面狭长的矮几，放着华贵的烟具同一些零碎物件。右边炉上有一个钟同鲜花盆，墙上，挂一张油画。炉前有两个圈椅，背朝着墙。中间靠左的玻璃柜放满了古玩，前面的小矮凳有绿花的椅垫，左角的长沙发还不旧，上面放着三四个缎制的厚垫子。沙发前的矮几排置烟具等物，台中两个小沙发同圆桌都很华丽，圆桌上放着吕宋烟盒和扇子。

所有的帷幕都是崭新的，一切都是兴旺的气象，屋里家具非常洁净，有金属的地方都放着光彩。

屋中很气闷，郁热逼人，空气低压着。外面没有阳光，天空灰阴，是将要落暴雨的神气。

开幕时，四凤在靠中墙的长方桌旁，背着观众滤药，她不时地挥一把蒲扇，揩着汗。

鲁贵（她的父亲）在左边沙发旁擦着矮几上零碎的银家具，很吃力地；额上冒着汗珠。

四凤约有十七八岁，脸上红润，是个健康的少女。她整个的身体都很发育，手很白很大，走起路来，过于发展的乳房很显明地在衣服底下颤动着。她穿一件旧的白纺绸上衣，粗山东绸的裤子，一双略旧的布鞋。她全身都非常整洁，举动虽然很活泼，因为经过两年在周家的训练，她说话很大方，很爽快却很有分寸。她的大而有长睫毛，水凌凌的眼睛能很灵敏地转动，也能敛一敛眉头，很庄严地注视着。她有大的嘴，嘴唇自然红艳艳的，很宽、很厚，当着她笑的时候，牙齿整齐地露出来，嘴旁也显着一对笑涡，然而她面部整个轮廓是很庄重地显露着诚恳。她的面色不十分白，天气热，鼻尖微微有点汗，她时时用手绢揩着，她很爱笑，她知道自己是好看的，但是现在她皱着眉头。

她的父亲——鲁贵——约莫有四十多岁的样子，神气萎缩，最令人注目的是粗而乱的眉毛同肿眼皮。他的嘴唇，松弛地垂下来，和他眼下凹进的黑圈，都表示是极端的肉欲放纵。他的身体较胖，面上的肌肉宽弛地不肯动，但是总能很卑贱地谄笑着，如许多大家的仆人一样。他很懂事，尤其是很懂礼节，他的背略有点伛偻，似永远欠着身子向他的主人答应着“是”。他的眼很锐利，常常贪婪地窥视着，如一个狼；他很能计算的。虽然这样，他的胆量不算大；全部看去，他还是萎缩的。他穿的虽然华丽，但是不整齐的。现在他用一条抹布擦着东西，脚下是他刚刷好的黄皮鞋。时而，他用自己的衣襟揩脸上的油汗。

贵：（喘着气）四凤！

四：（只做不听见，依然滤她的汤药）

贵：四凤！

四：（看了她的父亲一眼）喝，真热。（走向边的衣柜旁，寻一把芭蕉扇，又走回中间的茶几旁扇着）

贵：（望着她，停下工作）四凤，你听见了没有？

四：（烦厌地，冷冷地看着她的父亲）是！爸！干什么？

贵：我问你听见我刚才说的话了么？

四：都知道了。

贵：（一向是这样为女儿看待的，只好是抗议似地）妈的，这孩子！

四：（回过头来，脸正向观众）您少说闲话吧！（挥扇，嘘出一口气）呵！天气这样闷热，回头多半下雨。（忽然）老爷出门穿的皮鞋，您擦好了没有？（走到鲁贵面前，拿起一只皮鞋不经意地笑着）这是您擦的！这么随随便便抹了两下，——老爷的脾气您可知道。

贵：（一把抢过鞋来）我的事用不着你管。（鞋扔在地上）四凤，你听着，我再跟你说一遍，回头见着你妈，别忘了把新衣服都拿出来给她瞧瞧。

四：（不耐烦地）听见了。

贵：（自傲地）叫她想想，还是你爸爸混事有眼力，还是她有眼力。

四：（轻蔑地笑）自然您有眼力啊！

贵：你还别忘了告诉你妈，你在这儿周公馆吃好的，喝好的，就是白天侍候太太少爷，晚上还是听她的话，回家睡觉。

四：那倒不用告诉，妈自然会问的。

贵：（得意）还有啦，钱，（贪婪地笑着）你手下也有许多钱啦！

四：钱！？

贵：这两年的工钱，赏钱，还有（慢慢地）那零零碎碎的，他们……

四：（赶紧接下去，不愿听他要说的话）那您不是一块两块都要走了么？喝了！赌了！

贵：（笑，掩饰自己）你看，你看，你又那样。急，急，急什么？我不跟你要钱。喂，我说，我说的是——（低声）他——不是也不断地塞给你钱花么？

四：（惊讶地）他？谁呀？

贵：大少爷。

四：（红脸，声略高，走到鲁贵面前）谁说大少爷给我钱？爸爸，您别又穷疯了，胡说乱道的。

贵：（鄙笑着）好，好，好，没有，没有。反正这两年你不是存点钱么？（鄙吝地）我不是跟你要钱，你放心。我说啊，你等你妈来，把这些钱也给她瞧瞧，叫她也开开眼。

四：哼，妈不像您，见钱就忘了命。（回到中间茶桌滤药）

贵：（坐在长沙发上）钱不钱，你没有你爸爸成么？你要不到这儿周家大公馆帮主儿，这两年尽听你妈妈的话，你能每天吃着喝着，这大热天还穿得上小纺绸么？

四：（回过头）哼，妈是个本分人，念过书的，讲脸，舍不得把自己的女儿叫人家使唤。

贵：什么脸不脸？又是你妈的那一套！你是谁家的小姐？——妈的，底下人的女儿，帮了人就失了身份啦。

四：（看了父亲半晌）爸，您看您那一脸的油，——您把老爷的鞋再擦擦吧。

贵：（汹汹地）讲脸呢。又学你妈的那些穷骨头，你看她，她要脸！跑他妈的八百里外，女学堂里当老妈，为着一月八块钱，两年才回一趟家。这叫本分，还念过书呢；简直是没出息。

四：（忍着气）爸爸，您留几句回家说吧，这是人家周公馆！

贵：咦，周公馆也挡不住我跟我的女儿谈家务啊！我跟你说，你的妈……

四：（突然）我可忍了好半天了。我跟您先说下，妈可是好容易才回一趟家。这次，也是看哥哥跟我来的。您要是再给她一个不痛快，我就把您这两年做的事都告诉哥哥。

贵：我，我，我做了什么事啦？（觉得在女儿面前失了身份）喝点，赌点，玩点，这三样，我快五十的人啦还怕他么？

四：他才懒得管您这些事呢！——可是他每月从矿上寄给妈用的钱，您偷偷地花了，他知道了，就不会答应您！

贵：那他敢怎么样，（高声地）他妈嫁给我，我就是他爸爸。

四：（羞愧）小声点！这有什么喊头。——太太在楼上养病呢。

贵：这使我心里难过。（滔滔地）我跟你说，我娶你妈，我还抱老大的委曲呢。你看我这么个机灵人，这周家上上下下几十口子，那一个不说我鲁贵刮刮叫。来这里不到两个月，我的女儿就在这公馆找上事，就说你哥哥，没有我能在周家的矿上当工头么？叫你妈说，她成么？——这样你哥同你妈还是一个劲儿地不赞成我。这次回来，你妈要还是那副脸子，我就当你哥哥的面上不认她，说不定就离了她，别看她替我养个女儿，外带来你这个倒霉蛋的哥哥。

四：（不愿听）哦，爸爸。

贵：哼，（骂得上了兴）谁知道哪个王八蛋养的儿子。

四：哥哥哪点对不起您，您这样骂他干什么？

贵：他哪一点对得起我。当大兵，拉包月车，干机器匠，念书上学，那一行他是好好地干过？好容易我荐他到了周家的矿，熬到了工头，他又跟监工闹起来，把人家打啦。

四：（小心地）我听说，不是我们老爷先叫矿上的警察开了枪，他才领着工人动的手么？

贵：反正这孩子混蛋，吃人家的钱粮，就得听人家的话。好好地，要罢工，现在又得靠我这老面子跟老爷求情啦！

四：您听错了吧，哥哥说他今天自己要见老爷，不是找您求情来的。

贵：（得意）可是谁叫我是他的爸爸呢，我不能不管啦。

四：（轻蔑地看着她的父亲，叹了一口气）好，您歇歇吧，我要上楼跟太太送药去了。（端起药碗向左面饭厅走）

贵：你先停一停，我再说一句话。

四：（打岔）开午饭了。老爷的普洱茶先泡好了没有？

贵：那用不着我，他们小当差早伺候到了。

四：（闪避地）哦，好极了，那我走了。

贵：（拦住她）四凤，你别忙，我跟你商量点事。

四：什么？

贵：你听啊，昨天不是老爷的生日么？大少爷也赏给我四块钱。

四：好极了，（口快地）我要是大少爷，我一个子也不给您。

贵：（鄙笑）你这话对极了！四块钱，够干什么的，还了点账，就干了。

四：（伶俐地笑着）那回头您跟哥哥要吧。

贵：四凤，别——你爸爸什么时候借钱不还账，现在你手下方便，随便匀给我七块八块好么？

四：我没有钱。（停一下放下药碗）您真是还账了么？

贵：我跟我的亲生女儿说瞎话干什么？

四：您别骗我，说了实在的，我也好替您想想法。

贵：真的？！——说起来这不怪我。昨天那几个零钱，大账不够，小账剩点零，所以我就要了两把，也许赢了钱，不都还了么？谁知运气不好，连喝带输，还倒欠了十来块。

四：这是真的？

贵：（真心地）这可一句瞎话也没有。

四：（故意揶揄地）那我实实在在地告诉您，我也没有钱！（说毕就要拿起药碗）

贵：（着急）凤儿，你这孩子是什么心事？你可是我的亲生孩子。

四：（嘲笑地）亲生的女儿也没有法子把自己卖了，替您老人家还赌账啊？

贵：（严重地）孩子，你可放明白点，你妈痛你，只在嘴上，我可是把你的什么要紧的事情，都处处替你想。

四：（明白地，但是不知他闹的什么把戏）您心里又要说什么？

贵：（停一停，四面望了一望，更近地逼着四凤，佯笑）我说，大少爷常跟我提过你，大少爷，他说——

四：（管不住自己）大少爷！大少爷！——你疯了！我走了，太太就要叫我呢。

贵：别走，我问你一句，前天！我看见大少爷买衣料。

四：（沉下脸）怎么样？（冷冷地看着她的父亲）

贵：（打量四凤周身）嗯——（慢慢地拿起四凤的手）你这手上的戒指，（笑着）不也是他送给你的么？

四：（厌恶地）您说话的神气真叫我心里想吐。

贵：（有点气，痛快地）你不必这样假门假事，你是我的女儿。（忽然贪婪地笑着）一个当差的女儿，收人家点东西，用人家一点钱，没有什么说不过去的。这不要紧，我都明白。

四：好吧，那么你说吧，究竟要多少钱用？

贵：　　不多，三十块钱就成了。

四：　　哦，（恶意地）那你就跟这位大少爷要去吧。我走了。

贵：　　（恼羞）好孩子，你以为我真装糊涂，不知道你同这混帐大少爷做的事么？

四：　　（惹怒）您是父亲么？父亲有跟女儿这样说话的么？

贵：　　（恶相地）我是你的爸爸，我就要管你。我问你，前天晚上——

四：　　前天晚上？

贵：　　我不在家，你半夜才回来，以前你干什么？

四：　　（掩饰）我替太太找东西呢。

贵：　　为什么那么晚才回家？

四：　　（轻蔑地）您这样的父亲没有资格来问我。

贵：　　好文明词！你就说不出来你上那儿去。

四：　　那有什么说不出！

贵：　　什么？说！

四：　　那是太太听说老爷刚回来，又要我检老爷的衣服。

贵：　　哦，（低声，恐吓地）可是半夜送你回家的那位是谁？坐着汽车，醉醺醺，只对你说胡话的那位是谁呀？（得意地微笑）

四：　　（惊吓）那，那——

贵：　　（大笑）哦，你不用说了，那是我们鲁家的阔女婿！——哼，我们两间半破瓦房居然来了坐汽车的男朋友，找我这当差的女儿啦！（突然严厉）我问你，他是谁？你说。

四：　　他，他是——

鲁大海进——四凤的哥哥，鲁贵的半子——他身体魁伟，粗黑的眉毛几乎遮盖着他的锐利的眼，两颊微微地向内凹，显着颧骨异常突出，正同他的尖长的下巴一样地表现他的性格的倔强的。他有一付大而薄的嘴唇，正和他的妹妹带着南方的热烈的厚而红的嘴唇成强烈的对照，他说话微微有点口吃，但是在他的感情激昂的时候，他词锋是锐利的。现在他刚从六百里外的煤矿回来，矿里罢了工，他是煽动者之一，几月来的精神的紧张，使他现在露出有点疲乏的神色，胡须乱蓬蓬的，看去几乎老得像鲁贵的弟弟，只有再近地观察他，才觉出他的眼神同声音，还正是和他的妹妹一样年轻，一样地热，都是火山待爆发，满蓄着精力的白热的人物，他穿了一件工人的蓝布褂子，油渍的草帽在手里，一双黑皮鞋，有一只鞋带早不知失在哪里。进门的时候，他略微有点不自在，把胸膛敞开一部分的蓝粗布褂子，笨拙地又扣上一两个扣子。他说话很简短，表面是冷冷的。

大：　　凤儿！

四：　　哥哥！

贵：　　（向四凤）你说呀！装什么哑巴。

四：　　（看大海，有意义开话头）哥哥！

贵：（不顾的）你哥哥来也得说呀。

大：怎么回事？

贵：（看一看大海，又回头）你先别管。

四：哥哥，没什么要紧的事。（向鲁贵）好吧，爸，我们回头商议，好吧？

贵：（了解地）回头商议？（肯定一下，再盯四凤一眼）那么，就这么办。（回头看大海傲慢地）咦，你怎么随随便便跑进来啦？

大：（简单地）在门房等了半天，一个人也不理我，我就进来啦。

贵：大海，你究竟是矿上打粗的工人，连一点大公馆的规矩也不懂。

四：人家不是周家的底下人。

贵：（很有理由地）他在矿上吃的也是周家的饭哪。

大：（冷冷地）他在那儿？

贵：（故意地）他，谁是他？

大：董事长。

贵：（教训的样子）老爷就是老爷，什么董事长，上我们这儿叫老爷。

大：好，你跟我问他一声，说矿上有个工头要见见他。

贵：我看，你先回家去。（有把握地）矿上的事有你爸爸在这儿替你张罗。回头跟你妈，妹妹聚两天，等你妈去，你回到矿上，工头的事还是你的。

大：你说我们一块儿在矿上罢完工，我一个人要你说情，自己再回去？

贵：那也没有什么难看啊。

大：（没有办法）好，你先给我问他一声。我有点旁的事，要先跟他谈谈。

四：（希望他走）爸，你看老爷的客走了没有？你再领着哥哥见老爷。

贵：（摇头）哈，我怕他不会见你吧。

大：（理直气壮）他应当见我，我也是矿上工人的代表。前天，我们一块在这儿的公司见过他一次。

贵：（犹疑地）那我先跟你问问去。

四：你去吧。（鲁贵走至老爷书房门口）

贵：（转过来）他要是见你，你可少说粗话，听见了没有？（鲁贵很老练地走着阔当差的步伐，进了书房）

大：（目送鲁贵进了书房）哼，他忘了他还是个人。

四：哥哥，你别这样说，（略顿，嗟叹地）无论如何，他总是我们的父亲。

大：（望着四凤）他是你的，我并不认识他。

四：（胆怯望着哥哥，忽然想起，跑到书房门口，望了一望）你顶好声音小点，老爷就在里面旁边的屋子里呢！

大：（轻蔑地望着四凤）好，好。妈也快回来了，我看你把周家的事辞了，好好回家去。

四： （惊讶）为什么？

大： （简短地）这不是你住的地方。

四： 为什么？

大： 我——恨他们。

四： 哦！

大： （刻毒地）周家的人多半不是好东西。这两年我在矿上看见了他们所做的事。（略顿，缓缓地）我恨他们。

四： 你看见什么？

大： 凤儿，你不要看这样威武的房子，阴沉沉地都是矿上埋死的苦工人给换来的！

四： 你别胡说，这屋子听说直闹鬼呢。

大： （忽然）刚才我看见一个年轻人，在花园里躺着，脸色发白，闭着眼睛，像是要死的样子，听说这就是周家的大少爷，我们董事长的儿子。啊，报应，报应。

四： （气）你，你，你——（忍着）他待人顶好，你知道么？

大： 他父亲做尽了坏人弄钱，他自然可以行善。

四： （看大海）两年我不见你，你变了。

大： 我在矿上干了两年，我没有变，我看你变了。

四： 你的话我有点不懂，你好像——有点像二少爷说话似的。

大： 你是要骂我么？“少爷”？哼，在世界上没有这两个字！（鲁贵由左边书房进）

贵： （向大海）好容易老爷的客刚走，我正要说话，接着又来一个。我看，我们先下去坐坐吧。

大： 那我还是自己进去。

贵： （拦住他）干什么？

四： 不，不。

大： 也好，不要叫他看我们工人不懂礼节。

贵： 你看你这点穷骨头。老头说不见就不见，在下房再等一等，算什么？我跟你走，这么大院子，你别胡闯乱闯走错了。（走向中门，回头）四凤，你先别走，我就回来，你听见没有？

四： 你去吧。

（鲁贵、大海同下）

四： （自语）哦，妈呀！

（外面花园里听见一个年青的快活的声音，唤着“四凤”！疾步中夹杂着跳跃，渐渐移近中间门口）

四： （有点惊慌）哦，二少爷。

（门口的声音）

声：　　四凤！四凤！你在那儿？

四凤慌忙躲在沙发背后。

声：　　四凤，你在这屋子里么？

周冲进。他身体很小，却有着大的心，也有着一切孩子似的空想。他年青（他才十七岁），他已经幻想着许多许多不可能的事实，他是在美的梦里活着的。现在他的眼睛快活地闪动着，脸色通红，冒着汗，他在笑着。左手挟着一只球拍，右手正用白毛巾擦汗，穿着打球的白衣服。他低声唤着四凤。

冲：　　四凤！四凤！（四面望一望）咦，她上那儿去了？（蹑足走向右边的饭厅，开开门，低声）四凤，你出来，四凤，我告诉你一件事。四凤，一件喜事。（他又轻轻地走到书房门口，更低声）四凤。

里面的声音:（严峻地）是冲儿么？

冲：　　（胆怯地）是我，爸爸。

里面的声音：你在干什么？

冲：　　嗯，我叫四凤呢。

里面的声音:（命令地）快去，她不在这儿。

周冲把头由门口缩回来，做了一个鬼脸。

冲：　　咦，奇怪。

他失望地向右边的饭厅走去，一路低低唤着四凤。

四：　　（看见二少爷已走，呼出一口气）他走了！（焦灼地望着通花园的门）

鲁贵由中门进。

贵：　　（向四凤）刚才是谁在喊你？

四：　　二少爷。

贵：　　他叫你干什么？

四：　　谁知道。

贵：　　（责备地）你为什么不理他？

四：　　哦，我（擦眼泪）——不是您叫我等着么？

贵：　　（安慰地）怎么，你哭了么？

四：　　我没哭。

贵：　　孩子，哭什么，这有什么难过？（仿佛在做着戏）谁叫我们穷呢？穷人没有什么讲究。没法子，什么事都忍着点，谁都知道我的孩子是个好孩子。

四：　　（抬起头）得了，您痛痛快快说话好不好。

贵：　　（不好意思）你看，刚才我走到下房，这些王八蛋就跑到公馆跟我要开账，当着上上下下的人，我看没有二十块钱，简直圆不下这个脸。

四：　　（拿出钱来）我的都在这儿。这是我回头预备给妈买衣服的，现在你先拿去用吧。

贵：（佯辞）那你不是没有花的了么？

四：得了，您别这样客气啦。

贵：（笑着接下钱，数）只十二块？

四：（坦白地）现钱我只有这么一点。

贵：那么，这堵着周公馆跟我要账的，怎么打发呢？

四：（忍着气）您叫他们晚上到我们家里要吧。回头，见着妈，再想别的法子，这钱，您留着自己用吧。

贵：（高兴地）这给我啦，那我只当着你这是孝敬父亲的。——哦，好孩子，我早知道你是个孝顺孩子。

四：（没有办法）这样，您让我上楼去吧。

贵：你看，谁管过你啦。去吧，跟太太说一声，说鲁贵直惦记太太的病。

四：知道，忘不了。（拿药走）

贵：（得意）对了，四凤，我还告诉你一件事。

四：您留着以后再说吧，我可得跟太太送药去了。

贵：（暗示着）你看，这是你自己的事。（假笑）

四：（沉下脸）我又有什么事？（放下药碗）好，我们今天都算清楚再走。

贵：你瞧瞧，又急了。真快成小姐了，耍脾气倒是刮刮叫啊。

四：我沉住了气，您尽管说吧。

贵：孩子，你别这样，（正经地）我劝你小心点。

四：（嘲弄地）我现在钱也没有了，还用得着小心干什么？

贵：我跟你说，太太这两天的神气有点不老对的。

四：太太的神气不对有我的什么？

贵：我怕太太看见你才有点不痛快。

四：为什么？

贵：为什么？我只提醒你一件事。老爷比太太岁数大得多，太太跟老爷不好。大少爷不是这位太太生的，他比太太的岁数差得也有限。

四：这我都知道。

贵：可是太太痛大少爷比痛自己的孩子还热，还好。

四：当后娘只好这样。

贵：你知道这屋子为什么晚上没有人来，老爷在矿上的时候，就是白天也是一个人也没有么？

四：不是半夜里闹鬼么？

贵：你知道这鬼是什么样儿么？

四：我只听说到从前这屋子里常听见叹气的声音，有时哭，有时笑的，听说这屋子死过人，屈死鬼。

贵：鬼！一点也不错，——我可偷偷地看见啦。

四：什么，您看见，您看见什么？鬼？

贵：（自负地）那是你爸爸的造化。

四：您说。

贵：那时你还没有来，老爷在矿上，那么大，阴森森的院子，只有太太，二少爷，大少爷住。那时这屋子就闹鬼，二少爷小孩，胆小，叫我在他门口睡。那时是秋天，半夜里二少爷忽然把我叫起来，说客厅又闹鬼，叫我一个人去看看。二少爷的脸发青，我也直发毛。可是我是刚来的底下人，少爷说了，我怎么不去呢？

四：您去了没有？

贵：我喝了两口烧酒。穿过荷花池，就偷偷地钻到这门外的走廊旁边。就听见这屋子里啾啾地像一个女鬼在哭，哭得惨。心里越怕，越想看。我就硬着头皮从这窗缝里，向里一望。

四：（喘气）您瞧见什么？

贵：就在这张桌上点着一支要灭不灭的白洋蜡，我恍恍惚惚地看见两个穿着黑衣裳的鬼，并排地坐着，像是一男一女，背朝着我，那个女鬼像是靠着男鬼的身边哭，那个男鬼低着头直叹气。

四：哦，这屋子有鬼是真的。

贵：可不是？我就是乘着酒劲儿，朝着窗户缝，轻轻地咳嗽一声。就看这两个鬼飕一下子分开了，都向我这边望：这一下子他们的脸清清楚楚地正对着我，这我可真见了鬼了。

四：鬼么？什么样？（停一下，鲁贵四面望一望）谁？

贵：我这才看见那个女鬼呀，（回头，低声）——是我们的太太。

四：太太？——那个男的呢？

贵：那个男鬼，你别怕，——就是大少爷。

四：他？

贵：就是他，他同他的后娘就在这屋子里闹鬼呢。

四：我不信，您看错了吧？

贵：你别骗自己。所以孩子，你看开点，别糊涂，周家的人就是那么一回事。

四：（摇头）不，不对，他不会这样。

贵：你忘了，大少爷比太太只小六七岁。

四：我不信，不，不像。

贵：好，信不信都在你，反正我先告诉你，太太的神气现在对你神气不大对，就是因为你，因为你同——

四：（不愿他说出真有这件事）太太知道您在门口，一点不会饶您的。

贵： 是啊，我吓了一身汗，我没等他们出来，我就跑了。

四： 那么，二少爷以后就不问您？

贵： 他问我，我说我没有看见什么就算了。

四： 哼，太太那么一个人不会算了吧？

贵： 她当然厉害，拿话套了我十几回，我一句话也没有漏出来，这两年过去，说不定他们以为那晚上真是鬼在咳嗽呢。

四： （自语）不，不，我不信——就是有了这样的事，他也会告诉我的。

贵： 你说大少爷会告诉你。你想想，你是谁？他是谁？你没有个好爸爸，跟人家当底下人，人家会真心地待你？你又做你的小姐梦啦，你，就凭你……

四： （突然闷气地喊了一声）您别说了！（忽然站起来）妈今天回家，您看我太快活是么？您说这些瞎话——这些瞎话！哦，您一边去吧。

贵： 你看你，告诉你真话，叫你聪明点。你反而生气了，唉，你呀！

很不经意地扫四凤一眼，他傲然地，好像满意自己这段话的效果，觉得自己是比一切人都聪明似的。他走到茶几旁，由烟筒里，抽出一支烟，预备点上，忽然想起这是周公馆，于是改了主张，很熟练地偷了几支烟卷同雪茄放在自己的旧得露出黄铜底镶银的烟盒里。

四： （厌恶地望着他的父亲做完他的偷窃的勾当，轻蔑地）哦，就这么一点事么？那么，我知道了。

四凤拿起药碗就走。

贵： 你别走，我的话没说完。

四： 没说完？

贵： 这刚到正题。

四： 对不起您老人家，我不愿意听了。（反身就走）

贵： （拉住她的手）你得听！

四： 放开我！（急）——我喊啦。

贵： 我告诉你这一句话，你再闹。（对着四凤的耳朵）回头你妈就到这儿来找你。（放手）

四： （变色）什么？

贵： 你妈一下火车，就到这儿公馆来。

四： 妈不愿意我在公馆里帮人，您为什么叫她到这儿来找我？我每天晚上，回家的时候自然会看见她，您叫她到这儿来干什么？

贵： 不是我，四凤小姐，是太太要我找她来的。

四： 太太要她来？

贵： 嗯，（神秘地），奇怪不是，没亲没故。你看太太偏要请她来谈一谈。

四： 哦，天！您别吞吞吐吐地好么？

贵： 你知道太太为什么一个人在楼上，做诗写字，装着病不下来？

四：　老爷一回家，太太向来是这样。

贵：　这次不对吧？

四：　那么，您快说出来。

贵：　你一点不觉得？——大少爷没提过什么？

四：　我知道这半年多，他跟太太不常说话的。

贵：　真的么？——那么太太对你呢？

四：　这几天比往日特别地好。

贵：　那就对了！——我告诉你，太太知道我不愿意你离开这儿。这次，她自己要对你妈说，叫她带着你卷铺盖，滚蛋！

四：　（低声）她要我走——可是——为什么？

贵：　哼！那你自己明白吧。还有——

四：　（低声）要妈来干什么？

贵：　对了，她要告诉你妈一件很要紧的事。

四：　（突然明白）哦，爸爸，无论如何，我在这儿的事，不能让妈知道的。（惧悔交集，大恸）哦，爸爸，您想，妈前年离开我的时候，她嘱咐过您，好好地看着我，不许您送我到公馆帮人。您不听，您要我来。妈不知道这些事，妈疼我，妈爱我，我是妈的好孩子，我死也不能叫妈知道这儿这些事情的。（扑在桌上）我的妈呀！

贵：　孩子！（他知道他的戏到什么情形应当怎么做，他轻轻地抚着他的女儿）你看现在才是爸爸好了吧，爸疼你，不要怕！不要怕！她不敢怎么样，她不会辞你的。

四：　她为什么不？她恨我，她恨我。

贵：　她恨你，可是，哼，她不会不知道这儿有一个人叫她怕的。

四：　她会怕谁？

贵：　哼，她怕你的爸爸！你忘了我告诉你那两个鬼哪。你爸爸会抓鬼。昨天晚上我替你告假，她说你妈来的时候，要我叫你妈来。我看她那两天的神气，我就猜了一半，我顺便就把那天半夜的事提了两句，她是机灵人，不会不懂的。——哼，她要是跟我装蒜，现在老爷在家，我们就是个麻烦；我知道她是个厉害人，可是谁欺负了我的女儿，我就跟谁拼了。

四：　爸爸，（抬起头）您可不要胡来！

贵：　这家除了老头，我谁也看不上眼。别着急，有你爸爸。再说，也许是我瞎猜，她原来就许没有这意思。她外面倒是跟我说，因为听说你妈会读书写字，总想见见谈谈。

四：　（忽然谛听）爸，别说话，我听见好像有人在饭厅（指左）咳嗽似的。

贵：　（听一下）别是太太吧？（走到通饭厅的门前，由锁眼窥视，忙回来）可不是她，奇怪，她下楼来了。

四：（擦眼泪）爸爸，擦干了么？

贵：别慌，别露相，什么话也别提。我走了。

四：嗯，妈来了，您先告诉我一声。

贵：对了，见着你妈，就当什么都不知道，听见了没有？（走至中门，又回头）别忘了，跟太太说鲁贵惦记着太太的病。

鲁贵慌忙由中门下，四凤端着药碗向饭厅门，至门前，周蘩漪进。她一望就知道是个果敢阴鸷的女人，她的脸色苍白，只有嘴唇微红，她的大而灰暗的眼睛同高鼻子令人觉得有些可怕。但是眉目间看出来她是忧郁的，在那静静的长的睫毛的底下，有时为心中的郁积的火燃烧着，她的眼光便会充满了一个年轻妇人失望后的痛苦与怨望。她的嘴角向后略弯，显出一个受抑制的女人在管制着自己。她那雪白细长的手，时常在她轻轻咳嗽的时候，按着自己瘦弱的胸前。直等自己喘出一口气来，她才摸摸自己胀得红红的面颊，她是一个中国旧式女人，有她的文弱，她的哀静，她的明慧，——她对诗文的爱好，但是她也有更原始的一点野性，在她的心，她的胆量，她的狂热的思想，在她莫名其妙的决断时忽然来的力量。整个地来看她，她似乎是一个水晶，只能给男人精神的安慰，她的明亮的前额表现出深沉的理智，像只是可以供清谈的；但是当她陷于冥想中，就能忽然愉快地笑着。当着她见着她所爱的，红晕的颜色为快乐播布在脸上，一对笑涡也显露出来的时节，你才觉得出她是能被人爱的，应当被人爱的，你才知道她到底是一个女人，跟一切年青的女人一样。她会来爱你如一只饿了三天的恶狗咬着他最喜欢的骨头，不喜欢你，便恨起你来也会像只恶狗狺狺地狂吠着一个陌生人。不，她就会不声不响地恨恨地吃了你的。然而她的外形是沉静的，忧烦的，她会如秋天傍晚的树叶轻轻落在你的身旁，她觉得自己的夏天已经过去，自己是支残萎的玫瑰在秋风里摇落了，西天的晚霞暗下来了。

她，通身是黑色。素静，镶着灰银色花边。她拿着一把团扇，挂在手指下，走进来。她的眼眶略微有点塌进，很自然地望着四凤。

四：（奇怪地）太太！怎么您下楼来啦？我正预备给您送药去呢！

蘩：（咳）老爷在书房里么？

四：老爷在书房里会客呢。

蘩：谁来？

四：刚才是盖新房子的工程师，现在不知道是谁。您预备见他？

蘩：不。——老妈子告诉我说，这房子已经卖给一个教堂做医院，是么？

四：是的，老爷叫把小东西都收一收，大家具有些已经搬到新房子里去了。

蘩：谁说要搬房子？

四：老爷回来就催着要搬。

蘩：（停一下，忽然）怎么不告诉我一声？

四：老爷说太太不舒服，怕您听着嫌麻烦。

蘩：（又停一下看看四面）两礼拜没下来，这屋子完全改了样子。

四：　是的，老爷说原来的样子不好看，又把您添的新家具叫搬走了。这是老爷自己摆的。

蘩：（看看右面的衣服柜）嗯，这是他顶喜欢的柜，又拿来了。（叹气）什么事自然要依着他，他是什么都不肯将就。（坐沙发）

四：　太太，您脸上像是发烧，您还是到楼上歇着吧。

蘩：　不，楼上太热。

四：　老爷说太太的病很重，嘱咐过请您好好地在楼上躺着。

蘩：　我不愿意躺在床上。——喂，我忘了，老爷那一天从矿上回来的？

四：　前天晚上，老爷见着您发烧很利害，叫我们别惊醒您，就一个人在楼下睡的。

蘩：　白天我像是没见着老爷来。

四：　嗯，这两天老爷天天忙着跟矿上的董事们开会，到晚上才上楼看您。可是您又把门锁上了。

蘩：（不经意地）哦，哦。——怎么，楼下也这样闷热。

四：　对了，闷的很。一早晨黑云就遮满了天，也许今儿个会下一场大雨。

蘩：　你换一把大点的团扇，我简直有点喘不出气来。

四凤拿一把团扇给她，她望着四凤，又故意地转过头去。

蘩：　怎么这两天没见着大少爷？

四：　大概是很忙。

蘩：　听说他也要到矿上去，是么？

四：　我不知道。

蘩：　你没有听见说么？

四：　倒是伺候大少爷的下人这两天尽忙着跟他检衣裳。

蘩：　你父亲干什么呢？

四：　大概跟老爷买檀香去啦。——他说，他问太太的病。

蘩：　他倒是惦记着我。（停一下，忽然）他现在还没起来么？

四：　谁？

蘩：（没想到四凤这样问，忙收敛一下）嗯，——自然是大少爷。

四：　我不知道。

蘩：（看了她一眼）嗯？

四：　这一早晨我没有见着他。

蘩：　他昨天晚上什么时候回来的？

四：（红脸）您想，我每天晚上总是回家睡觉，我怎么知道。

蘩：　哦，你每天晚上回家睡！（觉得失言）老爷回来，家里没有人会侍候他，你怎么天天要回家呢？

四：　太太，不是您吩咐过，叫我回去睡么？

蘩：　那时是老爷正在家。

四：　我怕老爷念经吃素，不喜欢我们伺候他，听说老爷一向是讨厌女人家的。

蘩：　哦，（看四凤，想着自己的经历）嗯，（低语）难说的很。（忽而抬起头来，眼睛张开）这么说，他在这几天就走，究竟到什么地方去呢？

四：　您说的是大少爷？

蘩：　（斜着看四凤）嗯！

四：　我没听见。他，他总是两三点钟回家，我早晨像是听见我父亲叨叨说下半夜跟他开的门来着。

蘩：　他又喝醉了么？

四：　我不清楚。（想找一个新题目）太太，您吃药吧。

蘩：　谁说我要吃药？

四：　老爷吩咐的。

蘩：　我并没请医生，那里来的药？

四：　老爷说您犯的是肝郁，今天早上想起从前您吃的老方子，就叫抓一付。说太太一醒，就跟您煎上。

蘩：　煎好了没有？

四：　煎好了，凉在这儿好半天啦。

四凤端过来药碗。

四：　您喝吧。

蘩：　（喝一口）苦的很。谁煎的？

四：　我。

蘩：　太不好喝，倒了它吧！

四：　倒了它？

蘩：　嗯？——好，要不你先把它放在那儿。不，你还是倒了它。

四：　（犹豫）嗯。

蘩：　这些年喝这种苦药，我大概是喝够了。

四：　（拿着药碗）您忍一忍喝了吧。还是苦药能够治病。

蘩：　（心里忽然恨起她来）谁要你劝我？倒掉！（自己觉得失了身份）这次老爷回来，我听老妈说瘦了。

四：　嗯，瘦多了，也黑多了。听说矿上正在罢工，老爷很着急的。

蘩：　老爷很不高兴么？

四：　老爷还是那样。除了会客，念念经，打打坐，在家里一句话也不说。

蘩：　没有跟少爷们说话么？

四：　见了大少爷只点一点头，没说话，倒是问了二少爷学堂的事。——对了，二少爷今天早上还问您的病呢。

蘩： 我现在不怎么愿意说话，你告诉他我很好就是了。——回头叫账房拿四十块钱给二少爷，说这是给他买书的钱。

四： 二少爷总想见见您。

蘩： 那就叫他到楼上来见我。——（站起来，踱了两步）哦，这老房子永远是这样闷气，家具都发了霉，人们也都是冒鬼气的！

四： （想想）太太，今天我想跟您告假。

蘩： 是你母亲从北平回来么？——嗯，你父亲说过来着。

花园里，周冲又在喊："四凤！四凤！"

蘩： 你去看看，二少爷在喊你。

周冲在喊"四凤"。

四： 在这儿。

周冲由中门进，反穿一套白西服上身。

冲： （进门只看见四凤）四凤，我找你一早晨。（看见蘩漪）妈，怎么下楼来了？

蘩： 冲儿，你的脸怎么这样红？

冲： 我刚同一个同学打网球。（亲热地）我正有许多话要跟您说。您好一点没有？（坐在母亲身旁）这两天我到楼上看您，怎么总把门关上？

蘩： 我想清静清静。你看我的气色怎么样？四凤，你给二少爷拿一瓶汽水。你看你的脸通红。

四凤由饭厅门口下。

冲： （高兴地）谢谢您。让我看看您。我看您很好，没有一点病。为什么他们总说您有病呢？您一个人躲在房里头，您看，父亲回家三天，您都没有见着他。

蘩： （忧郁地看着冲）我心里不舒服。

冲： 哦，妈，不要这样。父亲对不起您，可是他老了，我是您的将来，我要娶一个顶好的人，妈，您跟我们一块住，那我们一定会叫您快活的。

蘩： （脸上闪出一丝微笑的影子）快活？（忽然）冲儿，你是十七了吧。

冲： （喜欢他的母亲有时这样奇突）妈，您看，您要再忘了我的岁数，我一定得跟您生气啦！

蘩： 妈不是个好母亲。有时候自己都忘了自己在那儿。（沉思）——哦，十八年了，在这老房子里，你看，妈老了吧。

冲： 不，妈，您想什么？

蘩： 我不想什么。

冲： 妈，您知道我们要搬家么？新房子。父亲昨天对我说后天就搬过去。

蘩： 你知道父亲为什么要搬房子？

冲： 您想父亲那一次做事先告诉过我们？——不过我想他老了，他说过以后要不做矿上的事，加上这旧房子不吉利。——哦，妈，您不知道这房子闹鬼么？前年秋天，半夜里，我像是听见什么似的。

蘩：　你不要再说了。

冲：　妈，您也信这些话么？

蘩：　我不相信，不过这老房子很怪，我很喜欢它，我总觉得这房子有点灵气，它拉着我，不让我走。

冲：　（忽然高兴地）哦，妈。——

四凤拿汽水上。

四：　二少爷。

冲：　（站起来）谢谢你。（四凤红脸）

四凤倒汽水。

冲：　你给太太再拿一个杯子来，好么？（四凤下）

蘩：　（目不转睛看着他们）冲儿，你们为什么这样客气？

冲：　（喝水）妈，我就想告诉您，那是因为，——（四凤进）——回头我告诉您。妈，您跟我画的扇面呢？

蘩：　你忘了我不是病了么？

冲：　对了，您原谅我。我，我，——怎么这屋子这样热？

蘩：　大概是窗户没有开。

冲：　让我来开。

四：　老爷说过不叫开，说外面比屋里热。

蘩：　不，四凤，开开它。他在外头一去就是两年不回家，这屋子里的死气他是不知道的。（四凤拉开壁龛前的帷幔）

冲：　（见四凤很费力地移动窗前的花盆）四凤，你不要动。让我来。（走过去）

四：　我一个人成，二少爷。

冲：　（争执着）让我。（二人拿起花盆，放下时压了四凤的手，四凤轻轻地叫一声痛）怎么样？四凤。（拿着她的手）

四：　（抽出自己的手）没有什么，二少爷。

冲：　不要紧，我跟你拿点橡皮膏。

蘩：　冲儿，不用了。——（转头向四凤）你到厨房去看一看，问问跟老爷做的素菜都做完了没有？

四凤由中门下，周冲望着她下去。

蘩：　冲儿，（周冲回来）坐下。你说吧。

冲：　（看着他的母亲，带了希冀和快乐的神色）母亲，我这两天很快活。

蘩：　在这家里，你能快活，自然是好现象。

冲：　妈，我一向什么都不肯瞒过您，您不是一个平常的母亲。您最大胆，最有想象力，最同情我的思想的。

蘩：　　那我很欢喜。

冲：　　妈，我要告诉您一件事，——不是，我是要跟您商量一件事。

蘩：　　你先说给我听听。

冲：　　妈，（神秘地）您不说我么？

蘩：　　我不说你，孩子，你说吧。

冲：　　（高兴地）哦，妈——（又停下了，迟疑着）不，不，不我不说了。

蘩：　　（笑了）为什么？

冲：　　我，我怕您生气。（停）我说了之后，你还是一样地喜欢我么？

蘩：　　傻孩子，妈永远是喜欢你的。

冲：　　（笑）我的好妈妈。真的，您还喜欢我？不生气？

蘩：　　嗯，真的——你说吧。

冲：　　妈，说完之后我还不许您笑话我。

蘩：　　嗯，我不笑话你。

冲：　　真的？

蘩：　　真的！

冲：　　妈，我现在喜欢一个人。

蘩：　　哦！哦！（证实了她的疑惧）

冲：　　（望着他母亲凝视的眼）妈，您看，您的神气又好像说我不应该似的。

蘩：　　不，不，你这句话叫我想起来，——叫我觉得我自己……——哦，不，不，不。你说吧。这个女孩子是谁？

冲：　　她是世界上最——（看一看他的母亲）不，妈，您要笑话我。反正她是我认为最满意的女孩子。她心地单纯，她懂得活着的快乐，她知道同情，她明白劳动有意义。最好的，她不是小姐堆里娇生惯养出来的人。

蘩：　　可是你不是喜欢受过教育的人么？她念过书么？

冲：　　自然没念过书。这是她，也可说是她惟一的缺点，然而这并不怪她。

蘩：　　哦。（眼睛暗下来，不得不问下一句，沉重地）冲儿，你说的不是——四凤？

冲：　　是，妈妈。——妈，我知道旁人会笑话我，您不会不同情我的。

蘩：　　（惊愕，停，自语）怎么，我自己的孩子也……

冲：　　（焦灼）您不愿意么？您以为我做错了么？

蘩：　　不，不，那倒不。我怕她这样的孩子不会给你幸福的。

冲：　　不，她是个聪明有感情的人，并且她懂得我。

蘩：　　你不怕父亲不满意你么？

冲：　　这是我自己的事情。

蘩：　　别人知道了说闲话呢？

冲：　　那我更不放在心上。

蘩： 这倒像我自己的孩子。不过我怕你走错了。第一，她始终是个没受过教育的下等人。你要是喜欢她，她当然以为这是她的幸运。

冲： 妈，您以为她没有主张么？

蘩： 冲儿，你把什么人都看得太高了。

冲： 妈，我认为您这句话对她用是不合适的。她是最纯洁，最有主张的好孩子，昨天我跟她求婚——

蘩： （更惊愕）什么？求婚？（这两个字叫她想笑）你跟她求婚？

冲： （很正经地，不喜欢母亲这样的态度）不，妈，您不要笑！她拒绝我了。——可是我很高兴，这样我觉得她更高贵了。她说她不愿意嫁给我。

蘩： 哦，拒绝！（这两个字也觉得十分可笑）她还“拒绝”你。——哼，我明白她。

冲： 你以为她不答应我，是故意地造作，虚伪么？不，不，她说，她心里有另外一个人。

蘩： 她没有说谁？

冲： 我没有问。总是她的邻居，常见的人吧。——不过真的爱情免不了波折，我爱她，她会渐渐地明白我，喜欢我的。

蘩： 我的儿子要娶也不能娶她。

冲： 母亲，您为什么这样厌恶她？四凤是个好女孩子，她背地总是很佩服您，敬重您的。

蘩： 你现在预备怎么样？

冲： 我预备把这个意思告诉父亲。

蘩： 你忘了你父亲是什么样一个人啦！

冲： 我一定要告诉他的。我将来并不一定要跟她结婚。若她不愿意我，我仍然是尊重她，帮助她的。但是我希望她现在受教育，我希望父亲允许我把我的教育费分给她一半上学。

蘩： 你真是个孩子。

冲： （不高兴地）我不是孩子。

蘩： 你父亲一句话就把你所有的梦打破了。

冲： 我不相信。——（有点沮丧）得了，妈，我们不谈这个吧。哦，昨天我见着哥哥，他说他这次可要到矿上去做事了，他明天就走，他说他太忙，他叫我告诉您一声，他不上楼见您了。您不会怪他吧？

蘩： 为什么？怪他？

冲： 我总觉得您同哥哥的感情不如以前那样似的。妈，您想，他自幼就没有母亲，性情自然容易古怪。我想他的母亲一定也感情很盛的，哥哥就是一个很有感情的人。

蘩： 你父亲回来了，你少提哥哥的母亲，免得你父亲又板起脸，叫一家子不高兴。

冲：　妈，可是哥哥现在真有点怪，他喝酒喝得很多，脾气很暴，有时他还到外国教堂去，不知干什么？

蘩：　他还怎么样？

冲：　前三天他喝得太醉了。他拉着我的手，跟我说，他恨他自己，说了许多我不大明白的话。

蘩：　哦！

冲：　最后他忽然说，他从前爱过一个他决不应该爱的女人！

蘩：　（自语）从前？

冲：　说完就大哭，当时就逼着我，要我离开他的屋子。

蘩：　他还说什么话来么？

冲：　没有，他很寂寞的样子，我替他很难过，他到现在为什么还不结婚呢？

蘩：　（喃喃地）谁知道呢？谁知道呢？

冲：　（听见门外脚步的声音，回头看）咦，哥哥进来了。

中门大开，周萍进。他约莫有二十八九，颜色苍白，躯干较他的弟弟略微长些。他的面目清秀，甚至于可以说美，但不是一看就使女人醉心的那种男子。他有宽而黑的眉毛，有厚的耳垂，粗大的手掌，乍一看，有时会令人觉得他有些戆气的；不过，若是你再长久地同他坐一坐，会感到他的气味不是你所想的那样纯朴可喜，他是经过了雕琢的，虽然性格上那些粗涩的滓渣经过了教育的提炼，成为精细而优美了；但是一种可以炼钢熔铁，火炽的，不成形的原人生活中所有的那种“蛮”力，也就因为郁闷，长久离开了空气的原因，于是成为怀疑的，怯弱的，莫名其妙的。和他谈两三句，便知道这亦是一个美丽的空形，如生在田野的麦苗移植在暖室里，虽然也开花结实，但是空虚脆弱，经不起现实的风霜。在他灰暗的眼神里，你看见了不定，犹疑，怯弱，同冲突。当他的眼神暗下来，瞳仁微微地在闪烁的时候，你知道他在审阅自己的内心过误，而又怕人窥探出他是这样无能，只讨生活于自己的内心的小圈子里。但是你以为他是做不出惊人的事情，没有男子的胆量么？不，在他感情的潮涌起来的时候，——哦，你但看他眼角间一条时时刻刻地变动的刺激人的圆线，极冲动而敏锐的红而厚的嘴唇，你便知道在这种时候，他会贸然地做出自己终身诅咒的事，而他生活是不会有计划的。他的唇角松弛地垂下来。一点疲乏会使他眸子发呆，叫你觉得他不能克制自己，也不能有规律地终身做一件事。然而他明白自己的病，他在改，不，不如说在悔，永远地在悔恨自己过去由直觉铸成的错误；因为当着一个新的冲动来时，他的热情，他的欲望，整个如潮水似地冲上来，淹没了他。他一星星的理智，只是一段枯枝卷在漩涡里，他昏迷似地做出自己认为不应该做的事。这样很自然地一个大错跟着一个更大的错。所以他是有道德观念的，有情爱的，但同时又是渴望着生活，觉得自己是个有肉体的人。于是他痛苦了，他恨自己，他羡慕一切没有顾忌，敢做一切坏事的人，于是他会同情鲁贵。他又钦羡一切抱着一件事业向前做，有一般人所谓的道德，为模范市民，模范家长的人，于是他佩服他的父亲。他的父亲在他的见闻里，除了一点倔强冷酷，——但是这个也是他喜欢的，因为这两种性格他都没有——是一个无瑕的男子。他觉得他在那一方面欺骗他的父亲是不对了，并不是因为他怎样爱他的父亲（固然他不能不说爱他），他觉得这样是卑鄙，像老鼠在狮子睡着的时候偷咬一口行为，同时如一切好内省而又冲动的人，在他的直觉过去，理智冷回来的时候，他更刻毒地恨自己，更深地觉得这是反人性，一切的犯了罪的苦都牵到自己身上。他要把自己拯救起来，他需要新的力，无论是什么，只要能助一把，把他由冲突的苦海中救出来，他愿意找。他见着四凤，当时就觉得她新鲜，她的"活"！他发现他最需要的那一点东西，是充满地流动着在四凤的身上。她有"年轻"，有"美"，有充溢着的血，固然他注意到她是粗，但是他直觉到这才是他要的，突然地他厌恶一切忧郁过分的女人，忧郁已经蚀尽了他的心；他也恨一切经过教育陶冶的女人（因为她们会提醒他的缺点），同一切细致的情绪，他觉得"腻"！

然而这种感情的波纹是在他心里隐约地颤抖着，潜伏着；他自己只是顺着自己的情感的流在走，他不能用理智再冷酷地剖析自己，他怕，他有时是怕看自己内心的残疾的。现在他不得不爱四凤了，他的得救将在她身上，他要死心塌地地爱，他想这样忘了自己。他要动，要生，拉着四凤的衣裙，随着她上无羁绊的岸，同时，他在四凤面前有时的确忘了自己，在她像小孩的圆脸前，时常把从前的疚错轻轻的放开，然而他也明白，他这次的爱不只是为求自己心灵的药，他还有一个地方是渴。但是在这一层他并不感觉得从前的冲突，他想好好地待她，心里觉得这样也说得过去了。经过她那有处女香的温热的气息后，豁然地他觉出心地的清朗，他看见了自己心内的太阳，他想"这个大概是她吧！"于是就把生命交给这个女孩子，然而昔日的记忆如巨大的铁掌抓住了他的心，不时地，尤其是在蘩漪面前，感觉一丝一丝刺心的疚痛；他便要离开这个地方——这个能引起人的无边恶梦似的老房子，走到任何地方。而在未打开这个狭的笼之先，四凤不能了解也不能安慰他的疚伤的时候，便不自主地纵于酒，于热烈的狂欢，于一切外面的刺激之中。于是他精神颓丧，永远成了不安定的神情。

现在他穿一件藏青的绸袍，西服裤，漆皮鞋，没有修脸。整个是不整齐，他打着呵欠。

冲：　哥哥。

萍：　你在这儿。

蘩：　（觉得没有理她）萍！

萍：　哦？（低了头，又抬起）您——您也在这儿。

蘩：　我刚下楼来。

萍：　（转头问周冲）父亲没有出去吧？

冲：　没有，你预备见他么？

萍：　我想在临走以前跟父亲谈一次。（一直走向书房）

冲：　你不要去。

萍：　他老人家干什么呢？

冲：　他大概跟一个人谈公事。我刚才见着他，他说他一会儿会到这儿来，叫我们在这儿等他。

萍：　那我先回到我屋子里写封信。（要走）

冲：　　不，哥哥，母亲说好久不见你。你不愿意一齐坐一坐，谈谈么？

蘩：　　你看，你让哥哥歇一歇，他愿意一个人坐着的。

萍：　　（有些烦）那也不见得，我总怕父亲回来，您很忙，所以——

冲：　　你不知道母亲病了么？

蘩：　　你哥哥怎么会把我的病放在心上？

冲：　　妈！

萍：　　您好一点了么？

蘩：　　谢谢你，我刚刚下楼。

萍：　　对了，我预备明天离开家里到矿上去。

蘩：　　哦，（停）好得很。——什么时候回来呢？

萍：　　不一定，也许两年，也许三年。哦，这屋子怎么闷气得很。

冲：　　窗户已经打开了。——我想，大概是大雨要来了。

蘩：　　（停一停）你在矿上做什么呢？

冲：　　妈，你忘了，哥哥是专门矿科的。

蘩：　　这是理由么，萍？

萍：　　（拿起报纸看，遮掩自己）说不出来，像是家里住得太久了，烦得很。

蘩：　　（笑）我怕你是胆小吧？

萍：　　怎么讲？

蘩：　　这屋子曾经闹过鬼，你忘了。

萍：　　没有忘。但是这儿我住厌了。

蘩：　　（笑）假若我是你，这周围的人我都会厌恶，我也离开这个死地方的。

冲：　　妈，我不要您这样说话。

萍：　　哼，我自己对自己都恨不够，我还配说厌恶别人？——得了，我还是回屋去吧。（起立）

书房门开。

冲：　　别走，这大概是爸爸来了。

里面的声音：（书房门开一半，周朴园进向内，露着半个身子说话）我的意思是这么办，没有问题了，很好，再见吧，不送。

门大开，周朴园进，他约莫有五六十岁，鬓发已经斑白，带着椭圆形的金边眼镜，一对沉鸷的眼，在底下闪烁着。像一切起家立业的人物，他的威严在儿孙面前格外显得峻厉。他穿的衣服，还是二十年前的新装，一件团花的官纱大褂，底下是白纺绸的衬衣，长衫的领扣松散着，露着颈上的肉。他的衣服很舒展地在他身上，却依然是整洁，没有一丝尘垢。他有些胖，背微微地伛偻，面色苍白，腮肉很松弛地垂下来，眼眶略微下陷，眸子闪闪地放着光彩，时常也倦怠地闭着眼皮。他整个的脸带着多年的世故同劳碌，一种冷峭的目光和偶然在嘴角逼出的冷笑，看出他平日的专横，自是和倔强。年青时一切的冒失，狂妄已经为脸上的皱纹深深遮盖着，再也寻不着一点痕迹，只有他的半白的头发还保持昔日的丰彩，很润泽地分梳到后面。在阳光底下，他的脸呈着银白色，这一般人说就是贵人的特征，所以他才有这样大的矿产。他的下颏的胡须已经灰白，常用一只象牙的小梳梳理，却依然企翘着。他的大指套着一个扳指。

他现在精神很饱满，沉重地走出来。

萍，冲：（同时）爸。

冲：客走了？

朴：（点头，转向蘩漪）你怎么今天下楼来了，完全好了么？

蘩：病原来不很重——回来身体好么？

朴：还好。——可是你还应当再到楼上去休息。冲儿，你看你母亲的气色比以前怎么样？

冲：母亲原来就没有什么病。

朴：（不喜欢儿子们这样答复老人的话，沉重的，眼翻上来）谁告诉你的？我不在的时候，你常来问你母亲的病么？（坐沙发上）

蘩：（怕他又开庭教训）朴园，你的样子像有点瘦了似的。——矿上的罢工究竟怎么样？

朴：昨天早上已经复工，不生问题。

冲：爸爸，怎么鲁大海还在这儿等着要见您呢？

朴：谁是鲁大海？

冲：鲁贵的儿子。前年荐进去，这次当代表的。

朴：这个人！我想这个人有背景，厂方已经把他开除了。

冲：开除！爸爸，这个人脑筋很清楚，我方才跟这个人谈了一回。代表罢工的工人并不见得就该开除。

朴：哼，现在一般青年人，跟工人谈谈，说两三句不关痛痒、同情的话，像是一件很时髦的事情！

冲：我以为这些人替自己的一群努力，我们应当同情的。并且我们这样享福，同他们争饭吃，是不对的。这不是时髦不时髦的事。

朴：（眼翻上来）你知道社会是什么？你读过几本关于社会经济的书？我记得我在德国读书的时候，对于这方面，我自命比你这种半瓶醋的社会思想要彻底的多！

冲：（被压制下去，然而）爸，我听说矿上对于这次受伤的工人不给一点抚恤金。

朴：（头扬起来）我认为你这次说话说得太多了。（向蘩）这两年他学得很像你了。（看钟）十分钟后我还有一个客来，嗯，你们自己有什么话说么？

萍：爸，刚才我就想见您。

朴：哦，什么事？

萍：我想明天就到矿上去。

朴：这边公司的事，你交代完了么？

萍：差不多完了。我想请父亲给我点实在的事情做，我不想看看就完事。

朴：（停一下，看周萍）苦的事你成么？要做就做到底。我不愿意我的儿子叫旁人说闲话的。

萍：这两年在这儿做事不舒服，心里很想在内地乡下走走。

朴：让我想想。——（停）你可以明天起身，做那一类事情，到了矿上我再打电报给你。

四凤由饭厅门入，端了碗普洱茶。

冲：（犹豫地）爸爸。

朴：嗯，你？

冲：我现在想跟爸爸商量一件很重要的事。

朴：什么？

冲：我想把我的学费的一部分分出来。

朴：哦。

冲：把我的学费拿出一部分送给——

四凤端茶，放朴前。

朴：哦，四凤，——（向周冲）你先等一等。——（向四凤）叫你跟太太煎的药呢？

四：煎好了。

朴：为什么不拿来？

四：（看蘩，不说话）

蘩：她刚才跟我倒来了，我没有喝。

朴：为什么？（停，向四凤）药呢？

蘩：（快说）倒了，我叫四凤倒了。

朴：（慢）倒了？哦？（更慢）倒了！——（向四凤）药还有么？

四：药罐还有一点。

朴：倒了来。

蘩：（反抗地）我不愿意喝这种苦东西。

朴：（向四凤，高声）倒了来。

四凤走在左面倒药。

冲：爸，妈不愿意，您何必这样强迫呢？

朴：你同你母亲都不知道自己的病在那儿。（向蘩漪，低声）你喝了，就会完全好的。（见四凤犹豫，指药）送到太太那里去。

蘩：好，先放在这儿。

朴：不。你最好现在喝了它吧。

蘩：（忽然）四凤，你把它拿走。

朴：喝了它，不要任性，当着这么大的孩子。

蘩：（声颤）我不想喝。

朴：冲儿，你把药端到母亲面前去。

冲：（反抗的）爸！

朴：（怒视）去！

周冲只好把药端到母亲面前。

朴：说，请母亲喝。

冲：（拿着药碗，手发颤，回头，高声）爸，您不该这样。

朴：（高声地）我要你说。

萍：（低头，至周冲前低声）听父亲的话吧，父亲的脾气你是知道的。

冲：（无法，含着泪，向着母亲）您喝吧，为我喝一点吧，要不然，父亲的气是不会消的。

蘩：哦，留着我晚上喝不成么？

朴：蘩漪，当了母亲的人，处处应当替孩子着想，就是自己不保重身体，也应当替孩子做个服从的榜样。

蘩：（四面看一看，望望朴园，又望望周萍，拿起药，泪落，忽而又放下）哦，不！

朴：萍儿，你劝母亲喝下去。

萍：爸！我——

朴：去，走到母亲面前！跪下，劝你的母亲。

周萍走至蘩漪前。

萍：（求恕地）哦，爸！

朴：（高声）跪下！（周萍望蘩漪及周冲；蘩漪泪痕满面，周冲身体发抖）叫你跪下！（周萍正向下跪）

蘩：好，我喝，我现在喝！（拿起碗，一气喝下）哦，天哪！（哭着，由右边饭厅跑下）

半晌。

朴：（看表）还有三分钟，（向周冲）你刚才说的事呢？

冲：（抬头，慢慢地）什么？

朴：你说把你的学费分出一部分？——嗯，是怎么样？

冲：（低声）我现在没有什么事情啦。

朴：真没有什么新鲜的问题啦么？

冲：（哭声）没有什么，没有什么，——母亲的话是对的。（跑向饭厅）

朴：冲儿，上哪儿去？

冲：到楼上去看看妈。

朴：就这么跑了么？

冲：（抑制着自己，走回去）是，父亲，我要走了，您有事么？

朴：去吧。（周冲向饭厅走了两步）回来。

冲：爸爸。

朴：你告诉你的母亲，说我已经请德国的克大夫来，跟她看病。

冲：妈不是已经吃了您的药了么？

朴：我看你的母亲，神精有点失常，病像是不轻。（回头向周萍）我看，你也是一样。

萍：爸，我想下去，歇一回。

朴：不，你不要走，我有话跟你说。（向周冲）你告诉她，说克大夫是个有名的脑病专家，我在德国认识的。来了，叫她一定看一看，听见了没有？

冲：听见了。（走了两步）爸，没有事啦？

朴：上去吧。

周冲由饭厅下。

朴：（回头向四凤）四凤，我记得我告诉过你，这个房子你们没有事就得走的。

四：是，老爷。（亦由饭厅下）

鲁贵由书房上。

贵：（见着老爷，便不自主地好像说不出话来）老，老，老爷。客，客来了！

朴：哦，先请到大客厅里去。

贵：是，老爷。（鲁贵下）

朴：怎么这窗户谁开开了？

萍：弟弟跟我开的。

朴：关上，（擦眼镜）这屋子不要底下人随便进来，回头我预备一个人在这里休息的。

萍：是。

朴：（擦着眼镜，看周围的家具）这间屋子的家具都是你生母顶喜欢的东西。我从南边移到北边，搬了多少次家，总是不肯丢下的。（戴上眼镜，咳嗽一声）这屋子排的样子，我愿意总是三十年前的老样子，这叫我的眼看着舒服一点。（踱到桌前，看桌上的相片）你的生母永远喜欢夏天把窗户关上的。

萍：（强笑着）不过，爸爸，纪念母亲也不必——

朴：（突然抬起头来）我听人说你现在做了一件很对不起自己的事情。

萍：（惊）什——什么？

朴：（低声走到周萍的面前）你知道你现在做的事是对不起你的父亲么？并且——（停）——对不起你的母亲么？

萍：（失措）爸爸。

朴：（仁慈地，拿着周萍的手）你是我的长子，我不愿意当着人谈这件事。（停，喘一口气，严厉地）我听说我在外边的时候，你这两年来在家里很不规矩。

萍：（更惊恐）爸，没有的事，没有，没有。

朴：一个人敢做一件事就要敢当一件事。

萍：（失色）爸！

朴：公司的人说你总是在跳舞场里鬼混，尤其是这两三个月，喝酒，赌钱，整夜地不回家。

萍：哦，（喘出一口气）您说的是——

朴：这些事是真的么？（半晌）说实话！

萍：真的，爸爸。（红了脸）

朴：将近三十的人应当懂得"自爱！"——你还记得你的名为什么叫萍吗？

萍：记得。

朴：你自己说一遍。

萍：那是因为母亲叫侍萍，母亲临死，自己替我起的名字。

朴：那我请你为你的生母，你把现在的行为完全改过。

萍：是，爸爸，那是我一时的荒唐。

鲁贵上，由书房。

贵：老，老，老爷。客，——等，等，等了好半天啦。

朴：知道。

鲁贵退。

朴：我的家庭是我认为最圆满，最有秩序的家庭，我的儿子我也认为都还是健全的子弟，我教育出来的孩子，我是很不愿意叫任何人说他们一点闲话的。

萍：是，爸爸。

朴：来人啦。（自语）哦，我有点累啦。（周萍扶他至沙发坐）

鲁贵上。

贵：老爷。

朴：你请客到这边来坐。

贵：是，老爷。

萍：不，——爸，您歇一会吧。

朴：不，你不要管。（向鲁贵）去，请进来。

贵：是，老爷。

鲁贵下，朴园拿出一支雪茄，萍为他点上，朴园徐徐抽烟，端坐。

幕落。

重要作品存目

小　说

《海上花列传》，韩邦庆，1894 年石印版。
《老残游记》，刘鹗，天津日日新闻社约 1906 年初版。
《玉梨魂》，徐枕亚，民权出版部 1913 年版。
《冲积期化石》，张资平，泰东图书局 1922 年版。
《木犀》，陶晶孙，《创造》1922 年 11 月创刊号。
《超人》，冰心，商务印书馆 1923 年版。
《呐喊》，鲁迅，北京新潮社 1923 年版。
《稻草人》，叶绍钧，商务印书馆 1923 年版。
《玄武湖之秋》，倪贻德，泰东图书局 1924 年版。
《潘先生在难中》，叶绍钧，《小说月报》1925 年第 16 卷第 1 号。
《海滨故人》，庐隐，商务印书馆 1925 年版。
《彷徨》，鲁迅，北新书局 1926 年版。
《柚子》，王鲁彦，北新书局 1926 年版。
《江湖奇侠传》(1—11)，平江不肖生，世界书局 1926—1929 年版。
《卷葹》，淦女士，北新书局 1927 年版。
《过去集》，郁达夫，开明书店 1927 年版。
《桃园》，废名，古城书社 1928 年版。
《流亡》，洪灵菲，现代书局 1928 年版。
《野蔷薇》，茅盾，大江书铺 1929 年版。
《二月》，柔石，春潮书局 1929 年版。
《为奴隶的母亲》，柔石，《萌芽》1930 年第 3 期。
《都市风景线》，刘呐鸥，水沫书店 1930 年版。
《蚀》，茅盾，开明书店 1930 年版。
《啼笑因缘》，张恨水，三友书社 1930 年版。
《二十一个》，张天翼，《文学生活》1931 年第 1 卷第 1 号。
《水》，丁玲，《北斗》1931 年 9 月创刊号。
《南北极》，穆时英，湖风书局 1932 年版。
《迟桂花》，郁达夫，《现代》1932 年第 2 卷第 2 期。
《子夜》，茅盾，开明书店 1933 年版。
《家》，巴金，开明书店 1933 年版。
《春蚕》，茅盾，开明书店 1933 年版。
《丰收》，叶紫，《无名杂志》1933 年 6 月创刊号。
《月下小景》，沈从文，现代书局 1933 年版。
《一千八百担》，吴组缃，《文学季刊》1934 年 1 月创刊号。
《春桃》，许地山，《文学》1934 年第 3 卷第 1 期。
《白金的女体塑像》，穆时英，现代书局 1934 年版。
《赶集》，老舍，上海良友图书印刷公司 1934 年版。

《边城》，沈从文，生活书店1934年版。

《死水微澜》，李劼人，中华书局1935年版。

《南行记》，艾芜，文化生活出版社1935年版。

《生死场》，萧红，容光书局1935年版。

《八骏图》，沈从文，文化生活出版社1935年版。

《故事新编》，鲁迅，文化生活出版社1936年版。

《篱下集》，萧乾，商务印书馆1936年版。

《谷》，芦焚，文化生活出版社1936年版。

《鴜鹭湖的忧郁》，端木蕻良，《文学》1936年第7卷第2期。

《骆驼祥子》，老舍，《宇宙风》1936年第25—48期。

《华威先生》，张天翼，《文艺阵地》1938年第1卷第1期。

《差半车麦秸》，姚雪垠，《文艺阵地》1938年第1卷第3期。

《偷拳》，白羽，正华出版部1940年版。

《在医院中》，丁玲，《谷雨》1941年第1期。

《秋海棠》，秦瘦鸥，金城图书公司1942年版。

《饥饿的郭素娥》，路翎，桂林希望社1943年版。

《小二黑结婚》，赵树理，华北新华书店1943年版。

《遥远的爱》，郁茹，自强出版社1944年版。

《塔里的女人》，无名氏，时代生活出版社1944年版。

《憩园》，巴金，文化生活出版社1944年版。

《荷花淀》，孙犁，《解放日报》1945年5月15日。

《吕梁英雄传》（原名《民兵英雄传》），马烽、西戎，晋绥《大众报》1945年6月始。

《长河》，沈从文，昆明文聚社1945年版。

《围城》，钱锺书，晨光出版公司1947年版。

《北极风情画》，无名氏，无名书屋1946年版。

《风萧萧》，徐訏，怀正文化社1946年版。

《结婚》，师陀，晨光出版公司1947年版。

《虾球传》，黄谷柳，《华商报》，1947年10月始。

《我的两家房东》，康濯，《解放区短篇创作选》，东北书店1947年版。

《暴风骤雨》（上、下卷），周立波，东北书店1948、1949年版。

《铁骑银瓶》，王度庐，励力出版社1948年版。

《太阳照在桑干河上》，丁玲，东北书店1948年版。

《亚细亚的孤儿》，吴浊流，南华出版社1962年版。

《台北人》，白先勇，文学出版社1971年版。

《我城》，西西，素叶出版社1979年版。

诗　　歌

《尝试集》，胡适，亚东图书馆 1920 年版。

《女神》，郭沫若，泰东图书局 1921 年版。

《湖畔》，汪静之、潘漠华、应修人、冯雪峰，湖畔诗社 1922 年版。

《繁星》，冰心，商务印书馆 1923 年版。

《毁灭》，朱自清，《小说月报》，1923 年第 14 卷第 3 号。

《春水》，冰心，商务印书馆 1923 年版。

《红烛》，闻一多，泰东图书局 1923 年版。

《流云》，宗白华，亚东图书馆 1923 年版。

《微雨》，李金发，北新书局 1925 年版。

《瓦釜集》，刘半农，北新书局 1926 年版。

《昨日之歌》，冯至，北新书局 1927 年版。

《食客与凶年》，李金发，北新书局 1927 年版。

《草莽集》，朱湘，开明书店 1927 年版。

《我底记忆》，戴望舒，水沫书店 1929 年版。

《梦家诗集》，陈梦家，新月书店 1931 年版。

《新月诗选》，陈梦家编，新月书店 1931 年版。

《夜》，林庚，开明书店 1933 年版。

《望舒草》，戴望舒，现代书局 1933 年版。

《鱼目集》，卞之琳，文化生活出版社 1935 年版。

《北方》，艾青，1939 年自印，重庆文化生活出版社 1942 年再版。

《无弦琴》，亦门（阿垅），桂林希望社 1942 年版。

《童话》，绿原，桂林希望社 1942 年版。

《出发》，路易士，上海太平书局 1944 年版。

《预言》，何其芳，文化生活出版社 1945 年版。

《王贵与李香香》，李季，《解放日报》1945 年 9 月。

《三月・四月・五月》，南星，文艺时代社 1947 年版。

《穆旦诗集》，穆旦，1947 年自印版。

《手掌集》，辛笛，上海星群出版社 1948 年版。

《盈盈集》，陈敬容，文化生活出版社 1948 年版。

《因为风的缘故》，洛夫，九歌出版社 1988 年版。

散　文

《自己的园地》，周作人，北京晨报社 1923 年版。
《空山灵雨》，许地山，商务印书馆 1925 年版。
《雨天的书》，周作人，北新书局 1925 年版。
《野草》，鲁迅，北新书局 1927 年版。
《巴黎的鳞爪》，徐志摩，新月书店 1927 年版。
《朝花夕拾》，鲁迅，未明社 1928 年版。
《春醪集》，梁遇春，北新书局 1930 年版。
《缘缘堂随笔》，丰子恺，开明书店 1931 年版。
《屐痕处处》，郁达夫，现代书局 1934 年版。
《苦茶随笔》，周作人，北新书局 1935 年版。
《黄昏之献》，丽尼，文化生活出版社 1935 年版。
《平屋杂文》，夏丏尊，开明书店 1935 年版。
《未厌居习作》，叶绍钧，开明书店 1935 年版。
《湘行散记》，沈从文，商务印书馆 1936 年版。
《画廊集》，李广田，商务印书馆 1936 年版。
《画梦录》，何其芳，文化生活出版社 1936 年版。
《湘西》，沈从文，长沙文史丛书编辑部 1939 年版。
《市楼独唱》，柯灵，上海北社 1940 年版。
《蛇与塔》，聂绀弩，桂林文献出版社 1941 年版。
《山水》，冯至，重庆国民图书出版社 1943 年版。
《流言》，张爱玲，五洲书报社 1944 年版。
《浣锦集》，苏青，上海天地出版社 1945 年版。
《龙虫并雕斋琐语》，王了一（王力），上海观察社 1949 年版。
《董桥文字集》，董桥，明报出版社 2001 年版。

戏　剧

《咖啡店之一夜》（戏剧集），田汉，中华书局 1924 年版。
《压迫》（独幕剧），丁西林，《现代评论第一周年增刊》，1926 年 1 月。
《这不过是春天》（三幕剧），李健吾，《文学季刊》1934 年第 1 卷第 3 期。
《屈原》（五幕剧），郭沫若，重庆文林出版社 1942 年版。
《称心如意》（四幕剧），杨绛，上海世界书局 1944 年版。
《升官图》（三幕剧），陈白尘，群益出版社 1946 年版。
《白毛女》（六幕歌剧），贺敬之、丁毅等，张家口新华书店 1946 年版。

图书在版编目（CIP）数据

中国新文学作品选. 上册 / 教育部中文学科教学指导委员会组编；丁帆主编.--2版.--北京：高等教育出版社, 2024.2

ISBN 978-7-04-053834-2

Ⅰ. ①中… Ⅱ. ①教…②丁… Ⅲ. ①中国文学－现代文学－作品综合集－高等学校－教学参考资料 Ⅳ. ① I216.1

中国版本图书馆CIP数据核字（2020）第038418号

中国新文学作品选
Zhongguo Xinwenxue Zuopinxuan

策划编辑 胡蔓妮 梅 咏　　责任编辑 胡蔓妮
封面设计 王 鹏　　版式设计 杨 树
责任校对 刘 莉　　责任印制 沈心怡

出版发行 高等教育出版社
社　　址 北京市西城区德外大街4号
邮政编码 100120
印　　刷 北京印刷集团有限责任公司
开　　本 787mm × 1092mm 1/16
印　　张 24.5
字　　数 560 千字
购书热线 010-58581118
咨询电话 400-810-0598
网　　址 http://www.hep.edu.cn
http://www.hep.com.cn
网上订购 http://www.hepmall.com.cn
http://www.hepmall.com
http://www.hepmall.cn
版　　次 2013 年 4 月第 1 版
2024 年 2 月第 2 版
印　　次 2024 年 2 月第 1 次印刷
定　　价 47.50 元

本书如有缺页、倒页、脱页等质量问题，
请到所购图书销售部门联系调换

物 料 号 53834-00